普通高等学校小学教育专业系列教材

中国古代文学简史

主　编　苏艳霞　李　静

副主编　裴德云　黄海艳　徐广宇

编　者（按姓氏笔画排列）

王　颖　白　莉　申聪聪　冯春红　李培培　刘　娜

陈　婷　杨洪艺　张　瑶　张华菲　袁增欣

复旦大学出版社

编写说明

中国古代文学是中国传统文化的重要组成部分,漫长的文学史上出现了一代又一代的杰出作家和一批又一批的优秀作品。这些宝贵的文化遗产是中国传统文化的璀璨明珠,是中华民族宝贵的精神财富,古代文学教学是传承传统文化的重要途径。

中国古代文学是汉语言文学专业的专业必修课,是核心课程。《中国古代文学简史》特别面向专科起点的汉语言文学专业进行编写,鉴于专科层次教学课时较短,学生基础比较薄弱,因此本教材力求简明清楚,突出重点,深入浅出,为学生提供全面、系统的基础知识,培养阅读鉴赏古代文学作品的基本能力,也可作为学生专接本入学考试的复习教材,还可作为古代文学爱好者的入门读物。

本教材充分考虑使用者在知识储备、接受能力、专业特点等方面的情况,以时代发展为线索,以人文精神为主线,以提高学生的古代文学素养为目的,充分体现系统性、人文性、知识性和应用性。

本教材按照历史分期,系统介绍中国古代各个历史时期的代表作家、风格流派、经典作品、文学思潮等内容,展现古代文学发展的整体性、连贯性,力求突出文学发展的"时代"特色,梳理各种"文体"的源流演变,帮助学生全面了解中国古代文学发展演变的历史过程,同时指导学生阅读大量古代文学作品,引导学生领悟古代文学作品的魅力,具备独立分析、鉴赏、讲解古代文学作品的能力,为学生奠定比较扎实的古典文学基础,提升学生在未来职业中传承传统文化的能力。同时,也有助于提高学生文学修养和审美情趣,加深对中国传统文化精神的理解,增强民族自信心,培养高尚的道德情操。

本教材按照中国古代文学发展的轨迹,分为先秦、秦汉、魏晋南北朝、隋唐、宋代、元代、明代、清代八个历史时段。教学内容选择上,每段教学都涵盖以下要点:通论各段文学的时间起讫、历史分期、时代特征及文学史地位;根据各段文学创作的不同状况,突出介绍"一代有一代之胜"的文学成就;从各段文学的时代特征出发,引导学生理解文学与社会生活、政治经济、文学传统的关系,能对文学创作中的主要问题进行综合学习。本教材力求体现知识性和系统性,重点引导学生掌握不同时期的代表文体、主要作家作品和文学思潮,着重帮助学生掌握古代文学演变的历程,理清其发展脉络。

在内容编排上,本教材采用了编章节的体例,以时间为线索,展示各文体发展成就,突出重点作家作品。为了明确学习目标和内容定位,每编有文史结合的文学"概述",高屋建瓴总论各个时期文学的时代特征;章节伊始有提纲挈领的"学习提示",引导学生关注不同的教学重点和教学方法:每节有知识准确、表述严密的主体内容,课后配有相关的"阅读链接"和"思考·练习·拓展","阅读链接"篇目介绍相关学术著作,丰富学生视野,提供多元的古代文学研究视角,"思考·练习·拓展"部分有利于学生抓住重点,掌握要点,巩固基础知识,培养问题意识和研究意识,为复习应考指明方向。

基本常识的识记和经典篇目的阅读是古代文学教学的重要手段。本教材配有《中国古代文学作品选》配套教材,可以使基础知识和作品阅读紧密结合,既能丰富课堂教学,也可以作为学生课外的自读篇目。

教育部语言文字应用管理司 2013 年工作要点指出,要全面实施中华经典资源库建设工程。指导各地开展中华经典诵写讲进校园活动,支持全国大学生经典诵读活动。经典作品的阅读、讲解、鉴赏是中国古代文学课程的重要组成部分。通过阅读作品能够引导学生深入了解不同时期、不同文体、不同作家的创作风格,结合具体作品分析教材的理论观点,有助于学生在理解的基础上掌握文学史的观点。

中国古代文学纵向上重在梳理文学的发展线索,揭示文学史演进的内在规律;横向上为文学史与邻近学科的渗透融合建构桥梁,为理解、把握中国古代文学的文化特征和民族性格提供参照。学习中国古代文学,掌握古代文学的演进历程和发展规律,阅读古代文学作品,体悟古代文学所蕴涵的人文精神,对大学生加强人文修养,提高审美能力,增强民族自豪感,都有非常重要的意义。

本教材由石家庄幼儿师范高等专科学校、湖南幼儿师范高等专科学校、黑龙江幼儿师范高等专科学校、保定幼儿师范高等专科学校、阜阳幼儿师范高等专科学校、广西幼儿师范高等专科学校、安阳幼儿师范高等专科学校、贵阳幼儿师范高等专科学校联合编写。其中李静编写秦汉文学概述、魏晋南北朝文学概述、第一编第一章、第二编第一章、第四编第九章和第七编第四章;徐广宇编写清代文学概述、第一编第三章、第四编第八章、第六编第二章;裴德云编写宋代文学概述、第五编第三章、第四章和第五章;黄海艳编写第四编第十章和第五编第一章、第二章;冯春红编写先秦文学概述、第一编第二章和第四章;王颖编写第二编第二章、第八编第三章;

张瑶编写第二编第三章、第三编第二章；申聪聪编写第三编第一章和第四编第一章、第二章；刘娜编写第三编第三章和第四章、第四编第六章和第七章；白莉编写隋唐五代文学概述、第四编第三章和第四章；杨洪艺编写第四编第五章、第六编第三章和第四章；张华菲编写元代文学概述、第六编第五章及第七编第五章；陈婷编写第六编第一章、第七编第六章及第八编第四章；袁增欣编写明代文学概述、第七编第一章、第八编第一章和第二章；李培培编写第七编第二章和第三章。全书由苏艳霞和李静负责统稿。

在编写过程中，编者参考了众多文献资料和文学史著作，但由于时间与水平所限，缺点疏漏在所难免，敬请各位同仁和广大读者给予批评指正，以便我们进一步修订和完善。

目　录

第三编　魏晋南北朝文学

第四编　隋唐五代文学

第五编　宋代文学

第六编　元代文学

第七编　明代文学

第八编　清代文学

第一编　先秦文学

先秦文学概述

　　先秦文学是中国古代文学发生发展的最早阶段,是诗歌和散文萌芽与发展的第一阶段,它奠定了中国文学的发展的方向和独特精神,是中国文化的一部分。这一时期的文学尚未从当时混沌一体的文化形态中分离出来,明显带有原始宗教、祭祀乐舞的色彩,融合于史学、哲学等文化形式之中,被称为"大文学"或"杂文学"。

　　关于时间上的历史分期,"先秦"有广义和狭义之说。广义的"先秦",指从上古到秦始皇统一中国前这一漫长的历史阶段,大致涵盖传疑时代(传说时期)、夏商、西周、春秋、战国几个时期;而狭义的"先秦",则指公元前221年秦统一天下前的春秋战国时期。尽管先秦文学的主体部分是周代以后成熟的书面文学,尤其是春秋战国时代的文学,但我们注意到,随着考古发现的增多以及古籍资料整理的进一步推进,先秦文学中博大精深的文化底蕴不容忽视,因此在这里我们采用广义一说。

　　历史从远古蛮荒中走来,中国地区据说在四五十万年前(甚至更早),已有原始人居住。其中文化先进的黄帝族与西部的炎帝族在竞争融合中发展壮大起来,渐渐在黄河流域建立并发展起辉煌灿烂的华夏文化。传说中的有巢氏、燧人氏、伏羲氏、神农氏,大约是母系氏族社会的氏族酋长;而传说中的黄帝、尧、舜、禹则是父系氏族社会的氏族酋长。禹建夏以前的社会制度是原始氏族社会,此时没有文字,历史上称这一时期为传疑时代(传说时期),文学中的原始神话、原始歌谣等形式通过口耳相传零星地散见于后世的文献中。比如,《吴越春秋》中记载了有名的《弹歌》,《礼记》中记载了《蜡辞》,《淮南子》中记载了女娲救世的神话等等。这些原始歌谣和神话传说在传达远古人们的宗教情怀和生活方式的同时,也为中国文学史揭开了绚丽神奇的第一页,成为后世浪漫主义文学创作的源头。

　　大约在公元前21世纪,禹袭位于启,建立以"家天下"为特点的王位世袭制的夏朝,中国进入奴隶社会。夏、商、周的帝王传承历史,从史书中我们可以获知,而当时的社会概貌,人们从考古发现中也不断作出推测。西安半坡遗址出土的彩陶上有简单的原始文字符号,夏代刻画的陶坯上似乎已有原始的文字,《尚书》中即保存有关于夏朝的民谣。作为历史散文源头的甲骨卜辞,是商代先民宗教活动的记录,虽然记事简单,但已可看作书面文学出现的标志。这些卜辞既是巫师占卜的实物,也是其负责保管的官方文字资料,从而具备了"史"的性质。据说这种巫、史不分的情况，一直到周朝才发生改变，巫的作用才逐步开始退化，出现了专门掌管文献资料和记录国家大事的史官。现在我们看到的《尚书》大概是周王室史官保存的历代文献资料总编，它们由最初的口耳相传，直到大约春秋时期才写成定本。之后出现的《春秋》，为各诸侯国的史籍资料，只有鲁国的《春秋》流传至今。它记事简约，遣词造句十分谨慎，一字之中寓褒贬、别善恶，文字表达技巧比《尚书》又进一步。后出的编年史《左传》、国别史《国语》均受其影响。

《周易》一书"人更多手，时历多世"，多数学者认为其八卦和六十四卦的创成是在西周以前颇为远古的时期，卦形、卦爻辞井然有序可能产生在西周初年。卦爻辞中保存了一些反映这一时期社会风貌的歌谣，生动形象，颇有韵味，显示出中国诗歌在萌芽阶段的艺术特征。

西周初年至春秋中叶约五百年间，出现了中国第一部诗歌总集《诗经》，它也成为中国诗歌发展史上第一个高峰。通过这部诗集，我们才得以了解周部族发展的概貌，了解周代的农业生产的情形，了解人们的生活理想甚至爱情的情感寄托。《诗经》开启了中国诗歌的现实主义优良传统，所收诗多为四言句式，韵律和谐，辞情畅达，开创了赋比兴的表现手法，对后世影响深广。

时至东周，王室衰微，大国争霸，列国兼并，社会动荡。东周前期（前770—前476）史称春秋，东周后期（前475—前221）史称战国。自春秋开始，社会的动荡反映到意识形态领域，打破了"学在官府"的旧制，各门学派的学者纷纷兴办私学，个人著述，广泛传扬文化学说。战国七雄并峙，各国更是为了延揽人才，大兴养士之风，"礼贤下士"，政治主张和学术观点异彩纷呈，百家争鸣的繁盛景象呈现。学者称这一时期为"轴心期"，西方、印度、中国这三大文化圈，几乎都在同一时期出现了人类意识的觉醒、人文主义思潮的高涨。这一时期策士奔走诸侯、群雄争锋的景象在国别史《战国策》中多有描述。诸子百家的作品在历史上曾包括儒家的《论语》《孟子》《荀子》、道家的《老子》《庄子》、法家的《商君书》《韩非子》、墨家的《墨子》、杂家的《吕氏春秋》、兵家的《孙子兵法》《孙膑兵法》、名家的《公孙龙子》等诸子散文著作。诸子散文大体经历了语录体、对话体、专题论文三个阶段，在论辩争鸣的环境中发展成熟起来，其中，《庄子》与《孟子》的文学价值最高。

战国时期除诸子外，地处南方的楚国出现的楚辞可谓独树一帜。楚国带着它独特的鸟虫书的唯美气质，吸收楚地好巫风俗所带来的别样楚声格调，当然也受到北方中原文化的影响，形成了自己独有的文化风貌。在这种风貌的滋养下，由著名诗人屈原"自铸伟词"首先创制发起，后宋玉等诗人不断实践，形成与《诗经》迥然不同的一种新诗体——楚辞，后又称为骚体。屈原一生曲折，身经贬谪，报国无门，只能用楚辞抒情言志，在香草美人的意象中寄寓理想，在上天入地的境界里探索真理，其中文学成就最高的是他的《离骚》《九歌》等著名篇章，开创了中国诗歌发展的积极浪漫主义道路。自此先秦诗歌大致经历了由宗教颂赞祝祷诗、政治叙事诗到言志抒情诗的发展过程,也完成了文学由集体创作向个人独立写作的历史转型。

　　先秦文学最初阶段并没有完全独立的文学样式,但随后也逐步表现出各类文体的萌芽成长的特点,渐渐在后期独立发展起来。

　　其一,与乐舞融合一起的诗歌萌芽与发展。这可以从《吕氏春秋·古乐》记载的葛天氏之乐操牛尾以歌、《尚书·益稷》记载的《大韶》乐舞化妆鸟兽配合人唱歌辞和多种乐器伴奏,见证诗、乐、舞三者的密切结合。这是中国诗歌萌芽时期的一个重要特征,约在春秋以后,诗歌才从乐舞中逐步分化出来,向强调节奏韵律、体现文学意义的方向发展。

　　其二,与巫史混同的历史散文的发展脉络、与哲学相提并论的诸子散文的发展线索,都体现出先秦文学文史哲不分的鲜明特征。

　　其三,因时代久远,即便是文字出现以后,文字考证依然艰难,很多作品的作者、时代难以确定。

　　据《礼记·表记篇》载,孔子曾总结夏商周三代文化的特点:"虞夏之质,殷周之文,至矣。虞夏之文不胜其质,殷周之质不胜其文。"孔子对夏商周三代的文辞提出了整体概括的看法,周代文学堪称先秦文学的主干和代表,主要表现在散文和诗歌方面,具有创始性、综合性、实用性、模糊性等突出特点,开启了中国文学历史的先河。

第一章　原始歌谣和神话

　　原始歌谣和神话是中国古代文学的源头。原始歌谣伴随着生产劳动过程而产生,诗乐舞一体,反映了上古先民的社会生活;神话是人类童年的产物,是上古先民通过幻想对自身及所处环境的解释。它们同属于传说时期的文学,无论是表现内容还是艺术特质都对后世的文学创作产生了重要的影响。学习本章,可采用阅读鉴赏法,通过具体作品的学习,感知原始歌谣和神话的魅力。

第一节　原 始 歌 谣

　　文学艺术起源于生产劳动,在先民劳动过程中,为了统一步调,减轻劳作的枯燥和疲惫,他们喊出富有热情的劳动号子,这些号子就成了原始歌谣的来源。《淮南子·道应训》记载:"今夫举大木者,前呼'邪许',后亦应之,此举重劝力之歌也。"举重劝力之歌,实际是在劳动中规范动作节奏的号子,它是集体劳动的有机组成部分,直接开启了原始歌谣的创作。由此可见,原始歌谣的产生可以追溯到文字产生之前的远古时期,属于传说时期的文学,它伴随着生产劳动过程产生,依靠人们口耳相传,后来有了文字才得以记载。

　　上古先民在生产劳动中创造了原始的诗歌、音乐和舞蹈。诗乐舞一体在古籍中有明确记载,《吕氏春秋·古乐》:"昔葛天氏之乐,三人操牛尾,投足以歌八阕:一曰载民,二曰玄鸟,三曰遂草木,四曰奋五谷,五曰敬天常,六曰建帝功,七曰依地德,八曰总万物之极。"这首古乐反映了上古先民的生产劳动情况,表达了朴素的原始宗教信仰。古人尊敬祖先,敬畏天地,重视农耕、畜牧等农业活动,并祈愿获得更好的生活,形式上融合了歌舞表演,"投足"是说手里拿着牛尾舞蹈,源自生活中耕作的表达。

　　原始歌谣全面反映了原始人的社会生活,包括劳动生活、祭祀、战争以及婚姻生活等。比如猎歌《弹歌》："断竹，续竹。飞土，逐宍。"砍伐竹子，制作弹弓，进行射击，获得食物。这首歌谣简短质朴，跳跃性的画面展示了丰富的内容，四个动宾词组记述了弹弓的制作和使用。它的二拍节奏明快有力，符合劳动中最基本的节奏，也奠定了诗歌最原始的节奏。

还有《礼记·郊特牲》中的《蜡辞》："土反其宅，水归其壑，昆虫毋作，草木归其泽！"这是首农业祭祀时的祝辞，带有一定的咒语性质和巫术色彩。土返回它的原地，水流向它的洼地，虫灾不要发生，草木返回沼泽地带，不再危害庄稼。作品只有四句，句式简洁铿锵，反映了自然灾害带给先民的痛苦，表达了他们想通过巫术咒语获得美好生活的愿望。

婚恋题材也在原始歌谣中有所体现，《周易·屯卦》记载："屯如，邅如；乘马，班如；匪寇，婚媾。"这首歌谣描绘了上古抢婚风俗的画面。还有《吕氏春秋·音初》所记："禹行功，见涂山氏之女。禹未之遇，而巡省南土。涂山氏之女乃令其妾候禹于涂，女乃作歌，歌曰：候人兮猗。"这个作品生动地展示了涂山氏之女对丈夫禹的思恋之情。"候人兮猗"一句中实词和虚词结合，前两字表达实际意义：等着你，等着你，后两字重在情感抒发，表达绵延不绝的思念。虚实相生成就了中国第一首情诗。

原始歌谣中还有描写战争结束胜利归来的情景。《周易·中孚卦》记载："得敌，或鼓或罢，或泣或歌。"打了胜仗，有的士兵仍沉浸其中，擂鼓示勇，有的或坐或卧正在休息，有的经历痛苦正在哭泣，还有的引吭高歌。战争过后，人们不同的情绪和表现可谓一览无遗。

诗乐舞一体是中国诗歌创立初期的重要特征。《礼记·乐记》记载："诗，言其志也；歌，咏其声也；舞，动其容也。"诗、乐、舞三者紧密结合，在中国古代文学发展史上存续了很长时间，古代很多诗歌都是可以歌唱的，比如《诗经》。后来诗歌成为独立的文学样式，朝辞约义丰、表情达意、重节奏韵律的方向发展起来。除了原始歌谣，同样属于传说时期的还有神话。

第二节　神　话

神话是人类早期的幻想性作品，原始社会生产力水平十分低下，人们认识能力和知识水平非常有限，于是通过想象，以故事的形式表达对自然和社会现象的认识。神话是通过人们的幻想用一种不自觉的艺术方式加工过的自然和社会形式本身。鲁迅在《中国小说史略》中这样解释说："昔者初民，见天地万物，变异不常，其诸现象，又出于人力所能以上，则自造众说以解释之：凡所解释，今谓之神话。"神话是原始先民企图借助幻想解释和征服自然的表现。神话的主角多是神的形象，具有平凡人所不及的力量,表达了先民渴望征服自然的愿望。

这些神话传说可以在出土的岩画、帛书上找到相关的刻绘。现存的中国古代神话主要保存在《山海经》《淮南子》《楚辞》《庄子》等几部著作中,其中《山海经》是我国古代保存神话资料最多的书。我们今天熟悉的很多神话都收录其中,如鲧禹治水、夸父逐日、女娲补天等,书中还描述了异域外邦的奇特风俗,如不死国、小人国等,还记述了大量山神的形貌,如龙首鸟身等,透露着上古先民图腾崇拜的意识。

中国古代神话根据内容可以分为六个类型,分别是创世神话、始祖神话、洪水神话、战争神话、发明创造神话和个人英雄神话。

(1) 创世神话。神话是人类童年的产物,创世神话表现了人类对宇宙来源的探寻。在中国神话中盘古开天辟地,并且缔造了世间的万事万物。

> 天地混沌如鸡子,盘古生其中,万八千岁,天地开辟,阳清为天,阴浊为地。盘古在其中,一日九变,神于天,圣于地。天日高一丈,地日厚一丈,盘古日长一丈,如此万八千岁。天数极高,地数极深,盘古极长。后乃有三皇。(《艺文类聚》卷一引徐整《三五历纪》)
>
> 首生盘古,垂死化身。气成风云,声为雷霆,左眼为日,右眼为月,四肢五体为四极五岳,血液为江河,筋脉为地理,肌肤为田土,发髭为星辰,皮毛为草木,齿骨为金石,精髓为珠玉,汗流为雨泽,身之诸虫,因风所感,化为黎甿。(《绎史》卷一引《五运历年纪》)

(2) 始祖神话。除了关心宇宙的起源,人类自身的起源也是原始先民苦苦思索的问题,在中国神话中关于始祖神话最有名的就是女娲造人了:

> 俗说天地开辟,未有人民。女娲抟黄土作人,剧务,力不暇供,乃引绳于泥中,举以为人。故富贵者,黄土人;贫贱凡庸者,引絚人也。(《太平御览》卷七八引《风俗通》)

这则神话不仅解释了人类的起源,还解释了人为什么会有不同等级。女娲不仅创造人类,还为人类生存创造了必要的条件,这就是有名的女娲补天神话。女娲是始母神形象,是一位对人类悉心庇护、具有奇异神通的女性形象,很多观点据此认为女娲神话主要产生于母系氏族社会时期,女性有崇高的社会地位,对延续种族有重要作用。

(3) 洪水神话。神话具有一定的地域性,可是以洪水为题材的神话却在世界各地普遍存在,说明人类曾经都面临洪水的灾难,内容类似主题却不同。国外的洪水神话更多侧重表现上苍对人类的惩罚,而中国的洪水神话则更多表现的是人与

洪水的抗争,最有名的是鲧禹父子治水的神话:

> 洪水滔天,鲧窃帝之息壤以堙洪水,不待帝命。帝令祝融杀鲧于羽郊。鲧复生禹,帝乃命禹卒布土以定九州。(《山海经·海内经》)

父子两代人前仆后继,可见治水之决心。前期使用用土堵的方法,难以奏效,后期禹四处考察,最终用疏导的方法解决了洪水危机。据《吕氏春秋》记载,"禹八年于外,三过其门而不入",实地探测地形地貌,东南西北都走到边境,到过海边、羽人裸民之乡、三危之国以及犬戎国。他坚持理想不放弃,历尽千辛万苦,"股无胈,胫无毛,手足胼胝,面目黎黑,遂以死于外",想尽一切方法终于治水成功。作品还穿插了治水过程中禹和神灵发生的故事,诛杀恶神,得到很多善良神灵的帮助,充满浪漫的幻想色彩。洪水神话集中反映了先民的智慧,积累了他们同自然灾害作斗争的经验。

(4)战争神话。这类神话的主角由传说中的神向生活中的人转变,不完全是虚构幻想的,有一定的历史背景。黄帝、炎帝是中原部族的两大首领,他们之间发生的战争显示了民族融合的进程。他们分别居于姬水和姜水,随着疆域的扩大产生严重的矛盾,多次发生战争。阪泉之战,黄帝打败炎帝,实现了炎黄部族的融合,成为华夏民族的主体。据记载,这次战争中黄帝竟然能指挥熊、罴等猛兽参加战斗,彰显了黄帝的威权。炎黄汇合后,黄帝和蚩尤又开始了激烈的争战。蚩尤是南方的苗蛮少数民族的部落首领,这场战斗也极富幻想色彩,不仅有部族士兵征战,天神风伯、雨师等也参与其中,风、雨、旱、雾等气象都成了进攻的重要利器。这两则神话内涵丰富,奇特幻想和历史事件交相辉映,侧面反映了人类社会的发展进程。黄帝战蚩尤是著名的战争神话:

> 蚩尤作兵伐黄帝,黄帝乃令应龙攻之冀州之野。应龙蓄水。蚩尤请风伯、雨师纵大风雨。黄帝乃下天女曰魃,雨止,遂杀蚩尤。(《山海经·大荒北经》)

(5)发明创造神话。随着社会发展,人类自身的主体性越来越突出,发明创造神话的主人公从神变成了人,他们都是人的形象,具有超常智慧和神奇本领,善于开创新事物,他们的贡献是创造新事物,征服大自然,创造更好的生活,如燧人氏、有巢氏、神农氏、仓颉、后稷等。传说后羿是弓箭的发明者,最著名的就有这则后羿射日神话:

> 逮至尧之时,十日并出,焦禾稼,杀草木,而民无所食。猰貐、凿齿、九婴、大风、封豨、修蛇皆为民害。尧乃使羿诛凿齿于畴华之野,杀九婴于凶水之上,

缴大风于青丘之泽,上射十日而下杀猰貐,断修蛇于洞庭,擒封豨于桑林。万民皆喜。置尧以为天子。(《淮南子·本经训》)

(6)个人英雄神话。这类神话着重塑造人类自身的美好品格,如勇气、毅力以及信念等,有名的当属夸父逐日和精卫填海神话。

夸父与日逐走,入日。渴,欲得饮,饮于河、渭;河、渭不足,北饮大泽。未至,道渴而死。弃其杖,化为邓林。(《山海经·海外北经》)

夸父代表了上古先民敢于追逐梦想、永不言败的形象。他与日逐走,最后渴死在半路,还化为邓林造福后世子孙,体现了上古先民奋力拼搏的勇气和造福民众的情怀。悲剧结局增添了英雄的悲壮色彩,类似的英雄形象还有精卫和刑天。精卫填海,明知不可为而为之,以微薄的力量对抗汹涌的大海;刑天舞干戚,即使断首已死,也要不停挥舞干戚,奋力反抗。这类神话突出了英雄人物的优秀品质,凸现了华夏民族生生不息的抗争精神。

神话是人类童年的产物,神话产生的土壤是上古先民的社会实践生活。在诸多神话中,先民们解释了世界的起源,记录了人类的命运,生动地向人们展示了"自然与人类命运的富有教育意义的意象"。在神话传说中也渗透了先民深深的忧患意识,描绘了他们顽强不息的抗争命运的壮举,他们努力改造世界,开创美好未来,体现了厚生爱民意识。在艺术手法上,浪漫主义是神话的基础。在浪漫幻想中,先民们融合了现实生活的细节,比如以人体为参照诠释自然万物,从神灵形象中能找到现实动物的影子,以及神话中蕴含着强烈的情感体验。神话后来演变成了史话或仙话。

神话是我国非写实主义文学的源头,神话中乐观进取的精神、不屈不挠的意志和征服自然的气概,想象、夸张、拟人等表现手法都对后世产生了重大的影响。神话是我国古代文学的素材宝库,屈原的楚辞,庄子的散文,阮籍、陶渊明、李白、苏轼等人的诗词,宋元以后的小说、戏曲以及鲁迅的《故事新编》等,都借用了神话的素材和形象,进行艺术再创造而闪射出奇光异彩。

阅读链接

研究中国古代神话的学者应首推袁珂先生,推荐阅读袁先生的《中国古代神话》,这是国内第一部较系统的汉民族古代神话专著,另外还著有《中国神话史》、《山海经校注》等。

思考·练习·拓展

1. 名词解释：神话。
2. 简述我国上古歌谣的艺术特征。
3. 简述神话的分类及蕴含其中的民族精神。
4. 简述古代神话对后世文学的影响。
5. 搜集中国少数民族神话传说。

第二章 《诗经》

《诗经》是我国最早的一部诗歌总集,开创了我国诗歌现实主义文学传统。作为中国文学的光辉起点,无论是思想内容还是艺术手法都深深影响了后世的文学创作。这部诗集内容极为丰富,在颂赞祖先功业、描摹农事细节、时政讽喻、爱情婚姻等多方面凸显了诗歌的现实主义传统,广泛运用赋、比、兴三种基本艺术表现形式,以四言为主,多数诗歌句式整齐,重章叠句比比皆是,是我国诗歌发展史上的第一个高峰。学习本章,可用诵读和浏览相结合的方法,通过对具体作品的学习和领悟,感知《诗经》的艺术魅力。

第一节 《诗经》的编集、体制和流传

自西周初年至春秋中叶(约前 11 世纪至前 6 世纪)五百多年的久远时光,在中原大地上吟唱着无数乐歌,最终诞生了我国第一部诗歌总集《诗经》。先秦时期《诗经》一般被称为"诗"或"诗三百"。《荀子·劝学》提及"始乎诵经",《诗》被列入其中,说明春秋末、战国间已用为教材,教习后生。到了西汉初年,由于儒家的推崇,诗被尊为"经",于是后世便称之为《诗经》。

《诗经》存目三百十一篇,其中《小雅》中的《南陔》《白华》《华黍》《由庚》《崇丘》《由仪》这六篇有目无辞,乃所谓"笙诗"(即有声无词的笙曲),故实有三百零五篇。

《诗经》的搜集、整理和编订,工程浩繁,时间跨度大,先秦古籍无明确记载,因此众说纷纭。历来有三种说法较有影响:采诗说、献诗说、删诗说。

1. 关于采诗

汉代学者已有采诗的说法,班固《汉书·食货志》:"孟春之月,群居者将散,行人振木铎徇于路以采诗,献之太师,比其音律,以闻于天子。故曰:王者不窥牖户而知天下。"后人否定此说的也不少,有代表性的如崔述《读风偶识》卷二《通论十三

国风》指出："旧说'周太史掌采列国之风,今自邶、鄘以下十二国风,皆周太师巡行之所采也。'余按:克商以后,下逮陈灵近五百年,何以前三百年所采殊少,后二百年所采甚多?周之诸侯千八百国,何以独此九国有风可采,而其余皆无之?"后又作出断语:"且十二国风中,东迁以后之诗居其大半,而《春秋》之策,王人至鲁虽微贱无不书者,何以绝不见有采风之使?乃至《左传》之广搜博采而亦无之,则此言出于后人臆度无疑也。"

《诗经》所选诗歌产生的地域,大约相当于今陕西、山西、山东、河南、河北、湖北北部一带,地域广大,有目的地采诗一说,虽有瑕疵,也可资借鉴。

2. 关于献诗

《诗经》的作者包括了从贵族到平民的社会各阶层人士,绝大部分已无从考证。《国语·鲁语》:"昔正考父校(当读效,奉献之意)商之名颂十二篇于周太师。"《国语·周语上》:"故天子听政,使公卿至于列士献诗,瞽献曲,史献书,师箴,瞍赋,矇诵,百工谏,庶人传语。"周代公卿列士献诗、陈诗,目的在于讽谏或美赞,当然也有可能是采集来的。无论哪一途径所得之诗,都有可能集中于王朝乐官之手,经加工整理而用于演奏。这种推测虽尚无史料可明确证明,但易于为人们所接受,因此今天研究者多用此说。

3. 关于删诗

《论语·子罕》中记孔子语:"吾自卫返鲁,然后乐正,雅、颂各得其所。"司马迁在《史记·孔子世家》中也认为是孔子整理《诗经》。事实上,早在孔子的时代已有与今本《诗经》内容相近的"诗三百篇"存在,学者多数认为孔子对这些诗做过"正乐"的工作,甚至有可能对其进行了文字整理,但如果说《诗经》由他删选而成,却不可信。

《诗经》中的诗歌均为曾经入乐的歌曲,按音乐性质的不同,分为风、雅、颂,只是因为古乐失传,我们已无从了解这些音乐详尽的风貌。

"风"即音乐曲调,国风即王畿以外各地区、方域的乐调。"风"有"十五国风",包含周南、召南、邶风、鄘风、卫风、王风、郑风、齐风、魏风、唐风、秦风、陈风、桧风、曹风、豳风,共一百六十篇。古人说:"秦风""郑风""魏风"就如今天说"秦腔""河南梆子""山西梆子",是地方土乐的调子,相当于民歌。国风中一般认为豳风全部是西周的作品,其他作品少数产生于西周,大部分产生于东周。

"雅"诗共一百零五篇,大雅三十一篇,小雅七十四篇。雅是正的意思,周人认为的正乐叫雅乐,正如周人的官话叫雅言,也有人认为雅属王畿附近的乐调,乃音乐正宗,故云雅。还有学者认为,雅是夏的借字,因王畿附近曾是夏人居住的地方,故云夏。雅诗多为宫廷宴飨的乐歌,多数是西周的作品。大雅的作者主要是上层贵族,大部分作于西周初,小部分作于西周末。小雅的作者既有上层贵族,也有下层贵族甚至身份低微者,除少数作品可能出自东周外,其余作品都出自西周晚期。

"颂"包括《周颂》三十一篇,《鲁颂》四篇,《商颂》五篇,共四十篇。颂是用于宗庙祭祀的乐歌、舞曲,音乐可能较舒缓庄重。《毛诗序》云:"颂者,美盛德之形容,以其成功告以神明者也。"可以理解为,颂有二义:一是赞颂,夸祖颂德,二是与舞蹈相配的诗。颂是"容"的借字,容,形容,即样子。《周颂》是周王朝的颂诗,以气魄取胜,用来向神明倾诉,产生于西周初期,每篇只有一章。《鲁颂》是鲁国的颂诗,产生于春秋中叶鲁僖公时,四篇中《閟宫》《泮水》体裁近雅,《有駜》《駉》体裁近风,体现了颂诗风格发展演变的痕迹。《鲁颂》专用于颂祷,开后世文人献颂诗之先①。《商颂》并非商朝的颂诗,而是商的后裔宋国的颂诗,大约是殷商中后期的作品,有祭祀之歌和祝颂之诗。

音乐特点的形成,与其用途、地域特色密切相关,而特色不同的音乐,应用场合也不尽相同。风雅颂最初仅是一种音乐上的分类,流传中也显示出内容上的种种分别。

诗三百产生时主要用于典礼、讽谏和娱乐,是周代礼乐文化的重要组成部分,是实行教化的重要工具,在当时的政治外交活动中发挥了非常重要的作用。那时,各诸侯国的祭祀、朝聘、宴饮等重要场合上,诸侯君臣赋诗言志、酬酢应对,引用诗句评论抒情、劝讽纳谏的事情司空见惯。诸子百家也常常对《诗经》断章取义,引用诗句为我所用。孔子更是重视"诗教",曾说"不学《诗》,无以言",他开办讲坛,阐述学《诗》的重要意义和社会功用。

《诗经》因为其句式简短,容易记诵的特点,凭借口耳相传,在秦火后仍得以流传。汉代先后有齐人辕固生、鲁人申培、燕人韩婴、鲁人毛亨和赵人毛苌四家传授《诗经》。汉初兴鲁、齐、韩三家诗,三家诗是用当时通行的隶书书写,因而称今文诗,《毛诗》是汉人发现的先秦古本,用大篆书写,故称古文诗。三家诗在西汉被立为博士,成为官学(儒术定尊后设五经博士官),曾盛极一时,称为今文经学。《毛诗》出现虽晚,但在民间流传最广,后世称为古文经学。至东汉时,郑玄在毛亨的《毛诗诂训传》基础上作笺,《毛诗》被立为学官,读《毛诗》的人逐渐增多,三家诗则渐渐失传。据说,"齐诗"亡于魏,"鲁诗"亡于西晋,而今日之《诗经》是"毛诗"一派的传本。

第二节　《诗经》的思想内容

《诗经》内容十分丰富,深刻地反映了西周至春秋中叶政治、经济、军事、文化以及世态人情、民俗风习等社会生活的各个方面,是研究我国古代社会情况的珍贵

① 扬之水《先秦诗文史》,沈阳:辽宁教育出版社,2002 年,166 页。

资料。

一、祭歌与史诗

上古先民重视祭祀,把祭祀与战事列为国之大事。祭祀中,要通过乐舞歌诗的形式赞颂神灵和祖先功德,祈福禳灾,由此就诞生了各类祭歌。保存在大雅和"三颂"中的祭歌,有的描述部族产生、发展的历史,有的赞颂先公先王的德业,也有的祭祀大自然,如周王巡守、祭祀山川的乐歌《周颂·般》:"於皇时周,陟其高山,嶞山乔岳,允犹翕河。敷天之下,裒时之对,时周之命。"大气磅礴,天下归周,自信与敬畏交织。尽管黑格尔认为中国没有民族史诗,但很多学者认为,这些诗有些既是祭歌,又是史诗,其价值不能忽视,我们采纳后者意见。

《诗经·大雅》保存了五首古老周族史诗《生民》《公刘》《绵》《皇矣》《大明》,记述了从周始祖后稷诞生到武王灭商的一些传说和英雄史迹。这五首史诗,完整地记录了周人由产生到逐步强大,最后灭商,建立统一王朝的历史过程,社会制度由原始氏族社会向奴隶制社会渐次转变。诗中面对先人的功绩伟业,充满了自豪之情。

《生民》写后稷的诞生与成长,神奇灵异,有浓厚的神话色彩。诗中说后稷之母姜嫄履帝迹生子,又弃之隘巷、平林、寒冰,但后稷受到牛羊鸟兽的保护。诗的后五章,写后稷在农业种植方面有突出本领:"蓺之荏菽,荏菽旆旆。禾役穟穟,麻麦幪幪,瓜瓞唪唪。""茀厥丰草,种之黄茂。实方实苞,实种实褎。实发实秀,实坚实好。"他懂得耕作,栽培五谷,还创立了祀典,一生成就斐然。这反映了当时人们敬天祭祖的宗教理念,以及由母系社会进入父系社会时的伦理道德观和美学观。

此外,《商颂》中的《长发》、《大雅》中的《江汉》《常武》等,有歌咏史实或战事的部分,有学者也将它们归入史诗部分。

二、农事诗

周初的统治者极为重视农业生产,每当一年的农事开始,都要举行隆重的祈谷、籍田典礼,祈求上天恩赐丰收,天子会亲自率领诸侯、公卿大夫、农官到周天子的籍田里象征性地犁地。及至秋天丰收以后,还要举行隆重的报祭礼,答谢上帝的恩赐。如《噫嘻》《臣工》《丰年》《良耜》《载芟》等作品,就是耕种籍田、春夏祈谷、秋冬报祭时的乐歌。其中《周颂·丰年》一诗中写道:"丰年多黍多稌。亦有高廪,万亿及秭。为酒为醴,烝畀祖妣。以洽百礼,降福孔皆。"诗中农业大丰收的情景如在眼前,这是秋收后祭祀祖先时唱的乐歌。《周颂·噫嘻》写道:"噫嘻成王,既昭假尔。率时农夫,播厥百谷。骏发尔私,终三十里。亦服尔耕,十千维耦。"成千上万的农奴在几十里广袤平原上耦耕作业,显示出当时农业生产的规模、方式及生产力发展水平。

农事诗大多赞颂农业成就，夸耀田土广阔、农夫众多、收获丰盈，表达祈求丰年的美好愿望。有的诗歌直接描绘劳动场景，抒发收获财富的喜悦，如《周南·芣苢》一诗，描写农妇采摘车前子的情状，表现她们劳动中的愉快心情，富有浓郁的生活气息。《国风》中农事诗的杰出作品，首推《豳风·七月》。全诗八章，八十八句，三百八十字，篇幅之长，为风诗之冠。《七月》详尽地叙述了豳地农夫一年四季艰苦繁杂劳动生活的各个方面，是一幅自然环境和社会环境交织的劳动生活图景。农夫们种田、养蚕、纺织、染缯、酿酒、打猎、凿冰、修筑宫室，而劳动成果大部分被贵族享有，自己却无衣无褐，吃苦菜，烧恶木，住陋室，在严冬时节填地洞、熏老鼠、堵窗隙、涂门缝，以御寒风。诗中客观地反映了农夫和贵族生活的悬殊差异，体现了他们哀怨与不满的情绪，具有很高的史料价值和认识价值。

三、燕飨颂歌与怨刺诗

燕飨颂歌产生于西周初年，尤其是文、武、周公、成王时期，社会相对繁荣、和谐，君臣、亲朋经常欢聚宴享，气氛热闹祥和。这类诗歌在《颂》《雅》中多见。如《小雅·鹿鸣》，其内容就是天子宴请群臣嘉宾，以后也常用于贵族宴请宾客。

呦呦鹿鸣，食野之苹。我有嘉宾，鼓瑟吹笙。吹笙鼓簧，承筐是将。人之好我，示我周行。

周代乃农业宗法社会，宗族间和谐融洽的关系是维系社会稳定的重要纽带。周之国君、诸侯、群臣多数是同姓子弟或姻亲，利用这种血缘宗亲的关系加强统治，是周代统治者的必然选择。所以，燕飨的目的已不是单纯的享乐，"亲亲之道，宗法之义"才是宴会的主题。《诗经》中其他题材的作品也都表现出浓厚的宗法观念和脉脉温情。

燕飨诗另一类是反映周代的礼乐之盛。礼乐文化是周代文化的重要组成部分，《诗经》俨然成为这种文化的载体，诗中赞美守礼有序、宾主融洽，批评纵酒失德、越礼不尊，如《小雅·宾之初筵》写宴饮时设立酒监和史官，监察来宾礼仪，记录现实情况，对饮酒无度、失礼败德进行谴责。《大雅·泂酌》中夸赞："岂弟君子，民之父母。""岂弟君子，民之攸归。""岂弟君子，民之攸塈。"《大雅·卷阿》中说："岂弟君子，来游来歌，以矢其音。"这种礼乐文化的精神，同样体现在其他题材的诗作中，如《鄘风·相鼠》中写道："相鼠有体，人而无礼。人而无礼，胡不遄死？"

西周中叶以后，尤其是西周末期，周室衰微，朝纲废弛，政治黑暗，社会动荡，于是大量反映社会弊政、动荡丧乱的怨刺诗出现。"二雅"和《国风》中，怨刺诗与颂歌异调而歌，亦即前人所谓"变风""变雅"。"刺过讥失，所以匡救其恶"（郑玄《诗谱序》），指明了怨刺诗的主旨所在。

《大雅》中的《民劳》《荡》《桑柔》《板》《瞻卬》、《小雅》中的《正月》《十月之交》《节南山》《雨无正》《巧言》《巷伯》等,反映了厉王、幽王时的社会现实,政治黑暗腐朽,社会弊端丛生,赋税严苛沉重,人民生活艰难。据说《大雅·民劳》《大雅·荡》是召穆公谏厉王诗,《大雅·桑柔》是厉王时大夫芮良夫所作,《大雅·板》是凡伯刺厉王诗。《大雅》这几首诗的作者怀着对周王朝前途命运的忧虑,规谏箴戒周天子,以期力挽狂澜,扭转危局,可颓势已定,终究叹惋哀戚。《小雅》怨刺诗的作者没有《大雅》的作者身份高贵,在悲悼周王朝国运已尽的同时,也对自身的苦难遭遇深深感慨叹息。《小雅·正月》是失意官吏忧国哀民、愤世疾邪的诗,大约幽王时期所作。《小雅·十月之交》是日食和大地震之后,王朝官吏叙事抒情之作,讽刺当政者扰乱朝纲,致使灾异频出,民不聊生,国运势颓,并慨叹自己无辜受谗,孤立无援。

"二雅"中的怨刺诗多出自贵族文人之手,以规谏为主,而《国风》中的怨刺诗则多出于民间,能更直接地反映下层民众的思想、感情和愿望,具有更激烈的批判精神。《国风》中的《魏风·伐檀》《魏风·硕鼠》《邶风·新台》《齐风·南山》《陈风·株林》《鄘风·墙有茨》《秦风·黄鸟》等,或讽刺不劳而获、贪得无厌者,或揭露统治者的暴行和秽行,或讽刺统治者的丑恶和无耻,抒写彻底尖锐,情感激荡,内容深广。

《魏风·伐檀》高唱着:"不稼不穑,胡取禾三百廛兮? 不狩不猎,胡瞻尔庭有县貆兮? 彼君子兮,不素餐兮?"揭露了剥削者的寄生本质,对这种不劳而获、无功受禄的行径非常愤慨。《魏风·硕鼠》把统治者的贪婪残忍比作硕鼠,比喻形象贴切,采用呼告形式,在每章结尾以想象虚拟的形式,表现了劳动者为摆脱绝境而以逃亡作为反抗手段的情形,寄托了作者对理想社会的追求。

四、战争徭役诗

首先,战争诗中有些从正面描写天子、诸侯的武功,表现强烈的自豪感和乐观精神,"二雅"中居多。《大雅·江汉》中写道:"江汉浮浮,武夫滔滔。匪安匪游,淮夷来求。既出我车,既设我旟,匪安匪舒,淮夷来铺。"这是周宣王命召虎领兵讨伐淮夷获得战功的记载,《大雅》中的《常武》、《小雅》中的《出车》《六月》等等,也都反映了宣王时期的武功战绩,写得气势磅礴。这些诗不具体描写战场厮杀、格斗的场面,而是集中表现军威声势,强调道德感化和军事力量的震慑,表现出与希腊史诗《伊里亚特》、印度史诗《玛哈帕腊达》等其他民族相关题材诗歌的不同风格,突出了我国古代崇德尚义、注重教化、使敌人不战而降的政治理想。其次,风诗中也有不少情绪激昂的战争诗。《秦风·无衣》就是一首充满战斗豪情的民歌,突出了同仇敌忾、勇抗外侮的精神。

然而,战争诗中表现更多的是周人热爱和平、厌倦战争的情绪。农业文明的发达,"安土重迁"的观念,西周晚期王室衰微,戎狄交侵,征战不停,兵役、徭役苛酷,都是激起人们这种情绪的原因。战争中远离家园的有疲惫怠服役的征夫,他们饥寒交迫,载渴载饥,生离死别,走投无路,他们思家心切,思乡怀人,"王事靡盬,不能艺稷黍,父母何怙?悠悠苍天,曷其有所?"《唐风·鸨羽》中的这些呼告质问在《邶风·式微》《齐风·东方未明》《魏风·陟岵》《王风·扬之水》《小雅·何草不黄》等诗中也有深刻表达。而战争中在家园内守候的思妇,因夫妻离散,田园荒芜,更是苦不堪言。《王风·君子于役》《卫风·伯兮》《周南·卷耳》《周南·汝坟》等诗中表现的正是她们空虚孤独、殷切思念的情怀:"君子于役,如之何勿思?"更凸显对和平劳动生活的深切渴望。《豳风·东山》就是这类诗中的出色之作:"我徂东山,慆慆不归。我来自东,零雨其濛。我东曰归,我心西悲。"诗中叙写了一位解甲还乡的征人,归途中思乡抒怀,渴望早日还家,可又担心可能发生不能预测的种种状况,细腻地表达了唐人诗句"近乡情更怯,不敢问来人"的复杂心情。

五、婚姻爱情诗

《诗经》中有关爱情婚姻题材的诗歌数量约占三分之一,大部分收于风诗。这些诗歌感情纯真热烈,文辞朴素清新,触及那个时代爱情生活的方方面面,也客观反映了周朝社会的民情风俗和婚姻制度。

《诗经》中的恋歌大胆直率而热烈。有的互赠礼物,山盟海誓:"匪报也,永以为好也。"(《卫风·木瓜》)有的幽会密约,倾吐真情,女子"爱而不见",小伙"搔首踟蹰",收到礼物后,表达真情"彤管有炜,说怿女美"(《邶风·静女》)。有的邂逅相遇,一见钟情:"野有蔓草,零露漙兮,有美一人,清扬婉兮。邂逅相遇,适我愿兮。"(《郑风·野有蔓草》)有的大胆思慕,夸耀情人:"彼其之子"是个"美无度"的人,仪表"美如英",品格"美如玉","殊异乎公族"(《魏风·汾沮洳》)。《溱洧》一诗,写"维士与女,伊其相谑,赠之以勺药"的恋爱情景,自由欢快,互馈相赠,互诉心曲。

爱情婚姻不仅有欢乐,亦有哀戚,生活原本复杂的样子在《诗经》中也有生动全面的描写。女子失恋,有的爽朗干脆,无拘无束:"子不我思,岂无他人? 狂童之狂也且。"(《魏风·褰裳》)有的缠绵依恋,寝食难安:"彼狡童兮,不与我言兮。维子之故,使我不能餐兮。"(《魏风·狡童》)女子遭弃,痴情的人回忆自己恋爱、结婚、被虐待、被遗弃的全过程,痛悔万分:"桑之未落,其叶沃若。于嗟鸠兮,无食桑葚。于嗟女兮,无与士耽。"(《卫风·氓》)有的写刻骨缠绵的相思:"彼采萧兮,一日不见,如三秋兮"(《王风·采葛》),或者不见心上人就"首如飞蓬""甘心首疾"(《卫风·伯兮》)。抗婚诗中的《鄘风·柏舟》最著名:女子爱上一个"髧彼两髦"的年轻后生,却受到母亲的干涉和阻挠,激愤中她大声疾呼"之死矢靡它","母也天之,不谅人只",誓死不嫁他人。而《邶风·绿衣》则写睹物思人,怀念以前的妻子,"心之忧矣,曷维其已"!

《诗经》中还有一些叙写婚嫁礼俗的诗,"桃之夭夭,灼灼其华"(《周南·桃夭》),写对新婚女子的美好祝愿;"高山仰止,景行行止。四牡骓骓,六辔如琴。觏尔新昏,以慰我心"(《车辖》),描写新婚燕尔甜美心情;"伐柯伐柯,匪斧不克。取妻如何? 匪媒不得"(《豳风·伐柯》),写婚姻媒聘的礼俗等等,为后人了解周代社会的生活状况,提供了珍贵的文史资料。

第三节　《诗经》的艺术成就及影响

一、《诗经》的艺术成就

《诗经》蕴含了丰富的艺术营养,是我国古典诗歌的艺术宝库,为后世诗歌的创作奠定了基调。

(一) 赋、比、兴的运用

《诗经》广泛运用赋、比、兴的表现手法,奠定了我国古典诗歌创作的三种基本艺术表现形式。朱熹在《诗集传》中说:"赋者,敷陈其事而直言之者也。比者,以彼物比此物也。兴者,先言他物以引起所咏之词也。"

赋就是铺陈直叙,可以不借助形象化的修辞手段,直截了当地叙述描写,把情感寄寓在所描写的场面或事实中。比就是比喻或比拟,以彼物比此物,诗人有本事或情感,借一个相类似的事物来作比方。兴则是触物兴词,客观事物触发了诗人的情感,引发诗人歌唱,所以大多用在诗歌的开始,只有少数例外。在诗歌创作中,赋、比、兴三种手法,往往交相使用,共同创造诗歌的艺术形象,抒发诗人的丰富情感。

赋是一种基本的艺术表现手法,运用得十分普遍。赋中用比,或者起兴后再用赋,在《诗经》中比比皆是。赋可以叙事描写、议论抒情,比兴都是为表达本事和抒发感情服务的,在赋、比、兴三者中,赋是基础。如《七月》叙述农夫在一年十二个月中的生活,《氓》以恋爱、结婚、被弃的顺序,写女子的遭遇等,用的就是赋法。

比的使用情况比较复杂。有的整首诗都以拟物手法表达感情,被称为比体诗,如《豳风·鸱鸮》《魏风·硕鼠》《小雅·鹤鸣》,独具特色;有的诗中部分运用比的手法,显得丰富多彩,如《卫风·硕人》,描绘庄姜之美,用了一连串的比喻:"手如柔荑,肤如凝脂,领如蝤蛴,齿如瓠犀,螓首蛾眉。"形象细致生动。"巧笑倩兮,美目盼兮",两句动态描写,又把这幅美人图变得生动鲜活。《诗经》中类似的例子很多:"有女如玉"(《召南·野有死麕》),"中心如醉"、"中心如噎"(《王风·黍离》),"巧言如簧"(《小雅·巧言》),"其甘如荠"(《邶风·谷风》),这些诗歌想象摇曳多姿,感染力很强。

《诗经》中"兴"的运用情况有两类。一类只是在开头起调节韵律、唤起情绪的作用,兴句与下文并无直接联系,如《小雅·鸳鸯》:"鸳鸯在梁,戢其左翼,君子万年,宜其遐福。"《小雅·白华》:"鸳鸯在梁,戢其左翼。之子无良,二三其德。"两首诗以同样的句子起兴,抒发的却是迥然不同的情感。另一类是兴句与下文有着委婉隐约的内在联系,或渲染烘托环境气氛,或含蓄象征中心题旨。如《周南·桃夭》的兴句"桃之夭夭,灼灼其华",用茂盛的桃枝、美艳的桃花和新娘的青春美貌、婚礼的热闹喜庆互相映衬。而桃树开花("灼灼其华")、结实("有蕡其实")、枝繁叶茂("其叶蓁蓁"),也可以理解为对新娘出嫁后多子多福、家庭幸福昌盛的美好祝愿。此外,如《葛生》比喻女子外成于他家,《关雎》若雎鸠有别,《竹竿》如妇人待礼以成室家等,就是起兴在前,引发人们的联想后,起到比拟蕴藉的作用。后世常用"比兴"合称,用以指称《诗经》中这种通过联想,把感情寓于形象中的手法。当然,有些诗歌如《蒹葭》,把赋、比、兴三种手法圆熟运用,情景交融,意境深邃,也是后人称道的范例。

(二) 重章叠句

《诗经》的句式,以四言为主,四句独立成章,其间杂有二至八言不等。两节拍的四言句有很强的节奏感,是构成《诗经》整齐韵律的基本单位。四字句节奏鲜明而略显短促,重章叠句和双声叠韵读来显得回环往复,舒卷徐缓。《诗经》重章叠句的复沓结构,不仅便于围绕同一旋律反复咏唱,而且在意义表达和修辞上有鲜明突出的效果。

《诗经》中的重章,经常只变换少数几个词,来表现动作的进程或情感的变化。如《周南·芣苢》,全诗用了六个含义相近又稍有变化的动词,内容单纯而不单调,形式整齐而不呆板,读来典雅温润。《诗经》的叠句,有的在不同诗章里叠用相同的诗句,如《豳风·东山》四章都用"我徂东山,慆慆不归。我来自东,零雨其濛"开头,《周南·汉广》三章都以"汉之广矣,不可泳思,江之永矣,不可方思"结尾。

《诗经》中的叠字,又称为重言。"伐木丁丁,鸟鸣嘤嘤"(《小雅·伐木》),以"丁丁"、"嘤嘤"描摹伐木、鸟鸣之声。"昔我往矣,杨柳依依。今我来思,雨雪霏霏。"以"依依"、"霏霏",状写柳、雪之态。这类例子,《诗经》中不胜枚举。和重言一样,双声叠韵的使用也使诗歌在演唱或吟咏时,舒缓悠扬,具有音乐美。双声如"参差""踊跃""黾勉""栗烈"等等,叠韵如"委蛇""差池""绸缪""栖迟"等等。《诗经》的押韵方式很多,有一章之中只用一个韵部,隔句押韵,韵脚在偶句上,这是我国后世诗歌最常见的押韵方式。

(三) 语言风格

《诗经》时代,汉语已有丰富的语汇和修辞手段。《诗经》中有数量丰富的名词,显示诗人对客观事物有充分的认识。《诗经》描绘动作具体准确,表明诗人具体细致的观察力和驾驭语言的能力。《芣苢》将采摘芣苢的动作分解开,用六个动词,鲜明生动地描绘出采摘芣苢的动态图景。后世常用的修辞手法,《诗经》中也几乎都能找到,夸张如"谁谓河广,曾不容刀"(《卫风·河广》),对比如"女也不爽,士贰其行"(《卫风·氓》),对偶如"穀则异室,死则同穴"(《王风·大车》)等等,举不胜举。

雅、颂与国风在语言风格上有所不同。雅、颂多为西周时的作品,出自贵族之手,篇章严整,极少杂言,体现了"雅乐"的威仪典重;而国风多为春秋时的作品,有许多采自民间,多用重章叠句和语气词"兮"、"之"、"止"等,更多地体现了新声的自由奔放,比较接近当时的口语。

总之,《诗经》的语言风貌灵动逼真,丰富多彩,往往能"以少总多"、"情貌无遗"(《文心雕龙·物色》)。

二、《诗经》的地位及对后世诗歌的影响

《诗经》在我国文学史上具有崇高地位,是我国古代诗歌辉煌灿烂的开端,它对我国后世诗歌,乃至整个古代文学的发展都有巨大而深远的影响。

(一)现实主义精神

《诗经》开创了我国诗歌创作的现实主义传统,绵延恒久。《诗经》中的诗歌,除少数几篇,完全反映现实世界人的日常生活和经验,总体上具有显著的政治和道德色彩。《诗经》所表现的"饥者歌其食,劳者歌其事"的现实主义精神,为后世的进步作家树立了楷模,启发和推动诗人们去关心国家命运,体察民生疾苦,把反映现实作为创作的出发点。这种关注现实的热情、强烈的政治与道德意识、真诚积极的人生态度,被后人概括为"风雅"精神。这种精神为屈原所继承,在汉乐府诗中可见,表现为建安诗人的慷慨之音。陈子昂的诗歌革新、白居易和新乐府的代表作家,以及唐代许许多多优秀诗人,都继承了这种"风雅"精神,表现出注重现实、干预政治、关心百姓疾苦的倾向。这种精神在唐以后的文学创作中,从宋代的陆游一直延伸到清末的黄遵宪,从未间断。

(二)抒情诗传统

《诗经》是以抒情诗为主流的,表现个人感情时,总体上表现比较克制,因而显得平静温和。《诗经》虽有少数叙事的史诗,但主要是抒情言志之作。《卫风·氓》这类偏于叙述的诗篇,其叙事也是为抒情服务。《诗经》可概括为一部抒情诗集,在两千五百多年前产生了如此众多、水平如此之高的抒情诗篇,乃世界各国文学中罕见。自《诗经》始,我国诗歌沿着《诗经》开辟的抒情言志的道路前进发展,从而使抒情诗成为我国诗歌的主要表现形式,凸显抒情诗高度发达的民族文学特色。

(三)比兴垂范

《诗经》中触物动情、运用形象思维的比兴、塑造鲜明的艺术形象,构成情景交融的艺术境界,对我国诗歌的发展具有重大意义。《诗经》以后,比兴成了一个稳定的词,用来指诗歌的形象思维,或者指有所寄托的艺术表现形式。后世诗歌里的兴象、意境等,都可以在《诗经》中找到萌芽。屈原在《楚辞》中,极大地发展了《诗经》

比兴寄托的表现方法。同时，《诗经》中不一定有寄托的比兴，在《诗经》被经学化后，往往被加以穿凿附会，作为政治说教的工具。因此，有时"比兴"和"风雅"一样，被用来作为提倡诗歌现实性、思想性的标准，许多诗人也紧承屈原香草美人的比兴手法，写了许多寓有兴寄的作品。比兴的使用，促成我国古代诗歌含蓄蕴藉、韵味无穷的精神风貌。

《诗经》的"赋、比、兴"的表现手法，民歌重叠反复的形式，准确形象、优美上口的语言，以及它所表现出的深刻的社会内容和优美的艺术形式，对我国后世诗歌的发展有深广影响。如曹操、嵇康、陶渊明等人的四言诗创作直接继承《诗经》的四言句式；后世箴、铭、诵、赞等文体的四方言句和辞赋、骈文等以四六句为基本句式，也可以追溯到《诗经》。可以说，《诗经》牢笼千载，衣被后世，是中国古代诗歌的光辉起点。

阅读链接

推荐阅读程俊英的《诗经译注》，该书编选内容丰富全面，译注讲究词采华美、韵味悠长，同时还注意了意义表达的准确。虽年代较早，有些观点陈旧，仍不失为一部上乘的《诗经》读本。其他优秀书目还有余冠英的《诗经选》、高亨的《诗经今注》以及陈子展的《诗经直解》等。

思考·练习·拓展

1. 名词解释：赋、比、兴。
2. 举例说明《诗经》的艺术成就。
3. 简述《诗经》的现实主义精神。
4. 简述《诗经》的艺术形式对后世诗歌的影响。

第三章 先秦散文

学习提示

　　先秦散文是中华文学武库中的瑰宝,是先秦文学重要的组成部分,它在史官文化和士人文化的哺育下发展、成熟和壮大,不仅是我国后世散文的母体,也是传统文化的源头。殷商时代出现的甲骨卜辞可以视为中国散文的发端,其后又出现了钟鼎彝器铭文,至春秋战国中国散文迎来了第一个黄金期,出现了洋洋大观的散文作品。根据作品内容和写作目的,这些作品主要分为两大类:历史散文和诸子散文。学习本章,可以采用比较阅读法,通过具体作品体味形神各异的文风,掌握先秦散文的民族特质和艺术魅力。

第一节　先秦历史散文

　　重视历史是我国重要的传统,"古之王者,世有史官"(《汉书·艺文志》)。最早流传下来的是甲骨文卜辞,从中可以看到殷商的生产状况和社会制度等。但是,甲骨卜辞只能被视为历史散文的雏形。盛行于周代的钟鼎彝器铭文,除了颂扬祖先和王侯功绩,也有记录重大历史事件的内容。钟鼎铭文与甲骨卜辞依然类同,还是非常简略的记述。直到《尚书》的出现,才有了真正的历史散文。先秦时期,重要的历史散文著作主要有《尚书》《春秋》《左传》《国语》和《战国策》等。这些历史散文本为历史著作,但它们以散文形式记言、记事,有强烈的文学色彩,因此是历史、文学、哲学等多方面的渗透与交融。

一、《尚书》

　　《尚书》又称《书》、《书经》。一般认为,"尚"与"上"通,因此《尚书》可以理解为"上古之书"。根据《汉书·艺文志》所述"左史记言,右史记事;事为《春秋》,言为《尚书》",《尚书》就是一部"记言"的历史文献汇编。今存《尚书》共五十八篇,其中有一部分是东晋人伪造的,不能确信。《尚书》包括《虞书》《夏书》《商书》和《周书》,其中《周书》包括周初到春秋前期的散文,可靠者最多,有二十篇,是《尚书》的精华部分。

唐代孔颖达将《尚书》文体分为典、谟、贡、歌、誓、诰、训、命、征、范十类。诰,有告谕之意,多为君王对臣民的训话,如《盘庚》《康王之诰》,这是《尚书》中数量最多的文体。典,有尊崇之意,为后人的追述之作,如《尧典》《舜典》。谟,有谋划之意,如《大禹谟》。其他如誓,指"誓师之辞","命"指命令等。通过文体,我们就能感受到《尚书》的内容主要记载了君主的言论、军队誓词、政令、劝谏等。《尚书》中古老的文体对汉以后的官方文告撰制依然还有影响。

《尚书》记录内容跨越夏、商、周三个时代,主要透露出奴隶社会时期天命神授的神权思想,如"先王有服,恪谨天命"(《商书·盘庚上》)、"有夏多罪,天命殛之"(《商书·汤誓》)等。到周代,天命神授的思想有所发展,提出了"敬德保民"、"明德慎罚",如《周书·吕刑》中说:"呜呼!敬之哉!官伯族姓,朕言多惧。朕敬于刑,有德惟刑。……永畏惟罚,非天不中,惟人在命。天罚不极,庶民罔有令政在于天下。"意思是劝诫诸侯国君要重视刑罚,要敬畏上天的惩罚。此外,《尚书》还注重总结前代的经验教训,为君王的统治提供借鉴。

作为中国的第一部散文集,《尚书》展现了初步的艺术技巧,叙事简明扼要,描写生动,议论简洁,还有一些抒情性的笔墨,如《周书·秦誓》中:"我心之忧,日月逾迈,若弗云来。"在一些篇章中,还出现了比喻、排比等修辞手法,增加了文章的形象性,增强了艺术感染力,如《盘庚》:"若网在纲,有条而不紊;若农服田,力穑乃亦有秋","若火之燎于原,不可向迩,其犹可扑灭"等。总体而言,《尚书》中的篇章虽然有了比较强的文学色彩,但语言古奥难懂,语词艰涩,难以读通,所以韩愈说"周《诰》殷《盘》,佶屈聱牙"。

二、《春秋》

《春秋》是鲁国的编年史,相传为孔子晚年编订,成书于鲁哀公十四年(前481)。《春秋》上起鲁隐公元年,终于鲁哀公十四年(前722—前481),凡二百四十二年。《春秋》按照鲁国十二位国君的顺序逐年记事,极其简略地记载了周王室、鲁国和其他国家的大事,开创了"以事系日,以日系月,以月系时,以时系年"(杜预《〈春秋〉序》)的编年体体例。

《春秋》被孔子修订过,其思想必然有儒家的痕迹,《孟子·滕文公下》对孔子作《春秋》有这样的看法:"世衰道微,邪说暴行有作,臣弑其君者有之,子弑其父者有之。孔子惧,作《春秋》。《春秋》,天子之事也,是故孔子曰:'知我者其惟《春秋》乎!罪我者其惟《春秋》乎!'"可见孔子作《春秋》的初衷就是为了恢复周王朝旧制,力图挽回礼崩乐坏的局面,这种鲜明的政治意图在篇章中主要体现为主张尊王攘夷、维护周礼、拨乱反正、褒善贬恶,反对"邪说暴行"。

比起《尚书》,《春秋》在语言和叙事上有了明显的发展。《春秋》的语言不再像《尚书》那样佶屈聱牙,而是明白晓畅,简明扼要,用不到两万字的篇幅,记述了二百多年的历史,如庄公六年:"春王正月,王人子突救卫。夏六月,卫侯朔入于卫。秋,公至自伐卫。螟。冬,齐人来归卫俘。"由上述例子可见《春秋》语言凝练,只记述最基本的事实,并不解释前因后果,对人对事也没有明确的议论性文字。

《春秋》虽然记事简略,但用字措辞严谨,遣词造句审慎,一个字里都能寓褒贬、别善恶,以至于连孔子的弟子、以文学著称的子夏都不能再提一点意见,甚至修改一词,"至于为《春秋》,笔则笔,削则削,子夏之徒不能赞一辞"(《史记·孔子世家》)。如隐公元年记载的"郑伯克段于鄢",虽然没有任何评论,但一个"克"字就隐含了对郑庄公和共叔段兄弟二人的态度。这种不直接表明态度,而是在记叙中委婉地表现出作者的思想倾向、含蓄地点评人事的方式被称为"春秋笔法",又叫"微言大义"。"春秋笔法"首创于《春秋》,之后成为一种文学叙事传统,其影响一直到今天都存在。

三、《左传》

《左传》,又名《春秋左传》、《春秋左氏传》,作者疑为鲁国史官左丘明,但并未确定。相传是为传述《春秋》而作。《左传》记载的历史时期,上起鲁隐公元年(前722),止于鲁哀公二十七年(前468),基本上与《春秋》重合。《春秋》记事过于简略,很多事件如果不加解释就令人难以理解,所以需要对它有更详细的记述。如《春秋》庄公九年:"春,齐人杀无知。公及齐大夫盟于既。夏,公伐齐纳子纠。齐小白入于齐。秋七月丁酉,葬齐襄公。八月庚申,及齐师战于乾时,我师败绩。九月,齐人取子纠杀之。冬,浚洙。"这段简短的叙述,在《左传》的《公孙无知之乱》中,有更为翔实的记录。其中包含了几个重大的历史事件:公孙无知篡位及被杀、公子小白和公子纠为夺君位兄弟相残、鲍叔牙荐举管夷吾。

《左传》在思想上倾向于儒家,重视人民,反对用人祭祀和殉葬,具有民本思想。在内容上,《左传》主要记述了各诸侯国的政治、外交、军事及重要人物的言行,真实记录了春秋列国的盛衰兴亡,毫不掩饰地写出了诸侯内部争权夺利、骨肉相残的事实。

《左传》既是研究先秦极具价值的历史文献,也是优秀的散文著作。它善于选取叙述角度,精于剪裁,叙事委婉周详、方法多样,重点突出,尤其擅长描写战争。全书共记录战争四百多起,叙述较详尽的有十四次,著名的有城濮之战、崤之战、齐晋鞌之战、长勺之战、邲之战等。《左传》描写战争善于从全局把握,不仅仅是为描写而描写,把战争与交战国的政治、经济、士气、民心等联系起来,揭示出战争背后的决定因素。在叙述战斗过程时,细节曲折生动,富于故事性。如《齐晋鞌之战》:

韩厥梦子舆谓己曰:"旦辟左右。"故中御而从齐侯。邴夏曰:"射其御者,君子也。"公曰:"谓之君子而射之,非礼也。"射其左,越于车下。射其右,毙于车中,綦毋张丧车,从韩厥,曰:"请寓乘。"从左右,皆肘之,使立于后。韩厥俛定其右。

正是由于齐侯开战前打算灭此朝食,"不介马而驰之",轻敌大意才导致战争失败,而在败逃中又迂腐地遵循礼法,才导致自己的车右逢丑父被韩厥所擒。

《左传》还善于描述人物,这些人物都个性鲜明,性格丰富而复杂。如楚灵王既有残暴骄奢的一面,也有知过能改、不计前嫌的一面。

《左传》的语言简练优美,委婉有致。其中记载了不少外交辞令,如《烛之武退秦师》中,烛之武劝说秦伯:"越国以鄙远,君知其难也。焉用亡郑以陪邻?邻之厚,君之薄也。"(《左传·僖公三十年》)可谓语言练达,事理分明。刘知己在《史通》中评价《左传》的语言"言近而旨远,辞浅而意深",是十分中肯的。

四、《国语》

《国语》是我国最早的国别体史书,也是继《春秋》之后又一部重要的历史散文著作。《国语》记载的史实上自周穆王,下至鲁悼公,大体上从西周末年到春秋时期(约前 967—前 453)。全书二十一卷,分别记载了周、鲁、齐、晋、郑、楚、吴、越八个国家的史实,《国语》对这八个国家的记载并不均衡,其中《晋语》九卷,最为详细,其他如《郑语》《齐语》《吴语》只有一卷,《鲁语》《楚语》《越语》每国两卷,《周语》三卷。《国语》的作者究竟是谁,至今没有定论,一般认为不是一个人写的,而是春秋时期多国史官的记述,与左丘明的传诵也有一定关系,最后经过熟悉历史掌故的人润色加工,在战国初年或稍后编定成书。

《国语》以记言为主,主要记载的是周王朝及诸侯各国的王侯及卿、士大夫朝聘、宴飨、讽谏、辩说、应对之辞,因此被称为《国语》。写作风格以纪实为主,注重客观描写。《国语》上承《尚书》记言传统,下启孔门弟子散文,展示了西周春秋时期说理散文所达到的水平。

《国语》基本倾向也为儒家思想,比起《尚书》和《春秋》,又有了新的特点,如民本思想的发展:

长勺之役,曹刿问所以战于庄公。……对曰:"夫惠本而后民归之志,民和而后神降之福……"(《国语·鲁语上》)

在《太誓》曰:"民之所欲,天必从之。"(《国语·周语中》)

防民之口,甚于防川。(《国语·周语上》)

故王天下者必先诸民,然后庇焉,则能常利。(《国语·周语中》)

从以上对话可以看出《国语》的思想倾向：在神与民的关系中，神民并重，但以民为先；在君与民的关系中，以民为主。在"敬天保民"的基础上，更加突出了民的重要地位。

五、《战国策》

《战国策》，又称《国策》、《国事》、《短长》、《事语》、《长书》等，作者不详，以记言为主，共十二策三十三卷，四百九十七篇，记载了西周、东周及秦、齐、楚、赵、魏、韩、燕、宋、卫、中山各国之事，主要内容是策士谋臣纵横捭阖之术及相关的言论与行事。

《战国策》与其他史书不同，主要体现了纵横家的人生观和价值观，他们崇尚谋略，积极进取，强调审时度势，追求功名富贵，肯定贤能，肯定个人私利。这些纵横家的活跃，代表了"士"阶层的崛起，士的社会地位和发挥的作用空前重要，乃至"所在国重，所去国轻"（刘向《战国策书录》）。《战国策》在一定程度上夸大了纵横家的才能和作用，对他们不讲礼法信义、用尽阴谋诡诈的手段等都不加批判。《战国策》也记载了一些值得肯定和歌颂的人物，对统治阶级骄奢淫逸的生活进行了揭露，表现出一定的批判态度。

《战国策》的文学成就首先在于人物塑造，它善于选取典型事件，通过语言和行动细节对人物进行精细的描绘，尤其是一系列"士"的形象，都独具个性，光彩照人。如冯谖、聂政、鲁仲连栩栩如生，极为生动。再如写荆轲易水送别一段，简单的几个细节就将一个果敢沉毅的英雄形象勾勒出来：

> 太子及宾客知其事者，皆白衣冠以送之。至易水上，既祖，取道。高渐离击筑，荆轲和而歌，为变徵之声，士皆垂泪涕泣。又前而为歌曰："风萧萧兮易水寒，壮士一去兮不复还！"复为慷慨羽声，士皆瞋目，发尽上指冠。于是荆轲遂就车而去，终已不顾。

除了栩栩如生的人物，《战国策》的另一个文学成就是语言艺术，在展示策士言辞时，行文铺张扬厉，文笔纵横驰骋，气势充沛，喜欢夸张渲染。如苏秦，他为谋求功名利禄，先是以连横之术游说秦国，游说不成，又以合纵之策游说燕赵等国，终于身佩六国相印，衣锦还乡。为求功名富贵，不惜朝秦暮楚，极尽口舌之巧、煽惑之能。苏秦的游说之词多用排比夸张，句式整齐，声调铿锵，有很强的说服力和鼓动性。

为了增强文章的感染力和说服力，《战国策》中还有许多寓言故事，如画蛇添足、惊弓之鸟、狐假虎威等，机智幽默，耐人寻味。

先秦历史散文有很高的历史地位，它们的体例、思想、叙事艺术、语言艺术等对后世文学创作有深远的影响,《春秋》的微言大义,《左传》《国语》和《战国策》的叙事艺术、人物塑造艺术,《战国策》铺张扬厉的文风等都被后世模仿发扬。汉大赋、唐宋清古文、史传文学和历史演义小说等多种文体都从先秦散文中汲取过丰富的营养。

第二节　先秦诸子散文

春秋战国时期,我国的社会形态发生了深刻的变革,周王室走向没落,奴隶经济开始解体,士阶层兴起,史官文化开始独立,教育由学在官府,转为学在民间,"天子失官,学在四夷"(《左传·昭公十七年》)。社会形态的变革带来了思想的大变化,"士"阶层在思想领域最为活跃,代表人物有儒家的孟子、荀子,墨家的墨翟,法家的商鞅、申不害,农家的许行、陈相,纵横家的苏秦、张仪等。他们站在不同的立场,从各自的阶层或利益出发,为解决现实问题提出不同的要求和主张,并且著书立说,彼此诘难,形成了百家争鸣的局面,这就是先秦诸子散文产生和兴盛的主要原因。其中最重要的流派有儒家、道家、法家和墨家,《论语》《孟子》《荀子》《老子》《庄子》《韩非子》和《墨子》分别是其主要代表作。

先秦诸子散文的发展从体例上看主要有三个阶段:第一阶段是语录体散文时期,代表作品是《论语》和《墨子》;第二阶段是论辩文和专题论文时期,虽然没有完全摆脱语录体的影响,但散文开始向长篇的议论文发展,代表作品是《孟子》和《庄子》;第三阶段是完善的议论文时期,此时期散文的形式有了新的进步,形成了结构完整的论文体制,发展到了议论文的最高阶段,代表作品是《荀子》和《韩非子》

一、《论语》、《孟子》和《荀子》

《论语》是记录孔子及其弟子言行的语录体散文,由孔子的弟子和再传弟子纂录而成,共二十篇,约成书于春秋战国之交。

《论语》记述的中心人物是孔子。孔子(前551—前479)名丘,字仲尼,春秋时期鲁国人,儒家学派创始人,早年致力于恢复周礼的社会理想,晚年退居家乡,先后整理和编订了《诗》《书》《礼》《乐》《易》《春秋》等几部文化典籍。后世历代封建统治者都利用孔子思想来巩固统治,因而被尊为"圣人"。孔子思想的核心是"仁",在建构仁学体系时,要求整个社会以血缘宗法为基础,保存、建立一种严格等级秩序又体现"仁爱"精神的社会关系,具体体现在孝悌忠信的道德礼教和"君君臣臣,父父子子"的等级秩序上。孔子提倡平民教育,一生弟子众多、诲人不倦。孔子的思想对我国的思想文化发展有巨大而深远的影响。

《论语》虽然记载的是孔子及其弟子的言行片段,但依然有很强的文学性,言简意丰,耐人寻味。

通过简短的对话与问答反映人物风貌,如《颜渊季路侍》:

> 颜渊季路侍。子曰:"盍各言尔志?"子路曰:"愿车马衣轻裘,与朋友共,敝之而无憾。"颜渊曰:"愿无伐善,无施劳。"子路曰:"愿闻子之志。"子曰:"老者安之,朋友信之,少者怀之。"

虽然只有只言片语,子路的率直,颜渊的谦恭,孔子的高远已跃然纸上。

语言富于情感,多用语气词,如夸奖颜回:"贤哉回也!"颜回死后,孔子痛心疾首,直呼:"噫!天丧予!天丧予!"

语句简明深刻,生动而富于哲理。如:

> 岁寒然后知松柏之后凋也。
>
> 学而不思则罔,思而不学则殆。
>
> 三人行,必有我师焉。

《论语》是诸子散文的发端,还没有完整的篇章结构,记述也过于简约,但它影响深远,除了思想的巨大影响,仅仅从语言格式来看,《论语》中很多短小的句子或为格言警句,或成为熟语,或经常被化用,至今长盛不衰,依然有活泼的生命力。

《孟子》是孟轲同他的弟子共同纂录的记述他们师徒言行的书,共七篇。

孟子(约前370—前289),名珂,字子舆,战国中期邹城(今山东邹城)人,他继承和发扬了孔子学说,是孔子之后的又一位儒学大师,在封建时代被统治者封为"亚圣",配享孔庙。孟子提倡"仁义",主张"民为贵,社稷次之,君为轻",认为人性本善,反对暴政和战争,他提出的"劳心者治人,劳力者治于人",为统治者的统治提供了凭据。

《孟子》一书的主要特点是气势充沛,充满锋芒和锐气,感情强烈,富于雄辩,有很强的鼓动性。这与隐含其中的辩说技巧分不开。

善于运用排比和比喻说理,如在《寡人之于国也》中,用"五十步笑百步"的譬喻来说明事理。在《齐桓晋文之事》中,孟子连用五个问句,气势磅礴,声色俱厉:

> 为肥甘不足于口与? 轻暖不足于体与? 抑为采色不足视于目与? 声音不足听于耳与? 便嬖不足使令于前与? 王之诸臣,皆足以供之,而王岂为是哉?

孟子的论说逻辑严密,往往欲擒故纵,引人入彀,同样是在《齐桓晋文之事》中,齐宣王向孟子问齐桓晋文争霸之事,孟子并不直接向齐宣王宣传自己的王道主张,而是先用行仁政、王天下的话题引起齐宣王的兴趣,再用事例说明齐宣王有恻隐之心,完全可以仁政取得天下。接着让齐宣王说出他的"大欲",齐宣王不便说,孟子又宕开一笔,提出虚设问题,为引出"大欲"造势,当齐宣王否定之后,时机成熟,孟子才排山倒海般对齐宣王进行最后一击,使其无路可退,俯首就教。同样的方式,在《尽心上》《尽心下》等篇中也有体现。

孟子的文章还善于辩论,辩论对象不同,辩论方法也不同,有层层发问、步步紧逼法,也有因势利导法,在《寡人愿安承教》《鱼我所欲也》等篇章中都有体现。

《孟子》虽然也是语录体,但比《论语》有了很大进步,在篇幅上和语言运用艺术上,技巧大大提高了。孟子的散文主张文以载道,善于用文学手段达到政治目的,后世的古文运动和文学复古思潮都受到其很大影响,他提出的"知人论世""以意逆志"等见解,成为后世文学批评中的重要原则。

《荀子》大部分是荀子自己的著作,这是一部论文集,全书共存三十二篇,是儒家的重要经典。

荀子(约前313—前238),名况,战国末期赵国人,是此时期最有影响的儒学大师,但他的思想与孔子和孟子有很大不同。他曾在齐国的稷下学宫讲学,去过秦国考察,任过楚国兰陵令,晚年在兰陵著书立说。荀子认为人性本恶,重视教育和后天学习。荀子具有朴素唯物主义思想,认为自然规律是客观存在的,不以人的意志为转移。

荀子的文章主要为论说文,每一篇都有明确的议题,思想深邃丰富,理论严整,说理透辟,层层深入。不仅单篇首尾呼应,行文缜密,而且全书各章相互照应,如《礼论》云:"性者,本始材朴也,伪者,文理隆盛也。"认为性是一种原始材料,与《性恶》篇中认为性是一种天然之情一致。《劝学》篇中"积善成德,而神明自得,圣心备焉"的观点,也和"圣人化性起伪"的观点息息相通。

荀子文章还擅长用排比、比喻来阐明道理,像《劝学篇》前半章几乎全用比喻构成,层出不穷的比喻又构成排比,气势酣畅,令人应接不暇。

荀子也特别重视论辩,因此,他的说理文也擅长论辩,文章多长篇大论,一定要发挥到极致才肯罢休。如《赋篇》,有包括了《礼》《知》《云》《蚕》《箴》五首小赋。

荀子的文章语句精警,有许多传诵至今的名言,如:

> 目不能两视而明,耳不能两听而聪。
>
> 锲而不舍,金石可镂。
>
> 蓬生麻中,不扶而直;白沙在涅,与之俱黑。

荀子的文章对后世的口头文学影响较大,他的《成相》就是用民间歌谣体写成的。荀子还写赋,他在赋中创造的问答形式被汉赋作者广泛采用,推动了汉赋形式的构建。

二、《庄子》

《庄子》共三十三篇,包括《内篇》七篇,《外篇》十五篇,《杂篇》十一篇;《内篇》比较完整,自成一体,《外篇》和《杂篇》没有严格界限,鱼龙混杂。一般认为,《内篇》为庄子手笔,《外篇》和《杂篇》可能为庄子后学所作。《庄子》被金圣叹誉为"天下第一奇书",它在中国哲学史、思想史、文学史、文化史等方面的影响是十分巨大的。

庄子(约前 369—前 286),名周,字子休,生卒年不详,蒙(今安徽蒙城,一说河南商丘)人。庄子出生于没落贵族家庭,二十多岁开始周游列国,三十多岁时做了漆园吏,没几年就辞官回家,之后就开始从事讲学著书的生活一直到去世。他生活穷困潦倒却不慕名利,在乱世中力求保持独立人格。庄子是老子的继承者,与老子共同完成了道家学派的学术理论建构,与以孔、孟为代表的儒家学派并立,成为中国传统文化最早、最具影响力的学派之一。

庄子哲学思想的核心,就在于"道","道"体现了他对万物起源的领悟,对生命奥秘的思索,对人与天地万物相互贯通的体会。庄子主张"无为",追求绝对的精神自由。

《庄子》一书具有很高的文学成就。寓言的大量运用是《庄子》重要的文学特色。庄子自称书中"寓言十九",司马迁在评论《庄子》时也说:"其著书十馀万言,大抵率寓言也。"《庄子》中的寓言,形式自由活泼,短的只有几十个字,长的可达上千字,甚至整篇文章都可以看作一则寓言。庄子利用寓言,或者借题发挥,或者证明自己的观点,或者在寓言中展开议论。庄子的寓言大多是自己编造出来的,不仅如此,他还对这些虚构的寓言故事加以生动细致的描写,使这些寓言带有强烈的想象色彩和文学意蕴。闻一多就说:"寓言成为一种文学,是从庄子起的。"

细致传神的描写也是《庄子》的一大魅力。通过细致传神的描写,庄子为读者塑造了一大批特色鲜明的人物形象,如身残形陋却精神至美之人、形德兼备的姑射山神人、其美能令天地变色的真人,其他如执政者、儒家人物、普通劳动者甚至自然界的大树、骷髅等都可以成为文章的主人公。通过细致传神的描写,作者使这些人物栩栩如生,有情节,有语言,有动作,还有神态和心理活动,如《盗跖》中孔子两次拜见盗跖,两个人的神态和语言都有声有色,对比鲜明。通过细致传神的描写,对自然环境进行了散文诗般的描绘,丰富了读者的感受,如《齐物论》中对风的描写就穷尽风之情态,读来仿佛身临其境。由于《庄子》对人物事件和自然景物的描写方式影响到后世的小说创作,《庄子》还被认为是小说的鼻祖。

《庄子》是中国浪漫主义文学的重要源头之一。古来《庄》《骚》并称,可见庄子与屈原一样,是中国浪漫主义文学的奠基人之一。热烈追求理想境界、想象瑰丽奇特、善用比喻和夸张、文风汪洋恣肆等都是《庄子》最具浪漫主义色彩的部分。其后中国具有浪漫主义倾向的文人,无论任性放诞的嵇康,还是超绝常人的李白,抑或气象宏大的苏轼,都无一例外地从《庄子》中汲取过营养。苏轼自己就曾经说:"清诗健笔何足数,逍遥齐物追庄周。"

三、《韩非子》

《韩非子》现存五十五篇,约十余万言,大部分为韩非自己的作品。

韩非(约前280—前233),韩国都城新郑(今河南省新郑市)人,生活于战国末期。韩非出身于韩国贵族,是荀子的学生。曾多次上书韩王,韩王不用,于是退而著书十万余言阐明治国之道,书传到秦国,深得秦王嬴政赞赏。前234年出使秦国,第二年为李斯陷害,死于狱中。

韩非的核心思想是"法治",他主张变革,反对复古,主张用"法""术""势"相结合来治理国家,强调严刑峻法。

韩非的政论文说理严密,言辞犀利,布局谋篇严谨而富于变化,善于紧扣主题,旁征博引,往往运用排比、对偶和夸张等修辞手法。如《亡征》在提出主要观点后,一连举出了四十七种亡国征兆,令人叹为观止;《说难》中指出了十八种令游说者身危的情况,总结了十四种游说技巧。韩非的散文语言不求文采,平实朴素,这样的政论文议论透彻,表现出冷峻的文风。

韩非散文另外一个特点是用历史故事或寓言故事来说理,生动形象,使深刻的道理变得浅显,让人更容易理解和接受。这些寓言故事大多可以独立成章,既有情节,又有人物,还有环境描写,很多寓言故事已成为耳熟能详的典故。如《五蠹》中守株待兔的故事:

> 宋人有耕田者,田中有株,兔走触株,折颈而死。因释其耒而守株,冀复得兔。兔不可复得,而身为宋国笑。

《韩非子》的文风影响了后世许多论说文大家,如贾谊、晁错、柳宗元、王安石等。其中所包含的大量寓言,构思独特,以白描为主,为后世的寓言创作提供了榜样。

阅读链接

杨伯峻先生曾师从著名的语言文字学家杨树达和黄侃,两位先辈给了他独立思考的治学习惯,因此在古籍的整理、注释和译注等方面,杨先生都成绩斐然,著有《列子集解》《论语译注》《孟子译注》《春秋左传注》等,其中以《论语译注》一书影响最大。他的上述著作都是先秦散文译注中的精品,适合我们阅读。

思考·练习·拓展

1. 尝试背诵《论语》的名句,并组织一次诵读比赛。

2. 名词解释:春秋笔法。

3. 试论孟子的散文艺术。

4. 先秦散文中蕴含着中国最灿烂的思想文化,请就其中一点谈谈对今天的启示。

第四章 楚   辞

学习提示

　　楚辞是战国时期出现在以楚国为中心的中国南部的一种新诗体,是我国文学史上积极浪漫主义的一座高峰,屈原是其奠基者和代表作家。学习楚辞,要了解屈原的生平与影响,诵读其代表作《离骚》《九章》及其他作品,体会其瑰丽多彩的艺术特色,领悟其好巫唯美的文化精神。初步尝试用比较的方式学习,在比较中悟得楚辞及屈原作品的突出成就。

第一节 屈原和楚辞

　　屈原,名平,字原,又名正则,字灵均。战国时楚国人。根据《离骚》"摄提贞于孟陬兮,惟庚寅吾以降",有学者推定屈原大约出生于楚威王元年(前339)正月十四(浦江清推定),上古颛顼帝为其先祖,楚武王熊通之子屈瑕的后代,属于楚国贵族,应与楚王同姓不同氏。据《史记·屈原贾生列传》记载,屈原年轻时"为怀王左徒(仅次于令尹),博闻强志,明于治乱,娴于辞令。入则与王图议国事,以出号令;出则接遇宾客,应对诸侯,王甚任之"。他学识深厚,见闻广博,有积极的政治主张,主张选贤任能,修明法度,联齐抗秦,振兴楚国,进而统一中国。

　　屈原受命起草宪令时,据说上官大夫想探听宪令内容未遂,便进谗怀王,怀王"怒而疏屈平",降左徒屈原为三闾大夫,从此不加重用。此后,秦国一再欺辱楚国,并让楚王去秦国会面。屈原主张杀张仪,曾劝怀王:"秦,虎狼之国,不可信,不如无行。"可惜他的主张并没有被采纳。怀王死于秦后,顷襄王即位,屈原再次受到令尹子兰和上官大夫靳尚的诋毁谗害,被顷襄王放逐,最终投汨罗江而死(汨罗江在今湖南湘阴境内)。

　　屈原生前除在郢都任职外,两次飘荡在外。一次到汉北,"有鸟自南兮,来集汉北"(《九章·抽思》),仍不能忘怀国君故都:"惟郢都之辽远兮,魂一夕而九逝。"另一次则是被放逐江南,历经长江、洞庭湖、沅水、湘水等地。长期流放期间,屈原内心积聚的浓烈悲痛和思念之情,借助诗歌表达出来。他的大部分作品内容都与漂泊生涯相关。在司马迁笔下,我们清楚地看到,屈原是楚国贵族,与国君有很近的高贵血统,他的政治立场是维护楚国利益,主张联齐抗秦。这一立场符合楚国强大不辱的政治利益,也符合中原传统文化精神。屈原对自己的政治理想充满信心和希望,也对自己遭遇的不公待遇充满了哀怨和愤懑之情,爱国忠君的思想贯穿他作品的始终,所有作品就是他一生的心路历程。

屈原作为一个爱国者、爱国诗人,一直被后世所敬仰,成为人格力量的典范。汉初贾谊曾作《吊屈原赋》以表达对他的悼念和崇敬,并寄托自己的感慨。司马迁在《史记》中为屈原立传,极表推崇和赞颂,从《报任安书》的描述中可以看到,司马迁是在用屈原精神激励和鞭策自己完成《史记》的写作。李白傲岸一生,不曾向权贵折腰,却深深敬佩屈原之为人,他的《江上吟》写道:"屈平词赋悬日月,楚王台榭空山丘。"而浸透着爱国血诚的杜甫,也十分尊崇屈原,他的《戏为六绝句》云:"不薄今人爱古人,诗词丽句必为邻。窃攀屈宋宜方驾,恐与齐梁作后尘。"自古以来,有境界的知识分子,不读屈骚的极少。每当民族危亡之际,总有爱国志士以屈原为榜样,慷慨悲歌,抒发自己的爱国情思。

屈原是楚辞的代表作家,关于"楚辞"的名称,始见于汉武帝时期。当时楚辞是一门专门学问,与"六经"并列。宋代黄伯思说:"盖屈宋诸骚,皆书楚语,作楚声,纪楚地,名楚物,故可谓'楚辞'。"可见,楚辞是一种具有浓厚地方特色的"方言文学",是中原文化和楚国文化相交融的产物,在中国文学史上具有特殊的意义。"楚辞"是指用具有楚国地方特色的乐调、语言、名物创作的诗赋,形式上与北方诗歌有明显区别。楚地的山川、风物、祭歌、巫舞等,对楚辞的产生有直接影响。南方祭歌那神奇迷离的浪漫精神,深深影响甚至决定了楚辞的表现方式和风格特色。由于楚辞和汉赋之间的渊源关系,楚辞历来还有"屈赋"之称。今天的"楚辞"概念,除了是新诗体的名称,也指包括屈原在内的楚地作家的一部诗歌总集的名称。

西汉末年,刘向辑录屈原、宋玉等人的作品,编成《楚辞》一书。《汉书·艺文志》记载屈原有二十五篇赋,后经学者考证,王逸《楚辞章句》目录中,除了《远游》《卜居》《渔父》《大招》,屈原作品应有二十三篇[1],正是这二十三篇作品奠定了屈原在我国文学史上的崇高地位。屈原的影响不仅在中国,也延伸到世界其他地方。据不完全统计,《离骚》已有英、法、俄、德、意、日文等多国译本,屈原于1953年被列为世界文化名人,其屈子精神千古流传。

---

[1] 见袁行霈主编《中国文学史》,高等教育出版社,1999年,第132页。

第二节　《离骚》及其他

一、关于《离骚》

(一)《离骚》解题及写作年代

《离骚》带有自传性质,是屈原的代表作,也是我国古典文学中最长的浪漫主义政治抒情诗。全诗共三百七十多句,近两千五百字,慷慨悲壮。"离骚"二字,历来解释颇多:司马迁《史记·屈原贾生列传》说:"《离骚》者,犹离忧也。"班固《离骚赞序》:"离,犹遭也;骚,忧也,谓己遭忧作辞也。"(按,离同罹。)王逸《楚辞章句》:"离,别也;骚,愁也。"因司马迁距屈原的年代最近,且楚辞中多有"离尤"或"离忧"之语,一般"离"不作"别"解,所以多数学者采信司马迁的说法。《离骚》的写作年代,普遍认为是屈原离开郢都前往汉北时,即怀王时期屈原遭谗被疏的时候。《史记·屈原贾生列传》记载:"屈平疾王听之不聪也,谗谄之蔽明也,邪曲之害公也,方正之不容也,故忧愁幽思而作《离骚》。"司马迁的这段记载明确表明屈原在创作《离骚》时的背景和动机。《离骚》是屈原一生坎坷政治经历的形象写照,也是他一生崇高精神世界的艺术概括。

(二)《离骚》的思想内容

1. 浓烈的身世之感。诗的前半部分侧重叙写现实,回顾了作者自出生至放逐的生活经历。屈原出生贵族,品质高洁,渴望以自己的才能报效楚国,可是他的政治理想在黑暗现实中被搁浅,自己遭到排挤和放逐。追念往事,反思失败,却志向更坚:"岂余身之惮殃兮,恐皇舆之败绩;忽奔走以先后兮,及前王之踵武;荃不察余之中情兮,反信谗而齌怒。"表现出他对王室昏庸的忧虑,对小人谗毁的愤慨,写自己奔走呼告的艰辛,也写出作者绝不向黑暗势力妥协、追求理想的斗争精神。诗的后半部分侧重描绘想象,设想自己的出路和前途,写出了内心的痛苦矛盾与挣扎:是选择离楚远行,"楚材晋用",还是选择同父母之邦同休戚、共存亡?"路漫漫其修远兮,吾将上下而求索",坚持理想的脚步从未停下。诗歌后一部分中对异域幻境的描写,是对现实部分的深化:"世溷浊而嫉贤兮,好蔽美而称恶","怀朕情而不发兮,余焉能忍此终古",突出作者洁身自好、勇于追求真理、忠君爱国、捍卫理想的高尚品质。作为楚国具有高贵血统的贵族,诗中浓烈的身世之感使我们体会到一个伟大灵魂追求真理、坚持理想、最终走向幻灭的悲剧。正如司马迁所说:"信而见疑,忠而被谤,能无怨乎?"

2. 厚重的爱国之情。《离骚》的主要内容就是围绕诗人忠君与爱国的情怀展开的,忠君思想是爱国之情的重要体现。文章开篇作者即自述家世:"帝高阳之苗裔兮,朕皇考曰伯庸",其间就饱含了深沉真挚的热爱,这种热爱和宗族感情紧密相连,浓厚的宗亲关系,使屈原无时无刻不"眷顾楚国,系心怀王"。他盼望楚国更加富强,希望君主励精图治,"启《九辩》与《九歌》兮,夏康娱以自纵",要吸取昏庸误国的教训,避免重蹈覆辙;对颠倒黑白、混淆君主的奸佞小人则给予无情批判:"惟夫党人之偷乐兮,路幽昧以险隘","固时俗之工巧兮,偭规矩而改错"。即使遭谗被贬,屈原也坚持理想,不屈斗争,"惟草木之零落兮,恐美人之迟暮"。对君王的忠诚,对故土的眷恋、对理想的坚持、对黑暗现实的抨击构成了作品中厚重的爱国之情。

3. 激昂的美政理想。"举贤而授能兮,循绳墨而不颇",这是屈原奔走呼号的美政理想。他呼吁君主实施政治改革,修明法度,任贤用能,使楚国富强起来,与强秦抗衡。因为触犯了楚国旧贵族的利益,屈原的这一理想在现实中遭受重创。美政理想首先需要国君的支持,明君贤臣才能共兴楚国,国君应该正直无私,为国家的前途考虑:"皇天无私阿兮,览民德焉错辅。夫维圣哲以茂行兮,苟得用此下土。"诗人还列举武丁重用傅说的传说,用周文王举拔"鼓刀"的吕望、齐桓公启用"讴歌"的宁戚使国家富强的历史,希望国君为了楚国的前途能选贤任能、不拘一格,罢黜奸佞,改变"背绳墨以追曲兮,竞周容以为度"的现状。诗人的美政理想诚挚热烈,在逆境也矢志不渝:"既莫足与为美政兮,吾将从彭咸之所居!"诗人坚持正义、顽强斗争、至死不渝的高尚精神,激励着千百年来无数的中华儿女砥砺前行。

(三)《离骚》的艺术成就

1. 首次开启个人独创的作品,首次塑造抒情主人公形象——歌颂高洁坚贞的人格魅力。《离骚》作为最长的浪漫主义政治抒情诗,带有鲜明的自叙传色彩,写出了作者的身世、坎坷的人生经历以及历经磨难不放弃理想追求的崇高精神。这部作品摆脱了集体创作的文学范式,开启了个人独创文学作品的大幕,并且在作品中第一次塑造了一个忠君爱国、执着追求的抒情主人公形象。他品质高洁,超凡脱俗:"扈江离与辟芷兮,纫秋兰以为佩","制芰荷以为衣兮,集芙蓉以为裳","高余冠之岌岌兮,长余佩之陆离";他爱好植美,重视修名:"余既滋兰之九畹兮,又树蕙之百亩;畦留夷与揭车兮,杂度蘅与方芷;冀枝叶之峻茂兮,愿竢时乎吾将刈","揽木根以结芷兮,贯薜荔之落蕊;矫菌桂以纫蕙兮,索胡绳之纚纚","纷吾既有此内美兮,又重之以修能";他志向高远,招人嫉妒:"众女嫉余之蛾眉兮,谣诼谓余以善淫","不吾知其亦已兮,苟余情其信芳";他心忧祖国,关心民生:"长太息以掩涕兮,哀民生之多艰。余虽好修姱以鞿羁兮,謇朝谇而夕替。既替余以蕙纕兮,又申之以揽茝。亦余心之所善兮,虽九死其犹未悔。"作者用自己的理想、遭遇、痛苦、热情甚至整个生命,歌颂了醒世独立、高洁坚贞的伟岸人格。

2. 首创香草美人等意象——继承发扬比兴手法。《离骚》继承并发扬了《诗经》中比兴手法的使用,大量使用比喻和象征,生动形象地表现了作品的主题。汉代王逸在《楚辞章句序》中指出："《离骚》之文,依《诗》取兴,引类比喻。故善写香草,以配忠贞;恶禽臭物,以比谗佞;灵修美人,以配于君;宓妃佚女,以譬贤臣;虬龙鸾凤,以托君子;飘风云霓,以为小人。"以香草比喻真善美,象征高洁品质和正直高尚的人,以美人比喻开明贤仁的君王,也有地方用以自喻,以求女象征追求美政理想,把君臣关系和夫妻关系作比,生动形象地再现了黑暗现实中的各种争斗,香草美人等诸多意象的运用塑造了寄托幽远的意境,奠定了古典文学史上香草美人寄情言志的传统。

3. 飞腾的想象、大胆的夸张、玄妙的神话——积极浪漫主义特色。《离骚》作品中叙事和抒情相结合,现实和想象相结合,诗人以大胆的想象夸张,交织玄妙的神话,形成恍惚迷离、变幻绚丽的奇境,富有积极浪漫主义色彩。尤其在作品的后半部分,想象纵横驰骋,远离黑暗污浊的现实,为寻求真理,主人公上叩天阙,驾玉虬,乘鸾凤,凌风直上,他让太阳缓行、虬马饮水、月神开路、雷神禀告、云霓簇集;及至天门不开,又济白水,登阆风,游春宫,求宓妃。他上天入地,驾飞龙,鸣玉鸾,绕过昆仑,朝发天津,夕至西极,行流沙,涉赤水;他漫游寻访,逢女婆,访灵氛,问巫咸,看简狄,聘二姚。神奇瑰丽的幻境表现了诗人执着追求理想的不屈精神,为我国积极浪漫主义的创作方法开启了源头。

4. 妙用楚地民歌的形式和语言——韵散结合的"骚体"新诗。与《诗经》相较,《离骚》句式更为自由活泼,《诗经》以四言为主,《离骚》则长短结合,以六言、七言为主。受楚地民歌纡徐飘逸的影响,结合情感的表达诉求,字数多少不等,有的只有三言,如"已矣哉",有的多达九言,如"余固知謇謇之为患兮",六言、七言主体句式中常用"兮"字,这是楚国民歌的基本形式,"变短句为长句,而以'兮'间隔之"。篇幅也比《诗经》更恢宏阔大,场面宏伟壮丽,行文波澜起伏,句式加长,篇幅扩大,既有利于表现丰富的内容,又有利于表现澎湃的情感。这样的"骚体"新诗句式整齐多变,适合情感的抒发,情致婉转,宜读宜诵。

楚辞是一种具有浓厚地方特色、深受民歌影响的文学样式,"书楚语,作楚声",在《离骚》中直接运用了很多楚国的方言词汇,如"羌""蹇""侘傺"等,灵活运用虚字,句首常用状词等,突出了地域特色。同时注重作品音乐性的塑造,使用了双声、叠韵、叠字等手法,出现大量联绵词,如"驰骋""陆离""逍遥""骐骥""謇謇""婉婉"等,使内容更加生动形象,使诗歌更加灵动缠绵,丰富了作品的艺术表现力。

此外,从表现手法上看,《离骚》是一首故事性很强的慷慨悲壮的政治抒情诗,刘永济先生说此诗"用虚幻的表象隐含真实的情事","掬肝沥胆,以邀天地四方明神之共鉴",它寓万丈豪情于铺陈曼衍的赋法,完美融合了抒情与叙事之法。

因此,《离骚》是文学史上的一座浪漫主义高峰,是一篇光照千秋的伟大作品,是一篇长于辞、富于韵、擅比兴、融叙事的抒情诗,甚至有学者认为其"不歌而诵"(不唱而用来诵读)。鲁迅先生在《汉文学史纲要》中评论《离骚》:"逸响伟辞,卓绝一世。……较之于《诗》，则其言甚长，其思甚幻，其文甚丽，其旨甚明……其影响后来之文章，乃甚或在三百篇以上。"这段话是对《离骚》思想艺术的卓越成就和文学史的卓绝地位的高度评价。

二、屈原的其他作品

屈原瑰丽多彩的楚辞作品，除去《离骚》之外，还有《九歌》《九章》《天问》等。

（一）《九歌》

1. 思想内容。《九歌》的名称向来一直有争论，普遍认可的说法是，作为渊源久远的古乐章，曾是楚云湘水间的祀神之歌，被屈原借来情节、角色、曲调等，抒发情致，是南方巫祭文化的产物。《九歌》共十一篇，《东皇太一》祭至尊之天神，《云中君》祭云神丰隆（又名屏翳），《湘君》《湘夫人》皆祭湘水之神（楚地以舜妃娥皇、女英附会之），《大司命》祭主寿命之神，《少司命》祭主子嗣之神，《东君》祭太阳神，《河伯》祭河神，《山鬼》祭山神，《国殇》祭阵亡将士之灵，属于人鬼。

《九歌》的思想内容以描写爱情为主，抒发对神灵的虔敬之情，另有《国殇》对阵亡将士表达敬重之意。除《礼魂》之外，分为以下三类。

（1）描写天神形象，表现人们对与人类生活息息相关的自然神的赞美。《东皇太一》写得庄严富丽，显示了主神的地位。《云中君》和《东君》写得哀婉流连，但多数内容仍在颂扬神迹的气势和勇力，如"暾将出兮东方，照吾槛兮扶桑"，"青云衣兮白霓裳，举长矢兮射天狼"（《东君》）等，这个太阳神被描写得雄伟壮丽，瑰丽多姿，具有主持正义、惩治邪恶的优秀品质，表达了祭者的美好愿望。

（2）写祭祀人鬼的歌舞词，赞颂为国捐躯的将士。《国殇》中写道："带长剑兮挟天狼，身首离兮心不惩。诚既勇兮又以武，终刚强兮不可凌。身既死兮神以灵，子魂魄兮为鬼雄。"这些将士们奋勇杀敌，壮心不已，面对死亡，凛然不惧。诗风刚健质朴，雄浑悲壮。

（3）写介于人神之间神话人物的爱情故事，除《东皇太一》《国殇》和《礼魂》，其他诸篇均有这样的内容。如"悲莫悲兮生别离，乐莫乐兮新相知"（《少司命》），被王世贞推许为"千古情语之祖"（《艺苑卮言》卷二）。《湘君》《湘夫人》都描写湘水神的降临，感情缠绵哀婉："横流涕兮潺湲，隐思君兮陫侧"（《湘君》），"沅有芷兮醴有兰，思公子兮未敢言"（《湘夫人》），《山鬼》中描述的"若有人兮山之阿，被薜荔兮带女萝。既含睇兮又宜笑，子慕予兮善窈窕"，美丽的山鬼与赤豹文狸相伴，长期孤独，爱情变得凄艳，"风飒飒兮木萧萧，思公子兮徒离忧"，愁思郁结，令人同情。《九歌》中这些贞洁自好、哀怨感伤的爱情情致，应该可以看作是屈原长期放逐生活中真实心情的自然流露。

2. 艺术特点。《九歌》的写作与楚国巫风盛行有关，它具有明显的表演性。由于歌、乐、舞三者合一，诗中有许多关于乐舞的描述，如"扬枹兮拊鼓，疏缓节兮安歌,陈竽瑟兮浩倡。灵偃蹇兮姣服,芳菲菲兮满堂"。在《湘君》《湘夫人》中既有独唱,又有合唱、对唱,这些都是戏曲元素,是后世戏曲艺术的萌芽。《九歌》擅长细节描写,对爱人之间焦虑、疑惑、痴情心态的描写入木三分。如《湘夫人》中写道:"帝子降兮北渚,目眇眇兮愁予。嫋嫋兮秋风,洞庭波兮木叶下。"杳茫凄清的秋景,构成优美惆怅的意境,被称为"千古言秋之祖"(胡应麟《诗薮》内编卷一)。《九歌》语言清丽自然,韵味悠长,节奏深沉舒缓,婉转尽志。

(二)《九章》

《九章》是屈原所作的一组抒情诗,包括《惜诵》《涉江》《哀郢》《抽思》《怀沙》《思美人》《惜往日》《橘颂》《悲回风》等九篇。"九章"的名称大约是西汉末年刘向编辑屈原作品时加上的。《九章》的内容与《离骚》基本接近,主要叙述自己的身世和遭际。朱熹研究后说:"屈原既放,思君念国,随事感触,辄形于声。后人辑之,得其九章,合为一卷,非必出于一时之言也。"(《楚辞集注》卷四)《橘颂》是屈原早期的作品,借物述志,以橘的精神砥砺自己的情操品格,开后代咏物诗先河。该诗全篇比兴,四言述志,明显受到《诗经》的影响。《抽思》推测是屈原在汉北时的作品,因中有"有鸟自南兮,来集汉北"的句子。其余各篇都是流放江南时的作品,抒写故都之思亡国之恨,如《哀郢》《悲回风》《涉江》,表达对怀王眷恋不忘,对小人愤慨斥责,如《思美人》《惜诵》等,使用香草、美人的象征手法,曲折婉致。《九章》各篇运用纪实手法随感而作,直接铺叙,反复抒写,表现的情感直接奔放,浪漫色彩略逊《离骚》。

(三)《天问》和《招魂》

《天问》是一篇体制特殊的奇文,由一个"曰"字领起,一问到底,节奏明快热烈,激情迸发。全诗句式以四言为主,少量杂言,四句一组,每组一韵,既有整齐的节奏气势,又参差错落,婉转生动。

《招魂》的作者、内容有争议,我们采纳其中一种意见:该作品是屈原在怀王死后,为招怀王之魂而作。全诗由引言、正文、乱辞组成,可能是在招魂仪式上演唱的。诗的内容哀婉悼惜,想象力丰富,铺陈宫室、服饰、饮食、姬妾、舞乐等,辞藻富丽,抒情优美,开汉赋先河。

三、宋玉等楚辞作家

据《史记》记载,在屈原之后,还出现了一些深受屈原影响的楚辞作家,如宋玉、唐勒、景差等,其他作家的作品后代不见,只有宋玉的作品流传下来。宋玉的生平与屈原相似,据传是屈原的弟子,"事楚襄王而不见察,意气不得"(《新序·杂事五》),可能他晚景也很凄凉。现在基本可以认定是宋玉作品的有:收入《楚辞》的《九辩》,收入《昭明文选》中的《风赋》《高唐赋》《神女赋》《登徒子好色赋》《对楚王问》等等。

《九辩》是宋玉的代表作。作品婉转曲折地表达了对君王的忠诚和自己的怨苦,表现了对国家兴亡的忧虑,把个人的身世之悲与国家的前途命运联系在一起,形成悲愤沉郁的风格。"悲哉秋之为气也！萧瑟兮草木摇落而变衰。"中国文学史上影响深远的"悲秋"母题由此发端。

《高唐赋》《神女赋》分别写楚怀王和楚襄王梦遇巫山高唐神女之事,内容相似,但叙写描摹情致飘渺,韵味悠长,文笔曲折委婉,肆意铺陈,曲终奏雅,开汉大赋之先声。《风赋》《登徒子好色赋》《对楚王问》等都是历代传诵的名篇。它们构思巧妙,体物细致,擅长铺陈,在文辞形式上有所发展,是由楚辞向汉大赋发展的一个过渡阶段。

楚辞和《诗经》共同建构了中国诗歌史的不同源头。南方楚国文化特殊的美学特质,以及屈原不同寻常的政治经历和卓异的个性品质,造就了光辉灿烂的楚辞文学,使屈原成为中国文学史上第一位留下姓名并有深远影响的伟大爱国诗人。屈原开创了与《诗经》现实主义并驾齐驱的积极浪漫主义的优良传统,丰富了我国文学创作的艺术表现力,他高贵的品格和辉煌的诗篇在中国文学史上拥有崇高的地位和深远的影响。

阅读链接

《楚辞》原指楚人特有的诗歌形式,后来亦指西汉刘向汇集的一部以屈原作品为主体的诗歌总集。推荐阅读马茂元的《楚辞选》,这是一部楚辞类诗作选注的著作,系人民文学出版社"中国古典文学读本丛书"之一。还可以阅读王夫之的《楚辞通释》、朱熹的《楚辞集注》等。

思考·练习·拓展

1. 吟诵《离骚》"虽不周于今之人兮"至"余不忍为此态也",体会楚辞长于辞、富于韵、擅比兴、融叙事以及"不歌而诵"的抒情文体的特点。

2. 名词解释：楚辞。

3. 简评屈原作品的文化精神。

4. 简述屈原对后世的影响。

5. 为幼儿园设计一次端午节主题活动。

第二编　秦汉文学

秦汉文学概述

　　公元前 221 年,秦灭六国,建立了中国历史上第一个大一统的封建王朝。秦始皇采用一系列改革措施巩固中央集权,但由于赋税繁重,刑政苛暴,阶级矛盾尖锐,公元前 207 年,秦王朝就被农民起义推翻。为了维护统一的封建王朝,秦始皇统一了文字、法令等,同时推行"燔灭文章,以愚黔首"的文化专制制度,结束了战国时期百家争鸣的局面,焚书坑儒是为了加强中央集权,对中国文化的一次摧残,加之秦朝存在时间短,秦代文学成就屈指可数。

　　就秦代文学来说,秦相吕不韦召集门客编纂成的《吕氏春秋》、李斯辞采繁富的《谏逐客书》以及体制独特的刻石文还可以称述。《吕氏春秋》内容驳杂,杂取各家学说,《汉书·艺文志》把它列为"杂家"。它有严密的体系,分为十二纪、八览、六论,文字简明,条理清晰。李斯的《谏逐客书》值得一提,鲁迅曾评论说:"秦之文章,李斯一人而已。"文章站在大一统的高度,正反对比,利害并举,分析论证了秦国驱逐客卿的危害,"逐客以资敌国,损民以益雠",辞采华美,逻辑严密,颇具战国纵横说辞之风。清代李兆洛推举此篇为"骈体初祖"。秦始皇统一中国后,多次巡游各地并刻石表功。这些刻石文气魄宏伟,典雅浑厚,多出自李斯之手,秦代刻石文共有七篇,原刻者仅存"泰山刻石"和"琅邪刻石"残石,文辞简洁注重押韵,堪称碑铭之祖。

　　汉朝(前 202—220)经历了西汉、东汉两个时期,总共四百余年,文化统一,科技发达,是当时世界上最先进的文明帝国,也是中国历史上第一个昌盛时期。西汉初年,统治者吸取秦灭亡的原因,注重休养生息,文景之治后,汉武帝时期达到全盛。疆域扩大,经济繁荣,文化发达,国力强盛,思想上"罢黜百家,独尊儒术",儒家思想成为社会的统治思想。汉武帝时还扩建乐府机关,制礼作乐,举贤良文学之士,立官学授经。西汉后期,阶级矛盾激化,外戚专权,王莽改制,最终被绿林起义推翻。东汉初年有"光武中兴",社会经济出现升平气象,但中后期出现戚宦之争,朝政日益腐败,豪强势力大肆兼并土地,最终在黄巾起义和群雄割据中覆灭。东汉儒学神化,谶纬之学盛行,这些都对汉代文学产生了重要的影响。

　　汉代是文学史上文学价值开始受到重视的时代。文学得到了蓬勃的发展,文学作品数量激增,汉赋、散文、诗歌等方面都取得了成就,主流样式是反映时代风貌的辞赋,文学注重追求自身的艺术感染力,出现了一批专门从事文学活动的文人群体,如枚乘、司马相如等。

赋是汉代最有代表性的文学样式。它原是《诗经》中的艺术表现手法,后经过楚辞的发展,最终成了介于诗歌与散文之间的一种文体。铺采摛文、直书其事、体物写志,是其表现手法和主要特征。最早以赋名篇的作品是荀子的《赋篇》。汉赋对各种文体兼收并蓄,经历了骚体赋、散体大赋、抒情小赋三个发展阶段,其中散体大赋最能代表汉赋的成就。经济的空前繁荣、宫廷园林的兴建、帝王的爱好提倡、文人对新兴文体的追捧,促使赋成为一代之文学。

汉高祖初年至武帝初年,是汉赋的形成期。以骚体赋为主,代表作是贾谊的《吊屈原赋》和《鹏鸟赋》,继承楚辞的艺术影响,保留“兮”的传统,四言句和散句相结合。枚乘的《七发》采用主客问答方式,韵散相间,注重铺陈事物,具有讽喻功能,标志着骚体赋向汉大赋过渡。武帝到东汉中叶是汉赋最兴盛的阶段,大赋走向成熟。大赋又叫散体大赋,篇幅宏大,结构恢宏,气势磅礴,辞藻华丽,内容写游猎、山川、宫苑等壮美事物,主题弘扬大汉声威,篇末曲终奏雅,讽喻君主励精图治。司马相如、扬雄、班固、张衡并称汉赋四大家,这四人都有代表性的名篇传世。司马相如的《子虚赋》与《上林赋》代表了大赋的最高成就,扬雄的《长杨赋》、班固的《两都赋》、张衡的《二京赋》对当时及后世文坛都影响深远。东汉中叶以后,散体大赋逐渐衰微,抒情小赋开始兴起,篇幅较小,通篇用韵文,内容以抒情言志为主,代表作张衡的《归田赋》、赵壹的《刺世嫉邪赋》。

强大的中央集权的国家,为文人提供了宏大的视野,司马迁的《史记》“究天人之际,通古今之变,成一家之言”,成为中国第一部纪传体通史。全书共一百三十篇,记述了上至黄帝下至汉武帝初年三千年的历史,全书由十二本纪、十表、八书、三十世家、七十列传构成,五十二万多字,是中国二十四史中的第一部。作者在创作过程中表现了进步的历史观,展现了人民的疾苦和人道主义精神,富有批判意识。《史记》也开创了史传文学的先河,鲁迅称之为“史家之绝唱,无韵之《离骚》”。班固编写的《汉书》是中国历史上第一部断代史,成为以后历代王朝记录本朝历史效仿的对象。

汉代的散文可以分为政论散文、记事散文以及抒情议理散文三部分。汉代的政论散文受到了战国散文和辞赋的影响,感情充沛,文笔犀利,善用排偶句和比喻,富于文采,以贾谊、晁错为代表。贾谊所作多为专题性政论散文,代表作《过秦论》《论积贮疏》《陈政事疏》。《过秦论》运用多侧面对比手法写出了秦灭亡的原因:“仁义不施,而攻守之势异也。”《陈政事疏》是长篇政论文,被称为“万言书之祖”。作者针砭各种社会弊端,提出一系列改革主张,铺陈排比,情真意切,表现了浓重的忧患意识和积极参政的精神。晁错的《论贵粟疏》也是运用对比的手法阐述重农贵粟、强本抑末的主张。东汉的政论散文只有王符的《潜夫论》完整地保存了下来。汉代的记事散文以记载历史故事为主,加入想象和虚构成分,结合了传闻异说,是后世小说的滥觞。《燕丹子》记述了荆轲刺秦王的故事,刘安召集门客编写的《淮南子》文学色彩浓厚,说明事理时多结合历史、神话、传说,生动形象。刘向的《新序》《说苑》《列女传》都是历史故事集,辑录群书中的逸闻轶事,《列女传》记载了不少古代有卓越才识、奇节异行的女性事迹。赵晔的《吴越春秋》是一部具有演绎雏形的历史小说。马第伯的《封禅仪记》具有游记散文性质,对后世山水游记很有影响。抒情议理散文主要以书信形式出现,以理服人,以情感人,以司马迁的《报任安书》为代表。作者悲痛地讲述了自己的不幸遭遇,表达了内心的痛苦和挣扎,同时表明隐忍苟活是为实现著述理想的决心。

汉代的诗歌包括民间歌谣和文人创作,汉乐府民歌和文人五言诗代表其诗歌的最高成就。乐府原是音乐机关的名称,后来乐府机关采集的歌诗也被称为乐府。乐府民歌继承了《诗经》的现实主义传统,"感于哀乐,缘事而发",来自民间的歌谣广泛真实地反映了社会生活,开创了古代叙事诗的新时代,《陌上桑》和《东雀东南飞》是其代表作,它们也是思想性、艺术性俱佳的五言诗,汉乐府民歌的出现也标志着四言诗的衰落和五言诗的兴起,民间歌谣巨大的生命力影响了文人的创作。最早的文人五言诗是班固的《咏史》,东汉末年无名氏的《古诗十九首》代表了汉代文人五言诗的最高成就,刘勰在《文心雕龙》中称之为"五言之冠冕",标志着五言诗走向成熟。

第一章 汉　　赋

学习提示

　　赋原是诗歌的艺术表现手法,后发展成为一种独立的文体。近代大学者王国维说过:"凡一代有一代之文学:楚之骚、汉之赋、六代之骈语、唐之诗、宋之词、元之曲,皆所谓一代之文学,而后世莫能继焉者也。"(《宋元戏曲考·自序》)赋是汉代最有代表性的文学样式,以铺采摛文、体物写志为特点,经历了骚体赋、散体大赋、抒情小赋三个发展阶段,其中大赋代表了汉赋的最高成就,出现了司马相如、扬雄、班固、张衡汉赋四大家。学习本章,可采用作品鉴赏法和比较法,理解作品的思想内容,准确把握赋这种文体的艺术特点。

第一节　西汉辞赋

　　西汉辞赋经历了骚体赋和散体大赋两个阶段,汉初以骚体赋为主,以贾谊为代表。汉武帝时期经济空前繁荣,国力强大,疆域辽阔,统治者对赋加以提倡,文人士大夫争相以写赋为能事,真正开启了赋的时代。大赋反映了封建国家上升期的强盛、繁荣和富庶,代表了汉赋的最高成就,其重要作家分别为贾谊、枚乘、司马相如和扬雄。

　　贾谊(前200—前168),世称贾生,少有才名,以能诵诗书善文闻名,作品以《吊屈原赋》和《鵩鸟赋》最为著名。文帝时颇受重用,因为提出改革建议受到权臣排挤,被外放为长沙王太傅。后被召回长安,为梁怀王太傅。梁怀王发生意外坠马而死,贾谊深感自责和歉疚,最终抑郁而亡。贾谊的辞赋都是骚体赋,句式工整,通篇用韵,继承楚辞传统,带有语气词"兮"字,富有抒情意味,形制上呈现散体化特点,是汉赋发展的早期阶段。

　　文帝四年(前176),贾谊被贬离京出任长沙王太傅,经过湘江时,凭吊了爱国诗人屈原投水自沉的所在,写了《吊屈原赋》表达对屈原的同情与尊敬,痛数黑暗社会的种种现象,同时借以自喻,借凭吊屈原抒发自己被贬的怨愤之情。作者感情激越,反复列举各种反常现象,强调黑暗社会的是非不分,表达了才无所用、忠而被谤的愤慨。他不赞同屈原以身殉国的举动,认为屈原应该择明主而仕,"远浊世以自藏",流露出消极避世、明哲保身的思想。这篇赋辞清而理哀,代表了汉初骚体赋的最高成就。

《鵩鸟赋》写于贾谊谪居长沙时期。一天一只鵩鸟(猫头鹰)飞入房间——猫头鹰在古代视为不祥之鸟,贾谊被贬长沙后,常自哀伤,见此鸟以为自己寿命不长,于是作《鵩鸟赋》。作者借鵩鸟之口,宣扬了老庄齐万物、同生死、等荣辱的思想,阐明自己对生死祸福的达观态度,排解政治被贬的苦闷情绪。这篇赋用了人禽问答形式,沿用楚辞句式,通篇用韵,四言为主,形式整齐,初具大赋因素,表现了骚体赋向汉大赋转变的特征。

枚乘(前?—前140),原为吴王刘濞郎中,曾两次上书谏阻吴王谋反,后拜在梁孝王帐下,做文学侍从,是梁园文学群体中的杰出代表。汉武帝即位后,以安车蒲轮征入京都,死于途中。枚乘推崇道家重生养生观点,指出王公贵族致病的根源是穷奢极欲的生活。《汉书·艺文志》著录"枚乘赋九篇",今存《七发》《梁王菟园赋》《忘忧馆柳赋》,其中最真实可靠且具有影响力的就是《七发》。

《七发》是"说七事以起发太子也"。全文共八段,采用了主客问答的形式,首段写楚太子有疾,吴客前往问之,吴客认为太子的病是由于生活过分侈靡安逸导致的,并指出"可以要言妙道说而去之也",需要博闻强识的君子启发引导来治疗。二至七段,吴客由近及远,分别以音乐、饮食、车马、游观、田猎、观涛六种事启发太子,但收效甚微。最后吴客向太子推荐方术之士,论天下之精微,理万物之是非,太子闻此要言妙道据几而起,精神大为振奋,大汗淋漓,病症全消。这篇文章主题是戒奢,讽喻声色犬马的享乐不如要言妙道有益。

《七发》在汉赋史上具有承前启后的作用,在艺术形式上标志着汉大赋体制的形成。首先,篇幅增长,全文长达二千三百多字,逐事铺叙,层层推进,气势雄浑,滔滔不绝;其次,韵散结合,句式参差,很少用"兮"字,使用主客问答的方式;再次,突出铺陈描写,反复渲染,精刻细化,虚构夸张,比喻排比,极尽铺夸之能事,这是赋最突出的艺术特色。其中观涛一段历来为人赞赏:

> 疾雷闻百里,江水逆流,海水上潮;山出内云,日夜不止。衍溢漂疾,波涌而涛起。其始起也,洪淋淋焉,若白鹭之下翔。其少进也,浩浩溰溰,如素车白马帷盖之张。其波涌而云乱,扰扰焉如三军之腾装;其旁作而奔起也,飘飘焉如轻车之勒兵。

作者从形、声、态、势等方面描写了曲江大潮的壮美,藻饰盛丽,富有层次,运用比喻夸张手法,刘勰称之为"腴辞云构,夸丽风骇"。最后强调文章的讽喻功能,作者在文中大肆渲染精心描绘的内容,其实是他最终要超越和否定的部分,已实现作品的讽谕功能,突出赋劝戒的主旨。

司马相如(约前179—前118),字长卿,汉赋四大家之一,代表了汉赋创作的最高成就。少时读书击剑,景帝时为武骑常侍,不得志称病离职,后成为梁孝王梁园文学群体中的一员。穷居临邛时,琴挑文君,一首《凤求凰》演绎了勇敢追求自由爱情的佳话。因《子虚赋》富丽的词藻、宏大的结构、恢宏的气势深得武帝赏识,后作《上林赋》,赋天子游猎之事。从此任职宫中,晚年称病闲居。《汉书·艺文志》著录二十九篇,今存五篇,以《子虚赋》《上林赋》成就最高,标志着汉大赋体制的最后定型。"辞宗""赋圣"都是对他高超文学成就的评价,鲁迅的《汉文学史纲要》指出:"武帝时文人,赋莫若司马相如,文莫若司马迁。"

《子虚赋》《上林赋》虽非一时之作,但内容相连,结构严谨,可看作一篇,合称《天子游猎赋》。作品虚构了子虚、乌有先生和亡是公三人,以问答体形式结撰成篇。楚国使者子虚出使齐国,向齐国之臣乌有先生盛赞楚王游猎云梦的情形。乌有先生批评他"奢言淫乐而显侈靡",接下来夸赞齐国地域、物产、国事都强于楚国。最后亡是公铺叙天子上林苑的富丽之美以及天子游猎的宏伟场面,表明诸侯不能与天子相提并论。最后天子幡然自醒"此太奢侈",解酒罢猎,提倡节俭,尚德崇义,天下大治。

这两篇赋极尽铺张夸饰之能事,既是浪漫主义手段的表达,也是蓬勃向上的时代精神的展现。作品塑造的是国势极其强大的盛世帝国形象,弘扬了大一统观念,展现了激昂奋进的时代风貌。作品以四千多字的篇幅铺写游猎一事,按时空顺序,以类相连,描绘了山海河泽、宫殿园林、林木鸟兽、音乐歌舞等,大量运用对偶排比,文辞华美艳丽,如对音乐的描绘:

> 于是乎游戏懈怠,置酒乎昊天之台,张乐乎胶葛之宇。撞千石之钟,立万石之钜,建翠华之旗,树灵鼍之鼓,奏陶唐氏之舞,听葛天氏之歌。千人唱,万人和,山陵为之震动,川谷为之荡波。

作者运用骈语排比,气势充沛,形象生动,有时铺陈夸张失实,流于华美形式。作品句式长短不一,灵活多变,以主客问答形式进行连缀,有意识地虚构人名,最后曲终奏雅,确立了"劝百而讽一"的赋颂传统。

《天子游猎赋》代表了汉大赋的最高成就,也固定了汉大赋的体制。规模上,篇幅较长,结构恢宏,一般都是千言以上的鸿篇巨制;结构上,采用主客问答方式,韵散相间,铺陈夸饰,善用夸张、比喻、排比等手法,词藻华美富丽;内容上以京都、宫苑、山川等壮丽事物为对象;主题上,弘扬大汉帝国的声威,对帝王歌功颂德;篇末,点题讽刺劝谏,讽喻帝王励精图治,所谓"曲终而奏雅"。

除了这些名篇巨制,还有几篇作品也非常富有独创性。司马相如的《大人赋》开了游仙文学的先河;《长门赋》开了后世宫怨文学的先河;王褒的《洞箫赋》是第一篇专门描写乐器与音乐的赋,开了咏物赋和音乐赋的先河。

西汉后期最著名的作家是扬雄。扬雄(前53年—18年)字子云,少好学,博览群书,汉赋四大家之一。他的作品以模仿为主,《蜀都赋》开了京都大赋的先河,《甘泉赋》《河东赋》《羽猎赋》《长杨赋》被视作他的代表作,所谓"四大赋",成就最高的是《甘泉赋》。《甘泉赋》用骚体写盛世,扩充了骚体的选材范围,属于首创,但是扬雄后期否定辞赋创作。

西汉后期出现了一位女性辞赋家班婕妤,《自悼赋》是第一篇出自女性之手的宫怨赋。还有刘歆的《遂初赋》是最早的纪行赋,纪行赋就是用赋表现旅途中的所见所闻所思所感。

第二节　东汉辞赋

东汉辞赋前期延续了大赋的发展,以京都赋为代表,代表作家是班固、张衡;后期社会黑暗,抒情赋成为主流,抒发作者对现实的不满和悲愤情绪,代表作家为张衡和赵壹。

班固(32—92),字孟坚,出身儒学世家,九岁即能属文诵诗,博览群书,一生著述颇丰,汉赋四大家之一。所撰《汉书》是我国第一部纪传体断代史;《两都赋》开创了京都赋的先河,直接影响了《二京赋》的创作,在萧统《文选》中被推为第一篇。

《两都赋》分《西都赋》和《东都赋》两篇,作者有实际的创作目的,东汉建国以后,曾就定都洛阳还是返都长安有巨大争议,班固比较了两者的优劣,盛赞东都洛阳的适宜性。作品效仿司马相如之赋,创设虚拟人物西都宾与东都主人,通过他们的论辩展开内容。《西都赋》借西都宾之口,描述了长安险要的地势、富庶的物产、华丽的宫廷、统治者放逸不羁的骄奢生活等,暗示建都长安具有优越性;《东都赋》则借东都主人之口批判西都天子,歌颂建都洛阳的各种政治措施,应天顺人,符合法度,洛阳当日的盛况已远超西汉首都长安。《两都赋》以描绘都市风貌和生活为中心,在现实基础上进行夸张,广泛反映了宫殿、城市、山水等各种生活场景。

《两都赋》的主题依然是反对奢侈,西都宾夸耀的繁华奢侈的生活正是作者要批判的。表现手法上,它打破了"劝百讽一"的结构模式,上篇铺叙,下篇讽喻,繁简得当,提倡法度,歌颂节俭。结尾处出现几首小诗,是诗赋即将合流的表现。

张衡(78—139),字平子,汉赋四大家之一。张衡的辞赋创作体现了赋的演变,《二京赋》是京都大赋,《归田赋》是抒情小赋,实现了汉赋主体从重铺采摛文、体物写貌,向短小精练、重情感抒发的转变,开启了抒情小赋的创作方向,为述志赋的发展提供了借鉴。

《后汉书·张衡传》记载:"时天下承平日久,自王侯以下,莫不逾侈。"于是,张衡模仿班固的《两都赋》创作了《二京赋》,分为《西京赋》和《东京赋》,目的是讽谏朝廷要仁义爱民,抑制骄奢。作品借"凭虚公子"与"安处先生"的对话连缀成篇,在汉赋中规模最为宏大。《西京赋》借凭虚公子夸饰了繁荣富丽的西京长安,既铺叙了宫殿林苑,又穿插了商贾游侠、角抵百戏等市井生活,描绘出一幅穷奢极侈的京都景象。《东京赋》则写安处先生对西京奢靡生活的否定。他独辟蹊径,站在历史的角度进行铺叙,总结秦朝灭亡的原因,热情歌颂祖国的强盛统一,把客观描绘和主观说理结合,突出东京和西都之间俭与奢的差别,歌颂统治者崇尚俭约之德、礼仪之盛的礼治成就。

《二京赋》被称为两汉散体大赋"长篇之极轨",极大推动了京都赋的创作。它还把民间歌舞、杂技之乐等民情风俗写入赋中,《西京赋》里关于"角抵"戏的描写,是我国现存最早、最完整的有关杂技艺术的记载:

> 临迴望之广场,程角抵之妙戏。乌获扛鼎,都卢寻橦。冲狭鸒濯,胸突铦锋。跳丸剑之挥霍,走索上而相逢。华岳峨峨,冈峦参差。神木灵草,朱实离离。总会仙倡,戏豹舞罴。白虎鼓瑟,苍龙吹篪。女娥坐而长歌,声清畅而蜲蛇。洪涯立而指麾,被毛羽之襳襹。度曲未终,云起雪飞。初若飘飘,后遂霏霏。

行文灵活跳跃,描写如真似幻,真实描摹生活,体现了赋关注现实生活的一面,比如在表现丰富的货品和热闹的商业活动时,也揭露了奸商见利忘义、欺骗民众的行为。艺术上注意铺陈的排列顺序,运用想象、夸张手法,构成恢宏不凡的气势,语言华美,景物描写细腻生动,动静结合,栩栩如生,跃然纸上。

《归田赋》结束了汉大赋铺叙夸饰、长篇巨制、重写景状物的写作传统,语句平淡清丽,篇幅短小,开启抒情小赋的创作格局。全文只有二百一十多字,却写出了作者一生的宦海沉浮及其情志。作品先写作者决定退隐,在黑暗的现实面前徒有壮志却功业难成,心情沉痛而笔调哀婉;紧接着作者描绘自己在想象中畅游山林、闲适自得的欣喜心情,物皆着我之色彩,田园山林的景色和谐欢快,令人神清气爽,感情也变得明朗起来;接下来笔锋一转,借渔猎写官场沉浮,流露出其内心的悲愤感慨;最后经过一番挣扎感悟,作者走向真正的旷达,齐荣辱,忘得失,做到了真正的超然物外。

赵壹(122—196),字元叔,美须豪眉,才华横溢,性格耿介狂傲,作品有《穷鸟赋》和《刺世嫉邪赋》。《刺世疾邪赋》是抒情小赋的代表作,也是政治抒情赋的名篇。全文共四百余字,揭露了东汉末年各种丑陋现象,对谄佞的小人、昏庸的统治者、腐败黑暗的政局进行了愤怒的批判,表达作者对不合理社会制度的强烈不满:"宁饥寒于尧舜之荒岁兮,不饱暖于当今之丰年。"辞赋语言流畅犀利,朴实典雅,感情激越,文章最后以优秀的五言诗结尾,简洁有力,增强了艺术感染力。《刺世疾邪赋》标志着抒情小赋已经取代大赋成为当时文坛的主流。

阅读链接

　　关于汉赋,推荐阅读《两汉赋评注》,此书收入了两汉全部现存赋作,以时间为顺序,有作者介绍、内容说明、字句注释等,呈现了当今汉赋研究的最高水平。本书由龚克昌、苏瑞隆等评注。龚克昌先生是汉赋研究的知名学者。

思考·练习·拓展

　　1. 简述汉赋的发展阶段及其代表作家作品。
　　2. 简述《七发》的内容及其特点。
　　3. 分析司马相如《天子游猎赋》的艺术特点。

第二章　史　记

学习提示

《史记》是西汉司马迁撰写的第一部纪传体通史,是二十四史之首。记载了上至传说中的黄帝下至汉武帝时期三千年的兴衰历史,被鲁迅先生誉为"史家之绝唱,无韵之《离骚》"。《史记》的思想内容和艺术特色对后世的散文、小说、戏剧都产生了重要的影响。《史记》与《汉书》《后汉书》《三国志》合称"前四史",与司马光的《资治通鉴》并称"史学双璧"。学习本章,可采用阅读鉴赏法,通过精读《项羽本纪》《陈涉世家》《廉颇蔺相如列传》《李将军列传》等作品感知《史记》的魅力。

第一节　司马迁和史传文学

司马迁(前145—前87?),字子长,左冯翊夏阳(今陕西韩城)人。其父司马谈在汉武帝即位后做了太史令。司马谈学识广博,精通天文、历史、《易经》,对诸子百家的学说有深入系统的研究,在政治思想上倾向于道家,著有《论六家要旨》。司马谈广博的学识和倾向于道家的思想,对司马迁有直接的影响。

司马迁年少时在家乡过着"耕牧河山之阳"(《史记·太史公自序》)的生活,壮美的山水和众多的历史传说培育了他豪迈灵秀的气质。十岁时,他随父亲来到京城长安,开始诵读古文典籍,并向当时经学大师董仲舒学习公羊派《春秋》,向孔安国学习古文《尚书》,这使他受到儒家思想的熏陶。广泛的阅读和深入的研究增长了司马迁的学识,为《史记》的写作打下了坚实的基础。

二十岁开始,司马迁经历了三次游历生活。在游历过程中,他观察山川地形,考察历史人物的遗迹,采访各种传说和历史人物的遗闻轶事,为《史记》的写作积累了大量的历史资料。第一次游历,二十岁的司马迁从长安出发,游历东南一带。在会稽探访禹的遗迹,在九嶷山考察舜的遗迹,在长沙凭吊屈原,在山东观孔子遗风,在丰沛之地参观萧何、曹参、樊哙、夏侯婴等人的故居,在楚地参观春申君的宫殿。

三十岁左右,司马迁登上仕途,做了一名郎中。受汉武帝派遣,出使西南,远到昆明,进行了第二次游历。三十六岁时,侍从汉武帝到泰山封禅,后向北至辽西,经碣石,延长城进行寻访。这些经历大大拓展了司马迁的视野,为《史记》的写作搜集了很多新鲜的材料。

三十六岁时,其父司马谈病重。作为史官,司马谈立志要撰写一部记录"明主贤君忠臣死义之士"事迹的著作,记录战国至秦代尤其是西汉开国的许多历史事件和英雄人物,可惜并未遂愿。临去世前,他把自己的理想交给司马迁去实现。

三十八岁时,司马迁承继父业,做了太史令。他以极大的热情来对待自己的职务,广泛阅读各类图书,整理皇家所藏的各种史料、档案,为《史记》的撰写做了大量的前期准备工作。太初元年(前104),他提出并主持了变更历法的工作,改秦汉以来的颛顼历为夏历,开启了一个新的纪元。就在这一年,他正式开始了《史记》的写作。

四十七岁时,司马迁的人生发生了重大变故。这一年,即天汉二年(前99),李陵抗击匈奴,兵败投降。司马迁向汉武帝陈述了李陵的功绩,认为李陵忠于汉朝,投降是在寻找机会报效国家。汉武帝震怒,认为他是在为李陵开脱罪责,中伤贰师将军李广利。因此,司马迁被下狱治罪,第二年受了极其耻辱的"腐刑"。这对司马迁是极大的摧残和打击,也对他的思想产生了极大的影响,让他更清醒地认识到统治阶级的冷酷虚伪、律法的严苛残忍。他也想到过死,但是更看到了"西伯拘而演《周易》;仲尼厄而作《春秋》;屈原放逐,乃赋《离骚》;左丘失明,厥有《国语》;孙子膑脚,《兵法》修列;不韦迁蜀,世传《吕览》;韩非囚秦,《说难》、《孤愤》;《诗》三百篇,大底圣贤发愤之所为作也"(《报任安书》)。他决心向古代先贤学习,在逆境中"隐忍苟活",坚持著书立说,在《史记》的撰写中寄托自己的社会理想。

五十岁时,司马迁遇到大赦出狱,升任中书令。中书令历代都由宦官担任,这又勾起了司马迁耻辱的记忆,因此他更加发奋著书,把自己的全部精力投入到《史记》的写作中,并在一些篇目中流露出对自己不幸遭遇的愤怒和不平。大约在五十三岁时,他基本完成了《史记》的写作。

司马迁的思想受到多方面的影响。首先,受先秦儒家思想影响较深,主张"德政";其次,他也受到了汉初黄老思想的影响;同时,也受到了董仲舒新儒学思想的影响。司马迁注重实地调查,自身又经历了重大的人生变故,这就使他在吸收各家思想的同时,又具有了新的内容和倾向。首先,他有了初步的唯物主义思想。他认为历史的变化是"周而复始"的,但在考察具体历史过程中却能"原始察终,见盛观衰",注意事物自身的因果联系;尤其可贵的是,他注意到了经济的发展为历史进步带来的促进作用。其次,他希望建立一个在明君贤臣治理下,百姓安居乐业的封建社会,这一社会理想同广大人民的愿望是一致的,具有一定的进步性。

司马迁的著作除《史记》外,还有《报任安书》和《感士不遇赋》。这两篇作品都写于他遭受"腐刑"之后,抒发了他内心的愤懑和不甘,是研究司马迁生平和思想的重要材料。

　　司马迁完成了我国第一部纪传体通史《史记》的写作,同时也开了史传文学的先河。史传文学兼有历史科学与文学艺术。从历史学的角度看,它是利用了文学艺术的手法,来记录历史事件和历史人物,表达一定历史观点的历史著作;从文学的角度看,它是以历史事件为题材,重在描写人物形象的文学作品。司马迁开创史传文学首先是适应了时代发展的需要。大一统的封建王朝需要有一部记录天子以及功臣事迹的史书出现。其次,司马迁开创史传文学,也有历史和文学的渊源。春秋战国以来,"士"这一阶层逐渐活跃,到汉朝的建立和兴盛,大批的历史人物涌现,为司马迁以人物为中心来反映历史发展提供了大量的材料。同时,司马迁也吸收了春秋战国以来历史散文、诸子散文、诗歌的创作经验,开创了史传文学,并使其达到顶峰。司马迁以后的历史著作文学性逐渐削弱,史学性逐步加强。这是因为随着历史和社会的发展,文学和史学逐渐分离了。

第二节　《史记》的思想内容

　　司马迁在《报任安书》中指出,撰写《史记》的目的是"究天人之际,通古今之变,成一家之言"。"究天人之际",是探求天道和人事之间的关系,司马迁继承了先秦以来的"天人相分"的唯物主义传统,否定了所谓的"天人感应"之说。"通古今之变",就是要说明古今历史的发展演变,寻找出历代王朝兴衰成败之理。司马迁在《史记》中表现出的历史观与所谓的"天不变,道亦不变"的历史观大不相同,他对历史上出现的政治改革总是采取称赞的态度,这正反映了司马迁分析历史转化过程的朴素的辩证法思想。"成一家之言",就是要通过《史记》来表达他自己的历史见解和是非观。《史记》在写作人物时,几乎每个人的身上隐含了司马迁的褒贬和爱憎。

　　《史记》真实记录了封建统治者的丑恶面目。司马迁在记录历史人物时不赞成"誉者或过其实,毁者或损其真"(《史记·仲尼弟子列传》)的做法,而是采取了"求实存真"的态度。对西汉的开创者刘邦,司马迁在《高祖本纪》中肯定他结束楚汉战争、建立统一国家的历史功绩,赞扬了他抱负远大、善于纳谏、审时度势、能屈能伸的优秀品质,但在其他的传记中却揭露了他虚伪狡诈、无赖残忍的本性。据《项羽本纪》记载楚汉军队相持之时,项羽以太公(刘邦之父)的性命威胁刘邦,刘邦竟说:"吾翁即若翁,必欲烹而翁,则幸分我一杯羹。"十足的流氓嘴脸。《项羽本纪》中,还记载了刘邦在逃亡过程中,为了能减轻车的重量,多次将自己的一双儿女推下车,其行为极端自私。《季布栾布列传》中记载:"季布者,楚人也。为气任侠,有名于楚。项籍使将兵,数窘汉王,及项羽灭,高祖购求布千金,敢有舍匿,罪及三族。"季布是楚国人,必然为项羽所用。只因在战争中刘邦数次被季布围困,在战争结束后,刘邦就要不惜重金取季布性命,充分表现了刘邦心胸狭窄、睚眦必报的性格。又如在《留侯世家》中写刘邦贪财好色,《萧相国世家》中写刘邦猜忌功臣,《淮阴侯列传》中更谴责刘邦诛杀功臣。司马迁对"今上"汉武帝也做了大胆的揭露和批判。《封禅书》所记汉武帝大搞"鬼神之事",《酷吏列传》所记酷吏则绝大部分是汉武帝时的官吏。司马迁在写这群酷吏时,每每指出"上以为能",从侧面表达了对汉武帝的讽刺与愤慨。在《平准书》中记述汉武帝连年用兵,使财政困难,经济破坏,从而引起了汉武帝时期政治上的变化,从侧面对汉武帝进行了批判。

《史记》描写了统治阶级内部的尖锐矛盾。最为著名的如《魏其武安侯列传》,通过对窦婴、田蚡、灌夫三人生平和相互斗争的描述,展现了汉初宫廷中的一系列矛盾和当时那种人情冷暖、世态炎凉的畸形关系,暴露了统治阶级奸诈残暴的丑恶本质。这篇列传不仅把他们三人的性格栩栩如生地展现了出来,而且把汉武帝、窦太后、王太后以及韩安国等朝中大臣的形象也刻画得鲜明突出。《吕太后本纪》写吕太后因刘邦生前宠爱戚夫人和赵王如意,引起吕后不满,在刘邦死后,吕太后鸩杀如意,"人彘"戚夫人,手段残忍,令人发指。

《史记》刻画了暴官酷吏的凶恶嘴脸。《酷吏列传》写了以凶狠残暴著称的十几个官吏,其中汉武帝时代就有十个酷吏。酷吏王温舒任河南太守时"连坐千余家",屠杀"至血流十余里"。根据汉朝法令,到了春天不能再行刑,王温舒顿足道:"嗟乎,令冬月益展一月,足吾事矣!"司马迁对其行径很是愤慨,传曰:"其好杀伐行威,不爱人如此。天子闻之,以为能,迁为中尉。"酷吏张汤"为人多诈,舞智以御人",并且深得汉武帝信任。张汤断案大多是遇上武帝讨厌的,就落井下石加重刑罚;遇上武帝喜欢的,就寻找借口法外开恩;遇上武帝不关心而与自己有隙的,就毫不留情一审到底,以排挤仇家为政绩,在维护皇权的幌子下最大程度地扩张己欲。酷吏杜周善于揣摩武帝的旨意。有人责备他说:"君为天子决平,不循三尺法,专以人主意指为狱,狱者固如是乎?"这是批评杜周办案,不循法度,只以皇帝为意。他回答说:"三尺安出哉!前主所是,著为律;后主所是,疏为令,当时为是,何古之法乎!"意思是,所谓法律,就是以皇帝意旨为准。司马迁在这里深刻揭露了封建社会的律法和执行律法的官吏不过是统治者任意杀人的工具。《酷吏列传》既是对酷吏的严刑峻法和残酷杀戮的揭露,也是对汉武帝重用"以恶为治"的官吏进行暴虐统治的揭露。

《史记》歌颂了一系列爱国英雄和有重大贡献的历史人物。《屈原列传》记叙屈原政治上的悲惨遭遇,赞颂了他的爱国精神和正直的品德。其中"人君无愚智贤不肖,莫不欲求忠以自为,举贤以自佐"一段议论说明了明君治国唯在用贤的道理。《廉颇蔺相如列传》通过完璧归赵、渑池相会、负荆请罪几个小故事,塑造了蔺相如机智勇敢、不畏强敌、能言善辩、顾全大局、不计私怨的思想品质,尤其赞扬了他"先国家之急而后私仇"的爱国品质。《李将军列传》中，司马迁热情歌颂了一代名将李广抗击匈奴、保家卫国的英雄事迹。同时，也通过"广廉，得赏赐辄分其麾下，饮食与士共之"，"广之将兵，乏绝之处，见水，士卒不尽饮，广不近水，士卒不尽食，广不尝食。宽缓不苛，士以此爱乐为用"等几件事赞颂了李广身先士卒、体恤下属、治军简易、宽缓不苛的优秀品质。司马迁痛其立功不得封侯，惜其有才不得施展，悲其年老受辱于刀笔之吏，对其被迫自杀的悲惨遭遇给予了深切的同情，对统治者任人唯亲、刻薄寡恩给予了揭露谴责。《卫将军骠骑列传》中，对卫青的推功让爵给予了赞美，对霍去病"匈奴未灭，何以家为"的爱国思想给予歌颂。

《史记》歌颂了中下层人物的优良品质，赞扬了他们见义勇为、扶弱济困、反抗强暴的英雄行为。《游侠列传》记述了汉代著名侠士朱家、剧孟和郭解的史实。司马迁充分地肯定了"布衣之侠""乡曲之侠""闾巷之侠"，赞扬了他们"其言必信，其行必果，已诺必诚，不爱其躯，赴士之厄困。既已存亡死生矣，而不矜其能，羞伐其德"的高贵品德。例如，朱家"所藏活豪士以百数，其余庸人不可胜言"，"专趋人之急，甚己之私"。他们重义轻利，一诺千金，帮助别人可以不惜自己的利益乃至生命，救济穷人慷慨无私，而自己却过着"衣不完采，食不重味，乘不过牸牛"的生活。这些集中体现了游侠精神的实质，他们把救助厄困的社会道德推向了极致。例如，有人对郭解"箕居视之"表现出无礼之态时，他不先究人过，而先查己过，"是吾德不修也"，找到自己的不足，对不尊敬自己的人不加怨恨，反而施之援手，解他人之困以德服人。这些"布衣之侠"被当时的官府认为是"大逆无道"的人物，在司马迁的笔下却成为倾倒天下大众的英雄，并对他们的不幸遭遇表示同情，对迫害他们的人表示极大愤慨，这揭示了汉朝法律的虚伪和不公正的本质，表现了作者进步的历史观。《刺客列传》中作者写到了曹沫、专诸、豫让、聂政、荆轲五个人，他们都有一种扶弱拯危、不畏强暴、为达到行刺或行劫的目的而置生死于度外的刚烈精神。司马迁在本传的赞语中说："此其义或成或不成，然其立意较然，不欺其志，名垂后世，岂妄也哉！"来赞扬这种"士为知己者死"的精神。司马迁对刺客的颂扬，也表达了广大人民反抗强暴的要求和愿望。除此之外，《史记》还记录了其他一些下层人物，如侯嬴、朱亥、薛公、毛公、毛遂等，颂扬他们优秀的品质和出众的智慧才能，肯定他们在政治斗争和军事斗争中所起的积极作用。

《史记》热情歌颂了反抗暴秦的英雄人物。在《陈涉世家》中，司马迁客观记录了我国第一次农民起义的原因、经过和结果，在一定程度上赞扬了陈胜、吴广的反抗精神，反映了官逼民反的封建现实，肯定了他们在反对秦王朝暴政斗争的关键时刻所发挥的重要作用。《史记·太史公自序》说："桀、纣失其道而汤、武作，周失其道而春秋作。秦失其政，而陈涉发迹，诸侯作难，风起云蒸，卒亡秦族。天下之端，自涉发难。"把陈涉发难与武王伐纣、孔子作《春秋》相提并论，给予了陈涉相当高的历史地位，并把陈涉与诸侯同列写入世家。司马迁在《项羽本纪》中记录了另一位反抗暴秦的英雄人物项羽。虽然项羽最后兵败自刎，但是司马迁不以成败论人，肯定了项羽的历史功绩，根据"政由羽出"的实际情况，把项羽写入与帝王同列的"本纪"，给予了他很高的历史地位。

总之，《史记》的思想内容丰富又深刻，它一方面揭露了封建统治者及其爪牙的真实面目，另一方面歌颂了人民的反抗、可歌可泣的爱国英雄和出身下层的侠义之士，表现了作者进步的历史观、同情人民的人道主义精神以及无所畏惧的批判精神。

第三节　《史记》的艺术成就及影响

鲁迅说《史记》是"史家之绝唱，无韵之《离骚》"，《史记》的艺术成就在文学史上有着承前启后的重要作用，艺术上的独创性也深深影响了后世文学。

一、《史记》的结构模式独具匠心

《史记》是我国第一部纪传体通史，被列为二十四史之首。它记载了上至传说中的黄帝时代下至汉武帝太初四年共三千多年的历史。《史记》的结构模式分为五种不同的体例，包括十二本纪、三十世家、七十列传、十表、八书，共一百三十篇，五十二万六千五百余字。本纪，是按年代顺序记载历代最高统治者的言行和政绩；世家，是记录先秦诸侯国和辅汉功臣兴衰的内容；列传，记述历代各阶层代表人物的传记，也记载少数民族和邻国历史；表，按年代谱列帝国和诸侯国间的重大事件；书，是关于天文、历法、水利、经济、文化等方面的专史论述。在写法上采用"以人系事"，即通过人物的传记来反映历史内容，形成一种新的编写体例——"纪传体"，司马迁开"纪传体"的先河。

《史记》通过五种不同的体例和它们之间的相互配合补充构成了完整的体系。其中十二本纪是全书的纲领，以编年为线索，以帝王为叙述重点，统摄了三千年的兴衰变革。三十世家、七十列传从不同层面、不同角度对本纪加以补充阐释。正如司马迁所说："二十八宿环北辰，三十辐共一毂，运行无穷。"（《太史公自序》）如果把本纪比喻成北斗，那么世家就是环绕北斗的二十八星宿，七十列传则是天宇中的大小群星。从记载人物类型看，由帝王到诸侯再到英雄，不同体例反映不同层面的人物，全面地揭示了社会生活的各个侧面，有很强的概括性和层次感。从数目上看，本纪十二，世家三十，列传七十，呈宝塔形，帝王将相在塔顶，英雄人物是塔基，表现帝王居高临下、人臣拱卫主上的主题。表和书的作用在于：表为人物传记定下了历史的坐标，且补充了传记中未记的人和事，使《史记》的记录更全面；书提供了人物活动的自然与社会背景。它们之间纵横交错、相互联系，使得《史记》的叙事游刃有余,构成了历史的宏伟篇章。

二、《史记》的叙事艺术技巧高超

1. 叙事详略得当,善于以小见大。《史记》的叙事并非面面俱到,而是把笔墨重点用在复杂的事件和重大场面上。例如,在《廉颇蔺相如列传》中,司马迁详细写了能反映人物性格的完璧归赵、渑池之会、负荆请罪三件事,而对于廉颇和蔺相如的身世来历则一笔带过。在《项羽本纪》中,司马迁记载了项羽生平事业的兴盛衰亡历程,通过选取具有代表性的四件事,吴中起兵——事业的起点;巨鹿之战——功业的顶点;鸿门宴——由盛而衰的转折点;垓下之围——英雄末路的终点,描绘了这个英雄短暂而波澜起伏的一生。再如,在《李将军列传》中,李广一生与匈奴大小七十余战,但文中着重描写了他的三次战斗,来表现他的"勇于当敌"。司马迁在叙事时还善于用以小见大的写法来表现人物思想性格。再如,在《酷吏列传》中,有一段张汤幼时审鼠的故事:"张汤者,杜人也。其父为长安丞,出,汤为儿,守舍。还而鼠盗肉,其父怒,笞汤。汤掘窟得盗鼠及余肉,劾鼠掠治,传爰书,讯鞫论报,并取鼠与肉,具狱磔堂下。其父见之,视其文辞如老狱吏,大惊,遂使书狱。父死后,汤为长安吏久之。"虽是幼时儿戏,却生动地突出了张汤残酷的性格。又如,在《李斯列传》中,李斯为郡小吏时对厕鼠与仓鼠的评价,集中反映了他的人生观与价值观,为他摆脱厕鼠的处境而成为仓鼠那样的食利者的人生轨迹做了有力的铺垫。这些小事对于历史的发展是微乎其微的,但对于人物性格的塑造和行为的走向却是很重要的。

2. 叙事手法多样化。司马迁在《史记》中成功运用了多种的叙述手法,如顺序、倒叙、插叙、正叙、侧叙、补叙等。顺序是《史记》的基本叙事模式,它按照时间,法乎自然,连贯情节。倒叙能充分揭示事件之间的因果关系,如《晋世家》中司马迁在叙述晋献公废太子到秦穆公送重耳归来后,倒叙了重耳十九年逃亡的经历,使事件情节更为紧凑生动,人物性格更为鲜活丰满。插叙能丰富整篇列传的内容,如在《魏其武安侯列传》中,除了对窦婴和田蚡的直接叙述外,还插入了对灌夫的叙述,并且也正因为有灌夫的插入,才使得本传的主题鲜明,也通过灌夫的反衬突显了田蚡和窦婴的性格特征。补叙深化了主旨,如《张仪列传》中司马迁补叙了与张仪同时期的著名策士陈轸、犀首的事迹,以及与张仪之间的你争我夺,既体现战国策士的政治才干,也表现了人物冷酷贪婪的性格和自私自利的社会风气,以侧面烘托、人物对比的手法展现文章的主旨。

3. 为了减少重复叙述,不同作品中记载同一事件,普遍采用了"互见法"的叙述方法。所谓"互见法"就是把关于历史人物的一部分材料不放在本传中写,而移置到其他人物传记中写。文中有时注明"其事在某某传中",有时不加注明,而实际在运用。例如"鸿门宴"一事,在《项羽本纪》中详写,在《高祖本纪》中略写,在《淮阴侯列传》中只交代一句"语在项羽事中"。材料的移置不但突出了人物的主要性格特征,而且对其他传记的人物塑造起到很好的陪衬作用。这样,既忠于历史的真实,又不损害人物形象的完整性,手法十分高明。如《孝文本纪》中的皇帝是一位理想的有德帝王,形象完满,而《张释之冯唐列传》则刻画了张、冯的耿直不阿、正直高尚,以汉文帝的自私、残忍、轻才作反衬,巧妙地实录了文帝的丑陋面,保持了历史的真实性。又如《高祖本纪》中,主要记载了刘邦的功绩,而他的缺点主要表现在《项羽本纪》《张丞相列传》《郦生陆贾列传》中。

4. 叙事的线索清晰,以类相从,主题突出。《史记》是按时间顺序排列各层次的人物传记,同时又兼顾了传记与传记之间的联系。如齐国的孟尝君田文、赵国的平原君赵胜、楚国的春申君黄歇、魏国的信陵君魏无忌,这四人都是礼贤下士、结交宾客之人,因此他们的传记前后相连。又如西汉韩长孺、李广都是抗击匈奴的将领,因此他们的传记后插入《匈奴列传》,然后是另两位抗击匈奴的将领卫青、霍去病传记。又如《南越列传》《东越列传》《朝鲜列传》《西南夷列传》记述的都是周边少数民族的演变历史以及西汉与它们的交往,因此前后相继。司马相如曾奉命出使西南,所以他的传记安排在《西南夷列传》之后。司马迁对人物传记的巧妙安排充分体现了历史的脉络。《史记》不但有分传,更有合传,如《循吏列传》《儒林列传》《酷吏列传》《游侠列传》《佞幸列传》《滑稽列传》等,都是为这一类人物设立的合传,都遵循着以类相从的原则。司马迁通过对这一类人物或事件的记录,反映出特定领域的总体情况,具有鲜明的主题。

5. 具有强烈的故事性和戏剧性。司马迁的《史记》不但是一部优秀的史学名著,更是一部优秀的文学名著。他在记述历史事件时并不是平铺直叙,而是有开端、发展、高潮和结局,基本上具备了小说的四要素,他善于把人物放在复杂的矛盾斗争中进行描写,更善于利用细节的描写来增加故事的可看性。如荆轲刺秦王、鸿门宴、灌夫骂座,这些历史故事仿佛让读者身临其境,具有一定的戏剧性。

三、《史记》的语言运用精到传神

人物语言符合人物身份,富有个性化,传神地反映出人物的性格特征和心理状态。如刘邦、项羽、陈涉在表达自己的政治抱负时各有不同。《高祖本纪》中,刘邦见过秦始皇后说:"嗟夫,大丈夫当如此也!"这表现了他出身寒微、贪图享乐、对秦始皇的奢华生活羡慕不已的心理。《项羽本纪》中,项羽对秦始皇的评论是:"彼可取而代也!"这表达了出身贵族、勇武过人的项羽根本没把秦始皇放在眼里,展示了他坦率爽直的性格。《陈涉世家》中,陈涉说:"王侯将相宁有种乎!"这表达了出身佣耕的陈涉希望改变社会地位的强烈愿望。又如《郦生陆贾列传》中对郦生语言的描写充分表现了他的"狂"。《淮阴侯列传》中韩信分析天下形势的一段言辞,显示了一个军事家的眼界。《吕不韦列传》中,商人出身的吕不韦看到安国君的儿子在楚国做人质,想到利用他来谋求政治利益,于是说"此奇货可居",这正符合了商人的身份和心理状态。

叙述语言简练精确,往往使用一两句话甚至几个字就能生动有力地表现人物情态。如写荆轲刺秦王,未成功,反而被秦王所击,"倚柱而笑,箕倨以骂",这八个字活脱脱地表现出一个侠义之士虽死不屈的悲壮场景。又写刘邦破咸阳后欲王关中,引起项羽发兵来攻伐,张良入见刘邦说:"料大王士卒,足以当项王乎?""沛公默然。曰:'固不如也,且为之奈何?'"这"默然"二字形象地描绘出刘邦当时复杂的心情。又如《廉颇蔺相如列传》中,只用了几句话就把"渑池之会"紧张的气氛和蔺相如的英勇气概表现出来。

叙事记言中还常常引用民谣、谚语、俗语。如《淮南衡山列传》引用民谣"一尺布,尚可缝;一斗粟,尚可舂。兄弟二人不能相容",用以讽刺汉王室的内部斗争。又如《李将军列传》因谚语"桃李不言,下自成蹊"来说明李广并不自我宣扬,却自然获得了别人的尊崇。再如《货殖列传》中的"千金之子,不死于市","天下熙熙,皆为利来;天下攘攘,皆为利往"等。司马迁在叙事时加入这些民谣谚语,语言更富表现力,也反映出当时社会大众的思想感情和情绪。《史记》在运用古代史料时,往往把"佶屈聱牙"的古语改成汉代通用的书面语,使得《史记》的语言明白畅晓,并具有统一的风格。

《史记》是二十四史的开端,是第一部纪传体通史,标志着中国古代史传文学的发展达到了高峰。它对后代散文、小说、戏剧的影响深远。《史记》的结构模式、叙事方式、语言艺术尤被后代散文家所推崇。唐代古文运动的倡导者韩愈与柳宗元在实际创作中,从人物传记的类型到文章的章法结构,从创作风格到语言的运用,都向《史记》学习。宋代古文大家欧阳修、曾巩、王安石、三苏、黄庭坚等人均继承了韩、柳古文传统,提倡学习《史记》文法,借用其语言,尤为重视行文之脉络。明代前后七子、清代桐城派也对《史记》推崇备至。《史记》对小说、戏剧的发展也有很大的推动作用,许多传奇、小说、戏曲都吸取了《史记》的创作方法和艺术技巧,对形成我国古典小说和戏曲的传统风格产生了极大的影响。有一些故事直接借鉴、取材于《史记》里的内容,如《东周列国志》《西汉通俗演义》。《史记》里的有些故事被直接写入戏剧,如《赵氏孤儿报冤记》《卓文君私奔相如》《灌将军使酒骂座记》《窃符记》《易水歌》《卧薪尝胆》《完璧归赵》《鸿门宴》《萧何月下追韩信》《霸王别姬》等。这些故事直到今天还流传不衰,为广大人民所喜爱。

阅读链接

《史记》是我国第一部纪传体通史,研究《史记》的学者应首推韩兆琦先生。推荐阅读韩兆琦先生的《史记:韩兆琦评注本》。另外,韩兆琦先生还著有《史记通论》《史记评议赏析》等。

思考·练习·拓展

1. 名词解释：互见法。
2. 简述《史记》一书的体例。
3. 以《项羽本纪》为例谈《史记》的人物塑造手法。
4. 简述司马迁的家世、生平遭遇与《史记》创作的关系。
5. 论述《史记》的思想内容。

第三章　汉 代 诗 歌

　　秦统一中国以后,各地诸侯纷争的局面结束,文学开始步入崭新的阶段。汉代诗歌是继《诗经》《楚辞》后诗歌史上的又一壮丽景观。诗歌多出自民间或底层文人之手,内容多直面人生,尤其善于揭露汉代雄风之下的悲惨凄凉的民众生活,代表其最高成就的是汉乐府民歌和文人五言诗,它们均对后世产生了重要影响。学习本章可采用阅读赏析法、合作探究法,把握汉代诗歌的体式流变,通过对作品的赏析,掌握诗歌的内容、艺术成就及其对后世的影响。

第一节　汉 乐 府 民 歌

　　乐府是我国古代朝廷设立的掌管音乐的官署。从现今的考古资料来看,乐府自秦代已有,只是规模较小,汉承秦制,将乐府机构延承下来。汉初,朝廷设立太乐和乐府机构,分掌郊庙之乐和民间俗乐。武帝时期,出于制作礼乐的需要,开始大规模设置乐府。乐府机关的主要职能是制谱配乐进行演奏,同时兼采各地歌谣。这是继《诗经》后又一次大规模的采诗活动,也是上古采诗以观民风传统的延续。采诗不仅为统治者"观风俗,知厚薄",也供他们宴飨、祭祀及娱乐之用。这些诗本在民间流传,后由乐府收集、整理、保存,汉人称为"歌诗"。到了魏晋南北朝,诗多着眼于音乐,人们将合过乐的歌诗,称为"乐府诗"。这样,乐府就成为一种诗体的名称。到唐代,乐府更多注重社会内容,成为一种批判现实的诗,这些用新题写实事的诗,称为"新乐府"。宋元以后,也将合过乐的词曲称为乐府。此时,乐府只是一种变称,与汉乐府含义大相径庭。据《汉书·艺文志》所载,汉乐府民歌有一百三十八首,多数亡佚,今存五六十首(包括东汉),大部分保存在宋人郭茂倩编纂的《乐府诗集》中。

　　汉乐府歌诗中最富生活气息与时代特色的内容多属于"代、赵之讴,秦、楚之风"(《汉书·礼乐志》),出自底层劳动人民之手,多为"感于哀乐,缘事而发"(《汉书·艺文志》)之作。它的诗学精神与《诗经》的现实主义创作精神是一脉相承的,这是汉乐府的特征之一。

汉乐府的特征之二是有较强的思想性和丰富的社会性,诗人将笔触深入到社会各个阶层,展现百姓饥寒交迫的生活和精神世界的创伤。

一、反映底层百姓的呻吟与反抗

汉朝国力强盛,但背后隐藏着诸多矛盾。因统治阶级的荒淫腐化,百姓常过着"衣不蔽体"、"衣牛马之衣,食犬彘之食"(《汉书·艺文志》)的贫苦生活。汉乐府民歌中就有极写生存之艰、再现这一触目惊心的社会现实的作品,如《孤儿行》:

> 孤儿生,孤子遇生,命独当苦。父母在时,乘坚车,驾驷马。父母已去,兄嫂令我行贾。南到九江,东到齐与鲁。腊月来归,不敢自言苦。头多虮虱,面目多尘土。大兄言办饭,大嫂言视马。上高堂,行取殿下堂。孤儿泪下如雨。使我朝行汲,暮得水来归。手为错,足下无菲。怆怆履霜,中多蒺藜。拔断蒺藜肠肉中,怆欲悲。泪下渫渫,清涕累累。冬无复襦,夏无单衣。居生不乐,不如早去,下从地下黄泉。春气动,草萌芽。三月蚕桑,六月收瓜。将是瓜车,来到还家。瓜车反覆。助我者少,啖瓜者多。愿还我蒂,兄与嫂严。独且急归,当兴校计。乱曰:里中一何譊譊,愿欲寄尺书,将与地下父母,兄嫂难与久居。

诗人以第一人称的口吻叙述孤儿受兄嫂奴役、辛苦劳作的经历,今昔对比异常鲜明。虽为家庭问题,却也反映了弱者的生存状态、社会的人情淡薄,可谓字字是血,声声是泪。又如《妇病行》描写的是一个穷苦家庭妻死儿幼的惨状。这是普通人的生活缩影,在残酷的剥削下,许多百姓都挣扎在死亡的边缘。

不仅如此,统治者还以租税甚至抢夺的方式榨取利益。如《平陵东》控诉贪官暴吏以抢夺敲诈等方式勒索百姓钱财。《东门行》记叙主人公因"盎中无斗米储"、"架上无悬衣",铤而走险,走上反抗之路。这些诗歌用白描的手法揭示了百姓生存之艰、境遇之苦,反映了汉朝矛盾的白热化。

二、揭露上层权贵的骄奢与荒淫

汉代是封建社会大发展时期,社会富庶,然"富者田连阡陌,穷者身无立锥之地"(《汉书·董仲舒传》)。诗中有反映富贵之家的豪奢,篇幅虽不长,讽刺却异常尖锐。如《相逢行》:

> 相逢狭路间,道隘不容车。不知何年少?夹毂问君家。君家诚易知,易知

复难忘；黄金为君门，白玉为君堂。

全诗以富贵之家为对象，在极力渲染其富有的同时还揭示他们极其尊贵的身份。《陌上桑》也属这类作品，借敢于戏谑权豪的采桑女子来揭露上层权贵的荒淫。汉乐府民歌中常将统治者腐朽的生活和百姓的无衣无食的生活进行比照，一边饥寒交迫，一边锦衣玉食，如此反差极大的画面，再现了汉代社会的真实面貌。

三、描写久役思乡的别离及战争之苦

汉武帝为了开疆拓土，一直干戈不断。汉乐府民歌中有以战争为题材的作品，控诉战争与徭役之苦。如《战城南》：

> 战城南，死郭北，野死不葬乌可食。为我谓乌："且为客豪！野死谅不葬，腐肉安能去子逃？"

描写的是激战后士卒尸横遍野的惨状，句句浸透着血泪，尤其是"野死不葬乌可食"的凄惨景象，令人目不忍睹。《十五从军征》也以独特的视角来写在外征战数年的老兵归家后面对家破人亡的残破场景，以此揭露汉朝兵役制度的黑暗。这些诗都可看作《诗经》征役诗的继承和发展，它们没有《诗经》中的同仇敌忾，有的只是浓重的厌战情绪。此外，这类题材中也有描写征夫思乡和怀念亲人的作品，如《饮马长城窟》《古歌》等。

四、表现恋爱及婚姻的不幸哀唱

汉朝是封建礼教得以强化和巩固时期，反映爱情婚姻题材的作品比重较大，但多数带有感伤情绪。虽然有些作品中的女性能直言表达自己的爱情，如《上邪》是热恋女子的自誓之词，感情炽热，表达坦率，有着钟情女子对爱情的至死不渝，尤其是"山无陵，江水为竭，冬雷阵阵，夏雨雪，天地合，乃敢与君决"，可谓用语奇警。而另一篇饶歌《有所思》也别有格调：

> 有所思，乃在大海南。何用问遗君？双珠玳瑁簪，用玉绍缭之。闻君有他心，拉杂摧烧之。摧烧之，当风扬其灰。从今以往，勿复相思。相思与君绝。鸡鸣狗吠，兄嫂当知之。妃呼豨，秋风肃肃晨风飔，东方须臾高知之。

作品塑造了一个爱恨分明的痴情女子形象，诗人将其因爱相思、因爱而怨、因怨生恨的感情变化刻画得极为细腻。清代学者陈祚明在《采菽堂古诗选》中评论道："'从今往后，勿复相思'，一刀两断，又何等决绝！非如此，不足以状其'望之深，

怨之切'。"但多数是表现女性受封建礼教和婚姻制度迫害的作品。此类题材中《孔雀东南飞》最具代表性,它是中国诗歌史上最为优秀的叙事诗,也是汉代乐府诗中的珍品。全诗共一千七百八十五个字,"乃古今第一首长诗也"(沈德潜《古诗源》)。作品讲述了主人公刘兰芝和丈夫焦仲卿的婚姻被外力拆散后,他们用自杀来反抗社会的欺凌,诠释了两人生死不渝的爱情。全诗思想深刻,既有对封建礼教扼杀生命的无情控诉,又有对封建重压下男女忠于爱情的歌颂与赞扬,更有对刘兰芝个性美的肯定。此诗对后世的影响也是公认的,萧涤非先生就认为该诗"与后来北朝之《木兰诗》、唐韦庄之《秦妇吟》可称为乐府中之三杰"(《汉魏六朝乐府文学史》)。

五、慨叹生命的短促与人生的无常

东汉末年,平民流离失所,士人游宦无门,忧生之嗟构成的悲情是汉乐府民歌的基本格调。《薤露》和《蒿里》是两首送葬时的挽歌。前一首慨叹生命的短促,后一首写面对死亡的痛苦心情。诗人以无可奈何的态度看待这种事实,似乎有大彻大悟的味道,却又异常悲凉。这种生命意识在汉乐府民歌中表现得较为集中。

汉乐府民歌不仅内容丰富,艺术上也有极高的成就。最突出的特点是它的叙事性,这是由"缘事而发"的内容决定的。明代徐祯卿言:"乐府往往叙事,故与《诗》疏。"(《谈艺录》)这是汉乐府民歌的特征之三。

汉乐府民歌不仅继承和发扬了《诗经》的现实主义传统,再现汉代尤其是东汉后期广阔的社会现实,而且大大发展了叙事诗,有极强的叙事性。形式上,有的撷取生活中的片断描写,有的叙述比较完整的故事情节,还有的采用第三人称铺叙故事,情节波澜起伏,扣人心弦。同时,善用对话和行动展现人物形象,具有真实性和感染力。语言上朴实自然,言近旨远,保留了口语的特点。体制上不囿于《诗经》四言格式,句式灵活多变,以杂言为主,并逐渐趋向整齐的五言,这是汉乐府民歌的开拓与创新。明代胡应麟在《诗薮》中评价汉乐府"质而不俚,浅而能深,近而能远",高度概括了它们的特色。

总之,汉乐府民歌以其丰富的社会内容、娴熟的叙事技巧和多变的诗歌体制,再现了汉代社会的全貌,是一幅别开生面的历史画卷,对后世文学影响深远。

第二节　文人五言诗

汉初文人创作诗歌,一是沿袭四言体,一是模仿骚体诗。五言诗的出现是文学发展的必然结果,标志着诗歌新纪元的开始。民间歌谣与乐府民歌是五言诗的早期形式。如西汉李延年的《李夫人歌》,五言成分比重加大。进入东汉后,诗歌创作呈现崭新的局面。人们开始模仿乐府民歌创作五言诗,虽数量不多,但地位突出。

一般认为东汉班固《咏史》标志着文人五言诗的正式出现，也是最早、最完整的文人五言诗，只是它的艺术表现平实，远未成熟。钟嵘《诗品》品评"班固咏史，质木无文"，但从发展的眼光看，《咏史》诗不失为五言创制时期的杰出作品。待至东汉末年，文人五言诗成就已相当可观，《古诗十九首》的出现推动了文人五言诗的进程，被刘勰誉为"五言之冠冕"。诗作最早见于萧统所编《昭明文选》，一般认为不是一人一时之作，多为中下层失意文人的作品，因作者失其姓名，题为"古诗"。诗歌从不同角度唱出汉末下层知识分子的苦闷心声，引起了后世读者的广泛共鸣。

具体来讲，《古诗十九首》的内容一类是士子文人伤时失意之作。此种题材多抒发世事无常的愤懑，体现了生命意识的觉醒和人生价值的思考。如《青青陵上柏》中的游子开始执着于现实人生，注重眼前生活，这种观念的转变折射出广阔的社会内涵，又有一定的人生哲理。另一类是游子思妇之辞，充满感伤情调。如《明月何皎皎》展现游子无法释怀的思乡情结，明月高照下起身徘徊，思乡之情令他们寝寐难安。也有作品抒发思妇的闺思和愁怨，如《行行重行行》写思妇对久别不归的丈夫内心的思念，措辞浅显，内涵却十分深刻。这类题材中《迢迢牵牛星》尤可称道，诗中借织女遥望牛郎的故事，不仅表现男女之间相互爱慕的真挚情感，也有对现实中爱情婚姻不合理的愤懑。

明代钟惺在《古诗归》中说："乐府之妙，在能使人惊，古诗之妙，在能使人思。"《古诗十九首》继承了《诗经》和《楚辞》的传统，又从乐府民歌中汲取精华，创造了浅近真挚又浑然圆融的艺术精品，是古代抒情诗的典范。其艺术特色如下。

1. 善用比兴，寄托遥深。

《古诗十九首》将比兴的手法与乐府民歌中善于表达内心世界的情感结合起来，使诗歌意境细腻深幽。如《迢迢牵牛星》诗旨就显示出"寄托遥深"的特点。故明陆时雍言《古诗十九首》善用寄托，"情动于中，郁勃莫已，而势又不能自达，故托为一意，托为一物，托为一境以出之"（《古诗镜》）。

2. 情景交融，真挚感人。

《古诗十九首》传达情感时含蓄巧妙，绵邈深长，作者既善于化用典故传达丰富的内涵，又能善用叠字、双关等手法营造气氛。如《行行重行行》一诗写女子借典传情："胡马依北风，越鸟巢南枝"，融情于景，寓情于景。也善于捕捉生活中的细节来再现情感和心理，形成浑然天成的艺术境界和含蓄低婉的艺术风格。如《涉江采芙蓉》写游子采摘芙蓉，遥望故乡，思念亲人，伤感不已。清人温蕙在《读书一间钞》中说："《古诗十九首》发于天籁，本乎人情。"情感上毫无矫揉造作，艺术表现上也似信手拈来。

3. 语言浅近，质朴自然。

《古诗十九首》汲取了乐府诗中抒情技巧，保留了民歌的质朴自然，不作艰深之语，无生僻之词，用浅近晓畅的语言道出至情真理。如"不惜歌者苦，但伤知音稀"

（《西北有高楼》）、"客行虽云乐，不如早旋归"（《明月何皎皎》）等，都是平淡无奇之语，读来却新警凝练，内涵深刻。钟嵘在《诗品》中对《古诗十九首》评价极高："文温以丽，意悲而远。惊心动魄，可谓几乎一字千金！"

　　总之，《古诗十九首》无论从内容上还是艺术上都开五言诗歌一代先声。清人陈祚明在《采菽堂古诗选》中对《古诗十九首》有相当精准的评价："《十九首》所以为千古至文者，以能言人同有之情也。"诗中传达出的情感，是人类共有的体验和感受，因此它能超越时空的限制，引起人们的共鸣。

阅读链接

　　汉代诗歌在中国诗歌发展史上起着承前启后的重要作用。研究汉代诗歌大部分围绕具体作品展开，综合研究比较欠缺，推荐阅读赵敏俐的《两汉诗歌研究》。另外，姚大业的《汉乐府小论》、王运熙的《乐府诗论丛》等也提供了丰富的研究资料，具有很高的学术价值。

思考·练习·拓展

　　1. 名词解释：乐府。
　　2. 简述汉乐府诗的思想内容。
　　3. 请结合作品分析乐府民歌的叙事技巧。
　　4. 以作品为例分析《古诗十九首》的艺术成就。
　　5. 对《孔雀东南飞》中刘兰芝和焦仲卿的人物形象进行分析。

第三编　魏晋南北朝文学

魏晋南北朝文学概述

　　魏晋南北朝文学是典型的乱世文学,跨越了大约四百年的历史,开始于汉末建安时期(196—220),到隋文帝统一中国(589)结束。魏晋南北朝时期是中国历史上政权更替最频繁的阶段,大动荡、大分裂、民族融合与民族斗争激烈是这一时期的突出特点。

　　魏晋南北朝建立了士族门阀制度,阶级矛盾尖锐化;长期的战乱和南北对峙,也使民族矛盾错综复杂。思想界出现自由开放的局面,儒学衰微,以老庄贵无思想为核心的玄学成为强大的社会思潮。"越名教而任自然"(《释私论》),主张追求精神自由,摆脱传统礼教束缚,追求具有独立个性的人格美,形成了魏晋风流;道教、佛教得到广泛传播,给苦闷的现实人生提供了精神的避难所,满足了乱世中人们渴望长生不老的愿望。魏晋南北朝时期,对个体生命的重新审视激发了人的觉醒,开启了"人的自觉"的时代,同时也开启了"文学自觉的时代",文学理论与文学批评空前繁荣。现实的黑暗、生命的短促、命运的虚幻、个人的渺小,多种因素奠定了这一时期文学的悲剧性基调,也促使生死、游仙、隐逸成为这个时期文学比较集中的主题。文学的主要成就表现在诗歌、辞赋、骈文、小说以及文学批评等方面。

　　魏晋南北朝的诗歌从建安文学开始,经历了几次诗风的转变。建安诗歌从汉末到魏初,以邺下文人集团为核心,掀起了文人五言诗的创作高峰,代表作家为三曹、七子。他们的作品反映了汉末动乱的社会现实,表达了作者渴望建功立业的雄心壮志,呈现出刚健爽朗的艺术风格,被后人称为"建安风骨"。所谓"风"指内容上反映社会动乱、表达理想壮志;所谓"骨"指艺术上呈现质朴刚健、慷慨悲凉的特色。刘勰《文心雕龙·时序》指出建安诗人"并志深而笔长,故梗概而多气也"。建安诗歌追求内容与形式的统一,总体呈现出昂扬奋进、刚健有力的艺术特征,标志着文学进入自觉时代。

　　正始诗歌处于魏晋易代时期,这一时期政治斗争激烈,文人的政治理想受到幻灭性打击。玄学、佛教、道教兴起,忧生惧祸成了文学的主题,寻隐求仙成了文人避祸的手段,诗歌创作变得曲隐晦涩,代表作家为阮籍、嵇康,他们崇尚自然,反对名教,表现政治重压下的苦闷与反抗。

　　太康时期,文学又呈现相对繁荣的局面,锺嵘《诗品》谓:"太康中,三张(张载、张协、张亢)、二陆(陆机、陆云)、两潘(潘岳、潘尼)、一左(左思),勃尔复兴,踵武前王,风流未沫,亦文章之中兴也。"他们发展了诗歌华美的形式,以繁缛为特点,缺乏对现实内容的关注。只有左思的创作苍凉浑厚,高亢雄健,被称为"左思风力"。

之后的永嘉诗歌,以玄言诗为主,"理过其辞,淡呼寡味",成就不高。值得一提的是刘琨和郭璞。刘琨的作品反映民族斗争,多带有爱国激情;郭璞的游仙诗,诗杂仙心,多为排遣不平之作。

东晋末年出现了大诗人陶渊明,他的创作代表了魏晋时期诗歌的最高成就。陶渊明开创了田园诗派,表达了不与现实同流合污的高尚情操和对恬静的田园生活的热爱。质朴自然的语言、高远脱俗的意境,打破了玄言诗的垄断局面。晋宋之交出现了山水诗,谢灵运是第一个大力写作山水诗的诗人,虽未完全摆脱玄言诗的影响,但扩大了诗歌题材。这些都对唐代山水田园诗的创作产生了重要影响。

齐武帝永明年间,周颙发现了汉语的四声现象,沈约把四声和诗歌的声律结合,提出四声八病说。谢朓等人把声韵学运用到诗歌创作中,开创了"永明体",强调声韵格律,文辞华美,短小整饬。永明体是古体诗向近体诗的过渡,是格律诗的开端,代表诗人是谢朓,他发展了谢灵运的山水诗。齐梁以后浮靡之风愈演愈烈,出现了宫体诗,词句香浓艳丽,多表现宫廷生活,尤其擅长对女性进行细致入微的刻画,浮靡轻艳的创作风气一直影响到初唐。

此外,鲍照和庾信是南朝和北朝最后两位现实主义诗人。鲍照在七言乐府上有所突破,《拟行路难》流露了自己怀才不遇的苦闷,表现了对门阀制度的批判。庾信是由南入北最著名的诗人,他前期是梁代的宫体诗人,诗风柔弱绮丽,后期饱尝分裂时期的人生辛酸,有深沉的家国之思,融合了南北文化,诗风为之一变,最终成为南北朝文学的集大成者。

南北朝乐府民歌继承了《诗经》和汉乐府民歌的优秀传统,凝结了人民的创作智慧,反映了现实生活和人民的爱憎情感。南朝民歌多写爱情,体制短小,善用双关隐语,风格清丽婉转,代表作有《西洲曲》;北朝民歌题材较广,质朴刚健,反映动荡的社会现实和人民的深重灾难,形式多样,风格粗犷豪放,代表作有《木兰诗》,与汉乐府民歌《孔雀东南飞》合称"乐府双璧"。

魏晋南北朝的辞赋创作追求作者个人思想情感的抒发,建安时期以抒情小赋为主,名篇有王粲的《登楼赋》、祢衡的《鹦鹉赋》、曹植的《洛神赋》;两晋时代题材扩大,表现手法多样,或叙事,或咏怀,或抒情,有模拟大赋之风,名篇有陶渊明的《归去来兮辞》《闲情赋》、左思的《三都赋》;南北朝时期出现骈俪化倾向,骈赋应运而生,追求语句骈偶,声律精工,名篇有鲍照的《芜城赋》、江淹的《恨赋》《别赋》、庾信的《哀江南赋》。

魏晋南北朝时期骈文盛行,散文较弱,骈文讲究对仗工整、音调铿锵,散文创作比较有特色的是叙事言情的书信体和山水地理游记散文。表达情意的散文有曹操的《让县自明本志令》、诸葛亮的《出师表》、嵇康的《与山巨源绝交书》、李密的《陈情表》、王羲之的《兰亭集序》、陶渊明的《桃花源记》《归去来兮辞》《五柳先生传》、鲍照的《登大雷岸与妹书》、丘迟的《与陈伯之书》、孔稚珪的《北山移文》、颜之推的《颜氏家训》等。历史散文有陈寿的《三国志》和范晔的《后汉书》，都是纪传体断代史。地理散文当推郦道元的《水经注》和杨衒之的《洛阳伽蓝记》。

魏晋南北朝时期小说登上文学史的舞台，中国古代小说可以分为文言小说和白话小说两个体系。魏晋南北朝小说属于文言小说体系，它只是初具规模，也并非作者有意为之，缺少艺术的虚构，因此还不是小说的成熟形态，中国文言小说成熟的形态是唐传奇，白话小说成熟的形态是宋元话本。魏晋南北朝的小说分为志怪小说和志人小说两大类，出现了一批作家作品，代表作分别是干宝的《搜神记》、刘义庆的《世说新语》，直接影响了唐传奇的创作。

魏晋南北朝形成了第一个文学理论和文学批评创作的高峰，成绩斐然。文学成为独立的门类，各种体裁有了细致的区分和独特的风格特点，文学有对自身审美特性的自觉追求。曹丕的《典论·论文》是我国第一篇文学理论专篇；陆机的《文赋》是第一篇创作论；锺嵘的《诗品》是第一部诗歌批评专著；刘勰的《文心雕龙》是第一部有完整理论体系的文论巨著。这些作品广泛涉及文学的创作论、批评论、文体论、风格论等，对后世的文学批评和文学创作都产生了深远的影响。

第一章 魏晋南北朝诗歌

魏晋南北朝诗歌与以往诗歌的集体创作不同,这一时期诗人们开始了个性化的创作,建安文坛第一次掀起了文人诗歌的创作高潮,并且形成了若干以宫廷为中心的文学集团。魏晋南北朝诗歌属于乱世文学,诗歌创作有着共同的悲剧基调以及在此基础上形成的不同人生态度。魏晋南北朝诗歌继承和发展了两汉诗歌,将五言古诗推向高峰,同时,这一时期随着反切、四声和格律的发现和发展,也为隋唐近体诗的鼎盛埋下了伏笔。学习本章,可采用阅读赏析法,通过对具体诗人诗歌的学习,感知这一时期诗歌的总体风貌和人文精神。

第一节 建 安 诗 歌

建安是汉献帝的年号,即公元 196 年到公元 220 年,我们所说的建安文学,是建安前几年至魏明帝最后一年(239 年)这段时间的文学,也即曹氏势力统治下的文学。建安时期的文学以诗歌成就最为显著,确立了"建安风骨"的诗歌美学典范。

建安诗歌可以大致分为三个阶段。建安前期,文士在曹操霸业不断拓展、实行"唯才是举"政策的影响下,纷纷投身到曹魏阵营。这一时期文人大都经历了汉末的战乱,对战争带来的灾难深有体会,因此创作多以描写战乱、抒发忧患意识为主。建安中期形成了规模庞大的"邺下文人集团",这是中国文学史上第一个文人创作高潮时期。宫廷为中心的创作氛围和贵游风气的滋生使诗人们的笔触渐渐深入到具体的生活中去,出现了许多文人相聚的唱和诗。"七子"等大批诗人在建安末年相继辞世,尤其是曹操的去世,建安文学进入到第三阶段。这一时期,曹丕称帝,曹植失去人身自由,二人诗风都有所转变,特别是曹植,他的后期诗歌充满风力,奠定了他在诗歌史上的大家地位。

建安诗歌最重要的诗人代表是"三曹"和建安七子。曹操是建安诗歌的核心人物,他的霸业和个人魅力将一大批文人聚集在他周围,而他本人的诗歌尤其代表了建安诗歌的特点。曹操(155—220),字孟德,沛国谯县(今安徽亳州)人,曹魏政权的奠基人,他出身于宦官家庭,在汉末战乱中脱颖而出,挟天子以令诸侯,在政治上非常重视人才。曹操自身多才多艺,对诗歌、音乐等艺术也非常精通。曹操的诗,现存二十多首,大部分沿用汉代乐府诗体,如《薤露行》《蒿里行》《陌上桑》等,但他在继承汉乐府传统的同时,也对乐府体做了大胆的革新,拓宽了乐府的表现力。其中一部分诗歌反映了战乱时代人民的生活,并在这种乱世中迸发出积极进取的人生动力,这是一个政治家所具有的坚持自我价值和践行高尚追求的崇高品质,我们可以从他的诗歌中认识这一点。《蒿里行》中的"白骨露于野,千里无鸡鸣。生民百遗一,念之断人肠",如实描写了汉末的战乱场面,面对战争带来的生灵涂炭的场面,诗人表达了深切的同情。在其他作品中,曹操更多地表达了积极的人生态度和统一天下的雄心,如《短歌行》:

> 对酒当歌,人生几何!譬如朝露,去日苦多。慨当以慷,忧思难忘。何以解忧?惟有杜康。青青子衿,悠悠我心。但为君故,沉吟至今。呦呦鹿鸣,食野之苹。我有嘉宾,鼓瑟吹笙。明明如月,何时可掇?忧从中来,不可断绝。越陌度阡,枉用相存。契阔谈讌,心念旧恩。月明星稀,乌鹊南飞。绕树三匝,何枝可依?山不厌高,海不厌深。周公吐哺,天下归心。

这首诗由宴饮开始,由乐生悲,再以饮酒解忧,在内容上融入了作为英雄的曹操其个人高昂的姿态。诗人用积极的作为和心态来面对人生短暂而带来的痛苦,并融入了友情的主题。《短歌行》引用《诗经》中的典故,给这首诗带来了文人风格的复杂曲折与精致。"周公吐哺,天下归心"是在人生短暂带来的悲情基调上奋力发出的采取积极行动的高昂调子,即后世所称的"建安风骨",这种"风骨"在《龟虽寿》中得到更加高昂的展现:

> 神龟虽寿,犹有竟时。腾蛇乘雾,终为土灰。老骥伏枥,志在千里。烈士暮年,壮心不已。盈缩之期,不独在天。养怡之福,可得永年。

这首诗用连续三个比喻,在面对"竟时""终为土灰"的人生结局,诗人依旧保持了纵横千里的志向和壮心以及别人难以企及的慷慨情怀,并指出人的寿命并非全部由天决定,也同样在人自身。曹操的《步出夏门行·观沧海》中,笔力依旧雄健,是我国现存第一首较为完整的山水诗:

> 东临碣石,以观沧海。水何澹澹,山岛竦峙。树木丛生,百草丰茂。秋风

萧瑟,洪波涌起。日月之行,若出其中;星汉灿烂,若出其里。幸甚至哉,歌以咏志。

曹丕(187—226),字子桓,是曹操次子,公元220年逼迫汉献帝禅位,建立魏王朝,谥文帝。曹丕作为一名政治家,虽然比不上曹操的雄才大略,但在文学上颇有建树。曹丕在建安年间作为贵族诗歌集团的核心人物之一,文学活动很多,他现存的大部分作品作于此时期。他的诗歌现存约四十首,主要分为三类:第一类是宴游诗,如《芙蓉池作诗》《夏日诗》;第二类是抒情言志诗,主要写随军出征的见闻,如《饮马长城窟行》《董逃行》;第三类是拟乐府,代人立言,拟写各色人物,如《燕歌行》《陌上桑》《杂诗》。其中《燕歌行》是现存最早最完整的七言诗,风格清丽宛转,对后代歌行体的发展影响很大:

> 秋风萧瑟天气凉,草木摇落露为霜,群燕辞归雁南翔。念君客游思断肠,慊慊思归恋故乡,君何淹留寄他方?贱妾茕茕守空房,忧来思君不敢忘,不觉泪下沾衣裳。援琴鸣弦发清商,短歌微吟不能长。明月皎皎照我床,星汉西流夜未央。牵牛织女遥相望,尔独何辜限河梁!

清人沈德潜这样评价曹丕的诗:"便娟婉约,能移人情。"

曹植(192—232),字子建,曹丕的弟弟,去世后谥号"思",因此又称陈思王。曹植的诗歌创作以建安二十五年为界,分为前期和后期。曹植天资聪颖,前期生活充满了浪漫情调,充满理想和自信,这在他的诗歌中均有体现,如《白马篇》寄托了诗人对建立功业的渴望。他也有一些酬赠之作,主要写友情,表现了珍视友情的真诚品格,如《赠丁仪》《赠徐幹》《赠王璨》《送应氏》等。

随着曹丕的称帝,曹植后期的生活发生了根本性转变,曹丕和随后继位的明帝都剥夺了曹植参与政治的权利,这让曹植成为政治家的抱负无处施展,却使中国多了一位极富创造力的诗人。曹植后期诗歌中忧思和愁情代替了前期的浪漫自信,表达由理想与现实矛盾激发起的悲愤。最有名的是他的《七步诗》:

> 煮豆持作羹,漉菽以为汁。萁在釜下燃,豆在釜中泣。本自同根生,相煎何太急?

据《世说新语·文学》记载:"文帝(曹丕)尝令东阿王(曹植)七步中作诗,不成者行大法,应声便为诗⋯⋯帝深有惭色。"这首诗用燃萁煮豆的比喻表达了曹植对兄弟相残的痛心,借此我们也能感受到曹植当时艰难的政治处境。

《七哀》是曹植后期诗歌的代表作:

明月照高楼,流光正徘徊。上有愁思妇,悲叹有余哀。借问叹者谁?言是宕子妻。君行逾十年,孤妾常独栖。君若清路尘,妾若浊水泥。浮沉各异势,会合何时谐?愿为西南风,长逝入君怀。君怀良不开,贱妾当何依?

诗人自比"宕子妻",以思妇被遗弃的不幸遭遇来比喻自己在政治上被排挤的境况,寄寓身世,表白心迹,整首诗含蓄蕴藉,意味深长。

在《野田黄雀行》中,他表达了对自己和朋友遭遇迫害的愤懑,《赠白马王彪》一诗,抒情中穿插叙事和写景,是文学史上有名的长篇抒情诗。

谢灵运曾说:"天下才有一石,曹子建独占八斗,我得一斗,天下共分一斗。"《诗品》的作者钟嵘亦称赞曹植"骨气奇高,词彩华茂,情兼雅怨,体被文质,粲溢今古,卓尔不群"。作为《诗品》全书中品第最高的诗人和中国诗歌抒情品格的确立者,曹植在诗史上具有"一代诗宗"的地位。

建安时期著名文人除了"三曹"外,还有建安七子,建安七子是汉建安年间七位文学家的合称,包括孔融、陈琳、王粲、徐幹、阮瑀、应玚、刘桢,语出曹丕的《典论·论文》,建安七子中,王粲和刘桢的成就最突出。

王粲(177—217),字仲宣。现存诗二十三首,代表作是《七哀诗》三首,第一首比较有名,描写汉末战乱、生灵涂炭的场面:"出门无所见,白骨蔽中原。"此外,还有《从军诗》五首,描写他几次随军出征的感受,表达对功名的积极追求和对曹操的赞颂。王粲的诗歌感情深沉、悲壮,被刘勰称为"七子之冠冕"。

刘桢(186—217),字公干,存诗二十余首,代表作是《赠从弟》三首,诗中分别用苹藻、山松、凤凰为对象,咏其可贵的品性,诗风"挺立自持",以气势取胜,少有雕饰。

建安时期,建安文人饱受战乱之苦,这也激起他们的政治热情,希望自身能建功立业,扬名后世,因此建安诗歌的总体特征是在面对个体存在终将消亡的结局,用积极的行动和追求来实现自我存在的价值,这就是后世所称的"建安风骨"。建安诗歌体现出的精神是努力突破天命的限制,面对必然而来的死亡和消逝而不屈服,对后世的文人有很大的激励作用。

第二节　正始至永嘉诗歌

正始诗歌指魏明帝至魏元帝即魏末时期的诗歌。曹魏后期,司马懿父子掌握朝政,大肆诛杀异己。曹氏和司马氏的明争暗斗使当时的政局动荡和黑暗,诗人们在残酷的政治高压下,形成了沉痛委婉的风格。正始时期,诗人们的政治理想得不到伸张，有普遍的危机感和幻灭感，由于对现实失望，诗人们转向玄学，诗歌与玄理结合，这时的诗歌与建安时期相比，抒发个人忧愤的诗作增多，多以对人生哲理的思考和忧生之叹为主题，诗风变为词旨渊永、寄托遥深。

正始诗歌的代表人物是阮籍和嵇康。阮籍从小有远大的志向，但不满司马氏的统治，政治上采取谨慎避祸的态度，最后郁郁而终。嵇康则因拒绝和司马氏合作，惨遭杀害。

阮籍（210—263），字嗣宗，陈留（今属河南）尉氏人。竹林七贤之一，建安七子之一阮瑀之子。在建安文学的影响下，少年的阮籍颇有英雄之志。随着政局的变化，不少文人不得不对政局采取消极避祸的态度，形成曹魏后期以"竹林七贤"为代表的士流风气。阮籍虽然禀有正直高洁的人格，但因为政治上的高压，为了避免祸端，只能在生活中"口不论人过"的紧张中，待人接物非常谨慎小心。阮籍的代表作是《咏怀诗》，现存八十二首，这些诗作于不同时期，内容广泛，其中第三十九首借写战士来抒发内心的壮志，气势颇为昂扬：

> 壮士何慷慨，志欲威八荒。驱车远行役，受命念自忘。良弓挟乌号，明甲有精光。临难不顾生，身死魂飞扬。岂为全躯士？效命争战场。忠为百世荣，义使令名彰。垂声谢后世，气节故有常。

阮籍无奈囿于政治高压，其高洁志向未能得到实现，在现实中无法找到出路的他只能在诗中嗟叹人生。我们来看《咏怀诗》第一首：

> 夜中不能寐，起坐弹鸣琴。薄帷鉴明月，清风吹我襟。孤鸿号外野，翔鸟鸣北林。徘徊将何见，忧思独伤心。

这首诗中写到忧思难寐，起来看到清冷的景色，心中的忧思无法解脱，只能独自伤心。相似的情感表达在《咏怀诗》中随处可见，如第三十三首中写道："终身履薄冰，谁知我心焦。"第三十七首中写道："挥涕怀哀伤，辛酸谁语哉。"第七十七首中写道："百年何足言，但苦怨与雠。"

又如第三首：

> 嘉树下成蹊，东园桃与李。秋风吹飞藿，零落从此始。繁华有憔悴，堂上生荆杞。驱马舍之去，去上西山趾。一身不自保，何况恋妻子！凝霜被野草，岁暮亦云已。

这首诗写到秋天万物凋零的孤独景象，从自然景象的憔悴想到自身"一身不自

保"的境况,但又无可奈何,只能任岁月蹉跎。这种孤独在第十七首继续延宕:

> 独坐空堂上,谁可与欢者? 出门临永路,不见行车马。登高望九州,悠悠
> 分旷野。孤鸟西北飞,离兽东南下。日暮思亲友,晤言用自写。

阮籍要面对的,一方面是生命终究有终结,时光迅疾、人生短暂所带来的忧虑,另一方面阮籍所处的复杂时代,使生命还受到政治等因素的威胁,还没到天命就被暴力杀戮。阮籍在诗中多处写到"人生苦短"的主题延续了《古诗十九首》和建安诗歌,但他所咏唱的生命哀歌中游仙(想长生)和保身相结合,使诗歌的面貌呈现出隐约曲折的风格。如他在《咏怀诗》三十二中所说:"愿登太华山,上与松子游。渔父知世患,乘流泛轻舟。"就是希望能通过避世远居来平衡"世患"所带来的济世之志无法实现的内心忧愤。

阮籍的诗歌含蓄又自然飘逸,刘勰在《文心雕龙·体性》中谓"嗣宗倜傥,故响逸而调远"。

嵇康(224—263),字叔夜,谯国人。嵇康聪颖过人,多才多艺,个性孤高。因不愿趋附司马氏父子,隐居不仕,屡拒为官,后因得罪钟会,遭其构陷,被司马昭处死,年仅三十九岁。

正始末年,嵇康与阮籍等竹林名士共倡玄学新风,主张"越名教而任自然"、"审贵贱而通物情",为"竹林七贤"的精神领袖。嵇康现存诗五十余首,以四言成就最高,主要有《赠秀才入军》《杂诗》《秋胡行》《幽愤诗》等。

《赠秀才入军》共十八首,一说是写给其兄嵇喜,诗中或表达情谊,或谈论玄学,语言洒脱清隽。如第九首描写戎马生活,形象传神:

> 良马既闲,丽服有晖。左揽繁弱,右接忘归。风驰电逝,蹑景追飞。凌厉
> 中原,顾盼生姿。

第十四首:

> 息徒兰圃,秣马华山。流磻平皋,垂纶长川。目送归鸿,手挥五弦。俯仰
> 自得,游心太玄。嘉彼钓叟,得鱼忘筌。郢人逝矣,谁与尽言。

这首从眼前景色写起,到"目送归鸿,手挥五弦",诗歌一下昂扬飞起,进入玄境。"嘉彼钓叟,得鱼忘筌"二句化用《庄子》中的典故,庄子钓于濮水,得到了鱼,却忘记了捕鱼的竹笼。形容诗人进入太玄,俯仰自得,深得自然万物奥妙的境界。最后一句"郢人逝矣,谁与尽言",依旧化用《庄子》中的典故,表达诗人在玄学中有所

得,却因分离而不能与友人分享的孤独,道出了他对志同道合之人的深情的思念,也反映了正直文人在魏末环境中的寂寥之感。

稽康诗歌的风格,与阮籍正好形成对比。稽康的诗较少含蓄蕴藉,多是旨意显露,特别是他的四言诗,继承了建安诗歌的自然高蹈,被刘勰评为"清峻"。

随着西晋的建立,晋武帝采取一系列经济措施以发展生产,太康年间,西晋出现一片繁荣景象,史称"太康之治"。代表这一时期创作的分别是"三张二陆两潘一左",即张载、张协、张亢三兄弟,陆机、陆云兄弟,潘岳、潘尼叔侄和以风骨与诗赋闻名的左思。这批文人多是"二十四友"成员。所谓"二十四友"是指西晋惠帝时贾谧专权,投依其门下的文人集团。陆机、潘岳是其中的代表诗人。这一时期的诗人不再有建安时期的慷慨之风,写不出阮籍那种寄托遥深的作品。他们的努力表现在两个方面,一是拟古,二是追求形式上的进步,表现出繁缛的风格,被称为太康诗风。太康诗人本身热衷追求功名利禄,作风浮华,诗歌中很少有对时政、社会的关注,在写作中崇尚迤逦,重视文学技巧和形式。

永嘉是西晋怀帝的年号,西晋末年诗坛上崇尚老庄虚谈,在士大夫中产生了大量写作玄言诗的作家,玄言诗多谈老庄的玄之又玄、深微莫测的哲理,被称为永嘉体,玄言诗成为东晋主要的诗歌流派。永嘉诗歌的代表人物有孙绰和许询。锺嵘在《诗品》中谓曰"世称孙、许,弥善恬淡之词"。孙绰《秋日诗》是其中一首优秀之作:

> 萧瑟仲秋月,飂戾风云高。山居感时变,远客兴长谣。疏林积凉风,虚岫结凝霄。湛露洒庭林,密叶辞荣条。抚菌悲先落,攀松羡后凋。垂纶在林野,交情远市朝。澹然古怀心,濠上岂伊遥。

这首诗的末句是玄言诗的典型结尾,中间的"抚菌悲先落,攀松羡后凋"也是玄言诗喜好用典的典型,给人新奇的是诗歌前面的具体描写,这与之前的游仙诗中想象的神仙世界不同,诗人把眼光落在了真实的客观世界上,这也启发着后来的山水诗人的创作。

第三节　南北朝诗歌

南北朝时期,南朝的文学相对来说比较活跃,是中国诗史上诗风转变的重要时期。与魏晋诗人不同,南朝诗人在文学观念上,由重"言志"转向重"缘情";更加崇尚声色,追求艺术形式的华美,随着"永明体"的产生,中国古典诗歌更加注重诗歌的形式美和语言美,诗人开始有意识地追求用事、排偶和声律,为后来律诗的形成奠定了基础。齐梁以后,形成了几个以宫廷为中心的诗人集团,促进了宫体诗的发展,对艺术形式的创新也为唐诗的产生积累了技巧和经验。南朝清绮的文风也对北方诗歌产生了较大影响,庾信就是南北文学融合的代表。

晋宋之间的诗歌创作,一个明显的变化是玄言诗向山水诗的过渡,刘勰在《文心雕龙·明诗》中说:"宋初文咏,体有因革。《庄》、《老》告退,而山水方滋。俪采百句之偶,争价一字之奇。情必极貌以写物,辞必穷力而追新,此近世之所竞也。"玄学家崇尚自然,寄情于求仙和隐逸,认为"道"存在于自然当中,玄言诗借自然以悟"道"和咏"道",这为后来山水诗人的写作积累了审美能力和艺术技巧。

谢灵运(385—433)是这一时期山水诗的代表人物。他出身于士族高门陈郡谢氏,刘禹锡在《乌衣巷》中所写"旧时王谢堂前燕,飞入寻常百姓家"中的"王谢"就是指东晋王、谢两姓豪门望族。因为这样的出身,谢灵运从小就接受到了良好的文化教育,才学出众,在政治上很有抱负。但当时晋宋易代,社会动荡,谢灵运的政治路途并不得意,因此他不管是在任还是隐居,总是纵情山水,赋诗致意。后因被人弹劾,因谋逆的罪名被杀,卒年四十九岁。

谢灵运在诗中表达了自我的孤独感:"不辞去人远,但恨莫与同。孤游非情欢,赏废理谁通"(《于南山往北山经湖中瞻眺》);"索居易永久,离群难处心"(《登池上楼》);"萱苏始无慰,寂寞终可求"(《郡东山望溟海诗》);"志乃归山川,心迹双寂寞"(《斋中读书》)。在对抗政治上的失意造成的苦闷孤独以及后来政治环境所带来的焦虑恐惧上,谢灵运找到了一条新的道路,将生命的热情寄托于山水中,就像白居易在《读谢灵运诗》中所说:"壮志郁不用,须有所泄处。泄为山水诗,逸韵谐奇趣。"谢灵运现存诗歌有一半以上与山水有关,他的山水诗内容丰富,不同于后来的山水诗单为了"雅趣"而描写山水,因此融叙述、描写、抒情、议论于一炉,但给后人留下最深刻印象的是他对山水的描写。谢灵运通过细致的观察和精细的刻画,通过锤炼语言达到自然的效果,有很多垂范后世的佳句:"池塘生春草,园柳变鸣禽"(《登池上楼》);"明月照积雪,朔风劲且哀"(《岁暮》);"岩下云方合,花上露犹泫"(《从斤竹涧越岭溪行》);"白云抱幽石,绿筱媚清涟"(《过始宁墅》);"石浅水潺湲,落日山照耀"(《七里濑》);"野旷沙岸净,天高秋月明"(《初去郡》)。相较于陶渊明以写意为主,发挥语言的启示性,谢灵运更加注重对山水景物的描摹,这些山水景物独立于诗人,它们在世界上"自为"地存在,通过对自然的观看,独立的"情"与独立的"景"发生了奇妙的反应,在对自然的观看中来感知自我的存在,并将自我融入到无限的自然当中。这种对自然的探索、发现也伴随着对自我内在的探求,自然的存在对人是一种抚慰,融情于山水可以消解人的忧愁和烦恼。

如果说陶渊明结束了一代诗风,那么谢灵运则开启了新的一代诗风,自谢灵运之后,山水诗在南朝成为一种独立的诗歌题材,在创作山水诗的过程中,为了适应表现新题材,出现了"情必极貌以写物,词必穷力而追新"和"性情渐隐,声色大开"

的新特征,这深深影响了南朝甚至盛唐诗风。

颜延之是与谢灵运齐名的诗人,与谢灵运并称"颜谢",诗作成就则远不及谢灵运。与颜延之和谢灵运并称"元嘉三大家"的鲍照,出身比较寒微,极有抱负和才华,但险恶的仕途让其萌生归隐和求仙的想法,又迫于生活,始终无法离开幕僚生涯,才秀人微,因此在他的作品中出现了南朝少有的俊逸踔厉,替寒士鸣出了心中的不平。鲍照的代表作是《拟行路难》十八首,其四最为知名:

> 泻水置平地,各自东西南北流。人生亦有命,安能行叹复坐愁? 酌酒以自宽,举杯断绝歌路难。心非木石岂无感? 吞声踯躅不敢言。

这首诗写寒士备受压抑的痛苦,人非草木,孰能无情? 但心中有感却不敢言语,这和以前贵族出身的诗人慷慨当歌不同,写出了门阀制度下寒士有苦难发的愤懑。

再如其六:

> 对案不能食,拔剑击柱长叹息。丈夫生世能几时? 安得蹀躞垂羽翼? 弃置罢官去,还家自休息。朝出与亲辞。暮还在亲侧。弄儿床前戏,看妇机中织。自古圣贤尽贫贱,何况我辈孤且直!

这首诗抒发诗人怀才不遇的苦闷,语言朴素,情绪慷慨激昂。

鲍照的多数诗歌从寒士的角度出发,反映了社会底层人民的生活,描写战争、征夫、游子和思妇。也有一些山水诗,以五言古诗为主,讲究对句的工整和词语的雕琢,呈现出严整厚重的风格。鲍照现存诗二百首左右,他的诗既有古朴的一面,也有华美的一面,在学习乐府等前人诗歌的同时,也自创格调,创造了以七言为主的歌行体,改逐句押韵为隔句押韵,他的诗风俊逸豪放,奇矫凌厉,体现了从元嘉体到永明体过渡的特点。

随着诗歌的发展,诗人们渐渐重视诗歌语言的形式美和音乐美,产生了和古体诗相对的新体诗。因为这种新体诗最初形成于南朝齐永明年间,因此也被称为永明体。新体诗最主要的特征是讲究声律和对偶,这时的诗歌已经逐步摆脱乐府而发展为不入乐的独立文体,诗歌摆脱乐律的要求而符合声律的要求已经成为必然的趋势。永明体的代表诗人谢朓(464—499),与沈约同属"竟陵八友",共创"永明体"。谢朓是谢灵运的族侄,他与谢灵运都以山水诗的创作见长,为示区别,世称"大小谢"。谢朓最突出的贡献是对山水诗的发展和对新体诗的探索,他的山水诗继承了谢灵运山水诗细致清新的特点,又将情感的抒发与对山水景物的描写相结合。因为永明声律的使用,他的诗歌语言精美,清新俊逸,音调流畅和谐,读来朗朗上口。名句如"大江日夜流,客心悲未央"(《暂使下都夜发新林至京邑赠西府同僚》),"馀霞散成绮,澄江静如练"(《晚登三山还望京邑》),"天际识归舟,云中辨江树"(《之宣城郡出新林浦向板桥》)等。李白在《金陵城西楼月下吟》中这样赞赏谢朓:"解道澄江净如练,令人长忆谢玄晖。"

齐梁以后,作为创作主体的诗人们,在格局上先后形成了几个以宫廷为核心的诗人集团,南齐竟陵王萧子良文学集团、梁代萧衍、萧统文学集团和萧纲文学集团。萧子良好结儒士,天下文士纷纷归附,经常集体赋诗,场面热烈,其中最有名的是范云、萧琛、任昉、王融、萧衍、谢朓、沈约、陆倕等人,被称为"竟陵八友"。诗人间的互相唱和同题共咏,也对当时诗歌创作有积极的促进作用。梁武帝萧衍重视文学,当时诗歌创作和文艺品评风气浓厚,昭明太子萧统诗歌集团则偏向学术,编纂《文选》。梁代后期,以简文帝萧纲为中心的文学集团诗歌创作最为繁荣,这个文学集团的特征是大力创作宫体诗,徐摛和庾肩吾为萧纲所器重,以写宫体诗闻名,因此宫体诗也被称为"徐庾体"。此后,宫体诗在诗坛上渐渐取代永明体诗而占据主要地位。宫体诗在内容上主要是以描写宫廷生活为主,多咏物与描写女性,声律更加精巧细致,风格秾丽。当时社会安稳,帝王大力提倡文学,文人习于逸乐,诗歌在思想上没有深入的发掘,只能在声律对偶等形式上追求新变和精细,而且受当时民歌的影响,宫体诗的产生也就不难理解了。宫体诗在形式和技巧上的开拓,为后来的唐诗奠定了基础。

相对于南朝的清绮,北朝文学相对质朴。魏至北齐时期,北朝出现了几位比较正统的诗文作家,模仿南朝诗文创作,虽然水平难与南朝相比,但标志着北朝文学开始复苏,迈开了南北文学融合的第一步,其中较著名的是温子昇、邢邵、魏收,号称北地三才。庾信则是南北文风融合的代表,以四十二岁为标志,庾信的创作分为前后两期,前期在南朝为文学侍臣,诗风绮艳单薄,后期遭逢亡国之变,寓居北朝,诗文多发乡关之思,笔调苍凉劲键,杜甫谓之"暮年诗赋动江关"(《咏怀古迹其一》),又在《戏为六绝句》中说:"庾信文章老更成,凌云健笔意纵横。"可见庾信后期作品特色。庾信的诗歌汲取齐梁文学的修辞技巧,又纳入北朝的劲健之风,为唐诗的形成做了必要的准备。

第四节 南北朝乐府民歌

南北朝长期处于对峙的局面,在政治、经济、文化以及民族风尚、自然环境等方面存在着明显的差异,因此南北朝的民歌也存在差别。南朝民歌清丽缠绵,北朝民歌则粗犷豪放。南朝民歌中的抒情长诗《西洲曲》和北朝民歌中的叙事长诗《木兰诗》,分别代表着南北朝民歌的最高成就。

随着东晋王朝的南渡,南方优越的自然条件使农业和手工业得到很大的发展,促进了商业和城市的发展。南朝民歌的发展和南方丰富的物产和发达的商业分不开,最为富庶的地区首推荆、扬二州。与之前以农村生活为基本内容的民歌有所不同,南朝民歌大部分产生在这些商业发达的城市,多出自商贾、妓女船户和一般市民之口,以抒发男女之情为主,多清丽缠绵。

南朝和汉代一样,设有乐府机构,南朝乐府采集民歌更多是为了宫廷享乐,并为了迎合爱好音乐文学的统治者,民歌的采集、润色和拟作也比较兴盛,这使民歌得到了很好地保存和流传。南朝的民歌大部分保存于宋代郭茂倩所编的《乐府诗集·清商曲辞》中,主要有吴歌和西曲。吴歌产生于江南吴地,以当时的首都建业为中心地带,共三百二十六首,西曲产生于长江中游和汉水两岸的城市——荆、郢、樊、邓等地,共一百四十二首。

现存的吴歌中,以《子夜歌》《子夜四时歌》《读曲歌》《华山畿》最为重要。《子夜歌》的曲调据说是一个名叫子夜的女子所造,这大约是由曲名附会而生的说法。《子夜歌》以描写少女热恋为题材,运用单纯朴素的语言、自然和谐的音调,来表达少女怀春的心情,委婉生动,充满着天真活泼的情趣,也有表达爱的焦灼和痛苦的。如:

> 宿昔不梳头,丝发披两肩。婉伸郎膝上,何处不可怜!(《子夜歌》)
> 夜长不得眠,明月何灼灼。想闻散唤声,虚应空中诺。(《子夜歌》)

《子夜四时歌》是《子夜歌》的变曲,以四时景物为衬托,或婉约清丽,或质朴清新,或细腻缠绵,或大胆率真:

> 春林花多媚,春鸟意多哀。春风复多情,吹我罗裳开。(《子夜四时歌·春歌》)
> 自从别欢后,叹音不绝响。黄檗向春生,苦心随日长。(《子夜四时歌·春歌》)
> 秋风入窗里,罗帐起飘扬。仰头看明月,寄情千里光。(《子夜四时歌·秋歌》)
> 渊冰厚三尺,素雪覆千里。我心如松柏,君情复何似?(《子夜四时歌·冬歌》)

《华山畿》为《懊侬歌》的变曲,相传华山有一女子殉情而死,死前作此歌:

> 华山畿,君既为侬死,独生为谁施!欢若见怜时,棺木为侬开。(《华

山巇》)

　　这首诗展现了世俗难以容忍美好的爱恋,恋人幻想在死亡中获得解放,获得幸福的生活。通过为爱赴死表达对爱情的强烈渴望。
　　《读曲歌》的"读"或作"独",是不配乐的徒歌,语言比较朴素。吴歌的内容多与爱情有关,表现人在爱情中的欢乐惆怅、痛苦怨恨,如:

　　　　执手与欢别,合会在何时? 明灯照空局,悠然未有期。(《读曲歌》)
　　　　打杀长鸣鸡,弹去乌臼鸟。愿得连冥不复曙,一年都一晓。(《读曲歌》)

　　西曲以江陵为中心,多写水边船上旅客商妇的离别之情。商人阶层更加富裕,也刺激了他们对浪漫爱情的追求。同时,商人由于身份的原因,经常远行,因而江边送别的现象普遍存在,西曲就是这种现实的反映。与多闺阁气息的吴歌相较,西曲的风格更开朗明快。"西曲歌"中的重要作品,有《三洲歌》《石城乐》《孟珠》《估客乐》《乌夜啼》《莫愁乐》《襄阳乐》等,如其中有感人的送别场景:

　　　　布帆百余幅,环环在江津。执手双泪落,何时见欢还?(《石城乐》)
　　　　闻欢下扬州,相遇楚山头。探手抱腰看,江水断不流。(《莫愁乐》)

　　南朝民歌多为五言四句,体制小巧,语言活泼清新,情感出自天然。运用双关隐语是其显著的特点,比如"藕"和"偶"的双关、"莲"与"怜"的双关等。常常使用巧妙的比喻和夸张来表达内心之情,刻画贴切,如《子夜歌·年少当及时》篇,拿霜下草比喻青春的容易消逝,使人明白应及时相爱。
　　南朝民歌中,《西洲曲》是一首重要的抒情长诗:

　　　　忆梅下西洲,折梅寄江北。单衫杏子红,双鬓鸦雏色。西洲在何处? 两桨桥头渡。日暮伯劳飞,风吹乌臼树。树下即门前,门中露翠钿。开门郎不至,出门采红莲。采莲南塘秋,莲花过人头。低头弄莲子,莲子青如水。置莲怀袖中,莲心彻底红。忆郎郎不至,仰首望飞鸿。鸿飞满西洲,望郎上青楼。楼高望不见,尽日栏杆头。栏杆十二曲,垂手明如玉。卷帘天自高,海水摇空绿。海水梦悠悠,君愁我亦愁。南风知我意,吹梦到西洲。

　　这首民歌四句一韵,通过续续相生的景来娓娓道出心中的相思之情,细腻缠绵又委婉含蓄。
　　北朝民歌大部分保存在《乐府诗集·横吹曲辞》的《梁鼓角横吹曲》中,共七十首左右。横吹曲，原来是一种军乐，北朝民歌多是北魏以后的作品，后来传到南方，由梁代的乐官和乐府机构保留下来。

北朝民歌原来都是由北方的少数民族创作，有些诗经过了南方乐工的润色，存世数量不多，但反映的内容广泛，它真实地记录了游牧民族的生活状态，从很多方面表现出北方民族的刚强爽直。在北朝民歌中，描写游牧生活的，以《敕勒歌》为代表作，反映了北国草原的辽阔和壮美：

> 敕勒川，阴山下。天似穹庐，笼盖四野。天苍苍，野茫茫，风吹草低见牛羊。

反映游子飘零的痛苦，如《陇头歌辞》其一：

> 陇头流水，流离山下。念吾一身，飘然旷野。

反映战争的诗歌，有《陇上歌》《隔谷歌》。描写爱情的，如这首《折杨柳歌辞》：

> 腹中愁不乐，愿作郎马鞭。出入擐郎臂，蹀座郎膝边。

诗作大胆坦率，真诚热情，非常直白勇敢地诉说心中的爱情，充分显示出北方民族的爽快、质朴的性格，它和江南女儿的那种缠绵婉转的抒情远不相同，同样的诗作还有：

> 月明光光星欲堕，欲来不来早语我。（《地驱乐歌》）
> 侧侧力力，念君无极。枕郎左臂，随郎转侧（《地驱歌乐辞》其三）

北朝诗歌的代表是长篇叙事诗《木兰诗》，它在长期流传过程中，有后代文人润色的痕迹，但基本上保存了民歌的特色。在唐以前的叙事诗中，《木兰诗》是除《古诗为焦仲卿妻所作》以外篇幅较长且故事完整的一篇。《木兰诗》讲述木兰代父从军的故事，这个故事本身就富有传奇色彩。开篇的"唧唧复唧唧，木兰当户织。不闻机杼声，惟闻女叹息"由悬念引出故事，详写出征前和出征归来的情景，而出征岁月则用三十字一笔带过。语言先用铺排的手法，其次用顶真，丰富了诗歌的节奏感。同时，诗中的排比、对偶、比喻、夸张的运用，也使得整首诗抑扬跌宕，生动活泼，木兰的形象也由此深入人心。

阅读链接

　　魏晋南北朝诗人众多,可以从《曹子建诗注》《嵇康集校注》等个人诗集中去了解自己喜好的诗人,也可以从逯钦立辑校《先秦汉魏晋南北朝诗》(中华书局 1983年版)中把握这一时期诗歌的面貌。

思考·练习·拓展

　　1. 什么是"建安风骨"?
　　2. 陶渊明和谢灵运山水诗有什么异同?
　　3. 如何正确评价宫体诗?
　　4. 简述《木兰诗》的艺术特点。

第二章 陶 渊 明

学习提示

　　陶渊明是我国古代田园诗的开山鼻祖。他开创的田园诗为僵滞枯寂的东晋诗坛注入了新的活力,成为中国诗歌史上常见的题材。陶渊明的成功在于其诗能开其心扉、显露个性,将自身的生活经历及对自然、人生的哲思融入诗中,为人们构建一种冲淡闲适、超然悠远的奇妙意境,将诗歌提升到一种自然美的至境。学习本章可以采用阅读赏析法、合作探究法,通过诗歌的品读与赏析,全面把握陶渊明诗歌的思想内容和独特的艺术成就,体会他返璞归真的人生志趣与人生境界。

第一节　陶渊明的生平及思想

　　陶渊明(365—427),名潜,字渊明,或字元亮,江州浔阳柴桑(今江西九江)人,号五柳先生。曾任彭泽令,人称"陶彭泽"。他是东晋最为重要的文学家、辞赋散文家,也是继屈原之后中国文学史上又一位极具影响力的诗人,被钟嵘誉为"古今隐逸诗人之宗"。

　　其生平经历大致可如下。

一、青少年时期(二十九岁之前):居家读书时期

　　陶渊明生于没落的仕宦家庭,曾祖父陶侃是东晋的大司马,祖父陶茂官至太守,外祖父是名士孟嘉,祖上显赫功业激励着陶渊明立下"猛志逸四海,骞翮思远翥"(《杂诗》其五)的雄心壮志。因父早亡,陶渊明难免落入"少而贫苦"(《与子俨等疏》)的困境,但他"少有高趣,博学,善属文,颖脱不群,任真自得"(萧统《陶渊明传》),"少年罕人事,游好在六经"(《饮酒》其十六),陶渊明从读书中领会精深意旨,不仅熟读六经,也对一些神话、小说情有独钟,这对他日后的思想和创作都有重要的影响。另一方面他崇尚功业,内心有强烈的"兼济天下"的政治情怀,但也有"少

无适俗韵,性本爱丘山"、"闲静少言,不慕荣利"等性情的显露,在其思想中形成了相互矛盾的两种倾向。

二、壮年时期(二十九至四十一岁):时仕时隐时期

晋孝武帝太元十八年(393),二十九岁的陶渊明"畴昔苦长饥,投耒去学仕"(《饮酒》十九),先出任江州祭酒,因仕途不得志,其远大的抱负无从施展,不久便自行解职归家。后又分别做过荆州刺史桓玄的幕僚,镇军将军刘裕的参军和建威将军刘敬宣的参军,这期间他一直在仕与隐的矛盾中挣扎,直到四十一岁出任彭泽令。据《宋书·隐逸传》记载,郡遣督邮至,县吏白应束带见之,潜叹曰:"我不能为五斗米折腰向乡里小人。"即日解印绶去职。赋《归去来兮辞》。这次,陶渊明在位仅八十余天,便辞官归隐,从此结束了仕宦生涯。

三、中晚年时期(四十一岁以后):隐居躬耕时期

以辞去彭泽令为界,陶渊明的人生可划为前后两期。初归田园的他,生活尚可维持。因刚从黑暗的官场脱身出来,感受到田园的静谧,诗歌充满安乐闲静的情调。但是,这一切的美好因家中失火及社会战乱等原因而中止,取而代之的便是他对真实人生的思考。因此,这一时期的诗作除了表现"夫耕于前,妻锄于后"(《南史·隐逸上》)的农耕快乐,也流露出"晨出肆微勤,日入负耒还"(《庚戌岁九月中于西田获早稻》)的辛苦。到了晚年,他的生活日渐衰微,甚至连温饱都难以保障,偶尔朋友会主动周济他,有时也难免上门借贷。即便这样,陶渊明仍"宁固穷以济意,不委曲而累己"(《感士不遇赋》)。元嘉四年(427)秋,贫病交加的他创作了《拟挽歌辞》组诗和《自祭文》,发出了"死去何所道,托体同山阿"的哀叹。11 月,便默默离世。他去世之后,友人以"靖节"谥号彰显其志。

陶渊明生活在晋宋易代的政治环境中,思想比较复杂,可以说儒、道思想兼而有之。他熟谙儒学,儒家思想对他的影响很大。一方面他接受儒家积极入世的思想,崇尚谋仕,渴望建功立业,有所作为;另一方面也接受儒家"独善其身"的思想,尤其是体现在晚年"安贫乐道"的思想上,如"贫富常交战"(《咏贫士》其五)、"斯滥岂攸志,固穷夙所归"(《有会而作》),这是他坚持不失气节和独立人格的主要支柱。此外,陶渊明也深受道家思想的影响,他从老庄哲学中寻找归宿,希望保持自己朴实率真、未经世俗异化、本于自然的状态,并以"乐天知命"的人生态度来化解仕与隐的矛盾,使诗歌创作更近自然化的境界。"崇尚自然"是陶渊明对人生的深刻思考,所谓"久在樊笼里,复得返自然"(《归园田居》其一),追求人性的复归,是对老庄哲学的直接继承。可以说,陶渊明时仕时隐的思想根源正是儒道思想的取舍调和而成的一种特殊的自然哲学。南宋理学家朱熹评价曰:"晋宋人物,虽曰尚清高,然个个要官职。这边一面清谈,那边一面招权纳贤。陶渊明真个能不要,此所以高于

晋、宋人物。"(《朱子语类》卷三十四)正是这种儒家的狷介和道家的冷峻共同形成的人格合力,使陶渊明最终完成了自身的精神升华并光耀千古。

第二节　陶渊明诗歌的思想内容

陶渊明诗歌题材广泛,主题也多有新意,尤其是他的田园诗,被历代诗人推崇备至。虽然此前山水题材的作品已经出现,但多从欣赏自然的角度出发,或借以悟道,或助兴己怀,而未真正融入生活中。陶诗则迥异于此,他的诗歌有境界,有理趣,摆脱了玄言诗的"淡乎寡味",富有"自然"的哲思。

田园诗是陶渊明为文学发展增添的一种新题材。他以诗人之笔再现了农村恬淡闲适的生活,为田园诗打开了广阔的天地。归隐前的《和郭主簿》中流露出十足的闲适与温情,而归隐后的陶渊明历经了人生重大抉择,其闲适中又有着耐人寻味的反思。如《归园田居》其一:

> 少无适俗韵,性本爱丘山。误落尘网中,一去三十年。羁鸟恋旧林,池鱼思故渊。开荒南野际,守拙归园田。方宅十余亩,草屋八九间,榆柳荫后檐,桃李罗堂前。暧暧远人村,依依墟里烟,狗吠深巷中,鸡鸣桑树颠。户庭无尘杂,虚室有余闲。久在樊笼里,复得返自然。

诗人以纯熟的手法巧取譬喻,在他看来,世俗、官场好似尘网、樊笼,自己如羁鸟和池鱼一样被环境束缚,丧失了天真纯朴的本性。作者将田园风光看成是人生安身立命之所,是黑暗官场以及世俗生活对立的理想境界。对比之下,其内心感到无比喜悦。同时,诗人又选取"暧暧远人村"、"依依墟里烟"等纵横交错的意象,层次井然。尤其是"狗吠"两句以动衬静,读者亦可体味出他将平静的心境与俭朴恬淡的田园风格融为一体。这些眼之所见、耳之所闻的景物经诗人之手自然出落成田园牧歌,展现了"性本爱丘山"的陶渊明"复得返自然"的喜悦之情。此情此景,便构成了田园诗的最高意趣。《饮酒》其五也是反映这类内容的佳作:

> 结庐在人境,而无车马喧。问君何能尔,心远地自偏。采菊东篱下,悠然见南山。山气日夕佳,飞鸟相与还。此中有真意,欲辩已忘言。

诗人将自己欣赏自然的兴致与内心的领悟写入诗中,只有"心远"才能与大自然融为一体,才能领略到"此中真意"。这也体现了诗人不同流俗的精神面貌。全诗"采菊"两句历来为后人所激赏。王国维认为此句属"无我之境",境与意会,所以神妙。

　　陶渊明田园诗最突出的部分是写"躬耕自资"的生活体验,表现对农村劳动生活的热爱及深沉的省思。《归园田居》其三是这方面的代表作:

> 种豆南山下,草盛豆苗稀。晨兴理荒秽,带月荷锄归。道狭草木长,夕露沾我衣。衣沾不足惜,但使愿无违。

　　这是一个从官场归隐躬耕的士人内心真实感受。诗歌意境优美,浑然天成,妙处在于从心底流出,无半点矫揉造作之情。作者既不为"草盛豆苗稀"而叹息,也不因"夕露沾我衣"而不悦,而是在农耕的背后流露出作者丰富的人生经验、生活感受以及对理想的执着追求。《庚戌岁九月中于西田获早稻》也是体现躬耕的重要诗篇。在诗人看来,农业生产是衣食之源。诗的开篇就将"道"与衣食并举,意义非凡。躬耕虽然辛苦,乐亦自在其中。这份喜悦是作者体验到劳动的价值与人生自由的双重喜乐。全诗有着躬耕士人的特殊感受,是诗人深刻人生体验的结晶。陶渊明的可贵之处不仅在于他能躬耕实践,还在于他能承受劳动的艰辛。这部分诗也和汉乐府一样,有着"饥者歌其食,劳者歌其事"的内容和精神。

　　他也有些田园诗是写闲居生活的乐趣,表现与农民交往的情谊。陶渊明虽为士大夫文人,但他是个本真的人,在长期的田园生活中与田父野老朝夕相处,把享受亲情友谊作为田园生活不可缺少的一部分,并对他们艰难的生活有深刻的理解。如《归园田居》其二:

> 野外罕人事,穷巷寡轮鞅。白日掩荆扉,虚室绝尘想。时复墟曲中,披草共来往。相见无杂言,但道桑麻长。桑麻日已长,我土日已广。常恐霜霰至,零落同草莽。

　　这是与官场完全不同的另一种场景,诗人着意写田园生活的宁静,没有高深的典故,率性而发,叙述归隐郊野之后的乡居生活中的日常片段。看似平常,却深入农民的生活及内心,让读者去领略乡村的幽静和自己恬静的心境。在这片静的境界中,流淌着一种古朴淳厚的情味。元好问说:"此翁岂作诗,直写胸中天。"(《继愚轩和党承旨雪诗》)诗人在这里描绘的正是这样一个宁静和谐的理想天地。另外,他还有一些饮酒作赋、闲居郊游之作。酒是他诗中常写的事物。萧统在《陶渊明集序》称:"有疑陶渊明之诗,篇篇有酒;吾观其意不在酒,亦寄酒为迹也。"

　　此外,他还有一部分田园诗是构建"桃花源"的理想蓝图,表达平等的社会愿望。作为一个志向高远的文人,在与农夫共话桑麻的同时也不忘自己憧憬的政治王国。在《桃花源记并诗》中就勾勒出他心目中的理想乐土,这种社会的思想基础源于道家的"小国寡民"和儒家的"天下大同"思想,代表着理想社会的最高美学。

其中"荒野暖交通，鸡犬互鸣吠"正是田园风光的高度概括。而"童孺纵行歌，斑白欢游诣"则进一步描绘了作者向往的理想社会，这里幼有所养，老有所依；这里"春蚕收长丝，秋熟靡王税"；人们"相命肆农耕，日入从所憩"，自食其力，和谐相处。这儿的"桃花源"显然是历史、现实、个人共同作用的产物，是诗人思想的升华。但是，诗中也存在某些局限，如"怡然有余乐，于何劳智慧"的小国寡民的思想。陶渊明首开田园诗一体，为我国古典诗歌的发展开辟了新的境界。

陶诗的另一类题材是咏怀诗和咏史诗，这两者内容颇有相近之处。这类诗继承阮籍、左思诗歌的传统，又有自己的特点，主要围绕仕与隐来表现自己不与世俗同流合污的品格。咏怀诗如《杂诗》，其中几乎篇篇都有人生易老、壮志难酬的感慨。咏史诗如《咏贫士》诗中标榜的都是些安贫乐道的人物，陶渊明能在古代贫士中寻找知音，也是其精神超越的象征。《读〈山海经〉》和《咏荆轲》是这类诗作的代表。《咏荆轲》全诗慷慨悲壮，表现诗人刚烈的性格。这些诗在晋宋时代是难以看到的。陶渊明其他题材的诗作如宦游期间所作的行役诗，主要悲叹行役、失去自由之苦，表达对田园的思念和对仕宦的厌倦。与友人赠别唱和的赠别诗，如《与殷晋安别》是他对友人殷景仁的赠诗，两人隐仕殊途，抱负不同，取舍各异，全诗重在表达诗人对两人深厚友谊的留恋与不舍之情。

总之，陶诗的思想内容既丰富又复杂，他的诗歌真实记录了自己的人生经历和思想轨迹，具有鲜明的时代特征，也为后人提供了可靠的研究史料。

第三节　陶渊明诗歌的艺术特色及其辞赋、散文

陶渊明作为中国文学史上第一个大量写田园诗的人，其诗在艺术上取得相当高的成就。自然是陶诗鲜明的艺术特征。沈德潜在《说诗晬语》中说："晋人多放达，独渊明有忧勤语，有自托语，有知足语，有悲愤语，有乐天安命语。"陶渊明就是这么一个真实的诗人。他写诗不存祈誉之心，率真而自然。诗歌较少使用色彩秾艳的词语，纯是内心情感的自然表露。正如宋黄彻所说："渊明所以不可及者，盖无心于非誉、巧拙之间也。"（《碧溪诗话》）具体而言，陶诗的艺术特色如下。

一、情景浑融，意境高远

陶诗中的景物不是孤立存在的，而是将情感倾注于景物描写上，重于神貌的点染，创造出一种高远清幽的意境。他笔下的田园不再是饥饿痛苦所在，而是令人神往的理想乐园。陶诗"发乎事，源乎景，缘乎情，以理统摄"，从而达到情、景、理三者的融合统一。这是陶渊明超越同时代的作家，在中国文学史上产生巨大影响的原因。如前面所提到的《饮酒》其五，诗中不仅有"采菊东篱"的田园风光与大自然的

清幽静谧,也有"悠然见南山"的淡泊心境和隐逸生活,更有"此中有真意,欲辩已忘言"的人生哲理,只有返璞归真、复归田园的人,才能真正理解人生的意义。而陶诗的"理"还包含许多人生情趣。如"人生归有道,衣食固其端","及时当勉励,岁月不待人"(《杂诗》其一),"人生似幻化,终当归空无"(《归园田居》四)等诗句都言浅意深,诗人体悟出一种超脱世俗的神韵和道理,将诗歌引向更高远深沉的境界。故清人潘德舆言渊明"任举一境一物,皆能曲肖神理"(《养一斋诗话》),是一个充满智慧的隐者。

二、平淡警策,朴素绮丽

陶诗的内容贴近生活,有真情实感。诗人将田园生活中最平常、最习见的事物当作审美对象加以描写,未经刻意雕琢和过分渲染,那种对生活的真情实感便充溢于诗,形成一幅宁静的田园风光图。如"种豆南山下","今日天气佳","秋菊有佳色","晨兴理荒秽,带月荷锄归","采菊东篱下,悠然见南山"等诗句,写得诗意盎然,有"天然去雕饰"的风韵。然而,平淡中又不乏绮丽,如《拟古》其三,虽浅显却富有奇趣。所以,苏轼称其诗"质而实绮,癯而实腴"(《与苏辙书》),十分精准。

三、语言朴素,自然精工

陶诗的语言质朴自然,毫无斧凿之痕。如"及时当勉励,岁月不待人"(《杂诗》其一),"日月掷人去,有志不获骋"(《杂诗》其二)等诗句采用朴实无华的言语和不事雕饰的白描手法,显得平淡自然。正如元好问评其诗:"一语天然万古新,豪华落尽见真淳。"(《论诗绝句》)陶渊明将看似普通的农家语精心锤炼,如"蔼蔼堂前林,中夏贮清阴"(《和郭主簿》)中的"贮","采菊东篱下,悠然见南山"中的"见","萧萧哀风至,淡淡寒波生"(《咏荆轲》)中的"哀"、"寒"等都能于本色中见精工,朴素中见华采,具有极强的感染力。唐顺之在《答茅鹿门知县》称:"陶彭泽未尝较声律,雕文句,但信手写出,便是宇宙间第一等好诗。"足见其本色高卓。

四、风格多样,文风统一

陶诗的风格多样,主要以平淡自然为主,在他的田园诗中表现尤为明显。除此之外,他早年的诗歌创作中也有抑郁悲戚风格的体现,表现"大济苍生"之志无法实现时内心的悲戚之情;在写荆轲刺秦王、精卫奋力填海、刑天不屈抗争时,也表现出慷慨豪迈的风格特点。后人对陶渊明的诗风评价众多,如南宋理学家朱熹言:"陶渊明诗,人皆说是平淡,据某看他自豪放,但豪放得来不觉耳。"清人龚自珍在《舟中读陶诗》中写道:"莫信诗人竟平淡,二分梁甫一分骚。"从中我们可以看到,他既有"悠然见南山"的一面,也有"金刚怒目式"的一面。其作品以自然为工,平淡中见性情的艺术特色已成为一种共识,为后世树立了不可企及的艺术丰碑。

作为东晋颇具影响力的文学家,陶渊明在辞赋和散文创作上也有颇高的造诣,留下许多脍炙人口、经久不衰的名篇。作品淳真淡泊,是其个性与精神世界的再现,具有极高的艺术价值。最著名的代表作是《桃花源记》和《五柳先生传》。《桃花源记》本是《桃花源诗》前的一个小序,因影响较大,后人较多提及的是《桃花源记》。文中作者通过构建一个安宁和乐、平等自由、民风淳朴的理想的"桃花源",表现了人们对理想社会的向往,也反映出人们对当时黑暗现实的不满与反抗。虽为空想,但已难能可贵。《五柳先生传》则被公认为他的自画像,是陶渊明弃官后晚年所作的作品。《晋书·陶潜传》载:"潜少有高趣,曾著〈五柳先生传〉以自况。……时人谓之实录。"全文不重叙述生平,而重自叙情怀,仅用百余字便展现了一个高洁脱俗、安贫乐道、不慕名利的隐者形象。这篇散文不仅是陶渊明一生性情的最好写照,也是对其人生态度和人生理想的最好诠释。

陶渊明的辞赋仅存三篇,却各具特色,总体坦率真挚,平易自然。最著名的是《归去来兮辞》,这是他辞去彭泽令归隐田园时所作,可以说是陶渊明告别官场、走向田园的宣言书,赋前小序交待出作者出任彭泽令的时间、缘由、经过和想法。全篇流露出诗人脱离官场而复归田园的喜悦之情,篇中既有哲理的阐释、情感的迸发,也有景色的描摹,作者将三者融为一体,使得文章如行云流水,一气呵成。尤其是序中提到的"质性自然"是他对人生深刻的哲学思考。千百年来,无数文人高唱"归去来"而归隐田园,彰显其无限的思想和艺术魅力。故欧阳修语:"晋无文章,惟陶渊明《归去来兮辞》一篇而已。"(元李公焕《笺注陶渊明集》卷五引)虽有些夸大,但此文的高妙也是有目共睹的。

总之,陶渊明以其突出贡献和不朽的人格魅力在中国文学史上占据重要的地位。他不慕富贵、不为五斗米而折腰的高尚气节和思想品格影响深远,唐代高适的"拜迎长官心欲碎,鞭打黎庶令人悲"(《封丘县》)和李白的"安能摧眉折腰事权贵,使我不得开心颜"(《梦游天姥吟留别》)的精神与之遥相呼应。他率真、不屈、豪迈的性格对后世知识分子也产生了极大的影响,成为后世效仿的榜样。尤其到唐宋时期,陶诗获得了极高的评价。在宋人的诗学观中,陶渊明也常居于古今诗人之首。如苏轼、黄庭坚等人认为陶诗之高妙甚至超出李杜。宋人陈师道在《后山诗话》中指出:"渊明不为诗,写其胸中之妙尔。"南朝昭明太子萧统对陶渊明其人其诗有这样的评价:"其文章不群,辞采精拔,跌宕昭彰,独超众类;抑扬爽朗,莫与之京,横素波而傍流,于青云而直上。"(《陶渊明集序》)足见其地位之高。

阅读链接

在当代众多陶渊明研究的学者中,袁行霈先生可谓成果丰硕,自成一家。同学们可阅读他的《陶渊明研究》,另外,他的《陶渊明诗》《陶渊明集笺注》等都值得研读。

思考·练习·拓展

1. 举例说明陶渊明田园诗的思想内容。

2. 如何理解自然是陶渊明诗歌的艺术特征？以作品为例分析陶诗情、景、理的融合。

3.《东坡诗话》云："渊明作诗不多，然其诗质而实绮，癯而实腴。"试阐析这句话。

4.《五柳先生传》表现了陶渊明怎样的自我形象？

第三章　魏晋南北朝小说

学习提示

　　魏晋南北朝小说采用文言创作,篇幅短小,叙事简单,记叙社会上流传的奇异故事、人物逸闻轶事。基本上按照传闻加以直录,缺少想象和细节描写,人物刻画不够深入,只能说是初具小说的规模。魏晋南北朝小说分为志怪小说和志人小说两大类,学习本章可采用阅读鉴赏法,通过具体作品的学习,了解志人志怪小说的内容,进一步掌握魏晋南北朝小说的特点及其对后世小说的影响。

第一节　志　怪　小　说

　　"小说"一词最早见于《庄子·外物》篇:"饰小说以干县令,其于大达亦远矣",将"小说"与"大达"对举,指的是那些琐屑的言谈、无关政教的小道理。小说首见于史家著录,是东汉班固《汉书·艺文志》,他把小说家列于诸子略十家的最后,著录小说十五家,均已亡佚。他说:"小说家者流,盖出于稗官。街谈巷语、道听途说者之所造也。"他认为小说本是街谈巷语,由小说家采集记录而成。

　　先秦两汉时期,神话传说、寓言故事、史传文学都孕育着小说艺术的因素,是我国古典小说叙事的源头。我国古代小说分为两个系统:一是文言小说系统,魏晋南北朝时期开启了文言小说的创作时代,但是还不太成熟,唐传奇是文言小说走向成熟的标志;一是白话小说系统,随着宋元商品经济的发展和市民阶层的兴起,话本标志着白话小说的开端。

　　魏晋南北朝小说分为志怪小说和志人小说两大类。

　　志怪小说是魏晋南北朝小说创作的主流,主要记述神异鬼怪故事。魏晋南北朝时期社会动乱,战争频仍,统治者精神空虚,下层民众的生活水深火热,朝不保夕,他们把命运寄托在对神异力量的幻想上。志怪小说产生、流行于魏晋南北朝时期,与当时社会宗教迷信盛行、玄学风气以及道教佛教的传播有着直接的关系。这一时期方术盛行,流传着许多巫术灵验的故事,道教和佛教获得广泛传播,产生了许多神仙和佛法灵异的故事,这些都成为志怪小说的素材。鲁迅说:"中国本信巫,秦汉以来,神仙之说盛行,汉末又大畅巫风,而鬼道愈炽;会小乘佛教亦入中土,渐见流传。凡此皆张皇鬼神,称道灵异,故自晋迄隋,特多鬼神志怪之书。"(鲁迅《中国小说史略》)

志怪小说的作者中有不少方士、道士或佛教徒,如《神异记》的作者王浮是道士,《冥祥记》的作者王琰是佛教徒。也有出自文人之手的志怪小说,如张华的《博物志》、干宝的《搜神记》、刘义庆的《幽明录》等。

志怪小说流传至今,按内容可分为以下三类。

一、地理博物,专门记载山川地理、远方异物的,如《神异经》《博物志》等

《神异经》,托名东方朔撰,共一卷,四十七条。全书分为东荒经、东南荒经、南荒经、西南荒经、西荒经、西北荒经、北荒经、东北荒经、中荒经等九章。该书虽然模仿《山海经》,"然略于山川道里而详于异物"(鲁迅《中国小说史略》),而且文字也不像《山海经》那样古朴。书中保存了不少神话传说,提供了珍贵的神话资料,如关于东王公、穷奇、昆仑天柱、扶桑山玉鸡等的记载。

《博物志》,西晋张华(232—300)编撰,分类记载异境奇物、古代琐闻杂事及神仙方术等。内容包罗旁杂,多取材于古籍,有山川地理知识、历史人物传说、奇异的草木鱼虫、飞禽走兽等的描述,也有怪诞不经的神仙方技的故事,其中还保存了不少古代神话材料。如所记八月有人浮槎至天河见织女的传闻,是有关牛郎织女神话故事的原始资料。

二、鬼神怪异,记述鬼怪灵异之事,如《列异传》《搜神记》《搜神后记》等

《列异传》,传为三国魏曹丕撰,记载了正始、甘露年间事,时间均在文帝以后,其内容正如鲁迅所说:"皆张皇鬼神,称道灵异。"记述的都是神仙鬼怪。书中写得最多的是神仙和道术,其次写妖魅害人和宣扬人死精神不死、死后有灵、阴曹地府确实存在等方面的内容,其中许多情节为后世志怪小说所采用。

《搜神后记》,又名《续搜神记》,是《搜神记》的续书,托名东晋陶潜撰。体例与《搜神记》大致相似,内容则多为《搜神记》所未见。该书凡十卷,一百一十七条。内容多言神仙,略为妖异变怪之谈;艺术芜杂琐碎。还记叙有关当地风土的民间故事。一类是人神、人鬼的爱情故事。著名的有《白水素女》《李仲文女》《徐玄方女》等。这类题材写得极富浪漫意味,绚丽多姿,然往往以悲剧结尾,成为全书引人注目的篇章。另一类是不怕鬼的故事,叙事机智诙谐。

三、佛法灵异,带有浓厚的佛教色彩,如《冥祥记》《冤魂志》《幽明录》等

《冥祥记》,南朝齐王琰撰,共十卷。以佛教灵验传说为主,可以看出当时社会

上佛教信仰流行的状况。它对后世传奇的形成有重大的影响，在小说发展史上有着重要地位；另外，它又是在征实的原则下记录的，具有相当程度的真实性，可以作为正史的补充。

《幽明录》，南朝宋刘义庆（403—444）撰，所记都是神鬼怪异故事，是南北朝时期最杰出的一部志怪小说集。许多作品篇幅明显增长，情节曲折，神怪形象多具人情，极富现实性；作品叙事具有诗化特征，有的穿插了文人化的诗歌，作品充满诗情画意。

魏晋南北朝的志怪小说，以干宝的《搜神记》成就最高，影响最大。

干宝（？—336），字令升，新蔡（今属河南）人，东晋著名史学家。他以"发明神道之不诬"（鲁迅《中国小说史略》）为创作目的，书中有许多神仙道术、鬼怪灵异的内容。由于作者撰述态度谨慎，故事来源广泛，集中保存了大量优秀的民间故事、历史轶事和神话传说，具有强烈的现实性和积极性。

《搜神记》的思想价值和内容，表现在以下三个方面。

第一，反映统治者的残暴和人民的反抗。代表作有《三王墓》《韩凭夫妇》等。《三王墓》又称《干将莫邪》，这个故事流传甚广，影响甚大。它描写了干将莫邪为楚王铸剑，三年乃成，却被楚王杀害，其子赤长大后要为父报仇。故事揭露了楚王的心胸狭隘和残暴，歌颂了赤为父报仇、至死不渝的精神，以及客不负诺言、英勇无畏、以身殉义的高尚品格。文中写干将莫邪之子赤的头从镬中跃出，犹"瞋目大怒"，不但想象奇特，更激射出震撼人心的力量。《韩凭夫妇》写的是宋康王见韩凭妻何氏貌美，便夺为己有，韩凭夫妇不甘屈服，最后双双自杀。死后二人墓中长出大树，"根交于下，枝错于上。又有鸳鸯，雌雄各一，恒栖树上，晨夕不去，交颈悲鸣，音声感人"。歌颂了韩凭夫妇对于爱情的忠贞，控诉了统治者的残暴。

第二，反映青年男女争取婚姻自由的斗争精神。《吴王小女》（《紫玉》）写的是一个生死相恋的故事，吴王夫差的小女紫玉与韩重相爱，因遭到夫差的反对，气结而死。其鬼魂与韩重同居三日，完成了夫妇之礼。故事的情调悲凉凄婉，紫玉的形象塑造得美丽、热情、勇敢、执着。《王道平》写父喻与王道平相爱并订立婚约。王道平出征九年未归，父喻被父母逼迫嫁与刘祥，三年抑郁而死。三年后韩道平哭于父喻墓前，父喻死而复生，最终结合。作品用浪漫主义的手法表达了对自由婚姻的向往。

第三，反映人们不怕鬼的精神。《宋定伯捉鬼》讲述了宋定伯年少时夜行逢鬼，经过一番机智较量，最终将鬼制服的故事。故事的内容并不复杂，主要由人、兽（羊）、鬼三个元素构成，却形成了一个完整的故事情节。

此外，《搜神记》还保存了大量的民间传说，如《董永》《嫦娥奔月》《李寄斩蛇》等，表达了人民对美好生活的向往和铲妖除魔的大无畏精神。

《搜神记》的故事虽然简单，却有其突出的艺术特色。首先，叙述描写渐趋细致,故事情节更加完整丰富,篇幅明显加长。其次,用对话直接披露人物的思想、性格,并对人物动作和生活场景等进行了细致的描写,人物形象具有一定的可感性和生动性。最后,丰富了表现手法,有的故事用诗歌来抒发主人公的思想感情,烘托环境气氛。

第二节　志　人　小　说

志人小说是魏晋南北朝小说的另一类,指魏晋南北朝流行的专记人物言行和记载历史人物的传闻轶事的杂录体小说,其兴盛与当时盛行品评人物、清淡玄学的社会风气有着很大的关系。

志人小说大多已经散佚,流传至今的较少,按其内容可分为如下三类。

一、笑话。魏邯郸淳的《笑林》收录一些短小的笑话,对世态有所讽刺,“举非违,显纰缪”(鲁迅《中国小说史略》),开后世俳谐文字之端。

二、野史。东晋葛洪伪托刘歆所作的《西京杂记》带有怪异色彩,记述了西汉人物轶事,宫室制度、衣饰器物和风俗习惯等。有些故事后来很流行,如司马相如、卓文君的故事,王昭君、毛延寿的故事,“秋胡”的故事。《西京杂记》虽以人事为主,但大多数记载过于琐碎。

三、逸闻琐事。这是志人小说的主要部分,有东晋裴启的《语林》,主要记录“言语应对之可称者”,范围从汉魏至东晋。东晋郭澄之的《郭子》,所记多为晋代士大夫的言行轶事。梁沈约的《俗说》,多记东晋和南朝宋社会上层人物的遗闻琐事。其中成就和影响最大的是南朝宋刘义庆的《世说新语》。

《世说新语》,刘义庆编撰,又称为《世说》《世说新书》,是记述魏晋人物言谈逸事的笔记小说,分为“德行”“言语”“政事”“文学”“方正”“雅量”等三十六门,记述魏晋名士贵族的逸闻轶事,主要是有关人物品评、清谈玄言和机智应对的故事。

《世说新语》是研究魏晋风流的好材料,它生动描写了关于魏晋名士的种种活动,如清谈、品题;种种性格特征,如栖逸、任诞、简傲;种种人生追求以及种种嗜好。《世说新语》的内容大致可分为以下三点。

一、反映了士族阶层的精神面貌、生活方式和文化趣味,如《王子猷居山阴》《华歆王朗》等。《王子猷居山阴》主要讲述了王子猷(王徽之)居山阴,通过他探访戴安道“乘兴而行,兴尽而返”的言行,表现了当时名士率性任情的风度和乐观、豁达的人生态度。

二、崇尚老庄自然,大多数篇章描述了魏晋风度和名士风流。如《刘伶病酒》等,把刘伶的狂放情态显露无余,是魏晋“名士风流”放荡不羁生活的一种写照。

三、反映魏晋时期社会的黑暗、政治的腐败和统治集团的残暴和荒淫,如石崇与王恺争豪斗富的故事：

> 石崇与王恺争豪，并穷绮丽，以饰舆服。武帝，恺之甥也，每助恺。尝以一珊瑚树高二尺许赐恺，枝柯扶疏，世罕其比。恺以示崇。崇视讫，以铁如意击之，应手而碎。恺既惋惜，又以为疾己之宝，声色甚厉。崇曰："不足恨，今还卿。"乃命左右悉取珊瑚树，有三尺四尺、条干绝世、光彩溢目者六七枚，如恺者甚众。恺惘然自失。(《汰侈》)

这个故事反映了当时豪门斗富的情形，他们搜刮民财、骄傲自大、目中无人，有极强的攀比心。

除此之外，还辑录了一些社会风尚、人际关系和文学成就，如《言语篇》等。

鲁迅先生把《世说新语》的艺术特色概括为"记言则玄远冷隽，记行则高简瑰奇"(鲁迅《中国小说史略》)。具体来讲，大致有以下四点。

一、善于采用富有特征性的细节来刻画人物形象，生动表现人物性格。通过记述人物的只言片语或个别举动，便将人物的性格及精神世界表现出来。如下面这则"王蓝田忿食鸡子"：

> 王蓝田性急。尝食鸡子，以箸刺之，不得，便大怒，举以掷地。鸡子于地圆转未止，仍下地以屐齿蹍之，又不得，瞋甚，复于地取内口中，啮破即吐之。王右军闻而大笑曰："使安期有此性，犹当无一豪可论，况蓝田邪？"(《忿狷》)

用一连串的细节和动作，将王蓝田急躁的个性活脱脱地呈现出来。

二、运用对比手法突出人物性格。《世说新语》受到老庄哲学的影响，语句短小，但仍善于用对比的手法，来突出人物的性格。如谢安泛海的故事：

> 谢太傅盘桓东山时，与孙兴公诸人泛海戏。风起浪涌，孙、王诸人色并遽，便唱使还。太傅神情方王，吟啸不言。舟人以公貌闲意说(悦)，犹去不止。既风转急，浪猛，诸人皆喧动不坐。公徐云："如此，将无归！"众人即承响而回。于是审其量，足以镇安朝野。(《雅量》)

采用对比的手法来展现谢安临危不乱的气度：面对汹涌浪涛时，孙绰等人"色并遽"、"喧动不坐"，而谢安却是"貌闲意说，犹去不止"。

三、善于把记言与记事结合起来。《世说新语》能将记言及记事巧妙地结合为一，如"长星劝尔一杯酒，自古何时有万岁天子"，这句话是晋孝武帝深夜入园看见彗星后，举杯向星空祝酒时所说的话，将其故作旷达的心态表露无遗。

四、语言含蓄隽永,既有典雅的词句,又有生动的口语,善于按照人物身份进行语言描写。如《简傲》篇写锺会访嵇康,表现了嵇康傲岸的个性;《简啬》篇写出了司徒王戎的吝啬。正如明胡应麟《少室山房笔丛》卷十三所说:"读其语言,晋人面目气韵,恍惚生动,而简约玄澹,真致不穷。"

《世说新语》虽经过作者提炼,却是魏晋士人风度的真实记载。对后世文学,尤其是笔记小说的写人记事有重大的影响,不少戏剧、小说也都取材于它,如"望梅止渴""七步成诗"等汉魏故事。此外,很多成语也都出自《世说新语》,如"难兄难弟""拾人牙慧""一往情深"等。

阅读链接

魏晋南北朝是中国古代小说发展的重要时期,志怪小说和志人小说都取得了很大的成绩。研究中国小说的学者当首推鲁迅先生,推荐阅读鲁迅先生的《中国小说史略》,这是中国小说史研究的一部开山著作,也是一部奠基著作。另外,还可参见鲁迅先生的《古小说钩沉》。

思考·练习·拓展

1. 简述《搜神记》的内容。
2. 简述《世说新语》的内容与特色。
3. 课下阅读《搜神记》和《世说新语》中的经典篇目。

第四章　魏晋南北朝文学理论

学习提示

　　魏晋南北朝时期,文学理论与文学批评出现了前所未有的繁荣景象。这一时期被视作文学的"自觉时代",出现了体系完整的文学理论专著,如刘勰的《文心雕龙》和锺嵘的《诗品》等,对后世的文学创作和文学批评都产生了重要的影响。学习本章,可采用讲读法,了解魏晋南北朝文学理论发展、兴盛的原因和标志,同时对《文心雕龙》和《诗品》进行深入系统的学习。

第一节　文学理论的兴盛

　　先秦两汉时期,文史哲尚未分流,没有明确的文学观念,人们对文学的认识处于朦胧阶段,文学理论大都包含在政治哲学观点中。先秦是我国古代文学批评的萌芽阶段,这个时期与文学相关的意见,只有片段的资料,散见于各种学术著作中,如孔子、孟子对《诗经》的评论,老子、庄子的哲学思想中所包含的艺术观点等。两汉时期的文学理论有所发展,已开始出现一些专篇的论文,如《毛诗序》、班固的《离骚序》、王逸的《楚辞章句序》等,论述得较为系统。这些都为以后文学理论的发展奠定了基础。

　　魏晋南北朝文学理论的发展和兴盛有多方面的原因。首先,东汉末年的大动乱使得"独尊儒术"的局面被摧毁。曹魏以后,以老庄学说为基础而调和儒家的玄学以及佛学深受士人的喜爱,深刻影响了士人的人生态度。士人们思想活跃,兴趣广泛,追求适意放达,保持心灵自由的境界。如刘勰的《文心雕龙》就明显受到玄学思维方式的影响。其次,汉代末年实行察举制度,士族中品评人物的风气甚为流行。尤其是魏文帝曹丕实行九品中正制以后,更促进了这种风气的发展。人物流品的划分,也直接影响着文学批评,如锺嵘的《诗品》等。最后,文学理论的兴盛是与文学的自觉联系在一起的。文学的自觉有以下三个标志:第一,文学从广义的学术中分化出来,成为独立的一个门类。如梁元帝萧绎《金楼子·立言篇》中的文笔之别已不限于有韵无韵,而是强调了文抒发感情和以情动人的特点。第二,文学的各种体裁有了比较细致的区分,对各种体裁的体制和风格特点有了比较明确的认识,如曹丕的《典论·论文》将文体分为四科,并指出了它们各自的特点:"奏议宜雅","书论宜理","铭诔尚实","诗赋欲丽"。第三,对文学的审美特性有了自觉的追求。到了南朝,四声的发现及其在诗歌中的运用,对用事和对偶的讲究,表明了人们对语言的形式美有了更为自觉的追求。而《文心雕龙》对文学作品艺术特征的论述,更是自觉的标志(参见袁行霈《中国文学史》)。

这一时期文学理论繁荣发展的三个标志。一是文学批评家的崛起和大量的文学理论专著的集中出现,如曹丕的《典论·论文》、陆机的《文赋》、刘勰的《文心雕龙》、锺嵘的《诗品》等。《典论·论文》是我国第一篇文学专论,对文学的价值和意义给予了肯定,提出了著名的"文气"说。《文赋》是我国第一部创作论,重点论述了创作中的构思、技巧等。其他如沈约《宋书·谢灵运传论》、萧统《文选序》、萧绎《金楼子·立言》等也有重要的文学观点。二是大量文学总集的出现。如挚虞的《文章流别集》(今佚)、萧统的《文选》、徐陵的《玉台新咏》等。从这些总集中可以看出作家对作品的取舍和编写方法、体例,有的总集有序和评论,更加可以看出其批评的标准和眼光。三是文学理论上的建树和贡献。首先是对文学的特点和文学创作规律有了更深的认识,如对文学的情感因素、形式美、形象性都有系统的阐述,并形成共同的创作标准。其次是对一些重要的理论进行了全面深入的探讨,如创作论、作家风格论、文体论和文学发展论等的研究都取得了卓越的成就。

第二节　《文心雕龙》和《诗品》

《文心雕龙》的出现,标志着我国文学理论和文学批评建立了完整的体系。它总结了南齐以前中国文学创作和文学批评的丰富经验,论述比较全面,体系比较完整。全书共五十篇,包括总论、文体论、创作论和批评论四大部分,最后为《序志》篇,是全书的总序,介绍了本书的内容、体例、写作动机、指导思想等。整部著作前后呼应,联系紧密,确实是一部"体大而虑周"的杰作。

作者刘勰(约 465—521),字彦和,生活于南朝梁代,文学理论家、文学批评家。生于京口,祖籍山东莒县。少时家贫好学,博览群书。他曾官县令、步兵校尉、宫中通事舍人,颇有清名。晚年在山东莒县浮来山创办(北)定林寺。刘勰虽任多种官职,但其名不以官显,却以文彰,一部《文心雕龙》奠定了他在中国文学批评史上的地位。

《文心雕龙》的写作动机是感于当时文坛上"辞人好奇,言贵浮诡"、"离本弥甚,将遂讹滥"的形式主义文风,又深感魏晋以来的论文者"未能振叶以寻根,观波以讨源",因此想通过此书建立正确的创作"准的",纠正他认为的当时不良的文风。

刘勰精通儒学、佛学,当时融合儒道的玄学流行,他无疑也受到了影响。《文心雕龙》如刘勰本人所说,是以儒家思想为主导,但在少数地方也显示出了玄学、佛学的影响。《文心雕龙》的基本思想,表现在《原道》《征圣》《宗经》《正纬》《辨骚》五篇之中,《序志篇》称这五篇为"文之枢纽"。

《文心雕龙》的主要贡献有以下四个方面。

一、文学史观。把文学的发展同社会生活的变迁联系起来,认为"文变染乎世情,兴废系乎时序","时运交移,质文代变",初步认识到文学的发展受时代的制约,文学本身也有继承关系。《文心雕龙·时序》篇论述了文学发展变化的时代原因,在这里作者叙述了"十代九变"的文学发展状况,得出了"时运交移,质文代变"、"歌谣文理,与世推移,风动于上,而波震于下者"以及"文变染乎世情,兴废系乎时序"的结论(童庆炳《〈文心雕龙〉"质文代变"说及其启示录》)。这是刘勰对于文学的历史发展的总看法,是很精辟的论断。同时,刘勰认为文学"十代九变",其演变的原因有三点:一是政治的兴衰和社会的治乱;二是学术思想风气的影响;三是君主的爱好和提倡,为文人活动提供了有利的条件。《通变》篇中对于历代文学的发展,也发表了比较系统的看法,并总结出了"变则其久,通则不乏",指出了继承和创新的重要关系。

二、比较全面地说明了文学的内容和形式的关系。刘勰在《征圣》篇中指出圣人之文是"志足而言文,情信而辞巧"。在《宗经》篇中也兼顾内容和形式。《情采》篇中则对内容和形式的关系进行了专门的论述。同时,在《情采》篇中还着重指出内容、形式二者中应该以内容为本的原则。

三、总结了许多宝贵的文学创作经验。除了上面谈过的内容和形式等涉及文学创作方面的问题,还有一些篇章专门讨论了创作构思、修养和写作技巧等问题。《神思》篇中谈到了人们从事创作活动时的三个要素,即作家的思想感情、外界事物与文辞。《文心雕龙》全书用了大量的篇幅来论述写作方法和技巧的问题,可见作者之重视程度,如《镕裁》篇中的三准之说:"履端于始,则设情以位体;举正于中,则酌事以取类;归余于终,则撮辞以举要。"刘勰把文学创作过程分为"设情""酌事""撮辞"三个步骤,还有其他篇章研讨文辞和声律等。

四、阐述了文学批评的态度、方法和标准。刘勰在《知音》篇中专门讨论了进行文学批评时应有的态度和方法,提出了较为系统的批评标准。第一部分讲"知实难逢",以秦始皇、汉武帝、班固、曹植等人为例,说明自古文学批评就存在着"贵古贱今""崇己抑人""信伪迷真"等三种不良倾向,正确的文学评论者是很难遇见的。第二部分讲"音实难知",要做好文学批评,的确存在一定的困难。因为文学作品本身比较抽象而复杂多变,评论家又见识有限而各有偏好,所以难于做得恰当。根据上述两点,第三部分提出了做好文学批评的方法,主要是批评者应博见广闻,增强鉴赏文学作品的能力;排除私见偏爱,客观公正地评价作品;并提出"六观",即从体裁安排、辞采运用、作品因革、表达奇正、典故运用、声律处理等六个方面着手,考察其表达的思想内容和这六个方面能否恰当地为内容服务。第四部分提出文学批评的基本原理:"缀文者情动而辞发,观文者披文以入情。"说明文学批评虽有一定困难,但正确地理解作品和评价作品是完全可能的。最后强调批评者必须深入仔细地玩味作品,才能领会作品的微妙,欣赏作品的芬芳。

总之,《文心雕龙》以其博大精深的内容、完整的理论体系,总结了许多宝贵的文学创作经验,在中国文学批评史上占据了非常重要的地位。

《诗品》是我国现存最早的一部诗歌理论专著。它对汉魏至南朝齐、梁时代的五言诗作了系统的论述,对后代诗论产生了较大影响。常与《文心雕龙》相提并论,被称为南朝文学理论批评的两大专门著作(王运熙、顾易生《中国文学批评史新编》)。

作者钟嵘(约468—约518),字仲伟,颍川长社(今河南长葛)人。齐代官至司徒行参军。入梁,历任中军临川王行参军、西中郎将晋安王记室。仿汉代"九品论人,七略裁士"的著作先例,写成诗歌评论专著《诗品》。全书以五言诗为主,将两汉至梁的一百二十二位诗人,分为上、中、下三品,主要论述历代诗人创作的特色和渊源流变。正文对许多诗人分别作了具体分析。序文是全书的总论,提出了一些对于诗歌比较原则性的看法,并针对当时不良的诗风进行了批评。

钟嵘创作《诗品》的宗旨和背景主要体现在《诗品序》中,当时士人写作五言诗的风气很盛,但是个人的嗜好不同,没有准则。一些人学习鲍照、谢朓,但是只得皮毛,却还轻视曹植和刘桢。《诗品》写作的目的就是通过对诗人的品评,树立良好的准则,对诗歌创作进行指导。同时,《诗品序》也体现了全书的选材范围和原则,"嵘今所录,止乎五言","其人既往,其文克定。今所寓言,不录存者"。

钟嵘在《诗品序》和具体品评中,系统地阐明了他的诗歌理论。其内容如下

一、物感说。诗歌的本质是表现人的情感。《诗品序》:"气之动物,物之感人,故摇荡性情,行诸舞咏。"气候变动着景物,景物感动着人心,所以使人的性情摇荡,并表现于舞蹈歌唱上。钟嵘认为诗歌创作是由事到物到情到诗来完成的,他明确地指出了诗歌是外界事物对人的感发触动,既包含了自然事物,又包含了社会事物,是人的性情"摇荡"的产物,即"物感说"。

二、直寻说。钟嵘在《诗品序》中说:"观古今胜语,皆由直寻。"直寻,是指用直接可感的形象来描绘诗人有感于外界事物所激起的情感。钟嵘在批判玄言诗的同时,提出了一些具体的诗歌创作理论,如"吟咏性情""真美""自然英旨"等,涉及诗歌的本质、诗歌的思想感情、语言形式的自然之美等,以"直寻"为中心的"自然英旨"论,是钟嵘对诗歌创作艺术美的基本要求。

三、风骨论。锺嵘讲的"风力",就是《文心雕龙》所谓的"风骨"。锺嵘定品第的标准,是既重视风力又不忽视文采,"干之以风力,润之以丹采"。从他的论述中,可以看出他所强调的"风力",实则是"建安风力",具有慷慨悲壮的怨愤之情、自然、重神以及风骨明朗简洁的特征。

四、滋味说。"滋味"说是锺嵘诗歌美学的核心观点。锺嵘所说的"滋味"是指诗歌的审美特征及诗歌所具有的艺术感染力。他认为"五言居文词之要,是众作之有滋味者也",因为五言诗"指事造形,穷情写物,最为详切"。"滋味"说要求诗歌必须"文已尽而意有余",同时做到"风力"与"丹采"结合,才能"使未知者无极,闻之者动心"。

五、源流说。《诗品》对一百二十二位诗人都做了品评,如对曹植的评价为"骨气奇高,词采华茂,情兼雅怨,体被文质",评价曹操为"古直,有悲凉句"等。在评论一些诗人时常说"某某其源出于某某",如评曹丕"其源出于李陵",评《古诗十九首》"其体源出于《国风》"。锺嵘将五言诗的作者分为三系:一为国风,有曹植、陆机、谢灵运等十四位诗人;二为小雅,只有阮籍一人;三为楚辞,有二十二位诗人,共分析了三十七位诗人的师承影响。

《诗品》关于诗歌理论的深刻性和完整性,在齐梁以前是无与伦比的,就是在隋唐以后也比较少见。清代《四库全书总目》评价《诗品》时说,此书"妙达文理,可与《文心雕龙》并称"。尽管锺嵘的品第不尽恰当,分析评论上也存在着片面和牵强,但他却能够对五言诗的作家和作品进行比较系统、深入的评价,初步建立起中国古代诗歌理论批评体系,并提出了许多有关诗歌的精辟见解,对五言诗的发展产生了重要的推动作用。

阅读链接

魏晋南北朝的文学理论,充分体现了文学审美观念的发展,探讨了文学内部的各种关系。当代研究古代文论的学者以王运熙等为代表。推荐阅读王运熙和顾易生主编的《中国文学批评史新编》,这部书论述全面,多所创获,具有很高的学术价值。

思考·练习·拓展

1. 简述魏晋南北朝文学理论繁荣的原因。
2. 论述《文心雕龙》的贡献。
3. 简述《诗品》的内容。

第四编　隋唐五代文学

隋唐五代文学概述

从公元581年隋文帝结束南北对峙局面、统一中国至公元960年宋朝建立，这三百八十年是中国封建社会继续发展并繁荣昌盛的隋唐五代时期，中国古代文学发展到隋唐五代，进入了一个全面繁荣的新阶段。

唐之前的隋朝维持了三十七年，短暂灭亡，社会处于历史转折时期，与之相适应，文学处于承前启后的过渡状态，文学成就体现在：南北文学相互吸收借鉴，作品呈现出真实质朴、刚健雄深的气息。代表作品有卢思道的《从军行》、杨素的《出塞》、薛道衡的《渡河北》等。

唐之后的五代时期，政权更迭频繁，战乱不断，社会经济萧条。受时代影响，五代时期文坛相对沉寂，文学类型相对微弱，只有"词"这一新兴体裁在西蜀和南唐时期通过韦庄、李煜及晚唐词人的共同努力呈现出繁荣景象，形成了"词为艳科"的传统，对后世婉约词风的形成影响很大。《花间集》是我国最早的一部词选集，共收录晚唐五代十八家词五百余首。

历时三百年的唐王朝，呈现出了文学发展的黄金时期。文坛可称是百花齐放，各种文学体裁争奇斗艳，文学成就显著。"文必秦汉，诗必盛唐"，尤其是唐诗，呈现出前代所未有过的辉煌，进入了诗歌发展的成熟黄金期，成为中国文学的骄傲和标志。唐诗留存后世的作品近五万首，是唐以前历代留存诗歌总数的三倍多，唐代诗人有二千三百多位，其中著名的诗人有五六十位，从数量上远远超过唐以前著名诗人的总和，尤其是出现了中国诗坛的"双子星座"——李白和杜甫，他们的诗歌创作更是达到了中国古代诗歌的顶峰，成为后人学习的典范。唐代散文在吸收借鉴前代文学的基础上，出现了传记、游记、寓言、杂说等新的形式，中唐时期，在韩愈、柳宗元等人的努力下，出现了散文中兴即"古文运动"。理论上，他们提出"文道合一"、"不平则鸣"的文学观点，强调"唯陈言之务去"等创作主张，对后世散文的创作产生了深远的影响。唐代传奇标志着中国古代小说真正走向成熟，它突破了六朝志怪小说以鬼怪灵异为主要内容的狭小天地，打破六朝志怪小说创作的狭窄状态，开始进入到反映现实、反映文人理想的小说创作格局。唐传奇构思奇特，富有文采，是小说发展过程中的一座里程碑，对后世小说创作影响深远。一般认为，词萌芽于隋，到唐朝才得到广泛流传，词的创作经历了从民间走向文人的过程，唐代出现了很多民间曲子词和文人词,为宋词的发展开辟了道路。除上述文体外,唐代一些通俗文学在民间广泛流传,如变文、话本等,这些通俗文学深受世人喜爱,给唐代文坛注入了生机,增添了光彩。

受特定的社会历史条件、文化背景及文学自身发展规律的影响,唐代文学呈现出前所未有的繁荣。

唐代是中国封建社会的鼎盛时期,国家统一,国力强盛,经济高速繁荣,社会长期稳定,这些为文学的发展、文人创作提供了雄厚的物质基础和良好的创作环境。唐王朝统治者接受了前代覆亡的教训,采取了一系列比较开明的措施和政策,唐代相继出现了"贞观之治"和"开元盛世",成为唐代乃至整个封建时代繁荣盛世的象征和标志。这样的社会环境和背景有助于增强人们的民族自信心和自豪感,有助于激发文人的创作热情,同时经济的繁荣对唐人的生活方式与行为习惯也产生了很大影响。唐代许多诗人都有过漫游的经历,这种漫游的生活能开阔诗人眼界,能增强他们对社会的了解和对人生的体验和感悟。安史之乱之后,唐王朝由盛转衰,但总体国力仍相对稳定和富庶,一方面前期的社会强盛给人留有深刻的印象,另一方面现实的危机又激发人们的思考,文学获得新的动力和激情,干预生活、反映现实成为这一时期的文学创作的主旋律,唐朝后期文学在前期繁荣的基础上开辟出新的天地。

唐王朝统治者大都实行开明的政治,广开言路,思想自由开放,对各种社会思潮兼容并蓄,这些都有利于文坛百花齐放,有利于文人创作不拘一格。以盛唐诗人为例,思想倾向上,李白崇道,杜甫尚儒,王维好佛;文学风格方面,受道家特立独行的精神的影响,李白作品焕发出奇光异彩,因而被后人誉为"诗仙";受儒家仁政思想的影响,杜甫一生忧国爱民,写下大量抒写现实、具有"诗史"性质的诗篇,后人尊其为"诗圣";受佛教影响,王维作品呈现出一种静谧空灵的境界,成为世人努力追寻的心灵家园。

在政治、经济、思想的影响下,唐代文学呈现出繁荣景象。除此之外,唐代文学的繁荣还和君主的重视密不可分。唐代君主对文学的重视和提倡,直接影响了文人的创作和选择,成为唐代文学繁荣的特殊条件。"上有所好,下必甚焉",文人的创作热情空前高涨。朝廷的重视和爱好直接表现在"以诗取士"的科举制度上,唐代选拔人才,任命官吏实行科举制度,这为中下层文人步入仕途提供了机会。中下层文人的创作热情被激发,他们大都出身寒门,了解社会真实面貌,勇于反映民生疾苦,揭露社会矛盾,从而丰富了诗歌的思想内容,提高了诗歌的艺术境界。为了取得功名,应试者刻苦研习诗歌创作技巧,努力提高文学艺术修养,这为诗歌的繁荣提供了直接的源动力。

唐代各种艺术门类兴盛,音乐、舞蹈、绘画、书法等全面发展,成就突出,它们与文学广泛交融,艺术间的相互激发也极大地促进了文学的发展。唐代的绘画和诗歌之间的交融影响成为典范。王维的诗画一体是最具代表性的例子,苏轼曾评说"味摩诘之诗,诗中有画,观摩诘之画,画中有诗"。唐代诗画交融渗透,相互影响,相互激发,绘画不仅为诗歌创作提供题材,同时也对诗歌的艺术表现技巧有一定启发。各种艺术门类的高度发达,使作者得到美的享受和启迪,从而提高艺术修养,丰富了文学题材,完善了文学技巧。

最后,唐代文学的繁荣还是历代文学不断传承发展的结果。从先秦到汉魏六朝,文学经历了漫长的发展过程,诗歌、散文、小说等方面都积累了丰富的创作经验,唐代作家在继承前人优秀成果的基础上创新发展,从而创造了文学的繁荣景象。《诗经》的现实主义传统、《楚辞》的浪漫主义传统、汉魏乐府的思想内容和艺术技巧、魏晋之后对诗歌声律的研究运用,都给唐代作家以丰富养料,对唐诗繁荣产生了直接影响。从初唐到盛唐,唐人正是在充分继承前人成果的基础上革新发展,从而把诗歌创作推向高潮。散文也是如此,先秦历史散文和诸子散文成就辉煌,影响深远,汉代政论散文和史传散文承前发展,再创辉煌,魏晋南北朝骈文是艺术自觉追求的显现,唐代古文运动在历代散文发展的基础上求新求变,其实质是对历代散文创作艺术的继承和发展。

第一章　初　唐　诗　歌

学习提示

　　南北朝时期,江南文化成了中国文学的主流,经过了将近四百年的分裂动乱的痛苦之后,隋唐时代终于实现了国家统一。国家的统一、经济的发展,为文学繁荣提供了有利条件。这一时期,南北诗歌进一步融合,诗人渐渐突破宫廷诗的局限。在形式上,五律和七律逐步定型,成为中国古典诗歌的主要体裁。学习初唐诗歌,要多阅读诗人诗作,了解初唐诗歌的发展脉络,通过诵读来品鉴诗歌语言,领悟诗歌内涵。

第一节　隋及初唐诗歌

　　公元 581 年,相国隋王杨坚建立隋朝,改元开皇,是为隋文帝。开皇九年,隋朝军队进入建康,南朝陈后主投降,结束了中国二百七十多年的南北分裂。隋朝的诗人由两部分组成:一是北齐、北周旧臣,如卢思道、杨素、薛道衡等,代表了北朝诗风;二是由梁、陈入隋的文人,如虞世基、江总、许善心等,把南朝诗风带入了隋朝。

　　南北方文学在隋朝逐渐融合,如卢思道采用常用来反映征夫思妇内容的歌行体写出了反映边塞军旅生活的《从军行》。这首诗以边塞生活为背景,笔力苍劲,体现了北方诗人特色。杨素是隋朝的开国重臣,亲历征战,他的边塞诗歌更多融进了个人的真挚情思。随着南北方的诗风融合,北方诗人的创作也有了一些变化,如在卢思道后来的诗歌中,着意描写女性,风格轻艳。薛道衡《昔昔盐》中的名句“暗牖悬蛛网,空梁落燕泥”也是南朝常见的闺怨题材,委婉细腻的情调偏于齐梁风格。

　　隋文帝时期,南北两种诗风并存。到了隋炀帝,其身边聚集了一批南朝文士,诗风也更加偏重文采。虞世基是当时比较有名的诗人,作为隋炀帝的文学侍从,他的诗歌注重辞采,对仗工整,当时隋炀帝身边的许多文士,作诗雕琢堆砌,倒是炀帝本人,颇有一些清丽之作,如《春江花月夜二首》其一:

暮江平不动,春花满正开。流波将月去,潮水带星来。

初唐的贞观时期,主持诗坛的是唐太宗李世民及其群臣的诗人集团,集团内部依旧有南北之分。北方文人入唐后多为史臣,他们重古尚质,但并不反对诗的声辞之美,魏徵在《隋书·文学传序》中说:"江左宫商发越,贵于清绮,河朔词义贞刚,重乎气质。气质则理胜其词,清绮则文过其意。理深者便于时用,文华者宜于咏歌。此其南北词人得失之大较也。若能掇彼清音,简兹累句,各去所短,合其两长,则文质斌斌,尽善尽美矣。"贞观时期的诗人最初多述怀和咏史,在唐太宗的诗作中,有这样的诗句:"昔年怀壮气,提戈初仗节。心随朗日高,志与秋霜洁。"杨师道和李百药的早期诗歌中有抒发自我的诗歌,通过历史和自然的比拟来述怀,刚健质朴,但在后来的诗歌创作中,作为宫廷诗人的他们,琢磨诗歌的声律、辞藻,其个人的声音淹没在了应制唱和的赞美诗中。虞世南是当时首屈一指的文士,他的诗作将各种陈旧的要素组合起来,通过精巧的构思,让其产生新的效果,其艺术魅力超过了大多数同时代人,如《春夜》:"春苑月裴回,竹堂侵夜开。惊鸟排林度,风花隔水来。"这首诗表现了这位宫廷诗人对于外界的偶然事件及瞬间美的敏感性,技巧高明。在贞观诗坛的后期,出现了一位重要诗人上官仪,他的诗歌以属对工切和清丽婉转而闻名,这类诗歌非常重视形式技巧和声律之美,被人称为"上官体",成为当时人们模仿的新诗体。上官仪的诗,以音义的对称效果来区分偶句形式,注重联句的整体意象配置,在精细的笔法中描绘对景物的细致体察,产生了不少佳句,如"落叶飘蝉影,平流写雁行"(《奉和秋日即目应制》),"鹊飞山月曙,蝉噪野风秋"(《入朝洛堤步月》)。

上官仪精细轻巧的诗歌冲淡了齐梁诗风的浮艳雕琢,但依旧囿于宫廷诗中,诗歌要找到新的方向,势必要脱离保守的宫廷诗,而这变革便由社会中下层的士人来承担。王绩是其中的一位,他最有名的诗是《野望》:

东皋薄暮望,徙倚欲何依?树树皆秋色,山山唯落晖。牧人驱犊返,猎马带禽归。相顾无相识,长歌怀采薇。

这首诗情感真切、朴素,创造出一种淡泊疏野的诗歌境界。但是,偏好隐逸的王绩,声誉不如"初唐四杰"。"四杰"是初唐文坛新旧过渡时期的杰出诗人,他们大都出生在贞观年间,官小而才大,生活的坎坷让他们在诗歌中显现出郁勃雄杰之气。卢照邻和骆宾王年辈稍长,长于歌行体,稍后的王勃和杨炯则擅长五律。"四杰"的诗文虽未脱齐梁以来绮丽余习,但已初步扭转文学风气。他们的诗歌突破了宫廷诗的狭小范围,将更广阔的世界融进诗歌,并扩展了诗歌的情感广度和深度,展现了昂扬壮大的感情基调,赋予诗歌新的生命活力。

　　卢照邻出生于东北范阳,生活动荡,由于政治上的坎坷失意和长期病痛的折磨,最终投颖水而死。他早期诗歌未脱上官体的矫饰,但在居蜀期间,他的诗歌变得更加直率,主题也变得更加丰富。《相如琴台》中用自然景物拟司马相如和卓文君,含蓄动人,"寂寂啼莺处,空伤游子神"的结尾又直陈心意。卢照邻的边塞诗将更广阔的外部世界融进诗歌,并融进了诗人的真实情感。在《雨雪曲》中,"节旄零落尽,天子不知名"具有强烈的讽刺意味。《行路难》则表达了对沧海桑田的感慨,在这首诗中,卢照邻试图从旧的乐府体来摆脱宫廷诗的限制。《长安古意》中诗人借对长安的描写,表达人生短暂无常的主题,也同样表现了宫廷世界的幻灭。

　　骆宾王最被后人熟知的是他的《咏鹅》,他因这首诗而享有"神童"之誉。骆宾王的诗歌摆脱了宫廷诗的规范,与卢照邻不同的是,他的诗有着更加复杂的修辞,这跟他广泛借用骈文的技巧有关。《帝王篇》和《长安古意》同属于京城诗,但在声律上有所革新,是结合了七言古体和骈赋的歌行体。诗中"三冬自矜诚足用,十年不调几遭回"直接抒发了诗人对政治现状的强烈不满,宫廷诗人诗中常有的赞美成分被独抒怀抱所替代。《晚泊江镇》一诗运用了众多的典故,并糅合了骈文式的铺叙与雄辩。《在狱咏蝉》以蝉起兴,多处用典,借蝉之高洁抒发蕴蓄许久的真情。

　　王勃为四杰之首,出身贵族,但仕途不顺。后在去探望父亲途中,渡海溺亡。在王勃的诗作中,眼界更加开阔,诗人不再局限于宫廷园林,而在广阔壮丽的自然中流连,如"江旷春潮白,山长晓岫青","复嶂迷曙色,虚岩辨暗流"等。王勃最著名的诗是《送杜少府之任蜀州》:

　　　　城阙辅三秦,风烟望五津。与君离别意,同是宦游人。海内存知己,天涯若比邻。无为在歧路,儿女共沾巾。

　　这首表达友情的诗作中间两句以情感和哲理代替了以往宫廷诗常用的描写对句,结尾也一反离别时常有的伤感悲泣,整首诗充满真挚的情感,与当时矫饰的文风形成了鲜明的对照。王勃的绝句也对依靠妙语警句作结的宫廷诗作了修正,如《江亭夜月送别其二》和《山中》的结尾,将诗人的情感融进眼前之景,借客观之景的延伸和含蓄来暗示诗人内心之情的回荡。诗歌看上去已经结束,而情感却继续在读者心中铺排开来,这种结尾在以后的绝句中有着更广阔的发展。王勃的《滕王阁》是一首非常成功的七言诗:

　　　　滕王高阁临江渚,佩玉鸣鸾罢歌舞。画栋朝飞南浦云,珠帘暮卷西山雨。闲云潭影日悠悠,物换星移几度秋。阁中帝子今何在?槛外长江空自流。

这首诗和以往的宴会诗有所不同,诗歌从宴会的结束开始写起,继而将滕王阁的景与历史上的典故相融合,来说明这次的宴会和以往的宴会都已过去,唯独时间像槛外的江水不断前行。

与王勃同时期的杨炯,诗歌以五律见长,现存的十四首五言律诗,完全符合近体的黏和对的格律要求,杨炯虽然难免完全摆脱宫廷诗的影响,但在题材的扩展上也做出了自己的贡献。他最有名的是《从军行》,虽然他从未到过边塞,但在诗中表达了自己建功立业的渴望,用雄劲的笔力表达了慷慨的情怀:

　　烽火照西京,心中自不平。牙璋辞凤阙,铁骑绕龙城。雪暗凋旗画,风多杂鼓声。宁为百夫长,胜作一书生。

概括来说,"四杰"虽然没有完全洗脱南朝诗风,但对诗歌的内容和形式都做出了可贵的尝试,这也为后来的诗歌创新创造了有利的条件。

第二节　陈子昂及其他初唐诗人

陈子昂于661年(一说659年)出生于四川的一个富有的地主家庭,从小任侠使气,十八岁开始勤奋读书,二试得中进士,后来升任右拾遗,性格慷慨磊落,直言敢谏,在仕途中屡遭冷遇和排挤。后被迫害,冤死狱中,年仅四十二岁。

作为武后时期登上诗坛的诗人,与同一时期的其他诗人不同,陈子昂的诗歌表现出明显的复古倾向,其诗风骨峥嵘,寓意深远。陈子昂现存诗一百多首,其中最有代表性的有组诗《感遇》三十八首、《蓟丘览古》七首和《登幽州台歌》、《登泽州城北楼宴》等。

复归风雅的陈子昂在《与东方左史虬修竹篇序》中阐明了自己的诗歌主张:"文章道弊五百年矣,汉魏风骨,晋宋莫传,然而文献有可征者。仆尝暇时观齐梁间诗,彩丽竞繁,而兴寄都绝,每以咏叹,思古人,常恐逶迤颓靡,风雅不作,以耿耿也。一昨于解三处,见明公《咏孤桐》篇,骨端气翔,音情顿挫,光英朗练,有金石声。遂用洗心饰视,发挥幽郁。不图正始之音,复睹于兹;可使建安作者,相视而笑。"这里点出宫廷诗人模仿的齐梁诗风是"彩丽竞繁,而兴寄都绝",而陈子昂则标榜风雅兴寄,要求诗歌有道德标准和政治倾向,有高尚的情感和充实的现实内容,即要求恢复古诗比兴言志的传统,提出了一种"骨端气翔,音情顿挫,光英朗练"的诗歌审美标准,这与当时流行的过分雕琢的馆阁体诗划清了界限。

陈子昂最为人熟知的是他的《登幽州台歌》:

前不见古人，后不见来者。念天地之悠悠，独怆然而涕下。

这首诗写于武则天万岁通天元年（696），即陈子昂入仕时期，他常常直言进谏，但并不为武则天采纳，并曾一度因"逆党"株连而下狱。政治抱负无法实现，反而受到接连的打击，这使他心情非常苦闷。这首诗没有正面描写幽州台的风景，而是直接进入个人的孤独描摹——前后无人，与过去和将来的隔断使诗人在广阔悠远的天地之间显得非常孤独和渺小。诗歌的结尾虽然依旧是悲伤流泪，但是简单朴素的表达与深厚情感的结合使诗歌依旧充满了无穷的魅力。这种朴素直率的诗歌也正是其复古的"风骨"的直接体现，新的诗歌正是在传统的运用和改造中被创造出来。

真正代表陈子昂诗风的是他的三十八首《感遇》诗。《感遇》并非作于一时，风格并不统一。这些诗充满了哲理和道德意味，具有强烈的政治倾向。一部分《感遇》诗在怀古中表达贤人失志的主题，对黑暗无常的现实感到忧虑和愤慨，对愚昧的世俗进行猛烈抨击和讽刺，如"呦呦南山鹿，罷罟以媒和"，"夸愚适增累，矜智道逾昏"；《丁亥岁云暮》中反对武后用兵外族，告诫统治者不要疲于攻战，徒然结怨；《朔风吹海树》为一个慷慨卫国却有功未赏的战士代鸣不平。这也经常会直接导致在诗歌结尾处发出的寻仙和隐逸之声，如"曷见玄真子，观世玉壶中。窅然遗天地，乘化入无穷"，"去去行采芝，勿为尘所欺"。宫廷诗要求对眼前之景进行具体描绘，而陈子昂则偏爱营造一种全景，这与建安风骨一脉相承，同时也表达了诗人对遨游天地之间的精神状态的向往。

陈子昂的改革不只是用古诗体以完全摆脱齐梁诗风，同时也写甚为工整的律诗，开拓新的内容和题材，以清新苍劲的风格使律诗进入新的境界。

在初唐向盛唐过渡当中，与陈子昂同时的诗人还有张九龄。张九龄的诗歌与陈子昂风格相近，他在唐中宗景龙初年中进士，后官至宰相。作于其谪居荆州时的《感遇》十二首含蓄蕴藉，寄托遥深，其一中的"草木有本心，何求美人折"表明诗人高洁的心志。

他的名作《望月怀远》：

海上生明月，天涯共此时。情人怨遥夜，竟夕起相思。灭烛怜光满，披衣觉露滋。不堪盈手赠，还寝梦佳期。

首句看似平淡无奇，却有着与谢灵运的"明月照积雪"和谢朓的"大江流日夜"相似的浑融意境，成为千古传诵的名句。整首诗情致细腻清新，相思之情自然深切，令人回味无穷。相同的诗作还有《赋得自君之出矣》，运用巧妙的比喻，使得整首诗清新可爱，含蓄婉转又真挚动人：

> 自君之出矣，不复理残机，思君如满月，夜夜减清辉。

与陈子昂类同，因高宗、武后时期进士科的勃兴而进入仕途还有一批重要的诗人，如杜审言、李峤、宋之问、沈佺期等，他们都因进士及第而受到朝廷重用，是继陈子昂之后的优秀诗人。他们的创作在前代宫廷诗人的诗作基础上，发展了诗歌的形式和技巧，为唐代近体诗的定型作出了贡献。

杜审言、李峤、苏味道和崔融并称"文章四友"，其中杜审言的诗歌成就最高，杜审言是杜甫的祖父，他致力于将诗歌写得直率优美，这在当时的宫廷诗人中是比较少见的。他的诗歌语言精练，讲究诗艺，现存的二十八首五言律诗有二十七首完全符合近体诗的黏式律，最著名的是《和晋陵陆丞早春游望》：

> 独有宦游人，偏惊物候新。云霞出海曙，梅柳渡江春。淑气催黄鸟，晴光转绿蘋。忽闻歌古调，归思欲沾巾。

诗歌始于惊讶，季节的转换、春天的物候更新带来惊讶之感，其次再对其进行具体描写，最后落笔在思乡之上，诗人的感受从首句的惊到最后的落泪，通过中间的景物描写显得非常自然。

沈佺期于675年进士及第，历任小官，后遭贬，不久遇大赦回到京城，拜起居郎兼修文馆直学士。沈佺期的《兴庆池宴》是宫廷诗的优秀代表，在他的诗中，早期宫廷诗的矫揉造作消失了，出现了更多个人化的表达。他的诗歌在诗律方面精益求精，特别是在遭到贬谪之后，个人遭遇结合精致的韵律而更加具有活力。

宋之问的政治生涯与沈佺期很相似，在诗歌史上与沈佺期合称"沈宋"。作为诗人，宋之问年轻时即已知名。他对当时体裁多能把握，运用娴熟。他的诗以属对精密、音韵协调见长，词采绮丽，对仗工整，佳作名句时有可观。如短歌《冬宵引·赠司马承桢》："明月的的寒潭中，青枫幽幽吟劲风。此情不向俗人说，爱而不见恨无穷。"五言古诗《题张老松树》喻高洁诗句："百尺无寸枝，一生自孤直。"《度汉江》是诗人遭流放后返京的一首纪行述感之作：

> 岭外音书断，经冬复历春。近乡情更怯，不敢问来人。

宋之问与沈佺期一样，诗歌技巧纯熟的他们一旦遭到变故而心中有感时，往往能写出文质均佳的诗作。宋之问的这首诗写出了复杂的心理状态：离家乡越近，心里的迫切和一探究竟反而使情感变得畏惧，诗人敏锐的笔触捕捉到了这种微妙的矛盾心理。在诗中刻画微妙的矛盾心理在盛唐诗中就更加常见，几十年后贺知章在他的《回乡偶书》之一中也写到了这种"近乡"时微妙的尴尬,杜甫诗中也有这种微妙复杂心迹的反映:"反畏消息来,寸心亦何有。"

《度大庾岭》是宋之问前往被贬之地途经大庾岭时所作,这已然是一首构思精巧、章法严谨同时感情真挚的成熟五言律诗了:

> 度岭方辞国,停轺一望家。魂随南翥鸟,泪尽北枝花。山雨初含霁,江云欲变霞。但令归有日,不敢恨长沙。

诗歌到了沈、宋,完成了五律和七律的定型。两人总结前人的经验,把渐渐成熟的形式固定下来,完成律诗"回忌声病,约句准篇",使后来的诗人有可以遵循的明确的诗歌规格。沈、宋的诗也第一次被人称为律诗。这标志着中国古典诗歌由永明体的四声律过渡到了唐诗的平仄律,运用方便的声律法则使诗歌创作在有法可循之外给了诗人更多的创作自由空间。

与沈、宋大致相同时期的诗人还有刘希夷以及张若虚,二者诗风相近。刘希夷以歌行见长,多写闺情,辞意柔婉华丽,且多感伤情调,《代悲白头翁》中的"年年岁岁花相似,岁岁年年人不同"是其名句。张若虚的诗仅存二首,其中《春江花月夜》是一篇脍炙人口的名作,用乐府旧题写出了新意,情景交融,将真切的生命体验融进空明纯净的诗境之中,意境的创造已经达到非常高的成就,有着"以孤篇压倒全唐"的美誉。

阅读链接

初唐时期的相关书籍,除了《唐诗三百首》外,也可以去专门阅读某个诗人的诗集,如《王勃诗解》《沈佺期诗集校注》等,如果想对初唐诗歌有另外的了解,可以阅读宇文所安编写的《初唐诗》,这是一本外国学者编写的中国诗歌著作,可以让我们从另外的角度了解初唐诗歌。

思考·练习·拓展

1. 初唐诗人为盛唐诗歌的繁荣作出哪些准备?
2. 什么是"上官体"?
3. 简要论述"初唐四杰"的诗歌艺术。
4. 陈子昂的诗歌特点是什么?

第二章 盛 唐 诗 歌

学习提示

　　唐朝开元、天宝年间,经济繁荣,国力强盛,加之武后时期兴起的重视文词的进士科渐渐演变为"以诗赋取士",很多中下层的寒士有了一条通向仕途的路径。唐朝相继有宰相从科举中走出,更对年轻诗人加以扶持,使当时涌现出大批诗人。他们在诗歌中张扬个性,抒发情感,创作出了风格迥异的众多优秀诗歌。学习本章节,要了解山水田园诗派和边塞诗派的重要代表诗人及其诗作,通过诵读理解盛唐诗歌各个派别的不同特色。

第一节 山水田园诗派

　　盛唐的山水田园诗并非唐代的专利品,曹操的《观沧海》被认为是第一首山水诗,之后的谢灵运更是山水诗的代表人物,而陶渊明则写出了大量的田园诗。唐代山水田园诗的勃兴与当时的社会背景有一定关系:一是虽然在政治上寒士入仕的机会增多,但统治阶级的内部矛盾和官场上的黑暗专制并非能使一个人始终顺意,很多诗人在入仕期间都遭到降官、贬谪甚至遭受杀身之祸,因此一些诗人选择了消极归隐、逃避现实的道路,在山水之中寻求心灵的慰藉;二是经济的繁荣、社会的安定和高度的文明中的士大夫们,自然会被处在自身对立面的归隐和自然超俗的行为及生活所吸引;三是统治阶级对佛道思想的提倡,造成社会上隐逸风气的流行;四是诗歌在初唐还为宫廷诗的各种规范所限制,而到了盛唐,诗人们开始突破规范,眼界更加开阔,表达更朴素直率,在社会较低层的生活中发现真正的高贵精神,将诗歌引向个人价值,使诗歌本身更加独立,不再只是一种社交手段和消遣艺术,而是融进了诗人真正的精神和灵魂,是诗人自身的一种体现,是诗人本身在世界中的存在的表达。

　　山水田园诗派最重要的代表人物是王维。王维(701—761,一说699—761),河东蒲州人,祖籍山西祁县,是唐朝著名的诗人、画家,字摩诘,号摩诘居士。王维的诗歌创作以天宝初(四十岁左右)为界,分为前后两期。前期的王维,热衷政治,奋发有为。后期,由于遭受一系列挫折,思想开始转向佛教,过着半官半隐的生活,曾一度隐居终南别业,"傲啸终日"。安史乱后,他日趋消极悲观,"晚年惟好静,万事不关心"(《酬张少府》),正是他晚年生活的写照。

王维十几岁入京,他在《少年行》中说:"孰知不向边庭苦,纵死尤为侠骨香。"他的早期诗歌中最有名的是《九月九日忆山东兄弟》:

> 独在异乡为异客,每逢佳节倍思亲。遥知兄弟登高处,遍插茱萸少一人。

这首诗表明王维对诗歌修辞技巧非常熟稔,其中可贵的是想象的能力和真诚的情感表达。诗歌结尾转向由想象中兄弟对自己的思念来表达自己对家人的思念,这种"倍思亲"的情感力量借着曲折的表达至今感染着我们,而在后来李商隐的《夜雨寄北》中"何当共剪西窗烛,却话巴山夜雨时"表达的曲折更加复杂精巧,通过想象以后两人见面再回忆此时情景,使此时的相思力量更加深重。

王维出塞前后写得一批诗歌,意境壮大,极具气势。《使至塞上》是一首边塞作,诗人描写塞外壮丽的风光,画面开阔,意境雄浑。其中的"大漠孤烟直,长河落日圆"是写景名句。《送元二使安西》中表达离别情谊:

> 渭城朝雨浥轻尘,客舍青青柳色新。劝君更尽一杯酒,西出阳关无故人。

这是一首非常著名的送别诗,在唐代就有"此辞一出,一时传诵不足,至为三迭歌之"的记载,甚至有人把它谱成歌曲歌唱,叫《阳关三叠》或《渭城曲》,它几乎成了离歌的代词。刘禹锡有诗云:"旧人唯有何戡在,更与殷勤唱渭城。"可见该诗在当时的影响。

《相思》是王维早期的爱情短诗:

> 红豆生南国,春来发几枝。劝君多采撷,此物最相思。

用红豆来表达相思始于一个凄美的爱情故事,《相思》整首明白如话,为什么要"劝"人多采红豆?因为红豆代表着相思,这是在劝人们珍重相思之情。

奠定王维在唐诗诗坛地位的,则多是其后期写隐逸的山水田园诗。由于政治上的失意,他将眼光更多地投入隐居生活中,并由于佛教思想和善于绘画的影响,王维的诗歌表现出一种宁静和空灵的境界。《山居秋暝》中的描写细致生动,干净漂亮:

空山新雨后,天气晚来秋。明月松间照,清泉石上流。竹喧归浣女,莲动下渔舟。随意春芳歇,王孙自可留。

《鸟鸣涧》是王维组诗《皇甫岳云溪杂题五首》的第一首:

人闲桂花落,夜静春山空。月出惊山鸟,时鸣春涧中。

这首诗以动写静,使人读诗如观画。诗人用敏锐的观察捕捉到了自然中的光色,语言看似简单却充满禅意。《终南别业》:"行到水穷处,坐看云起时",其动静不二的禅意与山水的结合更加紧密自然。

王维后期的山水田园代表作还有《辋川集》,一共二十首诗,是王维晚年隐居辋川别业与朋友题咏的一组五言绝句。《鹿柴》《竹里馆》《辛夷坞》是其中优秀之作。

空山不见人,但闻人语响。返景入深林,复照青苔上。(《鹿柴》)
独坐幽篁里,弹琴复长啸。深林人不知,明月来相照。(《竹里馆》)
木末芙蓉花,山中发红萼。涧户寂无人,纷纷开且落。(《辛夷坞》)

在这些绝句中,结尾往往是一种含蓄的陈述,在朴素的语言背后,需要读者去寻找诗中所蕴含的深意。

在当时,与王维齐名的是孟浩然。孟浩然,襄州襄阳人。他终身不仕,一生主要是在家乡隐居中度过的,四十岁后到京求仕未成,经过一段漫游后又回乡,一生清淡寡居。

李白很仰慕孟浩然,在李白的笔下孟浩然俨然是地道的隐逸诗人。在《赠孟浩然》中,李白这样写道:"吾爱孟夫子,风流天下闻。红颜弃轩冕,白首卧松云。醉月频中圣,迷花不事君。高山安可仰,徒此揖清芬!"实际上,孟浩然最初是怀有对仕途的热忱的,他在《书怀贻京邑故人》中说自己"昼夜常自强,词赋颇能工",在《秦中苦雨思归赠袁左丞贺侍御》诗中也说:"为学三十载,闭门江汉阴。"可见,入京前的孟浩然的入仕之心还是比较殷切的。在《临洞庭湖赠张丞相》中也表达了这种愿望:

八月湖水平,涵虚混太清。气蒸云梦泽,波撼岳阳城。欲济无舟楫,端居耻圣明。坐观垂钓者,徒有羡鱼情。

据说孟浩然在京城时,其诗句"微云淡河汉,疏雨滴梧桐"让王维和张九龄倾

倒。但他最有名的绝句《春晓》和《宿建德江》更多是作为一种诗歌形式的典范,而在内容上并没有太大的活力:

> 春眠不觉晓,处处闻啼鸟。夜来风雨声,花落知多少?(《春晓》)
> 移舟泊烟渚,日暮客愁新。野旷天低树,江清月近人。(《宿建德江》)

和王维不同,孟浩然的诗更贴近自己的日常生活,在诗中更多地描绘自我,前面的《春晓》也是一个例子,写早起诗人的一种即时的感受。《过故人庄》更是把诗人在日常中的朋友间的交往写入诗歌当中,即兴而发,不假雕饰:

> 故人具鸡黍,邀我至田家。绿树村边合,青山郭外斜。开轩面场圃,把酒话桑麻。待到重阳日,还来就菊花。

这种描写更加生活化,更加贴近自然,代表了普通生活中的普通人之间的交往,这样的生活更加贴近陶渊明所描写的田园生活,更让人觉得亲近。

山水田园诗的代表,除了王维和孟浩然外,还有裴迪、储光羲、常建、刘眘虚、张子荣等。裴迪和储光羲都与王维共同隐居于终南山,而刘眘虚和张子荣是孟浩然的朋友。常建大部分的时光都隐居在终南山和武昌江渚,他的诗作与王维相近,显示出其孤高幽僻的风调,如《题破山寺后禅院》:

> 清晨入古寺,初日照高林。曲径通幽处,禅房花木深。山光悦鸟性,潭影空人心。万籁此都寂,但余钟磬音。

这首五言律诗语言朴素,格律变通,构思婉转。澄澈的寺庙之景暗含着明秀的诗境,结尾似乎随着钟磬的余响,传达出缥缈的韵味。

盛唐的山水田园诗人们以山水田园为审美对象,把细腻的笔触投向静谧的山林、悠闲的田野,诗人在这种题材中安置自己独特而珍贵的心灵。

第二节　边 塞 诗 派

可以和山水田园诗人王维、孟浩然、储兴羲等人相颉颃,而以另一种刚健清新的风格著闻于时的,是称为边塞诗人的王昌龄、王之涣、高适、岑参等人。他们所写的边塞诗超越于前人,表现了北方和西北边地的边塞风光、战争场面,更写到了出征将士爱国的思想感情,以及他们所遭受的不公平的待遇等。在唐以前虽然存在边塞诗,但数量很少,到了唐代边塞诗的数量大大增加,这和以下原因有着密切的关系:第一,唐朝疆土的扩大带来的边境战争的频繁,引起人们对边塞生活的注意和关系;第二,从军是士人入仕的一条重要途径,特别是在玄宗晚年,政治黑暗,底层士人求仕更加困难,不得不转向军旅,希望从中获得上升途径;其三,边塞诗也有着悠久的传统,在时代精神的影响下,边塞诗便蔚然成观。

由于和战争有关,因此边塞诗的面貌复杂,一种和军功、荣耀、杀敌卫国的责任相关,充满积极进取的斗志,一种则与边关将士的流血牺牲和军队中的黑暗有关,充满因暴力的杀戮和破坏而带来的痛苦。

边塞诗的代表人物是高适、岑参、王昌龄、王之涣、李颀、王翰等。他们共同的特点是以边塞征战为主题,描写和军旅相关的风景、战争、人民的苦难、征战的荣耀等,多用七言歌行或绝句,风格豪放,展现了盛唐气象。

高适(700—765),是边塞诗的代表人物,他早年生活困顿,开元中到长安求仕不得,寓居宋中近十年。在安史之乱中被玄宗拜为谏议大夫,到代宗,入朝为官,进封渤海县侯,是盛唐中较为显达的一位诗人,现保存下来的诗有二百四十多首。高适性格自负,狂放不羁,好结交游侠,有很强的功名心。两次北上蓟门,《蓟门五首》这一组诗写的是征奚出师的威严,战士的壮勇,赏罚的不公,内容丰富多彩。如其一中所写:

> 边城十一月,雨雪乱霏霏。元戎号令严,人马亦轻肥。羌胡无尽日,征战几时归。

这首诗感慨胡人兵力强盛,担忧不知道什么时候能战罢归来。最能代表高适诗歌风格的是开元二十六年所写的《燕歌行》,这是盛唐边塞诗的名作:

> 汉家烟尘在东北,汉将辞家破残贼。男儿本自重横行,天子非常赐颜色。摐金伐鼓下榆关,旌旆逶迤碣石间。校尉羽书飞瀚海,单于猎火照狼山。山川萧条极边土,胡骑凭陵杂风雨。战士军前半死生,美人帐下犹歌舞。大漠穷秋塞草腓,孤城落日斗兵稀。身当恩遇常轻敌,力尽关山未解围。铁衣远戍辛勤久,玉箸应啼别离后。少妇城南欲断肠,征人蓟北空回首。边庭飘飘那可度,绝域苍茫更何有。杀气三时作阵云,寒声一夜传刁斗。相看白刃血纷纷,死节从来岂顾勋。君不见沙场征战苦,至今犹忆李将军。

高适充分利用七言诗更易表达复杂事物、抒发复杂感情的特点,把七言古诗写得气势奔放、音韵铿锵,诗歌显得质朴浑厚。其《塞上闻笛》意境开阔,音韵响亮:

　　　　胡人吹笛戍楼间,楼上萧条海月闲,借问落梅凡几曲,从风一夜满关山。

末二句将"梅花落"这一曲调名拆开来用,以有形之物拟无形之声,新颖别致,堪称绝唱。

　　《别董大二首》之一云:

　　　　千里黄云白日曛,北风吹雁雪纷纷。莫愁前路无知己,天下谁人不识君。

这是赠别朋友董大的诗,董大是当时著名弹琴能手董庭兰。这首诗感情慷慨豪放,用字精巧,毫无离别时常见的沮丧落寞之情。

　　与高适诗风相近的岑参(约715—770),出生在一个官僚家庭,但到岑参时家境已经没落。岑参幼年父亲去世,凭着自己的刻苦,于744年登进士第。他于749年和754年两次出塞,因此诗歌多写边塞风光和将士情感,气势磅礴奔放。岑参的边塞诗题材和内容很广泛,他有着和高适不同的乐观性格,因此在诗歌风格上显得更加瑰丽雄奇,同时韵律跳跃,极富变化,给人惊险新奇之感,《走马川行奉送出师西征》是他的边塞诗优秀代表作。边塞的苦寒是边塞诗经常描写的景象,而岑参以色彩缤纷的描写和别致的夸张,使诗歌获得了一种别样的效果,在《白雪歌送武判官归京》一诗中,这种奇特的夸张与想象所带来的新奇险峻让这首诗散发着独特魅力:

　　　　北风卷地白草折,胡天八月即飞雪。忽如一夜春风来,千树万树梨花开。散入珠帘湿罗幕,狐裘不暖锦衾薄。将军角弓不得控,都护铁衣冷难着。瀚海阑干百丈冰,愁云惨淡万里凝。中军置酒饮归客,胡琴琵琶与羌笛。纷纷暮雪下辕门,风掣红旗冻不翻。轮台东门送君去,去时雪满天山路。山回路转不见君,雪上空留马行处。

　　这首诗的开头给读者带来一个非常写实同时又非常新奇的比喻,把边塞的大雪比作白色的梨花,这让边塞令人畏惧的严寒也变得神奇瑰丽起来。结尾处"山回路转不见君,雪上空留马行处"让诗歌有了更为悠长的气息,引人沉思流连。

　　岑参除了擅长七言的歌行,七言绝句也多佳作,如《逢入京使》:

　　　　故园东望路漫漫,双袖龙钟泪不干。马上相逢无纸笔,凭君传语报平安。

　　诗歌中一开始就表明了对"故园"的思念,无奈自己无法回去。而无意中见到一位使者,正好可以给家人传递消息,又因为没有纸笔和时间仓促而无法写入信中,只好凭口信来传递情感,可是现状的真实情况又不好让家人知道而担心,只好让使者单报平安。诗中的语言晓畅和曲折表达并置,让人印象深刻。

　　盛唐边塞诗派除了岑高外,还有王昌龄、王之涣等人。王昌龄存诗一百八十余首,集中地表现了两类主题:一是歌唱边塞征戍者的战斗豪情和乡思离愁,一是从不同角度描写女子生活。就题材和内容而言,他的边塞诗写得最好,内容丰富,语意新奇。最有名的是《从军行七首》和《出塞二首》:

　　　　秦时明月汉时关,万里长征人未还。但使龙城飞将在,不教胡马度阴山。
　　(《出塞二首》其一)
　　　　青海长云暗雪山,孤城遥望玉门关。黄沙百战穿金甲,不破楼兰终不还。
　　(《从军行七首》之四)

　　《出塞》组诗中的"秦时明月汉时关"被称为唐人七绝压卷之作,表现了磅礴的卫国豪情。王昌龄后来的诗歌偏向送别诗和闺怨诗,也有不少出色好诗,如《闺怨》:

　　　　闺中少妇不知愁,春日凝妆上翠楼。忽见陌头杨柳色,悔教夫婿觅封侯。

　　《采莲曲二首》之二也是一首明丽之作:

　　　　荷叶罗裙一色裁,芙蓉向脸两边开。乱入池中看不见,闻歌始觉有人来。

　　《芙蓉楼送辛渐》则是盛唐送别诗中的代表:

　　　　寒雨连江夜入吴,平明送客楚山孤。洛阳亲友如相问,一片冰心在玉壶。

　　王之涣(688—742)是一个年辈较老的盛唐边塞诗人,只有六首绝句存世。《凉州词》是一首"传乎乐章,布在人口"的名作:

　　　　黄河远上白云间,一片孤城万仞山。羌笛何须怨杨柳,春风不度玉门关。

　　他的五绝《登鹳雀楼》也历来为人们传诵:

　　　　白日依山尽,黄河入海流。欲穷千里目,更上一层楼。

其他边塞诗人还有王翰,其《凉州词》也很有名:

> 葡萄美酒夜光杯,欲饮琵琶马上催。醉卧沙场君莫笑,古来征战几人回?

崔颢(704—754)的边塞作有《赠王威古》《古游侠呈军中诸将》《雁门胡人歌》等,题材风格颇具特色。他还善于写怀古诗,气概豪放不羁,七律《黄鹤楼》就是千古传诵的名作:

> 昔人已乘黄鹤去,此地空余黄鹤楼。黄鹤一去不复返,白云千载空悠悠。晴川历历汉阳树,芳草萋萋鹦鹉洲。日暮乡关何处是?烟波江上使人愁。

传说李白到黄鹤楼上,看了这诗说:"眼前有景道不得,崔颢题诗在上头。"于是搁笔不再写了。

盛唐边塞诗派各诗人虽有不同,但整体上展现出高昂意气,具有雄伟奔放的风格。盛唐诗成为边塞诗创作的顶点,此后中晚唐题材有所扩展,但并没有出现边塞诗的大家。

阅读链接

盛唐诗歌最为丰富,杰出诗人最多。推荐大家从《唐诗三百首》入手,有兴趣的同学找来自己感兴趣的诗人的诗集来阅读,想从新角度来理解盛唐诗歌的同学们不妨翻阅宇文所安所著的《盛唐诗》。

思考·练习·拓展

1. 比较王维、孟浩然诗风之异同。
2. 比较高适、岑参诗风之异同。
3. 如何认识山水诗?
4. 简述王昌龄诗歌的创作特点。

第三章 李 白

学习提示

　　李白是我国古典诗歌史上的一座丰碑,是伟大的浪漫主义诗人。他的诗歌创作充满了澎湃的激情和丰富的想象,体现了诗人非凡的自信、傲岸的人格和盛唐的时代风貌。他的诗风雄奇飘逸,被后人誉为"诗仙",其艺术成就极高,影响深远。学习本章,可通过诵读、鉴赏等方法,品析其具有代表性的作品,从中体会李白在诗歌发展方面的成就和贡献,以及对后世文学产生的影响。

第一节　李白的生平和思想

　　李白(701—762),字太白,号青莲居士,祖籍陇西成纪(今甘肃天水附近),先世于隋末移居中亚。他出生于中亚碎叶城(今吉尔吉斯斯坦托克马克附近,唐代属安西都护管辖),五岁时随父亲迁居四川绵州昌隆县(今四川江油)的青莲乡。

　　李白一生经历颇丰,为了便于对他进行研究,学术界习惯将其生平分为五个时期。

　　第一时期是二十五岁以前的家居生活期。李白的家世是个谜,他父亲"以逋其邑,遂以客为名",不求仕途之路而家境富裕,因而后人多推测其父可能是一位富商。从李白的作品中可以看出他早年受过良好的教育,涉猎十分广泛,"五岁诵六甲,十岁观百家"(《上安州裴长史书》),"十五观奇书,作赋凌相如"(《赠张相镐二首》其二),"十五游神仙,仙游未曾歇"(《感兴》)等。早期的教育为李白的创作奠定基础,读万卷书,行万里路,二十岁前后,他游历蜀中峨嵋、青城等地。这一时期的生活经历对李白豪放不羁的性格和自由洒脱诗风的形成影响颇大。

　　第二时期是二十五岁至四十二岁的第一次漫游期。"使寰区大定,海县清一"(《代寿山答孟少府移文书》),生活在盛唐极盛时代的李白怀抱远大政治理想,为实现他的政治理想,李白在开元十三年(725)"仗剑去国,辞亲远游"(《上安州裴长史书》),开始他人生的第一次漫游。他先游历洞庭、襄汉、庐山、金陵、扬州等地,又返回湖北,在安陵(今河北省吴桥县北)结婚定居;以安陵为中心,又先后北游洛阳、太原,东游齐鲁,南游安徽、江苏、浙江等地,先后游历了大半个中国。李白的漫游既是其豪放不羁性格的体现,更是其追求政治理想的一种途径。在长期的漫游生活中,他结交到社会中的名流显贵,为自己寻求入仕机会,他还曾和元丹丘、道士吴筠等人隐居,试图沿着当时已蔚然成风的"终南捷径"直上青云,以期实现自己的政治理想。这一时期丰富的漫游经历对李白的创作影响很大,高涨的创作使得其作品数量倍增,感情强烈,想象奇特,浪漫的诗风在这一时期已初步形成。

第三时期是四十二岁至四十四岁三年长安在朝为官期。天宝元年,李白应诏来到京城。"仰天大笑出门去,我辈岂是蓬蒿人"(《南陵别儿童入京》)。李白自信满怀,怀揣政治理想来到京城。初到长安,李白独特的气质和过人的才华使得他受到统治集团的关注,太子宾客贺知章赞叹他:"此谪仙人也!"玄宗皇帝"降辇步迎,御手调羹以饭之"(李阳冰《草堂集序》)。但朝廷看重的只是他的文学才华,玄宗让他供奉翰林也不过是为了歌颂赞美太平盛世。李白不甘做个御用文人,他的轻狂招来一些人的不满,他看清了自己的政治理想和现实之间存在的矛盾,于是上书请还。三年的长安为官生活,使李白认识到上层统治集团中的腐朽和黑暗,于是他开始抒写抨击现实、反映民生疾苦、抒发忧愤情绪的诗篇。

第四时期是四十四岁至五十五岁第二次漫游期。在《书情题蔡舍人雄》中李白高唱"一朝去京国,十载客梁园",天宝三年(744)李白离开京城,开始他人生中的第二次漫游生活。这次漫游李白收获颇丰,在洛阳他遇见杜甫,两人一见如故,在汴州遇见了高适,三人一同吟诗作赋,畅游梁国,结下深厚友谊。之后,他以梁宋为中心,北游燕赵,南游江浙,往来齐鲁间。李白在《赠从兄襄阳少府皓》中抒写"归来无产业,生世如转蓬",由此看出他这期间的生活是困窘的。李白对残酷的生活现实有深刻的体会,这期间他创作了大量揭露社会现实的作品,同时祖国的大好河山激发他创作了很多抒写壮丽山河的诗篇。

第五时期是五十五岁至六十二岁的身处动乱期。天宝十四载(755),"安史之乱"爆发,李白在庐山隐居,第二年以永王李璘为首,掀起了平息"安史之乱"叛军的运动,李白接受了参加李璘的幕府的邀请,但永王的军事行动触犯了肃宗,朝廷围剿了永王集团,永王兵败被杀,李白因这次事件而被捕入狱,被流放夜郎,途中遇大赦,复游金陵、宣城等地。上元二年(761),李白六十一岁,他听闻李光弼带领大军讨伐叛军,从当涂北上去参加李光弼大军,行至金陵因身体不适无奈返回,他在《闻李太尉大举秦兵百万出征东南懦夫》中抒发了"天夺壮士心,长吁别吴京"的遗憾。第二年,诗人因病在他的族叔当涂县县令李阳冰家中去世,终年六十二岁。这一时期李白经历了"安史之乱",亲眼目睹了"安史之乱"带来的灾难,因而在作品中再三表达了其忧国之情和报国之心,体现了他的爱国精神。

李白一生思想极其复杂。诗人的气质最为显著,此外还兼有游侠、隐士、道人、策士、酒徒等类人物的品性。儒家"兼善天下"的思想在李白一生中都有体现,因而他倡导"济苍生","安黎元","安社稷"。道家思想也深深影响着他,特别是庄子那种遗世独立的精神,因而李白崇尚自然,蔑视权贵,追求绝对自由。诗人还对佛理进行过探究。除此之外,策士和游侠思想对李白也有一定影响。陈子昂曾概叹"儒道两相妨",儒家、道家和游侠本不相容,但这些思想在李白身上却完美地结合在了一起。龚自珍曾说:"庄屈实二,不可以并,并之以为心,自白始。儒、仙、侠实三,不可以合,合之以为气,又自白始也。"

第二节　李白诗歌的思想内容

李白是盛唐时代造就的伟大诗人,现存诗歌近千首,有的作品表现了作者对理想和功业的追求,有的反映社会现实、民生疾苦,还有的讴歌祖国壮丽山河和美丽的自然风光等。题材广泛,内容丰富。他不仅创造了古代浪漫主义文学的新起点,还开启了中国古典诗歌的黄金时代,多角度、真实地再现了唐王朝由盛转衰的社会历史面貌。

李白诗歌中有表现诗人追求政治理想、渴望建立功业的作品。

李白一生主要生活在唐代极盛时期,盛唐的繁荣在诗人心中留下深刻印象,同时也激发了诗人建功立业的雄心壮志。诗人晚年经历了"安史之乱",社会动荡对诗人的影响同样是巨大的,诗人拯时济世的爱国热情被激发,在作品中反复吟诵。在《梁甫吟》中他高唱"宁羞白发照清水,逢时吐气思经纶。广张三千六百钓,风期暗与文王亲",歌咏姜尚;在《读诸葛武侯传书怀》中他高呼"武侯立岷蜀,壮志吞咸京",赞叹诸葛亮,并希望能像他们一样实现人生理想,建立功业。三年供奉翰林的经历让诗人发现上层社会的黑暗和腐朽,但诗人并没因此放弃自己的人生理想。诗人一生都在为实现自己的理想而努力,对自己的才干和前途始终抱有信心。他在《上李邕》中高唱"大鹏一日同风起,扶摇直上九万里。假令风歇时下来,犹能簸却沧溟水",豪情满怀。供奉翰林受挫后,他仍能发出"东山高卧时起来,欲济苍生未应晚"(《梁园吟》)的呼声。他认定"天生我材必有用",因而自信"长风破浪会有时,直挂云帆济沧海"(《行路难其一》)。李白一生无论穷达从未放弃自己的理想,为帝王师是他理想的人生目标,功成身退是他理想的人生道路。

李白诗歌中不乏有揭露黑暗现实和抨击上层统治集团内部腐朽的作品。

李白一生关心国事政事。作为盛唐时代造就的诗人,李白对盛唐的繁华进行热情的歌颂和赞叹,对极盛状态下潜藏的社会矛盾和政治危机,李白勇于揭露和抨击。尤其是三年长安为官生活,使他更加深切体会到上层统治集团的荒淫腐朽。

对黑暗的政治诗人给予了无情的揭露和批判。他将矛头直接指向社会中的权贵。在《答王十二寒夜独酌有怀》中作者抒写:"君不能狸膏金距学斗鸡,坐令鼻息吹虹霓。君不能学哥舒,横行青海夜带刀,西屠石堡取紫袍。吟诗作赋北窗里,万言不直一杯水。世人闻此皆掉头,有如东风射马耳。鱼目亦笑我,谓与明月同。骅骝拳跼不能食,蹇驴得志鸣春风。……达也不足贵,穷也不足悲。韩信羞将绛灌比,祢衡耻逐屠沽儿。君不见李北海,英风豪气今何在?君不见裴尚书,土坟三尺蒿棘居!少年早欲五湖去,见此弥将钟鼎疏。"诗人对谗佞之徒斗鸡献媚等丑恶行径进行揭露抨击。诗人甚至敢于直接抨击当朝统治者,对统治者良莠不分、亲信奸佞表示异常的愤懑。在《宣州谢朓楼饯别校书叔云》中诗人感慨:"弃我去者,昨日之日不可留;乱我心者,今日之日多烦忧。长风万里送秋雁,对此可以酣高楼。蓬莱文章建安骨,中间小谢又清发。俱怀逸兴壮思飞,欲上青天览明月。抽刀断水水更流,举杯销愁愁更愁。人生在世不称意,明朝散发弄扁舟。"大约在天宝十二年(753)的秋天,李白来到宣州,与他的一位故人李云在此相遇,但很快又要分别,两人登楼畅饮。题为"饯别",实为"抒怀",诗人淋漓尽致地抒发了自己怀才不遇、壮志难酬的人生理想和现实之间存在的矛盾。李白还有不少诗作是对当朝统治集团压迫人民、穷兵黩武、连年征战的罪行进行揭露和批判的。在《古风》三十四中诗人说:"渡泸及五月,将赴云南征。怯卒非战士,炎方难远行。长号别严亲,日月惨光晶。泣尽继以血,心摧两无声。困兽当猛虎,穷鱼饵奔鲸。千去不一回,投躯岂全生。如何舞干戚,一使有苗平!"诗人通过描写战士和亲人分别的凄惨场面以及战士"千去不一回,投躯岂全生"的悲惨遭遇,对统治者连年征战、穷兵黩武的行为进行猛烈抨击。

诗人有过长期漫游的经历,使得他有机会接触到广大下层人民,并发现人民的真实生活面貌,因此他的作品中还有反映人民生活、同情民生疾苦的作品。

《丁都护歌》:"吴牛喘月时,拖船一何苦。水浊不可饮,壶浆半成土。"诗中描绘了拉纤船夫的痛苦境遇,并表达深切的同情。在《秋浦歌》十四中诗人说:"炉火照天地,红星乱紫烟。赧郎明月夜,歌曲动寒川。"赞美了劳动者参加劳动积极的精神面貌。《宿五松山下荀媪家》云:"我宿五松下,寂寥无所欢。田家秋作苦,邻女夜舂寒。跪进雕胡饭,月光明素盘。令人惭漂母,三谢不能餐。"诗中反映诗人夜宿在山村的一个农妇家中,女主人尽管贫困,但仍然热情招待,这令诗人十分感动,"令人惭漂母,三谢不能餐",表现了诗人对农妇的淳朴和真诚所怀有的感激之情。诗人擅长多角度展现当时下层人民的生活面貌,展现了诗人对人民群众的深厚感情。

李白的诗歌中还有不少歌颂赞美祖国大好河山、表达对大自然热爱的作品。

在《庐山谣寄卢侍御虚舟》中李白曾说"五岳寻仙不辞远,一生好入名山游",他热爱祖国的大好河山。祖国的山川美景在诗人的笔下,呈现出千姿百态、引人入胜之美。他的山水诗有时不只是单纯描绘山水,而是成为其抒发忧愤情绪的一条途径:"海客谈瀛洲,烟涛微茫信难求。……世间行乐亦如此,古来万事东流水。别君去兮何时还?且放白鹿青崖间,须行即骑访名山。安能摧眉折腰事权贵,使我不得开心颜!"(《梦游天姥吟留别》)李白一生热爱自然美景,诗题为"梦游",但并非完全虚托,而是在神仙世界虚无缥缈的描述中,着眼于现实,"安能摧眉折腰事权贵,使我不得开心颜",诗人在诗作最后发出这样的呐喊,这是诗人依托祖国大好河山、寻求心灵慰藉、实现个性解放和自由的肺腑之声。长江、黄河、峨嵋、庐山、天门等,所到、未到的名山大川无一不被他摄入笔端,通过歌咏这些名山胜水,诗人畅快淋漓地宣泄了社会政治生活中的苦闷,展现了超凡的个性和豁达的胸襟。李白知名的山水诗还有很多,如《蜀道难》《望庐山瀑布》《独坐敬亭山》《将进酒》等等。

李白一生广交朋友,他的诗作中还有很多吟咏友情的作品。

他的朋友中有众人熟悉的汪伦,有显赫一时的贺知章,还有杜甫、高适、孟浩然等文人墨客,也不乏农民、船夫等下层人民。特别是与杜甫的友情成为中国文学史上的千古佳话。李白在《沙丘城下寄杜甫》中写道:"我来竟何事,高卧沙丘城。城边有古树,日夕连秋声。鲁酒不可醉,齐歌空复情。思君若汶水,浩荡寄南征。"诗人与杜甫分别后,独自一人回到沙丘深感孤寂,倍觉友谊可贵,"思君"之情便油然而生。这类作品还有《黄鹤楼送孟浩然之广陵》《闻王昌龄左迁龙标遥有此寄》《赠孟浩然》《赠汪伦》等,都是歌颂友谊的传世佳作。

第三节   李白诗歌的艺术成就及影响

李白是盛唐时期独具特色的诗人,其鲜明的个性是独一无二的,其作品的艺术风格更是独树一帜。杜甫对李白的才情曾多次给予高度评价,在《春日忆李白》中称赞"白也诗无敌,飘然思不群",在《寄李十二白二十韵》中赞叹他"笔落惊风雨,诗成泣鬼神"。李白自己在《江上吟》中也曾说:"兴酣落笔摇五岳,诗成笑傲凌沧洲。"他卓尔不凡的艺术成就主要表现在以下三个方面。

首先,李白的诗歌创作善于运用主观色彩的抒情方式加以表现。

人生得意时他会高唱:"仰天大笑出门去,我辈岂是蓬蒿人。"人生失意时他会大呼:"大道如青天,我独不得出","安能摧眉折腰事权贵,使我不得开心颜"。在诗人的作品中,这种具有强烈的主观色彩的句子随处可见,即便是在叙事或写景类的作品中,读者特立独行的形象也是非常鲜明。如在《峨眉山月歌》唱道:"峨眉山月半轮秋,影入平羌江水流。夜发清溪向三峡,思君不见下渝州。"在半轮月色的映照之下,我们仿佛能看到诗人孤舟前行的身影,清夜思友的情感。有时这种主观色彩在作品的开篇就能体现出来,作品也因此有种惊人的气势,达到先声夺人的效果,如《蜀道难》开篇诗人连声惊叹"噫吁嚱,危乎高哉! 蜀道之难难于上青天",开篇使用三个惊叹词,震撼人心,"蜀道之难难于上青天"在作品中回旋往复,前后出现三次,诗人强烈的感情色彩体现其中,产生强烈的艺术效果。再如《宣州谢朓楼饯别校书叔云》的开篇"弃我去者,昨日之日不可留;乱我心者,今日之日多烦忧",作者在畅快淋漓地抒发情感的同时,也将读者引入这种情绪之中,使人读来激动不已。强烈的主观色彩是作者个性的体现和反映,他的不朽名篇《将进酒》最能体现这种艺术特点:"君不见,黄河之水天上来,奔流到海不复回。君不见,高堂明镜悲白发,朝如青丝暮成雪。人生得意须尽欢,莫使金樽空对月。天生我材必有用,千金散尽还复来。烹羊宰牛且为乐,会须一饮三百杯。岑夫子,丹丘生,将进酒,杯莫停。与君歌一曲,请君为我侧耳听。钟鼓馔玉不足贵,但愿长醉不复醒。古来圣贤皆寂寞,惟有饮者留其名。陈王昔时宴平乐,斗酒十千恣欢谑。主人何为言少钱,径须沽取对君酌。五花马,千金裘,呼儿将出换美酒,与尔同销万古愁。"诗人的情感波澜起伏,奔腾跳跃,诗中虽有对人生失意烦愁的宣泄,但却不见消极颓靡,作者的情感一泻千里,读者读后也倍感畅快淋漓。诗人主观色彩的抒情方式通常会采用这种"天马行空不可羁勒之势"来加以表现。

其次,浪漫主义的艺术风格是李白诗歌中最突出、最典型的艺术特征。

丰富奇特的想象是诗人抒发感情时善用的表现手法。"花间一壶酒,独酌无相亲。举杯邀明月,对影成三人。"在这首《月下独酌》中,月和影在诗人的想象中成为他欢饮的伙伴,想象非常奇妙,也正是由于运用了这种奇妙的想象才使得作品的诗意和诗性丰满有韵味。李白的诗作,大多都有虚托,比如在《梦游天姥吟留别》一诗中,诗人对天姥山的描写是"千岩万壑路不定,迷花倚石忽已暝。熊咆龙吟殷岩泉,栗深林兮惊层巅",他梦游天姥山的所见所闻是通过异乎寻常的想象来进行展现的,用天姥山的美景反衬人间现实社会的黑暗污浊,笔随性至,韵味无穷。运用生动大胆的夸张塑造形象、抒发感情在李白的作品中也是随处可见。李白的想象力超乎常人,因而在夸张手法的运用上常见他的与众不同。在《秋浦歌》其十五中李白唱道:"白发三千丈,缘愁似个长。不知明镜里,何处得秋霜。"诗人用有形的白发衬托无形的愁思,借以抒发对国事的担忧及壮志难酬的悲愤。在李白的作品中,我们还常见拟人化手法的运用,诗人把自己和客观景物融为一体,如《独坐敬亭山》一诗:"众鸟高飞尽,孤云独去闲。相看两不厌,只有敬亭山。"将敬亭山拟人化,诗人与自然美景的和谐达到完美统一。诗人为了使自己的思想感情得到最大限度的抒发,有时还会借助神话、佳说、梦境来加以表现,从而创造出奇妙的艺术境界。比如《蜀道难》:"噫吁嚱,危乎高哉!蜀道之难,难于上青天!蚕丛及鱼凫,开国何茫然!尔来四万八千岁,不与秦塞通人烟。西当太白有鸟道,可以横绝峨眉巅。地崩山摧壮士死,然后天梯石栈相钩连。上有六龙回日之高标,下有冲波逆折之回川。黄鹤之飞尚不得过,猿猱欲度愁攀援。青泥何盘盘,百步九折萦岩峦。扪参历井仰胁息,以手抚膺坐长叹。问君西游何时还?畏途巉岩不可攀。但见悲鸟号古木,雄飞雌从绕林间。又闻子规啼夜月,愁空山。蜀道之难,难于上青天,使人听此凋朱颜!连峰去天不盈尺,枯松倒挂倚绝壁。飞湍瀑流争喧豗,砯崖转石万壑雷。其险也如此,嗟尔远道之人胡为乎来哉!剑阁峥嵘而崔嵬,一夫当关,万夫莫开。所守或匪亲,化为狼与豺。朝避猛虎,夕避长蛇;磨牙吮血,杀人如麻。锦城虽云乐,不如早还家。蜀道之难,难于上青天,侧身西望长咨嗟!"诗人先是从蚕丛、鱼凫开国,五丁开山的神话传说引入,给蜀道平添了一层传奇色彩,紧接着运用想象、夸张的手法,极言蜀道的高和险,从而凸现蜀道之难,之后又用"一夫当关,万夫莫开"的夸张和豺狼、猛虎、长蛇等一系列比喻,再次吟叹蜀道难行,古老蜀道逶迤、峥嵘、高峻、崎岖的面貌艺术地展现在读者面前。李白用运用多种艺术表现笔法刻画了蜀道之难。《蜀道难》将夸张、比喻、想象、神话传说的综合运用达到极致,取得了神奇莫测的艺术效果。

第三,李白诗歌艺术成就还体现在语言清新自然、形式自由灵活方面。

语言清新自然是李白诗歌的一大特色,诗人在创作中不受格律束缚,不失诗歌情韵,读来自然和谐。在《赠江夏韦太守良宰》中,李白对自己的诗歌创作这样概括:"清水出芙蓉,天然去雕饰。"这也正是他诗歌语言的真实写照。在《子夜吴歌·秋歌》中诗人唱道:"长安一片月,万户捣衣声。秋风吹不尽,总是玉关情。何日平胡虏,良人罢远征。"全诗有清晰的画面感,又带有"画外音",语言清新自然,意境深远。

李白诗歌的艺术特色还体现在各体皆工、形式自由灵活方面。四言的"诗经体",屈赋的"骚体",再到汉魏六朝盛行的乐府体、五言古体、七言古体、歌行体,初唐以来流行的绝句、律诗,李白都有佳作传世,其中七言歌行成就最突出。长篇歌行容量大,有利于诗人表达情感,塑造艺术形象。根据情感抒发的需要选择句式,或长或短,宜长宜短,有助于形成参差错落的美感。《蜀道难》《行路难》《将进酒》《梦游天姥吟留别》等诗都是歌行体中的名篇。除了歌行体外,诗人在七言绝句的创作方面成就也很突出。沈德潜《唐诗别裁集》谓:"七言绝句以语近情遥、含吐不露为贵,只眼前景,口头语,而有弦外音,使人神远,太白有焉。"的确,李白语言清新自然、意境深远、脍炙人口的七言绝句佳作颇多,著名者如《黄鹤楼送孟浩然之广陵》《早发白帝城》等。

李白是盛唐文坛的一颗明珠,是中国诗坛的一座丰碑,在文学史上具有崇高的地位并产生深远的影响。苏颋在李白《上安州裴长史书》引中评说:"此子天才英丽,下笔不休。"从中可见李白诗歌艺术魅力受到广泛的认可。

在继承前代浪漫主义创作的成就的基础上,李白的诗歌还扩大了浪漫主义的表现领域,反映盛唐社会面貌,是继屈原之后浪漫主义诗歌的一座新高峰,对后世影响巨大。首先是他诗歌中所表现出的坚强不屈、桀骜不驯的人格精神对后世文人墨客的影响。"天生我材必有用"的非凡自信,"安能摧眉折腰事权贵,使我不得开心颜"的傲岸不屈是李白的个性化标志,这种人格魅力吸引着中国封建社会的众多文士。其次,他诗歌中浪漫主义的表现手法对唐代及后世文学产生了重大影响。在唐代,李白的诗名就被广为传颂,贞元时期他的没有定卷的诗集已"家家有之"。唐代的韩愈、孟郊、李贺等诗人都曾大力赞颂过他的诗作,并吸收借鉴其创作经验。除此之外,他的创作成就还对宋代的苏轼、陆游、辛弃疾,明代的杨慎,清代的龚自珍等人都产生过重大影响。

阅读链接

李白是我国古典诗歌史上伟大的浪漫主义诗人,深受人民喜爱。但一直以来对李白的研究相对匮乏,对李白全集的研究,只有杨齐贤注、胡震亨注、王琦注等寥寥数家。从五四运动开始到改革开放以后对李白的研究才蔚然成风,研究学者增多,研究方向全面、代表性著作有詹锳的《李白诗文系年》《李白诗论丛》、王运熙的《李白研究》、周勋初的《李白研究》《诗仙李白之谜》、葛景春的《李白学刊》等等,当代对于李白研究最重要的收获要数郁贤皓的《李太白全集校注》。

思考·练习·拓展

1. 简述李白诗歌的思想内容。
2. 总结李白诗歌的艺术成就。
3. 结合具体作品谈谈李白诗歌的浪漫主义特色。

第四章　杜　　甫

学习提示

　　杜甫是我国伟大的现实主义诗人,他的诗歌反映了盛唐向中唐过渡的社会现实,真实地再现了"安史之乱"前后的社会状况,其忧国忧民的爱国热情和关注现实的社会责任感成为后世学习的楷模。正因于此,杜甫被尊为"诗圣",他的诗歌被誉为"诗史"。在艺术表现方面,杜甫大胆开拓创新,自制了许多新体乐府,对后世影响深远。学习本章,可通过诵读、鉴赏等方法,赏析其代表作品,从中体会杜甫紧贴时代脉搏的爱国心声和其在诗歌创作方面的成就与贡献。

第一节　杜甫生平及思想

　　杜甫(712—770),字子美,出生于巩县(今属河南巩义),祖籍襄阳(今湖北襄阳)。他的十三世祖杜预是西晋名将。他本人曾在长安城南少陵居住,因而自称"杜陵布衣""少陵野老"。又因他曾在朝廷担任过左拾遗、检校工部员外郎等职务,世人又称其"杜拾遗""杜工部"。

　　杜甫出生于一个官僚世家,正如他在《进雕赋表》中所言:"奉儒守官,未坠素业。"祖父杜审言是武后时期著名的诗人,父亲杜闲曾担任兖州司马,不幸的是到了杜甫这代,家族逐渐没落。受家庭的影响,杜甫怀抱远大的政治理想,渴望建功立业,即便是在长安十年困居时期,他也从未放弃过自己的理想。儒家的仁政和民本思想对杜甫思想影响很大,他以儒家思想为基础吸取其中较为积极的方面,摒弃其消极成分,并发扬光大。比如,杜甫并没有像儒家思想所倡导的那样"穷则独善其身,达则兼济天下",而是无论穷达始终心怀国家。《论语·泰伯》中有这样一句话:"不在其位,不谋其政。"意思是不在那个职位上,就不去考虑那个职位上的事。杜甫却不以为然,他无论在不在位,始终创作诗歌抒发现实,始终积极用世、关心国家命运与民生疾苦。正是由于他对国家和人民这样的爱,后世尊其为"诗圣"。

杜甫的一生大致可分成以下四个时期。

第一时期是三十五岁以前的读书和漫游期。受家庭环境的影响,杜甫从小便接受过良好的文化教育,受到过儒家传统思想的熏陶,加之天资聪慧,七岁就能作诗。早年,他熟读儒家经典、经史百家及许多文学作品,为日后的诗歌创作奠定了坚实的基础。为丰富人生阅历,二十岁时杜甫便结束书斋生活,开始漫游,他先后游历过吴越、燕赵、梁宋、齐鲁等地,这期间为了实现人生理想,他曾到洛阳参加科举考试,但未能及第。三十三岁时,在洛阳他结识了李白,并与之结下深厚友谊,后随李白游历梁、宋,在宋地又结识了高适,三人谈诗作赋,携手同游。漫游生活开拓了诗人的视野,初显其才华。"何当击凡鸟,毛血洒平芜"(《画鹰》),"会当凌绝顶,一览众山小"(《望岳》)。这一时期的诗歌让我们感受到杜甫诗歌雄浑壮美的意象、浩荡磅礴的气势和豪放浪漫的格调,同时也彰显了诗人积极进取、奋发向上的精神。

第二时期是三十五岁至四十四岁困守长安期。天宝五载(746),杜甫来到长安,本希望通过参加次年制科考试来求取官职,不料唐玄宗这时已淡漠朝政,奸相李林甫又玩弄"野无遗贤"的阴谋,造成"无一人及第"的局面,杜甫期望通过科举考试进入仕途的理想也随之破灭。为了生存,也为了实现其政治抱负,杜甫不得不选择另外的途径进入仕途,于是他不断地向王侯将相们投诗以期得到他们的推荐和重用,如《赠韦左丞丈济》《赠献纳使起居田舍人澄》《投赠哥舒开府翰二十韵》《奉赠韦左丞丈二十二韵》等就是为此而作。同时,他还多次向朝廷献赋,希望引起皇帝的注意,于是便有了天宝九载(750)的《雕赋》和天宝十载(751)的《三大礼赋》这样的赋作,但这些努力也都以失败而告终。直到天宝十四载他的付出才稍有回报,取得了到右卫率府胄曹参军这样一个卑微的官职。"岁寒仍顾遇,日暮且踟蹰。老骥思千里,饥鹰待一呼。君能微感激,亦足慰榛芜。"从《赠韦左丞丈济》一诗中不难看出诗人虽已是"老骥",但他仍有千里之志,期待为国尽忠。这一时期诗人有机会深入接触社会,体会到老百姓的困苦生活,对社会底层民众的心情更是感同身受。同时,他更清楚地认识到社会的黑暗、朝廷的腐败。他敏锐地察觉到"安史之乱"前夕的社会矛盾,《兵车行》《丽人行》《前出塞》《后出塞》《自京赴奉先县咏怀五百字》等作品正是表现出诗人对社会现实的深入思考和对社会环境的敏锐洞察。也正是因为有了这样一段人生经历,加之诗人本身的个性特点,杜甫"沉郁顿挫"的诗风得以形成,并推动其走上了现实主义的创作道路。

第三时期是四十五岁至四十八岁身处动乱与为官期。"安史之乱"爆发后,杜甫携家逃难,由奉先逃到白水,又从白水逃到鄜州。得知肃宗即位,杜甫只身奔投驻在凤翔的唐肃,不料中途被叛军掳入长安,后冒险出逃,冒死拜见肃宗后,被任命为左拾遗。不久,因上疏言事触犯肃宗,于乾元初被贬为华州司功参军,乾元二年(759)他弃官来到蜀中。这一时期杜甫身经动乱,深刻感受到世道的变迁,也更多地体会到战争带给人民的苦难,使之对现实的理解更加深刻。诗人在安史之乱期间流离陇、蜀时所写的诗,如"三吏""三别"等,在表达其深切忧思的同时也反映了社会的现实,诗歌创作的现实主义精神达到了前所未有的高度,后世对其这类诗歌给予了"诗史"的美誉。

第四时期是四十八岁至五十九岁西南漂泊期。杜甫入蜀后,在朋友严武等人的帮助下,在城西浣花溪畔建了一座草堂,世称"杜甫草堂"。由严武推荐,杜甫担任节度参谋、检校工部员外郎职务,严武去世后,他便迁居至夔州(今四川奉节县)。大历三年,杜甫决定携家眷回乡,两年后诗人病死在湘江的小船中。这一时期,诗人屡遭变故,饱受打击,生活困顿,其诗歌内容也因这段人生经历尤显丰富,感情也更加深沉浓烈,创作了《蜀相》《登高》《云山》《遣兴》《登楼》《八阵图》《咏怀古迹五首》《秋兴八首》等大量优秀诗篇。

第二节　杜甫诗歌的思想内容

杜甫堪称是我国古代最伟大的现实主义诗人。他一生创作丰富,现存诗歌一千四百余首。他的作品将社会现实与个人遭遇紧密结合在一起,讽喻时事,忧国忧民,表达人民疾苦,揭露社会黑暗,多角度地为我们再现了盛唐向中唐过渡时期栩栩如生的历史画卷,是一部伟大的"诗史"。他的诗歌在我国古代诗歌史上占有无与伦比的重要地位,他紧贴时代脉搏的爱国心声更是影响了后代无数仁人志士。

"学而优则仕"是众多封建文人的追求。杜甫青年时期开始就怀抱远大理想和抱负,他的诗作中有抒发理想壮志的作品。在《奉赠韦丞丈二十二韵》中杜甫坦言:"自谓颇挺出,立登要路津。致君尧舜上,再使风俗淳。""致君尧舜上,再使风俗淳",这是杜甫一生执着追求的政治理想。"岱宗夫如何,齐鲁青未了。造化钟神秀,阴阳割昏晓。荡胸生层云,决眦入归鸟。会当凌绝顶,一览众山小。"这首诗人早年所写的《望岳》描写了泰山雄伟壮丽的景象,抒写其年轻蓬勃的朝气与远大的人生理想和抱负,展现出诗人的心胸气魄,它不止是诗人要攀登泰山之顶的呐喊,更是诗人要攀登人生仕途顶峰的誓言。

杜甫主要生活在唐代由盛转衰的社会历史时期,因此他的很多作品揭露了统治阶级的荒淫腐朽和社会矛盾,反映了"安史之乱"前后的社会现实。

安史之乱前,杜甫在《同诸公登慈恩寺塔》一诗中曾说:"高标跨苍天,烈风无时休。自非旷士怀,登兹翻百忧。方知象教力,足可追冥搜。仰穿龙蛇窟,始出枝撑幽。七星在北户,河汉声西流。羲和鞭白日,少昊行清秋。秦山忽破碎,泾渭不可求。俯视但一气,焉能辨皇州。回首叫虞舜,苍梧云正愁。惜哉瑶池饮,日晏昆仑丘。黄鹄去不息,哀鸣何所投。君看随阳雁,各有稻粱谋。"作者通过登临高塔所见所想,揭露了李唐王朝君昏臣佞、风雨飘摇的政治危机,表达了对政治时局的担忧和感慨。杜甫有忠君思想,但他坚持"谏君之失",反对"逢君之恶"。他一生经历玄宗、肃宗、代宗三朝皇帝,对他们存在的荒淫腐朽行为会进行批判指斥。在《兵车行》中他高呼"边庭流血成海水,武皇开边意未已",抨击玄宗穷兵黩武、不恤民情、肆意扩边的行为。在《自京赴奉先县咏怀五百字》中,他说:"君臣留欢娱,乐动殷樛嶵。赐浴皆长缨,与宴非短褐。彤庭所分帛,本自寒女出。鞭挞其夫家,聚敛贡城阙。圣人筐篚恩,实欲邦国活。臣如忽至理,君岂弃此物。多士盈朝廷,仁者宜战栗。况闻内金盘,尽在卫霍室。中堂舞神仙,烟雾散玉质。煖客貂鼠裘,悲管逐清瑟。劝客驼蹄羹,霜橙压香橘。朱门酒肉臭,路有冻死骨。……入门闻号咷,幼子饥已卒。吾宁舍一哀,里巷亦呜咽。所愧为人父,无食致夭折。岂知秋禾登,贫窭有仓卒。生常免租税,名不隶征伐。抚迹犹酸辛,平人固骚屑。默思失业徒,因念远戍卒。忧端齐终南,澒洞不可掇。"抒写了玄宗、贵妃及大臣们在骊山荒淫豪奢的生活,深刻地揭示了人民生活的真实状态,展现了国家岌岌可危的态势。"安史之乱"爆发后,诗人写下一系列反映现实的诗篇,在《北征》一诗中,"乾坤含疮痍"、"呻吟更流血"、"寒月照白骨"等诗句,描绘了血泪相合的时代生活。诗人在"三吏""三别"中,更是以"诗史"的笔调,揭露了官府大肆征兵的行径和人民忍受痛苦承担杀敌卫国责任的社会现实。

与抨击统治阶级形成鲜明对比,杜甫也有反映人民群众的痛苦和不满、传达人民的要求和愿望,表达诗人对他们关爱和同情的作品。

在《自京赴奉先县咏怀五百字》中诗人说:"穷年忧黎元,叹息肠内热。"这正是杜甫对人民关爱同情的真实写照。"征戍诛求寡妻哭,远客中宵泪沾臆。"(《虎牙行》)"戎马不如归马逸,千家今有百家存。哀哀寡妇诛求尽,恸哭秋原何处村?"(《白帝》)"去时里正与裹头,归来头白还戍边。……县官急索租,租税从何出?"(《兵车行》)"安得壮士挽天河,洗净甲兵常不用。"(《洗兵马》)"安得务农息战斗,普天无吏横索钱。"(《昼梦》)诗人从残酷的战争和繁重的租税方面反映人民痛苦的遭遇,并在作品中反映了人民的愿望和心声。即使诗人在自己草堂的茅顶被风刮走、生活没有保障的情况下,依然能发出这样的呼声:"安得广厦千万间,大庇天下寒士俱欢颜,风雨不动安如山!呜呼!何时眼前突兀见此屋,吾庐独破受冻死亦足。"(《茅屋为秋风所破歌》)诗人在自己困顿时依然对人民的爱这般赤诚,这正是他儒家思想升华的体现。

杜甫是伟大的爱国诗人,他的作品在反映现实、揭露黑暗的同时无不体现伟大的爱国主义情感。

"位卑未敢忘忧国",诗人一生遭遇坎坷,但他始终心系国家。"国破山河在,城春草木深。感时花溅泪,恨别鸟惊心。烽火连三月,家书抵万金。白头搔更短,浑欲不胜簪。"(《春望》)诗人的爱国情感体现在他对国家命运的关注上,京城沦陷,诗人内心无限悲痛。当大乱初定时,诗人的欣喜之情溢于言表:"剑外忽传收蓟北,初闻涕泪满衣裳。却看妻子愁何在,漫卷诗书喜欲狂。白日放歌须纵酒,青春作伴好还乡。即从巴峡穿巫峡,便下襄阳向洛阳。"(《闻官军收河南河北》)"公孙仍恃险,侯景未生擒。书信中原阔,干戈北斗深。畏人千里井,问俗九州箴。战血流依旧,军声动至今。"(《风疾舟中伏枕书杯三十六韵奉呈湖南亲友》)这是杜甫临终前的绝笔之作,诗人即便生命快要终结,依然不忘关心国家的前途和命运。

杜甫的诗作是他伟大情感的写照,他不仅对国家和人民怀抱大爱,他的作品中还凝聚了对日常生活的爱,对亲人、朋友和邻里的深情。

"两个黄鹂鸣翠柳,一行白鹭上青天。窗含西岭千秋雪,门泊东吴万里船。"(《绝句四首》其三)全诗一句一景,诗中有画,字里行间渗透着作者对美景的热爱。在《春夜喜雨》中诗人说:"好雨知时节,当春乃发生。随风潜入夜,润物细无声。野径云俱黑,江船火独明。晓看红湿处,花重锦官城。"他赞美春雨,在诗人的笔下雨被拟人化,"潜""润""细"等字恰当又生动地传达了雨"好"的特点,雨之所以"好",好在适时,好在"润物",描写生动细致,体现了诗人对生活的关注和热爱。诗人还创作了大量寄托对亲人思念之情的作品,如《月夜》:"今夜鄜州月,闺中只独看。遥怜小儿女,未解忆长安。香雾云鬟湿,清辉玉臂寒。何时倚虚幌,双照泪痕干。"这首诗借望月抒发了诗人对妻子儿女的思念之情,字里行间,表现出时代的特征,"安史之乱"所带来的离乱之痛和内心之忧溢于言表。在诗人的笔下,亲情感人,友情亦动人。杜甫写了很多怀念朋友的作品,尤其是怀念李白的,如《春日忆李白》《梦李白二首》《天末怀李白》《不见》等都很出色,尤其是《不见》:"不见李生久,佯狂真可哀。世人皆欲杀,吾意独怜才。敏捷诗千首,飘零酒一杯。匡山读书处,头白好归来。"这表现了诗人对李白的同情、赞美和怀念,字里行间流露出两位诗人的深厚友情。除此之外,还有歌咏邻里父老的诗作,如《羌村三首》其三:"兵戈既未息,儿童尽东征。请为父老歌,艰难愧深情。"这表现了身处动乱中,父老乡亲的问候带给诗人的慰藉和温情。

第三节　杜甫诗歌的艺术特色及影响

杜甫在我国文学史上有着重要的地位,是一座不可逾越的现实主义高峰。其诗歌不仅有深刻的社会内容、浓厚的政治色彩、鲜明的时代精神,而且充满着对祖国人民的热爱。自唐朝以来他的诗作就被公认为"诗史",杜甫本人也被誉为"诗圣"。他的诗歌独具魅力,有着丰富深邃的思想和炉火纯青的艺术技巧,是内容与形式高度统一的典范。从艺术性上来看,杜诗主要有以下五个特色。

第一,超强的艺术概括能力,善于对现实生活进行典型化提炼和概括。杜甫善于捕捉和表现能够揭示事物本质和人物精神面貌的细节,通过塑造具有典型意义的人或物,反映社会和生活的本质。如《兵车行》:"道旁过者问行人,行人但云点行频。或从十五北防河,便至四十西营田。去时里正与裹头,归来头白还戍边。"其中通过过路人和被征发士兵的对话,控诉了"点行频"即频繁征兵的罪恶:妻离子散,兵役繁重,年少离家不知归期,农田荒废,表现了普通民众对穷兵黩武的厌恶之情。"老翁逾墙走,老妇出门看。""室中更无人,惟有乳下孙。"《石壕吏》中写的虽是诗人投宿石壕村的所见所闻,但在介绍这个家庭遭遇的同时也概括了那一时期千千万万家庭的不幸遭遇。《岁暮》中的"天地日流血,朝廷谁请缨"则写出了安史之乱过后国内尚未安定,又有吐蕃来犯的动荡局势,面对如此乱象,诗人担心还有谁会挺身而出主动请缨,表现了深沉的忧国忧民之情。

第二,寓主观情感于客观事件。杜甫的诗歌不是客观地叙述,而是与其经历、感受紧密结合,融情于事,表面上呈现事件本身去打动读者,实际作品都内含着诗人深沉的情感。如《石壕吏》中,除了"吏呼一何怒!妇啼一何苦"一句直接透露出作者对官吏嚣张气势的厌恶、对妇人的同情外,其感情都融入客观的具体描写中。通过"有吏夜捉人"这一客观叙述突出社会秩序的混乱,在百姓该休息的时候,官吏强来征兵,扰得他们提心吊胆;不说"招兵"而用"捉人"则是揭露、讽刺官吏的狠毒;"夜久语声绝,如闻泣幽咽。天明登前途,独与老翁别。"这四句虽只写事情的结局,但也显示出诗人彻夜不寐的关切心情,老翁归来,老妇被捉走,离别时又是什么情绪?这些都给读者留下了充足的想象空间,可谓是"言有尽而意无穷",内中感情不言自明。

第三,"沉郁顿挫"的艺术风格。杜甫在《进雕赋表》中曾说:"臣之述作,虽不足鼓吹六经,先鸣诸子,至于沉郁顿挫,随时敏捷,而扬雄、枚皋之流,庶可企及也。"他将自己所作与扬雄之作都看作是"沉郁顿挫"之文。虽然杜诗风格多种多样,但后世学者大都以"沉郁顿挫"四字来概括杜诗的基本风格。"沉郁顿挫"风格形成的最主要的原因是饱经磨难的人生经历与经世济国的伟大抱负;"沉郁"是指其诗意境开阔壮大、感情深沉苍凉;"顿挫"是指其语言和韵律曲折有力。《自京赴奉先县咏怀五百字》《登高》《秋兴八首》《洗兵马》《蜀相》《咏怀古迹五首》等均为典型之作。杜甫晚年创作的《登岳阳楼》更是能体现这一艺术特色:

　　　　昔闻洞庭水,今上岳阳楼。吴楚东南坼,乾坤日夜浮。亲朋无一字,老病有孤舟。戎马关山北,凭轩涕泗流。

诗中诗人将自己的个人愁苦和国家的忧患联系在一起,开头两句写其漂泊之感,看似平淡无奇,实际内涵沉郁,第三、四句描绘洞庭景色,境界阔大,第五、六句自叙身世,倾诉内心愁苦,最后两句将家愁和国家忧患相结合,情感表达悲壮深沉,起伏跌宕,充分体现出沉郁顿挫的艺术表现力。

　　第四,语言高度凝练,善于运用对话。杜甫用字少而精、凝而简,遣词用字都是经过千锤百炼的,用他自己的话说就是"为人性僻耽佳句,语不惊人死不休",由此可见杜甫在语言方面对自己有着极高的要求。例如,他的"三顾频烦天下计,两朝开济老臣心"一联就囊括了诸葛亮鞠躬尽瘁的一生;"一去紫台连朔漠,独留青冢向黄昏"两句便概括了王昭君一生的悲剧。杜甫善用实词,这些词在其诗中起到"点睛"的作用,值得细细品味。如《羌村三首》第一首中,"夜阑更秉烛"的"更"字表达了因诗人回家,家人激动不已从而"更"挑灯火的喜悦心情;又如《丽人行》"犀箸厌饫久未下,鸾刀缕切空纷纶"中的"久"形象地表现出三位妇人吃了太多山珍海味,面对名贵菜肴而不动筷的骄矜之气,"空"字形象地表现了御厨们白白忙活,有力地讥讽了统治阶级的荒淫腐朽。除了其语言的高度凝练,对话的运用也是杜甫诗歌的一大特色。这类诗歌的代表作应数《兵车行》《新安吏》《潼关吏》。如《兵车行》:

　　　　车辚辚,马萧萧,行人弓箭各在腰。耶娘妻子走相送,尘埃不见咸阳桥。牵衣顿足拦道哭,哭声直上干云霄。道旁过者问行人,行人但云点行频。或从十五北防河,便至四十西营田。去时里正与裹头,归来头白还戍边。边庭流血成海水,武皇开边意未已。君不闻汉家山东二百州,千村万落生荆杞。纵有健妇把锄犁,禾生陇亩无东西。况复秦兵耐苦战,被驱不异犬与鸡。长者虽有问,役夫敢申恨?且如今年冬,未休关西卒。县官急索租,租税从何出?信知生男恶,反是生女好。生女犹得嫁比邻,生男埋没随百草。君不见,青海头,古来白骨无人收。新鬼烦冤旧鬼哭,天阴雨湿声啾啾。

　　诗人巧妙运用设问的方法,借被征发者之口直接倾诉了统治者穷兵黩武的罪恶,这种方法更直接、更生动、更强烈地表达了人物的情绪,增加了诗歌的感染力,也增强了作品的真实性。

　　第五,诗作众体兼长。杜甫诗歌类型众多,五言、七言、古体、律诗、绝句,他都能够运用自如,尤其擅长古体和律体。他的古体诗存世大概有五百多首,《自京赴奉先县咏怀五百字》《北征》《洗兵马》、"三吏"、"三别"等都是其代表作。在这类作品中,作者往往融叙事、抒情、议论于一体。杜甫一生写了一千四百多首诗,仅律诗就写了九百多首,数量众多,成绩斐然,杜诗可看作是唐代律诗最高成就的代表,名篇有《月夜》《登高》《秋兴》八首等。又如《登高》:"风急天高猿啸哀,渚清沙白鸟飞回。无边落木萧萧下,不尽长江滚滚来。万里悲秋常作客,百年多病独登台。艰难苦恨繁霜鬓,潦倒新停浊酒杯。"这被认为是"千古七律第一",全诗之中句句皆律,是律诗的最高境界。

　　在我国现实主义诗歌的发展长河中,杜甫发挥着继往开来的重要作用,是中国古典诗歌的集大成者。纵观杜甫的一生,可谓尽与坎坷为伴,仕途无所建树,诗歌在当时也不受赏识。杜甫在世时,诗歌之所以不受欢迎的主要原因是其诗的内容与风格跟当时社会的审美相悖。盛唐时期整体的社会风格是积极乐观的,喜欢歌颂祖国壮美河山,歌颂理想,喜欢像李白那样富有创造力的诗歌,而杜甫诗歌多忧患意识,喜揭露朝廷与社会的黑暗。杜甫去世后,以元稹、白居易、韩愈为首的一批杰出诗人极力推崇杜诗,白居易、元稹继承了杜甫缘事而发、写生民疾苦的一面,白居易更是将其全部注意力都投向了杜甫的写实之作。除此之外,白居易的新乐府诗歌理论主张"文章合为时而著,歌诗合为事而作",由重写实、尚通俗到提倡为君为民创作,这都是对杜甫纪实精神的进一步发展。继白居易后,杜甫也影响了皮日休、曹邺、聂夷中、杜荀鹤等人的现实主义创作,在晚唐的诗坛上非常具有影响力。宋代的王安石、陆游、辛弃疾,明代的顾炎武、屈大均等都在各自的时代继承了杜甫的爱国主义精神,成为一批忧国忧民的爱国诗人。此外,杜甫的艺术手法影响也十分深远。他炼字的功夫影响了贾岛、姚合等人,这些人苦吟成癖,常常为一字苦苦推敲,反复锤炼,也吸引了许多追随者,形成苦吟诗派。杜甫不止留名中国,还扬名海外,美国现代诗人雷克斯罗斯曾给他极高的评价:"我的诗歌毫无疑问地主要受到杜甫的影响。我认为他是有史以来在史诗和戏剧以外的领域里最伟大的诗人,在某些方面他甚至超过了莎士比亚和荷马,至少他更加自然和亲切。"

阅读链接

杜甫诗集的注本有很多,皆在北宋王洙《杜工部集》的基础上编订修改而成,较通行的有钱谦益的《钱注杜诗》、杨伦的《杜诗镜铨》、仇兆鳌《杜诗详注》;如想深入研究杜甫其人,可翻阅冯至的《杜甫传》、萧涤非的《杜甫研究》;年谱较翔实的有四川文史研究馆的《杜甫年谱》和闻一多的《少陵先生年谱会笺》。

思考·练习·拓展

1. 名词解释:沉郁顿挫。
2. 简述杜甫诗歌的思想内容。
3. 试论述杜甫诗歌的创作特点。
4. 从《茅屋为秋风所破歌》、《兵车行》或"三吏三别"中任选一篇进行赏析。

第五章　白　居　易

　　白居易是一位对我国古典诗歌发展作出重要贡献的诗人,是中唐新乐府运动的中心人物。他继承并发展了《诗经》和汉乐府民歌以来的现实主义优良传统,干预时政,关怀社会民生,以自己的诗论主张和诗歌创作为新乐府运动的发展作出了指导和示范。学习本章可以采用阅读法和背诵法,深入揣摩白居易诗歌的创作特点,强化对重要篇目的背诵。

第一节　白居易和新乐府运动

　　白居易(772—846),字乐天,号香山居士,又号醉吟先生,祖籍太原,后迁下邽(今陕西渭南),生于新郑(今属河南)一个小官僚家庭。曾为躲避战乱,过着颠沛流离的生活,较多地了解了社会弊病和民生疾苦。白居易早年读书刻苦,"以至于口舌生疮,手肘成胝"(《与元九书》)。贞元十五年(798)中进士,任翰林学士、左拾遗,后因积极进谏,招权贵忌恨,被贬任江州司马。此后,其思想逐步转入消沉,被召回朝廷后又主动请求外放,以期全身远祸。最后以刑部尚书致仕,在洛阳度过了晚年。

　　白居易在诗歌理论方面有独特的贡献。其诗歌主张主要见于《新乐府序》《寄唐生》《读张籍古乐府》《与元九书》等诗文中。其中《与元九书》最为重要,他在文中对诗歌创作经验进行了总结,较为全面地阐述了诗歌创作理论中的一些重要问题。

　　首先,白居易从文学与现实的关系着眼,认为诗歌要正确反映客观现实,强调"文章合为时而著,歌诗合为事而作"(《与元九书》),"为君为臣为民为物为事而作,不为文而作"(《新乐府序》),为了反映社会矛盾和危机,特别提出"为歌生民病"(《寄唐生》)的主张,这是对乐府民歌"感于哀乐,缘事而发"的写实传统的继承和发展。其次,白居易强调要重视诗歌的政教讽谕功能,为政治和教化服务。他认为诗歌要负起上"补察时政"、下"泄导人情"的历史使命,发挥"救济人病,裨补时阙"的社会功能。再次,白居易还正确阐述了内容和形式的关系。他主张形式要服务于内容,反对"嘲风月、弄花草"(《与元九书》)的浮艳诗风。他用形象的比喻提出了诗的四要素:"诗者,根情、苗言、花声、实义"(《与元九书》),他把诗歌的内容称为"根""实",把形式称为"苗""花",指出了内容和形式的统一,也强调了"根情""实义"的重要地位。白居易还提出语言要通俗化,表达要明白浅切,这是诗歌写实的需要。

白居易的诗论尽管有偏颇、片面之处,比如对古代诗歌的浪漫主义传统缺乏客观的认识,对形式的重视不够,忽视诗歌的审美特性等,但它代表了中唐进步的文学思潮,成为新乐府运动兴起和发展的理论基础,在中国文学批评史上占有重要地位。

安史之乱后,唐王朝藩镇割据、宦官专权严重,导致了政治上日益混乱和腐朽。统治阶级加紧了对百姓的剥削,阶级矛盾进一步恶化。目睹着国家的衰败,当时以元稹、白居易为代表的一群诗人提倡用新乐府补察时政、反映民生疾苦,从而推动了新乐府运动的兴起。

新乐府运动是一场文学革新运动。"新乐府"一词最早出自白居易的《新乐府序》,它是指沿用古乐府的形式,自拟新题,表现亲身见闻的时事,语言通俗浅切的乐府诗。它重视反映社会现实题材,重视政治讽谕功能和社会效应。乐府诗起于秦汉,它"感于哀乐,缘事而发",至东汉末年以三曹、七子为代表的建安诗人发展为借古题写时事。安史之乱中,杜甫突破了古题的局限,改用新题,"即事名篇,无复依傍",然而杜甫没有在理论上进行总结概括。真正开始创作新乐府诗并在理论上有建树的是元结和顾况。后来,白居易、元稹、张籍、王建、李绅等人积极进行新乐府诗创作。其中,以白居易成就最为突出,他不但致力于新乐府诗的创作,还提出了有关创作的理论主张,对新乐府运动的兴起和发展起到了至关重要的作用。

第二节　白居易的诗歌创作

现存白居易诗歌二千八百余首,在唐代诗人中存诗是最多的。白居易把自己的诗歌分为讽谕、闲适、感伤、杂律四类。他曾在《与元九书》中说道:"仆志在兼济,行在独善,奉而始终之则为道,言而发明之则为诗。谓之讽喻诗,兼济之志也;谓之闲适诗,独善之义也。故览仆诗知仆之道焉。"

在四类诗歌中,白居易的讽谕诗最受人关注,也最有价值。此类诗歌主要写于被贬江州之前,其仕途顺利,为人正直,积极进谏,此时"兼济"思想占主导。在唐代诗人中,像白居易一样对下层百姓给予极大关注的人不多。首先,他的讽谕诗的一个重要内容是多角度反映民生疾苦,并寄予深切同情,其中以《杜陵叟》《观刈麦》

《卖炭翁》《村居苦寒》《采地黄者》等为代表,如《杜陵叟》:

> 杜陵叟,杜陵居,岁种薄田一顷余。三月无雨旱风起,麦苗不秀多黄死。九月降霜秋早寒,禾穗未熟皆青干。长吏明知不申破,急敛暴征求考课。典桑卖地纳官租,明年衣食将何如? 剥我身上帛,夺我口中粟。虐人害物即豺狼,何必钩爪锯牙食人肉? 不知何人奏皇帝,帝心恻隐知人弊。白麻纸上书德音,京畿尽放今年税。昨日里胥方到门,手持敕牒榜乡村。十家租税九家毕,虚受吾君蠲免恩。

　　诗歌写春寒秋冻,麦苗黄死、禾穗青干,一年收成无望还要典桑卖地交纳官租。作者将笔触指向把农民推入悲惨深渊的统治者,深刻揭露了统治者如豺狼般凶残的本性。又如《观刈麦》真切地再现了农民辛苦的劳作画面:"足蒸暑土气,背灼炎天光,力尽不知热,但惜夏日长。"接着描写一个贫苦农妇在农田中拾麦充饥的心酸场景:"复有贫妇人,抱子在其旁,右手秉遗穗,左臂悬敝筐。听其相顾言,闻者为悲伤。家田输税尽,拾此充饥肠。"两个场景的比照,深刻揭示了农民在繁重的赋税面前,即使付出辛勤劳动也会落得食不果腹的困苦境地,诗人对这些农民的苦难生活寄予无限的同情。《村居苦寒》真实描绘了当时贫苦农民在风雪交加的日子里,"北风利如剑,布絮不蔽身。唯烧蒿棘火,愁坐夜待晨"的苦境。《采地黄者》写农民在遭天灾后,采地黄换马饲料,过着牛马不如的生活,贫富悬殊、社会不公已到了触目惊心的地步。在白居易诗歌里,劳动人民的痛苦和不幸是多方面的,诗人对之都报以深切的同情,并深刻地揭露了造成这种不幸的根源。

　　其次,白居易还抨击统治阶层的骄奢淫逸和社会的各种弊政。统治阶层的奢靡生活是建立在掠夺人民劳动成果的基础上的,在《红线毯》《缭绫》等诗中,白居易对达官贵人的贪污邀宠、穷奢极欲等劣性进行了大胆的批判。《红线毯》通过叙述宣州进贡线毯供皇宫铺饰地面的事,讽刺了最高统治者荒淫无度、任意挥霍人力物力的罪恶,结尾处告诫统治者:"地不知寒人要暖,少夺人衣作地衣。"诗人的爱憎感情表现得异常强烈。在《轻肥》《买花》等诗中,诗人直面社会的税法、宫市、进奉等各种弊政,都明确表达了自己的观点,对不合理的现象给予无情的揭露和批判。

　　再次,白居易诗歌同情女性不幸的命运。白居易笔下涉及各种女性形象,有宫女、纺织女、卖柴女、弃妇、歌伎等,真实表现她们的贫苦心酸和悲惨境地,如《上阳白发人》《井底引银瓶》《母别子》等,或表现宫女的寂寞哀怨,批判扼杀人性的宫女制度,或描写义无反顾追求自由爱情,最后却被无情抛弃的年轻女子的婚姻悲剧,或写丈夫喜新厌旧,母子被迫分别的惨景。对女性给予的关注和同情,体现了诗人进步的社会理想和人道主义精神。

　　最后,白居易诗歌还涉及边塞问题,反对侵略战争,表达渴望收复失地的爱国情怀。中唐时期,外患不断,丧失的边土长期得不到收复,白居易在诗歌中抒发了忧愤之情。如《西凉伎》写道:"自从天宝兵戈起,犬戎日夜吞西鄙。凉州陷来四十年,河陇侵将七千里……缘边空屯十万卒,饱食温衣闲过日。遗民肠断在凉州,将卒相看无意收。"大好的河山被外族侵占,手握重兵的边防武将却不思收复,寻欢度日,令人愤慨。关注边塞问题,表达诗人爱国主题的诗歌还有《城盐州》《蛮子朝》等。

白居易的感伤诗多是"事物牵于外,情理动于内,随感遇而形于叹咏"(《与元九书》)的作品,以《长恨歌》《琵琶行》为代表。《长恨歌》描写了李隆基和杨玉环的爱情悲剧。诗歌可分为前后两部分,前半部分讽刺和批判了李隆基荒淫误政,沉溺于和杨玉环的爱情享乐,以致引发安史之乱的史实;后半部分转入婉曲抒情,对李杨的悲剧爱情寄予了深切的同情。全诗的艺术感染力主要还是在对主人公爱情的同情和赞颂方面。诗人成功运用了现实主义和浪漫主义相结合的手法,以叙事、写景、抒情相互交融的笔墨,将这个感人爱情故事描绘得婉转动人,创造出了独特的审美价值,千百年来受到了人们的普遍赞赏。《琵琶行》写于元和十一年(816),即诗人被贬江州的第二年。作者叙述了沦落天涯的琵琶女的不幸遭遇,揭露了社会的不公,表达了对被侮辱的封建女性的同情与尊重,同时诗人也从她身上看到了同为"天涯沦落人"的自己的影子,抒发对自己政治失意的愤慨,批判了当时政治的黑暗。与《长恨歌》相比,《琵琶行》更具有现实批判意义。诗歌取得了很高的艺术成就,其情节曲折,描写生动细致,尤其美妙传神的音乐描写历来为人称道,诗人用"急雨"、"私语"、"大珠小珠落玉盘"、"间关莺语"等一连串生动形象、易于感受的比喻表现难于言传的音乐旋律,取得了高妙的艺术效果。

白居易在政治上屡遭排挤打击,尤其被贬江州之后,其思想在悲愤和苦闷中陷入了消极,此一时期创作了大量的"知足饱和,吟玩性情"的闲适诗及杂律诗。虽然其中很多热衷铺写生活琐事,充斥庸俗气味,成就不及前两类,但仍不乏写景抒情佳作。如《赋得古原草送别》中"野火烧不尽,春风吹又生"一联言浅意深,尤为精警不凡。再如其晚年所写的传诵名篇《钱塘湖春行》:

孤山寺北贾亭西,水面初平云脚低。几处早莺争暖树,谁家新燕啄春泥。乱花渐欲迷人眼,浅草才能没马蹄。最爱湖东行不足,绿杨阴里白沙堤。

诗歌语言清新,对仗精工,作者以白描手法,随意点染,便成功刻画出了西湖早春景色。其他如五绝《问刘十九》、七绝《暮江吟》等都是即景寓情的佳作。

白居易诗歌在艺术上取得了很高的成就。首先,主题突出,事件典型。诗人往往选取最典型的事件加以表现,为了产生强烈的效果,他采取"一题咏一事"的写法,力求主题集中突出。其通常在诗题下标以小注,把主题明确告诉人们,如《红线毯》的主题是"忧农桑之费"，《缭绫》的主题是"念女工之劳"。其次，描摹细致生动。白居易善于通过人物外貌的细致描摹，塑造出生动感人的形象。如《卖炭翁》"满面尘灰烟火色，两鬓苍苍十指黑"，《上阳白发人》"小头鞋履窄衣裳，青黛点眉眉细长"，通过描写突出了人物的个性特征，给人留下了难忘的印象。再次，叙议结合，对比强烈。《缭绫》《轻肥》《买花》等诗中，诗人先叙述权贵们荒淫奢靡的生活，然后进行对比和议论，突出了贫富、苦乐的差距和矛盾，深刻揭示了社会阶级的尖锐对立，大大深化了主题。最后，语言通俗平易，意到笔随。白诗在语言运用上致力于通俗化，甚至要求达到"老妪能解"的地步，但往往能做到常中见奇，平易中显精粹。

白居易诗歌的写实性与通俗性为盛唐高峰之后的中唐诗歌开辟了新的发展道路，对后世影响深远，皮日休、王禹偁、苏轼、陆游、吴伟业等诗人，都不同程度借鉴和继承了他的诗歌创作风格。同时，白居易的诗歌还流传到了朝鲜、日本等东南亚国家，对他们文学的发展产生了重要影响。

阅读链接

学习和研究白居易的诗歌，推荐阅读谢思炜校注的《白居易诗集校注》，这是一本较好的整理本诗集。此外，褚斌杰先生的著作《白居易评传》对诗人的生平家世、政治思想、文学主张、诗歌创作等诸多方面作了系统的评述，为我们加深对白居易的理解有很大帮助。

思考·练习·拓展

1. 名词解释：新乐府运动。
2. 简述白居易的诗歌理论主张。
3. 试述白居易讽谕诗的思想内容。
4. 赏析《长恨歌》和《琵琶行》的艺术特色。
5. 结合作品，分析白居易诗歌的艺术成就。

第六章 中唐诗歌

学习提示

中唐时期,诗家辈出,风格多样。安史之乱后,诗人的心态发生变化,追求写实为该时期诗歌的创作主流之一。该时期以大历诗风和韩孟诗派为代表,其中李贺、刘禹锡和柳宗元又以其独特的诗风在诗坛上占据了重要的地位。学习本章,可采用分析比较法,通过具体作品的学习,了解中唐不同流派诗人的创作风格,进一步掌握中唐诗歌的特点。

第一节 大历诗风与韩孟诗派

大历诗风,是指大历至贞元年间(766—805)活跃在诗坛上的一批诗人共同的创作风貌。这些诗人经历过安史之乱,心理状态产生了明显的变化。他们的诗歌失去了盛唐诗人昂扬的精神风貌,少量作品存有盛唐余韵,大量作品都表现出一种孤独寂寞的心境,追求清雅高逸的情怀,虽有风味而气骨顿衰(参见袁行霈《中国文学史》)。

大历诗歌的产生,主要出于两大诗人群体:一是以长安和洛阳为中心的钱起等"十才子"诗人,作品多为题赠送别之作;二是长期在江南任职的地方官员,如刘长卿、韦应物、李嘉佑、戴叔伦等,作品多描写山水风景(参见傅璇琮《唐代诗人丛考·李嘉佑考》)。

大历十才子,初见于中唐诗人姚合编的《极玄集》,即李端、卢纶、吉中孚、韩翃、钱起、司空曙、苗发、崔峒、耿湋、夏侯审。生平大都不详,因大历初年在长安参加重要的唱和活动而为世人瞩目。他们的成就高低不等,所擅长的诗作多为近体,五律成就较高。大历十才子多抒发寂寞清冷之情和隐逸之思,题材比较单一,多为赠别酬唱和吟咏山水的作品。在艺术上以推崇谢朓为宗,讲究格律辞藻,工于白描,意境闲淡幽冷。

作为大历诗风的另一个诗人群体,刘长卿和韦应物的诗歌创作均自成一家。

刘长卿(约726—约786),字文房,洛阳人,生卒年未确论。刘长卿工于诗,长于五言,自称"五言长城",有《刘随州文集》十一卷。刘长卿家境贫寒,早年苦读,十年不第。入仕后刚直犯上,负谤入狱,两遭贬谪,一生的大部分时间都是在逆境中度过。这些经历使他的诗歌多身世飘零之感,显得凄清悲凉。代表作有《逢雪宿芙蓉山主人》《听弹琴》《送灵澈上人》等。其中最为著名的《逢雪宿芙蓉山主人》:"日暮苍山远,天寒白屋贫。柴门闻犬吠,风雪夜归人。"所描绘的是一幅风雪夜归图,全诗写景如画,语言朴实浅显,叙事简朴,含意隽永。

韦应物(737—792),长安(今陕西西安)人。因出任过苏州刺史,世称"韦苏州"。韦应物是山水田园诗派诗人,后人常以"王孟韦柳"并称。其山水诗感受细致,写景优美,清新自然而颇有生意。其田园诗实质为反映民间疾苦的政治诗,代表作有《观田家》:

> 微雨众卉新,一雷惊蛰始。田家几日闲,耕种从此起。丁壮俱在野,场圃亦就理。归来景常晏,饮犊西涧水。饥劬不自苦,膏泽且为喜。仓廪无宿储,徭役犹未已。方惭不耕者,禄食出闾里。

这首诗通过对农民终岁辛劳而不得温饱的具体描述,深刻地揭示了当时赋税徭役繁重和社会制度的不合理。

韦应物擅长各体,七言歌行音调流美,"才丽之外,颇近兴讽"(白居易《与元九书》)。其山水田园诗歌最为著名的是《滁州西涧》:"独怜幽草涧边生,上有黄鹂深树鸣。春潮带雨晚来急,野渡无人舟自横。"其中"春潮带雨晚来急,野渡无人舟自横"两句,写景如画,为后世所称许。

韩孟诗派,是唐贞元、元和年间以韩愈、孟郊为代表的一个诗歌流派,成员还包括李贺、卢仝、刘叉等。诗歌理论上,韩孟诗派主张"不平则鸣"和"笔补造化",创作上追求雄奇怪异之美,形成奇绝险怪的风格。

韩愈(768—824),字退之,河阳(今河南孟州)人。自称"郡望昌黎",世称"韩昌黎""昌黎先生",唐代杰出的文学家、思想家、哲学家、政治家,有《昌黎先生集》。

韩愈现存诗歌三百余首,大多为长篇古诗,其中有揭露现实矛盾、表现个人失意的佳作,如《归彭城》《龊龊》等,写得平实顺畅。他也有写得清新、富有神韵、近似于盛唐人的诗歌,如《早春呈水部张十八员外二首》其一:"天街小雨润如酥,草色遥看近却无。最是一年春好处,绝胜烟柳满皇都。"运用简朴的文字,就常见的"小雨"和"草色",描绘出了早春独特的景色,风格清新自然。

韩愈最具创造性和代表性的作品,是那些以雄大气势见长和怪奇意象著称的诗。韩愈积极学习李杜诗歌的创作艺术,加上他性格刚直木讷,科举不顺,为官屡遭贬谪等种种经历,使其诗风逐渐呈现出一种怨愤郁躁、情激调变的怪奇特征。这种转变大概始于贞元中后期,到元和中期已经定型。这一时期的诗歌,描写的大都是荒僻险怪的南国景色,使用的词语诸如"惊雷""怒涛""大波"等。在诗歌表现手法上,韩愈作为散文大师,他"以文为诗",把散文的章法、句法等引入古体诗的创作。代表作《山石》:

> 山石荦确行径微,黄昏到寺蝙蝠飞。升堂坐阶新雨足,芭蕉叶大支子肥。僧言古壁佛画好,以火来照所见稀。铺床拂席置羹饭,疏粝亦足饱我饥。夜深静卧百虫绝,清月出岭光入扉。天明独去无道路,出入高下穷烟霏。山红涧碧纷烂漫,时见松枥皆十围。当流赤足踏涧石,水声激激风吹衣。人生如此自可乐,岂必局束为人靰? 嗟哉吾党二三子,安得至老不更归!

全诗按照时间顺序记叙了游览惠林寺的所见所感,巧妙地运用了赋体中"铺采摛文"的手法,描绘了从黄昏、入夜至天明的清幽景色,抒发了作者不愿为世俗羁绊的心情。

韩愈的诗歌有时不免佶屈聱牙,以文为诗有时弱化了诗歌的特质,但他追求陈言务去,力求创新,不仅纠正了大历以来平庸的诗风,也开辟了新的艺术境界,创立了新的诗歌流派,这些都应给予充分肯定。

孟郊(751—814),字东野,武康人(今浙江武康),与韩愈并称为"孟诗韩笔",有《孟东野诗集》。其性格狷介孤傲,一生穷苦潦倒,受尽了磨难。孟郊的诗作以苦吟著称,注重炼字造语,追求奇特的构思。孟郊写得最多的是那些充满清冷、苦涩意象的诗歌,但真正为后世流传的却是古朴平易的《游子吟》:

> 慈母手中线,游子身上衣。临行密密缝,意恐迟迟归。谁言寸草心,报得三春晖。

这首诗通过点滴生活中的平常景象把慈母的一片深情表现了出来,千百年来脍炙人口。

第二节　李贺、刘禹锡与柳宗元

继孟郊、韩愈之后,元和诗坛出现了既杰出又年轻的诗人李贺。

李贺(790—816),字长吉,河南福昌(今河南洛阳)人,有"诗鬼"之称,病逝时年仅二十七岁,有《李长吉歌诗》。由于仕途坎坷,李贺把自己的全部精力都投注到诗歌创作中。李贺的诗歌表现出深沉的生命意识,他从个人命运出发思考命运、生死等问题。

李贺诗歌的内容大体可以分为三类:人界、鬼界和仙界。(1)人界。抒发建功立业的豪情,宣泄怀才不遇的悲愤。例如,《南园十三首》其五:"男儿何不带吴钩,收取关山五十州。请君暂上凌烟阁,若个书生万户侯。"凭空抒发感慨,于豪情中见愤然之意。又如,《马诗二十三首》其十九:"大漠沙如雪,燕山月似钩。何当金络脑,快走踏清秋。"通过咏马、赞马、慨叹马的命运,表现志士的奇才异质、远大抱负及不遇于时的感慨与愤懑。由于生活经历所限,李贺反映时事政治的诗不多。(2)鬼界。李贺的"鬼"诗,仅有十来首,通过对鬼蜮世界的描写,折射出现实生活的遭遇和情感。比较具有代表性的是《苏小小墓》:"幽兰露,如啼眼。无物结同心,烟花不堪剪。草如茵,松如盖。风为裳,水为佩。油壁车,夕相待。冷翠烛,劳光彩。西陵下,风吹雨。"全诗由景起兴,通过一派凄迷的景象和丰富的联想,刻画出空灵缥缈的苏小小鬼魂形象,寄寓着诗人独特的身世之感。(3)仙界。表现出对理想世界的向往。如《梦天》《天上谣》等关于神仙世界的描写,反映出李贺内心的苦闷以及对理想世界的向往。

李贺以其奇特的构思、新颖诡异的语言创造出了奇诡迷离的艺术境界。与韩孟比较而言,李贺更注重内心世界的挖掘,因此他更具有诗人气质,对晚唐诗风产生更为直接的影响(参见袁行霈《中国文学史》)。

刘禹锡和柳宗元是中唐时期两位重要的诗人,他们一起进京应试,同榜登进士第,同朝为官,后因永贞革新失败一贬再贬。相同的政治遭遇、旗鼓相当的才华以及二人真挚笃厚的友谊,使得他们的诗歌在思想内容上有诸多共同之处。

刘禹锡(772—842),字梦得,洛阳人,享有"诗豪"之称,有《刘宾客集》,存诗八百余首。柳宗元(773—819),字子厚,河东(今山西运城永济一带)人,有《柳河东集》,存诗一百六十余首。刘禹锡和柳宗元的一生大部分时间都是在贬谪之地度过的,他们诗作的主要内容集中抒写了内心的苦闷,表现身处逆境绝不屈服的执着精神。

刘禹锡的诗风颇具个性。他刚毅自信,在谪居磨难中,始终不曾绝望,从未被苦难压倒,"从而悲凉中有执着,沉痛中寓劲健"(尚永亮《唐五代逐臣与贬谪文学研究》)。在对待人生忧患上,刘禹锡始终保持乐观顽强的态度,如《浪淘沙诗词九首》其八:"莫道谗言如浪深,莫言迁客似沙沉。千淘万漉虽辛苦,吹尽狂沙始到金。"诗人用大浪淘沙来比喻自己被贬的经历,尽管"千淘万漉",历尽辛苦,但是终究总会"吹尽狂沙"得到真金,表现出坚定执着的自我信念。

刘禹锡悲壮劲健的诗风,主要表现在他的咏史怀古之作中。他的咏史怀古诗量多质高,意境悲远,感慨无端,在中唐时期可谓独占鳌头。如《西塞山怀古》:

王濬楼船下益州,金陵王气黯然收。千寻铁锁沉江底,一片降幡出石头。人世几回伤往事,山形依旧枕寒流。今逢四海为家日,故垒萧萧芦荻秋。

这首诗述说的是历史事实,状摹的是眼前实景,抒发的是诗人胸中的真情。诗人巧妙地把史实、景物、情感完美地糅合在一起,营造出一种苍凉的意境,给人以沉郁顿挫之感。又如《乌衣巷》:

朱雀桥边野草花,乌衣巷口夕阳斜。旧时王谢堂前燕,飞入寻常百姓家。

该诗为《金陵五题》中的第二首,乌衣巷原为六朝贵族居住的地方,尤其繁华,如今朱雀桥和乌衣巷依然如故,但野草丛生,夕阳已斜。后二句借燕子的栖巢,表达作者对世事沧桑、盛衰兴变的感慨。

刘禹锡在远谪湖南、四川的时候,接触到少数民族的生活,并受到当地民歌的影响,创作出《竹枝词》《杨柳枝》《浪淘沙》等诗作。这些诗作描写当地山水风俗和男女爱情,富于生活气息,多用白描手法,少用典故,语言清新活泼,生动流畅。

与刘禹锡相比较而言,柳宗元的诗歌又别具风貌。柳宗元性格激切偏执,独特的心性气质使得其诗多抒写抑郁悲愤,幽峭峻郁。柳宗元的诗歌存量不多,但在体裁和题材上涉猎较广。他的咏史怀古诗歌有《咏三良》《咏荆轲》《咏史》等,“己有怀抱,借古人事以抒写之,斯为千秋绝唱”(冒春荣《葚原诗说》卷二)。他的寓言诗有《跂乌词》《笼鹰词》《放鹧鸪词》等,形象鲜明,寓意深刻。最为世人称道者,还是那些饱含悲伤孤愤、格调冷峭的山水之作。柳宗元在《游南亭夜还叙志七十韵》中宣称:“投迹山水地,放情咏《离骚》。”从中可以看出他有意识地将自己的遭遇与自然山水融合在一起。翻阅柳宗元的山水诗,不难发现其中“忧中有乐,乐中有忧”的特点,如《南涧中题》:

秋气集南涧,独游亭午时。回风一萧瑟,林影久参差。始至若有得,稍深遂忘疲。羁禽响幽谷,寒藻舞沦漪。去国魂已远,怀人泪空垂。孤生易为感,失路少所宜。索寞竟何事,徘徊只自知。谁为后来者,当与此心期。

全诗运用记游的笔调,写出了诗人被贬逐后惆怅寂寞、孤独苦闷的自我形象。又如《溪居》:

久为簪组累,幸此南夷谪。闲依农圃邻,偶似山林客。晓耕翻露草,夜榜响溪石。来往不逢人,长歌楚天碧。

纵观全诗,表面是写生活在此的惬意自适,隐蕴的则是诗人内心深深的郁闷和怨愤。正如清代的沈德潜所说:"愚溪诸咏,处连蹇困厄之境,发清夷淡泊之音,不怨而怨,怨而不怨,行间言外,时或遇之。"(清沈德潜《唐诗别裁集》卷四)柳宗元的山水诗同他的山水散文一样,饱含着悲伤孤愤,格调冷峭。

当然,柳宗元的诗歌也有淡泊纡徐的一面,前人多将柳宗元的诗歌与陶渊明、韦应物的诗风相比较,尤其是苏轼,他曾说柳宗元、韦应物的诗是"发纤秾于简古,寄至味于淡泊"(《书黄子思诗集后》)。如《江雪》:"千山鸟飞绝,万径人踪灭。孤舟蓑笠翁,独钓寒江雪。"只用了二十个字,就描绘了一幅幽静寒冷的画面,历代诗人无不交口称绝。正是这种独特的风格,使得柳宗元的诗歌独立于中唐。

阅读链接

中唐诗歌为唐诗发展的又一个高峰期,在诗歌发展史上占有重要的地位,开拓了诗歌个性化创作道路。研究中唐诗歌的学者主要有蒋寅、孟二冬、尚永亮等。推荐阅读蒋寅先生的《大历诗风》和《大历诗人研究》。推荐阅读孟二冬先生的《中唐诗歌之开拓与新变》和尚永亮先生的《唐五代逐臣与贬谪文学研究》。

思考·练习·拓展

1. 名词解释：大历诗风和韩孟诗派。
2. 简述中唐诗歌创作的情况。
3. 简述李贺诗歌创作的内容。
4. 论述刘禹锡和柳宗元不同文学风格的原因。

第七章 晚唐诗歌

学习提示

    晚唐诗歌是唐诗的最后一个时期。长庆以后,中兴成梦,诗歌创作进入了一个新的阶段:题材狭窄,写法多以苦吟为主,展现出种种的抑郁悲凉。其中杜牧和李商隐异军突起,创造了唐诗最后的辉煌。杜牧的诗歌以咏史怀古为主,针对具体史事而发出议论,寄托了深刻的现实关怀。李商隐朦胧多义的无题诗,表达了诗人复杂的情感体验。学习本章,可采用讨论式来探寻晚唐诗歌的特点,了解和掌握杜牧、李商隐二人诗歌创作的成就等。

第一节 杜牧与苦吟诗人

    晚唐时期,由于藩镇割据、宦官专权、朋党之争等,各种矛盾日益激化,再加上兵祸连连,社会动荡不安。士人对国事深感忧虑,对唐王朝的中兴无望倍感失落,文人群体集体笼罩着一种压抑悲凉的气氛,这对晚唐诗歌产生了重要的影响。

    晚唐诗歌多柔靡之作,内容贫乏,体裁单调。杜牧兼善众体,诗歌创作内容丰富,独树一帜。杜牧(803—852),字牧之,京兆万年(今陕西省西安市)人,与李商隐并称"小李杜"。祖父杜佑为中唐名相,父亲早逝,家道中落。太和二年(828)进士及第,官终中书舍人。有《樊川文集》传世。

    杜牧在《献诗启》中自述作诗的追求:"某苦心为诗,本求高绝,不务奇丽,不涉习俗,不今不古,处于中间。"这是杜牧作诗的原则,也是其诗自成一格的原因之一。杜牧的诗风豪爽清丽,尤其擅长七绝,咏史怀古诗成就较高。

    杜牧的咏史诗大都针对具体的史事发议论,寄托了对现实的深刻关怀,如《过华清宫三绝句》:"长安回望绣成堆,山顶千门次第开。一骑红尘妃子笑,无人知是荔枝来。"讽刺唐玄宗为满足杨贵妃吃新鲜荔枝的要求,而不惜令驿马传递的荒唐做法,语意辛辣。杜牧咏史诗的独特之处,往往能够针对历史上兴亡成败的某些关键问题进行精到的评论,如《赤壁》一诗:"折戟沉沙铁未销,自将磨洗认前朝。东风不与周郎便,铜雀春深锁二乔。"这是一首七言绝句,诗人即物感兴,托物咏史,有感于三国英雄的成败,对赤壁之战发表了独特的看法,流露出诗人对历史沧桑的虚无之感。又如《乌江亭》:"胜败兵家事不期,包羞忍耻是男儿。江东子弟多才俊,卷土重来未可知。"这首诗议论战争成败之理,提出自己对历史上已有结局的战争的假设性推想,一方面感慨项羽的失败,另一方面对项羽进行批评。

除了上述之外,杜牧的咏史怀古诗大多数抒写的是对历史上繁荣昌盛局面消逝的伤悼情绪。如《题宣州开元寺水阁阁下宛溪夹溪居人》:"六朝文物草连空,天淡云闲今古同。鸟去鸟来山色里,人歌人哭水声中。深秋帘幕千家雨,落日楼台一笛风。惆怅无日见范蠡,参差烟树五湖东。"诗开始描写登临览景,勾起古今联想,营造气氛,进而慨叹一切无法永驻。如《登乐游原》:"长空澹澹孤鸟没,万古销沉向此中。看取汉家何事业,五陵无树起秋风。"诗人为了排遣抑郁的心情,傍晚来到乐游原,夕阳西下,于是发出了感慨。

杜牧还有一些纪行咏物、写景抒怀之作,格调开朗,声情意蕴并佳。如《江南春》:"千里莺啼绿映红,水村山郭酒旗风。南朝四百八十寺,多少楼台烟雨中。"诗人把江南自然风景同南朝的人文景观结合起来,呈现出一种深邃幽美的意境,渗透出对历史兴衰的感慨。《山行》:"远上寒山石径斜,白云深处有人家。停车坐爱枫林晚,霜叶红于二月花。"诗人于萧瑟秋风中摄取绚丽秋色,描写了山路、人家、白云、红叶等景物,展现出一幅动人的山林秋色图。其余如《清明》写了雨中出游的情趣,《秋夕》抒写秋夜纳凉的情思等,都流露出清新的美感,这些作品都深受人们的喜爱。

在晚唐的社会与文学的大背景下,有一部分诗人,以苦吟的态度作诗,以贾岛和姚合为代表,诗作内容比较狭窄,多写琐细的日常生活情景,有佳句而少佳篇。

贾岛(779—843),字阆仙,范阳(今北京附近)人,早年为僧,和孟郊并称为"郊寒岛瘦"。姚合(775?—855?),吴兴(今浙江湖州人)人,诗与贾岛齐名。

贾岛和姚合等人在创作态度上的共同表现是苦吟,即着意于音律、对偶、字句的推敲锤炼。贾岛在《题诗后》中曰:"两句三年得,一吟双泪流。"足见他的刻意追求。贾岛这种苦吟精神对后世颇有影响,如方干"吟成五字句,用破一生心",卢延让"吟安一个字,捻断数茎须",均从贾岛诗化出。晚唐时期有大批在社会上被冷落的文人,需要作诗获得精神上的补偿,他们把大量的时间和精力投放在作诗上,"以刻琢穷苦之言为工"(宋胡仔《苕溪渔隐丛话》),抒写他们的无奈。又因科举之故,这些文人偏好律诗。他们为作诗而作诗,刻意斟酌字句,反复推敲声律对偶,内容上多无扩展,导致诗境狭窄,诗风清新奇僻。

贾岛和姚合的诗歌题材接近,都侧重写日常生活。在风格上,贾岛因有过禅房经历,又曾受过韩愈、孟郊的影响,诗中冷僻的成分多一些,有孤介奇僻之气。如

《寄华山僧》:"遥知白石室,松柏隐朦胧。月落看心次,云生闭目中。五更钟隔岳,万尺水悬空。苔藓嵌岩所,依稀有径通。"全诗以奇险的句式造成峭拔之势,突出了华山僧的孤高不群。贾岛的诗歌在含蓄的回味上相对欠缺,司空图称"贾阆仙诚有警句,视其全篇,意思殊馁,大抵附于寒涩方可致才"(唐司空图《与王驾论诗书》)。但他也有一些平淡有味的作品,如《寻隐者不遇》:

> 松下问童子,言师采药去。只在此山中,云深不知处。

这首诗采用了寓问于答的手法,把寻访不遇的焦急心态描绘得淋漓尽致。而姚合仕途较为顺利,诗中时时流露出闲适自处的意趣,艺术上追求平淡含蓄的风格。诗歌内容多风景流连、池台院落之作,如《闲居遣怀》十首等为这方面的代表作。如《闲居遣怀十首》其一:

> 身外无徭役,开门百事闲。倚松听唳鹤,策杖望秋山。萍任连池绿,苔从匝地斑。料无车马客,何必扫柴关。

这首诗动静结合,写出了松林的幽静,表达了作者对黑暗现实的不满、对官场生活的厌恶和对隐逸生活的向往之情。

以贾岛和姚合为代表的苦吟诗风给后世的"苦闷士人"带来了一定的影响,特别是在晚唐五代以及两宋中,他们的影响不容忽视。

第二节 李 商 隐

李商隐(812—858),字义山,号玉溪生,又号樊南生。原籍怀州河内(今河南省沁阳县),自祖父起迁居郑州(今河南郑州市)。"中路因循我所长,古来才命两相妨。"(《有感》)这是诗人对自己一生坎坷经历的感慨。

李商隐才华卓越,兼擅众体,他的咏史诗多针对封建统治者的淫奢昏愚进行讽刺,历来受到推重。如《贾生》:"宣室求贤访逐臣,贾生才调更无伦。可怜夜半虚前席,不问苍生问鬼神。"这首诗借古讽今,在对贾谊怀才不遇的同情中,寄寓了作者自己在政治上备受排挤、壮志难酬的感伤。《马嵬二首》其二以唐玄宗和杨玉环的故事为抒情对象,诗中隐含作者对唐玄宗的强烈批评之意。沈德潜说李商隐的七绝"长于讽谕,工于征引,唐人中另开一境",主要就是指咏史诗而言的。李商隐的咏史诗以史为鉴,有着深沉的感慨和情思,读来很有余味。

李商隐的咏物诗造诣深厚,细致地表现所咏之物的形态,又寄寓着诗人自己的身世之感慨,实现了体物与咏怀的深细结合。他在《谢河东公和诗启》中曾说:"盖以徘徊胜境,顾幕佳辰,为芳草以怨王孙,借美人以喻君子。"这是对传统骚体美学的体认,他的咏物诗创作也充分体现了这一点,借咏物诗来委婉地表达自己的感慨。如《蝉》:"本以高难饱,徒劳恨费声。五更疏欲断,一树碧无情。薄宦梗犹泛,故园芜已平。烦君最相警,我亦举家清。"全诗以蝉起,以蝉结,借蝉栖高饮露的个性来表现诗人自己高洁的品格,对蝉的刻画和诗人所表达的情意浑然交融在一起,是托物咏怀的佳作。《流莺》这首诗则借流莺暗喻自身,寄托身世之感,抒写自己漂泊无依、抱负难展、佳期难遇的苦闷之情。全诗咏物抒情,风格轻倩流美,情思深婉。李商隐笔下的物,是诗人自己的象征,他的咏物诗也是怜物怜己的悲歌。

　　李商隐最有成就的是以无题诗为中心的爱情诗,这些诗虽数量不占多数,却代表了李商隐诗歌的艺术风格。如《无题四首》的前三首:

　　　　相见时难别亦难,东风无力百花残。春蚕到死丝方尽,蜡炬成灰泪始干。晓镜但愁云鬓改,夜吟应觉月光寒。蓬山此去无多路,青鸟殷勤为探看。
　　　　来是空言去绝踪,月斜楼上五更钟。梦为远别啼难唤,书被催成墨未浓。蜡照半笼金翡翠,麝薰微度绣芙蓉。刘郎已恨蓬山远,更隔蓬山一万重。
　　　　飒飒东风细雨来,芙蓉塘外有轻雷。金蟾啮锁烧香入,玉虎牵丝汲井回。贾氏窥帘韩掾少,宓妃留枕魏王才。春心莫共花争发,一寸相思一寸灰。

这三首均是感情深挚、缠绵委婉、咏叹忠贞爱情的诗篇。第一首写出了浓郁的离别之恨和缠绵的相思之苦。"春蚕到死丝方尽,蜡炬成灰泪始干"体现了爱情的坚贞,意境新奇,诗味隽永,成为千古传诵的名句。第二首诗写与情人别离后的思念。从甜梦中醒来觉得怅然若失,回忆起梦中依依惜别的情景,又匆忙地写信给她。借用刘郎的典故,述说今后要再会是几乎不可能的了。第三首比较隐晦、深沉、痛苦,结尾二句"春心莫共花争发,一寸相思一寸灰"为千古佳句,引人共鸣。

　　除了"无题"以外,还有相当数量类似无题的诗歌。如《锦瑟》:

　　　　锦瑟无端五十弦,一弦一柱思华年。庄生晓梦迷蝴蝶,望帝春心托杜鹃。沧海月明珠有泪,蓝田日暖玉生烟。此情可待成追忆?只是当时已惘然。

这是李商隐最难索解的作品之一,诗家素有"一篇《锦瑟》解人难"的慨叹。作者在诗中大量借用庄生梦蝶、杜鹃啼血、沧海珠泪、良玉生烟等典故,采用比兴手法,运用联想与想象,创造出朦胧的境界。此诗约作于作者晚年,当是他回忆往事,对一生坎坷而发的感慨。尽管描写委婉,旨意朦胧,但清代叶燮在《原诗》中称李商隐的诗"寄托深而措辞婉",是十分准确的。

　　李商隐的无题诗并不重视记述具体的爱情经历，而是表现心灵对爱情的深刻感受：期待与焦虑、失望与苦痛、寂寞与忆念、憧憬与烦闷等。因此，李商隐的无题诗在艺术手法上多有创造。首先，他拥有自己独特的意象群，如玉烟、蓬山、青鸟、彩凤等均为虚指，而且这些意象的组合不受现实生活的限制，转换跳跃，给读者留下了大量的联想空间。其次，李商隐善于用典，其典故取材于经典、史籍、神话、传说；手法上或正用，或反用，或据原典内涵演绎出新意，如《嫦娥》："云母屏风烛影深，长河渐落晓星沉。嫦娥应悔偷灵药，碧海青天夜夜心。"嫦娥吃了不死仙药得以飞升，本是令人羡慕的事情，李商隐却设想嫦娥会因为天上的孤寂而心生后悔，这是对于典故的反用。又如，"庄生晓梦迷蝴蝶"和"望帝春心托杜鹃"两句皆由原典而引发出感伤之意。再次，李商隐善于运用比兴象征手法，寄托内心的怀抱，同时构造朦胧多义的诗境，表现内心世界的复杂体验。如《无题》："紫府仙人号宝灯，云浆未饮结成冰。如何雪月交光夜，更在瑶台十二层？"全诗传达出晶莹高洁，但清寒渺远、难以接近的独特感受，使得意境朦胧，含义丰富。朦胧多义的特点，是无题诗高度内心化的艺术体现。

　　爱情的不幸、身世遭遇的坎坷，以及对唐王朝命运的忧思，从各方面促成了李商隐易于感伤的性格和心态，这些都反映在他的诗歌创作中。李商隐对古典诗歌的发展产生了很大的影响，他深入开拓和表现心灵世界的复杂情感体验，他的诗歌不只是一时一事之感，而是整个心境，因此显得朦胧多义。诗中意象组合的跳跃性和非逻辑性，给读者留下了更大的联想空间。李商隐的咏史诗情韵绵长，咏物诗托物咏怀言为心声，无题诗独成一体，七律七绝写得更是深婉精丽。李商隐把诗歌的艺术表现力提高到了一个新的高度，成为了晚唐的大家。

阅读链接

　　晚唐诗歌是唐朝诗歌的回响，以"小李杜"为代表的作品普遍带有浓郁的感伤情绪。研究晚唐诗歌的学者主要有傅道彬、董乃斌等。推荐阅读傅道彬的《晚唐钟声》，这本书是运用原型批评方法阐述中国文化与文学象征意蕴的学术专著。推荐阅读董乃斌的《李商隐的心灵世界》，这部书将李商隐的研究与文学史的研究相结合，试图通过李商隐的诗文来探究李商隐幽微的心灵世界。

思考·练习·拓展

　　1. 名词解释：苦吟诗人。

　　2. 简述杜牧诗歌创作的艺术成就。

　　3. 论述李商隐诗歌的艺术特色。

　　4. 简述李商隐无题诗的成就。

第八章 唐 代 散 文

学习提示

　　唐代散文最重要的成绩就是古文运动,古文运动是中国古代散文发展中一个重大变革。古文运动兴起于中唐,韩愈、柳宗元提倡文以明道,创作了大量风格自然、质朴雄健的名篇,改变了骈文长达几百年的统治地位。虽然中唐以后,古文衰落,骈文再兴,但古文运动带来的流风余绪一直影响到其后宋元明清几百年的散文文坛,直到近代白话文出现后,才日渐式微。学习本章,要精读代表名篇,背诵经典段落,把握古文运动兴起的大环境,重点掌握韩愈、柳宗元的散文主张及其艺术成就。此外,还要了解代表晚唐散文成就的小品文。

第一节 韩　　愈

　　唐以前并没有古文的概念,这一概念的明确提出,始自韩愈。所谓"古文",是与当时流行的"时文"也即骈文相对的。骈文最大特点是讲究形式美,骈偶对仗,文风绮丽柔靡。古文最主要的特点是单句散行,讲求内容言之有物,文风质朴自由。六朝以来盛行的骈文长期占据文坛的统治地位,古文运动就是要借魏晋之前的古文来反对当时流行的骈文,倡导文体革新。韩愈和柳宗元是在理论上大力倡导、在实践上身体力行的两个代表人物,韩愈更为突出。

　　古文运动的发生不是偶然的。初唐时就有陈子昂大张复古的旗帜,提倡风雅兴寄。至唐玄宗开元时期,又有苏颋、张说主张"崇雅黜浮"。天宝之后的萧颖士、李华、元结等人研习经典,以儒家思想为主导,复古思潮进一步高涨,成为韩柳古文运动的先驱。

　　古文运动发生的更重要的原因在于中唐的社会现实。安史之乱使盛极一时的大唐转向衰落,藩镇割据严重,朋党争斗愈演愈烈,佛道盛行,唐王朝面临着内外交困的局面。面对严峻的局面,一些士人思求变革。贞元、元和时期,唐王朝得到了二十年的稳定发展,使摇摇欲坠的政权得到了暂时的稳固,这样的局面给李唐王朝带来"中兴"的希望,与此愿望相伴而来的,是复兴儒学的思潮,贞元时期由复古思潮发展而来的社会思想运动,实际上是希望从意识领域来挽救王朝的危机。骈文不适宜宣传自己的政治主张,这就自然需要开展文体革新运动,反对骈文,提倡古文。

韩愈和柳宗元为复兴儒学的代表,他们复古主张的核心是"文以明道",既重视"道",也重视"文",要文道合一。韩愈说自己"修其辞以明其道"(《争臣论》),"愈之所志于古者,不惟其辞之好,好其道焉尔"(《答李秀才书》)。通过学习古文来学习古道,道是目的、内容,文是手段、形式。柳宗元也主张"文以明道",但和韩愈伦理色彩较重的"道"不尽相同,他更重视的是通经致用。

文体革新的理论,是古文运动的一大成就。韩愈重视作家的修养,重视语言的革新和创造,学习古文但不能抄袭古文,要"师其意不师其辞",要力求创新,做到"陈言务去"。柳宗元认为,文学批评必须重视作品的思想价值,既要做到形式完美,也要做到内容正确充实,二者不可偏废。

现存的韩愈散文,内容复杂丰富,有杂著、杂文、书、启、序文、祭文、碑志、表状、哀辞等多种体裁。他的各体散文都获得很高成就,而以杂著、杂文最为突出,其中的代表有《师说》《进学解》《争臣论》《杂说》《送穷文》等。《师说》针对唐代师道崩坏而写,提出师无贵贱,"闻道有先后,术业有专攻",勉励年轻人要善于向别人学习,这在当时有很积极的现实意义。"书"的代表作有《与孟东野书》《答李翊书》等,如《答李翊书》结合自己学古文的感受,回答了李翊提出的如何学文的问题,阐明了自己文学见解,提出"惟陈言之务去"、"气盛言宜"的主张,为唐代"古文运动"提供了重要的理论根据。序文有《送孟东野序》《送李愿归盘谷序》《送董邵南序》。祭文有《祭田横墓文》《祭十二郎文》,后者被称誉为"祭文中千年绝调",是古代抒情散文中的不朽之作。碑志有《柳子厚墓志铭》,在这篇墓志铭中,韩愈倾注了对朋友的深情,也表达了自己对于文学创作和一些社会问题的看法。他还有写给皇帝的表状《御史台上论天旱人饥状》和《论佛骨表》,都直接批评时事,言辞激烈。

在散文写作上,韩愈也提出了许多重要的主张,如"闳中肆外","务去陈言,辞必己出","师其意,不师其辞",甚至还提出向民间新兴文学学习,这些对后世都有重要影响。他又注重创新,在人物刻画上注重个性化描写,甚至在抒情性的文章中也能见到这种个性化人物,如《祭十二郎文》,叙述与描写相结合,议论、叙事和抒情相结合。在文风上,韩愈托名古人,但绝不泥古,如《毛颖传》,就将写小说的手法运用到散文之中,令人耳目一新。韩愈的古文议论富于形象化,使议论文有文学意味,如《送高闲上人序》,本身是一篇谈论学习书法的文章,本来容易写得枯燥乏味,但韩愈一开头就连用了八个例子,指出有造诣的人对专业"终身不厌",之后深入浅出,将复杂的理论问题讲得明白透彻。韩愈的语言更是风格多样,用语准确,逻辑

严密,对后世散文语言的贡献很大,在《进学解》中我们就可以窥见一二:

> 国子先生,晨入太学,招诸生立馆下,诲之曰:"业精于勤荒于嬉,行成于思毁于随。方今圣贤相逢,治具毕张,拔去凶邪,登崇俊良。占小善者率以录,名一艺者无不庸。爬罗剔抉,刮垢磨光。盖有幸而获选,孰云多而不扬?诸生业患不能精,无患有司之不明;行患不能成,无患有司之不公。"

《进学解》是元和七年(812),韩愈由职方员外郎获罪为国子博士时所作。韩愈从贞元十八年(802)至元和七年,屡遭贬谪,前后做了几任国子博士,他以才高而不被重用,内心很是不满,《新唐书》说他"才高数黜,官又下迁,乃作《进学解》以自喻"。该文构思奇巧,写法上巧妙模仿了汉朝东方朔的《答客难》和扬雄的《解嘲》,用先生劝学、学生诘难、先生解答的方式来结构全篇。形式上有骈有散,句式整齐而富于变化,文章自然流畅;风格上,寓庄于谐,内容庄重而行文幽默诙谐,使文章灵动有余味;气势上熔古铸今,议论精辟简约,使文章富有气势;语言上"陈言务去",语言精粹,炼字造句功夫很深,文中充斥着"沉浸醲郁,含英咀华"、"佶屈聱牙"、"俱收并蓄"、"闳中肆外"等极富创造性的语言,而"业精于勤荒于嬉,行成于思毁于随"、"贪多务得,细大不捐"等,言简意深,便于记忆,成为人们常用的成语和警句。唐代孙樵曾称赞这篇文章"拔天倚地,句句欲活",近人林纾评其"文心之狡狯,叹观止矣",都是很恰切的。

第二节　柳　宗　元

柳宗元是倡导古文运动的另一核心人物。他早年生活在"世族"家庭,受到了良好的教育,在考场上和官场上很顺利,很少接触下层社会,所写的文章大多是称颂皇恩之作,没有什么实际内容。在"八司马事件"贬官永州之后,郁郁不得志,虽然也曾一度召回京城,但又"出为柳州刺史",直到元和十四年死于柳州任上,年仅四十七岁。柳宗元生命的最后十五年是在贬谪的屈辱中度过的,而正是这十五年的贬谪生活,使他接近下层社会,了解了民生疾苦,思想上更加成熟,文风发生了极大变化,造就了他不朽的声名。他同情人民的《田家》、认识到"苛政猛于虎"的《捕蛇者说》、对社会和自然深入思考的《封建论》《天对》《天说》及《答刘禹锡天论书》等都作于此一时期。

柳宗元的散文丰富多彩,最重要的成就在于山水游记和寓言。山水游记的代表作为"永州八记",包括《始得西山宴游记》《钴鉧潭记》《钴鉧潭西小丘记》《小石潭记》《袁家渴记》《石渠记》《石涧记》《小石城山记》。其中《小石潭记》最为人称道:

从小丘西行百二十步，隔篁竹，闻水声，如鸣珮环，心乐之。伐竹取道，下见小潭，水尤清冽。全石以为底，近岸卷石底以出，为坻，为屿，为嵁，为岩。青树翠蔓，蒙络摇缀，参差披拂。

潭中鱼可百许头，皆若空游无所依。日光下澈，影布石上，怡然不动；俶尔远逝，往来翕忽。似与游者相乐。

潭西南而望，斗折蛇行，明灭可见。其岸势犬牙差互，不可知其源。

坐潭上，四面竹树环合，寂寥无人，凄神寒骨，悄怆幽邃。以其境过清，不可久居，乃记之而去。

他的这篇游记，写景状物生动传神，其语言正如他在《愚溪诗序》中所说："清莹秀澈，锵鸣金石。"

柳宗元的寓言成就很高，代表作有《蝜蝂传》《罴说》《三戒》。《三戒》包括《临江之麋》《黔之驴》《永某氏之鼠》三篇，借麋、驴、鼠三种动物的可悲结局讽刺了社会上的三种人，表现了高度的讽刺艺术。此外，柳宗元的论说文，著名的有《封建论》，针对当时藩镇割据的事实，批判了分封制的弊端；在《送宁国范明府传序》和《送薛存义序》中，提出了"吏"是"民役"而不应"役民"的观点；在《天说》和《与韩愈论史官书》中，直言不讳地批判了韩愈的"天命论"和"史官危险论"，表现出进步的政治观点和初步的无神论思想。

除了韩愈、柳宗元，中唐还有一大批作家活跃在散文文坛上，如韩门弟子李翱、皇甫湜、孙樵以及元稹、白居易、刘禹锡等。中唐古文运动是我国散文的大变革，它一扫骈文华而不实、绮丽浮靡之风，开创了散文的新传统，不仅在理论上奠定了散文写作的基础，而且在创作实践上形成了摆脱陈言俗套、自由抒写、情感自然的新文风，开拓了散文的写作领域和实用范围。

韩愈、柳宗元开创的古文运动，在二人去世后逐渐衰落。重要的政府文件如制、诏、状等一直以骈体为主，骈文的使用场合较多，而中唐政治改革失败，短暂的中兴后，政局日渐艰危，知识分子的改革锐气渐消，感伤颓废，文风柔靡，与之相联系的文体文风改革也渐次冷落，骈文重新抬头。此外，古文运动后继乏人，韩门弟子也未能继承前辈的优良传统，片面发展古文的主张，要么重道轻文，要么奇崛险怪，甚至流为苦涩，古文创作的道路越走越窄，虽有特出的人物如杜牧、刘蜕等仍坚持古文运动的精神，但衰落的趋势已不可挽回。

古文走向了衰落，但小品文却在晚唐异军突起，大放异彩，这是晚唐社会环境的产物，也是继承先秦文学传统和韩柳古文现实主义精神的产物，同时也是韩愈、柳宗元杂说、寓言小品一类文体在新形势下的继承和发展。晚唐小品文以指陈时弊、揭露讽刺为主要特色，篇幅短小，情感炽烈。代表作家有皮日休、陆龟蒙和罗隐。

　　皮日休(834?—883?)字袭美,一字逸少,复州竟陵(今湖北天门)人。曾居住在鹿门山。他是晚唐著名诗人、文学家,与陆龟蒙齐名,世称"皮陆"。咸通八年(867),入京应进士试以榜末及第。曾做过太常博士、毗陵副使。后来参加了黄巢的起义军,做了黄巢的翰林学士,黄巢兵败退出长安,皮日休不知所终。皮日休的作品都收入自编诗文集《皮子文薮》中,他的散文更富于战斗性,成就高于诗歌。如《鹿门隐书》,托古讽今,语言犀利,一针见血。

　　陆龟蒙(?—881)字鲁望,长洲(今苏州)人,举进士不第后,隐居松江甫里,人称"甫里先生"。他的讽刺小品主要收录在《笠泽丛书》中。他的作品直指社会现实,或托古讽今,或借物讽喻,表达了人民愤怒的心声。

　　罗隐(833—909),字昭谏,浙江人,曾十举进士不第,愤而作《谗书》,其文也重在指陈时弊,多为"愤闷不平之言,不遇于当世而无所以泄其怒之所作"(方回《谗书跋》)。他自己也说:"著私书而疏善恶,斯所以警当世而诫将来也。"(《谗书重序》)与皮日休和陆龟蒙不同的是,罗隐善于谐谑,多用寓言形式来讽时刺世。如《说天鸡》借两种鸡的不同,讽刺了"峨冠高步"却无德无能的达官贵人。

　　皮日休、陆龟蒙和罗隐的小品文大都短小精悍,针刺时弊,感情热烈,富于战斗性和批判性,被鲁迅誉为唐末"一塌糊涂的泥塘里的光彩和锋芒"(《小品文的危机》)。这可视为对晚唐小品文最中肯的评定。

　　晚唐骈文的复兴,代表作家有令狐楚、李商隐、温庭筠、段成式等。其中李商隐、温庭筠和段成式三人齐名,被称为"三十六体"。除了重视骈文原有的骈四俪六、音韵协调、对仗、辞藻等形式外,他们的骈文变得更加华丽,李商隐是其中的佼佼者。

　　晚唐骈文的复兴直接影响到五代及宋初的文学创作,为北宋的诗文革新埋下了伏笔。

　　阅读链接

　　推荐上海古籍出版社 2014 年 2 月出版的《韩昌黎文集校注》,清末民初著名学者马其昶校注,马其昶之孙马茂元整理。另推荐当代学者康震的《康震评说唐宋八大家——柳宗元》,中华书局出版,资料翔实,观点中肯,适合大学生阅读。

　　思考·练习·拓展

　　1. 名词解释:古文运动。
　　2. 鉴赏分析韩愈《进学解》的写作艺术。
　　3. 列举晚唐小品文的代表作家和作品,说说小品文对晚唐文学的意义。

第九章　唐代传奇

　　唐代传奇叙述宛转，文辞华艳，开始"有意为小说"（鲁迅《中国小说史略》）。初唐深受志怪小说影响，中唐达到繁荣阶段，作品数量众多，广泛反映社会生活，以婚姻爱情类成就最高，晚唐走向衰微。唐传奇的兴起有多方面的原因，艺术上构思巧妙，情节曲折完整，人物鲜明生动，标志着我国短篇小说创作走向成熟。学习本章，可通过作品鉴赏掌握唐传奇的思想内容和艺术特色，唐传奇为后世小说戏曲提供了丰富的题材，可以进行同一题材的嬗变研究。

第一节　唐传奇的产生和发展

　　唐传奇是指唐代流行的文言短篇小说，内容多传述奇闻异事。

　　把"传奇"作为小说的题目，源自元稹的《莺莺传》；后来裴铏的小说集也命名为《传奇》。把"传奇"专门用来指称唐代文言小说，最早见于元代末年陶宗仪所撰《南村辍耕录》："稗官废而传奇作，传奇作而戏曲继。"鲁迅《中国小说史略》指出："小说亦如诗，至唐代而一变，虽尚不离于搜奇记逸，然叙述宛转，文辞华艳，与六朝之粗陈梗概者较，演进之迹甚明，而尤显者乃在是时则始有意为小说。"唐传奇有意为小说，标志着我国古代小说进入成熟阶段。

　　关于唐传奇兴起的原因，大体而言，有以下几方面的因素。

　　市民娱乐需要。唐代城市经济繁荣，市民阶层兴起，为了满足他们的文化娱乐需要，"说话"艺术应运而生。文人聚会也以"说话"为消遣。元稹曾记载"又尝于新昌宅说'一枝花话'"，讲的就是白行简《李娃传》所记的故事。

　　佛教道教的广泛流行。佛道两教利用说话这种通俗活泼的文艺形式宣扬佛法道义，目的是要招徕听众扩大自身的影响力，客观上却产生了大量佛法道义故事的变文，这些变文包含着不少情节离奇曲折、想象丰富奇特的故事，对唐传奇尤其是神怪一类的作品有一定影响。

唐代行卷之风。唐代士人在科举取士之前,把自己所作的高水准诗文投献给名公巨卿,以求扩大自身的影响力,当时称之为"行卷"。传奇可谓"文备众体",故事主体部分以叙事为主,中间写景状物描绘人物又多穿插诗歌韵语,最后往往以小段议论点评作结。因此,传奇文也常用作"行卷",宋赵彦卫《云麓漫钞》说"唐代士人行卷,逾数日又投,谓之'温卷',如《幽怪录》、《传奇》等皆是也"。

各种文学形式的互相影响和促进。古文运动、新乐府运动增强了文学的现实主义精神,史传文学提供了传记文学的优秀经验,同时传奇还受到了唐代变文、俗赋、话本等通俗文学的影响。

唐传奇经历了初唐、盛唐的发展,中唐的繁荣,晚唐走向衰落。

初唐、盛唐是唐传奇的发展期,属于魏晋南北朝志怪小说走向成熟的唐传奇的过渡阶段,作品数量少,艺术上也不成熟。最早的是《古镜记》,相传为王度所作,以古镜为线索,串连了十多个怪异故事,承继了志怪小说的风貌。不能确认作者的《补江总白猿记》,写梁大同末年欧阳纥率军南征,中途其妻被白猿精劫走,后设计救出,其妻生一子,状貌如猿猴。这篇传奇结构完整,情节曲折,描写生动。还有张鷟的《游仙窟》,采用自叙的方式,写奉使河源途中,夜宿神仙窟,恰逢两女子,作者与她们宴饮歌舞,调笑戏谑,停一宿而去。作品内容突破志怪传统,表现人情世态,疑似狎妓生活的反映,采用四六骈文的形式,文辞华艳浅俗,受到了民间讲唱文学的影响。

中唐是唐传奇发展的兴盛期,唐传奇已广为人们接受和欣赏,题材由神怪转向现实生活。鲁迅曾指出:"惟自大历以至大中中,作者云蒸,郁术文苑,沈既济、许尧佐擢秀于前,蒋防、元稹振采于后,而李公佐、白行简、陈鸿、沈亚之辈,则其卓异也。"(《〈唐宋传奇集〉序例》)这一时期不仅作家和作品数量最多,而且名家名作涌现,如陈玄祐的《离魂记》、沈既济的《任氏传》、李朝威的《柳毅传》、元稹的《莺莺传》、白行简的《李娃传》、蒋防的《霍小玉传》、陈鸿的《长恨歌传》等。内容丰富广泛,涉及爱情婚姻、历史政治、豪侠志怪等社会生活的多个方面,作品中的现实精神大大增强,创作方法与艺术技巧走向成熟,其中反映爱情的作品代表了唐传奇的最高成就。

晚唐是唐传奇的衰落期,传奇创作由盛转衰,单篇的传奇作品存世很少,传奇专集大量出现,其中比较著名的有牛僧孺《玄怪录》、李复言《续玄怪录》、裴铏《传奇》等。传奇专集中的作品,有的是对前人作品的搜集整理和改编,如《续玄怪录》中的《尼妙寂》,出自李公佐《谢小娥传》,略有变化。专集出现使作品数量获得大幅增长,但文学成就整体不高,题材上神仙志怪与游侠大量出现。多数篇幅短小,叙事简略,豪侠题材的作品成就较高,比较著名的是杜光庭的《虬髯客传》。

第二节　唐传奇的内容和艺术特色

现存唐传奇大部分收录在宋初李昉等所编的《太平广记》里，题材广泛，大多取材于现实生活。其中数量最多、成就最高的是描写婚姻爱情题材的作品，如《柳毅传》《莺莺传》《李娃传》《霍小玉传》等。这类作品抨击了封建婚姻制度的不合理，揭露封建礼教和门第等级观念的罪恶，表达对自由爱情婚姻的渴望和追求。

陈玄祐的《离魂记》是唐传奇步入兴盛的标志性作品。张倩娘卧病在家，魂魄则出奔表兄王宙，最后离魂与肉体合二为一。离奇曲折、怪诞夸张的情节，强烈反映了青年男女追求自主婚姻的愿望。沈既济的《任氏传》写狐女任氏与贫士郑六的爱情故事，任氏忠贞不渝，不畏强暴，改变了以往妖祸害人类的范式，是最早借狐仙反映现实生活的作品。李朝威的《柳毅传》写人神相恋的爱情故事，龙女在夫家受虐待，书生柳毅出于义愤，替她传书报信，几经磨难，龙女被救出。她爱上了正直磊落的柳毅，但面对钱塘君的逼婚，柳毅不为所动，为避施恩图报之嫌，拒婚而归。一往情深的龙女最后化作范阳卢氏下嫁柳毅。本篇故事富于想象，情节离奇，批判了不合理的封建婚姻制度。

上述三篇爱情传奇深受志怪小说影响，借助神怪形式出现，还有一些篇目是直接描写现实生活中人间的爱情传奇。

元稹的《莺莺传》是第一篇突破神怪情节写世间男女之情的作品，原题《传奇》，收入《太平广记》时改作《莺莺传》，沿用至今。张生旅居普救寺时发生兵乱，他想办法救护了也住在寺中的郑氏一家。答谢宴上，张生、崔莺莺一见钟情，经过红娘传书，崔莺莺也历经内心激烈的挣扎，最终两人花好月圆。后来张生赴长安应试，渐渐变心，认为莺莺是天下之"尤物"，"不妖其身，必妖于人"，只好割爱。作品视莺莺为尤物，最后称赞张生"始乱终弃"的行为是"善于补过"，显然是封建意识，正如鲁迅在《中国小说史略》所说："篇末文过饰非，遂堕恶趣。"不过，作品成功塑造了崔莺莺的经典形象，她出身名门，遇到爱情时内心充满了情与礼的抗争，是位敢于冲破封建礼教束缚、争取爱情自由的叛逆女性。作品细腻真实地展示了崔莺莺的心理变化过程。她对爱情有深深的渴望，通过红娘与张生赠诗示爱，当张生按照约定前来相会时，她又"端服严容"，受到封建礼教的影响压抑内心的渴望，一本正经地数落了张生的"非礼之动"。张生痛苦不已，没想到后来又是她主动夜奔张生。崔莺莺的这种矛盾和反复，真实反映了她在反抗传统礼教时的内心冲突，一波三折，最终真情战胜礼教。它写出了不合理的封建制度下女性对自由爱情的热切期盼和主动追求，生动展示了爱情理想被无情摧残的悲剧，崔张爱情故事成为后世《西厢记》的渊源。

白行简的《李娃传》写了妓女李娃和荥阳公子郑生的爱情故事。荥阳公子赴长安应试,对名妓李娃一见倾心,散尽钱财后流落街头。其父恨他辱没门风,鞭打几致于死,后沦为乞丐。一日大雪,他乞讨至李娃处,李娃大发恻隐之心,赎身还良收留公子,并鼓励陪伴他发奋读书,最后荥阳公子考取功名,李娃被封为汧国夫人,父子如初,夫妻团圆。这个作品抨击了封建等级制度和门阀制度的虚伪和丑陋,荥阳公子考中功名,李娃自请离去,按照当时门阀婚姻制度,出身卑贱的李娃,是不能与高门相配。大团圆的结局巧妙回避了激烈的现实矛盾,表达了人们善良美好的愿望。

蒋防的《霍小玉传》写的是书生李益和名妓霍小玉的爱情悲剧,是中唐传奇的压轴之作。霍小玉是霍王庶出,后辗转成为艺妓,爱上了出身名门的李益。小玉自知自己身份卑微,恐不能与李益长相厮守,于是提出八年相爱之约。不料,李益归乡得官后,聘官宦人家卢氏为妻,心意转变自秘行踪,与小玉断绝了联系。小玉思念成疾,得知李益变心,悲愤痛恨。有黄衫客出手相助,把李益挟持到小玉家中,小玉历数自己的不幸和对方的负心,发誓死后必化为厉鬼报复,长恸数声而绝。后李益一生婚姻不如意。作品表现了霍小玉的悲惨命运,谴责了李益的负心,控诉了封建等级制度和冷酷无情的封建礼教。

唐传奇中还有一些讽刺批评社会现象的作品,表现了唐代知识分子对功名利禄的追求,作品中充斥着幻灭感,以沈既济的《枕中记》和李公佐的《南柯太守传》为代表。

《枕中记》写的是"黄粱美梦"的故事。功名不就的卢生路过邯郸,在旅舍遇见道士吕翁,枕吕翁的青瓷枕入睡,在梦中实现了他热烈追求的生活,娶名门淑媛,享高官厚禄,子孙满堂一生荣华等。梦中醒来,现实中黄粱饭还没煮熟,于是他彻底顿悟,稽首拜吕翁而去。《南柯太守传》写的是"南柯一梦"的故事。淳于棼喜欢喝酒,一次醉后梦入槐安国,被招为驸马,还出任南柯郡太守,从政守郡二十年,颇有建树,深受宠任。后率兵征战,与檀萝国交战失利,公主又罹疾谢世,于是遭受猜忌,最终被遣返故乡。淳于棼醒后惊异,寻踪发掘,发现梦中的"槐安国",不过是大槐树穴中的一个大蚂蚁巢穴。由此他深感人生虚幻如梦,潜心遁入道门,不再追求现实中的功名利禄。

这两篇作品都是通过梦幻的手法来反映现实生活,客观上对封建社会官场的丑恶和封建士子热衷功名富贵的现象进行了有力的批判,同时也宣扬了人生如梦的消极处世态度。这类作品的出现,与当时政党斗争激烈、社会黑暗有关,知识分子对现实感到失望,有一定的幻灭感出现,一定程度上也受到了佛道思想的影响。

唐传奇中还有一些取材于政治斗争和历史故事的作品,这类作品反映了唐朝错综复杂的社会矛盾和统治集团荒淫腐朽、弄权误国的历史事实,代表作有陈鸿的《长恨歌传》、陈鸿祖的《东城老父传》等。《长恨歌传》根据历史事实和民间传说写成,与白居易的《长恨歌》情节吻合,歌颂了李杨真挚的爱情,同时也批判了玄宗纵情声色、任用奸佞的骄奢与昏聩。《东城老父传》通过东城老父贾昌的回忆,写了他一生的遭遇和见闻,反映了唐代斗鸡的风气,批判腐朽黑暗的统治,并指出腐朽根源出自最高封建统治者。

唐传奇中还有一些以豪士侠客生活为题材的作品,反映了人民不畏强暴、敢于反抗的侠义精神,如《聂隐娘》《红线传》《昆仑奴》《虬髯客传》《谢小娥传》等。这类作品多产生在晚唐时期,是时藩镇割据现象严重,军阀混战不已,社会动荡不安,人民生活清贫困苦,社会上出现了一些扶弱济困、仗义锄奸、替人排忧解难的人物,游侠之风盛行。

杜光庭的《虬髯客传》是唐代豪侠小说的代表,作品并列写了三个人物:李靖、红拂、虬髯客。李靖出身贫贱,胸怀大志,拜见权贵杨素议论天下大事;红拂倾慕李靖,与之携手闯天下,途中结识豪侠虬髯客;虬髯客本有争夺天下之志,但见李世民不同凡响,决定退出,他出资帮助李靖,使其辅佐李世民成就功业。小说中的三个主要人物性格突出,形象鲜明。红拂机智果敢,虬髯客慷慨豪爽,李靖倜傥沉着,这三个人物被称为"风尘三侠"。

唐传奇中还有一些描写神仙鬼怪的作品,如《古镜记》《补江总白猿记》等。

唐传奇从粗陈梗概的六朝小说发展而来,在艺术构思、人物塑造、语言运用上都取得了较高成就。

唐代小说被称为传奇,首先是"作意好奇",有意识地运用虚构想象来进行创作。人间、异域、神怪、异梦、史实、传闻,在想象中追求立意新奇,在细节处讲究真实生动,如《柳毅传》打破了人神界限,结合了侠义、爱情、灵怪等。其次是跌宕起伏的情节。唐传奇篇幅不长,但情节曲折多变,充满戏剧性,结构严谨。如《莺莺传》以"始乱终弃"为线索写了崔张二人在爱情上的动摇、坚定、反悔。宋洪迈说:"唐人小说,不可不熟。小小情事,凄惋欲绝,洵有神遇而不自知者。与诗律可称一代之奇。"(《唐人说荟》)

唐传奇运用多种手法塑造人物,艺术形象鲜明生动。作品往往把握人物的身份地位来塑造个性。比如,霍小玉的八年之约就是因为她清醒地知道封建等级制度不允许他们长相厮守;约会张生,却又端服严容加以责备的崔莺莺,这正是封建家庭赋予她的性格特点。作品还运用对比、衬托、语言描写、细节描写、心理描写等手法塑造人物。《李娃传》中的荥阳公对儿子由爱到恨,由扫地出门到和好如初,展示了封建卫道者的虚伪、冷酷。《柳毅传》记钱塘君惩凶归来,和洞庭君的对话,凸现了钱塘君刚烈暴躁、嫉恶如仇,洞庭君懦弱谨慎、宽厚容忍。《霍小玉传》中小玉临死前的言行描写,情辞悲壮,刚毅愤恨。

唐传奇的语言精练华美,生动传神。叙事语言多为散体古文,兼用骈文、民间口语和诗词,人物语言简洁生动,极富个性,符合人物身份和情境。

　　唐传奇对社会现实的反映、离奇曲折的情节设计、积极浪漫主义手法的运用，对后世小说、戏曲的创作产生了重要的影响。

[阅读链接]

　　推荐阅读鲁迅的《中国小说史略》，当中有三篇文章，第八篇《唐之传奇文》（上）、第九篇《唐之传奇文》（下）、第十篇《唐之传奇集及杂俎》，对唐传奇的特色、历史地位、重要作家作品，作了精当的论述。

[思考·练习·拓展]

　　1. 名词解释：唐传奇。
　　2. 简述唐传奇兴起的原因及其发展阶段。
　　3. 简述唐传奇的分类及其代表作。
　　4. 分析霍小玉、崔莺莺、李娃的人物形象。
　　5. 简述唐传奇的艺术成就。

第十章 唐 五 代 词

学习提示

在唐诗高度发展繁荣的同时,中国诗歌又出现了一种新的形式——词。词最初的产生与音乐密切相关,在体制上也别有特点;最早以敦煌曲子词为代表,后文人化程度加强,艺术也渐为成熟。五代时后蜀的花间词,以温庭筠和韦庄为代表,奠定了词婉约的风格基调;南唐后主李煜的出现,开辟了词开阔、深厚、绵邈的风格特征,为后世词的发展导夫先路。学习本章,可采用作品分析法、比较阅读法,厘清唐五代词的发展及其词风的形成与风格,掌握花间词人和南唐词人的创作及其对后世的影响。

第一节 词 的 起 源

词,是中国古代诗歌的一种。关于词产生于何时,历来众说纷纭,尚无定论。一般认为,词产生于隋,发展于唐,兴盛于宋。

隋唐时期经济发达,城市繁荣,音乐较前代也有较大变化,其主要特征是原产于西域的"胡乐"传入中原,与汉族原有的清商乐相交融,产生了一种新的音乐——燕乐。燕乐常以琵琶伴奏,音域宽广,节拍鲜明,旋律灵活多变,需长短错落、优美婉转的歌词与之匹配,依声度辞的词随之兴盛,故早期词叫作"曲子"或"曲子词";因"依已成曲谱作出歌词"(明徐师曾《文体明辨》),也称为"倚声"或"乐章";又因在诗之后发展起来的,是一种合乐而歌的新诗体,且句子长短不齐,故又称"诗余""乐府""长短句"。

词是一种合乐而歌的作品,故在体制上也与音乐密切相关。首先,词依燕乐而定,依曲调为词调,不另立题目,词调的名称就是词牌;其次,词依乐段分片,片有定式;再次,词依词腔押韵,韵位疏密无定;依曲拍为句,句式长短不齐;依唱腔用字,讲究四声①。

　　1900年在敦煌藏经洞发现数百首隋唐五代的曲子词，被称为敦煌曲子词，其中《云谣集杂曲子》是我国第一部词集。敦煌曲子词的绝大多数属于民间作品，内容丰富，主题涵盖别离、爱情、人生等，涉及社会生活的多个层面，最有代表性的是反映妇女命运和追求的作品，如《菩萨蛮》：

　　　　枕前发尽千般愿，要休且待青山烂，水面上秤锤浮，直待黄河彻底枯。
　　　　白日参辰现，北斗回南面，休即未能休，且待三更见日头。

这首词与汉乐府《上邪》有异曲同工之妙，词中以六件不可能发生的事发誓，想象奇特，情感炽热，风格泼辣。另一首《望江南》则写出了妓女的命运：

　　　　莫攀我，攀我心太偏。我是曲江临池柳，者人折了那人攀，恩爱一时间。

女子以曲江临池柳自喻，写出被人遗弃、被人玩弄的悲苦命运，在饱含悲愤的控诉中也透露出对于真挚爱情的渴望。

　　敦煌曲子词风格明快质朴，语言浅近俚俗，人物率真泼辣，具有典型的民间化色彩。形式上还比较粗糙，如有衬字、字数不定等，仍有许多不完善的地方，这也恰恰体现了早期词的特点。

　　中唐前后，在敦煌曲子词的影响下，一部分文人也开始学习倚声填词，并蔚为大观。相传李白所作的两首词《菩萨蛮》（平林漠漠烟如织）、《忆秦娥》（箫声咽）意境阔大，情感深沉，艺术纯熟，有"百代词曲之祖"之美誉，然亦有学者认为是后人伪托。进入中唐后，文人词中确有不少佳作。

　　张志和（732—774），字子同，初名龟龄，号玄真子。唐肃宗时曾任翰林待诏等职，后有感于宦海风波和人生无常，弃官归家，浪迹江湖。张志和有五首《渔歌子》词描写自然景色，表达隐居生活，其中第一首最为知名：

　　　　西塞山前白鹭飞，桃花流水鳜鱼肥。青箬笠，绿蓑衣，斜风细雨不须归。

春天秀美的江南风光，衬托了理想化的渔翁形象，寄托了作者热爱自然、倾慕自由的情怀。

　　刘禹锡和白居易是中唐时期写词较多的作家。刘禹锡偏好民间音乐，九首《竹枝词》是由古代巴蜀间的民歌演变过来的，清新活泼，生动流畅，富有浓郁的民歌气

---

① 参见吴熊和《唐宋词通论》，上海古籍出版社，2010年。

息,如其一:

> 杨柳青青江水平,闻郎江上唱歌声。东边日出西边雨,道是无情却有晴。

初恋的少女在杨柳青青、江平如镜的清丽春日里,听着情郎的歌声,画面清新,声情流转。

白居易的词风浅显平易,自然流畅,与其诗风相接近。他的作品中也颇具民歌色彩,如《长相思》:

> 汴水流,泗水流,流到瓜洲古渡头,吴山点点愁。　思悠悠,恨悠悠,恨到归时方始休,月明人倚楼。

句式参差,语言清丽,风格含蓄婉转,反复、顶针、叠字等手法使词兼有民间词调和文人加工后的特点。

白居易更为后人所称道的,是他的三首《忆江南》:

> 江南好,风景旧曾谙。日出江花红胜火,春来江水绿如蓝。能不忆江南?
> 江南忆,最忆是杭州。山寺月中寻桂子,郡亭枕上看潮头。何日更重游?
> 江南忆,其次忆吴宫。吴酒一杯春竹叶,吴娃双舞醉芙蓉。早晚复相逢!

这三首词各自独立却又相互补充,分别从景色、风物和女性三个维度描绘了江南之美,每首都以"江南好"或"江南忆"开篇,而又以直接深情之句作结,艺术概括力强,意境奇妙。

中唐之后的文人词还不乏描写边塞生活的作品,如韦应物的《调笑令》(胡马胡马)和戴叔伦的《调笑令》(边草边草)。前者描绘失群迷途的胡马,象征戍边将士的孤寂忧虑;后者描绘冬夜雪月之景,抒写久戍边陲士兵的思乡望归。爱情也是中唐文人词常见题材,如韩翃的《章台柳》写作者与柳氏一段悲欢离合的恋情。

中唐文人词受敦煌曲子词的影响,自然活泼,不事雕琢,曲调狭窄,以小令居多,叶韵、平仄变化不大,整体上还没有完全和诗区别开,况周颐论这一时期的词:"唐贤为词,往往丽而不流,与其诗不甚相远也。"(《蕙风词话》)

第二节　花间词人与南唐词人

晚唐五代在西蜀和南唐形成了词创作的两个中心。

中国文学史上最早的一部文人词总集是后蜀赵崇祚编辑的《花间集》,共选录温庭筠、韦庄等十八位词人的五百首作品。这些作者大多生活在五代并聚集于西蜀,作品创作也主要是供歌筵酒席演唱所用,内容多描写女子的容貌体态、服饰起居以及她们的离愁别恨,语言华丽,抒情婉约,形式精巧,风格香软绮靡,故称为"花间词"。《花间集》在很大程度上奠定了词在音律形式、艺术风格、抒情功能等方面的基础,对后世词的发展有着深远的影响。

《花间集》选录的第一位词人——温庭筠(812—870),本名岐,字飞卿,太原祁(今山西省祁县)人,唐初宰相温彦博之后裔。一生不得志,行为放浪,但文思敏捷,有"温八叉"之称,是文学史第一个大力作词的诗人,存词七十余首,为唐人词作传世之最。

据《旧唐书》记载,温庭筠精通音律,能"逐弦吹之音,为侧艳之词",常常寄情秦楼楚馆,词作也多以女性生活为主要题材,醉心于描绘女子的容貌服饰、闺阁陈设,篇章结构密集,景物刻画精致,多抒发女子闺思怨恨。也有部分作品融入作者的身世之感,然失意惆怅之情隐晦难解,故刘熙载评曰:"温飞卿词精妙绝人,然类不出乎绮怨。"如《菩萨蛮》其一:

> 小山重叠金明灭,鬓云欲度香腮雪。懒起画蛾眉,弄妆梳洗迟。　照花前后镜,花面交相映。新帖绣罗襦,双双金鹧鸪。

懒起之情态、画眉之舒缓、照花之自怜、新帖之孤寂,女子的慵懒娇媚表现得穷妍极态。描写细腻,意象密集,着色浓丽,构图精巧,成为温词秾艳绵密风格的代表。结尾"新帖"两句,以"双双金鹧鸪"反衬女子的形单影只,引发读者对于女子慵懒情态的种种遐想。可见,温词的抒情并非直截了当,而是往往依赖铺陈和渲染的方法,通过营造意境或借助场景来抒发情感,这也造成了温词隐约含蓄的特征。

温庭筠也有较为清新自然的作品,如《望江南》:

> 梳洗罢,独倚望江楼。过尽千帆皆不是,斜晖脉脉水悠悠。肠断白蘋洲。

词作运用白描笔法,清新秀丽地勾勒出少妇的浓浓相思之情,意境浑然,结构疏朗连贯,情思绵邈悠长。

韦庄(836—910),字端己,长安杜陵(今陕西省西安)人,唐代诗人韦应物四世孙,花间词派的另一个重要词人,与温庭筠齐名,并称"温韦"。

韦词中有花间词共同的轻艳柔媚之作,如"红楼别夜堪惆怅,香灯半卷流苏帐。残月出门时,美人和泪辞"(《菩萨蛮》其一),用词华美,情思缠绵,是较为典型的花间词风。韦词虽也抒写女子离愁别绪,但长于白描,用语清丽秀雅,风格明朗,词义

显豁,表现出不同于温词的另一种风格。如《女冠子》其一:

> 四月十七,正是去年今日,别君时。忍泪佯低面,含羞半敛眉。　　不知魂已断,空有梦相随。除却天边月,没人知。

作品语言明白晓畅,色彩清淡素雅,全篇意脉流畅,叙事成分明显多于描写。以外貌动作描写表现女子因害羞而掩饰离别恋人的悲伤,叙事直接,情感表达委婉迂回,体现"似直而纡,似达而郁"(陈廷焯《白雨斋词话》)的特点,与温词擅长以多重意象隐括情感的方法大有不同。正如况周颐所说,韦词"运密入疏,寓浓于淡"(《历代词人考略》)。

韦庄也有部分作品为诗人自身的抒情述怀之作。如《荷叶杯》(记得那年花下),以深情的回忆叙写与谢娘由相识到相别的情感经历,结尾"如今俱是异乡人,相见更无因",于绝望间愈见情深意浓。这种追叙亲身经历、抒发自我之情的方式也同样体现在韦庄其他题材的词中,如表达伤时之悲、故国之思的《菩萨蛮》五首,这组词将作者历经丧乱、避地蜀中,欲归不得之痛和追忆故国、思亲怀旧、终难团聚之情交织在一起,凸显了韦词的主观抒情性。

花间词人虽以"温韦"并举,然二人填词却有不同。题材上,温词集中关注女子的容貌服饰和情事,韦词虽也有此类作品,但也有感怀之作。即便是以女子情事为题材,用语上,温词秾艳,韦词淡雅;结构上,温词绵密,韦词疏朗;抒情上,温词含蓄隐晦,韦词明朗浅近。

《花间集》的出现标志着词的成熟,确定了"词为艳科"的樊篱,形成了词富于阴柔美的婉约风格和审美倾向,影响着后世词作的发展。

南唐小朝廷偏安而居,社会相对稳定,城市经济繁荣,文人好雅聚,以声色为乐,推崇丽词新句,故形成了迥异于西蜀的又一词作中心,主要代表人物为中主李璟、后主李煜、宰相冯延巳。由于地域文化、个人文化修养等因素,他们的词作无论是在精神气质、文化趣味、审美情趣上都较西蜀词人更为精致、典雅。

冯延巳(903—960),字中正,南唐宰相,多才艺,善文章,犹喜填词,遗有《阳春集》。冯词也多言男女之情,但更注重一种心理体验的表现、一种情感境界的构建,表现出深婉蕴藉的风格。如《鹊踏枝》其一:

> 谁道闲情抛掷久,每到春来,惆怅还依旧。日日花前常病酒,不辞镜里朱颜瘦。　　河畔青芜堤上柳,为问新愁,何事年年有。独立小楼风满袖,平林新月人归后。

字里行间弥漫着一种无法摆脱的惆怅、愁苦之情,开篇"谁道闲情抛掷久"充满了一种孤寂、凄冷之感，不仅传达了一种感情的意境，而且表现出强烈鲜明的个性，体现出文人化的生命体验。

王国维《人间词话》评价冯延巳词作"堂庑特大，与中、后二主词，皆在《花间》范围之外"。可见其不同于花间词人专注艳情的狭小境界，意境幽深，情感蕴藉，展现了词高妙的艺术品味，为后世词人开辟了新的天地。

李璟（916—961），字伯玉，南唐中主，好学能诗，多才多艺。虽仅存词四首，然个性鲜明，词中感伤色彩浓重，体物传情精致纤细，意境惨淡，往往流露出凄苦哀怨的心境。如代表作《摊破浣溪沙》：

> 菡萏香销翠叶残，西风愁起绿波间。还与韶光共憔悴，不堪看。　　细雨梦回鸡塞远，小楼吹彻玉笙寒。多少泪珠无限恨，倚阑干。

女子悲秋念远，凄厉感伤，首句"菡萏香销翠叶残"，美好事物在无可阻挡的时光中迅速凋零破败，随风逝去，化作无限愁绪弥漫水间，表现了诗人对美好事物消逝的无奈、无助与无限哀怨，"大有众芳芜秽、美人迟暮之感"（王国维《人间词话》）。词作流露出沉重幽深的人生感慨，也赋予词更为丰富的精神内涵。

李煜（937—978），字重光，号钟隐，南唐最后一位皇帝，世称李后主。他精通书画音乐，诗词文赋无所不能，具有非凡的艺术才能。然他继位之时，宋已代周建国，南唐形势岌岌可危，唯有在风雨飘摇中苟且偷安。975年，宋灭南唐，李煜肉袒出降，被俘至汴京，后被宋太宗派人毒死。

李煜存词三十余首，因经历从帝王沦为囚徒的巨大变化，其前后期词风也表现出不同风貌。前期词主要是宫廷生活的反映，多写儿女私情，风格近于花间，流丽生动。如《菩萨蛮》：

> 花明月暗笼轻雾，今宵好向郎边去。刬袜步香阶，手提金缕鞋。　　画堂南畔见，一向偎人颤。奴为出来难，教君恣意怜。

词作描写少女私会情郎的胆怯、兴奋与娇羞，纯以白描手法，细腻生动地描摹人物的行动、情态和语言，毫无雕饰和做作之感。李煜的这类词，俚俗、真率，又极为动人，浅显明快的语言呈现出深远含蓄的意境和动人情思，正如王国维所说"专作情语而绝妙"。又如《玉楼春》（晚妆初了明肌雪）写出宴饮以及归辇过程，清丽间不乏富贵，结尾"归时休放烛花红，待踏马蹄清夜月"，点出词人高雅的生活情趣。

李煜入宋后，囚禁汴京两年有余，面对残酷的现实，词的风貌也随之发生转变。如入宋之初所作的《破阵子》：

　　四十年来家国,三千里地山河。凤阁龙楼连霄汉,玉树琼枝作烟萝,几曾识干戈? 　　一旦归为臣虏,沈腰潘鬓消磨。最是仓皇辞庙日,教坊犹奏别离歌,垂泪对宫娥。

山河破碎,国破家亡,沦为臣虏,仓皇辞庙,强烈的今昔对比,让这位生于深宫、长于妇人之手、不识干戈的后主,陷入了无限的愁苦中。故后期词多为追怀故国往事,抒写自身处境,充分表达家国俱亡、人生虚幻的巨大悲痛和无穷悔恨,风格沉郁凄凉。又如《虞美人》:

　　春花秋月何时了? 往事知多少。小楼昨夜又东风,故国不堪回首月明中。 　　雕栏玉砌应犹在,只是朱颜改。问君能有几多愁? 恰似一江春水向东流。

"往事""故国"均已"不堪回首",欢愉的短暂、人生的流逝,一眨眼都已成往事,无穷无尽的忧愁凝注在结尾处滚滚而逝的一江春水中,意境阔大,感慨良深,极具感染力。

　　李煜词由前期以儿女情长为主要内容转到后期表达家国情怀、人生感慨,扩大了词的题材范围,开拓了词的意境,形成了南唐词开阔、深厚、绵邈的风格特征。正如王国维《人间词话》所言:"词至李后主,而眼界始大,感慨遂深,遂变伶工之词而为士大夫之词。"同时,李煜的词善于运用今与昔、梦境与现实的强烈对比,表达深邃的情感;善于运用白描手法,真实准确地表现人物,从而展现和刻画细腻的心理;善于点染景物,意境开阔优美,语言凝练自然,比喻传神精妙,词风清丽疏朗。李煜词可谓五代文学之冠冕,亦是宋词之先声,在词史上具有重要的地位。

阅读链接

　　唐五代词是中国词文学的滥觞,推荐阅读吴熊和的《唐宋词通论》,本书主要从理论方面综合探讨唐五代词;词集推荐阅读王国维的《唐五代二十一家词》、黄进德《唐五代词选集》、林大椿的《唐五代词》。

思考·练习·拓展

　　1. 名词解释:花间词派。
　　2. 词都有哪些别称? 你是如何理解的?
　　3. 以作品为例,分析温庭筠和韦庄词的异同点?
　　4. 以作品为例,分析李煜前后期词的不同风貌及词作的艺术特征?

第五编　宋代文学

宋代文学概述

　　宋代历史前后共计三百二十年,以"靖康之变"为界,分为北宋(960—1127)和南宋(1127—1279)两个阶段,宋代文学亦分为北宋和南宋两个时期。宋王朝建立后,农业经济得到迅速恢复和发展。宋朝注意发展手工业和商业,京城汴梁以行业成街,店铺酒楼随处可见,集市活动极为发达。商业的繁荣,市民阶层的壮大,对宋代经济、政治、文化生活产生了极大影响。

　　宋朝重视加强中央集权制度,皇帝集军权、政权和财权于一身。统治者特别优待文士,大开科举。重文轻武是宋代政治上的一大特色。宋代知名文学家大多是进士及第,身居要职。宋代实行"守内虚外"的政策,是一个积贫积弱的朝代。先有范仲淹的庆历新政,后有王安石变法,政治改革一浪高过一浪。宋朝重视教育,大办学校。宋仁宗明令全国州县办学。全国著名的书院有庐山白鹿洞书院、衡州石鼓书院、南京应天府书院、潭州岳麓书院。宋代刻书业特别发达,李昉等编辑的《文苑英华》《太平御览》《太平广记》和杨亿等编辑的《册府元龟》,被称为"宋代四大书"。宋代是中国封建文化高度繁荣发展的时期,诞生了一代又一代学富五车的大学者和大作家。宋代最高统治者尚文者多。音乐、绘画、书法等艺术盛况空前。宋徽宗时期设立国家音乐机构"大晟府"。宋宫廷曾派乐工去高丽传授音乐。在艺术领域,宋人崇尚淡雅的审美情趣。

　　从总体来讲,宋代文学的繁荣并不亚于唐代。宋人别集有近六百种。据厉鹗的《宋诗纪事》记载,宋诗有三千八百多家,陆心源《宋诗纪事补遗》又增加三千多家,共计为六千八百多家。《全宋文》有十万多篇文章。《全宋词》收录近二万首词。

　　宋代文学充满民族忧患意识,始终贯穿着强烈的爱国主义精神。宋代文学具有"尚理"的特点。"理"在程朱理学中属于一个哲学范畴,而在宋代士大夫的社会生活中又是待人处事的思想规范与行为准则。宋代传统文学中的各种样式,从创作题材、内容到表现手法都出现前所未有的大融合。宋代文学呈现散文化、议论化的艺术特征和"书卷气"。宋代文学还有一个突出特点,那就是市民文学的兴起。话本小说和鼓子词、诸宫调等说唱文学以及戏曲艺术得到了迅速的发展。

　　北宋开国之初,诗坛承袭晚唐、五代遗风。这时出现了以王禹偁为代表的"白体"、以杨亿为代表的"西昆体"和以林逋为代表的"晚唐体"。"白体"诗学白居易,风格浅易。"西昆体"诗宗李商隐,因《西昆酬唱集》而得名。"晚唐体"作者多系僧侣和布衣隐逸之士,诗宗晚唐贾岛、姚合,尚苦吟,重工巧,诗风清瘦淡雅,境界狭小,多表现隐逸欲仙的情趣。

林逋以赏梅养鹤自娱,人称"梅妻鹤子"。以咏梅诗著称,"疏影横斜水清浅,暗香浮动月黄昏",千古传诵。梅尧臣、苏舜钦、欧阳修的崛起,开创了宋诗发展的新阶段。欧阳修是北宋诗文革新的关键人物,被推为"一代文宗"。之后又有王安石,他博观约取,熔铸前人,以独特的抒情方式和艺术风格,创立了为严羽《沧浪诗话》所标举的"王荆公体"。

北宋后期,苏门弟子相继崛起。黄庭坚与秦观、张耒、晁补之,被称为"苏门四学士"。黄庭坚,字鲁直,号山谷道人,洪州分宁(今江西修水)人。在宋代诗史上,黄庭坚的"山谷体"以"奇崛"著称。

北宋诗文革新是在政治革新、儒学复兴推动下,并遵循文学自身发展的需要而蓬勃兴起的。庆历三年,仁宗启用范仲淹为参知政事,进行一系列改革,即"庆历新政"。范仲淹为诗文革新的积极鼓吹者,他的作品表达了一个积极有为的政治家的胸怀。梅尧臣、苏舜钦与欧阳修共同倡导诗文革新,他们是诗文革新的开拓者。

南宋初,吕本中作《江西诗社宗派图》,首尊黄庭坚为江西诗派之祖,下列陈师道等二十五人。黄庭坚与陈师道并称为"黄陈"。江西诗派宗法杜甫,艺术追求以清淡瘦健为审美标准,"以俗为雅","以故为新",以典雅的文言为主,要求诗人有"点铁成金"之妙。

南宋诗的发展,一般以永嘉四灵的出现为界,分为前后两个时期。从总的倾向来说,具有三大特点:一是诗歌由"尊杜""宗黄"开始转为师法自然,具有独创意识;二是诗歌面向生活,题材扩大了;三是忧时伤乱,爱国主义成为诗歌的主题。

南宋后期,"中兴四大诗人"陆游、范成大、杨万里和尤袤以卓越的诗歌成就力矫江西诗派末流之弊,成为南宋诗歌的突出代表。永嘉四灵徐玑、徐照、翁卷、赵师秀均喜为近体,专攻五律,注重白描,少用典故,不发议论,刻意求新。江湖诗人的代表是戴复古、刘克庄。江湖诗人大多是一些浪迹江湖的失意文人,他们的诗歌中有一些揭露社会时弊、反映民生疾苦之作。

宋亡前夕,国难当头,文天祥等人的诗歌抒坚贞不屈之志,发"黍离"之思。他们的诗歌以时代的悲歌为宋诗留下了光彩夺目的最后一页。传诵千古的《正气歌》是文天祥《吟啸集》的第一首,言辞质朴,但气壮山河,千百年来,家传户诵。

宋代词的发展可分为两个时期。

前期以二晏、欧柳为代表,填词以小令为主;后期以苏轼、周邦彦为代表,重视词的诗化。柳永是婉约词的代表,大量吸收民间的口语、俚语入词,擅长写羁旅行役,大量创作慢词,提高了词的艺术表现力。苏轼打破了诗庄词媚的传统,是豪放词的卓越开创者。

宋室南渡后，一大批爱国词人崛起。李清照的词表现深沉的家国之恨。张孝祥、辛弃疾、陈亮等南宋词人风格苍凉悲壮。张孝祥的词极力追踪苏轼，以雄丽著称。他的《念奴娇·过洞庭》，上阕描写"表里俱澄澈"的洞庭湖景色，下阕抒发"肝胆皆冰雪"的高洁胸怀，被后人所推崇。

南宋后期，宋词进入更为严谨、更为圆熟的发展阶段。代表人物有姜夔、史达祖、吴文英以及稍后的周密、王沂孙、张炎等。总之，词之于两宋，作为一种独特的诗体，在反映社会生活、抒写情性方面，使宋代艺术家得以尽展其才，在中国文学史上写下了光辉的一页。

宋代古文承中唐韩、柳所倡导的古文运动发展而来，主要以议论、说理见长。欧阳修是宋代散文的第一位大师，他的文章平易近人，纡曲蕴藉。苏洵，字明允，号老泉，有《嘉祐集》十五卷传世。曾巩的文章文词醇雅，法度谨严。王安石的散文创作，以论说文成就最高。苏轼高才博学，是继欧阳修之后的文坛领袖。苏辙人称"小苏"，好为议论，尤好史论，其文多辩。

第一章 北 宋 词

　　北宋词承袭晚唐五代词风并有所创新。北宋前期多作小令,言男女情事,风格婉约,代表词人有晏殊、欧阳修,然其词中多体现为士大夫情怀;张先、范仲淹、王安石,也都体现出词由娱宾遣兴向抒情言志的转化;柳永的出现,打破小令独霸词坛的局面,从题材内容、艺术手法等多个角度有新的尝试。北宋后期词人,秦观采小令之法入慢词,形成了情韵兼胜的风格特征;贺铸集英雄豪情与儿女情长于一体;周邦彦被认为是北宋婉约词的集大成者,对词的格律章法等都有突出的贡献。学习本章,可采用阅读鉴赏法、对比阅读法。通过串联前后期词创作的特征,分析具体作品,体会北宋词的变迁。理解不同时期词的审美情趣、艺术特质及其对后世的影响。

第一节 北 宋 前 期 词

　　晏殊(991—1055),字同叔,抚州临川人。十四岁以神童入试,赐进士出身,是当时的抚州籍第一个宰相,一生显贵,喜奖掖后进,有《珠玉集》。

　　晏殊生活非常优越,"未尝一日不宴饮"(叶梦得《避暑录话》),终日徘徊于接宾待客、饮酒赋诗之中,把填词当作资助谈笑的"呈艺",词作内容相对狭窄,多为留连光景、伤春感时的富贵闲适之作。然而,在这些作品中晏殊虽也写男女艳情,但语言清雅秀丽,往往略去对女性容貌服饰的直观性描摹,着力表现抒情主人公的情感,显得隽永淡雅。男女相思别恋之情也往往以清雅之笔写出,如"明月不谙离恨苦,斜光到晓穿朱户"(《蝶恋花》),"无情不似多情苦,一寸还成千万缕。天涯地角有穷时,只有相思无尽处"(《玉楼春》),虽也写别情,然语言秀雅,神清气远。

　　在富贵平静的生活中,敏感的词人偶尔也会产生一种莫名的惆怅、淡淡的忧伤,产生对圆满生活中不圆满的忧虑与思考,在雅致情思中蕴含深刻的人生体验。

如《浣溪沙》：

> 一曲新词酒一杯，去年天气旧亭台。夕阳西下几时回。　　无可奈何花落去，似曾相识燕归来。小园香径独徘徊。

去年的天气、旧的亭台、无可奈何的落花、似曾相识的燕子，自然景物的变与不变，时光的不可逆与客观性，使词人产生了不可名状的愁绪，蕴涵了时间流逝、岁月穿梭而又无能为力的酸楚与苦痛。这体现出了个人的学养、情感和襟怀，从而扩大了传统词作的题材，显现出文人化、士大夫化的趋向。

欧阳修（1007—1072），字永叔，自号醉翁、六一居士，吉州永丰人，父亲早逝，自幼家境贫寒，然欧阳修从小喜爱读书，且极为勤奋可靠。天圣八年（1030）进士及第，后官至翰林学士、枢密副使、参知政事，谥号文忠，世称欧阳文忠公。欧阳修认同韩愈所倡导的古文理论，领导了北宋诗文革新运动，是开创一代文风的文坛领袖。但欧阳修视词为"聊佐清欢"的"薄技"（《西湖念语》），写词的目的不是要兴邦治国，而视为游戏，故其作品中有不少艳词，大多收录在《醉翁琴趣外篇》。虽也描写闺中女子离愁别情，但欧词摆脱了对体态服饰的庸俗描写，而转向细腻的内心刻画，词风更接近于晚唐。刘熙载评曰："冯延巳词，晏同叔得其俊，欧阳永叔得其深。"如《蝶恋花》首句"庭院深深深几许"，三叠"深"字，极写庭院之幽深沉寂，暗示女子深锁高墙内的孤独、压抑与落寞。结处"泪眼问花花不语，乱红飞过秋千去"，因花有泪，因泪问话，自叹人与花同命，花之无语，更添人之凄苦。有情与无情间，迷离飘转，层层推进，体现欧词"深婉"的特点。此外，如《踏莎行》（候馆梅残）所写行人思妇的离愁别绪，在词人笔下摇曳多姿，温婉多情。

与晏殊的富贵平顺不同，欧阳修一生宦海几度沉浮，仕途坎坷，饱尝世态人情，故词作中也多了一份人生感慨，但他为人乐观旷达，学养深厚，往往是在"仕路风波险，十年一别须臾"、"浮世歌欢真易失，换土离合心难期"的嗟叹中呈现出深情又豪放的情怀，抒发自我独特的人生体验，这类词作多收录在《六一词》中。如《朝中措》：

> 平山栏槛倚晴空，山色有无中。手种堂前垂柳，别来几度春风？　　文章太守，挥毫万字，一饮千钟。行乐直须年少，樽前看取衰翁。

词作酬赠友人之间发疏宕豪迈之音，展现出潇洒旷达的风神个性。

欧阳修词从整体上看，深受南唐词风影响，体现了宋初词风的转变趋势：一是扩大词的抒情功能，体现了以词表达自我情怀的宋词创作新方向；二是淡化秾艳的脂粉气息，转变词的审美情趣。冯煦在《宋六十家词选》中言欧词"疏隽开子瞻（苏轼），深婉开少游（秦观）"，可见其在词史中承上启下的历史地位。

张先（990—1078），字子野，乌程（今浙江湖州吴兴）人，天圣八年（1030）进士，官至尚书都官郎中，晚年退居湖杭之间，曾与欧阳修、苏轼等唱游。

张先善作慢词，与柳永齐名，造语工巧，风格清丽隽永，犹善于炼字，有"张三中"、"张三影"①之雅号。其词内容大多为男欢女爱、相思离别，或反映封建士大夫的闲适生活。如代表作《天仙子》：

> 《水调》数声持酒听，午醉醒来愁未醒。送春春去几时回？临晚镜，伤流景，往事后期空记省。　　沙上并禽池上暝，云破月来花弄影。重重帘幕密遮灯，风不定，人初静，明日落红应满径。

词的内容平泛，午醉初醒，愁绪难解，词旨虽不出伤春叹时的范围，但语言清新婉丽。这首词前有个小序："时为嘉禾小倅，以病眠，不赴府会。"交代了词作是词人在嘉禾做小官时以病眠为由不赴府会，在家饮酒听歌时的闲情雅作。这种词前加题序，交代写作时间和背景的方式，对后期苏轼的"以诗为词"有着重要影响。

范仲淹（989—1052），字希文，幼时家贫，寄读醴泉寺，读书十分刻苦，有"划粥割齑"的美谈。同时，他少有大志，常以天下为己任。大中祥符八年（1015），进士及第，从此步入仕途。宋仁宗庆历三年（1043）推行庆历新政，然终因保守派反对导致改革失败，范仲淹也随之被贬。六十四岁逝世于赴任途中，谥号文正，世称范文正公。范仲淹存词仅五首，皆为佳作。无论是边塞秋思还是相思怀人之作，意境阔大，感情沉郁，风格苍凉悲壮，在北宋前期词坛别树一帜。如《渔家傲》：

> 塞下秋来风景异，衡阳雁去无留意。四面边声连角起。千嶂里，长烟落日孤城闭。　　浊酒一杯家万里，燕然未勒归无计。羌管悠悠霜满地。人不寐，将军白发征夫泪。

以戍边为题材，上片写边地风光，下片抒将士思归，画面荒凉雄奇，情感苍凉悲壮，风格豪放，开后世边塞词之先河。

与范仲淹相类似，王安石存词也不多。王安石（1021—1086），字介甫，号半山，临川（今江西抚州市临川区）人。庆历二年（1042）进士，历任扬州签判、鄞县知县、舒州通判等职，政绩显著。熙宁二年（1069）任参知政事，次年拜相，主持变法。因

---

① 《古今诗话》记载，有客谓子野曰："人皆谓公张三中，即心中事、眼中泪、意中人也。"子野曰："何不目之为张三影？"客不晓。公曰："'云破月来花弄影'，'娇柔懒起，帘幕卷花影'，'柳径无人，堕絮飞无影'，此余生平所得意也。"

守旧派反对,熙宁七年(1074)罢相。一年后,宋神宗再次起用,旋又罢相,退居江宁。元祐元年(1086),保守派得势,新法皆废,郁然病逝于钟山(今江苏南京),赠太傅。绍圣元年(1094),获谥"文",故世称王文公。王安石的词今存约二十余首。虽不以词闻名,然因其政治家的胸襟和抱负,词作风格与同时期的小令作家不同,往往自抒怀抱,表达对历史荣辱的思考和对现实的反思,立意高远,格调苍凉悲壮,如《桂枝香·金陵怀古》,词作以金陵胜地为咏叹对象,追怀六朝旧事,揭露六朝统治阶级繁华竞逐的腐朽生活,寄托深沉情感,刘熙载赞云"瘦削雅素,一洗五代旧习"(《艺概》),同时此词使事用典,扩展了词的表现功能,赋予词更为丰富的表现力度,为词史中增添了新的题材——怀古词。

范仲淹、王安石词为传统词开辟了新的审美境界,预示着北宋词开始由悦人娱情转向言志抒怀,是后世苏轼豪放词风之先声。

第二节　柳　　永

柳永(987—1053),原名三变,字景庄,又称柳七,福建崇安人。出身官宦世家,少时学诗属文,有功名之志。然仕途坎坷,流连京城十六年间四次落第,一首《鹤冲天》抒发了他"黄金榜上,偶失龙头望"的满腹牢骚,自诩"才子词人,自是白衣卿相"。放荡不羁的个性和游戏人生的态度也为其增添了仕途的不畅。相传宋仁宗就缘于这首词将柳永故意罢黜,称"好去浅斟低唱,何要浮名?且去填词"(《能改斋漫录》),柳永也因此自称"奉旨填词柳三变"。后年近半百,兜转半生,方得进士及第,更名柳永,字耆卿。然一直沉沦下僚,历任团练推官、余杭县令等小官,晚年调回京师,官至屯田员外郎,世称"柳屯田"。有《乐章集》传世。

柳永倾注一生精力专力于词的创作,大约有两百余首词作流传。歌妓是柳永词的演唱者和主要描写对象,柳词中涉及歌妓题材的作品约有一百五十篇。与传统词中自怨自怜的闺阁女子不同,柳永笔下的市井女子面对爱情时,大胆泼辣,直率真诚。她们勇于追求爱情,有着一往情深的痴情,而一旦失恋,又极为勇敢,直言斥责负心汉,感情真挚,不拘礼法,体现市民阶层的情感特征和文化审美。《锦堂春》(坠髻慵梳)中以代言体方式摹写女主人公对恋人爱极又恨极的矛盾情状,下片"几时得归来,香阁深关。待伊要、尤云殢雨,缠绕我、不与同欢。尽更深、款款问伊,今后敢更无端",饱含深情而又极富情趣地盘算着三个惩罚疏狂情郎的计谋,将风尘女子的痴情、泼辣、自强、抗争描绘得淋漓尽致。

"尤工于羁旅行役"是柳永词对北宋初期词坛的一大贡献。柳永早年仕途不畅,屡试不第,怀着怨艾的情绪漫游江南一带,入仕后又因久困不迁,流离多地,遂有"游宦成羁旅"之叹。如《雨霖铃》中词人在凄苦离别中糅入仕途失意、迫走他乡之苦,孤身离别与前途未卜的复杂感情交织在一起。

出身世宦之家,使得柳永对功名有着一份传统意义上的执着,然浪漫的气质与艺术的才华,又使他辗转于秦楼楚馆与仕途求索中,奔波忙碌难以自拔。他想做一个文人雅士,却又摆脱不掉对世俗生活和男女情爱的眷恋;沉醉于莺歌燕舞之中,却又时刻挂念功名仕途。夹杂着这份矛盾与挣扎,柳词即便在怀乡思人中也渗出令人震撼的孤独、凄凉与苦闷。如《八声甘州》:

> 对潇潇暮雨洒江天,一番洗清秋。渐霜风凄紧,关河冷落,残照当楼。是处红衰翠减,苒苒物华休。唯有长江水,无语东流。　　不忍登高临远,望故乡渺邈,归思难收。叹年来踪迹,何事苦淹留?想佳人,妆楼颙望,误几回、天际识归舟。争知我,倚栏杆处,正恁凝愁!

全词以萧瑟之秋景为背景,抒写羁旅之愁、飘泊之恨,表达了强烈的思归情绪,意境浑融,情感沉郁,被苏东坡评为"不减唐人高处"。

描写都市的繁华富庶是柳永词作中又一重要内容,这也是首次在词作中出现的题材,柳永词中描绘过的城市有汴京、扬州、杭州、苏州、长安、成都等历史名城,反映了北宋中期经济之繁荣、都市文化之发展。其中最有代表性是《望海潮》,以杭州为描绘对象,起句"东南形胜,三吴都会,钱塘自古繁华",从环境、位置、历史总摄杭州全貌,大开大阖、波澜起伏间,浓墨重彩地铺叙了杭州的山水风物、繁荣壮丽的景色,展现了北宋大都市生活的和谐安乐、富庶祥和。此词一出立刻得到广泛的流传,据说"此词流播,金主亮闻歌,欣然有慕于'三秋桂子,十里荷花',遂起投鞭渡江之志"(罗大经《鹤林玉露》)。虽然并无确凿的史料证明是《望海潮》引来了金兵,但它从一个侧面反映了这首词的影响力之大。

柳永是开启北宋词坛新纪元的重要作家,他的创作不仅在词的题材内容上有所突破,在词的体制、艺术手法、语言及风格等方面对词的发展都作出了突出的贡献。

首先,柳永是词史上第一位大力写作慢词的词人。慢词较于小令的短小凝练,篇幅显得舒展,词的内涵容量增大,展现社会生活的能力也有所提高。又因柳永深谙音律,终年混迹于青楼歌馆,与歌妓乐工相来往,"教坊乐工每得新腔,必求永为词"(叶梦得《避暑录话》),故柳词中相当多的词调是首创或首次使用。词至柳永,体制渐趋完备,为宋词进一步繁荣发展提供了可能。

其次,柳永将"敷陈其事而直言之"的赋法移植到词中,并加以层层渲染,具有"一唱三叹,回环反复"(夏敬观《手评乐章集》)之美;词作中善于运用白描手法,用浅近的语言描述极平常的景物;柳词还善于将叙事、抒情、写景融为一体,善于借景抒情,无论是由景生情,还是融情入景,都自然浑融,恰到好处。

再次，柳词的语言明白晓畅，通俗平淡，且多用口语或俚语入词，这与前代文人推崇的文人化的雅词有所区别，"俗"成为柳词的另一个重要特色，也体现出市民阶层的审美情趣，所以在民间教坊中有"凡有井水饮处，皆能歌柳词"（叶梦得《避暑录话》）的说法。

柳永是北宋第一位具有革新意义的大词人，对后世词的发展产生重要影响，为后世苏轼开创北宋后期豪放词也有着重要影响；另一方面，柳永长调慢词的表现手法对后世的周邦彦也有着重要的影响；同时，柳词中通俗化的特征，也开启了宋词中俚俗词的先河。

第三节　北宋后期词

秦观（1049—1100），字太虚，后改字少游，别号邗沟居士、淮海居士，扬州高邮人。少怀大志，聪颖好学，豪俊慷慨。二十九岁结识苏轼，苏轼勉励他应试登第，然无奈两度科考秦观均名落孙山。终于在元丰八年（1085）考中进士，初为定海主簿，后经苏轼引荐为太学博士，被视为苏门弟子，遭遇党争之祸，先后被贬郴州、横州、雷州。元符三年（1100）徽宗即位，秦观复职北还，卒于途中。有《淮海词》。

秦观本不是一个积极参与政事的人，由于受到牵连而多次遭受贬谪，人生的种种遭际加之性格上的敏感、柔弱，使之内心极度哀怨愁苦，甚至在雷州时曾自写挽词，陷入失意苦闷中不能自拔。因此，"愁"成为秦观词最动人的主题："春去也，飞红万点愁如海"（《千秋岁》），"自在飞花轻似梦，无边丝雨愁如海"（《浣溪沙》），"便做春江都是泪，流不尽，许多愁"（《江城子》）。正如冯煦所言："他人之词，词才也；少游之词，词心也。"（《蒿庵论词》）

秦观的"愁"多半以离情别恨表现，并"将身世之感，打并入艳情"（周济《宋四家词选》），在凄婉的意境中隐约着感伤的情愫，如《踏莎行》：

　　雾失楼台，月迷津渡。桃源望断无寻处。可堪孤馆闭春寒，杜鹃声里斜阳暮。　　驿寄梅花，鱼传尺素。砌成此恨无重数。郴江幸自绕郴山，为谁流下潇湘去？

雾后的迷茫、月色的朦胧、无寻处的桃源，词人将内心深处中的悲苦化成所见所闻之景，然后以纤细柔婉之笔写出，凝聚成真挚的情感、深婉的意境。结句"郴江幸自绕郴山，为谁流下潇湘去"，流露出自己误入仕途、无辜卷入政治漩涡的无穷哀怨与怅惘，据说苏轼极爱此句，书于扇面曰："少游已矣，虽万人何赎！"（王士禛《花草蒙拾》）

　　与小令相类似,秦观的慢词也写得"情韵兼胜"。如《满庭芳》:

　　　　山抹微云,天连衰草,画角声断谯门。暂停征棹,聊共引离尊。多少蓬莱
旧事,空回首、烟霭纷纷。斜阳外,寒鸦万点,流水绕孤村。　　　销魂。当此
际,香囊暗解,罗带轻分。谩赢得、青楼薄幸名存。此去何时见也,襟袖上、空
惹啼痕。伤情处,高城望断,灯火已黄昏。

　　这首词与柳永《雨霖铃》颇有神似之处。柳词纯用赋与白描的手法,直抒胸臆。而
秦词则化小令之法入慢词,迂回含蓄。情思的抒发也并不是一泻无余,而是情一经
点出,即以景物烘托渲染。如一提"旧事",即接之以"烟霭纷纷",离愁之深似奔马
收缰,有住而不住之势。另外,"斜阳""寒鸦"等意象的出现,也使得秦词更为含蓄
隽永,柔婉而凄恻。

　　秦观素被尊为婉约之正宗,对后世婉约词人周邦彦、李清照有着直接的影响,
如陈廷焯所言:"(秦观)近开美成,导其先路","(李清照)其源自淮海"(《白雨斋
词话》)。

　　贺铸(1052—1125),字方回,自号庆湖遗老,卫州(今河南卫辉)人。出身贵族,
宋太祖贺皇后族孙,作过武官,也曾任泗州、太平州通判,晚年退居苏州。

　　贺铸词内容、风格兼有豪放、婉约二派之长。他秉性刚直,有侠士风范,故词中
也具有一种英雄豪杰的铮铮铁骨,如《六州歌头》追忆少年豪侠经历,感叹仕途蹉
跎、有志报国而无路请缨的苦闷,为后世豪侠词之先声,在两宋词风转变中起着不
容忽视的作用。

　　贺铸还擅长儿女情长的婉约词,他为悼念亡妻所作的《鹧鸪天》(重过阊门万事
非),追念同甘共苦、相濡以沫的夫妻生活,真挚沉痛,感人至深。与苏轼《江城子》
(十年生死两茫茫)被并称为宋代悼亡词之双璧。另如《青玉案》(凌波不过横塘路)
通过暮春之景和美人迟暮之情抒发郁郁不得志的"闲愁",结句"试问闲愁都几许?
一川烟草,满城风絮,梅子黄时雨",以博喻的手法,化实为虚,写出闲愁繁多、难以
挥散以及绵绵不绝之态,贺铸也因此有"贺梅子"之雅号。

　　周邦彦(1056—1121),字美成,号清真居士,钱塘(今浙江杭州)人。少年时期个
性疏散,喜读书,宋神宗时写有《汴都赋》赞扬新法,被任命为太学正,后历任小官。

　　宋徽宗崇宁年间(1102—1107)创立国家音乐机关大晟府,整理古音古调,创作
新乐,名"大晟乐"。大晟府以周邦彦为提举,词人按调填词,世称"大晟词"。大晟
词内容狭窄,多歌功颂德、粉饰太平之作,其词作音律和谐,句工词丽,章法富于变
法,对增进词的艺术技巧有很大贡献,大晟词的问世也在一定程度上推动了北宋末
期词的兴盛。

　　周邦彦一生政治虽无大起大落,但仕途并不得意,几度辗转于地方州县,故羁

旅行役的漂泊感和沧桑感成为其词作的重要主题之一,如作品中多出现诸如"自叹劳生,经年何事,京华信漂泊"(《一寸金·州夹苍崖》),"憔悴江南倦客,不堪听急管繁弦"(《满庭芳·夏日溧水无想山作》),"登临望故国,谁识京华倦客"(《兰陵王·柳》)的慨叹,充满着宦海沉浮的孤独失意与憔悴疲倦之感,这也成为周邦彦此类词作的情感基调。

借咏物以表达内心的压抑苦闷是周邦彦咏物词的主要特征,也是其词作的另一重要主题。他往往并不局限于描摹物象、图形写貌,而是将身世之感、失意之苦、漂泊之悲与所咏之物融为一体,为后世咏物词"重寄托"提供范式。如《六丑》(正单衣试酒)借助咏花惜春寄托身世之感。另有《兰陵王·柳》《花犯》等也都表现了词人的宦迹无常、情怀落寞。而《苏幕遮》(燎沉香)"叶上初阳干宿雨,水面清圆,一一风荷举",是客居游子的浓浓思乡之情,王国维称之为"得荷之神理者"(《人间词话》),也体现了周词清新自然的一面。

周邦彦词远承五代婉约风格,同时吸纳并发展了柳永词的铺叙手法、绵密结构以及秦观词的清雅格调,最终形成了"富艳精工"的特点。他精通音律,善于创制新曲,严格审音定调用字,音韵精密,声情音色和谐,促进了词体的完善、词调的发展,也成为南宋格律词派的源头;周邦彦作词注重章法结构,工于布局,善于将顺叙、倒叙、插叙等多种手法整合在一首词中,呈现出错综交错、重叠变化的特点;长于铺叙,结构严谨,善于描摹,物尽其妙;善于借用、化用前人诗句入词,无斧凿之迹,讲究炼字,语句精工。周济《宋四家词选》首列周邦彦,称之为北宋婉约词"集大成者",王国维《清真先生遗事》也尊其为"词中老杜"。

阅读链接

北宋是词繁盛发展的时期,研究词的学者首推王国维,推荐王国维先生的《人间词话》,这是中国第一部将西方美学与中国古典美学融会贯通的文论著作。专门论述北宋词的著作推荐陶尔夫、诸葛忆兵的《北宋词史》、刘靖渊的《北宋词研究史稿》等,另有社科院文研所泊《唐宋词选》、俞平伯先生的《唐宋词简释》也是选本中的翘楚。

思考·练习·拓展

1. 晏殊词和欧阳修词的主要特点是什么? 对"冯延巳词,晏同叔得其俊,欧阳永叔得其深"这句话如何理解?

2. 为什么说柳永是北宋词坛里程碑式的人物? 他对词的发展作出了哪些贡献?

3. 秦观的词被誉为"词心也",该如何理解?

4. 概述周邦彦在词史中的贡献。

第二章　苏　轼

　　苏轼代表北宋词的最高成就。他一生坎坷,然思想上却是兼容并包,个性上乐观旷达,艺术上诗、词、文、书、画均有不俗的成就,其中词的成就最高。苏轼的词揭示了复杂丰富的内心世界,展现了清新壮丽的自然风光,抒写了真挚庄重的人伦之情。以诗为词是他在词史上最集中的贡献,表现为扩大了词的题材内容,丰富了词的艺术手法,提倡一种阳刚之美的新词风,从而改变了晚唐五代以来的婉约之风,成为后来豪放词派的开拓者。学习本章,可采用知人论世、作品分析、对比阅读的方法,通过了解苏轼的生平及思想,阅读分析具体作品,对比前代词人的创作,掌握苏轼词的思想内容和重要作品,理解其在词史上的贡献,体会苏轼旷达的人生态度和逆境中舒展的张力。

第一节　苏轼生平及思想

　　苏轼(1036—1101),字子瞻,号东坡居士,谥号文忠公,眉州眉山(今属四川)人。少聪敏,七岁知书,十岁能文。祖父苏序好读书,善作诗。父亲苏洵是北宋古文名家,母亲程氏也饱读诗书且深明大义,曾以东汉范滂反对宦官专权误国之事激励儿子,对苏轼产生重要影响。

　　宋仁宗嘉祐元年(1056),二十岁的苏轼随父出蜀赴京,参加礼部考试。他的策论《刑赏忠厚之至论》深得主考官欧阳修的赏识,为了避嫌,只被取为第二名,但却断言:"此人可谓善读书,善用书,他日文章必独步天下。"据说还对其子说:"记着我的话。三十年后,无人再谈论老夫。"一时间,苏轼名声大噪。然因母亲病逝,不得不回乡守孝。嘉祐六年(1061)苏轼制科中第,正式封官,开始四十余年的仕宦生活。英宗治平三年(1066),父亲苏洵在京师病逝,苏轼与其弟苏辙扶枢还乡,居家守孝。这期间苏轼主要以政论文的创作为主,表达政治主张,提出改革措施,仅有少量诗词写作。

宋神宗熙宁二年(1069),苏轼再次回京,此时王安石的变法已然在朝野间掀起。苏轼反对激烈的变法措施,主张稳健推进变法,强调择吏任人的重要性。因与王安石为代表的新党政见不合,遭受攻击,苏轼自请外调。从熙宁四年起,先后任杭州、密州、徐州、湖州通判。任地方官时,苏轼勤政爱民,恪尽职守,每到一地都兴修水利,体恤百姓疾苦。这期间除继续政论文的写作外,也开始了诗词的创作。元丰三年,御史李定等人恶意曲解、断章取义苏轼的诗文,诬告苏轼抨击新政、讪谤朝廷,并将其逮入御史台受审。历经五个月的煎熬,狱中的苏轼倍受诟辱,甚至有性命之忧,幸得多方营救,才得免去死罪被贬黄州,这桩狱案史称"乌台诗案"。沉重的打击并没有使苏轼从此消沉下去,反而让他变得更加超脱旷达,文学创作也迎来全盛期,诗、文、词、赋都取得了极大成就,留下了许多脍炙人口的名篇。

元祐元年(1086),哲宗即位,高太后临朝,起用旧党欧阳修等人执政,苏轼亦被召回京师。但他对于旧党打压新党、完全否定新法的行为,也不甚认可,苏轼再次自请外调。自元祐四年(1089)起,连任杭州、颍州、扬州知州。外任作官期间,苏轼革弊兴利,赈济灾民,开浚西湖,造福于民,颇有政绩。这期间,苏轼有短暂的升迁和身处要职的经历,黄庭坚、张耒、秦观等人也是此时得到引荐,与之唱和酬答,形成以苏轼为核心的作家群。

元祐八年(1093),哲宗亲政,新党重新上台,苏轼又一次遭到贬黜。先后被贬英州、惠州、儋州。直至徽宗即位,苏轼遇大赦得以内迁,次年(1101)病逝在常州。

苏轼一生尊崇儒学,受儒家经时济世思想的影响,有着积极的入世之心和用世之志。他崇尚高尚的人格气节,倡导"仁政"爱民的治国主张;关注社会现实,尚简易,重实用;信奉中庸之道,反对过于激进与一成不变。苏轼一生经历两次"在朝—外任—贬居"[①]的过程,跌宕起伏五十年,然儒家经时济世的思想未变。在朝则策论政事,补偏救弊,奖掖后学;外任则勤政爱民,恪尽职守,造福地方;贬居时依然兴办学堂,教化民风。长期深处新旧党争的夹缝中,即便一贬再贬,历尽艰难,然始终坚守儒家"兼济天下"的情怀。苏轼早年也接受过道家思想的影响,喜好《庄子》,向往陶渊明返璞归真的隐逸生活。主张重生死,轻去就。成年后,也曾读佛理之书,出入寺庙,交往名僧,参加宗教活动。信奉佛家的自我解脱、超然物外、与世无争。苏辙曾回忆苏轼读书:"初好贾谊、陆贽书,论古今治乱,不为空言。既而读《庄子》,喟然叹息曰:'吾昔有见于中,口未能言,今见《庄子》,得吾心矣!'……后读释氏书,深悟实相,参之孔、老,博辩无碍,浩然不见其涯也。"儒学为本、兼容释道的思想使苏轼在饱经挫折的人生中依然坚持自己的理想,不退缩,不妥协,亦不抱怨,不气馁,也使其在身处逆境时可以始终保持乐观、平和、旷达、洒脱的人生态度。

---

① 参见王水照《苏轼的人生思考和文化性格》,《文学遗产》1989 年第 5 期。

　　儒学为本、融合释道的思想和乐观旷达的个性气质,成就了一个文坛的传奇。苏轼去世前曾在《自题金山画像》中自嘲:"问汝平生功业,黄州、惠州、儋州。"这确实是对其政治生涯的自嘲,但对于文学家的苏轼而言,其斐然的文学功业也恰恰是在此时大放异彩。词作名篇《念奴娇·赤壁怀古》《定风波·三月七日》《浣溪沙·游蕲水清泉寺》等均出现在这一时期。贬谪的生涯没有消磨苏轼的文学创作,反而更激发了作品深刻的人生感悟和情感波澜。苏轼极尽坎坷曲折的人生经历与兼容并包的哲学思想,为他的文学创作提供了源头活水。

　　苏轼是中国文化史上少有的通才,他不仅是杰出的文学家,而且在诗文书画等多个领域都颇有建树。其诗题材广阔,清雄通达,善用比喻夸张的修辞手法,风格独具,与黄庭坚并称"苏黄";其词开豪放一派,与辛弃疾同是豪放派代表,并称"苏辛";其散文著述恢宏,豪放自如,与欧阳修并称"欧苏",为"唐宋八大家"①之一;苏轼亦善书,为"宋四家"②之一;工于画,尤擅墨竹、怪石、枯木等。苏轼还是北宋学术流派"蜀学"的领袖,儋州文化的开拓者、播种人。多元化的文化领域相融合,使得苏轼的文艺思想通脱潇洒、不拘一格,具有兼容并蓄、交融相济的特点。他强调文学的实用功能,主张文章应"有为而作"(《凫绎先生诗集叙》);强调文学自身的美学价值,指出文学"有道"之外,更应"有艺"(《书李伯时山庄图后》);追求文学艺术的"自是一家",主张文学艺术的创作可以根据内容的要求,自由表达,摆脱形式限制,使之恰到好处,以取得自然流畅、波澜起伏的艺术效果;强调神似,推崇平淡自然、独得神韵的意境,提倡"言有尽而意无穷"。总之,苏轼的人格、思想、文艺主张共同影响着其文学的创作,也对后世产生着重要影响。

第二节　苏轼词的思想内容

　　苏轼在词的创作上取得了非凡的成就,是北宋乃至整个词坛最为璀璨的明珠。著有《东坡乐府》,收录词作三百五十余首。刘熙载云:"东坡词颇似老杜诗,以其无意不可入,无事不可入。"(《艺概》)虽不免有些夸大,然也体现出苏轼词丰富的思想内容。

　　苏轼之前的词多言男女情事,内容单一,且缺乏真情实感。偶有李煜、晏殊、欧

---

① 明初朱右选韩愈、柳宗元、欧阳修、苏洵、苏轼、苏辙、王安石、曾巩八人文为《八先生文集》,遂起用八家之名。后明末茅坤选辑了《唐宋八大家文钞》共一百六十四卷,此书在旧时流传甚广,"唐宋八大家"之名也随之流行。

② 盛时泰《苍润轩碑跋》:"宋世称能书者,四家独胜。然四家之中,苏蕴藉,黄流丽,米峭拔,而蔡公又独以浑厚居其上。"宋四家指苏轼、黄庭坚、米芾、蔡襄(一说蔡京)四人。

阳修等抒发士大夫的自我情怀，然又大多止于生活的特定感发；柳永于词虽有创新，然内容多以离愁别恨为主；范仲淹、王安石虽有边塞、怀古作品的流传，然孤篇难以拓展。苏轼也写传统的艳词，但词中更直接地是抒发自我的真实情感、真切感受，其中从政的理想、爱国的情怀、人生的感悟、生活的闲雅以及真挚的情感等内容在他的词作中都有所表现。

首先，苏词深刻地揭示了复杂的内心世界：展现了自我的理想怀抱和爱国豪情，抒写了仕途中进退失据的矛盾与苦闷，以及由此引发的人生感悟与思考。

苏轼生活的时代，正值北宋多事之秋，边境时有西夏、北辽的侵扰，时局不甚稳定，内忧外患，苏轼痛感责任之重，也期许自己能够建功立业，于是出现了抒写理想怀抱和爱国豪情的词作，这也是宋词中首次出现的主题。最有代表性的是《江城子·密州出猎》：

　　老夫聊发少年狂，左牵黄，右擎苍。锦帽貂裘，千骑卷平冈。为报倾城随太守，亲射虎，看孙郎。　　酒酣胸胆尚开张，鬓微霜，又何妨？持节云中，何日遣冯唐？会挽雕弓如满月，西北望，射天狼。

虽云"出猎"，倾城而出的气势却似保家卫国的战斗；虽云"老夫"，"挽雕弓"、"射天狼"的气魄如同驰骋杀敌的壮士，澎湃的热血、昂扬的斗志、进取的精神、宏阔的胸襟，一扫婉约词风的悲悲切切、儿女情长，变柔情软语为粗犷豪迈，化含蓄婉转为酣畅淋漓。

和苏轼的诗相比，苏词较少写政治进取的一面，而多写隐退之情以及闲适的生活。随着政治迫害的加剧，词中所抒发的出世入世的矛盾与挣扎也愈为复杂。如被贬密州时所作的《沁园春·赴密州早行马上寄子由》：

　　孤馆灯青，野店鸡号，旅枕梦残。渐月华收练。晨霜耿耿，云山摛锦，朝露团团。世路无穷，劳生有限，似此区区长鲜欢。微吟罢，凭征鞍无语，往事千端。　　当时共客长安，似二陆初来俱少年。有笔头千字，胸中万卷，致君尧舜，此事何难。用舍由时，行藏在我，袖手何妨闲处看。身长健，但优游卒岁，且斗樽前。

"致君尧舜"的人生理想，透露出词人的年少轻狂和勃勃雄心。然"用舍由时，行藏在我"，豪放自信的同时也流露出理想被压抑之后的苦闷、无奈与挣扎。这样的感受，在苏轼被贬期间表现得更为突出。谪居黄州，苏轼躬耕东坡，追慕、仿效陶渊明，自叹"只渊明，是前生"（《江城子·梦中了了醉中醒》）。复如"归去来兮，吾归何处？万里家在岷峨"（《满庭芳·元丰七年》）、"君是南山遗爱守，我为剑外思归客"

《满江红·寄鄂州朱使君寿昌》)等也均流露出归隐之情。

　　"乌台诗案"之后,人生命运的倏忽变化,使苏轼越来越真切地感受到人生的艰难和命运的变幻。对现实的慨叹、对世事艰辛的无尽忧虑,糅杂在他的哲学思考中,于是出现了感悟生命、体悟人生为主题的词作,这也是苏轼最为人所赞赏的作品,以《定风波·三月七日》最具代表性。词中的"谁怕? 一蓑烟雨任平生"、"归去,也无风雨也无晴",表现出作者不畏风雨、傲然面对困境的情怀,以及随性旷达、顽强乐观的精神和超然自适的人生态度。再如《临江仙·送钱穆父》:

　　　　一别都门三改火,天涯踏尽红尘。依然一笑作春温。无波真古井,有节是秋筠。　　惆怅孤帆连夜发,送行淡月微云。尊前不用翠眉颦。人生如逆旅,我亦是行人。

身处困境的苏轼,面对永恒的时间和广大的天地,往往感受到的是个体的渺小。仿佛人就是天地间的倏忽而过的行客,眼前的聚散、得失、荣辱又都算得了什么呢? 也无非是都要化为尘埃随风而散罢了。因此,分别又何必悲叹,面对着这纷纷扰扰的世界,何不以一种旷达、洒脱应之。

　　在表现对人生深度思考的同时,苏轼词中也经常借助"梦"来表达生命的短暂有限、命运的坎坷虚幻。四十年间两次"在朝—外任—贬居"的变迁,构成强烈的落差,使苏轼产生"万事皆幻"的强烈感受,于是发出"人生如梦"(《念奴娇·赤壁怀古》)、"古今如梦"(《永遇乐》)、"万事到头都是梦"(《南乡子·重九涵辉楼呈徐君猷》)、"世事一场大梦"(《西江月》)的慨叹。与前代词人沉溺于往事如梦的感慨不同,苏轼的"梦"更多的是对人生难以操控性和不确定性的感悟,是对仕宦浮沉的淡淡惆怅、对身世飘零的深深感叹。

　　再次,与前代词人多流连于狭小生活场景不同,苏词中出现大量文人化的日常活动场景。他不再局限于柳永式的街巷市井、都门柳堤,更不同于五代词人的闺阁绣户、庭院楼台,而是进一步走向更为广阔的世界,展现了祖国山河中清新壮丽的自然风光。

　　外任地方,得以逃离被攻击的处境,苏轼心情豁然开朗,纵情山水,物我两忘。"湖山信是东南美,一望弥千里。"(《虞美人》)杭州城的秀美使他流连忘返,陶醉其间。谪居失意期间,苏轼依然钟情山水,作于黄州的《鹧鸪天》曰:"林断山明竹隐墙,乱蝉衰草小池塘。"雨后清新的空气,村舍古城的静谧,词人漫步徐行,怡然自得。

　　苏词有时也把对自然山水的钟情与对历史、人生的反思结合起来,在雄奇壮阔的自然美中融注入深沉的历史感和人生感慨,如"乱石穿空,惊涛拍岸,卷起千堆雪"(《念奴娇·赤壁怀古》),词人描写了乱石壁立、怒涛汹涌的雄奇壮阔景色,借以抒发理想抱负与胸襟。

苏轼词中也有清新壮丽的自然景物,如描写乡村景色、村居生活和村叟情态的作品,使农村题材的词作正式步入词坛。其代表如徐州所作的《浣溪沙》五首。在这些词作中不仅有宁静疏淡的风光、质朴勤劳的村民,还有简单不失趣味的农居生活,道逢醉叟,隔篱畅谈,走马访舍,充满泥土气息的生活让久困官场的苏轼,感受到从未有过的轻松与自在,发出"使君元是此中人"(其五)的感叹。

苏轼也有许多的咏物词。这类题材的词作,也是在苏轼之后才蔚为大观。之前偶有出现,然格调都不高。苏轼的咏物词重形似也重神似,精准地描摹物象,又别有寄托,从而提高了咏物词的审美格调。如《水龙吟·次韵章质夫杨花词》:

> 似花还似非花,也无人惜从教坠。抛家傍路,思量却是、无情有思。萦损柔肠,困酣娇眼,欲开还闭。梦随风万里,寻郎去处,又还被、莺呼起。　　不恨此花飞尽,恨西园、落红难缀。晓来雨过,遗踪何在?一池萍碎。春色三分,二分尘土,一分流水。细看来,不是杨花,点点是离人泪。

全词句句写杨花,又似处处写人,可谓不离不即,形神并茂。以杨花比拟人的飘零沦落,隐约寄托词人身世之感。王国维对此词推崇备至,曾云:"咏物之词,自以东坡《水龙吟》为最工。"(《人间词话》)

除此之外,苏轼词也诉说了真挚的人伦之情,诸如兄弟、师生、朋友和夫妻之间的感情。之前的词少有真情实感,抒情指向多为传唱诗词的歌妓乐工,苏轼则大胆地打破长期以来的偏见,将与家人、恩师、友人、妻子等比较真挚、庄重的情感引入词作中。

苏轼与弟弟苏辙感情笃厚,然聚少离多,故多借文字传情,如《水调歌头·丙辰中秋》《水调歌头·安石在东海》《西江月·黄州中秋》《满江红·怀子由作》等都是其中的代表作。苏轼入仕之初,得欧阳修赏识,拜入门下,后也多次得到欧的提携,对于恩师,苏轼也多有思念之作,如《木兰花令·次欧公西湖韵》《水调歌头·黄州快哉亭赠张偓佺》《西江月·三过平山堂下》等。送别友人,彼此怅然分别、勉励前行也常被苏轼纳入词的创作中,如《南乡子·送述古》《江城子·别徐州》《满庭芳·别黄州》等。妻子王弗,温良娴雅,与苏轼感情深厚,然不幸早逝,为抒发对亡妻的悼念之情,苏轼留下了素有"千古第一悼亡词"之称的《江城子·乙卯正月二十日夜记梦》:

> 十年生死两茫茫,不思量,自难忘。千里孤坟,无处话凄凉。纵使相逢应不识,尘满面,鬓如霜。　　夜来幽梦忽还乡,小轩窗,正梳妆。相顾无言,惟有泪千行。料得年年肠断处,明月夜,短松冈。

全词思致委婉，境界层出，情调凄凉哀婉，表现对亡妻绵绵不尽的思念与深情。

综观苏轼之词，似如椽大笔多方面、深刻地反映了文人士大夫的思想情怀、日常生活以及内心世界。他脱离传统词中侧重于表达女性化阴柔之美的窠臼，塑造了一个男性化的富有阳刚之美的抒情主体，展示了一个有起有伏、有喜有忧、有疏狂有苦闷、有理性有豪迈的立体化词人。实现了抒情主人公与词作主体的合一，使词成为真正抒发个人情感的一种诗体。

第三节　苏轼在词史上的贡献

苏轼作为一位天才式的文学巨擘，继柳永之后，对词进行了大刀阔斧的改革，对词的发展产生了重要的贡献和深远的影响。苏轼在词史上最大的贡献集中体现为"以诗为词"。

首先，改变对词的认识和评价，认为诗词本一体，从根本上提升了词的文学地位。

隋唐之际，词是为配合新生的音乐——燕乐产生的，其"依调填词"的先天性属性，使词始终作为一种配乐而歌的文学样式而存在着。从晚唐五代以来，词的主要功用就是宴乐场合的遣兴娱宾，词人也多以游戏娱乐的心态来填词，故出现了晏殊称填词为"呈艺"、欧阳修则称"薄技"、柳永因市井词被黜、宋初许多文人的词作佚失等现象。在文人的观念中，词始终是难登大雅之堂的小技。苏轼则认为文体只有形式差别，而无尊卑之分，作为"诗之苗裔"（《祭张子野文》）的词，只是文人采用的另一种不同的创作形态而已，词与诗并没有本质的区别。同时，在《与鲜于子骏》中苏轼针对柳永词提出"自是一家"的观点，指出词也是可以"抵掌顿足而歌之，吹笛击鼓以为节"的。在苏轼看来，词与诗一样，可以追求风格的壮美和意境的阔大，词品应与人品相一致，填词应像写诗一样，可以抒发自我的真实性情和富有个性化的人生体验[①]。

苏轼的词学观彻底转变了词为"小道""薄技"的观念，打破了词为"艳科"的传统，扭转了"诗庄词媚"的格局，将词从音乐的附属品提升为具有独立文体意义的抒情诗体，不仅提升词的文学地位，也从根本上改变词史的发展轨迹。

其次，苏轼词开拓了词的题材，扩大了词的内容，提高了词的意境。

"词为艳科"观念影响下的晚唐五代以来的词，题材狭窄、内容单调，风格柔媚，缺少风骨。苏轼则把词人的视野从传统的"花间""樽前"引向更广阔的天地，凡入

---

① 参加袁行霈主编《中国文学史》，高等教育出版社，1999 年，第 77 页。

诗之题材内容,也均用词来表现。苏轼是第一位对词的题材内容作大面积改变的作家,其创作实践表明:词与诗一样,具有充分表现社会生活和现实人生的功能。他在词中,不仅写前人惯用的题材,还有大量的爱国理想、自然风光、田园乡村、悼亡怀人、咏史怀古、登临送别、说理谈禅等题材。在这些题材中,有的是苏轼大胆的创新,有的虽非苏轼第一次使用,然一经苏轼的点染也都具有了新鲜的气息,真正做到了"无意不可入,无事不可言"(刘熙载《艺概》)。

再次,题序和用典是苏轼"以诗为词"在艺术手法方面的尝试。

苏轼之前的词作多为代言体的应歌之作,填词是为了交给歌妓演唱以侑酒助兴、娱宾遣怀。这类作品往往有相类似的内容和情感,抒情指向也较为明确。词的体制决定了词牌的名称仅代表词的曲调,不表达词的内容。所以,在这类作品中即便不格外加以注明,对于词作的理解也不会造成太大的偏差。然而,苏轼用词抒发自己的情感和个性化的人生感受,故词的创作是缘事而发、因情而感的,也是有独特而具体的情感指向的。因此,为了加强词抒情言志的效果,苏轼多采用题序的方法,这也是诗中惯用的方法。在苏轼三百五十余首词作中,大约有一半的词有题序。与张先词酬唱应答间只交代写作时间、地点和简单背景的题序不同,苏轼词中的题序更注重叙事,词作则注重由所叙之事引发的抒情或思考,题序与词作相互补充,融为一体。故从题序内容上看,其功用也更为多元化。一是交代创作的缘起、背景。词以抒情见长,而所抒情感缘何而起,则大多指向不明。苏轼《定风波》(莫听穿林打叶声)抒发了词人身处逆境时乐观、豁达的人生态度和情感体验,然这仅是源于"沙湖道中遇雨"的一件小事,题序交代了词人抒情说理背后的故事,揭示了作词的缘起,叙述了"雨具先行,同行皆狼狈"的背景,与友人的狼狈相比更可见苏轼的旷达。二是导引对词作内容的解读。苏轼宦海沉浮几十年,辗转多地,词作以题序的方式记录了人生的一个个驿站、一段段情感,如"西湖送述古"、"和杨元素时移守密州"、"密州冬夜文安国席上作"、"润州多景楼与孙巨源相遇"、"湖州暂来徐州重阳作"、"黄州定慧院寓居作"、"惠州改前韵"、"己卯儋耳春词"等,梳理苏词题序可以大体窥其人生的行藏踪迹。三是确定抒情指向对象,明确题旨。不同的抒情指向往往影响对作品题旨的解读,《水调歌头》的题序"丙辰中秋,欢饮达旦,大醉作此篇,兼怀子由",不仅交代了词作的时间、缘由,还明确了抒情对象,将千古名句"但愿人长久,千里共婵娟"的怀念对象明确为乃弟苏辙,从而表明此词为一首思念亲人的作品。另外,苏轼有些词中还出现了以散文式的题序,将题序的叙事与文本的抒情浑然一体,相得益彰,从而提升词的艺术表现力,如《西江月》:

　　顷在黄州,春夜行蕲水中,过酒家饮,酒醉,乘月至一溪桥上,解鞍,曲肱醉卧少休。及觉已晓,乱山攒拥,流水锵然,疑非尘世也。书此语桥柱上。
　　照野弥弥浅浪,横空隐隐层霄。障泥未解玉骢骄,我欲醉眠芳草。　　　可惜一溪风月,莫教踏碎琼瑶。解鞍欹枕绿杨桥,杜宇一声春晓。

题序中词人以散文般优美的笔法记录了一路行踪及所见景物、所做之事,文如流水,肆意而行,然全面而具体;词文本则着意于表达秀美的风光和物我两忘的精神境界。两者相辅相成,珠联璧合,从而更好地表现出苏轼淡泊快适的心境和乐观豁达的襟怀。

除了使用题序外,苏词中大量使事用典。用典本是写诗中的重要方法,苏轼则把它移植到词的创作中。苏词中的用典可谓广博精深,经史子集皆可入词,且经点化,赋以新意,更具灵气。苏词用典,具有如下两个方式:一是替代性、浓缩性的叙事方式,一是隐约曲折、深婉含蓄的抒情方式。如《江城子·密州出猎》作者以孙权射虎的典故替代打猎复杂而恢弘的场面描写,以简练的文字勾勒出了一个一马当先、英勇无敌的太守形象。词的下阕引入冯唐的典故,既表达了作者的凌云壮志,渴望得到朝廷的重用,希望为国效力的爱国情怀,同时也蕴含着对历史人物和自身怀才不遇的隐痛,增强了作品的历史感与现实感。

苏词大量运用题序和典故,丰富和发展了词的表现手法,大大推动了词体的变革,使词体功用的发挥有了更大空间,也对后世词的发展产生了重要影响。

最后,"以诗为词"还体现为苏词风格的多样化。

晚唐五代以来,应歌而作的传统限制了词作风格的多样化,苏轼填词,主要是供人阅读的,而不是求人演唱的,故多注重作品的文学性,弱化其对音乐的依附性。正因于此,苏轼填词才可以如写诗一般随意横出,挥洒自如,不被音乐所限制束缚,将充沛激昂的情感、飞动峥嵘的气势、壮阔雄大的境界、沉郁顿挫的感情等写诗的表达方式都移植到词的创作中,展示出丰富的想象力和鲜明的个性。除此之外,在词调的运用上,苏轼引进不少激昂豪放的曲调,如《贺新郎》《永遇乐》《水调歌头》《沁园春》《念奴娇》等,往往以高亢的声调抒发词人内心激荡难平的情感,声律、文辞二者相互映衬、相互激发,达到了音乐与文学的完美结合,产生了强烈而持久的感染力。正如晁无咎所言:"苏东坡词,人谓多不谐音律,然居士词横放杰出,自是曲子中缚不住者。"(《能改斋漫录》)又如陆游所言:"公非不能歌,但豪放不喜裁剪以就声律耳。"(《老学庵笔记》)弱化词的音乐性对于打破词律的僵化和词调的凝固化有着积极的意义,是对整个词史传统和词坛风尚的革新,为词坛注入豪放劲健之风。

在苏轼现有的词作中,除了传统婉约风格外,还有相当一部分表现了豪迈奔放、激昂磅礴、恢弘刚健的风格。《江城子·密州出猎》是苏词中最早显露此种风格的作品,它的出现,奠定了苏轼的豪放词风,确定了婉约风格之外新的审美倾向,也开启了南宋爱国词创作的先河。又如《念奴娇·赤壁怀古》:

　　大江东去,浪淘尽、千古风流人物。故垒西边,人道是,三国周郎赤壁。乱石穿空,惊涛拍岸,卷起千堆雪。江山如画,一时多少豪杰。　　遥想公瑾当年,小乔初嫁了,雄姿英发。羽扇纶巾,谈笑间、强虏灰飞烟灭。故国神游,多情应笑我,早生华发。人生如梦,一尊还酹江月。

全词"自有横槊气概,固是英雄本色"(徐釚《词苑丛谈》),起笔以"大江东去"劈空而来,气势磅礴,景色壮丽。下阕咏古,一句"樯橹灰飞烟灭"勾勒出笑谈天下事的洒脱与气魄,感情高昂,想象奇特,真如"携海上风涛之气"(黄庭坚语),故确实是"须关西大汉、铜琵琶、铁绰板"而唱①。

　　坎坷一生的苏轼纵然有豪放之情,然现实的困境迫使他不断地调整自我与外界的关系,调节内心矛盾,因此词作中也多表现出一种通脱豁达、潇洒飘逸、乐观开朗的旷达风格。旷达词风为苏轼首创,数量最多,也可以称为苏词的主要风格。

　　在此类词作中,作者或是化入自然,超尘脱俗;或是充实内心,自省内化;或是淡泊明志,泰然处之。前者如《水调歌头》:

　　明月几时有,把酒问青天。不知天上宫阙,今夕是何年。我欲乘风归去,又恐琼楼玉宇,高处不胜寒。起舞弄清影,何似在人间。　　转朱阁,低绮户,照无眠。不应有恨,何事长向别时圆。人有悲欢离合,月有阴晴圆缺,此事古难全。但愿人长久,千里共婵娟。

一钩新月,遂起升仙之意。人世间的不称意,迫使词人幻想摆脱这烦恼人世,超然物外。然而,苏轼是乐观豁达的,于是在辗转、低回后,依然希冀"但愿人长久,千里共婵娟"。

　　困境中的苏轼,向人生外部寻求和谐,有了"乘风归去"的超然;转向内心,反躬自省,"一蓑烟雨任平生"(《定风波·三月七日》),故作洒脱后,词人在春风料峭与山头夕照间感悟到了淡泊宁静、无欲无求的旷达与超脱。词人也曾发出过"长恨此身非我有,何时忘却营营"(《临江仙·夜饮东坡醒复醉》)的深沉喟叹,以一种透彻了悟的哲理思辨,表达出无法解脱而又要求解脱的人生困惑与感伤,具有震撼人心的力量。

　　还有一部分词作表达了苏轼淡泊宁静的风格,如《行香子·述怀》:"几时归去,作个闲人。对一张琴,一壶酒,一溪云。"词中的苏轼,摒弃尘世的繁杂,弹琴饮酒,

---

① 南宋俞文豹《吹剑录》中载:"东坡在玉堂日,有幕士善歌,因问:'我词何如柳七?'对曰:'柳郎中词,只合十七八女郎,执红牙板,歌"杨柳岸,晓风残月"。学士词,须关西大汉,铜琵琶,铁绰板,唱"大江东去"。'东坡为之绝倒。"

赏玩山水,吟风弄月,面对生活始终泰然,始终随性。

苏轼的"以诗为词"从根本上改变了词的发展方向,在词史上具有里程碑的意义与价值。他打破了词的狭窄樊篱,从观念上提高了词的文学地位,扫除了晚唐五代以来的传统词风,开创了与婉约并立的豪放词风,为词的发展注入了新的血液,彰显出更加顽强的生命力。正如南宋胡寅《酒边词序》中所说:"及眉山苏氏,一洗绮罗香泽之态,摆脱绸缪宛转之度,使人登高望远,举首高歌。"苏词对后世有着深远的影响,两宋之际的南渡词风、以辛弃疾为代表的辛派词风都受到了苏词的影响,并让词的豪放风格大放异彩。直至清代,陈维崧、蒋士铨等词人也都不同程度地受到苏词的启发。

阅读链接

苏轼词代表了北宋词发展的最高成就,想深入了解苏轼可以从阅读林语堂的《苏东坡传》、王水照的《苏轼评传》开始。文本方面的阅读推荐龙榆生的《东坡乐府笺》、陈迩冬的《苏轼词选》。

思考·练习·拓展

1. 名词解释:自是一家。
2. 概述苏轼词的思想内容。
3. 前人评价苏轼的词是"以诗为词",你如何评价?

第三章 南 宋 词

学习提示

　　南宋文学的繁荣与整体成就可与北宋比肩。李清照是婉约词的代表人物,她的词前期多写悠闲生活,后期多悲叹身世。辛弃疾是我国历史上伟大的爱国词人,与苏轼齐名,并称"苏辛",风格沉雄豪迈又不乏细腻柔媚之处。在苏词的基础上,辛词大大开拓了词的思想意境,提高了词的文学地位。学习本章,须从词人的具体作品入手,熟读作品,把握词人的身世经历,感受其词风的变化。

第一节　李　清　照

　　李清照(1084—1155),号易安居士,济南章丘(今属山东)人。宋代女词人,婉约词派代表,有"千古第一才女"之称。父亲李格非是礼部员外郎。良好的家庭环境,为她的文学创作打下了扎实的基础。李清照十八岁嫁与太学士赵明诚为妻。宋室南渡以前,李清照的生活较为安定,琴瑟和谐。李清照四十四岁时,遭靖康之变,与丈夫南渡,避居江南,夫妻俩受尽了苦楚,保存了十五车金石古籍。战乱中,这些文物是极大的负担,时刻要担心兵匪水火的侵扰。后来赵明诚病卒,兵连祸结,李清照到处漂泊,最终这些文物金石还是丧失殆尽。李清照孑然一身,饱受国破家亡之痛,在颠沛流离中度过了凄苦的晚年。

　　李清照以词闻名,不仅是宋代杰出的女词人,也是中国文学史上第一流的文学家。李清照的诗歌也写得不错,但留存不多。保存完整的有一首《乌江》"至今思项羽,不肯过江东",表达了她的亡国之痛以及做人的气节风骨。其文存数篇,早年写过一篇《词论》,提出词"别是一家"的见解,是宋代的重要词论。她指出柳永的词"变旧声作新声",是宋词大家;晏叔原(晏几道)、贺方回(贺铸)、秦少游(秦观)、黄鲁直(黄庭坚)四人深得"词中三昧"。她的作品多散佚,现存词集《漱玉词》一卷,为后人所辑,今有《李清照集校注》本。

李清照的一生经历了北宋、南宋两个王朝，身罹国难，饱受战祸之苦，词的内容也有明显的分野。若以1127年的大变乱为界的话，李清照前后期作品有显著的区别。

前期多为闺情词，反映大家闺秀的生活情趣，开创了词史上对女性内心世界的真诚而又深刻的自我描绘。她的词虽然委婉细腻，然而却没有以往婉约词的艳丽之气，给北宋词坛带来了一股清新之气。《如梦令》二首便是其代表作之一，其中一首云：

> 昨夜雨疏风骤，浓睡不消残酒。试问卷帘人，却道海棠依旧。知否？知否？应是绿肥红瘦。

这首词抓住日常生活中的一件小事，通过对比的手法，写出了侍女对待事物观察的粗疏和词人对事物观察的精微。词中把本来用以形容人的"肥""瘦"二字，借来用以形容绿叶的繁茂与红花的稀少，暗示出春天的逐渐消失。这首词用寥寥数语，委婉地表达了作者惜花的心情，极尽传神之妙。"绿肥红瘦"造语新奇，表现了李清照独到的生活体验。

李清照前期词，主要抒发了少女的欢快无忧和少妇的幽怨多愁，表现出对大自然的热爱和对爱情生活的追求。比之"花间派"的闺怨词，情意更加真切。如《醉花阴》：

> 薄雾浓云愁永昼，瑞脑消金兽。佳节又重阳，玉枕纱厨，半夜凉初透。
> 东篱把酒黄昏后，有暗香盈袖。莫道不销魂，帘卷西风，人比黄花瘦。

这首词是作者早期和丈夫赵明诚分别之后所写，它通过悲秋伤别来抒写词人的寂寞与思夫之情。上片写秋凉情景。从"玉枕纱厨"这样一些具有特征性的事物与词人特殊的感受中写出了侵人肌肤的秋寒，暗示词中女主人公的心境。下片写重九感怀。"暗香"，通常指梅花，这里则以"暗香"指代菊花。菊花经霜不落，傲霜而开，风格与梅花相似，暗示词人高洁的胸襟和脱俗的情趣。又如《一剪梅》：

> 红藕香残玉簟秋。轻解罗裳，独上兰舟。云中谁寄锦书来？雁字回时，月满西楼。　　花自飘零水自流。一种相思，两处闲愁。此情无计可消除，才下眉头，却上心头。

这是一首倾诉相思、别愁之苦的词，是李清照写给新婚未久即离家外出的丈夫赵明诚的，她诉说了自己独居生活的孤独寂寞，急切思念丈夫早日归来的心情。

　　南渡后,由于国破家亡的凄苦生活和政治上的风险,李清照的词风较之前期的明丽轻快充满了凄凉、低沉之音,她怀着无比愁苦凄凉的心情写下了一篇篇催人泪下的念旧词作。其代表作有《声声慢》和《永遇乐》。《声声慢》词云:

　　　　寻寻觅觅,冷冷清清,凄凄惨惨戚戚。乍暖还寒时候,最难将息。三杯两盏淡酒,怎敌他、晚来风急? 雁过也,正伤心,却是旧时相识。　　满地黄花堆积。憔悴损,如今有谁堪摘? 守着窗儿,独自怎生得黑? 梧桐更兼细雨,到黄昏、点点滴滴。这次第,怎一个愁字了得?

　　这首词写出了词人的亡国之恨、丧夫之哀、孀居之苦。七组十四个叠字,犹如信手拈来,看似平淡,实际上显示了作者高超的文学功底,有一种如泣如诉的音韵效果,恰如大珠小珠落玉盘。
　　"国家不幸诗家幸",时代的巨变在带给李清照不幸的同时,也使其在历尽人世沧桑后,有了更加深刻的人生体验。《武陵春》词云:

　　　　风住尘香花已尽,日晚倦梳头。物是人非事事休,欲语泪先流。　　闻说双溪春尚好,也拟泛轻舟。只恐双溪舴艋舟,载不动,许多愁。

　　这里李清照写泪,先以"欲语"作为铺垫,然后让泪夺眶而出,简单五个字;下语看似平易,用意却无比精深,把那种难以控制的满腹忧愁一下子倾泻出来,感人肺腑、动人心弦。赏春、游春本是她最爱的活动,但原想泛舟的想法却无法付诸实施,因为"只恐双溪舴艋舟,载不动,许多愁"。
　　充满了战乱、杀戮、欺诈、孤独的现实社会,令女词人的才华、理想、抱负都得不到实现。"我报路长嗟日暮,学诗谩有惊人句。九万里风鹏正举。风休住,蓬舟吹取三山去。"(《渔家傲》)倍感无奈的词人只能在梦中与天帝对话,请求天帝把她带到那没有离乱、悲伤、孤凄痛苦的仙境中去。词作慷慨豪放,气魄宏伟,被黄了翁称为"浑成大雅,无一毫钗粉气"。
　　李清照的词展现了一个在那个时代十分特殊的知识女性的心灵世界,这也是其词独特价值之所在。李清照继承了婉约派的词风,且能更进一步。她的词精美雅致,通俗真切。语言精于修辞,造句工巧,化用口语,铺叙自然。李清照的词婉约而不流于柔靡,清秀而具逸思,语言清新自然,流转如珠,音调优美,故名噪一时,号为"易安体"。
　　李清照的词作,犹如中国文学宝库中的一块瑰丽奇幻的彩石,永传于世,经久不衰。清代王士祺称"婉约以易安为宗"。李清照以自己的天才和勤奋,为我国的文学艺术增添了财富,对后世的词人和读者产生了深远的影响。

第二节　辛　弃　疾

辛弃疾（1140—1207），字幼安，号稼轩居士，历城（今山东济南）人，南宋豪放派词人，人称词中之龙，与苏轼合称"苏辛"。他的一生经历高宗、孝宗、光宗、宁宗四朝，可分为以下三个时期。

第一时期，二十三岁以前，在中原金国统治区生活和起义。辛弃疾幼年丧父，祖父辛赞虽然在金朝做官，但经常教育子孙要有爱国情操，要有收复国土的信念。绍兴三十一年（1161），辛弃疾投奔抗金领袖耿京的起义队伍，不久就因为出众的文采武略和忠勇气节而成为起义军中重要人物。他曾劝耿京与南宋朝廷联系，在一次由南往北的征途中，惊闻叛徒张安国等已谋杀耿京，他即率领五十轻骑冲入五万人的金营，生擒张安国，押至临安斩首。此外，还策反了万余名士兵归宋。这事轰动天下，使他名重一时。

第二时期，二十四岁到四十二岁，南归以后的仕宦生涯。南宋小朝廷偏安一隅，经常是主和派当权，力主抗战的辛弃疾始终未能实现他的抱负。长期在外作地方官，历任湖北、江西、湖南、福建、浙东安抚使等职。他曾给皇帝和宰相上《美芹十论》和《九议》，阐述自己的抗金主张，这些奏折显示了他卓越的政治远见和军事才能。但是，这些主张一直未被统治集团所采用。

第三时期，四十三岁到六十八岁，罢职后的闲居生活。宋孝宗淳熙八年（1181）冬，在隆兴知府兼江西安抚使任上的辛弃疾突然被罢免全部职务，而且不容上辩。在江西上饶的带湖，辛弃疾过了十年的闲居生活，除了吟咏山水、优游岁月以及抒发胸中磊落不平爱国之志外，就是酬祚唱和、交接友朋。宁宗嘉泰三年（1203），六十四岁的辛弃疾以"主战派元老"的身份被朝廷再次启用，此时的外戚韩侂胄执掌朝廷，力主北伐，但急功近利，准备不足。辛弃疾虽然为朝廷北伐感到兴奋，但更为韩的草率从事而忧心忡忡。开禧三年（1207），辛弃疾病逝，享年六十八岁。

纵观辛弃疾的一生，他并非传统意义上的文人，而首先是一个中原起义的豪杰，一个力主抗金的名臣，是一个了不起的政治家、军事家。但是，五十年间身事四朝，他的一生基本上是在无所作为中度过的。在这种情况下，他不得不把自己的追求、苦闷、愤慨的深沉情感寄于文词之中，从而在中国词史上成为划时代的作家。辛弃疾对词的发展作出了很大的贡献，他开拓了词的内容。两宋词人中，他的词现存数量是最多的，他的词抒写了爱国志士渴望为国家战斗的感情，属于英雄之词。

首先，辛弃疾在词中抒发了他要求恢复中原、坚持抗金的勃勃雄心。陈廷悼《白雨斋词话》云："稼轩词仿佛魏武诗，自是有大本领、大作用人语。"如他的名作《破阵子》：

　　　　醉里挑灯看剑,梦回吹角连营。八百里分麾下炙,五十弦翻塞外声,沙场
　　秋点兵。　　马作的卢飞快,弓如霹雳弦惊。了却君王天下事,赢得生前身后
　　名。可怜白发生!

　　该词是作者五十岁时失意闲居时所作,写给他的挚友陈亮。词中通过创造雄奇的
意境,抒发了词人杀敌报国、恢复祖国山河、建立功名的壮怀。结句抒发壮志不酬
的悲愤心情。
　　其次,辛弃疾的词表达了他对南宋主和派偏安误国的愤慨。南宋当局向金人
称臣,广大人民生活在水深火热之中。《永遇乐》这样写道:

　　　　千古江山,英雄无觅,孙仲谋处。舞榭歌台,风流总被,雨打风吹去。斜阳
　　草树,寻常巷陌,人道寄奴曾住。想当年、金戈铁马,气吞万里如虎。　　元嘉
　　草草,封狼居胥,赢得仓皇北顾。四十三年,望中犹记,烽火扬州路。可堪回
　　首,佛狸祠下,一片神鸦社鼓。凭谁问,廉颇老矣,尚能饭否。

　　"元嘉草草"三句,用古事影射现实,他认为,南宋要取得对金作战的胜利必须做好
充分的准备工作。韩侂胄于开禧二年北伐战败,次年被诛,正中了辛弃疾的"赢得
仓皇北顾"的预言。辛弃疾这首词最后用廉颇事作结,是作者到老而爱国之心不衰
的明证。
　　再次,辛弃疾的词更多感人的内容是抒发自己报国无门、壮志未酬的深沉忧
愤。他在名作《摸鱼儿》中写道:

　　　　更能消、几番风雨,匆匆春又归去。惜春长怕花开早,何况落红无数。春
　　且住,见说道,天涯芳草无归路。怨春不语。算只有殷勤,画檐蛛网,尽日惹风
　　絮。　　长门事,准拟佳期又误。蛾眉曾有人妒。千金纵买相如赋,脉脉此情
　　谁诉?君莫舞,君不见、玉环飞燕皆尘土!闲愁最苦。休去倚危栏,斜阳正在,
　　烟柳断肠处。

　　此词作于淳熙六年(1179),作者借春意阑珊和美人遭妒来暗喻自己政治上的不
得意。
　　最后,值得一提的是,辛弃疾也写了一些表现农村风情的词:

　　　　茅檐低小,溪上青青草。醉里吴音相媚好,白发谁家翁媪?　　大儿锄豆
　　溪东,中儿正织鸡笼。最喜小儿无赖,溪头卧剥莲蓬。(《清平乐·村居》)

辛弃疾的词极具艺术特色,具体而言,可以归纳如下。

一是意境阔大,雄奇恣肆。辛弃疾以"英雄之才,忠义之心,刚大之才"写词,无论高楼远眺、把酒饯别,还是移官归隐、谈经论史,他总能用其生花妙笔营造出包举宇内、囊括古今的艺术境界,传达其作为战士和民族英雄的沉思与浩叹。正如陈廷焯《白雨斋词话》所说:"东坡词全是王道。稼轩则兼有霸气,然犹不悖于王也。"

二是用典贴切,沉郁苍凉。如《水龙吟》:

> 楚天千里清秋,水随天去秋无际。遥岑远目,献愁供恨,玉簪螺髻。落日楼头,断鸿声里,江南游子。把吴钩看了,阑干拍遍,无人会,登临意。　　休说鲈鱼堪脍,尽西风,季鹰归未? 求田问舍,怕应羞见,刘郎才气。可惜流年,忧愁风雨,树犹如此! 倩何人唤取,红巾翠袖,揾英雄泪!

这首词是作者在建康通判任上所作。这是稼轩早期词中最负盛名的一篇,艺术上也渐趋成熟:豪而不放,壮中见悲,力主沉郁顿挫。上片以山水起势,雄浑而不失清丽。下片抒怀,写其壮志难酬之悲。不用直笔,连用三个典故。结尾处叹无人唤取红巾"揾英雄泪",遥应上片"无人会,登临意",抒慷慨呜咽之情,也别具深婉之致。

三是熔铸经骚的语言特色。辛词的语言,可谓炉火纯青。在口语的运用方面,坚持提炼民间口语入词的传统,如"七八个星天外,两三点雨山前"(《西江月·夜行黄沙道中》)。此外,辛词多用比兴手法,比喻丰富生动。

在词史上,辛弃疾和苏轼并称,都是豪放派的代表。辛弃疾的词丰富了词的意境,增强了词的艺术表现力,其精神世界极为丰富,变幻多姿。

阅读链接

李清照被后人称之为"一代词宗"。"人比黄花瘦"的闲适,"凄凄惨惨戚戚"的悲凉,"生当作人杰"的豪迈,哪一个才是真实的李清照? 推荐阅读王光前的著作《李清照和她的作品》。

思考·练习·拓展

1. 名词解释:易安体。
2. 简述李清照后期词风转变的原因。
3. 辛弃疾词作的艺术成就主要有哪些?
4. 谈谈你对辛弃疾的"英雄之词"的理解。
5. 浅析李清照作品中的女性意识。

第四章　陆　　游

学习提示

陆游是南宋著名爱国主义诗人。他的作品主要有两方面：一方面是悲愤激昂，要为国家报仇雪耻，恢复丧失的疆土，解放沦陷的人民；一方面是闲适细腻，描写日常生活，写景清新。诗词文的成就都很高，其诗语言平易晓畅、章法整饬谨严，兼具李白的雄奇奔放与杜甫的沉郁悲凉。学习本章，要用心体会陆游诗歌中的爱国主义思想，感受其博大的胸怀。

第一节　陆游生平及其诗歌内容

陆游（1125—1209），字务观，号放翁，越州山阴（今浙江绍兴）人。祖父官至尚书右丞。父陆宰，曾官淮南计度转运副使。陆游自幼便受到家庭和亲友师长的爱国思想教育。

公元1126年，金兵大举南侵，北宋都城汴京沦陷，陆宰被迫率全家逃归山阴故里，尚在襁褓中的陆游此后便有了九年的流离生活。"儿时万死避胡兵"的痛苦经历，给陆游幼小的心灵埋下爱国主义的种子。少年时陆游便立下"上马击狂胡，下马草军书"（《观〈大散关图〉有感》）的雄心壮志。

绍兴二十三年（1153），陆游赴临安应考，省试第一。但因主考官将其列置于秦桧孙秦埙之前，惹怒秦桧，在次年礼部复试中竟被黜落。秦桧死后，陆游才得以授官。张俊主持北伐时，他曾有所建议，隆兴二年（1164）调任镇江府通判。北伐失败后，罢官在家。

乾道六年（1170），四十六岁的陆游入蜀，赴任夔州通判。后来，他接受四川宣抚使王炎的聘请，襄赞军务。他曾亲赴前线，巡守于大散关头。淳熙二年（1175），范成大出任四川制置使，陆游奉调在其幕下任参议官。他们都是著名诗人，之间的酬唱是少不了的。但是，在幕中陆游因为"不拘礼法"，被同僚弹劾，讥为"颓放"，被罢去官职。于是,陆游索性自号"放翁",以表反抗和蔑视。后来,为了纪念这段军旅生涯,他将自己的诗集和文集分别命名为《剑南诗稿》和《渭南文集》。绍熙元年(1190),六十六岁的陆游回到山阴故里,给自己的书室取名"老学庵",著书立作,吟咏不辍。宁宗继位后,外戚韩侂胄当政,贬朱熹,斥理学,兴"庆元党禁",专权跋扈。烈士暮年,壮心不已,陆游把重整山河的希望都寄托到了韩侂胄身上,曾为韩撰《南园》,一直为后世所诟病,但他爱国渴望统一的思想动机还是不容否定的。他曾写诗祝贺人都的辛弃疾,"深仇积愤在逆胡,不用追思灞亭夜"(《送辛幼安殿撰造朝》)。

嘉定二年(1210),八十五岁的陆游与世长辞,临终赋诗《示儿》:

死去元知万事空,但悲不见九州同。王师北定中原日,家祭无忘告乃翁。

语言不假雕饰,直抒胸臆,表达的是诗人一生的心愿,倾注的是诗人满腔的悲慨。从诗中可以领会到诗人的爱国激情是何等的执着、深沉、热烈、真挚。

陆游是南宋伟大的爱国诗人,也是一位以多产著称的诗人,自称"六十年间万首诗"(《小饮梅花下作》)。他以悲壮激昂、宏亮高亢的歌声,唱出了爱国御侮的时代最强音。他的诗表现出了极其丰富深刻的思想内容。

陆游青年时就立下了抗金恢复中原的宏愿。他的爱国诗歌产生于前线斗争生活,他遥望"古来历历兴亡处,举目山川尚如故"不禁愤慨:"国家四纪失中原,师出江淮未易吞。会看金鼓从天下,却用关中作本根。"(《山南行》)。晚年,他经常回忆战斗经历,《书愤》是陆游六十二岁所作:

早岁那知世事艰,中原北望气如山。楼船夜雪瓜洲渡,铁马秋风大散关。塞上长城空自许,镜中衰鬓已先斑。出师一表真名世,千载谁堪伯仲间?

此诗笔酣墨饱,通篇浑成,极有气势。前四句写的是杀敌报国、收复失地的忠愤之气,后四句写的是世事间阻、功业难成的悲愤之气。

直至暮年,诗人的爱国意志仍未衰减,在《十一月四日风雨大作》中,他写道:

僵卧孤村不自哀,尚思为国戍轮台。夜阑卧听风吹雨,铁马冰河入梦来。

当诗人在六十八岁高龄,一身病痛,孤独地躺在荒凉的乡村里,他回想起很多往事,幼年时的理想、青年时的挫折、中年时的抱负、老年时的失意都会像过眼烟云一样在心头闪现。是梦而非梦,这是诗人现实中的理想在梦中的体现。

陆游爱国情感的炽热,表现在抒情的强度和频度上。他将"一饭亦忧国"(《凄

《凄行》)的精神贯穿到了生活和诗歌创作中。诗人常常在自己的作品中勉励战友："丈夫不虚生世间,本意灭虏收河山。"(《楼上醉书》)他用诗歌鼓舞士气,希望他们不要悲观,振作精神,"我语壮勉志当强,男儿堕地志四方。裹尸马革固其常,岂若妇人不下堂"。(《陇头水》)

南宋一代,当权的始终是投降派,陆游的报国理想还是遭到了冷酷现实的扼杀。这也使得他那些昂扬斗志的诗篇往往充满了壮志未酬的愤懑,带有苍凉沉郁的色彩。由于南宋统治者一意对敌屈膝求和,尽管诗人抱着万死不辞的报国决心,然而摆在他面前的道路却是"报国欲死无战场"(《陇头水》)。他知道,要恢复中原就必须抗战,就必须排斥和议,他的诗里充满了对投降派的坚决斗争和尖锐讽刺。他说道"和戎自古非长策"(《估客有来自蔡州者怅弥日》),并具体地指出投降派的主张给国家人民所造成的种种危害:"诸公尚守和亲策,志士虚捐少壮年"(《感愤》),"战马死槽枥,公卿守和约"(《醉歌》)。

陆游的大量诗作,涉及山川景物、农村风俗、民生疾苦,内容相当广泛,但基本上可以概括在"闲适"的题目下。这些作品表现了他对生活的热爱。在《小舟游近村舍舟步归》中他写道:

斜阳古柳赵家庄,负鼓盲翁正作场。死后是非谁管得?满村听说蔡中郎。

整首诗非常生动形象,富有生活气息。即景抒情,既富有诗情画意,又言简意赅,含义隽永。诗人也写到了宦情冷暖:

世味年来薄似纱,谁令骑马客京华?小楼一夜听春雨,深巷明朝卖杏花。
矮纸斜行闲作草,晴窗细乳戏分茶。素衣莫起风尘叹,犹及清明可到家。

"小楼一夜听春雨,深巷明朝卖杏花",此句被誉为"绘尽江南春的神魄"。

陆游的诗歌,无论是战歌还是闲吟都能在最鲜明、最直观的生活画面中捕捉到丰富感人的诗情,其思想情趣很容易为一般读者所理解。

第二节　陆游诗歌的艺术特色

陆游的诗歌真实而广泛地反映了南宋前期的社会现实。他在诗歌方面取法杜甫,深受其影响,所谓"放翁前期杜陵老",因而获得"一代诗史"的称誉。在反映现实的手法上,他又形成了自己的特色:不重情节画面,而是把事实压缩在极其精练的诗句内,着重抒写自己的主观感受,具有高度的概括性和强烈的抒情性。

　　陆游在南宋诸位诗人中,取法最为广泛,门径最为宏大,因而他诗歌的境界也显得最为开阔,风格最为多样,语言的运用臻于化境。陆游学诗从江西诗派入手,但是,他对江西诗派的主张并不完全接受,对其基本创作倾向并不赞同:"雕琢自是文章病,奇险尤伤气骨多。"(《读近人诗》)他推崇的是"文章要须到屈宋,万仞青宵下鸾凤"(《答郑虞任检法见赠》)。他希望继承北宋诗文革新的成就,对正在流行的"晚唐体"十分不满:"文章光焰伏不起,甚者自谓宗晚唐。欧生不生二苏死,我欲痛哭天茫茫。"(《追感往事》)

　　对于陆游诗的风格,人们评价不一,有的说其"俊逸"(姜夔《白石道人诗集自序》),有的赞其"善为悲壮"(方回《跋遂初尤先生尚书诗》)。

　　他的诗歌揭露了投降派的卑鄙可耻,表现了中原人民不堪忍受金人欺凌的痛楚。他在《秋夜将晓出篱门迎凉有感》写道:

　　　　三万里河东入海,五千仞岳上摩天。遗民泪尽胡尘里,南望王师又一年。

这首诗爱憎分明,感情真挚、沉痛,尤其是前两句用夸张手法极力赞美祖国半壁河山的壮丽,正所谓"以乐景写哀,则哀感倍生"。

　　陆游诗歌具有浓厚的浪漫主义色彩。如《醉歌》《对酒叹》《神君歌》等,常常通过奇丽的梦境和幻想来表达情思,极力突出诗人的自我形象,情感炽热,神采飞扬,被称为"小李白",与李白的浪漫气息相当接近。陆诗的想象和梦幻中的内容都与抗金复国的理想有关,具有一种悲壮、崇高之美,比李白的诗具有更为坚实的现实基础、更为充实的社会内涵和更为强烈的战斗精神。如果说李白的浪漫风格是豪放而飘逸,那么陆游的浪漫风格则是豪放而执着。如《江楼吹笛饮酒大醉中作》:

　　　　世言九州外,复有大九州。此言果不虚,仅可容吾愁。许愁亦当有许酒,吾酒酿尽银河流。酌之万斛玻璃舟,酣宴五城十二楼。天为碧罗幕,月作白玉钩;织女织庆云,裁成五色裘。披裘对酒难为客,长揖北辰相献酬。一饮五百年,一醉三千秋。却驾白风骖斑虬,下与麻姑戏玄洲。锦江吹笛余一念,再过剑南应小留。

诗人在醉中想象自己上天入地,与仙人共饮同游。全诗运用了神话传说的素材,想象奇幻超绝,气势奔放豪纵。

　　想象丰富、气势豪壮,是陆游诗最为鲜明的特色。他的诗歌洋溢着一种英雄气概,在《夜泊水村》中,他写道:

　　　　腰间羽箭久凋零,太息燕然未勒铭。老子犹堪绝大漠,诸君何至泣新亭?

一身报国有万死,双鬓向人无再青。记取江湖泊船处,卧闻新雁落寒汀。

这是一首七言律诗,作于山阴奉祠,时作者已家居九年。全诗以夜泊水村所见的景象而写怀遣闷,而落笔却跳转到报国之志上,寄慨遥深。用典贴切,出语自然,感情充沛,"浑灏流转"(赵翼语),使本诗在悲歌中又显出沉雄的气象。在《金错刀行》中,他借咏刀而言志,将自我的形象塑造得十分高大:

　　黄金错刀白玉装,夜穿窗扉出光芒。丈夫五十功未立,提刀独立顾八荒。京华结交尽奇士,意气相期共生死。千年史册耻无名,一片丹心报天子。尔来从军天汉滨,南山晓雪玉嶙峋。呜呼!楚虽三户能亡秦,岂有堂堂中国空无人!

诗中多议论和直抒胸臆的句子,以气势、骨力来感染、激励读者。以诗人的民族自豪感和正义必胜的自信心为底蕴,决非粗豪叫嚣之作可比,读来大声鞺鞳,气势夺人。

观察入微、描写如画,是陆游诗的又一特色。许多描写日常生活的作品记叙细腻,写景清新。收入在《剑南诗稿》中的著名诗章《岳池农家》,平中有奇,让人回味无穷:

　　春深农家耕未足,源头叱叱两黄犊。泥融无块水初浑,雨细有痕秧正绿。绿秧分时风日美,时平未有差科起。买花西舍喜成婚,持酒东邻贺生子。谁言农家不入时?小姑画得城中眉。一双素手无人识,空村相唤看缲丝。农家农家乐复乐,不比市朝争夺恶。宦游所得真几何?我已三年废东作。

《游山西村》是陆游的一首记游抒情诗:

　　莫笑农家腊酒浑,丰年留客足鸡豚。山重水复疑无路,柳暗花明又一村。箫鼓追随春社近,衣冠简朴古风存。从今若许闲乘月,拄杖无时夜叩门。

如此流畅绚丽、开朗明快的诗句,让人感受到农村社会的人情之美。方东树《昭昧詹言》卷四十二评此诗云:"以游村情事作起,徐言境地之幽,风俗之美,愿为频来之约。"

值得一提的是,陆游的诗歌精于锤炼,巧于剪裁,其诗歌语言"晓畅平易,精练自然"。赵翼《瓯北诗话》卷六曰:"放翁以律诗见长,名章俊句,层见叠出,今人应接不暇。使事必切,属对必工;无意不搜,而不落纤巧;无语不新,亦不事涂泽。实古来诗家所未见也。"

　　陆游诗歌的缺陷也很明显。比如,陆游诗歌似乎使人感到"沉潜"不足,较为浅露。此外,他晚年创作的诗多未经删汰,意境句法重出叠见,这也是诗人贪多务得的习气造成的。总的说来,陆游在诗歌的革新方面稍有欠缺,但是在艺术上,他继承了我国诗歌创作的优良传统,是南宋最有成就的伟大诗人。

阅读链接

　　关于陆游的研究著作颇多,推荐阅读朱东润先生的《陆游研究》。此外,夏承焘、吴熊和二先生的《放翁词编年笺注》也值得一读。

思考·练习·拓展

　　1. 简述陆游诗歌的内容。
　　2. 简析陆游诗歌中的爱国主义情感。
　　3. 简析陆游诗歌的艺术特色。
　　4. 赏析陆游与唐婉的《钗头凤》。

第五章　宋代话本小说

学习提示

　　两宋时期，商业经济繁荣。中国古代小说发展到宋代，出现了一次重大变化，由唐代的文言传奇转变成白话小说"话本"。话本小说的题材包括爱情、公案和神仙鬼怪，广泛反映了这一时期现实生活中错综复杂的矛盾与世态人情，充分体现了市民的生活情趣和审美意识。学习本章，通过比较阅读法感知话本小说的艺术魅力。

第一节　话本小说的兴起

　　话本是在城市游艺场所瓦子（或称瓦舍、瓦肆）里"说话"艺人讲述故事的底本。"话"是故事的意思。话本最初掌握在说话艺人手中，作为自己揣摩备忘或师徒、子孙传习之用，而随着"说话"艺术的不断发展，逐渐成为宋代一种崭新的文学样式。

　　早在唐代，"说话"艺术就已初具规模。清朝末年，在甘肃敦煌人们发现了唐五代的通俗文学写本，这里面就有以"话"或"话本"题名的作品，如《韩擒虎话本》《庐山远公话》等。从文学渊源来说，隋唐时期的"转变"和"说话"，无疑是宋代话本的先驱。

　　话本是宋代市民文学繁荣发展的产物。"说话"技艺很早就在民间流行。由于城市繁荣，市民阶层进一步壮大，在唐代已出现的"话本"，到了宋代渐趋成熟。宋王朝结束了晚唐五代长期的混乱、分裂局面，为封建经济的进一步发展提供了有利条件。特别是城市商业和手工业得到空前的繁荣，北宋的汴京约有二十六万户，南宋的临安则有近百万户，其余如洛阳、扬州、荆州、成都等城市也都有相当的规模。孟元老《东京梦华录》记载北宋汴京的繁荣景象："太平日久，人物繁阜，垂髫之童，但习鼓舞；斑白之老，不识干戈。时节相次，各有观赏。"吴自牧《梦粱录》记南宋临安的繁华："杭城之外，城南西东北各数十里，人烟生聚，民物阜蕃。市井坊陌，铺席骈盛,数日经行不尽。"商业和手工业的繁荣,广大市民阶层生活富裕,有条件改善文化生活,这就大大激励了包括说话技艺在内的各种技艺的发展。加上坊市制的解体,有利于商业和娱乐的一体化,于是瓦子应运而生。《东京梦华录》记汴京瓦子:"街南桑家瓦子,近北则中瓦,次里瓦,其中大小勾栏五十余座。内中瓦子莲花棚、牡丹棚,里瓦子夜叉棚、象棚最大,可容纳数千人。"南宋杭州也有瓦子二三十处。瓦子的出现,有利于各种技艺的交流和提高。两宋京城,各种勾栏瓦肆技艺应运而生。

话本的成熟、提高与统治者的爱好和提倡也有关系。明郎瑛《七修类稿》云:"小说起仁宗朝,盖时太平盛久,国家闲暇,日欲进一奇怪之事以娱之。"《武林旧事》载德寿宫及御前均有"说话人"供奉。《古今小说序》称南宋时"仁寿清暇,喜阅话本,命内珰日进一帙,当意,则以金钱厚酬"。另外,印刷术的发展有利于话本的成书和交流,文士与民间艺人的合作也有利于故事的编纂和文字的润色。

"说书"是讲唱文学的一种,当时称为"说话",形式是以说为主,辅以念诵或歌唱。说书的内容主要是历史故事及一般百姓的悲欢离合,听众也是普通的市民。这是中国文学史上的一个重大的改变,不但内容是全新的,形式更是由后来的白话小说所继承。"说书"即讲故事,大概自有人类以来,就有人向别人讲说传说故事了,但这是一种普通的叙事行为,和职业的说书性质完全不同,两者不能混为一谈。职业说书才是中国白话小说的直接源头。白话小说的格式、叙事手法和所用术语,明显是来自说书。

话本的产生大致有两种情况。一是口头流传。许多历史传说、民间故事和社会新闻,起初只是在民间口头流传,渐渐地,随着说话艺人的介入,这些故事被整理、加工,内容更加丰富,情节更加生动,形式更为完备。二是书会编撰。在宋代,说话艺术成为了一门职业,说话人原来口头娴习的故事已经不能满足市民对文化娱乐的需求,于是出现了"书会",这些书会的成员人们称之为"书会先生"或者"才人",他们专门替说话人和戏曲演员编写话本和脚本。同时,随着印刷术的发展,这些话本和写本变为了刊印本,广为流传,中国文学史上第一次有了可供阅读的通俗白话小说。

话本的体裁受变文影响很大。变文本是通俗化的佛教宣传品。唐代民间即已出现许多讲唱世俗故事的变文,如《唐太宗入冥记》《秋胡变文》等。宋话本的白话化和韵散相间的形式就源自变文。

小说话本的结构一般包括四个部分,即题目、入话、正话和篇尾。题目,一般根据正话的故事来确定,是故事内容的主要标记,如《快嘴李翠莲记》等,最初以人名、地名、诨名、物名为题,明代才依据故事内容改为七言、八言的句子,使题目更加醒目,如《闹樊楼多情周胜仙》之类。入话,又称"得胜头回"或"笑耍头回",就是说话人为稳定入场听众的情绪,等待听众,往往延迟正文开讲时间,先吟诵几首诗词或讲一两个小故事,然后引入正话。这些诗词、小故事,大体都和正文相关联。"入话"可长可短,灵活多变。正话,即故事的正文,是说话的主要部分,情节生动,故事性强。这部分文字有散、韵两种,散文用来叙述故事,穿插的骈文或诗词,用以渲染故事场景或人物风貌,文字较短,用来补充散文之不足,有疏通、品评、描绘、衬托之作用。篇尾,话本的煞尾,一般以四句八句诗作结,总结全篇主旨,劝诫听众。如《错斩崔宁》的结尾:

善恶无分总丧躯,只因戏语酿灾危。劝君出语须诚实,口舌从来是祸基。

长篇话本,说话人常常在故事吸引人处,选用一两句含蓄的话后突然中止,以造成悬念,吸引听众下次再来听讲。

话本小说的这种结构,是说话艺术长期发展的结果。它标志着话本小说的成熟,为中国古典小说的繁荣发展开辟了道路,初步形成了中国古典文学的民族形式和民族风格。

当时说话艺人有小说、讲史、讲经、合生(说浑话)四家,其中小说、讲史两家人数最多,影响亦大。话本散失严重,现存小说话本包括《京本通俗小说》的全部、《清平山堂话本》中的大部分以及《喻世明言》《警世通言》《醒世恒言》中的小部分,仅剩四十篇左右;现存讲史话本有《新编五代史平话》《大宋宣和遗事》和《全相平话五种》;讲经话本有《大唐三藏取经诗话》和《梦斩泾河龙》残文。话本中以小说话本(习称"话本小说")成就为最高。

话本是从唐代说话艺术的母体中孕育出来的我国最早的白话小说,它的产生是中国文学史上的一件大事,标志着中国小说已经进入了一个崭新的发展阶段。

第二节　话本小说的内容和艺术特色

宋代话本标志着我国古代白话文体的正式出现,开创了中国文学语言发展的一个新阶段。鲁迅先生曾经指出,宋元话本的出现"实在是小说史上的一大变迁"(《中国小说史的历史变迁》)。

宋代小说家的话本,从内容上来分可以分为三类:一是爱情,二是公案,三是神仙鬼怪。从题材上分为灵怪、胭粉、传奇、公案、朴刀、杆棒、神仙、妖术等八类,据《醉翁谈录》记载,当时有一百多种话本篇目。流传至今的,《红蜘蛛》有元刻残页,《十条龙》当即《警世通言》里的《万秀娘仇报山亭儿》,《拦路虎》见于《清平山堂话本》。《也是园书目》和《述古堂书目》(抄本)所著录的宋人词话,有《种瓜张老》《错斩崔宁》《西湖三塔记》《合同文字记》《风月瑞仙亭》等,以及未见著录的《快嘴李翠莲记》、《刎颈鸳鸯会》、《定山三怪》、《碾玉观音》（即《崔待诏生死冤家》）、《西山一窟鬼》（即《一窟鬼癞道人除怪》）、《志诚张主管》（即《小夫人金钱赠年少》）、《拗相公饮恨半山堂》、《闹樊楼多情周胜仙》等，见于明人编印的《清平山堂话本》和《古今小说》《警世通言》《醒世恒言》等书。

宋代话本小说大多经过明人的修改增订。这些话本小说以婚姻和公案类最多，成就也最高。在以婚姻为题材的作品中，市井细民成为故事中的主人公，有着极其丰富的思想内容。

宋代话本小说首先反映了封建势力对青年男女的压迫和青年男女对于婚姻自由的渴望与追求。比如，《碾玉观音》这部作品。主人公璩秀秀，出身于贫寒的装裱匠家庭，生得美貌出众，聪明伶俐，更练就了一手好刺绣。无奈家境窘迫，其父以一纸"献状"，将她卖与咸安郡王，从此，正值豆蔻年华的秀秀，身入侯门，失去自由。最后，秀秀携崔宁一起在地府做了一对鬼夫妻。小说中的咸安郡王便是封建势力的代表，他奢侈淫逸，凶残狠毒，集权力、法律于一身。他谄上欺下，对皇上百般殷勤，对下层人则百般欺凌，任意宰割。秀秀就是反抗这种势力的最佳代表。她不畏强权，与崔宁私奔，被迫害之后，勇于报复，最终报仇雪恨。话本虽然以女主人公秀秀惨遭杀害作结，但秀秀忠贞不渝的执着追求、大胆火热的性格、为爱情而牺牲的斗争精神，是令人钦佩的。

其次，宋代话本小说揭露了官府的昏庸、腐败。比如，《错斩崔宁》就是这样一部主题鲜明的作品。这是一起典型的冤狱案件，后被改编为昆剧《十五贯》。宋高宗时，刘贵有一妻一妾，家境贫困，从丈人处借了十五贯钱归家，嫌妾陈二姐开门迟了，加之酒醉，便戏言已将她典与别人，并以十五贯钱为证。陈二姐信以为真，趁刘贵熟睡，当晚偷偷逃往娘家，想告知父母。途中遇卖丝客崔宁，结伴而行。不料，贼人静山大王潜入刘家，杀了刘贵，盗走了十五贯钱。邻居发现后，追赶上陈二姐，发现崔宁与她同行，身边也有十五贯钱，就把二人一起送官。二人屈打成招，判处死刑。后刘贵之妻王氏被静山大王掳去作了压寨夫人，事久乃得知真情，才告官平反冤狱。这个话本揭露官场腐败，庸吏敷衍，任情用刑，率意断狱，以致造成了草菅人命的冤狱。

第三，宋代话本还反映了民族矛盾和阶级矛盾。《杨思温燕山逢故人》写靖康之变的遗民杨思温于燕山元宵观灯，触景生情，追念汴京故国的故事，歌颂郑意娘威武不屈、坚贞不渝的民族气节。

第四，宋代话本中也有一些作品表现了下层人民的反抗精神。比如《宋四公大闹禁魂张》，写侠盗宋四公、赵正、侯兴等人在东京行侠仗义，打击为富不仁的守财奴，取笑官府的故事。这些侠盗不仅惩罚了视财如命的财主张富，而且偷走了钱大王的玉带，当面剪走京师府尹的腰带挞尾和马观察的一半衫袂，闹得整个京师惶惶不安。

第五，在宋代话本小说中，也还有一些反映封建糟粕和市民低级趣味的东西。

如《西山一窟鬼》宣扬迷信,《刎颈鸳鸯》表现市民的低级趣味等等。

宋元小说话本在中国小说的发展史上无疑占据着重要的历史地位,数量众多的话本在思想内容上深入而广阔地对普通市民的生活和情感进行了挖掘,在艺术上也独具特色。在文言和白话之间、雅俗之间,起着承前启后的作用。话本来自民间,一开始它就带着广大市民的思想情感及其喜闻乐见的艺术形式而问世的。

宋代话本塑造了一大批社会最底层的小人物艺术形象。如《碾玉观音》中的秀秀,《错斩崔宁》中的崔宁和陈二姐,《快嘴李翠莲记》中的李翠莲,《宋四公大闹禁魂张》中的宋四公、赵正、侯兴等等。在过去,这些小人物是难登文学大雅之堂的,然而他们成批地汇入话本里,在曲折情节的矛盾迭宕中突出他们的个性,表达他们的愿望,歌颂他们的正直和反抗精神,这是中国小说史上的光辉开端。

宋代话本以通俗生动的口语代替文言,这也是话本的突出成就。翻开话本,其时代的口语触目皆是。如“当下崔宁和秀秀出了府门,沿着河走至石灰桥”;“我肚里饥,崔大夫与我买些点心来吃。我受了些惊,得杯酒吃更好”(《碾玉观音》),可谓明白如话,活泼生动。话本小说开了后世白话小说之先河,可谓元明清之后白话文语言之先导。

宋代话本情节曲折,引人入胜。比如,《碾玉观音》中的璩秀秀和崔宁,两次私奔,两次同居,两次被抓。冲突曲折,悬念迭出,人们始终注视着两个人时紧时弛的际遇,两个人的命运紧扣读者心弦,这是唐代之前小说中所罕见的。

总之,宋代的话本小说,是民间说话人的创作,既具有口传文学清新活泼的特色,又发扬了六朝志怪和唐传奇等古代小说的优良传统,具有鲜明的审美特征和较高的艺术价值。宋代话本以全新的人物形象、通俗的语言、反复曲折的情节等艺术形式,给后代的通俗小说开辟了道路。

阅读链接

美国哈佛大学教授韩南一直致力于对中国古代小说的研究,其专著《中国白话小说史》于1989年由浙江古籍出版社推出。到今天21世纪,时光流转几十年,这一份研究工作以其雄厚深湛的学术蕴涵,仍然博得学界的认可与重视。

思考·练习·拓展

1. 名词解释:话本。
2. 宋代话本小说兴起的原因是什么?
3. 简述宋代话本小说的结构。
4. 简述宋代话本小说的艺术成就。
5. 赏析宋代话本小说《碾玉观音》。

第六编　元代文学

元代文学概述

　　元代文学时间相对短暂，只有约一百三十四年，从蒙古一统北方（1234 年）到元朝灭亡（1368 年）为止。元文学无论从作家、作品、文本接受与传播、文学的社会影响等方面都具有划时代的意义。

　　元代叙事文学首次作为主导力量登上历史大舞台，其繁盛的原因和元代历史背景有重大关系。

　　政治上，元朝实行民族压迫政策，造成民族间的对立情绪深重；元朝吏治腐败、社会动荡，也加剧了阶级的对立。该时期叙事文学以元杂剧为代表，表达底层人民的反抗精神。

　　经济上，城市经济繁荣，市民文化极大兴盛。在此文化需求之中，戏曲艺术在勾栏瓦肆中迅速崛起，说话、说唱进入黄金时代。戏曲因故事情节跌宕起伏，吸引了广泛的社会受众的兴趣，扩大了接受群。

　　民族文化大融合方面，蒙元既保持祖制又吸收汉族文化；蒙军南下，西域归附，商路畅通，带来不同民族和地域的人口大量迁徙，导致民族文化大融合。这为汉族文学创作注入了多元色彩。

　　思想领域的自由松动。因元朝统治集团民族、宗教信仰各异，削弱了儒家思想的钳制，封建礼教松动，百姓开始出现蔑视封建礼教和伦理的行为。该现象在文学作品中反映了元人价值观的变化。从儒学角度讲，元朝思想碰撞激烈，社会崇尚功利心态普遍，导致儒学分化；元朝科举时断时续、儒学的群众影响力下降等因素，降低了儒生的社会地位，使之创作欲望高涨，为文学提供了人才基础。

　　元代文学的繁盛主要体现为以杂剧和话本为代表的叙事文学的发展壮大。

　　首先，演出场所专业化。叙事性文本兴盛于唐，宋代城市中出现了被称为瓦舍、瓦子或瓦肆的娱乐场所。瓦舍里的演出场所称勾栏或勾阑、钩栏。故"勾栏瓦肆"在宋元时期是指说话演出的公共场所，它为元代叙事文学繁盛提供了专业展示的空间。

　　其次，作品的数量多和质量高。元杂剧剧本创作数量多，题材广。现存名目约五百多种杂剧，二百多种南戏。作家群中人才辈出，关汉卿、白朴、郑光祖、马致远并称为"元曲四大家"，其作品推动了剧坛繁荣。题材广，涉及历史、豪侠、爱情婚姻、公案、神仙道化等。就元代"说话"来讲,随着说话、书场流传故事的兴盛,在口传基础上形成的文字记录本,以及其他故事文本渐多。后世统称为"话本"。现存的话本多为讲史,宋元讲史话本又称为"平话",如《全相平话五种》《新编五代史平话》等。还有说经话本,演说佛书。说唱文学——诸宫调,说唱部分由多个宫调串联故名。现存唯一完整的诸宫调作品是大约作于金元时期的董解元《西厢记诸宫调》,影响了后来王实甫《西厢记》的创作。

元代戏剧分为杂剧和南戏。从流行区域说,杂剧流行区域较广,南戏则局限于东南沿海。二者的主要差异体现在体制、唱腔等方面。从唱腔方面说,杂剧在中原传统曲调基础上,融合北方民间歌曲和少数民族音乐;南戏在中原传统曲调基础上,融合了东南沿海民间音乐。南北方方言差异影响了杂剧和南戏在音乐唱腔上的差别。

元代戏剧分为北方戏剧圈和南方戏剧圈。出现了许多杰出的剧作家,其中,关汉卿更是推动元杂剧走向成熟以及使戏剧创作登上艺术高峰的旗手。

北方戏剧圈中心是元大都,流行杂剧。该圈范围主要在长江以北,杂剧艺人众多。代表作家作品如关汉卿《窦娥冤》、马致远《汉宫秋》、白朴《梧桐雨》、纪君祥《赵氏孤儿》等。王实甫与关汉卿堪称剧坛双璧。王实甫的《西厢记》中的反封建思想惊世骇俗,无论思想还是形式都成为后世学习的榜样。

南方戏剧圈中心是杭州,流行南戏和杂剧,包括江南大部分地区和福建等东南地区,作品更注重描写爱情和宣泄个人情怀。著名作家作品有郑光祖杂剧《倩女离魂》、乔吉杂剧《两世姻缘》等。南戏因产生于南宋初年浙江永嘉(温州)地区,故又称为"温州杂剧""永嘉杂剧",代表作品有《永乐大典戏文三种》、高明《琵琶记》、四大南戏"荆刘拜杀"等。

两个戏剧圈、两大戏剧剧种相互交流影响,推进了戏剧艺术的发展。

元代出现了抒情文学的新样式——散曲。

元散曲是新兴诗歌种类,其发展分为前后两期。元散曲兼具雅俗共赏的特性,也经历了由俗到雅的文人化过程。前期的散曲创作还都是作家们的遣兴娱乐抒怀的方式;后期便走向了专业化发展之路。散曲风格方面也有一定的差异,豪放派散曲代表有关汉卿、马致远;张可久、乔吉则是雅正清丽派的代表。

元代传统的诗词兼容唐宋诗词的特点,上承唐宋,下启明清。总体成就不如唐、宋、清,以及元散曲。元诗成就大于元词。

元诗发展大致可分前期、中期、后期。前期从蒙古入主中原到一统全国后,著名诗人有刘因、戴表元等;中期是成宗、仁宗在位时期,代表诗人是追求"雅正"诗学观的"元诗四大家"虞集、杨载、范梈、揭傒斯;后期是顺帝时期,元末二十多年时间,诗人杨维帧的"铁崖体"是该时期诗风的代表,作品有《铁崖古乐府》。此外,还有王冕、少数民族诗人萨都剌(回族人)、贯云石(维吾尔族人)等。

　　总体来说,元诗"宗唐得古",古体诗推崇魏晋,近体诗推崇唐人。从性灵上讲,元诗影响明诗,从多元化表现方式上讲,元诗影响清诗,故称其承唐宋而启明清。

　　以诗词而论,元词成就不如元诗。元初,以元好问为核心,受宋代苏辛影响较大,张炎则崇尚姜夔,风格清空骚雅;中后期以萨都剌、张翥为代表。

　　元代散文以延祐年间为界,分为前后两期。元散文前期分为两类:一类是宗唐,以师法韩愈为主,文风雄刚深邃,代表作家有姚燧、元明善等;另一类是宗宋,文风平易流畅,代表作家有刘因、王恽等。后期宗唐、宗宋的特点逐渐合二为一。思想内容上,理学与文章合一。理学对元文文学观和写作目的的影响主要是"雅正"及经世致用。

　　元代无论叙事文学还是抒情文学都呈现出崇尚"自然"(王国维评)与"显而畅"(吴伟业评)的总体审美情趣。

第一章 关 汉 卿

学习提示

元代是中国古代戏曲发展的黄金期,作为这一时期戏剧创作的代表人物,关汉卿被誉为"曲家圣人",是元杂剧的奠基人。他的剧作为中国古代戏曲的繁荣与兴盛打下了坚实的基础,其代表作《窦娥冤》是中国古典悲剧的典范。学习本章,可采用作品阅读法、影视欣赏法,了解元代戏曲发展、元杂剧的体制以及关汉卿的杂剧创作。

第一节 戏曲溯源和元杂剧的体制

世界上有三大古老戏剧文化,一是古希腊戏剧,二是印度梵剧,三是中国戏剧。中国戏剧历史源远流长,最早可追溯至上古时代原始部落里的祭祀仪式。夏商时期,巫风开始盛行,出现了专司祭祀的巫(女巫)和觋(男巫)。周代开始,在民间和宫廷形成了"驱傩"活动,之后逐渐演变为"傩戏"。春秋战国时期,出现倡优、俳优,这也是中国最早的艺人。秦汉时期,出现混合了体育竞技、杂技魔术、杂耍游戏、歌舞装扮等表演于一体的百戏。在汉代百戏之中,角抵戏最具代表性。角抵戏由格斗竞技发展而来,因为它具有矛盾对立的演出结构,适宜于戏剧冲突的体现与展开。角抵戏代表剧目《东海黄公》是中国戏剧史上首次见于记录的完整的初级戏剧表演。

唐代经济发达、文化繁荣,音乐、舞蹈、美术、文学等都达到了新高度。唐玄宗酷爱歌舞戏剧,大力鼓励戏剧,设梨园,置教坊,在一定程度上推动了戏曲的发展。盛唐时期,歌舞戏极其兴盛,著名的歌舞戏有《兰陵王》《钵头》《踏摇娘》《苏中郎》等,特别是《踏摇娘》已由原来的两个角色发展为三个角色。中唐以后,我国的戏剧艺术开始形成。参军戏与歌舞戏渐渐得到综合,吸收了小说、音乐、舞蹈、杂技、武术、美术等艺术因素,已经接近了成熟的面貌。

　　宋金时期,中国古典戏剧得到长足发展。宋金杂剧演出繁盛,积累了大量的剧目,题材内容涉及社会与历史生活的各个层面,能够比较熟练地运用诗、歌、舞的综合舞台形式来表现完整的故事情节和比较复杂的场景,从结构体制、角色体制、音乐体制以及表演体制上都为元杂剧的繁荣打下了坚实的基础。宋代南戏流传至今的戏文有五种:《赵贞女蔡二郎》《王魁》《张协状元》《王焕》以及《乐昌分镜》。宋代南戏已经具备了中国戏曲的最一般特征,它标志着中国成熟戏曲样式的诞生。

　　元代是我国戏曲繁荣兴盛的时期,元代戏曲主要分为杂剧和南戏两大类。元杂剧将宋杂剧、金院本和宋金诸宫调等整合在一起,形成了一种相对完整的戏剧形式,同时在唐宋以来话本、词曲、讲唱文学的基础上创造了成熟的文学剧本,这标志着我国戏剧进入成熟的阶段。在这个阶段涌现出大量的作家和作品,出现了"元曲四大家"(关汉卿、郑光祖、白朴、马致远)、王实甫等一批优秀的作家,也出现了《窦娥冤》《单刀会》《倩女离魂》《梧桐雨》《汉宫秋》等一批优秀的作品。

　　元杂剧是具有完整、严密的结构体制。"四折一楔子"是元杂剧最常见,也是最基本的结构形式,四折客观上对应着戏剧冲突的形成、发展、高潮和解决(结束)这一完整过程的四个阶段,少数作品为五折或六折,如纪君祥的《赵氏孤儿》就为五折。"折"相当于现代剧中的"幕",它是故事情节发展的大段落,一折可以分为若干场("场"是故事情节发展的小段落)。分折的标准就是落幕,分场的标准是演员全部退至后台,出现空场场景。"折"不仅是故事情节的段落,也是音乐组织单元。每一折用一套曲子,曲子可多可少,但是这套曲子应同属于一个宫调,在第一支曲子上标出宫调名称,最后一支曲子用"煞""尾"作为标志。例如,关汉卿《窦娥冤》第三折第一支曲子标示为【正宫】【端正好】,表示在这一折自【端正好】以下各曲【滚绣球】【倘秀才】等均属【正宫】,【端正好】【滚绣球】等为曲牌名。"楔子"是木匠专有名词,元代借这一名称指四折以外增加的短小的独立段落,一般放在第一折之前,作为戏剧的开端,也有放在两折之间,相当于过场戏。一般情况下,每一本杂剧只用一个楔子,也有不用楔子的,或用两个楔子的。楔子与折在篇幅上有长短之分,楔子不用套曲,只有小令。

　　元杂剧的语言由曲词、宾白和科介三部分组成。曲词和说白是剧中人物的语言。曲词是元杂剧的主体部分,是杂剧中唱出来的台词,比较精练且辞藻华美,元杂剧四折情节曲词由一个演员演唱,由男主角贯穿演唱的叫"末本剧",由女主角贯穿演唱的叫"旦本剧",在剧本中起到抒情、渲染场景、贯穿情节的作用。宾白指剧中人物的说白,它是曲词外演员说的话,包括人物的对白和独白,由白话和部分韵语组成,又称韵白和散白,戏剧故事情节靠宾白来交代,起叙事作用,也有调节气氛、逗笑等作用。科介,也称科范、科、介,指唱、白以外的动作,相当于现代戏剧中的舞台提示,对剧中人物的表情、动作、舞台效果进行简要说明,如"作悲科"、"作战科"、"雁叫科"、"舞科"、"掩泪科"等。元杂剧一定有题目正名,放在剧本末尾,用两句或四句韵,说明剧本的思想内容,作为全剧的收场语,题目正名最后一句多是戏剧全名,而末尾三或四个字多为剧本的简称。如《窦娥冤》的题目为"秉鉴持衡廉访法",正名为"感天动地窦娥冤"。

元杂剧的角色分旦、末、净、杂四大类。"旦"扮演剧中女性,主角为正旦,另有副旦、外旦、老旦、花旦、细旦等;"末"扮演剧中男性,主角为正末,另有副末、外末、冲末、大末、小末等;"净"多扮男性,也偶有女性,扮演性格刚烈、凶猛、粗暴、滑稽的人物形象,有净、副净等;不属于以上三类的,或角色不明的其他人物为"杂",如孤(官员)、卜儿(老妇人)、俫儿(儿童)、孛老(老头子)、细酸(穷秀才)等。以上角色中,只有正旦或正末才可以成为主角,主角与配角的区别在于,只有主角才可以主唱,其余角色只有科白,没有唱辞。由于元杂剧遵循"一人主唱"的原则,为此在末本中,正旦不可以唱;在旦本中,正末不可以唱。

第二节　关汉卿的生平和创作

关汉卿,元代杂剧作家,元曲四大家之一。号已斋(一斋)、已斋叟。其生平难以考证,最早记载关汉卿生平事迹的资料为元代文学家、散曲家钟嗣成的《录鬼簿》:"关汉卿,大都人,太医院尹,号已斋叟。"关于关汉卿的性格和为人,元代熊自得《析津志》中记载:"生而倜傥,博学能文,滑稽多智,蕴藉风流,为一时之冠。"这与他在《南吕·一枝花·不伏老》中的自我表白一致:

> 我是个蒸不烂、煮不熟、捶不扁、炒不爆、响当当一粒铜豌豆。恁子弟每谁教你钻入他锄不断、斫不下、解不开、顿不脱、慢腾腾千层锦套头？我玩的是梁园月,饮的是东京酒,赏的是洛阳花,攀的是章台柳。我也会围棋、会蹴鞠、会打围、会插科、会歌舞、会吹弹、会咽作、会吟诗、会双陆。你便是落了我牙、歪了我嘴、瘸了我腿、折了我手,天赐与这几般儿歹症候,尚兀自不肯休！则除是阎王亲自唤,神鬼自来勾,三魂归地府,七魄丧冥幽。天哪,那其间才不向烟花路儿上走！

这支曲子彰显出关汉卿倔强刚直、我行我素的狂放性格。也正是这样的性格,使得他矢志不渝地将毕生精力用于从事戏剧创作。明代臧懋循《元曲选序》记载:"关汉卿辈争挟长技自见,至躬践排场,面傅粉墨,以为我家生活,偶倡优而不辞。"他热爱杂剧艺术,可谓元杂剧的奠基人。天一阁本《续录鬼簿》于传末附贾仲明《凌波仙》吊词:"驱梨园领袖,总编修帅首,捻杂剧班头。"王国维《宋元戏曲考》记载:"关汉卿一空倚傍,自铸伟词,而其言曲尽人情,字字本色,故当为元人第一。"据各种文献资料记载,他共创作杂剧六十多种,现存十八种之多,《窦娥冤》《救风尘》《望江亭》《拜月亭》《单刀会》等都是其笔下名作。

关汉卿的杂剧大致可以分为三类:第一类为公案剧(社会剧),如《窦娥冤》《蝴蝶梦》等,这类作品揭露了贪官污吏的无恶不作及权豪势要的为富不仁,鞭挞了黑暗的社会、腐败的政治对普通老百姓的迫害,歌颂了人民的反抗与斗争;第二类为爱情婚姻剧,如《救风尘》《拜月亭》等,这类作品反映了社会下层妇女的生活现状,表现了她们对幸福生活的追求以及对社会的斗争,赞扬了她们在斗争中表现出来的勇敢与机智;第三类为历史剧,如《单刀会》《西蜀梦》等,这类作品借历史人物抒发他的个人情怀,反映了英雄崇拜心理和价值观,宣泄英雄末路、报国无门的无奈与悲凉之感。

关汉卿的杂剧创作题材丰富,人物个性鲜明,反映了元代社会的黑暗现实。在他的剧作中,塑造出了一个个鲜活的人物形象,尤其是一系列处于社会底层的女性形象,她们聪明机智、正直善良,但大都无依无靠,命途多舛。他笔下的人物很少有概念化的产物,因而具有生活中真实人物的多样性。他对身在特殊环境中的下层人物绝不从传统道德的立场加以丑化或诋毁,体现了一个伟大剧作家的视野与情怀,表现出惩恶扬善的道德理想。但是,关汉卿的戏剧并非严格按照生活原来的面目去写,在他的杂剧中有很多理想的成分,他常常给实际问题以不实际的解决,有时甚至不管生活本身的逻辑如何,凭着主观愿望给一些悲剧故事以喜剧色彩结尾。例如,《救风尘》将矛盾集中在一张休书上,其结尾也无非是一种美好愿望,希望让一些在现实生活中备受欺辱的风尘女子获胜;再如,《望江亭》谭记儿轻松骗走侍剑、金牌也是理想;又如,《窦娥冤》三桩誓言的实现也是理想。这使得关汉卿的杂剧作品充满了浪漫主义的色彩,在元代的社会背景下,关汉卿以理想给人一丝安慰。

众所周知,杂剧受一本四折的限制,难以表现丰富的内容,但关汉卿善于剪裁,他的杂剧主旨清楚,层次分明,详略得当,与主旨不相干的内容绝对不写,这就更加有力地突出了与主题密切相关的事件。如《窦娥冤》第一折:

〔卜儿上,云〕老身蔡婆婆。我一向搬在山阴县居住,尽也静办。自十三年前窦天章秀才留下端云孩儿与我做儿媳妇,改了他小名,唤做窦娥。自成亲之后,不上二年,不想我这孩儿害弱症死了。媳妇儿守寡,又早三个年头,服孝将除也。

此段文字仅百余字,却清清楚楚地将窦娥身世道尽。又如,《谢天香》第三折一开场谢天香就说:"妾身谢天香。自从进到钱大尹相公宅内,又早三年光景,将我那歌妓之心消磨尽了也。"时间已过三年,剧本中却仅以谢天香一语带过。

关汉卿是本色派的代表人物。他的杂剧语言历来为人们所称颂,被称为"元曲本色派之祖",他将口语方言与诗词融于一炉,做到了"写情则沁人心脾,写景则在人耳目,述事则如其口出"(王国维《宋元戏曲史》)。例如,《单刀会》第四折中关羽的唱段:"大江东去浪千叠,引着这数十人驾着这小舟一叶。又不比九重龙凤阙,可正是千丈虎狼穴。大丈夫心别,我觑这单刀会似赛村社。"体现了关羽的豪迈雄健,彰显英雄本色。又如,《窦娥冤》中楚州太守桃杌上场时的四句引子:"我做官人胜别人,告状来的要金银,若是上司当刷卷,在家推病不出门。"简短的宾白,一个贪赃枉法、厚颜无耻的昏官形象便跃然纸上。由此可说,关汉卿的剧本语言无论是曲文还是宾白,总是轻重相宜,挥洒自如,极富个性化和表现力,形成了质朴自然、刚健豪放的语言风格。

第三节 《窦娥冤》及其他

《窦娥冤》是关汉卿的代表作,是一部反映元代社会生活的著名悲剧,反映了当时社会高利贷盛行、吏治黑暗、司法不公等社会现象。

《窦娥冤》全剧为四折一楔子。在楔子部分讲述了书生窦天章因连本带利欠蔡婆四十两银子,迫于无奈,窦天章将自己年仅七岁的女儿窦端云送给蔡婆做童养媳抵债,之后便进京赶考。剧本第一折讲述庸医赛卢医欠蔡婆十两银子,蔡婆婆向其索债,赛卢医却心生歹意想要勒死蔡婆,无意中被流氓张驴儿父子撞破,张驴儿乘机强逼蔡婆与窦娥招他们父子入赘,遭到生性刚烈的窦娥的责骂与反对。第二折讲述张驴儿为了与窦娥成婚,找赛卢医讨了毒药欲毒死蔡婆以要挟窦娥屈从,未曾想这毒药却阴差阳错地被他父亲喝了,张驴儿顺势栽赃窦娥,逼她私了,嫁与自己为妻,被刚烈的窦娥断然拒绝,于是张驴儿以"药死公公"为名将窦娥告到官府,却不料碰上昏官桃杌是非不分,偏听张驴儿一面之词,窦娥为保蔡婆被屈打成招判了死刑。第三折讲述窦娥在被押往法场的路上,激愤之下指天骂地,在行刑前满怀悲愤地许下三桩誓愿,即血溅白练、六月飞雪、亢旱三年,以示冤屈,窦娥死后誓愿一一应验。第四折讲述窦娥之父窦天章考取进士,官至肃政廉访使,到山阴考察吏治,半夜看折子睡着,窦娥的鬼魂向她父亲诉冤,窦天章查明事实,为女儿平冤昭雪。

一般认为,《窦娥冤》的故事框架取材于西汉刘向《说苑》卷五所记载的"东海孝妇"的故事,《窦娥冤》题目正名为:"秉鉴持衡廉访法,感天动地窦娥冤。"其之所以能够"感天动地",窦娥在临刑前许下的三大誓愿起到了巨大的作用。王国维《宋元戏曲史》称赞《窦娥冤》:"即列之于世界大悲剧中,亦无愧色也。"三桩誓愿出现在第三折中:

要一领净席,等我窦娥站立;又要丈二白练,挂在旗枪上:若是我窦娥委实冤枉,刀过处头落,一腔热血休半点儿沾在地下,都飞在白练上者。

如今是三伏天道,若窦娥委实冤枉,身死之后,天降三尺瑞雪,遮掩了窦娥尸首。

我窦娥死的委实冤枉,从今以后,着这楚州亢旱三年。

第一个誓愿——血溅白练,来源于《搜神记》所引《长老传》中周青的故事:"孝妇名周青。青将死,车载十丈竹竿,以悬五幡。立誓于众曰:'青若有罪,愿杀,血当顺下;青若枉死,血当逆流。'既行刑已,其血青黄,缘幡竹而上标,又缘幡竹而下云。"第二个誓愿——六月飞雪,来源于《太平御览》所记邹衍下狱六月飞霜的传说:"邹衍事燕惠王尽忠,左右谮之王,王系之狱。仰天哭,夏五月为之下霜。"第三个誓愿——亢旱三年,来源于《汉书·于定国传》:"东海有孝妇,少寡,亡子,养姑甚谨。姑欲嫁之,终不肯。姑谓邻人曰:'孝妇事我勤苦,哀其亡子守寡。我老,久累丁壮,奈何?'其后,姑自经死。姑女告吏:'妇杀我母。'吏捕孝妇。孝妇辞不杀姑,吏验治,孝妇自诬服。具狱上府,于公以为此妇养姑十余年,以孝闻,必不杀也。太守不听,于公争之,弗能得。乃抱其具狱,哭于府上,因辞疾去。太守竟论杀孝妇。郡中枯旱三年。"三桩誓愿层层递进,血溅白练,让在场的人看到了"窦娥委实冤枉",六月飞雪,让山阴县的百姓知道了"窦娥委实冤枉",亢旱三年让整个楚州的百姓见证了"窦娥死的委实冤枉"。关汉卿通过窦娥的控诉以及三桩誓愿的达成,揭露了元代社会的黑暗和政治的腐败,通过窦娥这一形象赞颂元代百姓敢于反抗、不畏压迫的精神。

窦娥作为一个著名的悲剧典型。首先,她善良、孝顺、安分守己。窦娥自小丧母,七岁便被卖与他人做了童养媳,结婚不久丈夫便死了,她对生活无太多追求,认为一切都是命中注定,她孝顺婆婆,为丈夫服孝。公堂上,不忍见婆婆受罚被迫招认。押赴刑场时,特别嘱咐绕道从后街走,只为不让婆婆看见伤心。其次,她刚强、有主见,面对张驴儿父子的种种恶行绝不屈服,公堂上面对官差毫不畏惧,与张驴儿对簿公堂时,被官差打得血肉模糊不肯招认。第三,作为生活在封建社会最底层的女性,她有着难得一见的强烈的反抗精神。她誓死也不放过张驴儿,她斥骂天地,并许下三桩誓愿,以向世人证明自己的清白与冤屈。然而,在窦娥的言行举止中始终恪守着封建社会浓烈的贞节观,她拒绝再嫁,源于封建社会"从一而终"的贞节观念。另外,她相信生死有命,人的命运由老天决定,在悲剧面前她仍感自己是时运不齐,没时没运。这是她性格中的弱点,但也正是有了这些弱点,才使得窦娥这一人物形象更加真实与丰满。

值得注意的是,《窦娥冤》除了窦娥形象外,还要抓住两个人物进行分析,一是窦天章,二是桃杌。窦娥之父窦天章作为清官形象出现,表达了底层百姓内心深处的良好愿望,百姓将平凡昭雪的希望寄托在清官身上。这仿佛也顺应了中国古代社会的规律——社会越黑暗,清官剧越多;反之则少。桃杌在剧本中是一个贪得无厌、色厉内荏、草菅人命的赃官形象,"贪"是虚写,而"昏"是实写,具有典型意义。关汉卿塑造窦天章与桃杌这两个完全对立的官吏形象,表明了正义与邪恶之间的较量,剧本以窦天章的胜利而告终,预示着在正义面前,邪恶终将毁于一旦,体现了关汉卿思想的进步性。

《窦娥冤》一剧隐藏着三个重大冲突与六对矛盾。首先,窦娥与蔡婆相依为命,两个寡妇受人欺负具有必然性,张驴儿父子的闯入具有偶然性,即使张驴儿父子不来,也会有其他恶势力来。这种恶势力的迫害,激起了窦娥的反抗。这也是《窦娥冤》剧本的第一次重大冲突,体现了底层百姓与地方恶势力之间的矛盾。第二次重大冲突发生在公堂上,窦娥与昏官桃杌的冲突。窦娥与张驴儿对簿公堂,桃杌偏听张驴儿一片之词,迫使窦娥屈打成招。这一次冲突体现了底层百姓与贪官污吏之间的矛盾。第三次重大冲突是窦娥死后,托梦向窦天章申诉。除了三次重大冲突,《窦娥冤》共有六对矛盾交织,一是蔡婆与窦天章父女间的矛盾,二是蔡婆与赛卢医之间的矛盾,三是蔡婆、窦娥与张驴儿父子间的冲突,四是张驴儿父子与赛卢医之间的矛盾,五是窦娥与桃杌之间的矛盾,六是窦天章与赛卢医、张驴儿间的矛盾冲突。这一系列矛盾构成剧本中复杂的关系,其中蔡婆、窦娥与张驴儿父子间的冲突是主要矛盾。赛卢医这个人物在剧本中起着穿针引线的作用,戏剧冲突的引发、激化与解决都由他来实现。这也正体现了关汉卿独具匠心的巧妙构思。

《窦娥冤》被称为世界十大悲剧之一。关汉卿写下的不是窦娥的个人悲剧,而是一个时代乃至整个社会的悲剧。《窦娥冤》无论从思想内容,还是艺术成就来说都是一部伟大杰出的作品。早在1838年就已有英译本流传到国外。

关汉卿的《救风尘》与《望江亭》是中国古典戏曲中时代最早且最具有代表性的世态喜剧作品。

《救风尘》题目正名为:"安秀才花柳成花烛,赵盼儿风月救风尘。"《救风尘》是关汉卿喜剧的杰出代表,作品写了赵盼儿为解救沦落风尘的姐妹宋引章,凭借自身勇敢与智慧斗败纨绔子弟周舍的故事。宋引章本与秀才安秀实订婚,后被恶少周舍花言巧语欺骗,不顾姐妹赵盼儿相劝,嫁给周舍。婚后周舍对宋引章极尽虐待,宋引章写信向赵盼儿求救。周舍不肯轻易放过宋引章,赵盼儿以风月为手段,骗周舍写下休书,成功解救宋引章。而后赵盼儿将周舍告上公堂,周舍受到杖刑责罚。宋引章与安秀实重归于好,结为夫妇。

《救风尘》成功刻画了赵盼儿和周舍两个典型人物。赵盼儿是一个饱经忧患的妓女,长期的风尘生活使她对自己的处境有深刻认识,对纨绔子弟的本性一清二楚,当宋引章一心想嫁给周舍时,她便指出其中要害。当接到宋引章的求救信时,她不顾个人安危挺身而出,挑战周舍。赵盼儿作为一个生活在底层的妓女,无钱无势，只能用风月场中的手段对付周舍，她计划周密，抓住周舍好色贪便宜的特征取得了胜利。赵盼儿是一个小人物，在斗争中始终占据主动权，表现了她的干练、勇敢、机智。周舍作为赵盼儿的对手，关汉卿在剧中从不同角度表现了他性格的复杂性。周舍是一个典型的纨绔子弟，他"酒肉场中三十载，花星整照二十年。一生不识柴米价，只少花钱共酒钱"，他花言巧语骗取宋引章时知心、体贴、温柔，但是将宋引章骗到手后却使出毒辣的手段，虐待宋引章。可以说，周舍越虚伪、阴狠，越衬托出赵盼儿的老练与机智。关汉卿将赵盼儿与周舍的斗争写得紧张而有趣，王国维《宋元戏曲史》谓该剧："其布置结构，亦极意匠惨淡之致，宁较后世之传奇有优无劣也。"剧本揭露了官商的丑恶，描绘出被迫害者以弱胜强的场景，让观众在笑声中体悟到只要敢于斗争、善于应变，命运就可以掌握在自己手中。

《望江亭》又名《切鲙旦》，题目正名为："洞庭湖半夜赚金牌，望江亭中秋切鲙旦。"作品写了谭记儿在望江亭内设计对付权贵杨衙内的故事。谭记儿以美貌出名，被杨衙内看上。但谭记儿嫁给了白士中，杨衙内心中尤感气愤，举报白士中并骗取了皇帝的势剑金牌到潭州取白士中首级。白士中闻此消息一筹莫展。谭记儿心生妙计，中秋之际，谭记儿扮作渔妇张二嫂卖鱼，杨衙内见张二嫂也很美貌，便动心将张二嫂请来喝酒，在望江亭上张二嫂（谭记儿）灌醉杨衙内及其随从，将势剑金牌以及文书偷走。最终杨衙内知道自己落入圈套，此时恰好遇到湖南都御史李秉忠暗访，将此事奏于朝廷后，杨衙内受到惩办，"问成杂犯，杖八十削职归田"，而白士中依旧治理潭州，夫妻和美。

《望江亭》中谭记儿的形象非常突出，她的性格随着环境的不同而有所变化。与赵盼儿不同，谭记儿的身份是一个地方官吏的夫人，但斗争方式却与赵盼儿相似，都是利用对手好色的弱点，运用风月手段迷惑对方。赵盼儿以本色出现，因为她要救的是别人，不需要乔装打扮，但谭记儿要救的是自己，于是扮作渔妇。谭记儿与赵盼儿一样机智、勇敢，但是却没有赵盼儿的愁苦、泼辣与世故，更多的是温柔。她所面临的对手不是普普通通的纨绔子弟，而是掌握了生杀大权的权贵杨衙内，这就使得谭记儿必须表现得更加勇敢才能赢得斗争的胜利。

《救风尘》和《望江亭》两个剧本都洋溢着欢乐、愉快的气氛，两个剧本的特点都是把恶势力的代表放在被愚弄的对象上，看似强大却以失败告终。由于两个剧本中主要人物形象不完全相同，因此风格也不完全相同。《救风尘》亦庄亦谐，观众在嬉笑的同时总不免为可怜的妓女们的命运慨叹，《望江亭》则显得更加轻松、活泼一些。

阅读链接

学习本章，推荐阅读《关汉卿名剧赏析》。该书完整收录关汉卿《窦娥冤》《救风尘》《望江亭》《单刀会》《蝴蝶梦》《鲁斋郎》等六个剧本,对剧本进行注释后详加赏析和评论。作者李汉秋是中国关汉卿研究会副会长,长期从事中国古代文学的教学和研究。

| 思考·练习·拓展 |

1. 简述中国古代戏曲的发展。
2. 简述《窦娥冤》的故事渊源、戏剧冲突及其悲剧性。
3. 简述关汉卿杂剧题材内容的特点。

第二章 《西厢记》

学习提示

　　《西厢记》是元杂剧作品中一颗璀璨的明珠,是中国戏曲艺术的一座高峰。在唐传奇《莺莺传》和金代董解元《西厢记诸宫调》的基础上,王实甫又进行加工改写,最终形成了今天我们看到的《西厢记》的面貌。要深入理解《西厢记》,必须了解创作背景,细读原著,反复揣摩体味人物,对优美的曲词可以辅以诵读,在阅读原著的基础上,可以观赏相关戏曲作品和影视作品以加深理解。学习本章,要把握《西厢记》的主要内容,理解其主要艺术成就和对后世的影响。

第一节 《西厢记》作者及内容

　　王实甫,名德信,字实甫,元代大都(今北京)人,生卒年与生平事迹均不详,元代前期作家,与关汉卿同时而略晚,创作活动主要在元贞、大德年间(1295—1307)。明贾仲明增补《录鬼簿》,有《凌波仙》吊王实甫:"风月营密匝匝列旌旗,莺花寨明飚飚排剑戟,翠红乡雄赳赳施谋智。作词章,风韵美,士林中等辈伏低。新杂剧,旧传奇,《西厢记》天下夺魁。""风月营""莺花寨""翠红乡",都代指元代官妓聚居的教坊、行院或上演杂剧的勾栏,王实甫混迹其中,应当也熟悉这些官妓生活,他的杂剧也擅长刻画"儿女风情"。

　　根据锺嗣成《录鬼簿》记载,王实甫创作了十四本杂剧,今存《崔莺莺待月西厢记》《四丞相高会丽堂春》和《吕蒙正风雪破窑记》三种,以及《韩彩云丝竹芙蓉亭》《苏小卿月夜贩茶船》二剧的片段。

　　《西厢记》共五本二十一折,通过崔莺莺与张君瑞的爱情故事,歌颂了青年男女敢于主动追求自由爱情和自主婚姻的精神,表达了"愿天下有情的都成了眷属"的美好理想。"有情"成为爱情和婚姻的基础,这与门当户对、父母包办的封建婚姻形成了鲜明对比,深刻批判了封建礼教。

第一本《张君瑞闹道场》是崔张爱情的发生,第二本《崔莺莺夜听琴》是崔张二人感情的发展,第三本《张君瑞害相思》是崔张爱情的深化,第四本《草桥店梦莺莺》是崔张爱情的高潮,第五本《张君瑞庆团圆》是崔张爱情的结局。

崔莺莺出身高贵,是相国千金,父亲在世时已定下了婚约。她身处禁锢的环境之中,又不甘于自己的青春和幸福就此流逝,对张君瑞一见钟情,主动投去"非礼"的目光,正是由于她"临去秋波那一转",才惹得张生"透骨髓相思病缠"。莺莺对爱情的追求是大胆的,但囿于自己的出身和教养,她又要竭力掩饰自己的言行,就算对身边最贴心的小丫鬟红娘也要不断遮掩。莺莺这种前后矛盾和看似矫情造作,其实正是她既想追求自由爱情,又被封建教养所困扰的窘境。其后,张生解了普救寺之围,保全了莺莺的清白,莺莺对张生感情进一步加深,而莺莺母亲郑氏的赖婚则又将两人拖入绝望之中。此后,两人在琴声和诗歌的酬和中,更加深入地了解了对方,而莺莺还是一再试探,对自己的爱情追求不能爽朗、坦然。在张生苦害相思、一病不起之后,莺莺终于不顾一切,冲破环境和自身的障碍去"酬简",两人终于走到一起。她的爱情追求不是基于父母之命、媒妁之言,也不是门当户对,而是发乎真情,将爱情置于功名富贵之上,在莺莺看来,"但得一个并头莲,煞强如状元及第"。这样的爱情理想使崔莺莺的形象有了更深广的社会意义。

张君瑞的父亲曾经官拜礼部尚书,但早年病故,母亲也去世了,他现在只是一个穷书生,他对爱情执着忠诚,既勇敢又懦弱。他对莺莺也是一见钟情,为了得到莺莺的爱情,放弃进京赶考。张生对莺莺一片痴情,在叛将孙飞虎围住普救寺时,勇敢地挺身而出,但面对老夫人赖婚时,又心酸难言,面对莺莺赖简时,却不敢大胆追求,而一病不起,甚至想寻个自尽。所以,红娘叫他"傻角",说他是"银样镴枪头"。而莺莺则称他是"至诚种",正是这样的矛盾统一才更突出了张生的痴情,在他身上,也寄托了对爱情的美好理想。

崔张二人爱情的圆满,离不开关键人物——红娘。红娘本是被老夫人派来服侍莺莺,同时担负着"行监坐守"的任务,防范她有越轨之举。所以,莺莺曾经埋怨红娘"但出闺门,影儿般不离身"。红娘回答说:"不干红娘事,老夫人着我跟着姐姐来。"促使她态度发生转变的是老夫人对张生的失信,"赖婚"之举激起了红娘极大不满,她要抱打不平,传书递简,热情奔走,来成就张生与莺莺的婚事。当张生表达感激之情,许以日后以金帛酬谢时,红娘老实不客气地反驳道:"先生的钱物,与红娘做赏赐,是我爱你的金赍?"可以说,正是在红娘的策划推动下莺莺和张生才得以有情人终成眷属。

第二节 《西厢记》的艺术成就及影响

《西厢记》秉承前代创作而来,但又大大地超越了前人,取得了卓越的艺术成就。

首先是故事主题和人物形象的再创造。

《西厢记》最早源于唐传奇《莺莺传》。张生是一个负心薄幸的形象，他不仅对莺莺始乱终弃，还振振有词地为自己辩护说莺莺是"红颜祸水"，为避免自己以后遭遇不幸，所以才"忍情"。莺莺在这个故事里显得卑微、懦弱，含羞忍耻。此后，莺莺的故事就经常在诗词作品中被吟咏或再创作。如晏殊的《浣溪沙》、苏轼的《雨中花慢》等，秦观、毛滂有吟咏莺莺等古代美人的《调笑转踏》，宋朝的赵令畤还用这个题材写了《商调·蝶恋花》鼓子词，表达了对《莺莺传》结局的惋惜。但是，这些作品均未改动人物和情节。金代董解元的《西厢记诸宫调》在思想内容、情节、人物形象上有所突破，从根本上清除了《莺莺传》中"尤物害人""女人祸水"的思想，创作主旨变成"从古至今，自是佳人，合配才子"。张生变成了对莺莺热烈追求并终成眷属的多情才子。莺莺美丽善良多情，但报恩思想是莺莺感情的重要部分。

王实甫《西厢记》在创作主旨上比董西厢更高出一筹，"愿天下有情的都成了眷属"，不管他们是否才子佳人，只要两情相悦，都应该成为眷属。这是从整个婚姻制度的高度发出的呐喊，是时代假王实甫之口提出的婚姻理想，代表了封建时代广大青年男女的愿望。张生成为痴情的"至诚种"，为了追求理想的感情对象，连功名利禄也可以放弃，"不往京师去也罢"。莺莺则热情大胆，也不以张生得官为意。作者所提倡的爱情，不关名利，但一定要心灵相通，强调的是男女之间感情上、情趣上的和谐融洽。

《西厢记》在次要人物形象塑造上也颇有造诣，最典型的就是红娘。红娘正直、无私、泼辣、勇敢，《拷红》一折集中描写了红娘和老夫人的直接冲突，这场较量让我们充分见识了红娘的机智伶俐和能言善辩。正如李贽所说："红娘真有二十分才，二十分识，二十分胆。有此军师，何攻不破，何战不克服！"她嘴尖舌利、爽朗乐观、诙谐风趣，体现了下层人民真善美的人情和人性。再如老夫人，作者没有从个人品质上丑化老夫人，没有使她概念化、脸谱化，而是把她塑造成了爱女反而害女的威严老母亲，读来令人信服。

其次，《西厢记》规模宏大，在体制上进行了大胆创新。

在创作结构上，元杂剧一般一本四折，也有一本五折、六折。王实甫的《西厢记》却写了五本二十折（也有的把第二本的楔子作为一折，则全剧为二十一折），在元杂剧中结构严谨而规模宏大，在现存的元杂剧中，《西厢记》的篇幅仅次于元末明初杨景贤的《西游记杂剧》（六本二十四出），可谓杂剧中的鸿篇巨制，是对元杂剧结构体制上的突破和发展。

在角色分配上，元杂剧一般是一本戏由一个主角一唱到底，其他角色只有道白和动作，没有唱。这样做的好处是可以充分抒发主要人物的思想，表现心理变化细腻有层次，但局限也十分明显，描写容易流于草率，不能尽量地施展着作者的才情。

《西厢记》打破这种限制,不同角色都可以唱,第一本里张生主唱,第四折里张生莺莺都有唱;第二本第一、三、四折里为莺莺唱,第二折为红娘唱,楔子为惠明唱;第四本第一折张生唱,第二折红娘唱,第三折莺莺唱,第四折张生、莺莺都唱;第五本第一折莺莺唱,第二折张生唱,第三折红娘唱,第四折张生、莺莺、红娘都唱。这样的安排能更从容地展开剧情,更灵活地刻画人物,是对元杂剧主唱角色分配体制的一种突破和发展,丰富了元杂剧的表现手段,改变了杂剧"叙事每苦匆促,无蕴蓄徊翔的余地"(郑振铎《中国文学史》)的状况。

再次,文白相间的语言也是《西厢记》非常突出的艺术成就之一。

王实甫的语言历来为人所称道,朱权称赞王实甫的词如"花间美人,铺叙委婉,深得骚人之趣。极有佳句,若玉环之出浴华清,绿珠之采莲洛浦",其他名家如王世贞、贾仲明、王骥德、徐复祚等都极为推崇《西厢记》的语言。比如,"东风摇曳垂杨线,游丝牵惹桃花片,珠帘掩映芙蓉面","蝶粉轻沾飞絮雪,燕泥香惹落花尘;系春心情短柳丝长,隔花阴人远天涯近","碧云天,黄花地,西风紧。北雁南飞。晓来谁染霜林醉?总是离人泪","柳丝长玉骢难系,恨不倩疏林挂住斜晖"等句子,词旨缠绵,华美绮丽,脍炙人口。而像"魂灵儿飞在半天","佳人自来多薄命,秀才每从来懦。闷杀没头鹅,撇下赔钱;下场头那答儿发付我"这类口语又带着泼辣、质朴的气息,富有浓厚的生活趣味。因此,王实甫的语言既秀美华丽,又善于从民间口语俗谚中汲取营养,形成典雅、通俗合二为一的独特风格,两者并行不悖,相得益彰。

《西厢记》还特别善于运用修辞来铺张渲染戏剧效果,运用叠字、排比、比喻、夸张等,尤其是叠字的运用,使曲词韵律工整,富有节奏感,作品的音乐形象更加鲜明。此外,《西厢记》的语言还极富个性化特点,如张生自道,"小子多愁多病身,怎当她倾国倾城貌",彰显张生的痴情;红娘骂张生,"呸!你是个银样镴枪头",活画出红娘的伶俐泼辣。

最后,《西厢记》的冲突设置巧妙,一主一辅,富于舞台效果。

《西厢记》中的冲突主要有两种:一是老夫人和年轻人之间维护封建婚姻和追求自由爱情之间的冲突,这是主要矛盾;一是围绕张生、莺莺、红娘三个年轻人之间的冲突,这是次要矛盾。主要矛盾严肃、凝重,次要矛盾轻松活泼,而这两种矛盾的交织构成了戏剧的情节,推动了戏剧的发展。作者在处理这些戏剧冲突时环环相扣,一波未平,一波又起,达到了引人入胜的效果。

自《西厢记》面世后,各类翻刻本子,诸如校正本、注释本、题评本、插图本以及少数民族的翻译本不断涌现,《西厢记》刻本之多可称为古代戏曲之最。元刻本今已失传,根据不完全统计,仅明清两代,《西厢记》的本子就有151种,其中明刊本56种,清刊本95种,甚至有僧众刊行、尼庵收藏的《西厢记》。近代以来,《西厢记》的整理注释本在古代戏曲中也是最多的。

除了书面流传外,《西厢记》更是活跃在舞台上和民间艺人的口头传唱中。嘉靖年间，有一个叫秦毛亭的艺人，能将《西厢记》从头唱到尾，每一曲都很妥帖，可见其演唱技艺之高超。明末名妓陈圆圆也曾经扮演过《西厢记》中红娘的角色，体态、说白和唱曲都非常高妙。《西厢记》的演出还影响到国外。乾隆二十九年，西洋进贡了能演出《西厢记》的十八个铜人，这些铜人高一尺左右，上演每一出时都要用钥匙开锁，有一定的程序，错了的话就全乱了。张生、莺莺、红娘、慧明、法聪等人能自己打开箱子穿衣服，就像真人一样，只是不能歌唱。演出完了，就自己脱掉衣服倒在箱子里。可见，《西厢记》不仅远播海外，还成为了中外文化交流的媒介。

　　《西厢记》影响极为深远。自《西厢记》问世以来，便家喻户晓，人们甚至拿它和《春秋》相提并论。后世的文学创作如《东墙记》《㑇梅香》《牡丹亭》《金瓶梅》《红楼梦》以及清代才子佳人小说都曾受到它的影响，《金瓶梅》明显受《西厢》影响的地方达三十三处之多，《红楼梦》第二十三回《西厢记妙词通戏语，牡丹亭艳曲警芳心》写宝黛同读《西厢》，黛玉称赞《西厢记》"词句警人，余香满口"。后世的各种文艺形式诸如戏曲、弹词、说唱等都有大量相关题材的作品，其流芳余韵，影响所及直至今日。《西厢记》不愧为古典戏剧的明珠。

阅读链接

　　上海古籍出版社是整理出版古籍的专业机构，从成立之初便已开始对中国古典文学作品、不同时代有代表性的作家及诗词散文等不同文学门类的作品选读、选辑，加以通俗的解说、详尽的注释。2016 年 4 月出版的《西厢记》，版本精良，并有金圣叹的评析，可以帮助理解原文，加深对文本的认识，值得一读。

思考·练习·拓展

　　1.《西厢记》结尾的大团圆结局未脱中国古代文学作品的俗套，你如何看待这种处理方式？

　　2. 试论《西厢记》的艺术成就。

　　3.《西厢记》对后世文学作品有深远的影响，你能说说自己知道的作品中，都有哪些方面或哪些内容受了它的影响吗？

第三章　元杂剧其他作家作品

学习提示

　　元代戏剧创作活动形成了南北两个戏剧圈,北方戏剧圈以大都为中心,南方戏剧圈以杭州为中心,它们以各自不同的风情和韵味,共同缔造了中国辉煌灿烂的戏剧艺术。本章介绍南北杂剧圈除关汉卿、王实甫以外的其他重要杂剧作家及其创作,学习本章有助于从整体上认识元代戏剧创作的风貌。学习过程中,可采用阅读法和影视欣赏法,通过阅读学习原著以及欣赏由原著改编的经典影视作品,加深对元杂剧的认识和理解。

第一节　北方戏剧圈的创作

　　北方杂剧圈以元朝京城大都为中心,包括河北、陕西、山东、河南、安徽北部等地,代表作家有关汉卿、王实甫、白朴、马致远,除他们之外,像康进之、纪君祥、杨显之等也取得了一定的创作成就。

　　在元代剧坛上,艺术别树一帜,为人推崇的剧作家除了关汉卿、王实甫外,还有白朴和马致远,他们同被誉为元剧的"四大家"。白朴(1226—约1306后),字仁甫,又字太素,号兰谷,祖籍陕州(今山西河曲),生于金朝首都南京(今河南开封)的官宦人家,其母在战乱中失踪,幼年便经历了国破家亡的劫难。金亡时八岁,被父亲好友、大诗人元好问收养和教育。由于自幼受到元好问的影响,文学创作上取得了词、曲等多方面的成就,最为突出的是杂剧,共有十六种,今仅存《梧桐雨》《墙头马上》两种。

　　《梧桐雨》写李隆基和杨玉环悲欢离合的爱情故事。它是一部历史剧,由白居易的叙事诗《长恨歌》改编而来,剧名源于白诗中"秋雨梧桐叶落时"一句。从中唐开始,李、杨的爱情故事就成了文学界的热门话题,陆续涌现不少相关题材作品,有的侧重同情、赞誉坚贞的爱情,有的揭露批判李、杨追求享乐、贻误朝政。白朴的

《梧桐雨》尽管也写到李杨的爱情和侈逸,但它的重点却是通过叙写李杨的爱情悲剧以及唐王朝由盛转衰的过程,表达了作者对历史沧桑变化的深刻思考。

《梧桐雨》前三折写李杨由合到离,全剧重点在最后的第四折,写唐明皇退位后在西宫养老时对杨贵妃的思念。李隆基在秋夜不眠之时,心中愁绪难以排解,思念着死去的杨玉环,"当初妃子舞翠盘时,在此树下;寡人与妃子盟誓时,亦对此树",回想过去的美好时光已经不复存在,"空对井梧阴,不见倾城貌",倍感孤寂、伤感。雨滴梧桐叶惊醒了梦会杨玉环的李隆基,"这雨一阵阵打梧桐叶凋,一点一点滴人心碎了",景色仍在,人事已非。作者把李隆基的无限感伤表现得荡气回肠,婉曲动人,并透过人物形象,表达了世事沧桑变幻的苍凉之感。《梧桐雨》全剧语言华美典雅,善于铺叙形容,通过心理刻画,生动表现了人物的精神面貌,全剧抒情韵味浓郁,充分体现了白朴的艺术才华。

白朴的《墙头马上》题材来自白居易的《井底引银瓶》一诗,题目也出自其中"墙头马上遥相顾,一望见君即断肠"的诗句。剧中写李总管之女李千金在花园偶遇墙头外马上的裴尚书的儿子裴少俊,两人一见倾心,相约私奔。随后的七年,两人在裴家的后花园同居并生下了一双儿女。不料被裴尚书发现,裴少俊被强令休妻,李千金忍辱回家。后来,裴少俊高中状元,求李千金重回裴府,裴尚书也来相劝,李千金不肯答应,最后被儿女们的哭声打动,答应重归于好。剧本歌颂了封建青年男女追求自由爱情的愿望和进步思想,也成功塑造了李千金反封建反礼教的形象。当遇上心爱的人,李千金义无反顾,无媒自聘,弃家私奔;当被裴尚书无理斥责时,她不屈服,不退让,理直气壮地辩护他们爱情的合理性;当被逐出裴家,她仍坚强不屈。李千金坚强的个性和泼辣的性格给读者留下了深刻的印象。全剧结构完整,情节紧凑,曲词通俗本色,是一部不可多得的成功之作,不愧与关汉卿《拜月亭》、王实甫《西厢记》、郑光祖《倩女离魂》并称为元代四大爱情剧。

马致远(1250?—1321?),号东篱,大都(今北京)人,早年追求功名,中年时曾出任江浙行省务官,晚年淡泊名利,向往闲适的生活。马致远善写杂剧散曲,在当时名气很大,有"曲状元"之称。今存杂剧七种,最著名的是《汉宫秋》。

《汉宫秋》以昭君出塞和番历史故事为题材。史书记载,汉元帝应匈奴呼韩邪单于的和亲请求,以宫女王嫱妻之。入匈奴后,王昭君被封为宁阏氏,生儿育女。马致远的剧本由此改造而来,作了较大变动,如将当时汉强番弱的形势改变为汉弱番强;将昭君出塞的原因改成毛延寿索求贿赂不成,故意丑化昭君,事情败露之后逃往匈奴,并挑拨匈奴单于强行索要昭君;将汉元帝改成一个软弱无能、多愁善感的皇帝;将昭君和亲的结局改成投江自杀。经过艺术改造,作品描写在一个官吏贪腐无能、宵小之徒兴风作浪的乱世中,主角汉元帝贵为一国之君却为群臣挟制,受人摆布,没有自由,连自己心爱的女人也保护不了,深刻地表达出在国难当头、官吏无能的情况下,要保护家室的安全而又不可得的无可奈何的情感,抒发了在乱世中丧失了美好生活所引发的悲伤痛楚的人生感受。就这点而言,《汉宫秋》与《梧桐雨》有异曲同工之妙。

《汉宫秋》的艺术成就很高,语言生动洗练,善于运用古典诗词的比兴手法,采用借景抒情的方式,使整个剧本充满了浓郁的抒情气氛,像一首诗。如第三折【梅花酒】和【收江南】:

> 【梅花酒】呀!俺向着这迥野悲凉。草已添黄,兔早迎霜。犬褪得毛苍,人搠起缨枪,马负着行装,车运着粮粮,打猎起围场。他、他、他,伤心辞汉主;我、我、我,携手上河梁。他部从入穷荒;我銮舆返咸阳。返咸阳,过宫墙;过宫墙,绕回廊;绕回廊,近椒房;近椒房,月昏黄;月昏黄,夜生凉;夜生凉,泣寒螀;泣寒螀,绿纱窗;绿纱窗,不思量!
>
> 【收江南】呀!不思量除是铁心肠,铁心肠也愁泪滴千行。美人图今夜挂昭阳,我那里供养,便是我高烧银烛照红妆。

曲辞动人心弦,自然真切地表现了汉元帝告别王昭君之后的离情别恨。

康进之,棣州(今山东惠民)人,生卒年不详,今仅存《李逵负荆》,是元代最著名的水浒剧本。剧本写强盗宋刚和鲁智恩冒名抢走了酒家王林之女满堂娇,仗义的李逵以为是梁山宋江和鲁智深所为,因此大闹聚义堂。误会解除后,又勇敢负荆请罪,并成功擒拿贼人,王林父女团圆。作者成功塑造了天真单纯、鲁莽急躁而又爱憎分明、嫉恶如仇的李逵形象,个性鲜明生动。作者总是把李逵置于误解及不利之境,主人公在这样的背景中表现出了令人感动的道德力量。此外,误会手法使作品呈现出强烈的喜剧效果,如李逵三人到了王林处,叫不开门,李逵骗说满堂娇到了,王林爱女心切马上冲出来把李逵当成满堂娇抱住,场面让人忍俊不禁。全剧大误会套着小误会,彼此紧密关联,这也是作品成功的关键因素之一。

纪君祥,大都(今北京)人,生平不详,今存《赵氏孤儿》。该剧写的是一个悲壮的复仇故事,取材于《史记·赵世家》等史书,并糅合民间传说。剧本叙述春秋晋灵公时,权臣屠岸贾用奸谋诛杀忠臣赵盾全家三百余口,只有驸马赵朔的遗腹子被门客程婴救出。屠岸贾为了铲草除根,下令将全国"半岁以下,一月以上"的婴儿杀死。后来,为了保全忠良,程婴、公孙杵臼、韩厥等文武忠臣相继作出了牺牲。孤儿长大以后,知道实情,杀死了屠岸贾,报了大仇。全剧围绕"搜孤"和"救孤"展开,情节曲折紧张,充满着血雨腥风、刀光剑影,读后令人惊心动魄。全剧始终贯穿着一股高昂磅礴的正气,热情歌颂了为伸张正义而忍辱负重、杀身成仁的顽强斗争精神,表达了光明必然战胜黑暗、正义终究战胜邪恶的信念。在元代杂剧中,《赵氏孤儿》和《窦娥冤》一样,堪称悲剧的典范之作,早在18世纪30年代就被译成多种文字流传于欧洲,曾被著名作家伏尔泰改编成《中国孤儿》上演,引发欧洲剧坛很大关注。

除上述作家作品外,北方戏剧圈的创作影响较大的还有高文秀《双献功》、杨显之《潇湘雨》、石君宝《秋胡戏妻》、尚仲贤《柳毅传书》、李好古《张生煮梅》、郑廷玉《看钱奴》、武汉臣《老生儿》等。

第二节　南方戏剧圈的创作

南宋都城临安(今杭州)被元军占领后,北人大批南下,北方的杂剧艺术也随着人们来到南方,杂剧的创作重心逐步向以杭州为中心的南方转移,但杂剧艺术已开始走向衰微,成就大不如北方戏剧圈。南方戏剧圈的杂剧作家成就较大的有郑光祖、乔吉、宫天挺、秦简夫等人。

南方杂剧作家中,成就最高的是郑光祖。郑光祖,字德辉,平阳襄陵(今山西临汾)人。《录鬼簿》记载:"以儒补杭州路吏。为人方直,不妄与人交。名香天下,声振闺阁,伶伦辈称郑老先生。"周德清在《中原音韵》中将他与关、马、白并称。今存郑光祖杂剧《倩女离魂》《伯梅香》《王粲登楼》等八种。

《倩女离魂》题材源于唐代传奇小说《离魂记》。剧本写王文举在应试途中经过张家,欲践履与张倩女指腹为婚之旧约,但倩女的母亲以文举功名未就为由,不许二人成婚。后来文举上京应试,倩女伤于离别,又恐文举悔婚别娶,忧思成疾,魂灵离身追赶文举结伴赴京。三年后,文举状元及第,携倩女衣锦还乡,倩女的魂灵与床榻上的躯体重新结合,二人终得美满成亲。

该剧反映了封建女子在礼教压制下的痛苦,歌颂了幽闭深闺的女子对理想婚姻的向往和追求,富有浪漫色彩。作者成功刻画了张倩女这一生动鲜明的形象,对比《西厢记》中的崔莺莺,两人同是对理想爱情婚姻执着追求,都有深情温柔的一面,但与崔莺莺的畏首畏尾不同,张倩女性格显得更加倔强,感情更加强烈,并敢于不顾一切挣脱礼教束缚。作品采用超现实主义手法,让主人公的躯体与魂魄分离,一个卧病在床,一个追随心爱的人,两者正象征了现实和理想两个方面,最后两者合二为一,正是理想取代现实,爱情战胜了礼教。

《倩女离魂》辞藻优美典雅,描写细致生动,如第二折中的下面两曲:

【小桃红】我蓦听得马嘶人语闹喧哗,掩映在垂杨下。唬的我心头丕丕那惊怕,原来是响当当鸣榔板捕鱼虾。我这里顺西风悄悄听沉罢,趁着这厌厌露华,对着这澄澄月下,惊的那呀呀呀寒雁起平沙。

【调笑令】向沙堤款踏,莎草带霜滑。掠湿湘裙翡翠纱,抵多少苍苔露冷凌波袜。看江上晚来堪画,玩水壶潋滟天上下,似一片碧玉无瑕。

这两曲写的是倩女的魂魄沿江追赶上京的王文举,通过对周围的西风、露华、月色、寒雁的细致描绘,生动传达出了魂魄赶路时恍惚若迷、飘飘忽忽的情态。

乔吉(1280?—1345),字孟符,号笙鹤翁,又号惺道人,祖籍山西太原,流寓杭州近四十年。所作杂剧十一种,现存《两世姻缘》《扬州梦》《金钱记》三种,均为爱情剧。

《两世姻缘》是乔吉的代表作,写书生韦皋与名妓韩玉箫相爱,后来韦皋进京赶考,从此音讯全无,玉箫郁郁而亡,灵魂转世为荆襄节度使张延赏的义女。十八年后,韦皋出征立大功,在张延赏的宴席上,两人再次相会,经过一番波折后,终于成就了一段美满姻缘。男女主人公热烈而执着地追求爱情,感人至深。

宫天挺,字大用,大名(今属河北)人,宦居江南,今存杂剧《范张鸡黍》《七里滩》两种。《范张鸡黍》较为成功,题材源自《后汉书·范式传》。写东汉同游太学的国子监生范式、张劭结下了深厚的友谊,成为生死之交。因两人痛恨权奸当道,一起告归乡里。张劭死后,范式千里送葬。剧本赞颂了文人之间的真挚友情,同时表达了对当时仕途黑暗的不满之情,言辞激烈,痛快淋漓,如第一折:

　　【那吒令】国子监里助教的,尚书是他故人;秘书监里著作的,参政是他丈人;翰林院应举的,是左丞相的舍人。则《春秋》不知怎的发,《周礼》不知如何论,制诏诰是怎的行文。

　　【寄生草】将凤凰池拦了前路,麒麟阁顶杀后门。便行那汉相如献赋难求进,贾长沙痛哭谁偢问,董仲舒对策无公论。便有那公孙弘撞不开昭文馆内虎牢关,司马迁打不破编修院里长蛇阵。

秦简夫,大都(今北京)人,后流寓杭州,今存杂剧《东堂老》《赵礼让肥》《剪发待宾》三种。《东堂老》是其代表作,剧本写扬州富商赵国器的儿子扬州奴生性懒散,父亲死后肆意挥霍家财,最终沦为乞丐,备尝生活的艰辛。早先其父赵国器有好友李实,人称“东堂老”。赵国器临终之时,曾拜托好友管教儿子。此时东堂老看准时机,苦心教诲,终于使扬州奴洗心革面,同时东堂老将赵国器托付他的财产归还扬州奴。作品打破了重农轻商的传统观念,塑造了李实有情义、重言诺的商人形象,体现出尊重商人商业的思想,时代特色鲜明。

除上述作家作品外,南方戏剧圈中杂剧创作值得注意的还有金仁杰《追韩信》、杨梓《敬德不伏老》、王晔《桃花女破法嫁周公》、萧德祥《杀狗劝夫》、朱凯《刘玄德醉走黄鹤楼》、范康《陈季卿竹叶舟》等。

阅读链接

　　明人臧懋循的《元曲选》是目前最为流行的元曲阅读学习选本,元杂剧主要作家作品均收录在内。另外,较好的元曲注本有胡忌《元代戏曲选注》、王季思《元杂剧选注》等。

思考·练习·拓展

　　1.《梧桐雨》杂剧是怎样表现兴亡之感的?
　　2. 分析《墙头马上》中李千金形象。
　　3.《汉宫秋》与史实相比,作了哪些改动?
　　4. 分析《倩女离魂》中张倩女形象。
　　5. 简述《赵氏孤儿》剧情梗概。

第四章 南 戏

　　南戏是宋元时期流行于我国南方的一种戏曲形式,在体制上与杂剧有着明显不同,产生了《琵琶记》及"四大南戏"等成就突出的作品,对后世戏曲影响深远。学习本章可采用比较鉴赏法,通过阅读南戏和杂剧两种不同形式的戏剧作品,感受二者不同的体制特点和风格。同时,可细细品味原著,通过揣摩《琵琶记》等作品中的人物形象,以达到对戏剧深刻思想内涵的理解。

第一节 南戏四大传奇

　　南戏是南曲戏文的简称,与北方杂剧相对而言,最早出现于北宋末年永嘉(今浙江温州)一带,故又称"温州杂剧"或"永嘉杂剧"。明人徐渭在其戏曲理论著作《南词叙录》中指出,南戏是"村坊小曲而为之,本无宫调,亦罕节奏。徒取其畸农市女,顺口可歌而已",在流传发展过程中,吸取了巷歌曲、鼓子词、宋杂剧、诸宫调的养料,并综合了多种民间技艺,最终形成为一种新的戏剧形式。

　　南戏在元末明初逐步定型,和当时的北杂剧同属我国早期流行的戏曲形式。两者体制上存在明显区别。在篇幅上,一般南戏较长,结构宏大,便于表现复杂的情节和广阔的社会场面;在唱法上,北杂剧限制为一人主唱,而南戏较为灵活,有独唱、对唱、接唱、合唱等多种演唱形式;在曲辞上,南戏主要用南曲,伴奏以管乐及鼓板为主,节奏舒缓,声调轻柔,而北杂剧以弦乐为主,曲调高亢遒劲;在角色上,南戏以生(男主角)和旦(女主角)为主,还有净、末、丑、外、贴等角色。

　　钱南扬在其《戏文概论》中统计,今知宋元南戏剧目共有二百三十八种,包括较早的南戏剧本《永乐大典戏文三种》,即《张协状元》《小孙屠》《宦门子弟错立身》,和元末明初的"荆刘拜杀"四大南戏及《琵琶记》等。其中,以《琵琶记》和被称为"四大南戏"的《荆钗记》《白兔记》《拜月亭记》《杀狗记》最为著名。"四大南戏"产生于元末明初,在戏剧史上享有盛誉,其剧本均经过明人不同程度的修改加工,并非原貌。

《荆钗记》相传是元末柯丹邱作。剧本写重才而轻财的钱玉莲选择嫁给以荆钗为聘礼的穷书生王十朋,而拒绝了以金钗为聘礼的大财主孙汝权。婚后,王十朋高中状元,因拒绝权相招婿而被贬调烟瘴之地潮阳。为与妻子团聚,十朋写家书让钱玉莲前往其任所,不料家书被孙汝权截获而套改为"休书"。贪财的继母逼迫玉莲改嫁孙汝权,玉莲不从并投江自尽,幸被救起。王十朋得知妻子死讯,起誓终身不娶。数年后,两人在玄元观上香时相遇,夫妻终于得以团圆。

《荆钗记》热情歌颂了"义夫节妇"之间至死不渝的爱情,提倡夫妻之间的忠信。在南方的戏剧圈中,许多作品宣扬和强调封建伦理道德,但《荆钗记》在许多方面都突破了传统的道德价值观,体现出一些进步的社会理想倾向。如剧中王十朋知道妻子死讯后,守情不移,宁愿无子嗣,也誓不再娶,这就打破了封建纲常伦理中"不孝有三,无后为大"的教条;又如钱玉莲重才而轻财,为了坚持自己的信念,甘赴一死,虽然一定程度上体现了封建的贞节观念,但更多的是出于其"富贵不能动其志,威逼不能移其情"的高贵品质。《荆钗记》还涉及当时民众深切关注的问题,包括如何看待贫贱富贵、如何处理夫妻关系等。此外,《荆钗记》的艺术特色也值得我们注意。它的情节结构精巧,戏剧性强,全剧以"荆钗"这一物品贯穿始终,有条不紊地展开戏剧冲突与纠葛,思路清晰,层次分明,特别适合舞台表演。

《刘知远白兔记》由永嘉书会才人编撰。刘知远是五代时期后汉的开国皇帝,他从社会底层登上了至高无上的皇帝之位,其传奇经历被广为传颂。剧本写刘知远发迹前穷困潦倒,在财主李文奎家当佣工,被李文奎认为有帝王之相,后与其女儿李三娘结为夫妻。李文奎死后,刘知远备受三娘兄嫂的欺辱,遂离家投军,后入赘师府,建功立业。在家的李三娘因拒绝改嫁,受尽兄嫂折磨,但始终不肯屈服,并在磨坊里生下儿子,托人送到刘知远处抚养。儿子长大后,因追猎一只白兔,与母亲相逢,全家终得团圆。

刘知远的发迹传奇历来为社会底层民众所羡慕和向往,剧中先写刘知远贫寒落魄之时备受欺凌的屈辱,再写其成功之后扬眉吐气的情境,读来痛快淋漓,引人入胜。剧本也成功塑造了李三娘善良而又命运悲惨的劳动妇女形象,她历经苦难,默默承受着兄嫂种种非人折磨,但又无可奈何,只能盼望丈夫回来改变自己的命运,这一艺术形象深刻体现了封建社会广大女性的悲惨遭遇。

《拜月亭记》又名《幽闺记》,是"四大南戏"中成就最高的一部作品。相传作者是元人施惠,写于关汉卿同名杂剧之后。戏剧以金末战乱为背景,写蒋世隆和王瑞兰两人坚贞不渝的动人爱情故事。书生蒋世隆在战乱中与其妹蒋瑞莲失散,在逃难途中巧遇兵部尚书王镇的女儿王瑞兰,两人相爱并在客店中结为夫妇。后来王镇见到了女儿瑞兰,因嫌弃世隆"穷形状",不承认他们的婚姻,并带女儿回家。瑞兰思念夫君,焚香拜月祈祷,盼望重聚。而瑞莲与哥哥失散后,路途遇到瑞兰母亲王夫人,被其认作义女。后来世隆和其结义兄弟陀满兴福分别中得文武状元,同被王镇招为女婿,世隆与瑞兰夫妻团聚,瑞莲与陀满兴福喜结良缘。作品着重歌颂了青年男女在患难中建立起来的坚贞爱情,这种爱情摆脱了才子佳人一见钟情、花前月下的模式,男女主人公在战乱中患难相扶、祸福与共,有着坚实的感情基础,即使受到了荣华富贵的诱惑、封建家长的威逼也丝毫没有动摇。此外,剧本也真切地反映了金末广阔的社会生活场景,再现了当时朝廷的腐败,以及由此造成的广大百姓家破人亡、被迫逃难的凄惨景象。

《拜月亭》取得了较高的艺术成就,它成功塑造了蒋世隆、王瑞兰、王镇等人的形象。同时,巧合的安排也独具匠心,使得剧情波澜迭起。如因瑞莲与瑞兰名字读音相近,致使世隆喊妹妹时与瑞兰巧遇,王夫人喊女儿时与瑞莲巧遇;又如王镇要招的女婿竟然是先前被其看不起的蒋世隆。这些巧合都出人意料之外,又在情理之中,戏剧效果强烈。《拜月亭》的语言自然本色,如:

【五样锦】姻缘将谓五百年眷属,十生九死成欢聚。经艰历险,幸然无虞。也指望否极生泰,祸绝受福。谁知尚有如是苦。急浪狂风,风吹折并根连枝树,浪惊散鸳鸯两处孤,更全然不想我这病体疾躯。那肯放容他些儿个叮咛嘱咐,将他倒拽横拖奔去途。回头道不得声将息,几曾有这般慈父!跌得我气绝再复,死而再苏。一回价上心来,一回价痛哭。

这是在王瑞兰被其父亲强行带走后,蒋世隆的一段唱辞,语言流畅自然,真切地描写出蒋世隆凄凉怨愤的心情。明人李贽认为《拜月亭》的成就可与王实甫《西厢记》媲美,"《拜月》曲白都近天成,委疑天成,岂曰人工"(《李卓吾批评幽闺记》)。

《杀狗记》一般认为是元末明初人徐畛(字仲由)的作品。剧本写孙华受市井无赖的挑唆,对胞弟孙荣百般虐待,并赶出家门。其妻杨月贞为规劝丈夫,使兄弟和好,设计杀狗假扮人尸,醉酒的丈夫误以为死人,慌忙找无赖帮忙掩埋处理,不料却被他们向官府告发杀人。此时,其弟孙荣不计前嫌,仗义相助,顶替了杀人罪名。最后真相大白,孙华深受感动,兄弟矛盾被化解,重归于好。作者意在借家庭矛盾,颂扬封建社会伦理道德,赞美恪守妇道、劝夫改过的贤妻,并强调狐朋狗友不可妄交。剧本具有一定的社会意义,但说教色彩浓厚,结构也较为松散。

第二节 《琵琶记》

南戏创作中成就最高的是高明所作的《琵琶记》。

高明(约1305—约1371),字则诚,号菜根道人,温州瑞安(今属浙江)人。青少年时期以博学著称,曾拜理学家黄溍为师,深受儒家思想影响。至正五年(1345)中进士,先后在浙江、福建等地做官,为官清廉,不畏权贵。至正十一年(1351),参与镇压方国珍起义,期间与统帅论事不合,加上目睹时政日非,对现实生活倍感失望,萌生了退隐的念头。至正十六年(1356)辞官,隐于宁波的栎社,潜心词曲。

《琵琶记》源于宋代戏文《赵贞女蔡二郎》,后者故事大致写赵五娘含辛茹苦,千里寻夫,不料遭遗弃,被马踩死。五娘是一个受尽磨难、抱恨终生、被大众所同情怜悯的人,而蔡伯喈的不孝不义受到了普遍谴责。赵五娘和蔡伯喈的故事在宋代就已成为说唱文学和民间戏曲的题材。陆游《小舟游近村舍舟步归》诗中写道:"斜阳古柳赵家庄,负鼓盲翁正作场。死后是非谁管得?满村听说蔡中郎。"可见该故事流传之广,且蔡中郎为批判对象。《南词叙录》中有《赵贞女蔡二郎》一目,并注"即旧伯喈弃亲背妇,为暴雷震死"。《辍耕录·金本名目》所载亦有《蔡伯喈》一目。这些作品均已散失,但大致可知对主人公蔡伯喈都是持否定、谴责的态度。

高明的《琵琶记》保留了《赵贞女》的部分故事情节,又作了较大的改动,它把弃亲背妇的蔡伯喈,改为"全忠全孝"的书生,把蔡伯喈重婚不归的原因归咎于客观环境,把悲剧的结局改成一夫二妻美满团圆。剧本写东汉陈留郡书生蔡伯喈与赵五娘结婚才两个月,就被其父逼迫入京应考并高中状元,牛丞相强招其为婿,蔡伯喈以已娶妻室不从,并向皇帝上表辞官。皇帝非但不许,还让其"曲从相师之情",无奈之下只好入赘相府,过上富贵奢华的生活。在家的赵五娘恰逢荒年,竭力赡养公婆,含辛茹苦,独力支撑家庭。公婆死后,她剪发换钱,自筑坟台,然后身背琵琶,沿途卖唱乞讨上京寻夫。历经艰辛,在宽厚的牛小姐的帮助下夫妻团聚。蔡伯喈获悉父母已亡,极为悲痛,于是与五娘及牛小姐一同回乡守孝。

《琵琶记》在篇首便标明:"有贞有烈赵贞女,全忠全孝蔡伯喈",显然写的是"子孝妻贤"的内容。高明十分强调传统儒家道德,认为戏曲"不关风化体,纵好也徒然",他希望通过戏曲感人的力量,实现其教化的功用。在《琵琶记》中,蔡伯喈是一个"生不能养、死不能葬、葬不能祭"的"三不孝逆天大罪"的人,并且停妻再娶,负义忘恩。然而,作者给他安排一个"辞考,父亲不从;辞官,皇帝不从;辞婚,牛相不从"的所谓"三不从",把悲剧产生的原因全归咎于此,并使他长期处于愿望与现实背离的矛盾苦闷之中,以证明其良心上是清白无辜的人,为其罪过开脱,从而把以往戏文中不孝不义的蔡伯喈改造成了符合封建孝义的典型人物,达到宣扬封建伦理道德的目的。然而,《琵琶记》也在一定程度上突破了其宣扬封建道德的主观意图,呈现出一些进步因素。如对现实的某些不满,对苦难人民的同情,深刻揭露当时社会的黑暗、罪恶以及自上而下的昏庸腐朽。同时,尽管正面肯定封建伦理,却客观展现了蔡赵的悲剧命运,揭示了忠、孝等封建道德的虚伪和残酷,从而引发了人们对封建伦理的质疑。这些都是《琵琶记》的价值所在,也是其取得成功的关键原因。

《琵琶记》塑造了赵五娘这个坚强不屈、富有自我牺牲精神的艺术形象。赵五娘是"苦难"与"坚韧"的化身,是忍辱负重的中国妇女的典型。她从不贪慕富贵,不赞成丈夫上京应试,她深知丈夫离去后家庭的艰难处境。可是,当丈夫迫于父命上京后,她又毅然挑起持家养亲的生活重担,全心全力奉养公婆。在让人绝望的灾荒岁月里,为维持生活,她典卖衣衫首饰。为了公婆,她"含羞忍泪"请粮,自己却以糟糠充饥。赵五娘在最困难的时候,也没有退缩放弃,而是义无反顾地担起自己的责任,生动真实地展现了她的牺牲精神和高贵品质。对于这些感人至深的行为,赵五娘曾一再说是为了做"孝妇",似乎体现了一层封建道德的色彩,然而这其中的意蕴又远非封建道德所能概括得了的,这个人物形象散发着令人动容的人性光辉。

《琵琶记》在艺术上取得了较高的成就,尤其在情节结构的安排上颇具特色。全剧沿着两条线索发展,一条是蔡伯喈上京考取功名后的种种际遇,另一条是赵五娘在家承受的各种苦难。这两条线索互相映照,交错推进。前面写在京城的蔡伯喈功成名就,入赘相府,志得意满,后面写在家中的赵五娘遭遇灾荒,典卖钗梳首饰,生活陷入困境;前面写蔡伯喈洞房花烛夜,荷池边饮酒消夏,后面写赵五娘粮食被抢,背着公婆自食糟糠;前面写蔡伯喈中秋赏月,后面写赵五娘罗裙包土,埋葬公婆。两种不同的画面,形成了强烈的对比,极其鲜明地突出了赵五娘的悲剧性,引发观众强烈的共鸣。

《琵琶记》兼用本色和秀雅两种不同风格的语言,人物语言都能切合各自的身份特征。如剧中蔡伯喈、牛小姐等人,有学识教养,语言典雅华美;而赵五娘、蔡公蔡婆等人是市井平民,语言朴实本色。

《琵琶记》借鉴和吸收了杂剧创作的成功经验,是南戏中成就最高的一部作品,为中国戏曲进一步发展作出了可贵的贡献。同时,它也是具有世界影响力的一部古典戏曲,早在 19 世纪,就被译成英、法、德等文字流传于欧洲,受到广泛欢迎。

阅读链接

俞为民先生的著作《南戏通论》较为系统地论述了南戏的形成与发展、南戏的艺术体制、舞台演出等问题,并对《琵琶记》《荆钗记》《白兔记》等经典的南戏作品的思想内容和艺术特色进行分析,观点较为独到,可作拓展阅读。

思考·练习·拓展

1. 名词解释:四大南戏。
2. 简述南戏与北杂剧在体制上的区别。
3. 简述"荆、刘、拜、杀"的剧情。
4. 分析《琵琶记》中赵五娘的形象及主题思想。
5. 分析《琵琶记》所取得的艺术成就。

第五章 元 代 散 曲

【学习提示】

　　散曲兴起于微末,包含了小令、套数、带过曲等形式,体制灵活,富于变化,具有雅俗共赏的气质和自然显畅的审美价值取向。作家作品众多,散曲风格流派主要是以马致远为代表的豪放派和以张可久、乔吉为代表的清丽派。学习本章,可采用对比法,通过阅读散曲的代表作,感知散曲与诗词的体制异同。重点通过阅读不同风格流派的作家作品,理解散曲的文体风格和审美取向。

第一节 散曲的兴起及其体制

　　散曲是一种合乐的长短句歌词,具体何时兴起,现不可考。但它无疑是产生于俗谣俚曲。起初是合乐歌唱的,后因文人创作的加入,使之逐渐脱离音乐而独立,成为一种新的抒情文学样式。宋金时期胡汉音乐交融,音乐产生新变,不适合原有歌词。此等状况孕育出新的诗歌形式:散曲。

　　元代称散曲为"乐府"或"今乐府"。它包括小令、套数、带过曲等主要形式。

　　散曲体制基本单位是小令,又叫"叶儿"。"小令"源自唐代酒令。其基本特征是只曲、调短、字少。此外,还有联章体,即"重头小令",它是同题同调的小令组曲,但每支小令均完整独立,数量最多百支。重头小令可讲述一事,也可数事兼叙。例如,张可久的重头小令【中吕·卖花声】《四时乐兴》包含四支小令,分别歌咏四季。

　　套数又名"套曲""散套""大令",源于唐宋大曲、宋金诸宫调。其体式特点主要是:第一,套数由同一宫调几首曲牌串联形成一个整体;第二,各曲在押韵方面统一韵部;第三,一般结尾都有【尾声】。

　　带过曲是一种小型组曲,宫调统一,曲牌不同且最多三首。带过曲从体式上讲,介于套数和小令之间,内容量比套数小,无【尾声】,如【雁儿落带得胜令】等。

　　散曲艺术个性和表现手法不同于传统诗词。主要表现如下。

一、散曲句式：散曲在句式、衬字、用韵等方面更加灵活多变

1. 散曲采用长短句句式，比词的句式更加灵活。散曲句式短则一两字，长则几十字。句式变长可使散曲内容更丰富。散曲可依需要增加曲牌句数，但词不能随意增减。

2. 散曲特有的"衬字"方式。"衬字"指在散曲句子本格基础上添加的字。放在句子两个词组之间的衬字是虚字，放在句首的衬字无明确要求。正字、衬字配合可增进语言的生动性、灵活性。衬字在敦煌曲子词中已经出现，它在散曲创作中有利于作家调和诗的句式整齐单调与音乐复杂变化之间的关系，同时解决了词因字数限制而导致灵活性、自由度不足的问题。使用衬字能使散曲更加口语化、通俗化，达到穷形尽相的效果。这对后来的民间歌曲、戏曲、说唱文学的创作产生重大影响。

例如【醉太平】：

X平仄平（上），X仄平平，X平仄平仄平平，X平仄平（上）。X平X仄平平厶，X平X仄平平厶，X平X仄仄平平，平平去上（平）。

——曲谱（此为北曲曲谱，"X"表示平仄均可；"上（平）"表示本上声可以用平声；"平（上）"表示本平声可以用上声；"去"表示必须去声；"厶"表示适宜用去声；字下着重号表示韵位）

风流贫最好，村沙富难交，拾灰泥补砌了旧砖窑，开一个教乞儿市学，裹一顶半新不旧乌纱帽，穿一领半长不短黄麻罩，系一条半联不断皂环绦，做一个穷风月训导。（锺嗣成《失题》）

锺嗣成在【醉太平】本调基础上增加了衬字（加下划线字为衬字）效果。

散曲在用韵上也更加灵活，整体呈现以俗为美的风格意趣。

二、散曲语言风格：以俗为尚，口语化，散文化

传统抒情文学端庄典雅，而散曲整体上以俗为美。散曲语言的生活气息浓郁，包含俗语、行话、方言等。散曲句法完整连贯，具有口语化、散文化的特点。诗词中常见的句法特点在散曲中并不常见。

三、散曲的审美取向：明快显豁自然酣畅

传统抒情文学是含蓄蕴藉的。散曲则更倾向于明快显豁、自然酣畅的审美价值观，彰显急切透辟、极情尽致的审美取向。但是，散曲并不排斥含蓄蕴藉，甚至小令更倾向于表现这样的审美。

　　散曲表达方式常见的是"赋"的手法。另外,顶针、叠字、短柱对、鼎足对等手法,也对散曲明快显豁、自然酣畅的审美取向有进益作用。

　　散曲题材主要有咏史、述怀、隐逸山林、男女风情等,而映射社会现实、涉及重大时事的作品较少。另有一些小令长于写景咏物,艺术价值较高。

第二节　散曲的创作

　　元代散曲作品存世量丰富,创作人才辈出。元散曲发展大致分为前后两个时期,元仁宗延祐元年(1314)之前为前期,以北方为中心;之后为后期,以南方为中心。

　　前期,元散曲作家群体大致可以分为以下三类。

一、书会才人

　　书会才人指本身是读书人,但由于科举不利,其仕途被迫中断,使这批人进入了社会底层,通过元曲创作获得新生。他们表面放诞,内心充满反传统、叛逆的精神意识。代表人物有关汉卿、王和卿。

　　关汉卿是其中翘楚,代表作是套数【南吕·一枝花】《不伏老》,此曲衬字技巧精湛,语言大胆泼辣,比喻生动丰沛,将他对传统文人价值观的反叛表现得淋漓尽致,展示了"浪子"的不屈与自由。关汉卿在描写男女恋情的散曲中,细腻刻画了女性的心理,如【双调·新水令】《题情》、【双调·沉醉东风】《失题》等;一些小令率真直白地描写了离恨愁结,如【南吕·四块玉】《别情》、【双调·沉醉东风】《别情》等。

　　王鼎,字和卿,大名人。其作品总体上选材粗俗,更多展示庸俗文化和市民趣味。较好的作品是【双调·拨不断】《大鱼》、【仙吕·醉中天】《咏大蝴蝶》:

　　　　弹破庄周梦,两翅驾东风。三百座名园一采一个空。谁道风流种? 唬杀寻芳的蜜蜂。轻轻的飞动,把卖花人搧过桥东。(【仙吕·醉中天】《咏大蝴蝶》)

此曲以夸张的手法表现蝴蝶美丽的外表和粗鲁的行为,构成矛盾冲突,展示出诙谐幽默背后的不羁情怀。

二、平民吏胥

　　平民吏胥不同于书会才人,他们十分向往传统文人的价值观。由于他们的幻想屡遭破灭,故其作品多表现世事不平、悲剧命运和精神上的归隐等内容。代表人物有白朴、马致远等。

白朴年幼时经历了金亡丧乱,这对他影响甚深,其作品以叹世归隐题材居多。例如:

> 黄芦岸白蘋渡口,绿杨堤红蓼滩头。虽无刎颈交,却有忘机友,点秋江白鹭沙鸥。傲杀人间万户侯,不识字烟波钓叟。(【双调·沉醉东风】《渔夫》)

白朴有几首小令描写男女爱情,质朴直白。例如,【中吕·喜来春】《题情》是一首女性唱出的追求幸福爱情的赞美诗,呈现出热烈泼辣的感情。

前期元散曲作家中,马致远传世作品最多。他的作品题材主要分为三类:怀才不遇、隐逸生活、自然景物。马致远的作品中展现出积极进取和超脱放旷的复杂人格。元代知识分子对现实绝望,进而向老庄哲学寻求慰藉的心理状态,在其作品中也多有体现。如下面这首【双调·夜行船】《秋思》尾曲【离亭宴煞】:

> 蛩吟罢一觉才宁贴,鸡鸣时万事无休歇。争名利何年是彻? 看密匝匝蚁排兵,乱纷纷蜂酿蜜,急攘攘蝇争血。裴公绿野堂,陶令白莲社,爱秋来那些? 和露摘黄花,带霜烹紫蟹,煮酒烧红叶。想人生有限杯,浑几个重阳节。人问我顽童记者:便北海探吾来,道东篱醉了也。

此曲中展现了两类人的价值追求:追逐名利和寄情山水。借助对比,凸显作家对闲适恬淡的归隐生活的肯定,蕴含了他对现实的否定与愤世嫉俗的感情。

马致远因创作实绩突出,被称为“曲状元”。其散曲充满文人气息,呈现出摆脱勾栏瓦肆、走向文人创作抒怀的过渡状态。他也被视为元散曲豪放派的代表。例如【天净沙】《秋思》:

> 枯藤老树昏鸦,小桥流水人家,古道西风瘦马。夕阳西下,断肠人在天涯。

描写了秋天旅人行至傍晚时的所见所闻,前三句以九个意象连缀,烘托萧瑟苍凉的意境,在小桥流水夕阳人家的映衬下,表现旅人沦落天涯的愁苦、孤独、彷徨,这支小令被称为“秋思之祖”。

三、达官显宦

这类作家在作品中更加倾向于表现传统士大夫的价值取向,在艺术上总体呈现一种典雅作风。代表人物有卢挚、姚燧等。

元散曲发展到后期,创作中心从北方转移到南方,总体风格从前期主豪放逐渐转向主清丽：形式上追求严谨的韵律平仄，语言风格也愈加工整典雅；题材内容不断扩展，有写景、言情、怀古、送别、咏物等；思想方面，表达对现实不满的作品减少，抒情基调感伤、哀婉、蕴藉。代表人物有张可久、乔吉以及张养浩、睢景臣、刘时中等。

张可久，字小山，是元代专写散曲且作品存世数量最多的作家。有散曲集《今乐府》《苏堤渔唱》《吴盐》《新乐府》《小山乐府》等。

张可久散曲取材广泛，其中写景题材最能代表他清丽的风格。例如，【黄钟·人月圆】《春晚次韵》：

> 萋萋芳草春云乱，愁在夕阳中。短亭别酒，平湖画舫，垂柳骄骢。一声啼鸟，一番夜雨，一阵东风。桃花吹尽，佳人何在，门掩残红。

全曲情景交融，暗淡的画面表现"短亭别酒"的惆怅，最后三句抒发离愁别恨，化用了唐代崔护《题都城南庄》，缠绵委婉，典雅工丽。张可久的这类散曲展示了散曲雅化的过程，他是元代后期散曲曲风转变的关键性人物。他的小令【中吕·卖花声】《怀古》展示了张可久的另一种特点——以普通百姓和帝王将相对比，慨叹历史兴衰，表达对百姓的同情，具有高度的概括性。

乔吉，字梦符，号笙鹤翁，又号惺惺道人，他自称"江湖醉仙""江湖状元"，与张可久齐名，二人被称为"曲中李杜"。他的作品有《梦符散曲》等。

乔张二人相同点在于：婉约清丽，形式工整，节奏明快，精于字句；不同点在于：乔氏雅俗并重，蕴藉典雅与天然质朴的韵味相交融。例如，【中吕·满庭芳】《渔父词》：

> 秋江暮景，胭脂林障，翡翠山屏。几年罢却青云兴，直泛沧溟。卧御榻弯的腿疼，坐羊皮惯得身轻。风初定，丝纶慢整，牵动一潭星。

该作典故与俗语相得益彰，展现了隐逸避世之心和不甘寂寞的矛盾情绪，并在矛盾之中流露出恬淡豪放、雅俗并用的艺术特色。乔吉名篇很多，如这首【双调·水仙子】《重观瀑布》：

> 天机织罢月梭闲，石壁高垂雪练寒。冰丝带雨悬霄汉，几千年晒未干。露华凉人怯衣单。似白虹饮涧，玉龙下山，晴雪飞滩。

这支曲子奇伟雄健，词新思巧，通过想象和夸张，展现了瀑布的雄伟壮丽。

张养浩，字希孟，号云庄，有散曲集《云庄休居自适小乐府》。其作品涉及寄情

山水,关怀民生,隐居乐道等。有些曲子写官场险恶,劝人及早抽身,如【双调·折桂令】

　　功名百尺竿头。自古及今,有几个干休?一个悬首城门,一个和衣东市,一个抱恨湘流。一个十大功亲戚不留,一个万言策贬窜忠州。一个无罪监收,一个自抹咽喉。仔细寻思,都不如一叶扁舟!

该曲展示了作者对待功利的价值取向,在表述对功利的厌恶与倦怠的同时,隐含了淡泊的情怀。他还写了一些关心民生疾苦、揭露统治层腐朽的散曲,如代表作【中吕·山坡羊】《潼关怀古》:

　　峰峦如聚,波涛如怒,山河表里潼关路。望西都,意踟蹰,伤心秦汉经行处,宫阙万间都做了土。兴,百姓苦;亡,百姓苦。

天历二年(1329)陕西旱灾,张养浩赴陕赈灾,同年逝世于此。该散曲就写于这期间,它指出封建社会无论怎样更迭,都无法使百姓摆脱痛苦。该曲气势恢宏,写景、抒情、议论相结合,感情郁愤,为后人所称颂。
　　元代后期散曲家还有贯云石、徐再思、刘时中、睢景臣等。
　　贯云石号酸斋,风格豪放;徐再思号甜斋,风格清丽,二人合辑《酸甜乐府》。《酸甜乐府》题材多是享乐和恋情,讲究雕琢字句和对仗。如贯云石的【双调·清江引】《惜别》:"不是不修书,不是无才思,绕清江买不得天样纸!"写出恋爱中神圣的深情;再如徐再思的【双调·蟾宫曲】《春情》描写少女的恋情,婉转流美,连用叠韵,描摹相思之情入木三分。
　　刘时中,活动时间约为元末。天历二年,江西旱灾,他为了歌颂江西道廉访使高纳麟义行,写了两套【正宫·端正好】《上高监司》套数,曲中反映了灾民的遭遇和富商趁火打劫的恶行。元散曲中展现对普通百姓的压榨、直击社会黑暗的作品比较少见。
　　睢景臣,字景贤,扬州人。其代表作是套数【般涉调·哨遍】《高祖还乡》。作家从观看高祖还乡的乡人视角,嘲讽了刘邦拿腔捏调的还乡丑态。全篇幽默犀利,构思精巧,语言生动,睢景臣敢于在当时嘲讽皇权,实在难得。

阅读链接

　　欲知散曲文本大观,可参看隋树森的《全元散曲》;元曲作家人才辈出,可阅锺嗣成的《录鬼簿》、孙楷第的《元曲家考略》知其生平;曲学知识自成一体,欲知详情可参看吴梅的《曲学通论》。

思考·练习·拓展

　　1. 名词解释：散曲、小令、套数。

　　2. 简述元散曲的特点。

　　3. 简述元散曲发展情况，举例说明元散曲发展各阶段代表作家及其创作情况。

　　4. 阅读马致远【天净沙】《秋思》、睢景臣【般涉调】《高祖还乡》、张养浩【山坡羊】《潼关怀古》，比较其风格上的不同之处。

第七编　明代文学

明代文学概述

　　自 1368 年明太祖朱元璋开国，到 1644 年明思宗崇祯自缢于北京，明代的历史延续了二百七十七年。这正是整个世界历史发生根本性变化的时期。与明代历史相对应的欧洲正处于文艺复兴时期。明中后期，已出现资本主义萌芽，思想文化艺术等领域也出现了很深刻的变化。以李贽为代表的思想家对传统思想学说开始尖锐地批判，当时个性解放的思潮开始兴盛，肯定了人的物质追求和自然欲望。

　　明初政治上极力强化君主独裁，在思想文化方面实行了严厉的控制。程朱理学被奉为官学，其儒家经典注本成为士子日常的功课和科举考试的依据。在科举中只可作八股文，自明代初年到成化年间，八股文逐渐有固定程式、字数，强化了对知识分子思想的禁锢。

　　在元代文学发展的基础上，明代文学的发展历程在曲折中突进，呈波浪形态势。明代文学大致可以划分为以下三个阶段。

　　明代文学前期，从明代初年到成化末年（1368—1487），这一百多年是文学史上一段相当漫长的衰微冷落的时期。元末形成的自由活跃的文学风气，在明初因政治和思想严控戛然而止。明洪武七年文人高启被腰斩，他写出了由元入明的知识分子内心中的绝望和悲凉；宋濂作为"开国文臣之首"，继承了程朱理学的"文道合一"，重新建立了由明政权支配、代表官方的道统文学观，而后以"三杨"为代表的"台阁体"开始盛行。"台阁体"的主要特点是对当朝皇帝阿谀奉承和道德说教，不但缺少真实情感，更缺乏文人的气节。

　　明代文学中期，从弘治到隆庆（1488—1572），这近百年是明代文学从前期的衰微冷落逐渐恢复生机，进而走向高潮的特殊时期。明中期文学的复苏，表现为"吴中四才子"和"前七子"这两个文学集团的出现。在文学观方面有所变化，祝允明、李梦阳等人提出了"复古"的文学口号，其主要作用是切断和宋代文学的密切联系，实质上也是意图推翻程朱理学这种官方统治思想，唯有摆脱政治束缚，文学才有可能恢复生机。这场"复古"运动沉重打击了明代初年以来的空洞虚伪的"台阁体"和"道统文学观"，使文学向着表达真情实感的方向跨越了非常重要的一步。李梦阳大力倡导"今真诗乃在民间"（《诗集自序》），把《西厢记》和《离骚》相提并论，在当时是震聋发聩的。

俗文学的兴盛以及雅、俗传统的混融是明代中期文学的一个非常明显的特征。随着市民阶层文艺需求的增长，明代中期出版印刷业空前繁荣，《三国志通俗演义》和《水浒传》等小说在嘉靖时期被广泛刊刻并在民间广泛流传；戏曲作家陆续增多，戏曲传播广泛；诗文作家普遍开始重视通俗文学，李梦阳倡论"真诗在民间"，唐寅的诗歌创作摆脱了典雅规范而力求"俗趣"。据陈继儒《藏说小萃序》记载，文士都穆、祝允明、文徵明、沈周等喜爱阅读、收藏、撰写"稗官小说"。《水浒传》一经发行，立刻受到文人大力推崇；徐渭在晚年，把主要精力转移到了戏曲的创作评析和传授上。另外，小说《西游记》也完成于明代的中期。明代文人对于俗文学的喜爱带有自觉意识，即认为在俗文学中人性能够得到更为充分的表现。

明代文学后期，从万历到明灭亡（1573—1644），在这一时期中明代文学正式进入了高潮，但随后又严重受挫。理论上的自觉性是明代后期文学一个非常重要的特点，李贽的"童心说"在晚明的文学理论中具有重要的先导意义。李贽解释"童心"为"绝假纯真，最初一念之本心"，即由人的自然本性所产生的不经假饰的真情实感。袁宏道又在李贽"童心说"的基础上提出"性灵说"，提出"以出自性灵者为真诗"（袁宏道《敝箧集》）。

以袁宏道为中心的"公安派"是明代后期诗歌中影响最大的。"公安派"继承徐渭的方向，强调性情之真，要求诗歌创作应时而变，因人而异。"竟陵派"晚于"公安派"形成，他们提倡"幽僻孤峭"，但缺乏生气。

明代后期散文特别是所谓"小品"，在文学史上具有重要的意义。"小品"文体无定制，包括尺牍、日记、游记、序跋、短论等，具有篇幅不长、结构松散随意、文笔轻松而富有情趣等特点。

明代后期通俗形式的文学成就很大，戏剧如汤显祖的《牡丹亭》，长篇小说如《金瓶梅》，短篇小说集如"三言""二拍"等，均在各自领域达到了新的历史高度。明代后期"雅""俗"文学传统相互混融的现象更为突出。很多文人既从事戏剧小说创作也从事诗文创作，这一时期还出现了以冯梦龙为代表的专门从事整理、编著通俗文学的文人，人们对于文学的基本观念和基本主张，贯通了"雅"和"俗"两方面。

明代通俗文学的发展深化了人们对文学特性的认识，其表现为：对文学的情感特征尤为重视，甚至把情感作为评判作品的重要准则；对文学的"虚实"关系有更为清晰的认识；对人物的性格刻画开始关注；更注重文学语言的通俗易懂。俗文学的发展推动雅文学向俗文学方向演变，而俗文学也在雅文学的规范熏陶下逐渐雅化。

明代是中国历史上较为复杂的一个特殊时代，政治的腐败与经济的发展并存，个性解放思潮与专制的强化同在，这就造成许多矛盾现象。体现在文学上就是：明代文学论争较多，在分门立派、交互否定的进程中相互渗透、相互促进，加快了明代文学的变通和发展；一个文人身上会同时具有彼此冲突的思想倾向。这种复杂的背景，造成了明代文学的复杂性。这一时期，无论是其文学所获得的新进展，还是其所遭到的挫败，对于理解整个中国文学的发展与演进过程，都有很高的价值。

第一章 《三国演义》

学习提示

　　《三国演义》是中国文学史上历史演义小说的开山之作,也是第一部长篇章回小说,向读者展示了一幅描绘三国时期魏、蜀、吴三大统治集团之间的关系和战争的历史画卷。《三国演义》用"依史以演义"的独特的文学样式,描写了从黄巾起义到西晋统一近百年的历史。"依史"即"事纪其实,亦庶几乎史",对历史的事实既有所认同,也有所选择和加工;"演义"则渗透着作者的主观价值,用一种作者自认为理想的"义"为标准,泾渭分明地去褒贬其中的人物,重塑历史,评价是非曲直。这种独特的文学样式对后世影响很大。学习本章,可采用阅读鉴赏法,通过阅读作品,掌握其主题、内容和艺术特征及其对后世的影响;综合《三国志》等史书,感知"历史演义"创作方法的魅力。

第一节 《三国演义》的成书、作者与版本

　　中国历史上的"三国",本身是一个风起云涌的时代。三国故事很早就流传于民间。隋代文艺表演中已有"三国"节目,据杜宝《大业拾遗记》记载,隋炀帝观水上杂戏,有刘备檀溪跃马、曹操谯水击蛟的故事。晚唐李商隐《骄儿》诗云:"或谑张飞胡,或笑邓艾吃。"到了宋代,"说话"艺术中已经有"说三分"的专门科目和专业艺人,是把"说三分"当作职业来做,同时皮影戏、傀儡戏、南戏等也搬演三国故事。这说明三国故事流行于民间,为人民所喜爱。宋代苏轼《东坡志林》载有:"王彭尝云:涂巷中小儿薄劣,其家所厌苦,辄与钱,令聚坐听说古话,至说三国事,闻刘玄德败,颦蹙有出涕者;闻曹操败,即喜唱快。"可见,当时的"说话"就已有尊刘抑曹的倾向。到元代,讲史话本《三国志平话》和《三分事略》也记载了大量的三国故事,其故事已经有《三国演义》的大概轮廓,并以蜀汉为主线,串以大量的民间故事传说,后来罗贯中创作《三国演义》从中汲取了丰富素材。大量的"三国戏"也出现在金元时期的

戏曲舞台上,使三国故事得以更加丰富,陶宗仪《南村辍耕录》就有《赤壁鏖兵》等剧目。元明之际,有六十多种以"三国"为题材的剧目,并且半数以上是以蜀汉人物为中心,多是颂扬刘、关、张的义气,而贬斥曹操的奸诈狡猾,具有明显的反曹倾向。

晋朝陈寿的《三国志》和后来裴松之为《三国志》做的注包蕴着无数生动的故事,为文学家的艺术创作提供了丰富的史实基础和素材。这些材料积累到元末明初,罗贯中梳理了这些庞杂的材料,将它们重新组合、加工,形成中国文学史上第一部长篇章回小说。

三国故事长期历经众多口头流传和民间艺人创作,罗贯中在此基础上"据正史,采小说,证文辞,通好尚"(高儒《百川书志》),创作出杰出的历史演义小说《三国志通俗演义》,这是文人素养与民间文艺的完美结合。一方面,罗贯中充分运用《三国志》和裴松之注以及其他相关史籍所提供的材料,小说中凡是涉及重要历史事件的地方,均与史实基本相符;另一方面,作者又大量采录戏剧、话本和民间传说的一些内容,虚构了大量细节,形成"七分实事,三分虚假"的面目。

关于罗贯中,我们知之甚少。据明人贾仲明《录鬼簿续编》载:"罗贯中,太原人,号湖海散人,与人寡合,乐府、隐语,极为清新,与余为忘年交,遭时多故,天各一方,至正甲辰复会,别来又六十余年,竟不知其所终。"由此可知,罗贯中大略生活于元末明初,综合史料可以推测,罗贯中生卒年大约为1315年至1385年之间。罗贯中还是一位杂剧作家,《录鬼簿续编》著录了他所作的杂剧作品,现仅存《宋太祖龙虎风云会》一种。这部作品和《三国演义》在精神上有相通之处,歌颂了以赵匡胤和赵普为中心的贤君明相。现存署名为罗贯中的作品,除了《三国志通俗演义》外,还有《隋唐两朝志传》《残唐五代史演义》和《三遂平妖传》等。也有学者认为罗贯中和施耐庵一起编写过《水浒传》。但是,他所有作品中《三国志通俗演义》的成就最高。

明代嘉靖壬午年(1522)刊刻的《三国志通俗演义》现存最早的版本。这一版卷首有庸愚子(蒋大器)作的序、修髯子(张尚德)作的引。该书共二十四卷,每卷十则,共二百四十则,每则前有七言一句的小目,如第一卷第一则《祭天地桃园结义》。此版本称作"嘉靖本",是最接近罗贯中原著的版本。以后的各种版本,多是依据嘉靖本,只是在细节上各有不同程度的改动和调整,但总貌没有大的变化,只是《李卓吾先生批评三国志》本,将原书的二百四十则合并为一百二十回,回目也由单句变为双句。

清朝康熙年间,毛纶、毛宗岗父子二人对《三国演义》重新修订,并逐回评论,且采用"蜀汉为正统"的说法,进行增删改编,这使毛本的《三国演义》正统道德色彩更加浓重,在艺术上也有较大提高。后毛本成为最流行的版本,这种简称《三国演义》的一百二十回本就是后来通行的版本。

第二节 《三国演义》的思想内容

《三国演义》的内容纷繁庞杂,时间和空间的跨度非常大,涉及的人物和方面也较多。其开卷词《临江仙》曰:"滚滚长江东逝水,浪花淘尽英雄。是非成败转头空,青山依旧在,几度夕阳红。白发渔樵江渚上,惯看秋月春风,一壶浊酒喜相逢,古今多少事,都付笑谈中。"

小说一开篇便将整个故事置于一种苍凉而浩渺的宏大叙事结构中:"话说天下大势,分久必合,合久必分。"用简短的几句话勾勒了中国历史的规律。

中国古代的通俗文艺,对于"正"和"邪"的分辨与区分是截然分明的。《三国演义》也继承了这一传统。统观全书,罗贯中显然是以儒家的政治道德观念为核心,并糅合了中国传统民众的心理:对于导致天下大乱的昏君和乱臣贼子的痛恨,对于明君良臣的渴慕。

书中代表"正"的一方是蜀汉,以刘备最为突出,是作者理想中的"仁德"明君。小说以蜀为中心,展开三国间错综复杂的争斗故事,把蜀主刘备塑造成一个"仁君"的典范。刘备从桃园结义起,就抱有"上报国家,下安黎庶"的理想。他深知举大事必须有民心作为基础,为了成就大业,他立意"仁德及人",所到之处,"与民秋毫无犯",百姓"丰足",所以"远得人心,近得民望",受到人们的爱戴。当他被吕布打败逃难时,所到之处,村民听说是刘豫州,"皆跪进粗食",赢得了至关重要的民心。在关键时刻,也能够与民众共进退。后来曹操举兵南下,竟有十数万百姓随同刘备赴难,虽然情势万分危急,他也不肯暂弃百姓。刘备爱民,也爱才,待士以诚信宽厚,肝胆相照,知人善用。对诸葛亮、关羽、张飞、赵云的态度,可以说感人肺腑,所以诸葛亮、五虎将等很多英雄豪杰都能终生追随他,君臣关系"犹鱼之有水也"。刘备手下的大臣也都有救国救民的抱负,寄托着作者罗贯中心中仁政爱民的理想。如诸葛亮在临终前,还手书遗表教后主刘禅"清心寡欲,薄己爱民;遵孝道于先君,布仁义于寰海"。赵云也明确表示:"方今天下滔滔,民有倒悬之危。云愿从仁义之主,以安天下。"

曹魏代表"邪"的一方,以曹操最为突出。这是三国故事很久以来就形成的倾向,在《三国演义》中表现得更突出。作者把与刘备相对照的曹操塑造成一个残暴奸诈的"奸雄"。曹操其实也是一个"人杰",小说中王粲说他"雄略冠时,智谋出众"。刘备入川时曾对庞统说:"今与吾水火相敌者,曹操也。操以急,吾以宽;操以暴,吾以仁;操以谲,吾以忠:每与操相反,事乃可成耳。"(卷之十二《庞统献策取西川》)曹操为了笼络人心,施用权术,以示其有宽仁大德之心,内心却信奉"宁使我负天下人,休教天下人负我"的人生哲学。小说中吕伯奢一家热情款待他,但最后却被他心狠手辣地杀得一个不留。他为报父仇,进攻徐州,其所到之处,"尽杀百姓","鸡犬不留"。他对部下更是残酷阴险,如在和袁绍对峙时,因时间长久而缺粮草,就"借"仓官之头来稳定军心。其他如梦中杀人、割发代首等等,都突出表现了他残忍奸诈、工于权谋,无惜民爱民之心。与此类似的董卓、袁绍等人也有像曹操那样轻民、残民的行为,最终都走向了灭亡。这些都反映了作者和民众对"仁政"的渴慕。

在魏蜀吴三方中,由尊崇"正统"的封建道德观决定"正"和"邪"。历史中的曹操,本来就是一个蔑视传统伦理的"奸雄",虽然很有成就,但很难在传统道德标准中得到肯定;相反,刘备虽没有太大才华和成就,却因为他与汉皇室的一点非常可疑的血统关系而被树立为正面人物。由此来分辨正邪,体现出皇权神圣的意识。在通俗文艺中,只有简明地分辨"正"和"邪",老百姓才更能容易了解历史人物,对历史作出道德化的解释,进而才能吸引观众和读者的感情投入。

与封建正统道德同时存在的,是民间的恪守以"忠义"为核心的伦理道德规范。这一点与《水浒传》有些相似。小说中的人和事,都鲜明得以此来区分善恶对错。不管身处哪个政治集团,也不论身份贵贱,只要"义不负心,忠不顾死",就一律颂扬。小说把诸葛亮的"忠"、关羽的"义"描绘得淋漓尽致,堪称"忠义"的化身。诸葛亮的"忠",就连敌人都对其非常佩服,评价他"竭尽忠诚,至死方休"。关羽更是"义"的化身,他死守下沛、身陷绝境时,决心为"义"而死,他"身在曹营心在汉",不为曹操的高官厚禄所动,最终做出"挂印封金"、过五关斩六将的壮举。《三国演义》开始写桃园三结义,他们杀牛宰马,祭天告地,发誓同心协力扶危救困,报国安民。若背信弃义,天人共戮。这个盟誓决定了刘、关、张三人名为君臣,实为兄弟。小说一开始就拿市井道德和封建正统道德相结合来解释历史和政治。"义"本来就是一个非常浮泛的道德概念,民间所说的"义气"特别强调的是人与人之间的相互扶助和知恩图报的原则。小说中写关羽"义重如山",但赤壁之战中关羽奉命扼守华容道,却又因曹操旧日有恩于他而放曹操一条生路,这又是"义"的另一种表现,即受人之恩不可不报。这种"义"是市井百姓在生活中所尊尚的,小说这样描写,对于他们有着极强烈的吸引力。

《三国演义》把蜀国的刘备作为理想仁君,把诸葛亮、关羽等作为贤相、良臣的典范,成为理想中政治道德观念的化身。把魏国的曹操等作为奸邪的代表,并让孙吴做陪衬,具有明显的"拥刘反曹"的倾向。究其原因,一是刘备因与皇室有点血缘关系而被尊崇为"正统";二是刘备的"仁德"容易被民众所接受。特别是宋元以来民族矛盾尖锐的时候,"恢复汉室"是当时汉族民众的共同心愿,因而,将这位"正统""仁德"的刘备塑造为明君,最能迎合大众心理,符合民众愿望。

小说在描写三国间政治、经济、军事、外交等诸多方面错综复杂的矛盾斗争中,更突出了智慧的重要性。司马徽曾对刘备说:"关、张、赵云之流,虽有万人之敌,而非权变之才；孙乾、糜竺、简雍之辈，乃白面书生，寻章摘句小儒，非经纶济世之士，岂成霸业之人也！"他说的经纶济世之士，就是指诸葛亮。小说中的诸葛亮是忠贞的典范，也是智慧的化身。小说把他的谋略胜算写得出神入化，他隐居在隆中时，对天下局势已经了如指掌，初见刘备时就提出了据蜀、联吴、抗魏的战略思想；他通晓天时地理，"火烧博望""草船借箭""借东风"等，克敌如神；他总能出奇制胜，掌握敌方心理，巧妙使用了疑兵计、伏兵计、骄兵计、反间计等搅乱敌方，其中如"空城计""陇上妆神"等就是心理战成功的著名范例。特别是诸葛亮在对孙吴和周瑜方面，采取了既团结又斗争的大方针，最终才能随机应变，趋利避害，获得成功。与诸葛亮不相上下的智慧人物是曹操。虽然他的智慧常表现为反道德的"奸诈"，但其智慧对读者来说仍有巨大的吸引力。此外，司马懿、周瑜等人也是以机变谋略见长的智慧人物。小说中这些人所展现的智慧，实际上是我国古代历史上各种斗争的经验和智慧的总结。这也是《三国演义》吸引大量读者的重大原因。

第三节　《三国演义》的艺术特色及影响

《三国演义》以历史为主线，以王业兴废为焦点，描绘了三国这个特殊的历史时期。全书形成了一个完整的结构，形象地描绘出了魏、蜀、吴三方错综复杂的矛盾关系，政治、军事、外交等方面有声有色的活动，并由此展现历史人物各具风采的形象。

《三国演义》"陈叙百年，该括万事"（高儒《百川书志》），矛盾纷杂，人众事繁，在罗贯中笔下却主次分明，有条不紊，显示了作者卓越的叙事才能。小说将各个空间分头展开的故事，化成以时间为顺序的线性流程进行交叉叙事。全书共分五条线：以汉亡为引线，以晋国一统天下为终局，中间主线为魏、蜀、吴三方的兴衰。这五条线相互交缠，此起彼伏，在作者统揽下建构为一个完整的艺术整体。《三国演义》结构宏伟严整，看似头绪繁杂却又脉络分明。

《三国演义》以描写战争为主，描写战争的时间长、次数多、形式多样、规模宏大，在世界文学史中实属罕见，是一部"全景性军事文学"。全书共描写了四十多次战役、上百个战斗场面，几乎涵盖了这一特殊时期所有的重大战役，写得各有特色。

《三国演义》有一个相当完整细密的宏大结构，作者有条不紊地处理了纷繁的头绪，描绘了一幅波澜壮阔的历史画卷。其故事是在陈寿《三国志》等历史记载的基础上构成的一部历史演义小说，有虚有实。清代学者章学诚评价它为"七分事实，三分虚构"（《丙辰札记》）。从总体来看，《三国志》以及裴松之注所引大量史料凌乱琐碎，同时又不免彼此矛盾，对这些史料的处理，不仅需要高度的史学修养，更需要高度的叙事技巧。作者按照一定的政治道德观念对这段特殊历史进行重塑的同时,也根据一定的美学理想进行了艺术再创造,使"虚实"完美结合。在"虚实"的奇妙组合下,这已经不是真实的历史,而是借着三国史实的基本框架,另外描绘了一幅波澜壮阔、气势恢宏的历史画卷。作者在史料的基础上,作了许多铺张渲染,更增添了很多虚构的情节。小说的主要人物形象,已然不是历史人物的本来面貌。很多故事情节也经过移花接木、增枝添叶、张冠李戴等艺术处理。这些往往成为小说最精彩的部分。

1. 人物虚构多是过分渲染。如对诸葛亮和周瑜的塑造。《三国演义》中的诸葛亮是一个神化的形象,通晓天文地理,精通阴阳阵法,人格上接近完人。显然,这样的"神人"是不存在的,历史上诸葛亮确实是刘备身边的得力助手,但却不是"神人",如"火烧赤壁"中,本是黄盖想出计策,作者却安在诸葛亮身上,凸显其"神人"形象;《三国演义》中的周瑜心胸狭窄,屡战屡败,但《三国志》中陈寿对他评价很高,他为人豁达,战果辉煌。

2. 故事情节铺排虚构。赤壁之战在《三国志》中的记载非常简略,但经过罗贯中的铺排和虚构,这场作为三方同时卷入、决定三国鼎立之势的关键性战争在小说中占了整整八回的篇幅,写得波澜壮阔,高潮迭起,充满戏剧性的变化,从中可以体察作者广阔的视野和宏伟的构思。同时,作者又不吝惜笔墨,写诸葛亮和鲁肃乘雾联舟、群英会蒋干中计、庞统挑灯夜读等等,把战争写得张弛有度,精彩纷呈。

从中国通俗小说的演变过程来看,《三国演义》在人物形象塑造方面有重大进步。之前的通俗小说,以写故事为主,对人物的性格很少注意。读过《三国演义》的人却会对小说中许多人物形象留下非常深刻的印象。罗贯中在叙述历史故事的同时注意细致描绘人物,注重人物个性的差异,这种意识对促进小说艺术的发展起了很大作用。

《三国演义》将中国古代小说类型化的人物塑造方法发挥到了极致。《三国演义》塑造人物往往抓住人物的主要特征,突出甚至夸大历史人物的主要性格特征,舍弃其次要方面,创造出一批典型的人物形象,有一种"类型化"的倾向。书中人物的性情品格,大都能用简单的语言概括出来,如诸葛亮谋略高超、刘备宽厚仁爱、关羽勇武忠义、张飞勇猛暴烈、曹操雄豪奸诈、鲁肃忠厚老实、周瑜器量狭小、司马懿老奸巨猾……这种典型鲜明的性格,犹如京剧程式化、脸谱化的表演,容易给读者以强烈鲜明的印象。这些人物形象近乎单一,而在单一的性格塑造中,作者通过高超的笔法,把人物写得栩栩如生,有声有色。

作者凭借高超的艺术手段,对人物进行多角度、全方位的描写,大量使用白描手法,借助人物自身的语言、行动,以形传神,做到形神兼备,勾勒出一个个鲜活的艺术形象。例如,人物出场往往是通过相貌描写来展现人物性格,如"身长九尺,髯长二尺;面如重枣,唇若涂脂;丹凤眼,卧蚕眉,相貌堂堂,威风凛凛",仅仅三十个字,就把关羽的形象完美地呈现在读者面前,透过这些描写,读者可以感受到一团英气袭来。第一回中张飞出场,"玄德回视其人,身长八尺,豹头环眼,燕颔虎须,声若巨雷,势如奔马"。"豹头环眼,燕颔虎须"可见张飞之威武,再加一句"声若巨雷,势如奔马",便将一个莽撞勇猛的张飞形象推到读者面前。《三国演义》中人物的主要特征具有一定稳定性,基本上稳定不变,即使有某些变化,也不是内在性格的变化。如曹操从幼年到年老死去几十年时间里,其奸诈狠毒的性格就没有多少变化。作者多用陪衬对比的方法展现人物形象,为了对诸葛亮形象进行多侧面、多角度地烘托,作者写诸葛亮虽未出场,但他的性格、品德已借助其他人物烘托了出来。如写诸葛亮出山的过程,先借司马徽、徐庶之口,影影绰绰地虚写他的非凡才能,继而是三顾茅庐,仍是从刘备等三人的眼光中虚写这位"高人逸士"的生活氛围和一种神秘色彩,引起读者极大兴趣。作者还巧妙安排了周瑜、曹操、司马懿等人来对诸葛亮进行陪衬。在赤壁之战中,周瑜连续使用反间计、苦肉计、诈降计等使曹操难以应对,然而这些计谋虽然瞒过了曹操,却都被神机妙算的诸葛亮看得一清二楚,每一步都在他的意料之中。周瑜又以造箭为由想杀害诸葛亮,诸葛亮明明知道他的意图,却没有报复,而是凭借智慧,从曹操那里"借"得十万枝箭。周瑜的计策一次次被诸葛亮识破,在与诸葛亮的交手中他每次都处于下风,最终只落得"既生瑜,何生亮"的下场。罗贯中对周瑜的形象使用如此多的笔墨,通过层层深入的描写,不仅说明诸葛亮的军事才能远在周瑜之上,烘托出诸葛亮的足智多谋、神机妙算,而且通过周瑜的忌贤妒能、气量狭小反衬出诸葛亮的宽宏大量、顾全大局的特征。作者写曹操是一个描写反面人物成功的典范。他在小说中看起来好像是个"反面角色",但作者对他的豪杰气概是颇为佩服和喜爱的,并没有一味丑化他,小说在写出他的残忍奸诈的同时,也写出了他的雄才大略、敢作敢为、善于引纳人才等种种长处。如第十二回写曹操在濮阳与吕布作战时,中了陈宫之计,仓惶败逃,"火光里正撞见吕布挺戟跃马而来,操以手掩面,加鞭纵马竟过。吕布从后拍马赶来,将戟于操盔上一击,问曰:'曹操何在?'操反指曰:'前面骑黄马者是他。'吕布听说,弃了曹操,纵马向前追赶",由是得以脱险。后负伤逃出,众将拜伏问安,他却仰面大笑道:"误中匹夫之计,吾必当报之!"这种处变不惊、在险境中镇定自若的表现,在小说中反复出现多次,形成一种独特的个性特征。作者笔下的曹操,形象虽然"奸恶",但却很有生气,他的形象比其他人物显得复杂,也更具魅力。罗贯中对人物形象的塑造手法,不仅给我们留下了生动鲜活的人物形象,还对后世的小说人物塑造产生了巨大而深远的影响。

《三国演义》的语言是"文不甚深,言不甚俗"的浅近文言,利于营造富有历史感氛围;有时作者直接引用非常必要的史料,读者读起来"易观易入",达到雅俗共赏效果,形成适用于历史演义小说的独特语体风格。小说偏重叙述,叙述语言简洁明快,生动有力,以粗笔勾勒见长。

《三国演义》对后世产生了深远的影响,在我国小说发展史上占有十分重要的地位。首先,《三国演义》把诉诸听觉的民间讲唱话本文学,发展到以视觉为主的文人案头之作。它的巨大成功,启发历代文人去描写更为复杂、庞大的社会生活场景。其次,《三国演义》是一部较早的比较成熟的章回体小说,对长篇章回体小说的结构形式作了多方面的探索,具有一种开创性意义。从《三国演义》开始,章回体形式被后来的小说家普遍采用,成为明清两代长篇小说创作的唯一形式,具有不可动摇的权威性,时至今日,仍具有强大的影响。第三,《三国演义》是我国第一部成功的历史演义小说,它"据正史,采小说,证文辞",成功地创造了历史演义创作的规律和恰当的虚实比例关系。自嘉靖以后,各种历史演义小说不断问世,据不完全统计,今存明清两代的历史演义约有一二百种之多,它们都受《三国演义》的影响,但没有一部能超越它。

《三国演义》的社会影响甚至超越了它的文学价值。《三国演义》长期被人们视作一部通俗的历史教科书和军事著作,对后世产生了巨大影响。小说描绘和记录了丰富的军事知识和战争经验,后人多有采用。它是一座精神宝库,也是一部大众文化的百科全书,人们可以从中得到历史知识、斗争智慧、处世经验等。除此之外,其中脍炙人口的历史人物和历史故事,又被后世众多文人和民间艺人用作再创作的重要题材,产生了大量形式多样、内容丰富的戏曲文艺作品,在舞台上经久不衰,使"三国"故事更加深入人心,流传广泛,家喻户晓,对中华民族社会文化生活产生了极其深远的影响。

阅读链接

　　柏杨先生认为:"历史毕竟不能全然被演义或戏曲取代,而必须有一种恰当的史学表达方式,才能够彰显它的史实与光芒。"《柏杨品三国》以北宋袁枢的《通鉴纪事本末》为蓝本,结合了作者读史心得,用白话文写作,以古代人的观点去解读三国那段历史,浅显易懂,深入浅出。陈寿的《三国志》是《三国演义》写作的历史来源和素材来源。如果觉得读《三国志》比较艰涩难懂,吕思勉的《三国史话》是一部不错的入门读物。吕先生是我国著名的历史学家,他与陈垣、陈寅恪、钱穆一同被人推重为"古代史学四大家"。

思考·练习·拓展

1. 简述三国故事的流传及《三国演义》"拥刘反曹"的原因。
2. 以曹操、刘备、诸葛亮为例分析《三国演义》人物形象塑造特点。
3. 简述《三国演义》的艺术成就。
4. 谈谈你对《三国演义》中"正"与"邪"的认识。

第二章 《水浒传》

《水浒传》是我国第一部描写农民起义的长篇章回体小说,记述了北宋末年以宋江为首的一百零八位好汉在梁山起义的故事。它形象地描绘了农民起义的全过程,揭示了起义的社会根源。小说人物性格鲜明,情节曲折,语言生动,是一部描写英雄传奇的典范。学习本章推荐阅读原著,通过梳理故事情节,分析人物的言行、心理等,掌握人物的命运变迁和性格特征,理解作品主题,也可采用影视鉴赏法和对比阅读法加深对作品的理解。

第一节 《水浒传》的成书、作者与版本

《水浒传》的成书经历了一个累积演变过程,学界认为,它是一部由群众、艺人和文人作家共同参与创作的小说。

小说描写的以宋江为首的农民起义,发生在北宋宣和年间,在历史上实有其事,但史料记载非常简略。据《宋史》记载,宋江三十六人活动于河北、山东、苏北一带,后为张叔夜逼降,改编成官军,参加了征讨方腊的战役。

宋江起义的传说在民间流传情况大约为:南宋时,梁山英雄故事流传甚广,南宋罗烨在《醉翁谈录》中有"青面兽""花和尚""武行者""石头孙立"等说话名目;南宋画家龚开撰有《宋江三十六人赞》,已记录了三十六人的绰号;《大宋宣和遗事》中载有"水浒"故事,它着力描写了杨志卖刀、晁盖等结伙劫生辰纲和宋江杀阎婆惜等事,对林冲、李逵、武松、鲁智深等主要人物也都作了描写,被视为《水浒传》最早蓝本。宋元之际,还有不少取材于水浒故事的话本。在元杂剧中,梁山英雄已由三十六人发展到一百零八人。就这样,《水浒传》在长期民间传说和艺人演唱的基础上由文人作家加工而成书。

关于《水浒传》的作者,历来存在着争议。有罗贯中说、施耐庵说、施作罗改说、

施作罗续说等。目前一般认为作者是施耐庵。关于施耐庵生平的可靠资料非常少。施耐庵,名子安,元末明初人,具体生卒年不详。据《兴化县续志》记载,他是罗贯中的老师。关于他的祖籍也说法不一,一说是浙江钱塘(今浙江杭州)人,一说是江苏苏州人。据说他曾经参加过张士诚的农民起义军,做过幕僚,但没有确凿可靠的证据。

《水浒传》的版本相当复杂,大致可以分为两大系统:简本和繁本。一般把文字较简化的称作"简本",其叙事状物,粗略简拙;文字较繁多的称作"繁本",其描写细腻,艺术成熟。解放后印行的大多是"繁本"系统,易看到的主要有三类:一是一百回本,即明容与堂本,情节到征辽、征方腊;二是一百二十回本,明万历末在一百回本的基础上又插入了征田虎、王庆等情节;三是七十回本,即贯华堂刻本,采用明末清初金圣叹的删改本整理而成,没有招安和征方腊等情节,入清以来最为流行。

第二节　《水浒传》的思想内容

《水浒传》以浩大的篇幅,反映了我国封建社会后期一场声势浩大的农民起义的发展全过程,完整地描绘了农民阶级反抗封建统治的斗争画面。全书围绕"官逼民反"这一线索展开情节,通过描写高俅、西门庆等奸官、恶霸欺凌善良、为非作歹及林冲、武松等一百零八条好汉被逼上梁山、聚义造反,最后却在封建思想的指引下接受招安,导致起义失败的全过程。

全书可分为两大部分。前七十回为前半部分,从高俅发迹迫害王进入笔,先后描写了鲁智深、林冲、晁盖、宋江等一百零八位英雄逼上梁山的经历。从林冲火并王伦到白龙庙英雄小聚义,梁山队伍基本形成,曾头市晁盖不幸身亡,宋江接替首领之位,继续招揽英雄抵御官军,于梁山泊会齐英雄,聚义堂排定座次。七十一回以后为后半部分。百回本继"排座次"后描写梁山英雄两赢童贯、三败高俅,声威惊震朝野;而后接受朝廷招安,北征辽寇,大获全胜;但在镇压方腊起义中,梁山英雄大半阵亡。百二十回本还在中间插入"征田虎、王庆"的故事,结局与百回本相同。南北征战的英雄们或死或伤,渐渐离散,很少有人善终。一场轰轰烈烈的农民起义运动终归失败。

《水浒传》以艺术笔触描写了以宋江为代表的农民起义队伍形成、发展乃至失败的整个过程,展现了封建社会后期人民百姓的生活景况,揭露了封建社会的黑暗和统治阶级的罪恶,歌颂了反抗封建压迫的一系列英雄人物,揭示了封建社会的基本矛盾是"乱自上作"、"官逼民反",谱写了一曲"忠义"的悲歌。它的思想内容大致可概括为以下四个方面。

第一,《水浒传》成功塑造了许多起义英雄的光辉形象,歌颂了他们强烈的反抗精神，真实地反映了他们的优秀品质、英雄气概、斗争意志和伟大力量，寄托了作者的理想。

在《水浒传》中，作者把那些被封建统治者视为"盗贼草寇"的江湖好汉放在主要地位上，把他们描写成为人民伸张正义的英雄，热情歌颂了他们的侠义精神和优秀品质，具有深刻的社会意义和历史意义。例如，林冲忍狠并具、顽强坚韧，鲁达嫉恶如仇、见义勇为，李逵朴实正直、鲁莽仗义，宋江忠孝重义，吴用运筹帷幄，武松快意恩仇等等，浓墨重彩地刻绘了一道姿态各异、肝胆照人的英雄画廊。同时，作品还热情洋溢地歌颂了一个梁山泊式的理想社会——"八方共域，异姓一家"，这样的模式是无路可走的穷苦百姓憧憬的美好模式，是封建社会里不可能实现的乌托邦，却对农民的反抗斗争起巨大的鼓舞作用。无论是英雄人物还是理想社会，都寄托了作者的理想与追求。

在《水浒传》塑造的一系列光彩照人的英雄群像中，"豹子头"林冲的形象带有鲜明的时代烙印，他是中下层封建官吏在统治者的压迫下被逼上梁山的典型，是最富个性和生命力的英雄代表。他的性格随着故事情节的发展逐渐成熟完备，他的悲剧更加体现了小说的主旨。林冲原是东京八十万禁军教头，家庭出身和官场生活养成了他奉公守法、安分守己的性格，只盼着过平平静静的日子。但好景不长，林娘子被高衙内调戏，正要举拳怒打时，却认出此人原是高衙内，为了保住自己的地位和舒适的家庭生活，他忍气吞声，满腔怒火压在心头，只能"一双眼睁着瞅那高衙内"。当鲁智深闻讯赶来时，林冲忙向他解释："原来是本官高太尉的衙内，不认得荆妇，一时无礼。"尽管如此，高衙内却不肯罢休，千方百计谋夺林冲的妻子。高俅纵容儿子胡来，陷害林冲带刀擅入白虎堂，给了他一个"手执利刃，故入节堂，欲杀本官"的莫须有罪名，他也只是大呼冤枉。之后被发配沧州路上险些被高俅收买的解差所害，幸亏鲁智深大闹野猪林，才救了林冲一命。当鲁智深救下他要杀死差役时，他还要为那两个解差求情，而且乖乖地上沧州管理草料场。在接连不断的迫害面前，林冲始终屈辱忍让。一直到"风雪山神庙"，陆谦火烧草料场要害死他，在心理上已经被逼到悬崖边的林冲终于忍无可忍，杀了陆谦等人，上了梁山。作者将林冲这一人物刻画得最为出色，从委曲求全、妥协忍让到敢于反抗、逼上梁山的这一过程中所引起的思想的转变，具有典型的意义。后来，晁盖起义上梁山而王伦嫉妒贤能拒不接纳之时，林冲拍案而起，火拼王伦，力推晁盖为山寨之主，更可以看出他的侠肝义胆、高风亮节。他在高唐州之战阵前叫骂："我早晚要杀到京师，把你那厮欺君的贼臣高俅，碎尸万段，方是愿足！"可以看到他斗争的矛头不指皇帝，而指向奸臣。在"招安"的论争中，他一直保持沉默，不像鲁智深、武松等人那样坚决反对，一开始反对招安只不过是怕"中了奸人的计"，可见他还是保留着归顺朝廷的幻想，最后在默默无闻中死去。他是有血有肉、有情有义的英雄男儿，是武功盖世、作战勇猛、果敢冷静、胆识过人的梁山好汉，但他也有委曲求全的奴性表现，有着"只反贪官,不反皇帝"的局限性,这都使他的形象更为真实、丰满、大气,更具张力。林冲的人物形象是在典型环境中形成的,高俅等人的"一逼再逼"和林冲的"一忍再忍"体现了深远的社会意义,使我们认识到宋代朝廷腐败、民不聊生、官逼民反的社会现实,林冲的悲剧代表着梁山好汉们的悲剧。

　　《水浒传》中最活跃、最生动的另一个人物是"黑旋风"李逵,作为农民的典型,他是具有强烈反抗精神和坚定革命要求的英雄形象。在众多英雄中,他上梁山是最痛快的一个。贫苦农民的出身使他具有长期封建社会中被压迫农民的典型性格特征,那就是强烈的反抗精神和坚强的斗争意志。上梁山之后,他提出反皇帝的斗争目标:"晁盖哥哥便做了大皇帝,宋江哥哥便做了小皇帝。吴先生做个丞相,公孙道士便做个国师。我们都做个将军。杀去东京,夺了鸟位,在那里快活,却不好!"(第四十一回)大聚义后,宋江提出希望朝廷早日招安,李逵是反对最激烈的一个。他大叫:"招安,招安,招甚鸟安!"飞起一脚,把桌子也踢得粉碎(第七十一回)。第一次陈宗善到梁山泊招安时,李逵不仅将诏书扯得粉碎,而且拳打了陈太尉。他这种强烈的、彻底的反抗要求,是他的阶级本能所致。除了表现李逵的革命性和反抗性以外,小说还刻画了他莽撞粗鲁、嫉恶如仇、仗义忠直等性格侧面,使其形象更加鲜明。他陪宋江去李师师处,被杨太尉撞见包围,好容易才脱身,李逵却"拿着双斧,大吼一声,跳出店门,独自一个,要去打这东京城池",可见其做事莽撞。对自己的头领宋江,他也敢于直率不留情面地批评,表现了他刚直的品格。做什么事,说什么话,他都毫无虚假。他忠于梁山,忠于他的"哥哥"宋江。李逵热爱梁山事业,不允许别人去玷污它,当韩伯龙声称自己是梁山好汉时,李逵恼怒起来就把他杀死了。为了表白对宋江的极端忠诚,也是对朝廷的忠诚,有生以来第一次流着眼泪说:"生时服侍哥哥,死了也只是哥哥部下一个小鬼!"接受了赐死的现实,与宋江一起神聚蓼儿洼。同时,李逵身上还聚合了残暴与仁爱的复杂对立性格。但凡不顺其心,挥起两把板斧就砍。如他在沂水县被救后,杀得性起,"把猎户排头儿一味价搠将去,那三十个士兵都被搠死了"。然后,又去追杀众庄客和围观的群众。然而,残暴凶恶的李逵却怀着一颗孝顺之心。当他看到宋江父子团聚、公孙胜回家探望母亲,萌生思母之念,决意回乡接母上山过几日快乐生活,真乃拳拳赤子心。总之,李逵是勇猛而莽撞,直爽而又粗鲁,对梁山事业无限忠诚而又不懂斗争策略的典型形象,表现了封建农民的狭隘性。性格的复杂性令李逵成为了一个备受争议的人物,但总体而言,读者对李逵的"褒"还是多于对他的"贬"。

　　鲁智深也是一个粗犷鲁莽、豪爽仗义的好汉,其形象性格与李逵较为相近。他原是渭州经略府提辖,路见不平,为救弱女子金翠莲,三拳打死恶霸镇关西,被官府追捕而弃官落草。他生性豪爽磊落,行侠仗义,粗中有细,是小说中最成功的侠义英雄形象。他没有妻儿的羁绊,没有对功名利禄的追求,只是一身僧衣,一副禅杖,行走天涯,洒脱随性,是理想化的人。金圣叹说:"写鲁达为人处,一片热血直喷出来,令人读之深愧虚生世上,不曾为人出力。"鲁智深大闹桃花村,火烧瓦罐寺,大闹野猪林,二龙山落草为寇,无一不是路见不平、拔刀相助的义举。他又是一个极其细致的人,救金家父女时,让他们先逃走,"恐怕店小二赶去拦截他,且向店里掇条凳子,坐了两个时辰。约莫金公去得远了,方才起身,径到状元桥来"(第三回)。鲁智深是一个真正的性情中人,脾气虽然暴躁,却不像李逵那样残忍鲁莽,胡乱杀人,他理智,有勇有谋,面目凶恶却善良豁达,关涉他人利害的,无不慷慨赴之,是《水浒传》中侠义精神的化身。

武松也是《水浒传》中刻画得最成功的人物之一,他是生活化的英雄人物,武松形象的典型意义在于他是市民阶层追求公平公正和个人价值思想的反映。他出身于城市平民家庭,生活在普通平民环境里,从小与下层社会的游侠哥们儿流落街头,舞枪习棒,逐渐养成了一般市民特有的好打抱不平的品行。他非常重视个体价值,重视用行动宣泄自己的不平感受,是封建社会普通平民中的强者形象。武松如此深受大众的喜爱,是因为他身上有很强的生活气息,他在生活中不断地改变和被改变,一生光明磊落,敢作敢为,富于正义感和反抗精神。在孟州,武松帮对他有恩的施恩夺回了被蒋门神霸占的快活林,因而得罪了蒋门神,蒋门神的后台张都监、张团练设计将他当贼捉了。这时的武松虽然也很勇猛,但血的教训让他走向成熟,怨怒之情化作了惊心动魄的反抗行为,他大闹飞云浦,血溅鸳鸯楼,杀了蒋、张等十几口,蘸血在墙上写下"杀人者,打虎武松也"。生活让武松认清了现实的社会,他不再向官府投案,而是先上二龙山,后归梁山泊,投身武装反抗的行列。在反抗官府围剿和攻城夺府的战斗中,武松勇敢坚定,他反招安,指责宋江:"今日也要招安,明日也要招安。冷了弟兄们的心!"后来他在征方腊时被包道乙砍断右臂,他不受封诰,在杭州六和寺出家。这样的经历足见他嫉恶如仇,恩怨分明,果敢沉着,勇武刚烈。正是对武松这样的市井人物的成功塑造,使人们更加感受到了人物性格的真实鲜明和社会的完整。

第二,《水浒传》着重揭露了封建统治阶级的罪恶,展示了"官逼民反"的社会环境和尖锐的阶级对立,反映了人民群众的痛苦,挖掘了农民起义的社会根源及必然性。

《水浒传》对于起义英雄对立面的封建统治阶级,进行了深刻的揭露。小说第一次从正面揭示了农民起义的社会根源,即上至皇帝和蔡京、高俅一类的佞臣,下至大小官吏的昏庸无能、横行霸道、为非作歹,致使民不聊生,最终使得原已尖锐的阶级矛盾激化。小说以高俅发迹作为故事的开端,意在表明"乱自上作",他原是个"浮浪破落户子弟",只因踢得一脚好球,受到皇帝的赏识,与蔡京、童贯之流把持朝政,无恶不作。在封建统治政权的中层,一批贪酷暴虐、非理害民的官员上下串连,狼狈为奸。如青州知府慕容彦达,他"倚托妹子的势要,在青州横行,残害良民,欺罔僚友,无所不为";如仗着蔡京"泰山之恩、提携之力"在大名府搜刮钱财,为丈人做寿的梁士杰等。在封建社会的底层,还有一批胡作非为、欺压良善的差拨役吏、土豪恶霸,如张都监、蒋门神、毛太公、西门庆、郑屠等。就在这样一个现实背景下,不仅逼得那些处于社会底层、深受压迫的劳动人民如李逵、阮氏三雄等人奋起反抗,投身到起义队伍中来,而且就连那些处于社会中上层,原属封建营垒中的人物如鲁达、林冲等也被迫纷纷参加了起义队伍,甚至像世袭贵族柴进、将门后裔杨志、大地主卢俊义也都先后卷进了起义队伍的行列。这些都说明当时封建统治的黑暗和阶级矛盾的尖锐,也深刻地揭示了农民起义的根本原因在于残酷的封建统治,说明了"官逼民反"的道理,肯定了农民起义的必然性和正义性。

第三,《水浒传》真实地描写了梁山泊农民起义队伍从无到有、从小到大、从弱到强、从分散到聚合、从盲目行动到自觉有明确行动纲领的历史现实,生动地再现了农民起义军发展壮大的斗争过程,从而全面反映了历史上农民战争的基本形式和规律。

《水浒传》开始写的都是个别英雄人物如鲁智深、林冲、武松等反对社会恶势力的斗争。这些斗争虽然有声有色,但毕竟还只是个人的反抗,不能形成对统治阶级的威胁。随着客观斗争形势的需要,英雄们逐渐由个人反抗发展到小规模的联合起来反抗,一直到形成强大的起义队伍。智取生辰纲可以说是联合斗争的萌芽,参加斗争的有渔民、贫民、下层文人,也有道士、地主等。他们出于对当权者的仇恨,为夺取不义之财,齐心协力,取得胜利,事后一起上了梁山。在清风寨报仇后,有更多好汉纷纷上山,使梁山势力进一步壮大,与统治阶级斗争的力量也大大增强了。宋江上山后,"梁山泊英雄排座次"标志着起义军发展到空前的规模,更树起了"替天行道"的大旗,出现了起义英雄武装割据政权的新局面。此后的斗争是革命的武装力量和反革命的武装力量之间的大规模斗争,起义队伍在统一指挥下能攻善守,采取了灵活多变的战略战术,连续获得了三打祝家庄等辉煌胜利,沉重打击了封建势力,震撼了封建统治的根基。《水浒传》通过生动地再现农民起义发展壮大的斗争过程,反映了农民的革命斗争是不可抗拒的历史洪流,客观上有助于人们认识人民创造历史这一真理。

第四,《水浒传》写出了梁山起义的悲剧结局,揭示了接受招安是起义失败的内在原因,奏响了一曲"忠义"的悲歌,同时也表现了作者思想上的矛盾。

梁山农民起义最后走上招安的悲剧结局绝非偶然,有着其多方面的原因,如没有新的生产力和生产关系,没有新的阶级力量就是失败的根本原因。义军领袖宋江的"忠义"思想是梁山起义走向招安的直接原因。宋江作为第一主角,是"忠义"的化身。"忠"和"义"本是一对矛盾的概念。"义"在社会理想层面是要梁山义军反抗黑暗,替天行道;而"忠"的伦理道德规范是要梁山义军拥戴朝廷,维护现实的政治秩序。因为"忠""义"的内涵不一,相互对立,二者很难两全。宋江的性格,在"忠"和"义"的相互矛盾中曲折发展。由于重义,他能够扶危救困,同情人民疾苦,被称为"及时雨",进而反对强暴,反对贪官污吏,结交绿林好汉。这是宋江走上反抗道路的思想基础。但宋江出身地主家庭,原是"刀笔小吏",有浓厚的正统观念和忠君思想,一开始加入革命队伍就存在严重的动摇性、妥协性,最终导致梁山义军接受招安,走向失败。这样的悲惨结局,客观上昭示了投靠朝廷绝无出路的历史教训,同时表现出了作者的思想矛盾与阶级局限。从表面来看,作者对宋江的接受招安是肯定且颂扬的,一再称赞宋江这样做是"有仁有义"、"忠义报国"等,但从具体描写看,作品对"被招安"的结局似乎又有所批判。这不仅表现在作者反复描写了李逵、鲁智深等人的反招安、反投降的斗争,还表现在义军受招安后所遇到的种种悲惨遭遇的描写,招安以后,梁山义军为国效劳,战功赫赫,朝廷却"不准擅自入门";后来打方腊竭忠尽力,损兵折将惨重,接着鲁智深坐化,武松出家,受封之后,陆续走的走,贬的贬。最后宋江、李逵喝毒酒而死,吴用、花荣双双自缢。原来轰轰烈烈的起义大业,最后竟是凄惨黯淡,这就是作者所展示的招安之路。小说通过现实主义的描写,用血的事实向人们昭示了接受招安的结果是灭亡。《水浒》的伟大之一就在于它深刻地揭示了这一结局的悲剧性。

第三节　《水浒传》的艺术特色及影响

《水浒传》的伟大不仅因为其思想内容的丰富,也由于其艺术上的成熟,奠定了它在中国文学史上的地位。

《水浒传》的艺术成就,最突出地表现在英雄人物的塑造上,它成功地塑造了众多个性鲜明的典型人物。全书有姓名的人大概八百多,包括社会不同阶层的各色人等。作者不仅写出了众多人物的阶级特点、各自的身份经历,而且同中见异地写出了每个人的个性,可见其非凡的艺术塑造能力。金圣叹在《读第五才子书法》中说:"别一部书看过一遍即休,独有《水浒传》是只看不厌。无非为他把一百单八个人性格都写出来。""人有其性情,人有其气质,人有其形状,人有其声口。"(《水浒传序三》)

《水浒传》人物塑造之所以个性鲜明,首先表现在作者善于运用对比手法,在比照中突出人物特点。像鲁智深、林冲、杨志,都是有武艺的军官,依附官府,都凭本事谋职,不与贪官污吏同流,但作者也写出了他们的个性差异。鲁智深正义感强,林冲忍无可忍,杨志功名绝望,显示出三人性格的同中之异。为了达到这种人物性格"同而不同"的艺术效果,作者还利用类型相同的人物相互映衬,凸显人物的不同性格。如鲁智深、李逵二人,他们都是性情刚直,打抱不平,不畏强暴;但又各有特点。鲁智深是军官出身,阅历较深,痛恶社会的不平,虽性格急躁却也机智细心。三拳打死镇关西后,想到要为此吃官司坐牢,他假装气忿,"指着郑屠尸道:'你诈死,洒家和你慢慢理会。'一头骂,一头大踏步去了"。这样便脱身而去了。在大相国寺菜园子里,几个泼皮要算计他,故意跪在粪窖边不起来,他没等泼皮上身,一脚一个把两个为头的踢到粪坑里去了。这些都说明他是个粗中有细的人。李逵则与之不同,他是个真正的粗人,一味蛮干,不计后果,又有几分天真,好管闲事,常常惹出事端,在江州因夺鱼和张顺撕打,被张顺骗到水里,淹得他两眼发白;斧劈罗真人,被真人罚到蓟州大牢里受苦;打死殷天锡,连累柴进坐牢,差点送了性命。作者正是用他那支生花妙笔创造出了血肉丰满、个性鲜明的人物形象。正如明代批评家叶昼指出的那样:"《水浒传》文字,绝妙千古。全在同而不同处有辨。"(容与堂《水浒传》第三回回评)

其次,鲜明的人物个性塑造还得益于人物语言的个性化,从一个人的语言就可以看出他独特的身份地位以及独一无二的经历。《水浒传》能"一样人,便还他一样说话"(金圣叹《读第五才子书法》)。如第四十三回,李逵回家探母,朱贵劝说他走大路,莫走小路,李逵道:"我自从小路去,却不近? 大路走,谁奈烦!"听得朱贵说小路多大虫与剪径贼人,李逵应道:"我却怕甚鸟!"这简单的两句把李逵这粗鲁莽撞、艺高人胆大的性子刻画了出来。如在江州酒楼上,戴宗初见宋江口称"仁兄",李逵称"黑宋江",宋江则对戴宗称"院长",对李逵称"大哥",从这不同的称呼上可看到人物不同的性格特点。就是一些次要人物的语言也表现得个性突出。例如,武松打虎后,遇见两个猎户,他们吃了一惊道:"那人吃了忽律(指鳄鱼)心,豹子肝,狮子腿,胆倒包着身躯,如何敢独自一个,昏黑将夜,又没器械,走过冈子来! 不知你是人是鬼?"就非常切合猎户的身份、当时的心情和他们所处的情境。

第三,鲜明的人物个性又来源于作者善于把人物置身于真实的矛盾冲突中,紧扣人物的身份、经历和遭遇,在情节的展开中刻画人物,使人物性格更加真实丰满。如"拼命三郎"石秀的性格特点就在促使杨雄碎割潘巧云以及"跳楼劫法场"两个事件冲突中得以充分呈现。在他第一次见到海和尚和潘巧云时,就识破了他们的勾当,自我介绍"我姓石,名秀,金陵人氏,因为只好闲管,替人出力,以此叫做拼命三郎。我是个粗卤汉子,礼数不到,和尚休怪",这无疑是在警告海和尚和潘巧云。后来他曾告知过杨雄,但反而被潘巧云栽赃诬陷,使矛盾趋于复杂化,后又为杨雄出谋划策,促成了碎割潘巧云的事件。在"劫法场石秀跳楼"一回中,"楼上石秀只就一声和里,掣出腰刀在手,应声大叫:'梁山泊好汉全伙在此!'……石秀楼上跳将下来,手举钢刀,杀人似砍瓜切菜,走不迭的,杀翻十数个;一只手拖住卢俊义投南便走"。在这两场矛盾冲突的发展中,显示了"拼命三郎"嫉恶如仇、坦率正直、机警侠义、当机立断且临危不惧的性格和胆识。

另外,《水浒传》在塑造人物时还采取了现实主义和浪漫主义相结合的艺术手法。小说中的英雄好汉是根植于社会现实的,但又体现了人民群众的理想和愿望,因此,作者在塑造他们时往往运用想象和夸张的艺术手法来突出他们的神勇和智慧,使这些英雄豪杰充满了传奇色彩。如吴用的神机妙算、公孙胜的呼风唤雨、戴宗的神行术、鲁达倒拔垂杨柳、武松徒手打虎、花荣射雁等等,都带有浓厚的想象成分和传奇色彩。

在结构艺术上,《水浒传》继承与发展了中国古代小说与讲史话本的传统特色,采用连环式与板块式相结合的结构方式,先分后合,先散后整,情节环环相扣,头绪众多而又线索分明。

《水浒传》前七十回主要采用的是单线连环的结构方式,即由一个人物引出另一个人物,每个英雄人物的故事都有相对的独立性和完整性,同时又是整个故事链条上的一环,各个故事环环相扣,推动情节不断发展,从而达到百川归海、波澜壮阔的艺术效果。好像是一个个梁山好汉的列传或合传,主要人物依次出场,先分后合,层层推进。在这一叙述过程中,主要是以人物为中介,采用中心人物转换的手法使情节的发展达到环环相扣的效果。如鲁智深与林冲的逼上梁山的过程是套在一起的,林冲的登场是由鲁智深引出的,即在第七回中,众泼皮要看他如何使铁禅杖,他使得正兴起,听得墙外一个官人大声喝彩,于是林冲亮相,作者便转笔写林冲了。正如作者评论所言:"也是天罡星合当聚会,自然生出机会来。"又如对武松与宋江的相关情节描写刻画是穿插进行的,先述宋江私通晁盖、怒杀阎婆惜后与武松相遇,转入武松的故事:景阳冈打虎、仇杀潘金莲、斗杀西门庆、刺配孟州道、义夺快活林、醉打蒋门神、大闹飞云浦、血溅鸳鸯楼、夜走蜈蚣岭,醉打孔亮后,在孔家庄又遇宋江,转入宋江情节:浔阳楼题反诗、江州劫法场。这样就将许多缺乏内在关联的人物与事件通过"偶然"与"巧合"联系在一起,在结构的铺排上达到了"偶然中蕴含必然"的高度,从而将小说建构在一个有机的统一体内。

小说七十回之后主要采用板块式的结构方式,在各路英雄聚义梁山之后,小说从"分散"走向"整合",个体斗争实现组织化,以群体性的战争板块为主,依照时间顺序先后写了两赢童贯、三败高俅、招安、征辽、捉田虎、平王庆、讨方腊等重大的军事行动,宛如汇聚力量后一泻千里。通过梁山义军招安、为统治阶级屡建奇功、却仍不被当局所容,以致最终毁灭,完成了全篇的悲剧结局,反映了统治阶级的极端昏聩、残暴。总之,连环式与板块式相结合的结构,既继承了说话艺术的特点,又表现出最后加工者的艺术构思,造就出散整结合的组织架构。这种方式不仅符合农民革命的内在规律,与作品的情节主线相一致,而且也适应了主题表达的需要。前半部分主要突显官逼民反,后半部分主要表现忠奸斗争,同时所有的情节单元又都由从逼上梁山到效力朝廷这条总的线索贯穿成为一体。

《水浒传》另一艺术特色在于语言运用上,它采用形象生动的白话语言,叙述明快、洗练,描写准确、生动,可以说是中国白话文学的一座里程碑。

唐宋以来的变文、话本之类,是我国白话小说的发轫,但多数写得文白相间,简陋不畅,就是《三国演义》,虽以"通俗"相标榜,但由于受到演义历史的制约,仍显得半文不白。《水浒》的语言则更多的是吸取民间说唱文学的成就,带有更浓烈的民间文学色彩,具有浓厚的生活气息,许多地方更是生动泼辣,酣畅淋漓。这不但标志着运用白话语体创作小说已经成熟,而且对整个白话文学的发展也具有深远的意义。如写鲁提辖拳打镇关西,第一拳"正打在鼻子上,打得鲜血迸流,鼻子歪在半边,却便似开了个油酱铺,咸的,酸的,辣的,一发都滚出来",既通俗,又以俏皮的语言、贴切的比喻,通过郑屠的自身感受,把他被打的丑态表现得异常逼真。小说能娴熟地运用白话来写景、状物、叙事、表情,极为灵动传神。如"林教头风雪神庙"一节中,在林冲去到草料场的路上,"那雪早下得密了","那雪正下得紧","密""紧"两字不但写出了风雪之大,而且也隐含了人物的心理感受,烘托了事态发展紧张局促的氛围。"武松打虎"一节,写得极为传神,写人虎相搏,老虎一扑、一掀、一剪三般拿人的本事,和声震山岗的吼声,一只活生生的真老虎就跃然纸上。再如第三回中,鲁智深可怜金家父女,寻史进与李忠二人借银子,史进是"取",而李忠却是"摸",两个字的差别,把一个心甘情愿的给、一个不得不给的心态描写得十分到位。小说正是通过这些生动形象的描绘和准确精当的用词,使《水浒传》的语言不仅在当时取得了很高的成就,成为许多作品争相模仿的对象,也对后来的白话文创作提供了借鉴。

《水浒传》不仅是农民起义的壮丽史诗,而且是中国古典英雄传奇小说的光辉典范,它以辉煌的艺术成就彪炳文学史册,对当时和后世都产生了巨大的影响。

《水浒传》所写的本来就是社会重大问题,故必然对社会产生极大的影响。一批进步的文人纷纷借它来批判社会的黑暗和不平,或以梁山英雄的纯真朴实来抨击封建礼教的虚伪和残酷。《水浒传》对于后世的人民群众反抗运动产生了显著的影响,一批批义军从中汲取力量,高举起武装斗争的大旗。封建统治阶级视它为洪水猛兽,屡次禁绝,诬蔑它是"诲盗"之书,禁止人民阅读。一些封建士大夫知识分子也秉承他们的意旨不让弟子阅读。

《水浒传》作为英雄传奇小说的典范,不仅为后来的文学提供了丰富的素材,而且对后代历史演义小说和公案侠义小说都具有直接和间接的影响。在《说唐》《杨家将》《水浒后传》《英烈传》等小说中,可以明显地看出它的影响。此外,《水浒传》对有关市井生活的生动描写,对人情小说的发展也具有不可忽视的作用。对于其他艺术形式如戏剧、曲艺、绘画等也产生了很大启示,民间文艺中吸取水浒故事为题材的更是屡见不鲜。

阅读链接

作为明代四大奇书之一的《水浒传》,是中国第一部以农民起义为题材的长篇章回体小说,是古典英雄传奇小说的典范,塑造了许多个性鲜明的英雄形象。自问世以来,广为流传,对其主题思想、梁山人物、宋江思想等研究不断。其中,最具代表性的就是明朝的李贽(李卓吾),他的《李卓吾先生评忠义水浒传》仍被许多学者作为参考和引用的资料,另外,百家讲坛《品读水浒传》、《名家会评本水浒传》也推荐阅读。

思考·练习·拓展

1. 对宋江这个人物褒贬不一,你是怎么看的? 请作简单评价。

2.《水浒传》塑造了一大批血肉丰满、性格鲜明的农民起义英雄形象,请列举至少三个有关人物,并简述其性格。

3. 梁山好汉一百单八将上梁山的具体原因各不相同,大致可以分为几种类型? 请举例说明。

4. 简述《水浒传》的思想成就。

5. 简述《水浒传》的艺术特色。

第三章 《西游记》

学习提示

　　《西游记》是杰出的富于浪漫主义色彩的长篇神魔小说。小说起源于唐僧取经的故事,描写了师徒四人西行取经历经九九八十一难,终于取回真经的故事。小说艺术想象奇特且丰富,古今小说中难有与之相比。它融合了佛、道、儒三家的思想和内容,又注入了现实社会的人情世态,是魔幻现实主义的先驱开创者。学习本章,应在阅读原著的基础上掌握孙悟空及其他形象的思想意义,结合小说情节多角度地理解全书的内涵及社会意义,通过精泛读结合及影视鉴赏等方法,感受它深层的艺术魅力。

第一节 《西游记》的成书、作者与版本

　　《西游记》中所写的唐僧取经是真实的历史故事。唐太宗贞观初年,僧人玄奘只身赴天竺(今印度)取经。于公元 628—645 年,历时十七载,跋涉数万里,游历五十多国,历经艰难险阻,带回佛经 657 部,轰动一时。回国后,受到了唐太宗的隆重接待,又用了十九年时间,与门徒、同行一道将带回的佛经译出了 74 部 1355 卷,为佛教在中土的传播作出了极大的贡献,成为中国文化史上的伟人。玄奘在翻译这些书的同时,又奉诏口述所见,由门徒辩机辑录成《大唐西域记》,这是有关玄奘取经的最早文字记载。其后,玄奘门徒慧立、彦琮撰写了《大唐大慈恩寺三藏法师传》一书,虽称"皆存实录,匪敢雕华",但还是穿插了不少神奇传说,演绎了许多佛教故事。从此,唐僧取经的故事便开始在民间广为流传。

　　最早将取经故事神话化的是南宋话本《大唐三藏取经诗话》,是取经故事艺术化的开始。尽管叙述简略,但出现了"来助和尚取经"的猴行者(白衣秀士),这意味着故事的中心人物已由玄奘变为猴行者,书中还出现了一个脖挂枯骨的深沙神,是《西游记》沙僧的雏形,但小说中的重要人物猪八戒尚未出现。其中有些情节与《西

游记》也有渊源关系,但其规模内容与小说差别甚大,这标志着取经的真人真事已向神魔故事演变。此后,西游故事便进入平话和戏曲的创作,逐步定型。

取经故事至元代而定型。出现了话本《西游记》,今已不传。《永乐大典》一三一三九卷"梦"字条保存了一段《梦斩泾河龙》的残文,约一千二百余字,标题作《西游记》。内容与世德堂本吴氏《西游记》第九回基本相同,但文字粗率,风格近似《全相元刊平话五种》。此外,古朝鲜读本《朴通事谚解》中保存了一段《车迟国斗圣》的故事,约一千字,内容相当于吴氏《西游记》第四十六回"外道弄强欺正法,心猿显圣灭诸邪"中的一部分。其中还有八条有关《西游记》的注,叙述了取经故事的梗概。由此可见现行《西游记》的许多重要情节,在那个古本中大致都具备了。

在话本中逐步定型的同时,在戏剧创作中,取经故事也在不断地丰富发展着。金代有院本《唐三藏》,元代有吴昌龄的《唐三藏西天取经》杂剧。元末明初人杨景言的《西游记》杂剧以唐僧出世的"江流儿"故事开场,全剧框架与吴氏《西游记》亦大致相近。这些都表明了西游故事的历史渊源十分丰富和久远。正是在民间广泛流传的取经故事和佛教传说的基础上,吴承恩吸收外来文化因素并熔铸自己的感受,把原以弘扬佛法为主的取经故事,创作成为具有深刻思想意义和鲜明时代特征的神魔小说《西游记》,从而使《西游记》成为我国古代小说中杰出的文学巨著。

《西游记》的作者一般认为是吴承恩,尚有争议。因今存明刊本的《西游记》均未署名,仅题"华阳洞天主人校",清刊本有误署道士丘处机的,后鲁迅在《中国小说史略》、胡适在《西游记考证》中论定作者为吴承恩,得到普遍赞成。但也有研究者认为,《淮安府志》中所录的吴承恩《西游记》并不能断定是百回本《西游记》。

吴承恩(约1500—约1582),字汝忠,号射阳山人,出生于山阳县(今江苏淮安)一个世代书香而没落为小商人的家庭。吴承恩性敏慧,又好学习,博览群书,少年时就"以文鸣于淮","幼年即好奇闻",爱读"野言稗史",这为他后来写作《西游记》打下了基础。但他仕途坎坷,科举屡遭挫折。直至四十多岁才补上"岁贡生",曾任过浙江长兴县丞和"荆府纪善"等职,因不肯攀援附势,后辞官归乡专心著述。一生孤傲,且无子嗣,贫老以终,"平生不肯受人怜,喜笑悲歌气傲然"(《赠沙星士》)。吴承恩创作的诗、文、词数量不少,但大部分已亡佚。除《西游记》外,尚有仿唐传奇作的《禹鼎志》,全书已佚,仅存《自序》,以及诗词古文合集《射阳先生存稿》。

《西游记》的明、清刻本较多,现存最早的是金陵世德堂刊本《新刻出像官板大字西游记》,一般认为刊于万历二十年(1592),简称世德堂本,其书二十卷一百回。明代万历三十五年(1607)至万历四十一年(1613)之间,又有题名为《李卓吾先生批评西游记》的版本出现,简称"李评本"。此外,又有《西游证道书》本、《新说西游记》本比较有名。现在通行的是人民文学出版社以世德堂本为底本,校以上述诸版本的点校本《西游记》。

第二节 《西游记》的思想内容

《西游记》自问世以来在民间广为流传。小说主要描写了唐僧、孙悟空、猪八戒、沙僧师徒四人西行取经，一路降妖伏魔，走过十万八千里，前后十四年，历经九九八十一难，终于到达西天，取回真经的故事。全书由三个部分组成：一至七回，写孙悟空的来历和大闹天宫；八至十二回，写玄奘的来历及取经的缘起；十三回至全书终了，为取经路上唐僧师徒战胜艰难取得正果的经过，是全书的主体。小说以丰富瑰奇的想象描写了师徒四人在逍遥的西方途上和穷山恶水、妖魔鬼怪冒险斗争的历程，同时也融合了佛、道、儒三家的思想和内容，既让佛、道两教的仙人们同时登场表演，又在神佛的世界里注入了现实社会的人情世态，亦庄亦谐，妙趣横生。

对于《西游记》思想的探讨研究，一直是仁者见仁，众说纷纭。在清代，相当长的一段历史时间，人们把它的主旨看作弘扬佛法、阐释禅理，或在宣传道家的真谛；也有人认为是理学小说，于"游戏中暗藏密谛"（李卓吾评本《西游记总批》），在神幻、诙谐之中蕴涵着心学思想。20世纪初，胡适主张"滑稽说"和"玩世主义"说，鲁迅主张"游戏说"等，后来，还曾经出现过"阶级斗争说""主题转化说""歌颂市民说""诛奸尚贤说""人生哲理说"等，莫衷一是。

作为一部世代累积型的长篇神魔小说，《西游记》的思想内涵呈现出了复杂性、丰富性。现在，大多研究者都在多元化、立体化地解读这部伟大的作品。值得肯定的是，作品通过幻想的形式，通过孙悟空大闹天宫以及保护唐僧西天取经的情节，体现了孙悟空追求自由、敢于反抗、敢于斗争和蔑视一切困难的战斗精神，表现出了人民的理想和愿望，并揭露了作者当时生活的社会现实，讽刺、批判了统治阶级的某些丑恶本质。

《西游记》的深刻思想，集中体现在孙悟空这个神话英雄形象上。孙悟空的形象贯穿了大闹天宫和西天取经的主要故事情节，从孙悟空的出生写起，写了他一生的经历。解读《西游记》的思想意义，就要解读这个贯穿全书的孙悟空的代表意义。这里，主要从三个方面进行解读。

孙悟空形象首先表现为追求自由的个体，这也意味着人类对个体存在的追求，突破空间与时间的限制，突破生命的局限，达到完美的自由状态。孙悟空本身无父无母，是破石而生的美猴王，领着群猴生活在花果山，过着"春采百花为饮食，夏寻诸果做生涯。秋收芋栗延节令，冬觅黄精度岁华"，"不服麒麟辖，不服凤凰管，又不服人间王位拘束"的自由自在生活。后来，他只身泛海，访求名师，历经八九载，学会了讲人言、行人礼，跋山涉水，在西牛贺洲灵台方寸山斜月三星洞拜菩提老祖为师，习得七十二变和觔斗云（又作筋斗云）本领，突破了自身能力的局限，追求到了更高意义上的个体自由。再之后,龙宫借宝,得了一万三千斤的如意金箍棒,地府销籍,勾销了生死簿上所有猴属之名,又超越了自然生死的局限,这些都反映了人类的愿望和对自由的追求。

孙悟空的形象还体现了桀骜不驯、强调自我、蔑视权贵、敢于斗争的个性。孙悟空到东海龙宫和阎王地宫,都超越了社会等级关系,触犯了等级制度,龙王、阎罗王上告玉皇大帝,要求严惩孙悟空。后被天界招安,封为"没有品从"、"并未入流"的弼马温。在他明白之后,感到自己的尊严受到了侮辱,原来玉帝竟"这般藐视老孙"!"老孙有无穷的本事,为何叫我替他养马?"于是手舞金箍棒,一路打出南天门,回花果山之后,自己干脆就竖起了"齐天大圣"的大旗,要求与玉帝平起平坐,并迫使天庭承认该封号。后又因醉酒闹天宫,搅乱王母娘娘的蟠桃盛会,偷吃太上老君的金丹,炼成了金刚之躯,阴差阳错间在太上老君的炼丹炉中炼就火眼金睛。之后大闹天宫,十万天兵天将对其围剿亦不能将其打败,后来在与如来佛祖的斗法中失利,被压在五行山下五百年悔过自新。尽管孙悟空的结局是失败的,但他大闹三界的斗争过程却更加引人入胜,因为这中间不自觉地散发出了肯定自我价值、强调自我、敢于与权贵作斗争的不屈精神。

同时,孙悟空形象也寄寓了人民追求人生价值、追求美好而努力奋斗的理想。作为全书主体的孙悟空协助唐僧西天取经,历经九九八十一难的过程,尽管有着"明心见性"必须经过一个长期艰苦的"渐悟"过程的隐喻,但人们更多关注的却是孙悟空身上所折射出的勇敢顽强、坚持不懈的斗争精神,展示了自己的才能,实现了人生价值的最大化,妖魔象征着邪恶,而与妖魔的斗争,也寄寓了人民反抗邪恶势力、追求美好世界的理想与努力。孙悟空最终被授予"斗战胜佛"的名号,意即既要有普度众生的悲悯本性,又要有战胜艰难、实现目标的不断进取精神。

总之,作为《西游记》的主角,孙悟空桀骜不驯、强调自我的自由个性,勇敢顽强、坚持不懈的斗争精神,呈现出了独特的艺术风采,成为人们所普遍追求的一种有理想、有能力、有个性的理想人性的象征。

《西游记》的另一重要思想价值在于它的社会意义,描写了世相百态,揭露和批判了现实社会中种种丑恶的东西。

《西游记》是一部深刻揭露作者所生活的现实社会的丑陋和黑暗的寓意小说,吴承恩在《禹鼎志序》中说:"吾书名为志怪,盖不专纪鬼,明纪人间变异,亦微有鉴戒寓焉。"(《射阳先生存稿》卷二)如鲁迅所说的"讽刺揶揄则取当时世态"(《中国小说史略》);也正如《李卓吾先生批评西游记》的批语所指出的:《西游记》中的神魔都写得"极似世上人情","作《西游记》者不过借妖魔来画个影子耳"(第七十六回总批)。

首先,小说中借神界天宫地府的腐败丑恶,映射了人间宫廷王府的失政混乱。上到玉皇大帝,下到天兵天将,和现实社会中的上到皇帝,下到各级官吏,两者之间构成一个对应的关系。其他的仙官武将也一样，都是现实社会中各级官吏的一种抽象象征。因此，对神界的讽刺实际上就是对现实的讽刺。例如，其最高统治者玉皇大帝实际上是贤愚不分、欺软怕硬、独断专行的昏君；普天神将表面耀武扬威，实则不堪一击。

其次，《西游记》中所描写的西天取经路上绝大多数的曲折历程都是和妖魔作斗争，而邪恶的妖魔鬼怪和正义神圣的神佛之间却都有着很密切的关系，曲折地反映了现实社会官官相卫、上下勾结、残害人民的腐朽本质。比如，黑松林的黄袍怪就是天宫二十八宿之一的奎木狼下凡，这是带着神佛身份的妖魔；比如，金兜山的独角犀大王是太上老君的青牛，天竺国的假公主是广寒宫的玉兔；比如，乌鸡国全真道人是文殊菩萨坐骑青毛狮子，平顶山莲花洞的金角大王、银角大王是太上老君的看炉童子，他们是神佛有意纵放的坐骑、侍从等，用来考验唐僧师徒的；比如如来佛的两个侍者阿难、迦叶居然公开索要贿赂，如来佛解释说："经不可轻传，亦不可以空取。"可见，西方极乐世界也不都是正直、高尚、纯洁的佛、仙、神圣，更何况是作者所生活的明朝中后期的现实社会。神间即人间，对神间神妖关系深刻的讽刺，就是对人间裙带关系以及官员的下属爪牙仗势欺人、为害百姓的反映。

另外，小说还通过直接描写人间国度的君主来嘲讽批判封建统治者高层的昏庸无能、社会黑暗。例如，车迟国国王信奉道教，把和尚们都抓去做苦力，让虎力大仙等三个妖魔管理朝政；比丘国国王沉溺女色，身体抱恙，"要取小儿心做药引子"；乌鸡国国王被文殊菩萨的坐骑狮子精推到井里，闷死了三年，狮子精做了三年皇帝；灭法国的国王许下一个愿，要杀一万个和尚，两年杀了九千九百九十六个，还差四个，凑成一万；祭赛国文臣不贤，武将不良，国君也不是有道，却因该国金光寺的宝塔上有个放光的佛宝，年年都有四夷来朝，进贡美玉明珠、娇妃骏马，后来宝贝被妖怪偷走了，外国也就不来进贡了。作者借描写人间国度的君王昏庸、国家混乱来讽喻自己所生活的当时社会世态黑暗。

第三节　《西游记》的艺术特色及影响

《西游记》作为我国古典文艺作品中辉煌的神魔小说，以奇丽的浪漫主义笔法、奇幻的艺术想象、独特的艺术形象、巧妙的艺术结构及诙谐讽刺的语言风格，勾画出一个幻丽多姿的魔幻世界，呈现出了独具特色的艺术格调，大大增强了作品的趣味性和感染力。正是这种超现实的描绘与游戏笔墨的书写，赋予了《西游记》经久不衰的艺术色彩与生命。

《西游记》最大的艺术魅力在于它在艺术表现上充满了浓郁的浪漫主义色彩，创造出了一个奇幻的神魔世界。从故事发生的环境来看，神界、人界、妖界三界跨越,仙宫佛境、龙宫冥府、僻壤险洞、离奇国度,突破了生死与时空,创造出了一个光怪陆离、神异绚丽的奇幻空间;从人物来看,形貌怪异、关系复杂,本领非凡、变幻莫测,打破了神、人、妖的界限,形象多样与幻变无常;从小说的情节发展看,斗法比武、大闹天宫、翻江倒海、除怪安良。奇境、奇象、奇人、奇事整合在一起,一个奇幻斑斓的神魔世界就展露无遗了,然而却令人感到极幻极真,极似世上人情,这个真似世俗的神魔世界仿佛就是现实世界的外在反映。三界环境,神界即封建统治阶级,天宫即朝廷,各路神仙即文武百官。人界即普通百姓阶层,妖界大都代表着一些危害人民、无恶不作的封建黑暗势力。小说中不同的人物形象即人性百态,如懒惰自私、贪财好色、爱占小便宜的猪八戒,更多地体现了人性的本能欲望;神通广大、机智勇敢、敢做敢为的孙悟空则更多地体现了人们内心中对于有能力、有智慧、自由自在的理想人性的向往;憨厚忠心、任劳任怨的沙和尚,野性难驯、狂妄自大的红孩儿等,他们身上都存在着独特但并不片面单一的个性,显示出了真实人性的多面性与立体性,美好与丑陋并存,积极面与消极面并存,极似世上的不同人性。超现实的情节设置,亦反映了世态人生、世俗人情。八十一难的漫漫修身,这是孙悟空必经的一个过程,经受考验,奋战到底,取得最后的胜利,才能修成正果。这九九八十一难的取经历程又何尝不是人们追求理想的过程呢?这一过程本身即寄寓着对理想的追求过程是坎坷曲折的,其中不同妖魔鬼怪的出现又呈现着不同的世态人情。例如,牛魔王与妻妾的纠葛反映了封建家庭生活的面貌状态,具有丰富的社会内容。

《西游记》成功地塑造了一批典型深刻的艺术形象,将他们固有的动物性与人性、神性有机融合,塑造出众多独特鲜明的人物形象。孙悟空本身是一只猴子,在黄风岭王老者家借宿时,王老者形容他是"拐子脸,别颏腮,雷公嘴,红眼睛的一个痨病魔",尽管学会了七十二变等本领,但猴子的本能没有变,在听菩提祖师讲道时,孙悟空在旁闻讲,"喜得他抓耳挠腮,眉开眼笑。忍不住手之舞之,足之蹈之"。唐僧师徒三人被金角大王捉住,孙悟空变做小妖去救,而八戒一见就道:"你虽变了头脸,还不曾变得屁股,那屁股上两块红不是?我因此认得是你。"孙悟空走到厨房,在灶底摸一把,将两屁股擦黑。八戒看见笑道:"那个猴子去那里混了一会,弄做个黑屁股来了。"(第四十三回)这些都表现了孙悟空身为"神猴"的动物性。同时,在这样一具"猴子"的躯体之上,作者又使其完全具备了人的喜怒哀乐,承载了人的理想和追求,赋予了他争强好胜、急躁调皮、聪明勇敢的性格品质和敢于反抗、追求自由、勇于奋斗的心理特点。他的反抗并不是匹夫之勇和无理取闹,而是遭遇强权的镇压和限制时的无所畏惧,是对上尊下卑的世界赋予的"弼马温"头衔有辱人格尊严的反抗,是胸中燃起的"皇帝轮流做,明年到我家"的抗争烈火。五指山的压制使他桀骜狂放的锋芒有所收敛,之后尽量循规蹈矩,一心保护师傅唐僧西天取经。三打白骨精后被唐僧驱赶,忍气吞声回到花果山时,"大圣在那半空里看,原来是东洋大海潮发的声响,一见了又想起唐僧,止不住腮边泪坠,停云住步,良久方行"(第二十七回)。盘丝洞蜘蛛精在濯垢泉洗浴,"我若打它呵,只消把棍的往池中一搅,打便打死了他,只是低了我老孙的名头,常言道'好男不跟女斗',我这般一个汉子,打杀这几个丫头,着实不济"(第七十二回)。这些都是孙悟空"人性"的体现。同时,作者在塑造他时,又使他具有凡人所不具备的神通,斩妖除魔,最终成佛。他神通广大,战无不胜,七十二般变化、十万八千里的筋斗云和重达一万三千五百斤的如意金箍棒都不是"人"所能驾驭的。在保护唐僧西天取经过程中,不仅敢于同妖怪争斗,还善于智斗。他经常变成蚊子、苍蝇等小东西,跑到妖精洞府进行探查,探查妖精的底细。他帮助唐僧度过各种危难,对菩萨设置的种种考验也一清二楚,如第八十一回,唐僧得了重病,猪八戒建议"先卖了马,典了行囊,买棺木送终散火"。孙悟空告诉猪八戒:"师父是我佛如来第二个徒弟,原叫做金蝉长老,只因他轻慢佛法,该有这场大难。"可见,孙悟空又是一个"神"。

《西游记》借情节和人物对话来塑造独特鲜明的人物形象,使其置身于一定的社会环境中,多角度地表现人物性格的真实性和复杂性。如猪八戒是作者在这部作品中着力塑造的一个喜剧典型。他有猪的形体特征和生活习性,有神仙的超强本领,人的吃苦耐劳、憨厚率直的品质和贪婪自私的本性。他的最突出的特点,是他对于世俗的人生欲望的追求。这与当时的社会环境是一致的。明代商品经济发展,城市日趋扩大与繁荣,市民阶层不断增长,启蒙主义和人文主义思想开始兴起,吴承恩生活的时代正是启蒙思潮的兴盛时期,这一时期的文学作品更加关注人生,承认人的本性,而猪八戒这一人物形象就恰恰证明了这一点。"人性",是猪八戒形象塑造的着力点。一直以来,猪八戒都是贪吃、贪睡、贪色、贪财的代表,从他身上体现出很多人情味。比如第八回中,高太公说他"一顿要吃三五斗米饭;早间点心,也得百十个烧饼才够"。"七八个僮仆往来奔奉,四五个庖丁不住手。你看那上汤的上汤,添饭的添饭,一往一来,真如流星赶月。这猪八戒一口一碗,就是风卷残云"(第九十六回)。猪八戒的贪睡也很突出。大战黄袍怪时,他诈称出恭,撇下沙僧不管,一头钻进草丛里去睡觉,只留着半边耳朵伸在外边听梆子响,结果让沙僧被妖怪捉去。猪八戒的贪财也很可笑。他化缘化到点银子,攒到一起,求银匠煎成马鞍型的银块,塞在耳朵眼里留做私房钱。猪八戒的贪色也堪称一绝。在取经的路上,见到女性更是色心膨胀,连佛祖也说他"保圣僧在路,却又有顽心,色情未泯"。第二十七回中,妖精变做个月貌花容的女儿,八戒一见便凡心大动,忍不住胡言乱语,亲热地称妖精为"女菩萨"。第三十二回"四圣试禅心",八戒连菩萨变的母女四人都想要,结果被吊在树上一整夜,吃了一场大苦。在现实生活中,贪婪是人的本性之一,在主观上是可以接受的。他性格中除缺点外,还有值得肯定的因素。他憨厚质朴,如唐僧派他去巡山,他偷懒睡觉,被悟空变化的啄木鸟啄了一下,他以为是被妖怪戳了一枪;后来又把三块青石当作唐僧、悟空、沙僧,独个儿一问一答的演习谎话。第三十八回，孙悟空说井底有宝贝，哄八戒下井驮乌鸡国国王的尸首，他便下去了。他能吃苦耐劳、不忘大义，在取经的过程中，有协助孙悟空斩妖除怪的功劳，是孙悟空必不可少的助手。取经的道路上，最苦、最累、最脏的活儿都是由猪八戒干。八戒的辛劳有目共睹，就连如来佛祖也称赞他"挑担有功"，而且在火焰山有"助力破魔王"之功。另外，在八戒身上，我们还能看到斤斤计较、缺乏主见、贪生怕死、听风是雨、挑拨是非、愚昧无知等问题。纵观猪八戒，他的性格是如此的真实，整个形象在作品中显得既滑稽可笑又率直可爱。在他身上，带有芸芸众生的人性优点及弱点，追求更多的是世俗百姓的人生享乐，也带有当时社会环境的印记，通过他的成长可以感悟人世存在的意义。

《西游记》"以戏言寓诸幻笔"的语言特色使全书充满喜剧色彩和诙谐气氛，增添了小说的趣味性和讽刺性，丰富和深化了作品的思想内涵。诙谐幽默的语言首先体现在人物语言和对话上，这使全书充满了喜剧性的色彩，刻画了人物鲜明的性格，褒贬了人物。如第五十四回，八戒道："太师切莫要'口里摆菜碟儿'，既然我们许诺，且教你主先安排一席，与我们吃钟喜酒如何？"滑稽之中表现了八戒的贪吃性格。诙谐幽默的语言还体现在神魔世俗化、人情化上，缩短了神与人之间的距离，使得小说更接近当时的社会现实，更能反映当时的社会风俗。如第七十七回，佛祖说："那妖精我认得他。"行者猛然提起："如来！我听见人讲说，那妖精与你有亲戚哩！"后行者又马上接口道："如来，若这般比论，你还是妖精的外甥！"这就显示了即使在等级高深的佛界也充满着凡人般的人间世俗，拉近了佛界与人界的距离，增添了生活化的气息，更贴近社会的习俗。同时，《西游记》中还有很多的诙谐幽默的语言，反映了明代世俗社会的时代特点，表现那个时代的特有风貌与生活气息。如在第四十四回写到车迟国国王迫害和尚，各府州县都挂着御笔亲题的和尚的"影身图"，凡拿得一个和尚就有奖赏，所以都走不脱。此时忽然插进一句："且莫说是和尚，就是剪鬃、秃子、毛稀的，都也难逃。"此语看似风趣而夸张，实是对当时厂卫密布的黑暗社会的揭露和控诉。

《西游记》这部小说艺术结构巧妙，情节间环环相扣，故事间又具有相对独立性。全书由三大情节组成：大闹天宫、唐僧出世、西天取经。而这三大情节内容中又各自包含若干相对独立又存在着有机联系的小故事。所谓相对独立是指小故事大体上可以独立成篇。郑振铎曾说，这个组织像是个蚯蚓似的，每节都能独立，砍去其一节一环，仍可以生存。书中的内容既独立又有联系，从整体来看，三大情节由孙悟空来贯穿，西天取经的四十几个小故事统一于克服困难、求取真经的主题；从细节来看，小故事之间又存在着内在有机联系。如红孩儿、过火焰山、过子母河这三个故事，要是没有前面降伏红孩儿，就没有后面在火焰山芭蕉洞借芭蕉扇的困难了。另外，小说在情节安排上力求跌宕起伏，曲折巧妙，来增强作品的传奇色彩，引人入胜，如三打白骨精、三调芭蕉扇等，足见作者构思巧妙。

《西游记》问世以来广为人喜爱，不仅孙悟空、唐僧、猪八戒、沙僧等人物和"大闹天宫""三打白骨精""火焰山"等故事广为人知，还出现了很多续书和模仿之作，续仿如《后西游记》《续西游记》《西游补》等，模仿之作如"四游记"，即明吴元泰的《东游记》、余象斗的《南游记》《北游记》和杨致和编的《西游记》缩写本。

《西游记》对后世文学艺术的影响主要表现为大量神魔小说的出现。如朱星祚的《二十四尊得道罗汉传》、邓志谟的《铁树记》《飞剑记》《咒枣记》，还有一部分作品将历史与神魔结合起来，如《封神演义》《三宝太监西洋记》《三遂平妖传》等。特别要提到的是许仲琳据民间创作改编而成的的《封神演义》，也有人考证说作者是陆西星，全书以武王伐纣、商周易代的历史为框架，叙写天上的神仙分成两派卷入这场争斗，最后纣王失败自焚，姜子牙将双方战死的将官一一封神。神魔小说发展到清代，又有《钟馗斩鬼传》《绿野仙踪》《济公传》等，但影响不及《封神演义》。

《西游记》对后世的小说、戏曲、宝卷、民俗也都产生了影响，如《唐僧宝卷》《西瓜宝卷》、清代宫廷大剧《升平宝筏》等。几百年以来，《西游记》也被改编成了电影、电视剧、动画片、漫画，版本繁多，赢得了大家的喜爱。

阅读链接

吴承恩的《西游记》引领了长篇神魔小说流派，由于小说内涵的丰富性、形式的奇幻性及解读的多元性等因素，关于《西游记》的研究经久不息，如果以世德堂本所载陈元之《刊西游记序》为起点，至今已经有四百多年的历史。推荐阅读的研究资料有刘荫柏《西游记研究资料》、蔡铁鹰《西游记研究资料》、朱一玄《西游记资料汇编》等。

思考·练习·拓展

1. 谈谈你对《西游记》的思想内容的理解。

2. 简述孙悟空的性格特点和作者塑造这一形象的目的。

3.《西游记》中的猪八戒是我们比较熟悉的艺术形象，说说以他为核心而展开的故事情节，并谈谈你对这一形象的理解。

4. "神魔皆有人情，精魅亦通世故。"（鲁迅语）《西游记》刻画的众多神魔精魅都具有人的情感。请举例说明这一特点。

5. 简述《西游记》的艺术特色。

第四章　明代其他小说

学习提示

　　明代小说出现空前繁荣的局面,与唐诗、宋词、元曲并列成为一代之文学。长篇小说出现了四大奇书,短篇小说分为文言和白话两大支流,文言短篇小说当以瞿佑的《剪灯新话》、李祯的《剪灯馀话》成就最高,白话短篇小说当以冯梦龙的"三言"、凌濛初的"二拍"成就最高。本章主要介绍世情小说的开端之作《金瓶梅》以及白话短篇小说的巅峰之作"三言二拍"。学习《金瓶梅》主要掌握它的文学史地位;可以通过阅读法和影视鉴赏法掌握"三言二拍"的名篇。

第一节　《金瓶梅》

　　《金瓶梅》是我国第一部文人独创的长篇白话小说,常常被视作是我国世情小说的开山之作,所谓世情小说指宋元以后内容世俗化、语言通俗化的小说。

　　《金瓶梅》的成书时间,一般认为是万历前中期,最早见于记载是 1596 年,袁宏道在信中写道:"《金瓶梅》从何得来? 伏枕略观,云霞满纸。"万历时期,商品经济高度发达,市民阶层崛起,崇拜金钱和权势冲击着人们的传统价值观念,整个社会官商勾结,物欲横流,弥漫着奢华淫逸之风。《金瓶梅》的作者至今没有定论,欣欣子在《金瓶梅词话》卷首所作的序提到是"兰陵笑笑生作"。

　　《金瓶梅》最早以抄本流传。现在见到的最早刊本是万历丁巳《新刻金瓶梅词话》(简称词话本),崇祯年间有《新刻绣像批评金瓶梅》(简称崇祯本或绣像本),清康熙年间,张竹坡以崇祯本为底本,发行《张竹坡批评金瓶梅第一奇书》(简称张评本)。民国十五年(1926)存宝斋排印《真本金瓶梅》(后改为《古本金瓶梅》),全部删掉张评本的秽笔,第一次以"洁本"问世发行。最接近原作的应该是词话本。

　　《金瓶梅》是一百回的长篇章回体小说,人物多达两百多个,结构庞大,线索清晰,书名是由小说中潘金莲、李瓶儿、庞春梅三人的名字合成而来。《金瓶梅》的故事由《水浒传》武松杀嫂的故事铺演开来创作了一个新故事,前九回重新演化"武松杀嫂"故事,潘金莲与西门庆的命运发生了改变,他们并未被武松杀死,而且潘金莲如愿嫁给了西门庆。第十回至第七十九回,展示了新兴商人西门庆的暴富暴亡过程以及丑陋罪恶的家庭生活,展示了以潘金莲、李瓶儿为代表的妻妾间的争宠妒恨。最后二十一回,写西门庆暴亡后封建大家庭分崩瓦解的衰败景象。全书行文中讲的是宋朝旧事,实际描绘的是晚明社会的各种现象。

《金瓶梅》是一部现实主义长篇小说,描写了西门庆个人及其家庭的兴衰史。全书以西门庆为中心,围绕着新兴商人的活动,把下层市井民众的社会生活和上层官场社会生活紧密结合,在广阔的背景里展示整个社会的黑暗和肮脏。西门庆出身于破落财主家庭,经营着生药铺,凭借自身的经济实力攀附权贵,官商一体,既追求更大的政治权力,又追求更多的物质财富。他集财、权、势于一体,生活腐化堕落,荒淫好色。罪恶丑陋的人生并没有遭到惩罚,交结权贵蔡京之后,如鱼得水步步高升。作品以西门庆为核心,通过他的社会活动辐射了上自朝廷下至市井的社会全景,写出了官商勾结、狼狈为奸、无恶不作的现实,揭露明末社会已经病入膏肓无药可救。

作为世情小说,《金瓶梅》首次以家庭生活为题材,用大量笔墨写了西门庆及其妻妾的爱恨纠葛,写出了封建家庭里错综复杂、混乱不堪的人际关系,展示了正常人性如何逐步异化的过程。潘金莲、李瓶儿、庞春梅代表了不同出身、性格、遭遇的女性,最后都被黑暗的社会吞噬,被超常的情欲、物欲支配,在人性的扭曲中走向堕落和毁灭。

《金瓶梅》过于直白暴露,充斥了很多淫词秽语,还宣扬了因果报应之说,因此被列为禁书。全书虽然只写了西门一家,却写遍了整个"天下国家",上至官场朝廷,下及家庭奴仆,社会各种角色无不众相毕露;在广阔的社会背景以及庞大的人际网中,写尽了叵测的人心、沦丧的道德、腐败的经济、黑暗的政治,正如鲁迅所言"着此一家,即骂尽诸色"。

《金瓶梅》在艺术上有五个方面的开拓和创新,影响深远。

1. 开启了全新的文人独立创作的模式,富有作者个人色彩。之前的作品,《三国演义》《水浒传》《西游记》都有前人的积累,都经历了集体创作基础上的润色提炼,而《金瓶梅》没有任何前人创作基础,它的创作提炼于身边真实的社会生活,标志着我国小说从集体创作向个人独创的转变。同时,作品在创作过程中有更强烈的作者个人色彩,如《金瓶梅》就打破了之前讴歌美好理想的创作主旨,它以揭露为主,敢于直接描写社会黑暗的林林总总,表现出作者对所处时代的否定和批判。

2. 开拓了全新的题材领域,推动了我国小说现实主义风格的发展。之前的小说或刻画历史人物,或描述英雄豪杰,或塑造神仙妖怪,都带有传奇幻想色彩,而《金瓶梅》把目光投向身边的现实生活、普普通通的社会人物,它是第一部以平凡人的家庭生活为题材的长篇小说,通过西门庆一家的际遇发展来表现社会的变迁、人情的冷暖。真实琐碎的日常生活描写增强了作品的现实性,集中暴露了某一时期社会的真实面貌,标志着我国小说在现实主义创作方法上获得重大发展,世情小说这一广阔的题材,也成为日后小说创作的主流。

3. 人物塑造立体生动,刻画出了典型环境中的典型人物。之前的作品都带有传奇色彩,人物性格多采用类型化原则,而《金瓶梅》以生活中的人为核心,人物性格立体复杂,个性鲜明,作者注重把人物放到典型环境中加以塑造,真实生动。比如西门庆有众多妻妾,风流成性,为了抱得美人归不择手段,可谓心狠手辣,多情冷酷,可当李瓶儿患了传染病病重的时候,他却敢于探望,李瓶儿去世,他拿出很多银两厚葬,可见西门庆也有真情流露、依依不舍的一面。在家庭生活的各个细节,多层次地刻画人物性格,写出了人性的复杂,美丑并举,真实展示了人物性格的流动性。

4. 叙事结构有重大突破,以网状结构组织全文。此前的长篇小说基本上都遵从时间发展顺序,按照事件发生发展过程,以线性结构组织全文,串联多个故事而成。《金瓶梅》要表现复杂深刻的社会生活,以点带面,以西门庆一家辐射整个社会,线性结构显然不能胜任,作者采用了网状结构,意脉相连,情节相通,完整织就一副生活之网,整个作品浑然一体,展示了生活的复杂性。

5. 语言上创造性地使用了市井口语。此前长篇小说的语言朝高雅方向发展,而《金瓶梅》以描写市井细民的日常行为为主,描写普通民众的饮食、言谈以及社会交往,因此采用了市井口语,小说语言朝俚俗化方向发展。采用口语创作,融合了谚语和歇后语,极富生活气息,符合人物的个性特点,行文活泼流畅、鲜活生动。

《金瓶梅》被清初文艺理论家张竹坡称为"第一奇书",在中国古代小说发展史上有着里程碑式的意义。《红楼梦》《醒世姻缘传》等世情小说都受到它的启发和影响。

第二节 三 言 二 拍

明代白话短篇小说多是文人在整理宋元话本和明代话本的同时,模仿其体例写的小说,鲁迅先生称之为"拟话本"。最早的话本集是明嘉靖年间的《清平山堂话本》,最有影响力的当属"三言二拍"。"三言"是指冯梦龙所编的《喻世明言》《警世通言》和《醒世恒言》,每本四十篇,共一百二十篇,"二拍"是指凌濛初所编的《初刻拍案惊奇》和《二刻拍案惊奇》,每本四十篇,共八十篇,其中一篇重复,一篇是杂剧,因此,"二拍"实有小说七十八篇。

冯梦龙(1574—1646),字犹龙,别署龙子犹、墨憨斋主人等,长洲(今江苏苏州)人。他"才情跌宕,诗文丽藻,尤明经学"(《苏州府志·人物志》),提出了"借男女之真情,发名教之伪药",重视通俗文学的教化作用。在《醒世恒言序》中他指出书名的深意:"明者,取其可以道愚也。通者,取其可以适俗也。恒则习之而不厌,传之而可久。三刻殊名,其义一耳。"冯梦龙想通过小说来劝谕、警诫和唤醒世人。

凌濛初(1580—1644),字玄房,号初成,别号即空观主人,浙江乌程人。"二拍"是应当时书商要求而写,作者"取古今来杂碎事,可新听睹、佐谈谐者,演而畅之"(《拍案惊奇序》),同时寓有劝惩之意。

明末抱瓮老人鉴于"三言二拍"数量众多,良莠不齐,从中精选明代作品四十篇,编成《今古奇观》,大获读者的欢迎,也扩大了"三言二拍"的影响力。

"三言二拍"展示了市民社会的风情画,从各个角度反映了当时市民阶层的思想和生活。

第一,出现了以商人和手工业者的生活为题材的市民经济小说,肯定商人的经营活动和思想品德,反映资本主义经济萌芽的产生和发展。晚明社会,商人成为社会经济中最活跃的分子,重农抑商的传统意识得到扭转,商人地位获得明显提高。"三言二拍"中出现了以商人、作坊主等为主人公的作品,他们虽"好货(贪财)",但也善良、正直、纯朴,能吃苦,讲义气,有道德。《施润泽滩阙遇友》即展现了明代中叶江南一带的手工业尤其是丝织业的发展状况,歌颂了手工业者施复拾金不昧的品德,以及和朱恩这个手工业者患难相助的友谊。"二拍"中的一些作品更直接揭示了商业活动的本质,重在描写商人的逐"利"而不是求"义"。《转运汉遇巧洞庭红》写商人文若虚泛海奇遇经商终致巨富的故事,作品充满发财幻想,写出了商人崇拜金钱、渴望一本万利、投机冒险的性格。《迭居奇程客得助》中写到"徽州风俗,以商贾为第一等生业,科第反在次着",这些情节都反映了商品经济的发展和商人的生活,商人的社会地位不断提高。

第二,"三言"中有三分之一的作品是爱情婚姻小说,"二拍"中也有很多,这些作品反映了青年男女对爱情和自由婚姻的追求,歌颂了忠贞不渝的爱情,批判了封建婚姻制度的罪恶。《杜十娘怒沉百宝箱》是最具有代表性的作品。名妓杜十娘要摆脱没有尊严的生活,追求自由和爱情,经过多次考验,最终选择李甲为从良对象。她凭借自己的智慧战胜了鸨母,开始积极谋划新生活。可是,生性懦弱、惧怕父命的李甲,经不住孙富的诱惑,又碍于封建礼教,以千金将杜十娘出售。残酷的现实打破了杜十娘的梦想,最后她怒沉百宝箱投江自尽,用生命向黑暗社会提出了最强烈的抗议,以死来完成对自我独立价值的追求。《蒋兴哥重会珍珠衫》写蒋兴哥与王三巧本是恩爱夫妻,因蒋兴哥在外经商,王三巧移情别恋,双方离异后经过一番波折最后又破镜重圆,显示了市民阶层对封建贞节观念的批判。《卖油郎独占花魁》写了花魁娘子莘瑶琴和卖油郎秦重的爱情故事,由看重金钱转为看重感情。《乔太守乱点鸳鸯谱》嘲笑了父母之命、媒妁之言的虚伪,乔太守抛开旧日婚约,安排有情人慧娘和玉郎终成眷属。《满少卿饥附饱飏》提出了爱情生活上男女平等的问题,表明人的自我意识的觉醒。《玉堂春落难逢夫》写了妓女玉堂春和贵族公子王景隆之间悲欢离合的故事。《金玉奴棒打薄情郎》批判了莫稽的富贵易妻。这些都是影响较大的作品。

第三,揭露黑暗现实的社会问题小说,这类小说反映了统治阶级内部的矛盾和阶级矛盾,表现了人民对统治者罪恶的谴责。《沈小霞相会出师表》写刚直不阿、嫉恶如仇的沈链与权奸严嵩父子之间的斗争,作品大胆直接,直接取材于当时社会,暴露了统治阶级内部的忠奸斗争。《灌园叟晚逢仙女》则具有浪漫主义色彩,作品借助花神的力量惩治恶霸,救出了酷爱栽花种果的秋先,表达了人民群众反抗封建压迫的意志。还有一些公案故事,批判的锋芒直指草菅人命的昏庸官吏,如《十五贯戏言成巧祸》《简帖僧巧骗皇甫妻》等。

"三言二拍"中还有一部分讴歌友谊的小说,这类作品斥责了背信弃义的行为,表现了市民阶层对美好品德的追求,如《范巨卿鸡黍死生交》《俞伯牙摔琴谢知音》等。虽然"三言二拍"部分作品掺杂了封建伦理观念、宿命论思想,但艺术上还是取得了明显的进步。

首先,采用了现实主义的创作手法。作品题材多来自现实社会,采用生活中典型生动的事件,巧妙构思,合理剪裁,生活气息浓重,读来真实亲切。其次,故事奇巧,情节曲折多变。和话本比较,"三言二拍"的故事结构更加完整,情节更加离奇曲折,常采用误会、巧合等手法,如《十五贯戏言成巧祸》《乔太守乱点鸳鸯谱》等。奇巧多变的情节中,作者采用一些"小道具"作为故事的线索,既起到穿针引线的作用,又推动了情节的发展,如《蒋兴哥重会珍珠衫》中的珍珠衫。"奇趣"效果的营造有时也靠悲剧性和喜剧性的情节交织穿插,如《玉堂春落难逢夫》。再次,注重细节和心理描写,人物形象丰满生动。多数作品能深刻表现人物性格的复杂性,通过富有个性特征的语言和动作,在故事情节的发展中逐步立体呈现人物性格。《卖油郎独占花魁》写秦重第一次见"花魁娘子",欢喜又气闷,惊艳又自卑,复杂纠结的心情真实生动,最后决定积攒钱财以求相见。最后,简洁流畅的语言风格。"三言二拍"体现了文学由口头创作变为书面创作的转变,改变了话本模式,压缩入话,删减正文中夹杂的韵文,去掉结尾的客套话,提供了案头阅读的短篇小说模式。语言以书面语言为主,杂有方言俗语,简洁规范,通俗流畅。

"三言二拍"既重视离奇曲折的故事情节,又注重多种手法塑造人物,正如《今古奇观序》所称:"极摹人情世态之歧,备写悲欢离合之致",标志着我国白话短篇小说的民族风格已经形成。

阅读链接

推荐阅读谭正璧的《三言二拍资料》,此书是研究"三言二拍"最重要的资料参考书。

| 思考·练习·拓展 |

    1. 简述《金瓶梅》的艺术成就。

    2. 评价《金瓶梅》在我国小说史上的地位。

    3. "三言二拍"表现了哪些思想内容？取得了怎样的艺术成就？

    4. 分析杜十娘的人物形象。

第五章　明代戏剧

学习提示

　　明代戏剧主要是杂剧和传奇。本章介绍：杂剧在明初和明代中后期两大发展阶段中的典型作家作品；传奇的分期：明代初期、明代中期、明代后期三个阶段以及各阶段的作家作品；影响传奇发展的四大声腔的发展变化；传奇创作的主要流派等内容。本章在学习时可以采用文本比较法，重点将明代杂剧和传奇的不同时期作品分别进行比较，从中发现明代杂剧和传奇各自发展与流变的特点。还可以在明杂剧和明传奇之间进行比较，体会二者在明代取得的艺术价值与成就。

第一节　明代杂剧

　　明代杂剧可以按照明代历史的进程分为两大部分：明代初期的杂剧和明代中后期的杂剧。明初杂剧因为政治经济等因素的影响，呈现出萎靡不振的状态。首先，明代法律规定，严禁在表演中装扮帝后或圣贤，如有违禁者，均受严惩。其次，统治者鼓励宣扬神道、节义、孝悌等题材的戏，导致明初杂剧题材狭窄。第三，当时经济持续发展，社会矛盾缓和，加剧了以上现象。

　　明初杂剧在唱词、剧本体制、南北曲合流等方面具有一定的创新与贡献。明初杂剧作家以宫廷派人物朱权、朱有燉为核心，形成了宫廷派杂剧作家群。主要的创作题材是喜庆剧、道德剧、神仙剧等。皇子皇孙作家有朱权、朱有燉，明初以他们为代表的杂剧都作于明代开国之后，景泰之前。

　　朱权（1378—1448），明太祖朱元璋第十七子，封宁王，号臞仙，又号涵虚子、丹丘先生。明成祖朱棣继位前后夺嫡之战愈演愈烈，朱权沉迷戏曲以保平安。其杂剧《卓文君私奔相如》讲史上著名爱情故事，由皇子提出爱情自由，在封建观念严重的明代影响较大。所著《太和正音谱》融戏曲史论和曲谱于一炉。

　　朱有燉（1379—1439），明太祖之孙，杂剧高产作家，题材较广。有喜庆剧，如

《牡丹仙》等十种;有神仙剧,如《小桃红》等十种;有道德剧,如《烟花梦》等九种;有起义英雄剧,如《豹子和尚》《仗义疏财》等。尤其是《仗义疏财》,突破杂剧一人主唱的传统演唱模式,剧中李逵、燕青对唱、齐唱,对杂剧发展有一定的促进作用。

御前侍卫作家有贾仲明、杨讷。贾仲明、杨讷是活跃于元末明初,曾任御前侍卫。贾仲明的贡献在于将南北曲融于一折,代表作品有《萧淑兰》等。杨讷的代表作是六本二十四出戏的《西游记》,该戏与百回本《西游记》在情节方面有许多相异之处,其贡献在于突破了传统元杂剧四折一楔子的通例。

宫廷派作家之外的作家代表有刘东生。刘东生代表作品为《娇红记》。该剧源于北宋史实,元代宋梅洞作小说《娇红传》,刘东生在原事件和宋氏基础上创作了杂剧《娇红记》,成为传奇《娇红记》的铺垫之作。

以上作家因其地位身份,作品的抗争精神虽不及元杂剧,但明初杂剧已有雅化的趋势。在艺术上,宫廷派作家为明中后期杂剧的南曲化发展作出了重要的贡献。

明代弘治、嘉靖年间,杂剧进入中后期,代表人物为王九思、康海。至万历年间是明杂剧创作高潮期,代表人物为徐渭。明中后期杂剧特点如下:首先,题材拓宽,社会批判剧、伦理反思剧增多;其次,演唱体式上,南北合套、纯南杂剧取代纯北曲体式成为主流;最后,艺术创作上明中后期作品不乏影响深远之作。

王九思和康海经历类似,他们在官场险恶中体会世态凉薄,明白人世间的"中山狼"的真面目。故他们的同名杂剧《中山狼》可圈可点。王九思《中山狼》创明代单折体制,篇幅短小;康海的《中山狼》取材于马中锡的《中山狼传》,讽刺了官场中的好心没好报的丑恶现状。以康海为代表,由此形成了中山狼题材创作热潮,如陈与郊《中山狼》、王廷讷《中山救狼》等。此后,明代中后期杂剧走讽刺性路线,内容倾向于批判社会伦理等。这方面的杰出代表是徐渭及其讽世杂剧。

徐渭(1521—1593),字文长,号青藤,又号天池,浙江山阴(今绍兴)人,晚明进步思想先驱。徐渭的代表作是《四声猿》,包括《狂鼓史渔阳三弄》(也称《渔阳弄》)、《雌木兰替父从军》、《女状元辞凰得凤》、《玉禅师翠乡一梦》(也称《翠乡梦》)四部杂剧。

《狂鼓史》讲由判官主导的祢衡和曹操死后会面,天使祢衡在阎罗殿上痛骂曹操,重现当年之事,揭露类似曹操的权宦的阴险、狠毒,影射当时的权奸严嵩与沈炼,表现了作家刚烈如火的性情。如下面这段《混江龙》:

> 他那里开筵下榻,教俺操槌按板把鼓来挝,正好俺借槌来打落,又合着鸣鼓攻他。俺这骂一句句锋芒飞剑戟,俺这鼓一声声霹雳卷风沙。曹操!这皮是你身儿上躯壳,这槌是你肘儿下肋巴;这钉孔儿是你心窝里毛窍,这板仗儿是你嘴儿上獠牙;两头蒙总打得你泼皮穿,一时间也酹不尽你亏心大。且从头数起,洗耳听咱。

该剧激情迸射，与当时多以骈俪为戏曲的作家截然不同，堪称《四声猿》之首。

《玉禅师》以荒诞的情节、漫画式的人物、风趣的语言，重新将民间传说"月明和尚度柳翠"的故事编写为杂剧。该剧写出了政权与佛权、欲望与戒律之间的冲突争斗，突出了封建政权与神权的腐败与黑暗。《雌木兰》讲的是"木兰从军"凯旋归来后与王郎成婚的故事；《女状元》讲的是五代时黄崇嘏女扮男装，凭借一身才华高中状元，后因身世败露弃官嫁人的故事。这两本杂剧皆歌颂女性才华，感叹人才埋没，对封建社会重男轻女传统发起挑战。

徐渭对明代戏剧发展有重大的影响。在创作风格上，活泼畅快，汪洋恣肆；在题材上，他的杂剧选材不避市井，以民间文学的姿态展现其世俗观和市民精神；在杂剧创新方面，他通过戏谑有理的方式，勇于揭露和讥讽正统权威的阴暗面，为讽刺杂剧开创了新的道路；《女状元》全剧运用南曲，在音乐和声律方面有卓越贡献。

徐渭在明代戏曲发展史上有着重要地位，他和汤显祖作为明杂剧和传奇的代表人物，为明代戏曲发展作出了重要贡献。此外，徐渭的《南词叙录》是宋元南戏、明初戏文研究领域的第一部专著，对传奇作家也有重要影响。

除徐渭外，在戏剧史上有一定影响的讽世杂剧作家作品还有徐复祚《一文钱》、王衡《郁轮袍》《真傀儡》、吕天成《齐东绝倒》等。除讽世杂剧外，还有爱国主题杂剧，如陈与郊《昭君出塞》等；爱情题材杂剧，如冯惟敏《僧尼共犯》、孟称舜《桃花人面》等。

第二节 明代传奇

明代传奇是明戏曲的主体，随着"四大声腔"的形成，在明清发展为大型主流戏曲样式。以汤显祖的《牡丹亭》为其杰出代表。"传奇"最早是唐宋小说类型，元杂剧将唐传奇改编成剧本之后带有浓郁的传奇色彩，故元末明初的杂剧也称为"传奇"。在明代，传奇是明清中长篇戏曲的总称，是南戏经过规范化、专业化发展之后的升级版，成为独立于杂剧而存在的一种戏曲样式。

南戏早期阶段不太讲究格律和宫调组织，直到元末明初四大南戏"荆刘拜杀"、《琵琶记》之后，才走上规范化发展之路。《琵琶记》也是南戏向传奇转型的代表作。明初统治者推行程朱理学，传奇也重伦理教化，上行下效，开启了明初道学家戏剧的发展。代表作家作品有邱濬《五伦全备记》、邵璨《香囊记》等。尤其从《香囊记》开始，明代传奇走上了骈俪化、典雅化、八股化之路。

明初较少受到道学气和八股化影响的是四大剧目：《精忠记》《金印记》《千金记》《连环计》。《精忠记》讲述岳飞抗金，其爱国精神可歌可泣；《金印记》以苏秦拜相串联起人性的势利与凉薄；《千金记》以韩信为轴，表现楚汉相争的历史；《连环计》

讲述王充利用貂蝉实施美人计，让吕布、董卓反目的故事。虽然四大剧目稍显粗糙，甚至袭用前人剧作中的内容，但是在人物塑造上反映出英雄与历史的永恒魅力。

传奇发展到明代嘉靖时期，成为戏剧主流。剧作家创作自觉化，且思想犀利，忧患意识增强，作品更多揭露社会政治腐败、边境战争等内容。代表作家是李开先及其《宝剑记》。《宝剑记》是李开先与友人集体创作的五十二出关于林冲落草的传奇。剧中塑造的林冲跳出小说窠臼，主动反抗出击。他屡次上本参奏童贯、高俅祸国殃民在先，而高、童陷害林冲，高衙内调戏林妻在后，强化了林冲正直的人格。该剧借古言今，以激烈的感情震彻沉闷的剧坛，在当时影响很大。

传奇的发展推动力中重要的一支是四大声腔和昆腔的发展。四大声腔是指流行于南方地区的弋阳腔、余姚腔、海盐腔、昆山腔。其中影响较大的是弋阳腔和昆山腔。弋阳腔是四大声腔中流行地域最广的一种。昆腔是在昆山腔的基础上改革发展而来，苏州昆山一带是昆山腔流行的主要地区。嘉靖中叶，魏良辅等人推进昆山腔的进化，新的昆腔吸收了海盐腔、余姚腔、弋阳腔、北曲音乐的元素和优势，包容南北，音乐更丰富，体制更完备，故此昆腔逐渐为文人和统治阶级推崇，成为四大声腔中最盛大的一种。在昆腔的推动下，明中期传奇大力发展，代表作品是《浣纱记》《鸣凤记》。

梁辰鱼（1519—1591）的《浣纱记》是第一部运用新昆腔创作演出的传奇，对昆腔传播有很大助益。《浣纱记》讲的是范蠡与西施在吴越之战背景下所作出的政治与爱情、国家与个人之间的取舍。他们在溪水旁定情，但因肩负家国重任而分手，全剧通过其爱情悲剧，歌颂了他们选择为国家利益放弃个人爱情、牺牲自己的爱国精神，同时也歌颂了越国君臣团结一心的复国精神，批判了吴国君臣的骄腐误国。最后以范蠡听从吴王夫差的临终之言，与西施归隐为结束，赞扬了范蠡、西施面对政治冷静理智、重视共同理想而轻视片面贞操的观念。

《鸣凤记》的作者说法不一。剧中塑造了以夏言、杨继盛为代表的与严嵩父子斗争的忠臣群像，同时描写了严嵩父子、赵文华、鄢懋卿等奸臣行径，揭露了当时政治的腐朽堕落和残酷。该剧的情节取材几乎与时事同步，这使得《鸣凤记》成为时事戏先锋，开拓了政治悲剧现实化的道路。剧中艺术性的虚构增加了剧本的生动性和人物塑造的真实性，是剧本的一大特色。

《宝剑记》《浣纱记》《鸣凤记》是明代中叶重要的戏剧，世称三大传奇，对明中叶乃至后世戏剧发展作出了重要的贡献。

万历到崇祯年间迎来传奇的高潮期和繁荣期。这一时期在剧目上，传奇数量多，质量高；在声腔上，昆腔传奇为主流，弋阳腔与地方戏结合，丰富了传奇剧目，昆腔与弋阳腔满足了受众雅俗共赏的需求；创作精神上，反对封建专制，突出张扬个性，但又在婚恋问题上寄希望于封建统治者。

从题材上看，主要集中在以下四类：第一，爱国题材。代表作品有李梅实、冯梦龙《精忠旗》,写秦桧谋害抗金将领岳飞,终遭恶报;张四维《双烈记》讲述韩世忠、梁红玉黄天荡大捷;沈应召《去思记》描写王铁抗倭事迹等。第二,道德说教与宗教演示题材。《忠孝记》宣扬封建道德;《昙花记》写夫妻通过弘法修成正果。第三,爱情剧与喜剧。汪廷讷《狮吼记》写陈慥的妻子柳氏善妒成性,彰显大男子主义的倾向;高濂《玉簪记》讲述了潘必正与陈妙常的恋爱故事。喜剧作家孙钟龄的《东郭记》与《醉乡记》合称为"白雪楼二种曲",揭露了明代官场、吏治、科考的黑暗与腐朽。第四,爱情悲剧。周朝俊的《红梅记》描写了裴舜卿与卢昭容、李慧娘之间人与人、人与鬼的生死爱情。

明朝万历年之后,逐渐形成了两大传奇创作的作家群体:一是吴江派,代表人物是沈璟;一是"临川派"或称"玉茗堂派",代表人物是汤显祖。

沈璟(1553—1610),字伯英,号宁庵,江苏吴江人。其曲学主张影响最大的是"声律论",他重视声律,音律不谐是其所不能容忍的;他的"本色论"主张语言通俗自然,崇尚"本色"。但是,沈璟思想保守,推崇封建伦理道德。他的《南九宫十三调曲谱》成为曲家填谱的依据。在他麾下聚集了沈自晋、冯梦龙、袁于令等昆曲作家,他们多与沈璟沾亲带故,讲究昆曲格律,故被称为吴江派曲学家群。

另一批作家以临川人汤显祖的创作和曲学理念为代表,因宗汤、学汤而较有成就,被称为"临川派",或以汤显祖戏剧创作居所命名该流派为"玉茗堂派"。该派的主张主要是重视故事、重视内容、重视文采,思想上主要是通过爱情反对封建礼教。临川派的代表人物有吴炳、阮大铖、孟称舜等,其中受汤氏影响最深、成就最大的是孟称舜,代表作为《娇红记》。

文学史上著名的"沈汤之争"就是指这两大流派的曲论之争。"沈汤之争"的核心命题是戏曲中的文辞与音律的从属问题,双方各有长短。

阅读链接

要系统了解金元直至明清时期中国曲学发展史,荐读吴梅《中国戏曲概论》。"沈汤之争"是戏曲史上的学术公案,今人观点各异,荐读吴新雷《戏曲史上临川派与吴江派之争》、周育德《也谈戏曲史上的"沈汤之争"》等。

思考·练习·拓展

1. 名词解释:《四声猿》。
2. 简述明初宫廷派剧作家的杂剧创作。
3. 简述明代中后期杂剧的转型。
4. 简述明代初期传奇的特点。
5. 阅读相关资料和作家作品,说一说你对"沈汤之争"的看法。

第六章 汤 显 祖

学习提示

汤显祖是明代传奇剧作大家,称誉为"东方的莎士比亚"。他的四部传奇剧作"临川四梦"集中体现了他戏剧创作的"至情论"。《牡丹亭》作为汤显祖笔下最负盛名的代表作,在思想内容和艺术成就上代表着汤显祖创作的最高水准,也是中国戏曲史上浪漫主义杰出作品之一。沈德符《顾曲杂言》说:"《牡丹亭梦》一出,家传户诵,几令《西厢》减价。"学习本章,可采用作品鉴赏法、影视欣赏法,了解汤显祖在中国戏曲发展史上的重要地位,重点掌握《牡丹亭》的思想内容及创作成就。

第一节 汤显祖的生平与创作

汤显祖(1550—1616),字义仍,号海若,又号若士,别署清远道人,江西临川人。明代首屈一指的伟大剧作家,在戏曲史上与关汉卿、王实甫齐名,在中国乃至世界文学史上都有着重要的地位,被后人尊称为"东方的莎士比亚"。汤显祖出身书香门第,三十四岁中进士,第二年赴南京任太常博士,后担任詹事府主簿和礼部祠祭司主事,曾与顾宪之、高攀龙等人交往。四十九岁辞官回乡后,汤显祖一直过着读书著作、教子养亲的生活,直到 1616 年逝世。

汤显祖生活于明嘉靖、万历年间,明王朝的统治已经黑暗腐败不堪,逐步走向衰微。汤显祖站在东林党一边,东林党反对明王朝统治集团暴政,坚持同腐朽统治集团作斗争,汤显祖本人关心民生疾苦,深受群众爱戴,体现了政治上的进步倾向。另一方面,他崇拜在性情与气质上均偏向于追求圣贤豪杰的李贽与紫柏大师,这样的气质在汤显祖的身上也有所体现。表现在文学上,汤显祖重情反理,支持独抒性灵的创作主张,反对文学上复古和模拟主义,从情、真出发充分肯定被统治阶级排斥的小说和戏曲,并且用戏曲形式表达自己的生活感受和思想见解。

汤显祖共创作五部传奇剧本,分别是《紫箫记》《紫钗记》《还魂记》《邯郸记》《南柯记》，除了《紫箫记》外，其余四部都有梦境，所以将之称为"临川四梦"，因汤显祖给自己居住的地方取名玉茗堂，故又称"玉茗堂四梦"。《紫箫记》《紫钗记》系从唐传奇《霍小玉传》而来。《紫箫记》是汤显祖不到三十岁时所写的剧本，他将由于门阀制度和封建礼制所造成的悲剧改编为一个大团圆的情节，但由于未脱"才子佳人"的俗套，因此汤显祖在十年后（约 1587 年）将之改为《紫钗记》，在保留主要人物和情节的同时，再造主人公形象，演绎李益与霍小玉的爱情故事，汤显祖将自身经历与侠义豪情融入作品之中，讴歌了爱情的真挚与执着，深刻揭露了强权的腐败与丑恶。《紫箫记》《紫钗记》在一定程度上可以说是汤显祖为创作《还魂记》作准备。1598 年，汤显祖辞官回家，就在这一年创作完成《还魂记》（又名《牡丹亭》）。《还魂记》是汤显祖自己最得意的作品，也是在中国戏曲史上影响最大的传奇剧本之一。《还魂记》与《紫箫记》《紫钗记》一样，是描写"才子佳人"的爱情故事，但却体现出反礼教、反理学的进步倾向，成功塑造了具有叛逆与抗争意识的杜丽娘这一女性形象。晚年时期，汤显祖创作了《南柯记》《邯郸记》，倾注了他对世事生活的体会，表达了对明代官场的批判与抨击。《南柯记》取材于唐传奇《南柯太守传》，共四十四出，描写淳于棼梦中进入大槐安国，治理南柯郡。醒来发现一切都是虚幻的，于是看破红尘。汤显祖的政治理想是希望政治安宁，人民安居乐业，这在民安物阜的南柯郡得到了实现。但是，最终因梦醒而幻灭，表现了有政治理想的士大夫在丑恶的政治中走向幻灭和觉醒的过程。《邯郸记》取材于唐传奇《枕中记》，描写穷困潦倒的书生遇到八仙之一吕洞宾，书生抱怨自己时运不齐，吕洞宾便给他一个磁枕，让他睡下。书生在梦中经历了一系列宦海沉浮后，一梦醒来方知一切全是黄粱一梦。《邯郸记》与《南柯记》在思想倾向上一致，但对统治阶级的揭露却更进一步，具有更为强烈的批判精神。值得注意的是，对于汤显祖晚年时期创作的这两部剧作，在艺术性上受到较高评价，但在思想内容上的评价历来却褒贬不一。

　　除了戏剧创作上的成就，汤显祖在诗文创作上也有所建树，著有《红泉逸草》、《雍藻》（未传）、《问棘邮草》、《玉茗堂文集》、《玉茗堂尺牍》等两千两百多篇诗文赋。汤显祖在戏曲创作上提出了"意趣神色"的理论，在诗文创作上则推崇"自然灵气"，他的诗、文、戏曲等作品，1962 年由中华书局汇编为《汤显祖集》出版，这也是最早的一部汤显祖作品合集。

第二节　《牡丹亭》

　　《牡丹亭》又名《还魂记》《还魂梦》《牡丹亭还魂记》，共五十五出，是汤显祖剧本中最长的一部。《牡丹亭》与《西厢记》《窦娥冤》《长生殿》（另一说是《西厢记》《牡丹亭》《长生殿》和《桃花扇》）并称"中国四大古典戏剧"。

关于《牡丹亭》故事的来源,汤显祖在《牡丹亭》题词中有所叙述:"传杜太守事者,仿佛晋武都守李仲文、广州守冯孝将儿女事。予稍为更而演之。至于杜守收拷柳生,亦如汉睢阳王收拷谈生也。"其中,李仲文儿女事可见于陶潜《搜神后记》卷四记载,广州守冯孝将儿女事可见于刘敬叔《异苑》卷八记载,谈生事可见于干宝《搜神记》卷十六记载。"杜太守事者"则指明代话本小说《杜丽娘暮色还魂记》。

《牡丹亭》讲述南安太守杜宝的女儿杜丽娘,才貌双全。一日,杜丽娘因读《诗经·关雎》一诗而伤春游园,游园回房发出一番感叹便昏昏入睡。睡梦中,她梦见一个书生手持半枝垂柳翩翩而来,二人在牡丹亭畔情意绵绵。忽被母亲唤醒,杜丽娘惊醒后方知是梦一场。从此后,杜丽娘满怀心事,相思成疾。中秋之夜,杜丽娘去世,在弥留之际,她嘱咐春香将自画像装在紫檀木匣里,藏在花园太湖山石底,又要求母亲将她葬在花园牡丹亭的梅树下。这时,杜宝升任淮阳安抚使,匆匆葬女,并委托陈最良修建"梅花庵观"供奉丽娘神位。三年后,柳梦梅赴京应试,借宿在梅花庵观中,他在太湖山石下捡得杜丽娘的自画像,方觉画中佳人便是他梦中常常见到的女子,便向画中人表达自己的倾慕之情。是夜,杜丽娘的魂魄前来与柳梦梅幽会。柳梦梅情系杜丽娘,冒死掘墓开棺,杜丽娘得以起死回生,两人遂结为夫妻,一同前往临安应试。陈最良见杜丽娘的坟墓被挖,柳梦梅又不告而别,立即前往临安告发柳梦梅。柳梦梅在临安应试后,正遇金兵南侵,延迟放榜。杜丽娘便嘱托柳梦梅先送信回家传报杜丽娘还魂的喜讯,结果却被杜宝囚禁。金兵被击退后,金榜揭晓,柳梦梅高中状元,杜宝升任宰相,他拒不承认杜丽娘与柳梦梅的婚事,最后此事闹到皇帝面前,皇帝感慨柳、杜二人的这段旷世奇缘,最后裁决杜丽娘和柳梦梅夫妻相认,二人终成眷属。

《杜丽娘暮色还魂记》与《牡丹亭》两部作品在情节上大同小异,但汤显祖在创作时对题材进行了更为精心的安排,使作品主题有所升华与提高,突出反映了明代中后期从生活领域到意识形态的"情"与"理"的尖锐冲突。《牡丹亭》对《杜丽娘暮色还魂记》的改造有三点:一是将小说中没有表现的杜丽娘之父杜宝设计为封建卫道士,小说中杜丽娘有个十二岁的弟弟也在剧本中删去,重点突出杜宝将光耀门楣的希望放在杜丽娘身上,对杜丽娘加强封建礼教管制;二是小说中杜丽娘依然有封建淑女的色彩,但在剧本中更加突出表现她的叛逆精神;三是小说中柳梦梅是继任太守的儿子,剧本中汤显祖将他改为一个普普通通的书生,改变了小说杜、柳两家门当户对的关系,突出了他和杜丽娘是情相感、意相随,杜丽娘为他因情而死又因情而生。经过汤显祖的改造,剧本使"还魂"母题更具时代感和思想性,通过描写封建阶级内部一个感情受到压制、行动不得自由的少女为争取自由爱情而出生入死的故事,集中反映"情"与"理"的冲突,赋予"情"以超越生死的巨大力量,击败"理"而最终赢得胜利,这种胜利揭示了封建统治者所提倡的"理"的虚伪与虚弱,同时借助于热情的幻想,昭示了"理之所必无,情之所必有"的未来。

　　《牡丹亭》最突出的成就之一，无疑是塑造了杜丽娘这一人物形象，为中国文学人物画廊提供了一个光辉的形象。《牡丹亭》题词中有言："天下女子有情，宁有如杜丽娘者乎！梦其人即病，病即弥连，至手画形容，传于世而后死。死三年矣，复能溟莫中求得其所梦者而生。如丽娘者，乃可谓之有情人耳。情不知所起，一往而深。生者可以死，死者可以生。生而不可与死，死而不可复生者，皆非情之至也。"汤显祖把杜丽娘作为情之至者来写，排除了理，否定了"存天理，灭人欲"的程朱理学，有意识与之针锋相对。杜丽娘反封建思想性格有一个成长过程，并包含着一定的复杂性。一方面，剧本通过杜宝、杜夫人、陈最良等人物展示了杜丽娘的生活环境。杜宝为南安太守，自称西蜀名儒，以儒学传家，杜宝膝下无子，对杜丽娘格外看重，一心将杜丽娘培养成在家敬重父母、出嫁相夫教子的标准淑女。杜宝给人的印象是一个忠君爱国、关心民生疾苦的正派官僚，但他除了摆出一副道貌岸然的样子外什么才能也没有，显得极为平庸，他对杜丽娘十分严厉，杜丽娘生命垂危，他也不放在心上，认为不过是伤风感冒，连医生都不请。他一心一意希望女儿将来能够为他光耀家门。杜夫人作为杜丽娘的母亲，总是标榜自己出身贤德，要给女儿做一个贤德的榜样，整天将女儿关在房里，不准她到后花园，甚至连睡午觉也认为是有伤风化。杜夫人自己受到封建礼教毒害，尽管她疼爱杜丽娘，但是在管教女儿时也是用的这一套教育来约束女儿。陈最良在《牡丹亭》中是一个次要人物，但他贯穿剧本始终，将《牡丹亭》有机整合起来。陈最良是一个落第文人，受封建礼教毒害，耗费四十五年时间参加十五次科举考试，却一次也没有中举，别人称他"陈绝粮"。他生活没有着落，迂腐愚昧，杜丽娘在他的教育之下熟读四书五经，行动上受到陈最良的严格管束，甚至与外界隔绝，不允许有个人意志与感情。杜丽娘生活在这个充满封建霉烂气味的家庭里，失去活力，完全是一具行尸走肉。丫头春香说杜丽娘"名为国色，实守家声，嫩脸娇羞，老成尊重"。杜丽娘的内心深处积压着长期的抑郁，作为官僚小姐杜丽娘养尊处优，身心却不得自由，她担忧自己青春美丽会被无端耽误，同时关注将来婚姻归宿，生活的环境造成她思想性格稳重文静而又抑郁愁烦。另一方面，《牡丹亭》通过剧情发展揭示人物内心活动，从而表现杜丽娘思想性格的成长及其复杂性。《闺塾》（又名"春香闹学"）是《牡丹亭》里的一出重头戏，《牡丹亭》表现"情"和"理"的斗争在这出戏中表现得相当具体和生动。春香在《牡丹亭》中的地位不像红娘在《西厢记》中那么重要，但在杜丽娘的性格发展过程中却起到了促进作用，汤显祖处处突出她的天真烂漫、无拘无束的思想性格，春香出身贫寒，受奴役、被驱使，但却无拘无束，颇为任性，想笑就笑，想说就说。汤显祖用春香点染了杜丽娘的内心矛盾。《闺塾》将老学究讲读诗书与小丫头发现花园放在一起来描写，也就是把加强封建礼教束缚与向往自由幸福的愿望放在一起进行对比。《关雎》这首诗引发了杜丽娘对自由的向往，把长期积压的郁闷说了出来，她与春香游园本来不算什么，但却对杜丽娘性格的发展有着促进作用，杜丽娘走出闺房，跃出封建礼教限制,她走进花园,便踏上了叛逆之路。《惊梦》是《牡丹亭》中最为经典的一出戏,分为游园与惊梦两个部分,先写杜丽娘和丫环春香游园,继而写杜丽娘与柳梦梅在梦中相会,被杜夫人唤醒后,一直追恋梦境,不久竟忧郁成疾。杜丽娘寻梦是她内心情感的主动要求,她对幸福人生充满不可抑制的向往,为此她才会因情而病,因病而亡,杜丽娘的死是封建礼教摧残的结果,但死并非是她爱情的终结,而是她追逐爱情的开始,汤显祖让杜丽娘的鬼魂继续追寻幸福的未来,最终杜丽娘找到了梦中情人,因为柳梦梅而复活。从整个剧本来看,作品深刻的社会意义以及深远的社会影响就在于汤显祖通过杜丽娘的形象表现了"情"与"理"的冲突,反映了反礼教、反理学的普遍情绪,歌颂了为争取合理正当的生活愿望而奋不顾身的坚持精神与执着态度,只要坚持不懈就可以打破一切精神枷锁,争取到自己应有的生活。

《牡丹亭》在结构上始终贯穿着两条线索:一条是杜丽娘与柳梦梅的爱情线索,这是剧本的主线;另一条是杜宝奉命抗金。两条线索交叉配合,生旦排场和金鼓排场的冷热相济,既有缠绵悱恻的抒情,又有扣人心弦的鼓乐,符合文艺欣赏的规律和要求。

除情节内容与思想主题外,其鲜明的语言风格也受到古今中外众多学者的推崇,被评为文采派之首。《牡丹亭》不仅继承了元杂剧语言本色的传统,而且将优美、绮丽的古典诗词熔进曲词之中,还将日常生活语言化俗为雅,形成一种语言浓艳华丽、意境深远、自然真切、空灵含蓄的语言特色,可谓"案头场上,两擅其美"。

《牡丹亭》作为汤显祖最具代表性的作品,在艺术手段与思想内容上代表了汤显祖剧本创作的最高水准。作品一问世,便受到社会各阶层的关注,明代戏曲评论家沈德符称"汤义仍《牡丹亭梦》一出,家传户诵,几令《西厢》减价",可见其深远而广泛的影响力。

阅读链接

学习本章,推荐阅读《汤显祖戏曲集》。该书收录汤显祖《牡丹亭》《紫钗记》《南柯记》《邯郸记》和早期创作的《紫箫记》等五种戏曲,全书共计五十余万字。本书由著名的戏曲史家、教育家、民俗学家钱南扬先生点校而成。

思考·练习·拓展

1. 简述什么是"临川四梦"。
2. 简述《牡丹亭》的故事渊源以及汤显祖的改作。
3. 结合汤显祖的相关作品,谈谈汤显祖的"至情论"。

第八编　清代文学

清代文学概述

　　清朝是中国最后一个封建王朝,是中国古代文学的最后一个阶段,也是中国近代文学的发端。清代文学分为两个时期:鸦片战争之前为第一阶段,这一时期主要承继明中叶以后的文学发展趋势,集中国古代文学之大成;以 1840 年鸦片战争为开端,到 1919 年新文化运动兴起为止为第二阶段,这一时期由于中国社会的巨变,成为中国文学的过渡和转型期。

　　清王朝统治者为了巩固新生政权,除了在政治上进一步加强中央集权的君主专制制度之外,还采取了一系列文化专制手段来控制社会思想文化。宋明理学成为清代的官方哲学。科举考试采用八股文。开博学鸿词科,网罗全国学者编书,《康熙字典》《古今图书集成》《全唐诗》《四库全书》等都是此时期成果。但在编书的同时,清王朝以行政手段对全国的图书进行"查缴",被禁毁的书籍数目与《四库全书》的数量相当。

　　清王朝控制社会思想最为严厉的手段是文字狱。著名的文字狱,如康熙朝《明史》案、《南山集》案,雍正朝吕留良、曾静案,乾隆朝孙嘉淦伪奏稿案等。这些文字狱株连甚广,惩治残酷,以致人人畏惧自保,生怕以文字获罪。龚自珍在他的《咏史》诗中说"避席畏闻文字狱,著书都为稻粱谋",正是当时社会风气的反映。很多知识分子丢掉了经世致用的精神,埋头故纸堆中,进行文字学、训诂学、音韵学、校勘学等研究,取得了很大成绩,但由于脱离现实,缺少批判精神,缺乏思想理论的建树,只有极少数思想家如戴震,以微言大义的方式让人感受到思想的闪光。

　　清初,在思想领域出现了三位大家——黄宗羲、王夫之和顾炎武,他们都反对宋明理学,在政治上批判君主专制,文学上重视文学的社会功用,重视诗歌的社会意义,提倡经世致用,治学态度实事求是。他们的思想在当时振聋发聩,直接影响到晚清民主思想的发展和文人的文学创作。此外,清初的颜元、李塨也坚决反对程朱理学,反对王阳明的心学,主张躬行经世,时称颜李学派。

　　统治者严酷的思想禁锢与清初启蒙思想的涌动消长,直接或间接地影响到了文学的创作。清代文坛上最大的散文流派桐城派,以"道统"自任,内容多是宣传儒家思想,讲究义法,提倡义理,迎合了清朝统治者提倡程朱理学的需要,也适应了科举考试八股文的需要,因此在清代影响极大,二百多年长盛不衰。

诗歌方面,翁方纲提出"肌理说",认为"考据训诂之事与辞章之事,未可判为二途",诗歌不再是抒发情感、陶冶性情的载体,而成了考查历史和学术的材料。而作为反传统的代表,袁枚则提倡性灵说,发展了明代公安派"独抒性灵,不拘格套"的理论,强调诗歌要表现真我、真性情。

启蒙思潮中对文学社会功用的强调,影响到戏曲作品的创作,典型代表就是两部传奇巨作——《长生殿》和《桃花扇》,两部传奇都是借男女离合之情写国家兴亡之感,而国家兴亡又置于男女情爱之上。

总体而言,清代文学集历代文学发展之大成,种类异常丰富,各类文体在清代文坛上都有一席之地,呈现出百花齐放的局面。

清代诗人、流派众多,仅清初就有河朔诗派、岭南诗派等。诗歌理论主要有"神韵说""格调说""肌理说""性灵说"。清代诗人善于向前代借鉴,风格多样,成就虽然逊于唐宋,但超过元明。著名诗人有钱谦益、沈德潜、袁枚、赵翼、龚自珍等。

清代词出现了以陈维崧为领袖的阳羡词派和以朱彝尊为核心的浙江词派,而被王国维誉为"北宋以来,一人而已"的纳兰性德更是在清代词坛享有很高声誉,在整个中国文学史上也有独特的地位。

清代小说也蓬勃发展,无论长篇、短篇、文言、白话,都取得了巨大成就。文言小说有《聊斋志异》,白话章回小说有《儒林外史》和《红楼梦》,后者成为中国古典现实主义小说的巅峰。《镜花缘》《醒世姻缘传》等也是清代优秀长篇小说。此外,清代的文言笔记小说也取得了一定成就,代表作有纪昀《阅微草堂笔记》、袁枚《新齐谐》等。

散文除了桐城派及其代表作家,还有顾炎武、黄宗羲、王夫之的政论文和哲理散文,以及以传记文学见长的魏禧、侯方域、汪琬。此外,已经衰落的骈文在清代还出现了"中兴",成就较高的有汪中、阮元等。

戏剧不仅产生了《长生殿》和《桃花扇》,戏剧理论也有新的面目,李渔的《闲情偶寄》就是主要代表。康熙末年,地方戏兴起,清代戏剧出现了"花雅之争",作为"花部"的地方戏逐渐占据了舞台的主导地位,奠定了近代地方戏和近代京剧发展的基础。

此外,民间讲唱文学也有较大发展,弹词、鼓词、子弟书等都有一定成就。

1840年,英帝国主义用枪炮打开了中国的大门,直至1919年五四运动,这八十年间,中国社会的性质和结构发生了巨变,"西学东渐"成为这一时期社会中最为突出的现象,新式学堂开始涌现,翻译事业发达,文化传媒技术进步,近代文学的发展就是在这一崭新的文化背景下进行的。

中国近代文学最大的变化之一就是文学创作的语言由文言文转向白话文,另外一个变化就是主动接受西方美学思想和文学技巧,中国文学的面貌发生了显著改变。小说的地位大大提高,新的文学类型也开始出现,如侦探小说、科幻小说。

新的文学技巧也被应用到文学创作中,如《九命奇冤》采用倒叙结构,《二十年目睹之怪现状》采用第一人称叙述故事。

这一时期,取得较高成就的文体是小说、诗歌和戏剧。

随着中国的殖民地化、资产阶级改良运动发展,出现了李宝嘉的《官场现形记》、吴沃尧的《二十年目睹之怪现状》、刘鹗的《老残游记》、曾朴的《孽海花》等一大批谴责小说。随着资产阶级民族民主革命进入高潮,又出现了一批具有鲜明革命倾向的小说,如陈天华的《狮子吼》。

在诗歌方面,开文学风气之先的是龚自珍和魏源,其后梁启超、谭嗣同等提出了"诗界革命"和"小说界革命"的口号,出现了以黄遵宪为代表的"新派诗"。此时期还出现了最大的文学团体——南社。保守的传统诗文同期存在,太平天国失败之后,出现了宋诗运动和桐城古文的"中兴"以及"同光体"诗人的诗。

戏剧方面,京剧成为戏曲舞台的主导,在新文化新思想的不断冲击下,京剧也进行了改良,汪笑侬是京剧改良的先驱。新式话剧也诞生了,出现了春柳社、众化团等话剧团体。

散文越来越通俗化,白话文开始被自觉运用,杂剧、传奇、乱弹等传统文艺样式都出现了革命倾向,文学的各个方面都呈现出向新的文学时期过渡的特征,随着1818年鲁迅《狂人日记》的发表和五四运动的爆发,中国文学揭开了新的一页。

第一章　《聊斋志异》

　　《聊斋志异》是一部文言短篇小说集，故事多发生在冥界仙境，故事人物大多是花妖鬼怪狐魅。《聊斋志异》虽然篇篇讲的都是鬼狐仙怪，但字字都是人情世态，字里行间饱含作者对人生、社会的体验。在现实与虚幻之间让人仿佛置身于一个奇幻世界。《聊斋志异》在文言小说中占有重要的地位，不仅在于它具有深刻的思想性，揭露了社会现实，还在于它艺术上的创新。《聊斋志异》是我国文言短篇小说的最后一个高峰。学习本章，可采用阅读鉴赏法，通过阅读品味其独特的语言，感知文言小说的魅力；体会小说"用传奇法而以志怪"（鲁迅语）的写作方法。

第一节　蒲松龄与《聊斋志异》的成书

　　自从传奇小说在唐代蔚为大观之后，文言小说就陷入了长久的沉寂，直到清代蒲松龄的出现，这种局面才得以改变。

　　蒲松龄（1640—1715），字留仙，一字剑臣，别号柳泉居士，山东淄川（今淄博）人，他出身于一个久已衰落的世家，其父因科举失意弃儒从商。蒲松龄从小随父读书，十九岁时以县、府、道试三个第一补博士弟子生员，受到当时做山东学政的文学家施闰章的称扬，"名藉藉诸生间"（乾隆《淄川县志》）。文名大振后自视甚高。但此后的乡试却屡试不中，这使他终生都深怀着怀才不遇的感慨和激愤。他在诗里写道："落拓名场五十秋，不成一事雪盈头。"流露出其终生追求科举但又大志难伸的悲凉心态。他在科举道路上苦苦挣扎了大半生，困顿不振，一次次的志在必得，又一次次的折戟沉沙，一直到六十多岁，才放弃了仕途幻想。在七十一岁时，才援例得到一个岁贡生的科名。

　　蒲松龄一生位卑而家贫。他二十五岁前后与兄弟分家，只分得几亩薄田和三间老屋。他刻苦攻读，常与同学联吟唱酬，无暇顾及家计，加之子女接连出生，生活困顿。到三十一岁时,到江苏宝应县令的同乡孙蕙衙门里帮办文牍。因为不甘心做幕僚,仅一年后便辞职。此后数年间,他辗转于本县的缙绅之家,做私塾先生,代拟和誊抄文稿。康熙十八年(1679)进入本县毕家坐馆。毕家在当时是显赫的官宦之家,蒲松龄在毕家一面教书,一面代写书札应酬往来。因蒲松龄满腹才华,诗文俱佳,受到毕家尊敬礼遇,所以蒲松龄在毕家生活安适,有条件继续写《聊斋志异》,按期去参加科举考试。尽管寄人篱下,但与毕家很有感情,感到"居斋信有家庭乐"(《聊斋诗集·赠毕子伟仲》)。他在毕家足足待了三十年,到七十岁时才归家。

他生长于农村,受到乡村文化熏陶,大半生在缙绅人家做私塾教师,常与科举中人交往。这种身世和地位使他长期摇摆于文士的雅文学和民众的俗文学之间,现还存有相当数量的诗、词、文、俚曲等,今人编为《蒲松龄集》。他的诗作很多,曾与张笃庆、李尧臣等人结为"郢中社","以宴集之余晷,作寄兴之生涯"(《聊斋文集·郢中社序》)。他的诗率性抒发,熨帖自然,质朴平实,有真性情。他身为私塾先生,曾写过《省身语录》《怀刑寻》等教人修身养性的书,晚年热心为民众写作,他用当地民间曲调和方言土语创作出《禳妒咒》《妇姑曲》《墙头记》《翻魇殃》等反映家庭伦理问题的俚曲,寓教于乐。为方便民众识字、医病、耕种,编写了《日用俗字》《农桑经》《药祟书》等文化普及类的读物。

《聊斋志异》是蒲松龄历经大半生陆陆续续写作出来的,他素有搜集神鬼妖魔传说的嗜好,《聊斋自志》曾说:"才非干宝,雅爱搜神;情类黄州,喜人谈鬼。闻则命笔,遂以成编。久之,四方同人又以邮筒相寄,因而物以好聚,所积益夥。"蒲松龄从青年时期起便热衷于记述听闻的奇闻异事,开始写作狐鬼故事了。在康熙十八年(1679)春,将已成的篇章结集成册,定名为《聊斋志异》,并撰写了序文《聊斋自志》。他在毕家坐馆三十年间仍然坚持写作《聊斋志异》,到晚年才逐渐搁笔。

蒲松龄的书稿未脱,便在朋辈中被广泛传阅,并受到当时诗坛领袖王士禛的赏识。早在他创作之际,便有人传抄,他过世之后,抄本流传已经很广了。蒲松龄生前并没有能力和资金刻印这部著作,直到乾隆三十一年(1766),赵起杲、鲍廷博根据流行的抄本编辑整理成十六卷本刊行,世称"青柯亭本"。青柯亭本并非全本,删掉了数十篇。这一版本刊行后,立刻风行天下,翻刻本也竞相问世,相继出现了注释本、点评本,成为小说畅销书,此后近二百年间刊印的各种本子,都受其影响。20世纪60年代初,张友鹤汇集多种本子,整理出一部会校、会注、会评本,简称"三会本"。

第二节　《聊斋志异》的内容及艺术特色

《聊斋志异》是一部凝聚蒲松龄一生辛酸与痛苦的"孤愤之书",他历时数十年,其间数易其稿,才完成这部文言小说集。全书近五百篇,故事情节离奇,人物形象极富个性。《聊斋志异》文体复杂，清代学者纪昀评价其为"一书兼二体"。全书包含着两种不同性质的作品：一类篇幅较为短小，没有或少有故事情节，属于对各类奇闻异事的简单记录和整理；另一类才称得上是真正意义上的小说，多为狐妖、神鬼、花木精灵的奇异故事。这两类文章在篇数上大约相当，有些作品介于两者之间。这些作品的材料来源，有采自当时社会传闻或直录友人笔记，篇首或者篇末往往注明"某人言""某人记"；也有的是改编前人的记述，如作者改唐代白行简的《三梦记》为《凤阳士人》、改《搜神记》中的《种瓜》为《种梨》、改唐传奇《枕中记》为《续黄粱》等等，还有的没有传说或文字记载的痕迹，完全是由作者虚构的鬼狐花妖故事，如《黄英》《婴宁》等，这类作品超越了六朝志怪和唐传奇的创作，多是脍炙人口的佳篇。据作者《聊斋自志》所称，他"喜人谈鬼，闻则命笔"，"四方同人，又以邮筒相寄"。相传蒲松龄常在路边备上烟茶以供行人享用，他便趁机与之闲谈，搜罗记录行人所述异闻传说，长久积累而成《聊斋志异》（邹弢《三借庐笔谈》），这虽不可考，但书中许多内容来自民间的传闻，却是无疑的。

　　《聊斋志异》的内容驳杂不一，绝大部分篇章写的是神仙狐鬼精怪的故事，有的是人入幻境，有的是异类入人间，也有人和物互变等，具有超现实的奇异性和虚幻性。即使是写实的篇章也会添加虚幻成分，充满奇异感。所以，鲁迅在《中国小说史略》中评价其为"用传奇法，而以志怪"。蒲松龄借虚拟的狐鬼花妖的故事寄托忧愤，抒发情怀，期望读者不必信以为真，而要真正领略其中的意蕴。这些狐鬼花妖精怪形象，多数是善的、美的，给人带来幸福和安慰。《聊斋志异》长期受到读者喜爱，一个最主要的原因是其中有许多狐鬼神怪与人类恋爱的美丽故事，如《莲香》《阿宝》《巧娘》《翩翩》《娇娜》《青凤》《婴宁》《鸦头》《葛巾》等。这些小说中的主要形象大多是女性，她们在爱情中比较主动，敢于勇敢追求幸福的生活和感情的满足，很少受人间礼教的束缚，富有生气。《婴宁》中的狐女婴宁，原生在山野，天真烂漫，爱花爱笑，嬉闹玩耍，绝无顾忌，丝毫未曾受到人间文明法则的污染，但进入人世之后却不再笑了。《红玉》中狐女为冯相如抚育孩子，《凤仙》中狐女凤仙激励所爱的书生刘赤水攻读上进。《宦娘》中鬼女宦娘暗中促成爱慕的温如春和葛良工结为夫妻。《翩翩》中的仙女翩翩，能用树叶制作美丽的锦衣，每当情郎心有旁骛，便不动声色地让他身上的锦衣变回片片黄叶，当场出丑。作者艺术创造力及其高超，把真实的人情、奇异的情节、幻想的场景巧妙地结合起来，从中折射人间的理想光彩。

　　蒲松龄一生屡试不第，受尽了科举之苦，每言及此都百感交加，充满辛酸。《聊斋志异》多写书生科考失意、科场考官丑恶。蒲松龄满腹经纶，一生求取功名，却屡第不中，饱受一次次名落孙山折磨的他将悲愤、沮丧之情依托鬼怪妖狐发泄出来。如《三生》篇，写名士兴于唐因被昏聩考官黜落愤懑而死，他在三世轮回中都与这名考官的后身为仇。蒲松龄在篇末道："一被黜而三世不解，怨毒之甚至此哉！"这位名士的科考"怨毒"三生三世都化解不开，也正是蒲松龄自身心态的映照。清代冯镇峦评点《叶生》："余谓此篇即聊斋自作小传，故言之痛心。"（三会本卷一本篇附评）小说中的叶生，"文章词赋，冠绝当时，而所如不偶，困于名场"，也正是作者自己的困境。叶生怀才不遇，抑郁而死，但死不瞑目，幻形留在世上，将生前的文章传授给一个青年，同样的文章却产生了不同的结果：那个青年屡考屡中，最后做官。叶生说："是殆有命，借福泽为文章吐气，使天下人知半生沦落，非战之罪也。"这番话有几分自信，但更多是无可奈何的悲哀，这也说出了作者的心声：屡试不中并不是文章不好，而是自己命运不济，足见作者科场失意的悲愤与无奈。

《聊斋志异》中涉及科考的篇章特别多，但作者对科举制度本身并未提出否定，他实际攻击的是考官的"心盲或目瞽"（蒲松龄《试后示箴、笏、筠》），黜良才而进庸劣。很多篇章对考官冷嘲热讽，如《贾奉雉》，写贾奉雉每次以好文章应考，总是名落孙山，听一位异人之言，以拙劣文章应试，最后把"不得见人之句"连缀成文，却中经书试题第一名。可见科举考试之荒谬。又如《司文郎》，一个神奇的瞎和尚能用嗅觉评判文章优劣，他嗅糊涂考官的文章"向壁大呕，下气如雷"，具有讽刺的意味。这一类故事中，写得最有意义、最深刻的是那些反映考生在精神上遭受折磨、灵魂被扭曲的篇章。如《王子安》中王子安屡试不第，一次临近放榜时大醉，梦见自己中举人、中进士、点翰林，大呼给报子"赏钱"，又想到应"出耀乡里"，因"长班"迟迟而至，便"捶床顿足，大骂钝奴焉往"，酒醒方知虚妄。描写可谓入木三分，这也是作者的内心反省，令人感慨不已。

蒲松龄社会地位不高，深知民间疾苦，又与官场人物多有接触，深知其中弊害，写了一些揭露政治黑暗的作品。如《促织》写因为皇帝喜好斗蟋蟀，全国各级官吏纷纷进贡蟋蟀邀宠，里胥借机聚敛，造成民间百姓家破人亡的惨剧。在蒲松龄的笔下，描绘了当时黑暗残暴的政治环境，特别是中下层的封建官吏以及与之相勾结的地方豪强劣绅，他们像恶狼一样吞噬着百姓的生命，正如蒲松龄所言："画面逢迎，世人如鬼"，"官虎而吏狼者，比比皆是也"。《席方平》集中而典型地揭露了吃人的社会关系和官吏制度，故事所写冥界贪贿风行，含冤者有屈难伸，受尽恐怖残暴的摧残，实是现实社会的一种浓黑的缩影。这类具有现实意义的作品，在全书中占有相当大的比例。

蒲松龄心目中追慕的是司马迁，《聊斋志异》中很多篇末缀上"异史氏曰"，形式上效仿司马迁，实质上也是把自己的小说当成"史"来看，直面社会现象，揭露社会问题，通过对这些社会问题的大胆揭露，伸张了正义，讴歌了善良与美好。

《聊斋志异》在中国小说史上有着独特的重要地位。在创作艺术上有多方面的创新，它将文言短篇小说推到很高的艺术境界。它既继承了志怪和传奇文言小说的传统，又吸收了白话小说的长处，形成了其独特的风格。作者以丰富的想象力设置离奇的情节，善于在离奇的情节中进行细致描绘，塑造独特的人物形象，使读者沉浸于小说所营造的恍惚迷离的场景中。小说的叙事使用简洁而优雅的文言,人物对话以较为浅显的文言为主,巧妙融入白话,既不破坏总体的语言风格,又通俗传神,这是很难得的成就。这些都增强了文言小说的小说性,进一步拉大了与传记文的距离,更富有趣味性和生活气息。

阅读链接

《蒲松龄研究》是由蒲松龄研究所主办的专门研究《聊斋志异》作者蒲松龄及其著作的学术期刊,创刊于 1986 年,刊名为沈雁冰题写。该杂志主要登载以聊斋学为主的学术论文与资料,并兼及其他中国文言小说研究。学习本章,除阅读《聊斋志异》原著外,也建议订阅此学术刊物。

思考 · 练习 · 拓展

1. 简述蒲松龄生平与《聊斋志异》创作的关系。
2. 简述《聊斋志异》主要内容。
3. 浅析《聊斋志异》中人物形象的类型。

第二章 《儒林外史》

　　《儒林外史》是带有强烈作家个性的作品,饱含着作者的血泪,熔铸着亲身的生活体验。《儒林外史》以封建科举制度下的知识分子的生活和精神状态为题材,描摹科举制度中的儒林群像,对当时知识分子的命运进行了深刻的思考。学习本章可采用探究阅读法。通过具体作品的学习,理解科举制度下儒林群体的形象,感知作者对当时知识分子命运的深刻思考。

第一节　吴敬梓与《儒林外史》的创作

　　吴敬梓(1701—1754),字敏轩,号粒民,晚年自号文木老人,安徽全椒人。自其曾祖起一直科第不绝,有过五十年“家门鼎盛”(吴敬梓《移家赋》)的时期,但到他的父亲时家道已经逐渐衰落。他少年时生活还比较优裕,跟随父亲受到了良好的教育。吴敬梓从小受传统儒家思想影响,祖辈的科第发家和当时的家门不振使他从小就读经习文,准备走科举之路。他十三岁丧母,十四岁随父亲到赣榆,二十三岁考中秀才,这也是他一生所取得的最高功名。

　　吴敬梓的父亲亡故之后,他的生活发生了巨大变化。他虽然继承了一笔丰厚的遗产,但族人因他这一房两代单传,势单力孤,就欺负他,甚至蓄意侵夺他的财产。看着族人夺走财产,而自己两手空空,妻子含恨病逝。这使他看清了封建家族伦常道德的虚伪,看透了人情世态的凉薄,由此人生道路发生重大转折,开始了放荡不羁的生活。他一面涉足花柳风月之地,肆意挥霍;一面随意散发钱财,被乡里称为“败家子”而“传为子弟戒”(吴敬梓《减字木兰花》词)。且他几次乡试都没考中,遭到族人和亲友歧视,在三十三岁时先是卖掉土地,继而变卖家宅,带着继室叶氏移居南京,开始了卖文生涯。到南京以后,吴敬梓结识了很多文人学者,过着豪放倜傥的生活,他对仕途也失去了兴趣。二十九岁时参加科考,因“文章大好人大怪"而落第。三十六岁时被推荐入京应"博学鸿词"科考,他称病不去。几经波折,最终对科举彻底放弃。他的生活陷入困境,主要靠卖文和朋友接济过活,有时竟到"囊无一钱守,腹作于雷鸣"(程晋芳《寄怀严东有》)的地步。由富贵跌入困窘让吴敬梓尝尽人间冷暖、世态炎凉,对社会有了更深刻的体察,由此下定决心写作《儒林外史》。

吴敬梓撰写《儒林外史》,大多取材于现实士林,如第三十四回借高先生对杜少卿的批评以自况:

> 他这儿子就更胡说,混穿混吃,和尚道士、工匠花子,都拉着相与,却不肯相与一个正经人。不到十年内,把六七万银子弄的精光。天长县站不住,搬在南京城里,日日携着乃眷上酒馆吃酒,手里拿着一个铜盏子,就像讨饭的一般。不想他家竟出了这样子弟。学生在家里,往常教子侄们读书,就以他为戒。每人读书的桌子上写一纸条贴着,上面写道:"不可学天长杜仪"。

这里写出了吴敬梓与传统"正经人"的冲突。在所谓"正经人"的世界里面,人心被功名利禄和虚伪的封建道德所掩蔽,倒不如"和尚道士、工匠花子"活得自然本色。吴敬梓努力从"正经人"的世界中逃脱出来。

《儒林外史》带有作者强烈的个性和个人印记,饱含着作者的血泪,熔铸着其亲身的生活体验。小说创作于他历经家境的剧变而深刻体会到世态炎凉的时期,约在他四十至五十岁之时。该书现在所见的最早刻本是嘉庆八年(1803)卧闲草堂本,共五十六回。

除《儒林外史》外,吴敬梓还著有诗文集《文木山房集》四卷,清乾隆年间刻本收入了他四十岁之前的部分作品。程晋芳在《文木先生传》中谈到,吴敬梓还有"《诗说》若干卷",可惜已经失传。

第二节　《儒林外史》的内容及艺术特色

《儒林外史》主要描写的是明朝成化(1487年)到嘉靖末年(1566年)这八十年间的四代儒林人士风貌。小说展现的是18世纪清代中叶的社会风貌,以科举制度下知识分子的生活和精神状态为题材,对当时知识分子的命运进行了深刻的思考。作者以时代文人对待功名富贵的态度为衡准,揭示了在八股考试这一科举颓风的影响下,文人在文(文章学业)、行(行为品德)、出(出仕做官)、处(处野退隐)等方面的文化生态。

《儒林外史》的结构并非现代意义上严格的长篇小说。全书是一个个相对独立的故事的连环套,即前面一个故事讲完后,引出一些新的人物,这些新的人物便成为后一个故事中的主要角色,有的人物上场表现一番后就不再出现,有的人物虽然再次出现,但基本上只是陪衬罢了。纵观全书,没有贯穿始终的主要人物和故事框架。鲁迅评价其为"如集诸碎锦,合为帖子,虽非巨幅,而时见珍异"(《中国小说史略》)。全书以明代社会为背景,揭露在封建专制和科举制度下,读书人的精神堕落以及种种社会弊端,小说有明确的中心和主题,也有大致清楚的时间脉络。即使在情节上,小说也存在着内在的统一:第一回借王冕的故事喻示全书的主旨;第二至三十二回分写各种类型的儒林人物;第三十三回以后,随着杜少卿迁居南京,全书的中心便转移到南京士林的活动;最后以"市井四大奇人"结束全书,与第一回遥相呼应。总体而言,这是一部短篇艺术与长篇艺术相结合的作品。

作者的批判,主要通过描摹科举制度下的儒林群像来完成的。其中有身陷科举泥潭不能自拔的迂儒。如第二回写了周进和范进这两个穷儒生的科场考试的沉浮经历,科举制度以一种巨大的魔力引诱并摧残着当时读书人的心灵。他俩原是在科举中挣扎了几十年仍未考中的老"童生",平日受尽轻蔑和凌辱。而一旦中举,成为缙绅阶层的一员,"不是亲的也来认亲,不相与的也来认相与"。在科举这道门槛的两边,隔着贫与富、荣与辱、贵与贱。周进考到六十岁仍然是个童生,教书时受尽秀才梅玖的奚落,举人王惠对其飞扬跋扈,他在落魄中到贡院参观时,大半生屡试不第、难以取得功名所郁积的辛酸屈辱,一下子全都倾泻而出,他一头撞在号板上昏死过去,被救醒后又满地打滚,放声大哭。命运突然发生戏剧性变化,他中了举,做了国子监司业,奚落过他的梅玖厚颜冒称是他的学生,他在村塾写下的对联,被恭恭敬敬揭下来精致装裱。而范进考了二十多次,到五十四岁时还只是个童生,由于周进与他同病相怜,让他中了举。范进对这突如其来的强烈刺激经受不住,竟欢喜得发了疯,幸亏他的岳父——胡屠户那一巴掌,才使他恢复了神智。范进中举后,人们对他从鄙薄转变为谄媚。只两三个月,奴仆、丫鬟都有了。读书人——特别是那些出身贫寒、屡试不第的读书人为科举而癫狂的情状,通过这两个人物显露得极其充分。

在疯狂追逐功名富贵而不顾品行的社会环境里,读书人的人性发生了严重扭曲。书中用五回的篇幅描写了书生匡超人如何从一名淳朴的青年堕落成一个无耻的势利小人。他出身贫寒,性情质朴,在流落他乡时心里一直惦记着家中生病的老父亲。但他的性情品质逐步发生着变化:他受马二先生的影响,也把科举作为自己人生的目标;考上秀才后以名士自居,追名逐利;受到衙吏潘三的"指导",做起了流氓恶棍的营生。他停妻再娶,卖友求荣,忘恩负义,一步步从淳朴青年堕落为衣冠禽兽。

科举是文人求取功名的桥梁。一些文人一旦功成名就便开始攫取财富,贪得无厌。有王惠、汤知县那样贪生怕死、以权谋私的官员,亦有张静斋、严贡生那样戴着科举功名帽子的卑劣乡绅。王惠被任命为太守,还没上任就打听"地方人情,可还有什么出产?词讼里可也略有些甚么通融",他在任期间拼命盘剥百姓,搜刮钱财。到宁王叛乱的紧要关头,带领数郡投降,接受伪职。严贡生利用自己的特权无耻讹诈百姓。他家的猪误跑到邻居家,邻居送回,他却逼其买下,后来猪长到百斤重,错走严家,他又把猪关起来不还,还把来讨猪的邻居打断了腿。

科举制度下衍生了一大批沽名钓誉的"名人雅士"。他们多是科举失利或因其他原因无法取得功名进入仕途的"聪明人"。他们以名士自居,不甘寂寞,表面装得风流潇洒,骨子里却时刻不忘功名富贵。作者通过"莺脰湖聚会"勾勒了一大群面目各异的"名士"们的滑稽丑态。

小说中所描写的士林人物形形色色,不能简单地将他们一概归为"反面角色",他们都从不同意义、不同侧面、不同程度上反映了在科举制度笼罩下,读书人普遍存在的精神状况,反映出当时社会文化的状态。

《儒林外史》中也有一小部分被作者所肯定和赞颂的人物形象,侧面体现了作者改造社会的美好理想,此类人大致可以分为两种:一类是士林中为数很少的真儒明贤;一类是市井小民、市井奇人。他们有共同之处,即信守自身的人生原则,前者不为功名富贵所驱,后者与之绝缘。作者塑造出的真儒名士虞育德、庄绍光和反叛者杜少卿身上体现着作者的理想人格。书中的杜少卿有着作者自己的影子,他淡薄功名,拒绝出仕,背离科举世家为他规定的人生道路;他豪放狂傲,傲视权贵却又扶困济贫。盐商请王知县,要他作陪,他拒绝参加。但当得知王知县被罢官,没有容身之处时,杜少卿却恭敬地请他到自己家里住;他在生活和治学上敢于向封建权威和封建礼俗挑战,追求恣情不羁的生活,身上带有离经叛道的味道;他尊重女性,反对歧视女性,爱护妻子,拒绝纳妾;杜少卿表面上虽然放荡不羁,但胸中却怀有一颗忧国忧民之心,他虽然耗尽家财,却捐出三百两银子用来修泰伯祠。

在作者眼中,这些真儒身上展现出的原始儒学精神可以重建社会价值,但这只是一种观念化、理想化、缺乏真实生活基础的愿望,因此他笔下的"真儒"们只是一种贤人政治的符号,角色显得单调苍白,塑造得并不太成功。

作者既看到社会改造的理想难以实现,又不忍放弃对社会理想和完美人格的追求,他于是把目光转向社会的底层,描绘出一群远离科举名利、不受功名富贵污染的市井平民,如牛老爹、卜老爹等人,把底层社会人民的忠厚本分视为美德;而所谓"市井奇人",其实只是隐士情调的化身而已,作者在小说末尾写了"四大奇人",他们是知识分子"琴棋书画"高雅生活的化身,是作者倾心打造的幻影,但是,幻影终归是幻影。

《儒林外史》标志着中国小说艺术的重大发展。鲁迅在《中国小说史略》中曾这样评价:"迨吴敬梓《儒林外史》出,乃秉持公心,指摘时弊,机锋所向,尤在士林;其文又戚而能谐,婉而多讽,于是说部中始有足称讽刺之书。""公心",即作者对于不公世事的讥讽,并非出于个人遭遇而产生的激愤,而是出于对社会的真切认识,饱含了忧患意识。在把《儒林外史》称为"讽刺杰作"时,特别值得注意的是其写实性。《儒林外史》的讽刺,主要是通过对人物深层心理的准确刻画来完成的。许多在日常生活中人们司空见惯的事情,经过作者的提炼和描摹,便清晰地透出了社会的荒谬与人心的伪妄。

《儒林外史》摆脱了传统小说的传奇性,淡化了故事情节,不是靠激烈矛盾冲突来刻画人物,而是通过精细真切的白描来再现生活,塑造人物形象。越是在平淡日常化的生活中,越能展现出人物的真实面貌及其深层心理。《儒林外史》在这方面的成就尤其突出。作者在平实细琐的叙述中,展现了高超的艺术功力。如马二先生游西湖一节,既没有矛盾冲突,也没有情节,仅仅按照马二先生游西湖的路线,淡淡地写去,却把人物的性格和心理写得透彻无遗。作者写他看女人,更是微妙。第一次他看乡下妇女,从发型到衣着到脸部以至脸上的疤疥都细细"看了一遍",却"不在意里"。因对乡下妇女心中无所动,所以看得很放肆。第二次他看富贵人家的女性在船中换衣裳,看她们一直到带着丫环缓步上岸,到了快要遇上的时候,却又"低着头走了过去,不曾仰视"。这一回其实是有点"在意里"了,所以在举止上反而有了自我节制。第三次写看富贵人家的女客,却是"女人也不看他,他也不看女人",视若无物。这"不看"是因为感觉到了女人对他的心灵的刺激,所以不看也是一种"看"。这种淡化故事情节、从细琐处见精神的写作方法深入而微妙。

小说人物性格基本摆脱了类型化,具有丰富的个性。如严监生吝啬成性,临死前因灯盏里点着两根灯草而不肯断气,但作者没有将其概念化,而是把他写得有血有肉,如当他哥哥严贡生被人告发时,他拿出十多两银子平息官司;妻子王氏去世后,他料理后事竟大方花了五千两银子不心疼,还常因怀念妻子而落泪。一毛不拔与挥金如土,贪欲和人情,既矛盾又统一地表现出了人物性格的丰富性。作者不但写出了人物性格的丰富性,更写出了人物内心的复杂性。吴敬梓描摹人物的心理活动,喜欢用白描手法,以人物自身的动作、对话来表现,笔锋内藏而涵蕴深厚。如第五回写严监生的妾赵氏在正室王氏病重时每夜焚香,哭求天地,表示自己愿代王氏死。当王氏提出一旦自己死去,她可以扶为正室时,"赵氏忙叫请爷进来,把奶奶的话说了",仅这一句,便写透了赵氏的内心。

《儒林外史》改变了传统小说中说书人的评述模式,采用第三人称隐身人的客观观察的叙事模式,大大缩短了小说形象与读者之间的距离,作者不对人物作具体评价,而只是为读者提供角度,由小说中的人物自己生动呈现在读者面前。其朴素平实但却深刻的艺术风格,更接近于现代小说。

[阅读链接]

经典名著以其经久不衰的魅力而成为传世之作,名家解读经典名著的著述,也同样会因为名著的光辉和名家独有的智慧魅力而成为传世之作。阅读本章,可以研读以下三篇文章:鲁迅《吴敬梓之〈儒林外史〉》;吴组缃《〈儒林外史〉的思想与艺术》;翦伯赞《释〈儒林外史〉中提到的科举活动和官职名称》。

[思考·练习·拓展]

1. 浅谈《儒林外史》结构上的特点。

2. 吴敬梓在《儒林外史》中批判的科举制度下的儒林群像都有哪几类具体形象?

3. 《儒林外史》中有一部分为作者所肯定的人物,具体有哪些? 体现了作者什么态度?

4. 论述《儒林外史》的艺术特色。

第三章 《红楼梦》

学习提示

《红楼梦》是中国古典小说的最高峰。它以封建贵族青年贾宝玉、林黛玉、薛宝钗之间的恋爱和婚姻悲剧为中心,通过以贾府为代表的贾、王、史、薛四大家族的兴衰过程,揭露了封建社会后期的种种黑暗和罪恶及其不可克服的内在矛盾,揭示了封建社会必然崩溃、封建阶级必然灭亡的历史命运。鲁迅先生曾说:"自有《红楼梦》出来以后,传统的思想和写法都被打破了。"《红楼梦》是一部现实主义小说,它从日常生活中汲取素材,采用了复线立体网络的结构叙述故事,突破传统的束缚,具有极其深刻的思想内涵。学习本章,必须认真阅读原著,并参考一些评论文章,加深对原著的理解。

第一节 《红楼梦》的成书、作者与版本

曹雪芹(约 1715—约 1763),名霑,字梦阮,号雪芹,又号芹溪、芹圃,祖籍辽阳(一说丰润)。曹雪芹的祖先原是汉人,明末入满洲籍,属满洲正白旗。曹家因军功起家。曾祖曹玺的妻子是康熙的乳母,祖父曹寅是康熙的伴读。康熙二年,曾祖曹玺到南京任江宁织造,以后祖父曹寅、父曹颙、叔曹頫相继袭职。康熙皇帝死后,雍正皇帝继位,曹家开始失势。雍正五年,曹頫被革职抄家。从此曹家一落千丈,衰败下来。到乾隆时期,曹家又遭遇一次"巨变",终至一蹶不振。

曹雪芹少年时代生活在南京,在那里他经历了一段富贵荣华的贵族生活。家族衰败之后,十三四岁的曹雪芹随着全家前往北京,之后基本上过着穷困潦倒的生活。他曾做过皇族学堂"右翼宗学"里掌管文墨的杂役,收入微薄,生活艰难。晚年移居北京西郊,过着"举家食粥酒常赊"的日子。1762 年,他唯一的爱子不幸夭折,这一年的除夕,他终因伤感成疾,"泪尽而逝",其时尚不到五十岁。

曹雪芹的家庭背景对《红楼梦》的创作有着深刻的影响。其一,在经济上,他的

家族比较集中地体现了封建剥削制度的特点;其二,在政治上,他的家族与皇室有着紧密的联系;其三,在文化上,其祖父曹寅是一位诗人、书法家、藏书家、校勘家。这样的家庭融合了封建统治阶级的本质和"书香门第"的特点。同时,曹雪芹经历了家族由极盛转向极衰的巨变,深刻地体验了人生的悲哀和世道的无情,看到了封建贵族家庭不可挽回的衰败之势,这些给他的思想和创作都产生了深刻的影响。

《红楼梦》据说是曹雪芹从乾隆六年(1741)开始动笔。根据第一回的论述,又有《风月宝鉴》《金陵十二钗》《情僧录》《石头记》等名称。《红楼梦》最初以八十回抄本的形式在社会上流传,传抄本大都有署名脂砚斋、畸笏叟等人的批语,因此习惯上称之为"脂评本"。脂砚斋的真实姓名不详,从他给《红楼梦》的批语可以看出,他可能为曹雪芹的长辈,同曹雪芹的关系极为密切。现存的乾隆抄本共有十二种,主要有甲戌本(1754),残存十六回;乙卯本(1759),残存四十一回又两个半回;庚辰本(1760),残存七十八回;甲辰本(1784),存八十回,书名正式题名为《红楼梦》。乾隆五十六年(1791),高鹗、程伟元对《红楼梦》进行加工整理,完成后四十回,并用木活字排印出一百二十回版本,题为《新镌全部绣像红楼梦》,称为程甲本。第二年经过修订又出了重印本,称为程乙本。程乙本的刊印,结束了《红楼梦》的传抄时代,使《红楼梦》得到了广泛的传播。

高鹗所增补的《红楼梦》后四十回书,有功有过,功大于过。其一,后四十回的加入使《红楼梦》成为一部结构完整、首尾齐全的文学作品。其二,他完成了书中主要人物的悲剧结局,如黛死钗嫁、宝玉出家、贾家败落等,基本符合前八十回的情节发展趋势。其三,在情节描写上生动精彩,如潇湘惊梦、黛玉焚稿、袭人出嫁,都写得精彩纷呈,有强烈的艺术感染力。但是,后四十回在思想艺术上也有缺失,在情节上与前八十回有矛盾之处。《红楼梦》的结局在书中第五回已有预示:"落了白茫茫大地真干净",贾府彻底败落,但续书中"虽亦悲凉,而贾氏终于'兰桂齐芳'家业复起,殊不类茫茫白地,真成干净者矣"(鲁迅《中国小说史略》)。这样的结局削弱了作品的批判力度,艺术描写上也较前八十回逊色。

第二节 《红楼梦》的思想内容

《红楼梦》以封建贵族青年贾宝玉、林黛玉、薛宝钗之间的恋爱和婚姻悲剧为中心,通过以贾府为代表的贾、王、史、薛四大家族的兴衰过程,揭露了封建社会后期的种种黑暗和罪恶及其不可克服的内在矛盾,揭示了封建社会必然崩溃、封建阶级必然灭亡的历史命运。

《红楼梦》中对贾府给予了浓墨重彩的描写,并以贾府为缩影,揭示了整个封建统治阶级的罪恶与腐朽。

　　第一,贾府的物质生活极度奢靡。从用人上,少数主子统治着数百仆人,他们每天的事情就是满足主子们极端豪华的生活和穷奢极欲的享受。如黛玉、迎春、探春、惜春,每人除自己奶娘外另有四个教引妈妈,还有贴身丫头两人,还有四五个打扫房间的小丫头。当宝玉等迁入大观园时,每一处要填两个妈妈、四个丫头,除了个人的奶娘亲随外,还有专供打扫的仆役。贾母等处用人更多,大丫头八人,小丫头无数。从吃、穿、用、行上更是极奢无度。就连日常饮食也是百般考究,无一不是精心烹调出来的美味珍馐,花样之多、烹调之美、消耗之大令人咋舌,普通吃一顿螃蟹,就够庄稼人吃一年了。尤其是遇到婚丧喜庆,贾府的奢侈更为惊人。在丧事方面,如秦可卿之死,贾珍请王熙凤料理,只说了“只求别存心替我省钱,要好看为上”。为了灵幡上写时有面子,花一千两银子为贾蓉捐了一个五品龙禁尉的官。使用的棺材更是“拿着一千两银子只怕没处买”的木材。在喜事方面,最为典型的是元妃省亲的第十六、十七、十八章回,由接圣旨、说故事、逛大观园、省亲大典等几个故事组成。元妃回家不过半宿,而贾府为庆祝这一隆恩大典,特地修建了三里半宽广的省亲别墅,前后用了两年的时间准备,不仅找了许多老管事、清客、工匠设计,大兴土木,还为演戏,家里专门成立戏班,从姑苏聘请教习,采办戏子、行头,总共花费三万两银子,又置办系列灯花、各色帘帐,用去两万两银子。园子建成后,包括室内各种摆设应有尽有,真可谓是穷奢极欲,“罪过、可惜,竟顾不得了”,连元妃也称“太过奢华浪费了”。

　　第二,贾府的精神生活极度腐化。贾赦年过半百,妻妾成群,为了讨正值妙龄的丫鬟鸳鸯做小老婆,利诱威逼,无所不能。至于贾珍、贾琏、贾蓉更是荒淫到了极点,热孝期间调戏尤氏姐妹,贾蓉竟毫无羞耻地声称:“从古至今,连汉朝和唐朝,人们还说‘脏唐臭汉’,何况咱们这宗人家。谁家没风流事?”正如贾府的老仆人焦大在一次醉酒后痛骂:“每日家偷狗戏鸡,爬灰的爬灰,养小叔子的养小叔子,我什么不知道? 咱们‘胳膊折了往袖子里藏’!”把贾府主子的荒淫生活揭示得淋漓尽致。柳湘莲也说,贾府“除了那两个石头狮子干净,只怕连猫儿狗儿都不干净”。

　　第三,贾府的内外矛盾斗争激烈。贾府从表面上看四世同堂,充满所谓的天伦之乐,所有礼仪好像十分讲究,但实际上,无时无刻不在勾心斗角,争权夺利,充满倾轧、猜忌。借用探春的话:“咱们倒是一家子亲骨肉呢,一个个不像乌眼鸡,恨不得你吃了我,我吃了你!”黛玉也道:“不是东风压了西风,就是西风压了东风。”在兄弟、父子、母女、妯娌、嫡庶之间,无不围绕钱财展开激烈斗争。封建最高统治者贾母在其位不谋其政,是个高级的享乐者,在家族中,谁得到她的欢心,就意味着谁拥有权力。在正常的封建伦理道德中,家族应由长子掌管,但长子贾赦没有取得贾母欢心,受到排挤,心中不满,时常发泄。如贾赦常借讲笑话来说贾母偏心。在贾家,主子们既内部倾轧,又各自培植势力,使得奴婢之间各为其主,矛盾尖锐。如王夫人的丫头不同赵姨娘的丫头来往,邢夫人陪房王善保家的和王夫人陪房周瑞家的在抄检大观园时明争暗斗。统治阶级的你争我夺,或坐山观虎斗,或借刀杀人,出现在贾家的每个角落。贾府的众多奴仆与封建主子之间也有不可调和的矛盾。宝玉同金钏调笑,王夫人不分青红皂白就给金钏一个大嘴巴,更不顾金钏的苦苦哀求,把金钏撵出去,逼得金钏跳井自杀。晴雯因为长得漂亮,性格直爽,被王夫人厌弃,硬是把她从病床上拉起撵出去,致使她含恨而终。兴儿因没有向王熙凤禀告贾琏偷娶尤二姐而被罚跪在地上,"左右开弓,打了十几个嘴巴"。贾家为元妃省亲买来的十二个唱戏的女孩子,在省亲结束后也被送到各房做粗使丫头,最终因主子嫌"不规矩"而被送入尼姑庵。此外,贾府的封建主子时常在社会上横行霸道,作恶多端,有时甚至不惜害人性命,只为了满足一己之私。如贾赦为了夺取几把扇子,勾结官府,把石呆子害得家破人亡。凤姐为了三千两银子,破坏了张金哥的婚事,害死了两条人命。

《红楼梦》从各个层面展示了封建统治阶级的腐朽、堕落,揭示了其必然走向灭亡。书中揭露了包括贾家在内的贾、王、史、薛四大家族的腐朽和罪恶,他们勾结在一起,一荣俱荣,一损俱损。最为典型的是小说的第四回"薄命女偏逢薄命郎,葫芦僧乱判葫芦案"。薛蟠为霸占丫头英莲将冯渊平白打死,一年无人敢缉拿。刚上任的应天府尹贾雨村本想秉公办案,但当他得知"护官符"后,也胡乱地了结了此案,并且分别修书给薛蟠的姨父贾政和舅父王子腾,告知其放心。"护官符"形象深刻地暴露了当时官场、吏治的黑暗腐败。

《红楼梦》还通过对主要人物贾宝玉、林黛玉、薛宝钗之间的爱情悲剧以及众多优秀女性的形象的塑造,来揭示封建阶级叛逆者所代表的进步势力和以贾母、贾政、王夫人等封建家长们为代表的封建势力之间的冲突。

贾宝玉是《红楼梦》中的男主人公,是封建贵族家庭的叛逆者,是作者所大力肯定的人物。

其一,贾宝玉对科举考试不感兴趣,不走仕途经济之路。他不喜读科举考试必备的四书五经,更加厌恶八股文的写作,他还把参加科举考试之人称之为"禄蠹""国贼"。凡是劝说他多留心"仕途经济"的,他一概唇枪相击。如在第三十二回,史湘云劝他:"你就不愿读书,去考举人进士的,也该常常的会会这些为官做宰的人们,谈谈讲些仕途经济的学问,也好将来应酬事务,日后也有个朋友。"他竟然反唇相讥:"我这里仔细污了你知经济学问的!"宝钗也劝过一次,他也是"拿起脚来走了"。他明确宣布:"林妹妹从来说过这些混帐话不曾? 若他也说过这些混帐话,我早和他生分了!"联系到第三十六回,宝钗劝他读书,他竟说:"好好的一个清净洁白女儿,也学的钓名沽誉,入了国贼禄鬼一流。这总是前人无故生事,立言竖辞,原为导后世的须眉浊物,不想我生不幸,亦且琼闺绣阁中亦染此风,真真有负天地钟灵毓秀之德。"宝玉除不读四书五经之书外,平时也是杂学旁收的。贾宝玉的这些行为和言辞在封建统治阶级眼里被认为是"行为偏僻性乖张",是不谙世事的少年的狂悖言行,但是却有着深刻的社会批判意义,这也是《红楼梦》在更高层次上对封建科举制的批判。

其二,贾宝玉对"男尊女卑"的思想进行大胆的批判。宝玉常说"女儿是水做的骨肉",认为"山川日月之精秀,只钟于女儿",而男子只是些"渣滓浊沫",是可有可无的"混沌浊物"。他不愿走仕途经济之路,却愿意和女孩儿们朝夕相伴,愿为女孩儿们倾其所有。虽然贵为主子,但他从来没有因为身份地位轻贱他身边的女孩儿,他甚至常常在女孩儿面前自惭形秽。如果能得到女孩儿青睐,尽管"一生事业纵然尽付东流,亦无足叹惜"。他希望大观园里的女孩能一直陪伴他,直到他化成一股青烟。他甚至认为文死谏、武死战,都是"沽名",而他"若果有造化,该死于此时的,趁你们在,我就死了,再能够你们哭我的眼泪流成大河,把我的尸首漂起来,送到那鸦雀不到的幽僻之处,随风化了,自此再不要托生为人,就是我死的得时了"。作为男性,贾宝玉进行自我反思和批判,表达了对女性的推崇与尊重。这种朦胧的平等观虽然与现代的平等观还相去甚远,但是已经初步具有了资产阶级的平等观念。

其三,贾宝玉对封建的道德规范予以否定。贾宝玉大胆对封建道德的核心忠孝节义进行批判,他认为被标榜为"忠"的"文死谏、武死战","皆非正死","都是沽名,并不知大义"。对封建道德的"孝悌",宝玉也只是勉强应付。宝玉见了父亲贾政,如老鼠见了猫一般,除了惧怕,没有一丝亲昵之态,而贾政对待宝玉,也没有一丝慈爱之态,挑剔、指责,甚至毒打。对于兄弟贾环,宝玉也"不过尽其大概情理罢了",反不如对优伶柳湘莲、蒋玉菡等亲密。由此可见,宝玉与封建道德规范是格格不入的。宝玉对人生有一种超凡脱俗的高雅追求,在大观园中他过的是诗性生活,他对俗人俗事一概不耐烦,一律排斥,被人视为怪异与另类。

总之,贾宝玉这个形象的意义在于他对封建家庭以及封建统治阶级所推崇的人生道路和道德理念的背叛与否定。但是,由于贾宝玉的出身和生活环境,他脱离不了封建阶级,因此,他的反叛是朦胧的,是有阶级局限性的,除了林黛玉与他志趣相投外,没有人同他站在一个立场上,因此他是孤独的。他找不到精神的家园和归宿,最终只能选择出家,这也是贾宝玉的人生悲剧。

林黛玉是贵族女性叛逆者的典型。她虽出身上层社会,但父母早亡,无依无靠,寄人篱下,因此她多愁善感,多疑任性。她有自己的理想和追求,不愿遵守封建统治阶级为女性所设的道德规范。她支持宝玉的反封建思想和行为,喜爱读书作诗,更为被封建统治阶级称为"淫词"的《牡丹亭》和《西厢记》所打动。她率真,自尊心强,常常一语道破生活的真相,因而被看作"刻薄""小心眼"。她从不屑于讨好、奉承封建家庭的统治者。她洁身自好,不与世俗同流合污,但封建的社会制度和伦理道德让林黛玉感到窒息和绝望,她又无力进行反抗,因此只能"无事闷坐,不是愁眉,便是长叹,且好端端的不知为什么,常常的便自泪道不干的"。流泪成为林黛玉痛苦抗争的一种表现。

林黛玉对爱情有大胆追求的一面。她欣赏宝玉,更赞同他的反封建思想和行为,她同宝玉是志趣相投的。但是,在封建社会中自由恋爱被看作是"私情苟合",是不符合封建礼法的行为。作为一个贵族小姐,林黛玉的骨子里摆脱不了封建思想的影响,这使得她的封建思想和反封建的爱情要求常常在心灵深处发生激烈的冲突。表现出来的行为就是爱哭、小性、喜怒无常。宝玉同她"生分",她恼怒流泪;宝玉同她诉说衷肠,她也恼怒流泪,她时刻感受到封建礼法和婚姻制度带给她的压力,威胁着她同宝玉的爱情。当她的爱情破灭时,她只能"焚稿断痴情",香消玉殒,魂归离恨天。林黛玉的"小心眼""爱哭",是她既渴望自由恋爱、又被封建礼教束缚的复杂思想的现实表现,也是爱情最终以悲剧结束的反映。

薛宝钗是一位具有浓厚封建意识的贵族小姐,是封建社会一个标准的淑女形象。论才能,论美貌,论学识,她都是大观园里数一数二的佼佼者,就是这样一位优秀的女性,却是封建思想和封建制度的殉葬品。宝钗的性格可以用一个"冷"字来概括。在"寿怡红群芳开夜宴"的时候,宝钗抽到了一枝牡丹花,题着"艳冠群芳",附注的诗句是"任是无情也动人"。薛宝钗是动人的,但更是无情的,她性格的一大特点是"冷",就连她吃的药也名为"冷香丸",显示了她性格中对人对事的冷酷、冷漠、无情的特征。薛宝钗的思想完全被封建礼教和封建道德所占据,完全失去了一个少女所拥有的同情心和人性的光辉。她的冷静与理智到了令人惊异的程度,仿佛她没有人的感情。金钏跳井自杀,逼死人命的王夫人尚且对金钏之死感到不安,而她却对王夫人说:"或是在跟前憨顽,失了脚才掉下去的。"又说如果真是赌气自杀,"也不过是个糊涂人,也不为可惜"。这是对死者的冷酷,对杀人者罪行的开脱,从而得到了王夫人的赞赏和喜爱。对于尤三姐的自杀、柳湘莲的出走,无恶不作的薛呆子尚且"哭成个泪人",而宝钗却并不在意,"俗话说得好,天有不测风云,人有旦夕祸福,这也是他们生前的命定。"这样的冷酷无情恐怕也是全书仅有的。薛宝钗的另一个特点是"会做人"。在处理不与其利益相关的人和事时,薛宝钗"不干己事不开口,一问摇头三不知",在涉及自身利益时,她能充分地审时度势,随时调整自己的言行,讨取统治者的欢心。第十八回元妃省亲,请众姊妹为大观园里四处庭院进行提咏,她提醒宝玉元妃不喜欢"绿玉",教他把"绿玉春犹卷"中的"玉"字改为"蜡"字。第二十二回宝钗过生日,她深知贾母喜热闹戏文,爱吃甜烂之食,便总依贾母往日素喜者说了出来,以讨贾母欢心;元妃送来灯谜,宝钗看后感到"并无甚新奇","其实一见就猜着了",但"口中少不得称赞,只说难猜,故意寻思"。她的言行得到了贾府上上下下的肯定,贾母不止一次地夸她"性格温厚和平",下人们也对她赞赏有加,"便是那些小丫头们,亦多喜与宝钗去顽"。史湘云对她佩服得五体投地,就连"情敌"林黛玉也赞她是个"好人"。她所做的是努力顺应这个社会,她一心想"好风凭借力,送我上青云",实现自己的"青云之志",因此选择了在贾府地位重要的宝玉,又有"金玉良缘"之说,这"宝二奶奶"的宝座她向往已久,但却不露声色。

总之,薛宝钗在这样的封建社会环境中生活得如鱼得水,她的思想行动完全符合封建社会的要求,在她的心中只有封建的礼教,而缺乏这个年纪少女应有的人性的美。

《红楼梦》虽然对封建制度和封建思想的腐朽性进行了一定程度的揭露和批判,但是还不够彻底,这与作者曹雪芹的阶级局限性和自身的背景有着密切的关系。曹雪芹看到了封建社会即将崩塌的现状,但却苦于找不到新的出路,因此书中常常流露出悲观主义和虚无主义的思想。

第三节　《红楼梦》的艺术特色及影响

《红楼梦》的问世,是小说文学在现实主义轨道发展到新阶段的重要标志,是古典现实主义的终结,是近代现实主义的开始。

《红楼梦》艺术成就突出表现在结构特点上。

《红楼梦》的结构特征采用的是复线立体网络型结构。小说以空间场景变化为横向脉络,串联起众多人物事件;以时间进程为纵向脉络,串联起众多人物命运,共同构建起完整的故事情节,形成了小说的总体特征。正如何其芳所评价的,"像生活和自然本身那样丰富复杂,而且天然浑成"。可以说《红楼梦》是一幅"天然图画"。小说的叙事顺序采用倒叙,这突破了古代小说以时间为序的传统叙事模式。小说的总体线索为顽石下凡历劫到复归,"历尽离合悲欢炎凉世态的一段故事"。在总体线索的统摄下,小说又有两条基本线索交叉串联而成,一条为贾宝玉与林黛玉的爱情悲剧,一条为贾府由盛转衰的演变过程。这两条线索如经线和纬线相互交织,共同描绘了一幅封建社会末期贵族阶层生活的真实画面。除了这两条主要线索,小说还有许多自成一体的分支线索,如贾府众姐妹的悲剧命运、王熙凤的人生浮沉、众丫鬟的悲惨结局、贾政的宦海沉浮,等等。这些线索时断时续,相互穿插,彼此联系又自成一体,像一张无形的大网,共同织就了小说的故事情节和人物命运。

《红楼梦》在叙事过程中往往一事多义,转换自然,使一个情节具有多方面的意义。例如送宫花一节,周瑞家的每到一处,除送花外,自然交代出一段情节。在薛姨妈处,交代了宝钗不爱打扮的性格和香菱的身世;在惜春处,埋下了惜春出家的伏笔;在半路上,答应女儿为女婿说情,展现了贾家的权势;在黛玉处,展示了黛玉多心的性格特征。

《红楼梦》在叙事过程中还善于把小事件积累成大事件使得事件之间环环相扣,波澜起伏。例如,在宝玉挨打之前,作者进行了一系列的铺垫,先写了茗烟闹书房、叔嫂逢五鬼、蒋玉菡赠茜香罗、宝玉诉肺腑、金钏投井、贾环告发等一系列小事件,直至酿成宝玉挨打。挨打之后,又有袭人进谗言、晴雯送帕、黛玉题诗、宝钗送药、薛家兄妹争吵等一系列余波,借此刻画了许多的人物性格。

《红楼梦》的艺术成就突出表现在人物的塑造上。

《红楼梦》中的人物成百上千,其中不乏有作者着力塑造的个性化人物形象。这种高度个性化,打破了过去"恶则无往不恶,美则无一不美"的典型化模式,完全按照生活的本来样子塑造人物。小说中的人物不再是简单的好人、坏人,而是多侧面、多变化的,是富有立体感的。例如,大观园中那些既才且美的女子却没有一个是完美的,每个人的身上无一例外都有缺点,这正符合了"美人方有一陋"的美学原则。

《红楼梦》善于对人物进行侧面描写。如王熙凤在每次出场时与每个人物的联系,甚至在不同场次中与同一人物的联系都表现出了她性格的侧面。协理宁国府,体现了她杀伐果断;毒设相思局,体现她阴险凶狠;急接尤二姐,体现她口蜜腹剑……这些侧面描写,赋予了人物立体感和丰富感,使人物形象更加丰满。

《红楼梦》在人物的塑造上还运用了对比和衬托的写法。作者让性格不同的人物在对比衬托中展现出他们明显的不同,让性格相似的人物在对比衬托中展现出差异。他常常使用对对比(两个人物对比)、连环比(几个人物对比)、群体比(许多人物对比)、交叉比(两个性格相似与两个性格相反的人物交叉对比)等。例如,元春、迎春、探春、惜春四姐妹,她们同为贵族小姐,但性格却迥异。元春贤淑华贵,承载家族使命;迎春毫无主见,逆来顺受;探春自尊好强,果敢干练;惜春孤僻乖张,冷漠无情。又如,薛蟠与薛宝钗、探春与贾环虽是一奶同胞,但性格却相去甚远。又如,同为宝玉的丫鬟的袭人与晴雯,一个委曲求全、媚主求荣,一个纯正刚直、任性任情。又如,出身和社会地位不同的宝钗与袭人、黛玉与晴雯,她们在思想观念和为人处事上又有相似的地方,从袭人身上可以看到宝钗的影子,从晴雯身上也可以找到黛玉的痕迹。曹雪芹把这种塑造人物对比衬托的方法运用到了极致。

《红楼梦》在人物塑造上注重人物生活环境的描写。作者对人物生活的环境进行刻意的描写,让环境烘托出人物的鲜明个性。例如,大观园中每个人都有自己独特的居住地,林黛玉的潇湘馆竹影森森、苔痕浓淡,烘托了林黛玉孤高的性格;而宝玉的怡红院、薛宝钗的蘅芜院、探春的秋爽斋、李纨的稻香村、妙玉的栊翠庵,无不与人物的性格相呼应,达到人物与环境的相得益彰。

《红楼梦》在人物塑造上注重人物的心理描写。例如,二十三回"牡丹亭艳曲警芳心"黛玉听到梨香院里传来《牡丹亭》戏文,特别是那句"则为你如花美眷,似水流年",触动了黛玉的心,让黛玉细嚼起来,想起古人诗中有"水流花谢两无情"之句,词中有"流水落花春去也,天上人间"之句,方才所见《西厢记》中"花落水流红,闲愁万种"之句,一时间凑聚在一起,不觉心痛神痴,眼中落泪。这里既有黛玉感叹青春易逝、担忧未来外,还有忧虑宝玉移情别恋,对自己三心二意,怕自己的爱情像流水落花一样,短暂无情。作者把恋爱中的少女的心理写得曲折细腻。此外,第三十二回"诉肺腑心迷活宝玉"中黛玉听到宝玉私下里赞赏自己的话以后复杂的心理,以及其他章回中宝黛在爱情中产生矛盾后的心理活动,都写得细致入微,出色地表现了人物内心深处种种隐微曲折的情感,从而深刻地揭示了人物性格。

《红楼梦》的语言艺术在中国小说中是无与伦比的。在传统小说中,认为将人物的对话写得过长是作家的大忌。《红楼梦》中人物对话之多、之长、之广则在中国古典小说中是绝无仅有的。全书几乎全由人物对话组成,这些语言不仅有刻画人物性格的功能,还有叙述故事、揭示主题、描写渲染气氛以及评点人物性格的功能。例如,第五十六回中兴儿与尤二姐两人在对话中评价了王熙凤、平儿、贾家三姐妹、黛玉、宝钗等十多位人物,不仅展示了所评价的人物性格,也展示了自我的性格。《红楼梦》的语言简洁传神。最为典型的是第四十二回中刘姥姥被众人捉弄后引起的"群笑图",作者仅用了二百字便写出了八个人不同的笑态。《红楼梦》的语言在朴素之中包含着浓郁的诗意。这些语言诗化了生活、环境以及人物的感情与性格,使"淡"与"艳"达到了高度的统一。《红楼梦》的语言是中国古典小说中最成熟、最优美的。

《红楼梦》是中国古典四大名著之首,是一部具有世界影响力的人情小说、举世公认的中国古典小说巅峰之作、中国封建社会的百科全书、传统文化的集大成者。首先,《红楼梦》从普通人的日常生活中来汲取素材,而不是依托其他文学作品进行改编,是一部现实主义小说。其次,《红楼梦》真实地反映了社会生活,又不乏艺术的虚构。尤其"真事隐去,假语村言"的特殊笔法更是激起了后世读者强烈的好奇心和窥探欲。《红楼梦》的这些创作主张为后世的文学创作提供了宝贵的经验,也使中国古典小说的创作达到了一个新的高峰。《红楼梦》自问世以来,研究者自成一派,到今天,"红学"研究已历时二百余年。《红楼梦》不仅在国内已有数以百万计的发行量,还被译成了二十多种语言在世界各地广泛传播。《红楼梦》成为世界人民共同的精神财富。

阅读链接

《红楼梦》是中国古典小说的巅峰之作,想要对这部小说有深入的了解必须阅读全书,同时,可以参看一些《红楼梦》的评论著作,如《俞平伯点评红楼梦》、《王国维、蔡元培、鲁迅点评红楼梦》、《红楼梦诗词曲赋全解》(蔡义江著)、《红楼梦新证》(周汝昌著)、《周思源看红楼梦》(图文本)等。

思考·练习·拓展

1. 论述宝黛爱情的悲剧及其意义。
2. 论述《红楼梦》的艺术特色。
3. 选择金陵十二钗中的三个人物,对其性格和命运进行评价。

第四章 清代戏剧

学习提示

　　清代戏剧创作以前期为盛。清中叶,随着"花部"的日渐兴盛,"雅部"逐渐衰落。"花部"多为民间艺人据前人剧作或故事加以改编,所作剧本大多粗陋,因此尽管戏剧作品数量很多,但能载入文学史册的极少。清康熙年间,洪昇的《长生殿》以及孔尚任的《桃花扇》代表了清代戏剧创作的最高成就。学习本章可采用作品鉴赏法,掌握《长生殿》及《桃花扇》的思想意蕴和艺术成就。可通过查阅资料、自主研习的形式全面了解清代戏剧发展概况,尤其是"花雅之争"在中国古代戏曲发展史上的意义。

第一节　清代戏剧的发展

　　宋元以后,古典诗、词、文等正统文学走向衰落,演唱文学、戏曲、小说与通俗文学日趋兴盛。戏曲创作发展至清代,出现了《清忠谱》《长生殿》《桃花扇》《雷峰塔》《吟凤阁杂剧》等一大批经典作品,清乾隆年间社会经济发展及城市繁荣促进戏曲发展,各地声腔出现,昆曲发展到极致转衰,地方戏曲勃兴,闻名于世的京剧形成,初步形成了系统的戏曲理论,可以说戏曲发展到清代达到了一个崭新的历史阶段。

　　明末清初是传奇发展的黄金时期,出现了以李玉为首的苏州派作家。在这一时期,专业演员大批出现在南方昆剧演出活动的中心,他们在思想倾向、艺术风格上有很多的共同点,经常合作,由此形成了一个艺术流派,后人称之为"苏州派"。苏州派的创作特点:一是密切联系舞台演出实际,故事性强,情节变幻多端,穿插激动人心的场面描写,吸引观众;二是紧密联系社会实际,思想性强,作品大多能反映时代特点和时代精神。苏州派最杰出的代表就是李玉,他也是明清传奇作家中写作剧本及存留剧本最多的作家,现存完整的有十八种。《清忠谱》是李玉的代表作,也是苏州派的代表作之一。清中叶,传奇出现了以"南洪北孔"(洪昇和孔尚任)

为标志的最后一个创作高峰,而后逐渐走向衰落。

清代戏曲发展出现了一个最为重要的改变,即"雅部衰落,花部兴起"。"花"与"雅"是清代戏曲历史上的一对重要概念,可以说清代戏曲史即是一部"花""雅"二部交替争胜的兴衰史。所谓"雅"指昆曲,其曲本以传奇和杂剧为主,曲体结构以"曲牌联套体"为其特点。所谓花部,指昆山腔以外的各种地方戏曲,取其花杂之义,故也称"乱弹",曲体结构以板腔体为特点。花、雅之分,沿袭了历来封建统治者分乐舞为雅、俗两部的旧例,具有崇雅抑俗的倾向。"花雅之争"经历了清康熙年间昆腔与弋阳腔并峙,清乾隆年间京腔与秦腔之争,直至清乾隆末年"三庆班""四喜班""和春班""春台班"四大徽班先后进京,宣告了花部在"花雅之争"中取得最终胜利。经过"花雅之争",雅部昆曲最终衰落下来,而清乾隆末年四大徽班进京导致了近代京剧的诞生。

戏曲理论到了清代进入到发展总结时期,除了对曲律曲谱进行大规模的整理以外,特别引人注目的是出现了一位戏剧活动家李渔,他在前代曲家开辟的基础上,根据自己的实践经验对元明以来的戏剧理论作了一次系统全面的总结,在康熙十年前后写成《闲情偶寄》一书,这也是我国最早的一部系统的戏曲论著。《闲情偶寄》中的"词曲部"和"演习部",堪称最为系统和完整的戏剧理论。李渔的戏剧理论,重视戏剧演出的效果,他将戏剧冲突的组织安排放在首位来考虑,追求情节单纯,语言浅近,纠正了明代以后许多剧作家只重视文辞音律的偏颇。另外,他的戏剧理论紧密联系当时创作演出的实际情况,富有针对性。其不足之处在于偏重于论述戏剧的艺术形式和艺术技巧,很少涉及思想内容。

第二节 《长生殿》和《桃花扇》

清代戏剧创作中最成功、影响力最为深远的作品是洪昇的《长生殿》与孔尚任的《桃花扇》,两部剧作代表了清代古典戏曲的两座高峰,堪称传奇剧本中的双璧,因为洪昇是南方人,孔尚任是北方人,为此两人有"南洪北孔"的美誉。清代诗人金埴题诗说:"两家乐府盛康熙,进御均叨天子知。纵使元人多院本,勾栏争唱孔洪词。"(《题桃花扇传奇》)

一、《长生殿》

《长生殿》作者洪昇(1645—1704),字昉思,号稗畦,钱塘(今浙江杭州市)人。清代戏曲作家、诗人。洪昇生于官宦之家,二十岁至四十五岁做了二十多年的太学生,"旅食京华,未获一官半职"。洪昇创作《长生殿》花了十多年时间,三易其稿,问世之后引起轰动。但因该剧在国丧日演出,为此当时参演的五十多位太学生全部被开除,洪昇自己也被革除了监生资格,之后郁郁不欢,在一次酒后乘船时不幸落水而亡。时人诗云:"可怜一曲《长生殿》,断送功名到白头。"洪昇著有传奇九种,今仅存《长生殿》。

《长生殿》以安史之乱为背景,展现了唐玄宗与杨贵妃的爱情悲剧。该剧本长达五十出,描写唐玄宗十分宠溺杨贵妃,贵妃得宠之后,哥哥杨国忠被封为右丞相,三个姐妹同时被诰封为韩国夫人、虢国夫人和秦国夫人。后唐玄宗与虢国夫人眉来眼去,又私召梅妃,杨玉环得知后,醋意大发,离开皇宫回到杨府。杨贵妃离开后,唐玄宗寝食难安,高力士见状,将杨贵妃接回。七夕之夜,唐玄宗与杨贵妃在长生殿对月起誓,重归于好。好景不长,安史之乱爆发,唐玄宗和随行官员逃离长安,却在马嵬坡遭遇军士兵变,军士先杀杨国忠,又强逼唐玄宗赐死杨玉环,唐玄宗被逼无奈,赐死贵妃。安史之乱平定后,唐玄宗回到长安,日夜思念杨贵妃,久不能寐,遂派方士去为杨贵妃招魂,最终感动了天孙织女,终于让其在八月十五日晚与杨贵妃相见,最终团圆。

洪昇在创作时先写《沉香记》,后改写为《舞霓裳》,最后改为《长生殿》,这一过程历经十五年。在众多记述唐玄宗与杨贵妃的诗文中,对洪昇影响最深的是《长恨歌》与《梧桐雨》,洪昇继承二者的情节、词句,有些字句甚至直接从《梧桐雨》中引用过来,在前人创作的经验上充分发展,一方面增加社会政治方面的内容,构成了《长生殿》的政治主题,另一方面对唐玄宗与杨贵妃的故事进行改造,构成了《长生殿》的爱情主题。

王季烈《螾庐曲谈》卷二云:"余谓古今传奇,词采、结构、排场并胜,而又宫调合律,宾白工整,众美悉具,一无可议者,莫过于《长生殿》。"可见,《长生殿》在结构与语言上的艺术成就。从结构上来看有三个特点。首先,《长生殿》以唐玄宗与杨贵妃的爱情悲剧为主线,穿插社会政治的演变,形成了规模宏大的山岭起伏式的结构。其次,在爱情和政治两条线索并行发展的基础上有意识地让两类场次相互交替,反映统治者生活腐化导致朝政的败坏,两者之间有一定的因果关系。例如第十二出、第十三出安禄山、杨国忠相互讦奏,闹得不可开交;第十六出杨玉环盘上跳舞;第十七出合围,安禄山操练兵马准备叛乱;第十九出杨玉环发现唐玄宗私招梅妃,二人闹矛盾;第二十出安禄山计划派兵等。第三,作者经过精心设计,使前后两出的环境、主要人物、色彩、气氛、宫调套数不重复。例如,第十六出舞盘以生旦为主,唱南曲,是文场;十七出主合围,以净为主,唱北曲,是武场。全剧除第一出外,文场三十四场,武场和热闹场面十五场。从剧本语言看有两个特点。第一,曲词和音乐紧密配合,达到文情与声情的完美统一。例如,第十九出"絮阁",采用南北合套表现人物情绪,杨玉环唱北曲,铿锵激昂,表现杨玉环对唐玄宗私招梅妃的不满与怨恨,唐玄宗和高力士唱南曲,曲词着重表现他们低声下气的态度与无可奈何的心情。第二,曲词清新优美,有浓郁的诗情画意。作者根据剧中人物不同的身份和具体处境写出不同风格的曲词。例如,第二十四出"惊变","喜孜孜""笑吟吟"等词点缀唐玄宗与杨玉环对饮画面,强调了二人在一起时的欢乐;"唬得人胆战心摇,肠慌腹热,魂飞魄散,早惊破月明花粲"等语将唐玄宗内心毫无准备的恐惧表现得淋漓尽致;而"态恹恹轻云软四肢,影蒙蒙空花乱双眼,娇怯怯柳腰扶难起,困沉沉强抬娇腕,软设设金莲倒褪,乱松松香肩弹云鬟,美甘甘思寻凤枕,步迟迟倩宫娥搀入绣帏间"等一系列的描写将杨贵妃的美貌写到极致。杨恩寿《续词馀丛话》对此曲评价说:"写美人之致,宛然一幅醉杨妃图。将醉中风致曲曲写来,虽仇十洲妙笔,不能得其仿佛也。"

总之,《长生殿》在同类题材中是集大成的作品,在清代受到评论家的一致赞赏。梁廷枏《藤花亭曲话》卷三评论说:"钱唐洪昉思昇撰《长生殿》,为千百年来民中世擘,以绝好题目,作绝好大文章,学人、人才,一齐俯首。自有此曲,毋论《惊鸿》《彩毫》,空惭形秽,即白仁甫《秋夜梧桐雨》亦不能稳占元人词坛一席矣。"徐麟《长生殿序》评曰:"一时朱门绮席,酒社歌楼,非此曲不奏,缠头为之增价。"

二、《桃花扇》

《桃花扇》作者孔尚任(1648—1718),字聘之,又字季重,号东塘(《随园诗话》所载为东堂),别号岸堂,自号云亭山人。山东曲阜人,孔子六十四代孙,清初诗人、戏曲作家,有诗文集《湖海集》《石门山集》《岸堂稿》《长留集》《出山异数记》等,编辑《人瑞录》《享金簿》《平阳府志》《莱州府志》《康熙甲子重修孔子世家谱》等。戏曲作品除《桃花扇》外,尚有与顾彩合撰的《小忽雷传奇》,为现存暖红室《汇刻传剧》收录,而最享盛名的,是《桃花扇》传奇,现存清康熙四十七年(1708)初刻本等。

《桃花扇》"借离合之情,写兴亡之感",是一部表现亡国之痛的历史剧。清康熙年间,统治阶级腐败,文人阶级出现普遍的忧虑,孔尚任将美好爱情的丧失与政治变乱相联系,有着总结历史经验教训的用意。剧本共四十出,主要通过明末才子侯方域和秦淮名妓李香君的爱情故事来反映南明王朝的兴亡史。(1644年李自成起义军攻破北京城,崇祯皇帝在景山自杀后,凤阳总督马士英等人拥立福王朱由崧在南京建立弘光政权。但是南明皇帝耽于声色,统治阶级卖官鬻爵,武将拥兵自重,相互内战,结果不到一年南明王朝就灭亡了,福王被处死。随后明朝宗室又在南方建立隆武政权、鲁王监国、绍武政权及永历政权等,前后共历十八年,统称"南明"。)

孔尚任在《桃花扇·小引》中说:"《桃花扇》一剧,皆南朝新事,父老犹有存者。场上歌舞,局外指点,知三百年之基业,隳于何人?败于何事?消于何年?歇于何地?不独令观者感慨涕零,亦可惩创人心,为末世之一救矣。"剧本第二出至第五出,写明末复社文人与魏忠贤的余党在南京举行的一场斗争,复社的领袖是侯方域、吴应箕,魏党人物有阮大铖、马士英;第六出至第十六出,写李自成攻占北京的消息传到南方以后,马士英等人勾结南京守卫徐鸿基,拥立福王,成立弘光政权;第十七出至第二十四出,写福王的南明政权建立后,马士英等人当上卫国大军师,史可法被派到东北,准备收复失地,江北几个将军不听调令,各自拥兵自重,争夺地盘;第二十五出至第三十出,写南明皇帝纵情声色,天下遍选美女充其后宫,派钱谦益给他选美女;第三十一出至第三十六出,写江北四镇以及镇守荆襄的左良玉为首,以救粮为名挥兵东进,史可法孤掌难鸣,无力回天,扬州惨遭屠城之祸;第三十七出至第四十出,写南明皇帝逃难。

《桃花扇》通过上述情节故事,集中而完整地反映了南明王朝的矛盾,一方面是藩镇割据、同室操戈,另一方面是权奸专政、逆行倒施,少数的爱国大臣也无法支撑,揭示南明王朝灭亡的原因,魏阉余孽是导致南明灭亡的罪魁祸首,《桃花扇·小引》有言:"权奸者,魏阉之余孽也;余孽者,进声色,罗货利,结党复仇,隳三百年之帝基者也。"除了揭露,剧本中还歌颂了身先士卒的爱国英雄史可法及许多爱国志士。

《桃花扇》的艺术成就,主要表现在人物塑造上形成了一个完整的形象体系,如刻画了李香君这一光彩照人的女性形象;在艺术结构上以侯方域、李香君二人的爱情为线索,严谨而紧凑地组织多重矛盾;在结构搭架上,梁启超《曲海扬波》评价说:"结构之精严,文藻之华丽,寄托之遥深论之,窃谓之孔云亭《桃花扇》冠绝千古矣!"在语言上,既富有雅正的诗词,又与剧中人物个性相符。李泽厚在《美的历程》中评价该剧:"从文学角度看,《桃花扇》在构造剧情、安排场景、塑造人物、反映生活的深广度方面,以及在文学语言上,都达到极高水平。虽以男女主人翁的爱情故事为线索,它的主要内容和意义却明显并不在此。沉浸在整个剧本中的是一种极为浓厚的家国兴亡的悲痛感伤。"

阅读链接

学习本章,推荐阅读谢雍君、朱方遒评注本《桃花扇》以及翁敏华、陈劲松评注的《长生殿》,二者为中华书局《中华经典名剧》系列。该系列版本精良,校注审慎,"评析"部分介绍戏剧的历史背景,对剧本中曲词、人物进行评论,同时也讲解剧作中体现的戏剧理论。

思考·练习·拓展

1. 名词解释:"南洪北孔"、"花雅之争"。
2. 简述清代戏曲发展概况。
3. 简述《桃花扇》和《长生殿》的艺术成就。

图书在版编目(CIP)数据

中国古代文学简史/苏艳霞,李静主编.—上海：复旦大学出版社,2017.8(2024.9重印)
普通高等学校小学教育专业系列教材
ISBN 978-7-309-12995-3

Ⅰ.中…　Ⅱ.①苏…②李…　Ⅲ.中国文学-古代文学史-师范大学-教材　Ⅳ.I209.2

中国版本图书馆 CIP 数据核字(2017)第 126156 号

中国古代文学简史
苏艳霞　李　静　主编
责任编辑/宋文涛

复旦大学出版社有限公司出版发行
上海市国权路 579 号　邮编：200433
网址：fupnet@ fudanpress.com　http://www.fudanpress.com
门市零售：86-21-65102580　团体订购：86-21-65104505
出版部电话：86-21-65642845
杭州日报报业集团盛元印务有限公司

开本 890 毫米×1240 毫米　1/16　印张 21.25　字数 396 千字
2024 年 9 月第 1 版第 8 次印刷

ISBN 978-7-309-12995-3/I · 1045
定价：58.00 元